Felix Niedner

Snorris Königsbuch

2. Band

Felix Niedner

Snorris Königsbuch

2. Band

ISBN/EAN: 9783965067387

Auflage: 1

Erscheinungsjahr: 2022

Erscheinungsort: Treuchtlingen, Deutschland

© Literaricon Verlag UG (haftungsbeschränkt)

www.literaricon.com

Printed in Germany

Snorris Königsbuch

(Heimskringla)

Zweiter Band

Mit einer Karte
übertragen von Felix Niedner
Verlegt bei Eugen Diederichs in Jena 1922

Einleitung

Wie schon die Einleitung zum ersten Bande betonte, steht die Geschichte Olafs des Heiligen im Mittelpunkte von Snorris Werk. Snorri hat sie später noch einmal monographisch behandelt. Dort bilden die Geschichten von Olafs Vorgängern und Nachfolgern nur Einleitung und Abschluß der Einzeldarstellung. Auch ihre ausführlichere Behandlung im Königsbuch wurde von Snorri erst in Angriff genommen, als der vorliegende Band, die Keimzelle seiner ganzen Arbeit, schon fertig vorlag. Das Bild Olafs und seiner Zeit, wie es Snorri hier geprägt hat, hielt die Folgezeit fest. Er hat diese charakteristische Herrschergestalt historisch am einheitlichsten erfaßt und der Geschichte seines Lebens die am besten beglaubigte und aus den Quellen begründete Fassung gegeben.

Die Jugendgeschichte des Königs erinnert in vielen Zügen an die Olaf Tryggvissohns. Schon im ersten Bande war Olafs Vater Harald der Grenländer eingeführt. Es wurde dort erzählt, daß Olaf im Jahre des Regierungsantritts Olaf Tryggvissohns 995 geboren ward und drei Jahre später von diesem die Taufe empfing. Olafs Wikingfahrten in Ost und West als „König ohne Land" erinnern in manchem Betracht an die seines Vorgängers. An entscheidenden Wendepunkten seines Lebens erscheint ihm dann Olaf Tryggvissohn schicksalbestimmend im Traume. Das erstemal im Jahre 1014 während seiner Jugendabenteuer in Spanien. Hier erteilt er ihm den Auftrag, das Erbe seiner Väter, die Herrschaft in Norwegen, anzutreten. Später, im Jahre 1029, nach der Vertreibung aus seinem Lande in Rußland. Dort fordert ihn Olaf Tryggvissohn auf, sein verlorenes Reich wieder zu erobern.

Bald nach Olaf Haraldssohns Landung in Norwegen entwickelt sich aus dem bisher mehr typisch gezeichneten Wikingerkönig das individuelle Charakterbild des Königs. Gleich in seinen ersten Handlungen zeigt sich seine staatsmännische Begabung und seine Befähigung zum Nachfolger Olaf Tryggvissohns in der Einigung und Christianisierung Norwegens. Der Tod jenes Herrschers in der Schlacht bei Svold hatte ihm eine schlimme Erbschaft hinterlassen. Schweden= und Dänenkönig hatten mit dem Drontheimer Jarl Erich Norwegen unter sich geteilt. Es galt, die verloren gegangene Einheit des Reiches gegen die Ansprüche dieses äußern und innern Feindes sicher= zustellen. Zähe, zielsichere Ausdauer im großen, kluge Berech= nung und schonende Nachgiebigkeit im kleinen halfen ihm diese Aufgabe durchführen.

Gestützt auf den Rat seines klugen Stiefvaters Sigurd Sau verschafft sich Olaf zuerst im Süden, der Wiege seines Ge= schlechtes, die Anerkennung seiner Verwandten, der dortigen Kleinkönige. Er beseitigt dann nach deren späterer Empörung auch die letzten Reste ihres selbständigen Königtums. Bei aller Strenge zeigt er im einzelnen Mäßigung. Harte Strafe trifft nur die beiden Gefährlichsten. Die Seele des Aufruhrs, den verschlagenen König Hrörek, läßt er selbst nach wiederholten Anschlägen auf sein Leben nicht töten, sondern begnügt sich da= mit, ihn durch die Überführung nach Island unschädlich zu machen. Die schonende Behandlung dieser alten Geschlechter, die, wie er selbst, von Harald Schönhaar stammen, trägt reiche Früchte. König Hröreks Neffe, Dag Hringssohn, wird später sein getreuer und erfolgreichster Anhänger in der Schlacht bei Stiklestad.

Die Oberlandkönige hatten dem Dänenkönige als Oberherrn Tri= but zahlen müssen. Durch ihre Absetzung ist dessen Herrschaft im Lande endgültig gebrochen. Schwieriger war Olafs Stel= lung gegenüber dem Schwedenkönige Olaf. Dieser hatte den ganzen Haß seiner Mutter Sigrid der Stolzen gegen Olaf Tryggvissohn auf ihn als dessen Nachfolger übertragen. Ener= gisch weist Olaf des hochfahrenden Schwedenkönigs Ansprüche auf den Besitz norwegischer Landesteile ab. Dann erreicht er, indem er persönliche Empfindlichkeit zum Wohle des Ganzen zurückstellt, nach langen Verhandlungen die Wiederherstellung der alten Grenzen der Nachbarreiche Norwegen und Schweden. Auch hier stützt er sich wieder auf den Rat eines klugen Mannes, des ihm befreundeten götländischen Jarls Rögnvald. Dieser führt ihm wider den Willen des störrischen Schwe= denkönigs dessen Tochter Astrid als Gemahlin zu. Diese Ver=

2

schwägerung gewinnt ihm später die Hilfe von König Olafs des Schwedischen Nachfolger Onund in seinem Kampfe gegen Knut von England.

Am gefährlichsten war, wie stets für die norwegischen Könige, der Widerstand im Norden des Landes, in Drontheim. Nach dem Tode von Olaf Tryggvissohns mächtigstem Widersacher, Jarl Erich, behaupteten dessen Sohn und Bruder den Herrschaftsanteil des Jarls in Norwegen. Den ersteren, den jungen Hakon, hatte er gleich nach seiner Landung in Norwegen durch Überrumpelung gefangen genommen und gezwungen, unter Verzicht auf seine Erbansprüche zum Engländerkönig außer Landes zu gehen. Indem er Hakon edelmütig das Leben schenkte, verstärkte er nicht nur dessen moralische Verpflichtung, sein Wort zu halten, er konnte sich jetzt auch mit ungeteilter Kraft gegen Erichs Bruder, Jarl Svein, wenden. Er besiegt ihn in der Seeschlacht bei Nesjar und nötigt ihn, zum Schwedenkönig außer Landes zu gehen. So hatte diese eine glänzende Waffentat im Jahre 1016 genügt, um die Einigung des Reiches zu vollenden.

Die gleiche strenge Zielsicherheit im ganzen, aber kluge Mäßigung im einzelnen zeigt Olaf in der Ausbreitung des Christentums und in der Dienstbarmachung der selbstwilligen großen Lehnsleute im Innern des Landes. Hart, wo es nötig ist, wie Olaf Tryggvissohn, verfällt er doch nie in dessen Willkür und Grausamkeit. Letzten Endes sind es doch mehr Siege einer höheren Intelligenz als bloße Machterfolge, wenn er den mächtigen Häuptling Gudbrand-im-Tal durch die greifbare Veranschaulichung der Allmacht des Christengottes mit seinem Volke für immer dem neuen Glauben gewinnt, oder wenn er die Eigenliebe des selbstbewußten Erling Skjalgssohn, ohne seinen Ansprüchen auf Norwegen etwas zu vergeben, nach Möglichkeit schont und ihn dadurch dem Reiche verpflichtet oder wenigstens für lange Zeit in Schach zu halten weiß.

Das moralische Übergewicht Olafs zeigt sich am treffendsten auf dem Höhepunkt seiner Macht in der Auseinandersetzung mit dem Dänen- und Engländerkönig Knut dem Mächtigen. Aus dem Schreiben Knuts spricht der ländergierige Eroberer.

Hinter seinen Worten lauert der argliftige Aufwiegler Norwegens, der deffen unzufriedene Elemente unter den Großen und der Bauernschaft skrupellos durch Bestechung erkauft. Aus Olafs ablehnender Antwort auf Knuts Forderung, ihn als König von Norwegen anzuerkennen, spricht das Bewußtsein des legitimen Anspruches auf dieses Reich und das gute Gewissen, durch gerechtes Walten im Lande diesen Anspruch auch moralisch gerechtfertigt zu haben. Snorri hebt ja in seiner Darstellung ausdrücklich hervor, daß der entscheidende Grund von Olafs späterem Sturz diese seine unbestechliche Gerechtigkeit war, die die eigensüchtigen Elemente im Lande nicht ertragen konnten.

Im Kampf gegen König Knut in Dänemark stellt König Olaf dann gegenüber seinem treuen, aber schwachen Bundesgenossen, König Onund von Schweden, in Rat und Tat die Seele des ganzen Unternehmens dar. Er scheidet auch, als König Knut, trotz Olafs kriegerischen Erfolgen, nach dem Abfall von deffen Untertanen von Norwegen Besitz ergriff, mit dem festen Bewußtsein aus seinem Reiche, daß des Engländerkönigs Herrschaft im Lande nicht von Dauer sein werde. Schon die Weissagung, in der Olaf dies zum Ausdruck bringt, zeigt eine allmähliche Wandlung im Wesen des Herrschers an. Neben dem politischen Machthaber, dem die Ausbreitung des Christentums zunächst nur ein Machtfaktor unter vielen war, tritt von jetzt an mehr der verinnerlichte christliche König hervor, den das Bewußtsein erfüllt, neben der Verfechtung seiner eigenen Ehre auch im Namen Gottes zu streiten. Die innige Verbindung dieser beiden Seiten seines Wesens vollzieht sich dann während seiner freiwilligen Verbannung bei König Jaroslav von Nowgorod in Rußland.

Olaf bleibt auch dort der nüchterne Politiker, wenn er bei der Aussichtslosigkeit der Lage in Norwegen den Vorschlag Jaroslavs, sich in Bulgarien ein neues Reich zu gründen, in Betracht zieht. Aber er zweifelt daneben, ob er in der Wendung der Dinge nicht doch einen Wink Gottes zu sehen habe, in ein Kloster zu gehen. Der Tod des treulosen Jarl Hakon, den Knut nach Olafs Vertreibung in Norwegen als Reichsverweser ein=

4

gesetzt hatte, stellt die Einheit in Olafs Natur wieder her. Königliches Selbstbewußtsein wie christliche Gottergebenheit stecken ihm das gleiche Ziel, jetzt sein Reich um jeden Preis wiederzuerobern oder ehrenvoll im Kampfe zu sterben. Olafs Rückkehr nach Norwegen bedeutet einen Triumph über seine Feinde, auch wenn sie mit der Niederlage gegen die Übermacht und mit seinem Tode endet. Olafs schärfste Gegner treten jetzt für ihn ein. Thorir Hund erkennt zuerst seine Heiligkeit an. Kalf Arnissohn holt seinen Sohn Magnus zur Nachfolge aus Rußland.

Als Meister historischer Kritik zeigt sich Snorri in der Art, wie er das eben skizzierte Bild Olafs und seiner Zeit aus dem reichen, aber oft unzulänglichen Quellenmaterial herausarbeitete. Die ältesten Aufzeichnungen über Olaf den Heiligen waren geistlicher Art und knüpften an dessen Opfertod in Stiklestad und seine Wundertaten nach dem Tode an. Frühzeitig wurde König Olaf als Heiliger eine Lieblingsgestalt der Homilienbücher und Heiligenlegenden. Hier erschien sein Leben und Wirken unter dem Gesichtspunkt seiner Gottwohlgefälligkeit. Von Jugend auf galt er als Gottes Rüstzeug und zum Heiligen bestimmt. Seine Siege und Mißerfolge dienten nur zur Veranschaulichung der höheren Fügung Gottes. Diesen Charakter trug Snorris Hauptquelle aus dem Jahre 1150, die Monographie des Isländers Styrmir. Daneben gab es eine reiche weltliche Literatur über den König. Hier wurde dieser als der berufene Nachfolger Harald Schönhaars und Olaf Tryggvissohns aufgefaßt. Auf seiner kriegerischen Tätigkeit und der kraftvollen Vertretung des Reiches nach außen lag der Nachdruck. Im Innern wurde seine strafende Gerechtigkeit gegen die unruhigen Elemente des Landes und seine Tüchtigkeit als Gesetzgeber betont. Der christliche Herrscher mit allem sich an diesen knüpfenden Wunderglauben traten hier zurück. Diesen Standpunkt vertrat am entschiedensten der unbekannte Verfasser eines Snorris Geschichtswerk ungefähr gleichzeitigen Sammelwerkes über die norwegischen Könige, nach der Art seiner Überlieferung „Das schöne Pergament" genannt.

Dem Politiker Snorri lag die rationalistische Auffassung der weltlichen Überlieferung von Olaf näher als die im Wunderglauben gipfelnde der geistlichen Tradition. Als Forscher mußte er diesen als historisches Moment ebenso gelten lassen wie etwa ein moderner Historiker den mittelalterlichen Wunderglauben bei einer Darstellung der Kreuzzüge. Snorris Bestreben, einen psychologischen Zusammenhang zwischen dem weltlichen Herrscher und dem christlichen Könige herzustellen, bedingte einen vermittelnden Standpunkt.

Der Zeitraum von 1016-1026 war Olafs glücklichste Zeit. Er stand als Krieger, Politiker und Gesetzgeber auf der Höhe seiner Macht. Snorri konnte hier von der legendaren Phantastik seiner Hauptquelle, des Buches Styrmirs, ganz absehen und allein der weltlichen Tradition folgen. Nur ließ er dabei die Eigenschaften Olafs, die diesen später dem christlichen König nähern, seine uneigennützige Hingabe an den Staat und seinen gerechten Schutz der Schwachen im Lande, in seiner Darstellung viel schärfer hervortreten als seine Vorgänger. Nach dem Eingreifen Knuts tritt der Wendepunkt in Olafs Leben ein, der 1030 seine Niederlage bei Stiklestad und seinen Tod herbeiführt. Im Gegensatz zur weltlichen Überlieferung, deren bester Vertreter, der Verfasser des „Schönen Pergamentes", die Wundertätigkeit Olafs erst nach dessen Tode beginnen läßt, läßt Snorri diese schon in der ersten Zeit der innern Umwandlung des Königs zum christlichen Herrscher einsetzen. Auf wunderbare Weise erzwingt Olaf seinem Heer den Weg durch eine unwegsame Schlucht und schafft ihm Lebensmittel. Von da an setzt sich die Wundertätigkeit des Königs durch Träume, Weissagungen und Zeichen in allmählicher Steigerung fort bis zu seinem Tode. So erscheinen die Wunder an der Leiche Olafs nicht wie beim Verfasser des „Schönen Pergamentes" als unorganisches Anhängsel der Erzählung, sie wirken wie die natürliche Fortsetzung der Tätigkeit des lebenden Königs. Snorri hat dann bei der Auswahl der Wunder, die Olaf als himmlischer König an seiner Leiche und in den Königsgeschichten des dritten Bandes vollbringt, den Übertreibungen seiner geistlichen Vorlage gegenüber den Standpunkt des kriti-

6

schen Historikers nirgend verleugnet. Im allgemeinen läßt er
nur die gelten, die die besten gleichzeitigen Skalden, Sigvat
und Einar Skulissohn, in ihren berühmten Olafsliedern be=
zeugten und die auch bei der kirchlichen Kanonisierung Olafs
im Jahre 1164 die Grundlage abgaben.

Für das Tatsachenmaterial im einzelnen hatte Snorri bis zum
Jahre 1029 in seinen geistlichen wie weltlichen Quellen eine
ziemlich gute Unterlage. Aber in der anschaulichen Darstellung
der historischen Situation und in der organischen Verknüp=
fung der Begebenheiten ließ er beide Vorlagen weit hinter sich.
Nur bei ihm haben Schlachtenbilder wie Olafs Seesieg bei
Nesjar oder der Sieg über den Königsverräter Erling Skjalgs=
sohn im Sauesunde, die schon der Verfasser des „Schönen Per=
gamentes" auf Sigvats Weisen aufzubauen bemüht war,
lebensvolle Gestaltung gewonnen und wirken wie Selbster=
lebnis. Erst ihm gelang es, die für die Entwicklung der Hand=
lung so wichtige Episode von Asbjörn Seehundtöter, die er
schon in seiner Hauptquelle, dem Buche Styrmirs, vorfand,
mit der Geschichte von Thorir Hund im Norden zu verknüpfen,
so daß sie sich als organisches Glied in die Kette der Umtriebe
der norwegischen Großen gegen den König einfügt.

Schärfere Erfassung der geschichtlichen Situationen und inti=
meren Einblick in ihre Zusammenhänge vermittelten Snorri
aber auch seine Erkundigungen, die er auf seinen Reisen an Ort
und Stelle über die alten Begebenheiten eingezogen hatte. So
war er durch seinen Aufenthalt bei Jarl Skule besonders gut
über die Drontheimer Vorgänge unterrichtet. Seine Darstellung
der Bekehrungsgeschichte dort, die in der Taufe Gudbrands=
im=Tal gipfelte, übertrifft an geschichtlicher Wahrheit und
Anschaulichkeit weit die seiner Vorgänger. In ähnlicher Weise
kam Snorris Aufenthalt in Sarpsborg und Götland seiner
Darstellung von Olafs Kämpfen im Oberlande und von dessen
Verhandlungen mit dem Schwedenkönig zu statten. Auch in der
Veranschaulichung des Einflusses König Olafs auf die In=
seln des Westmeeres ist Snorri weit über den Rahmen seiner
Quellen hinausgegangen. Hier kam dem Sohn Islands seine
Kenntnis der Isländersaga und die richtigere Beurteilung seiner

Heimat zugute. Snorri hat sich nicht gescheut, einschlägige Partien aus der Geschichte der Orkadenjarle (Thule 20) und der Färöer Bauern (Thule 13), die die Unterwerfung jener Inseln schildern, in seine Gesamtdarstellung aufzunehmen. Auch andere Episoden hat er isländischen Quellen entnommen, ohne doch bei der Fülle der auf diese Weise entstandenen Nebenhandlungen je den festen Faden der Haupthandlung aus dem Auge zu verlieren.

Der klare und übersichtliche Gang von Snorris Erzählung sticht wohltuend ab gegen den chronikartig abgerissenen Stil des „Schönen Pergamentes" und die oft verworrene Darstellung des Styrmirschen Buches. Auf Genauigkeit der Berichterstattung legt Snorri schon äußerlich den größten Wert. Wo er einmal den chronologischen Verlauf seiner Darstellung unterbricht, wie in der Saga von den Orkadenjarlen, oder wo er aus sachlichen Gründen genötigt ist, zusammenhängende Partien, wie die Geschichte von den Oberlandskönigen oder die Vorgänge im Schwedenreiche, zu unterbrechen, werden wir stets durch orientierende Bemerkungen auf dem Laufenden gehalten. So gibt er auch über die Grundlagen seiner chronologischen Berechnung und seine Disposition des Stoffes, die mit dem Tode Olafs ihren Höhepunkt erreicht, genaue Auskunft.

Die höchsten Anforderungen an Snorris divinatorischen Scharfblick und seine peinliche Gewissenhaftigkeit als Forscher stellte die Überlieferung der Ereignisse des Jahres 1030. Hier hatte der einseitige Standpunkt seiner geistlichen und weltlichen Quellen besonders zerstörend auf ihre Einzeldarstellung gewirkt. Der Verfasser des „Schönen Pergamentes", der wahrscheinlich im Dienste und Auftrag des Norwegerkönigs Hakons des Alten schrieb, empfand die Niederlage und den Tod Olafs im Sinne des lebenden Königsgeschlechtes peinlich und war ganz kurz über die Vorgänge bei Stiklestad hinweggegangen. Im Gegensatz zu Styrmirs verworrener, nur in Wunderglauben schwelgender Darstellung galt es hier, ein einheitliches und überzeugendes Gesamtbild der Ereignisse zu schaffen.

So lebensvoll und vielseitig die Schilderung ist, die Snorri am Schluß des vorliegenden Bandes von dem Heereszuge nach

Stiklestad, von der Schlacht dort und von den Vorgängen beim Aufkommen von Olafs Heiligkeit nach dem Tode entwirft, die Erscheinung des Königs selbst bleibt stets im Mittelpunkt der Ereignisse. Versonnen, fast schon in einer andern Welt, reitet er nach Norwegen hinab. Er trifft für den Fall seines Todes alle Anordnungen bis auf die Bestimmung der Seelen= messen für die gefallenen Feinde. Er verspricht seinen Anhängern nach seinem Ende, das er im Traum von der Himmelsleiter vorausahnt, Vereinigung mit sich im Jenseits. Und doch hofft er wieder in echter Kämpenfreude auf Sieg. Er bereitet in dieser Voraussicht weltkluge Maßnahmen vor, kämpft dann wie seine heidnischen Vorfahren gleich einem Löwen in der Schildburg seiner Getreuen wider die Übermacht und wird noch im Tode durch seinen schlangengleichen Blick der Schrecken seiner Geg= ner. Die großen Gegensätze des altgermanischen Volkskönigs und des christlichen Glaubenshelden haben sich in Snorris Dar= stellung künstlerisch zu einer unlösbaren höheren Einheit zu= sammengefunden. Schon die historischen Quellen vor Snorri ließen ahnen, daß die Uneinigkeit der Gegner, die Härte des von Knut eingesetzten Nachfolgers, das Aufkommen des Glaubens an Olafs Heiligkeit eine Wandlung der Volksstimmung zu Olafs Gunsten herbeiführen würden. Aber nur die Gestalt des Königs, wie Snorri sie hier gezeichnet hat, macht es begreiflich, daß die= ser Umschwung schon bei seinem Tode so elementar eintritt und erklärt die wichtige Rolle, die er dann als himmlischer König noch in den späteren Königsgeschichten spielt.

Hatte Snorri als historischer Forscher in Ari dem Klugen einen vielleicht ebenbürtigen Vorgänger und in seinem Nef= fen Sturla Thordssohn einen beachtenswerten Nachfolger, so steht er als anmutvoller Erzähler, wenigstens in diesem Bande, un= erreicht da unter den Historikern des alten Nordens. Keiner vor und nach ihm ist so in den Stil der alten Saga einge= drungen und hat deren kunstvolle Darstellung so meisterhaft für seine Zwecke verwandt und genial weitergebildet. An Snorris Königsbuch gemessen erscheint Aris Isländerbüchlein (Thule 20) ebenso kunstlos wie die Sturlungengeschichten und

9

die Geschichte Hakons des Alten von Sturla. Der Leser Thules, dem die besten Isländersagas bereits vorliegen, kann sich hier selbst ein Urteil bilden, welchen Fortschritt Snorris Kunst über die alte Saga hinaus darstellt.

Der keusche schmucklose Stil der Saga, der nur die Tatsachen selbst sprechen und den Autor mit seinem Urteil hinter dem Werk verschwinden läßt, hat bei Snorri eine besondere Gegenständlichkeit gewonnen. In seiner kristallklaren, alle verwickelten Perioden vermeidenden Diktion wirkt das Auftreten Thormod Schwarzbrauenskaldes vor, in und nach der Schlacht bei Stiklestad mit ganz anderer Schlagkraft als in der Geschichte von den Schwurbrüdern (Thule 13). Das Motiv von dem in Todesgefahr aus den Händen eines feindlichen Königs geretteten Freundes hatte Snorri schon in seinem Jugendwerk, der Geschichte vom Skalden Egil (Thule 3), verwandt. Psychologisch ungleich feiner aber hat er es im Königsbuch bei der Geschichte Asbjörn Seehundtöters zu gestalten gewußt. Ganz in der Art der alten Saga ist hier der düstere Ernst der kritischen Situation durch glücklichen Humor gemildert. Der mutterwitzige Thorarin Nefjolfssohn nutzt die Frömmigkeit des Königs aus, um ständig einen Aufschub der Tötung Asbjörns von diesem zu erreichen, bis dann endlich Erling Skjalgssohn entscheidend zu seiner Rettung eingreifen kann. Auch sonst gibt Snorri seiner Darstellung gern, wo sich die Gelegenheit bietet, eine humoristische Färbung. Das wirkungsvollste Beispiel dafür bietet wohl die weitausgesponnene Episode am Königshofe zu Upsala, wo der hoffärtige, aber etwas beschränkte König Olaf durch die überlegene Ironie des Gesetzesmannes Emund zur Nachgiebigkeit gegenüber seinem aufsässigen Volke gebracht wird.

Ein bitterer Humor tritt oft auch in den scharfgeschliffenen Dialogen zutage, mit denen Snorri gern, wiederum hierin dem Stil der alten Saga folgend, seine Handlungen belebt. Besonders eindrucksvoll in dieser Richtung ist das Zwiegespräch König Olafs mit dem jungen Jarl Hakon nach dessen Gefangennahme im Sauesunde. Auch des Königs Auseinandersetzung mit Erling Skjalgssohn, als er diesen nach der Nieder-

10

lage bei Buttens auf seinem eigenen Schiffe als Landesver-
räter brandmarkt, und später mit dessen Töter Aslat Fitjeglatze.
Diese pointierten und wortspielreichen Gespräche leiten oft wirk-
sam eine neue Handlung ein. So die sarkastischen Worte Karlis bei der Erschlagung des Seehundtöters und Thorir Hunds
bei dessen Rache.

Aber Snorri hat das stilistische Kunstmittel des Dialogs und
der Gespräche, wie es die Saga zur Belebung der Handlung
verwandte, wesentlich weitergeführt. Er hat es zu inhaltrei-
chen und formvollendeten Reden erweitert, die er den auftretenden Personen in den Mund legt, um ihre Anschauungs-
und Denkweise zu charakterisieren. Schon die antiken Schrift-
steller griffen zu dieser rhetorischen Belebung der einfachen
Handlung. Besonders Thucydides. Schon bei diesem hat man
die Gefahr jenes Stilmittels hervorgehoben, daß nämlich der
Verfasser leicht dazu kommt, seine eigenen subjektiven An-
sichten in solchen stilisierten Gesprächen vorzutragen. In einem
Fall trifft dies wohl auch sicher bei Snorri zu, nämlich bei
der Verhandlung der isländischen Großen wegen der Stel-
lungnahme zu Olafs Forderung, sich ihm zu unterwerfen.
Durch den Mund Einar Eyjolfssohns, der fest Islands Unabhängigkeit verteidigt, spricht hier sicher der Politiker Snorri,
für dessen Zeit diese Fragen König Hakon dem Alten gegenüber ja wieder besonders aktuell wurden.

Im allgemeinen hat Snorri in diesen Reden doch richtig die
wirkliche Stimmung und Anschauungsweise der alten Zeit
niedergelegt. Trefflich malen am Anfang von Olafs Regierungszeit die Reden des Königs, seines Stiefvaters Sigurd
Sau und der verschiedenen Oberlandskönige, dann des Königs
Ansprache an die Truppen vor der Schlacht bei Nesjar den
geschichtlichen Hintergrund, von dem sich der Aufstieg des jungen Herrschers abhebt. Das glänzende Schlußgemälde der
Schlacht von Stiklestad verdankt seine einheitliche Wirkung
auf uns wiederum nicht zum wenigsten den charakteristischen
Ansprachen Olafs und den Reden der norwegischen Großen,
in denen die Geschlossenheit von Olafs Persönlichkeit und
die innere Zerfahrenheit seiner Gegner uns lebhaft vor Augen

tritt. Ehe der Umschwung in der Stimmung des norwegischen Volkes gegen seinen König eintritt, macht uns die glänzende Rede des in Knuts Solde stehenden schlauen Pfaffen Sigurd noch einmal mit allem bekannt, was die Gegenpartei an berechtigten Vorwürfen gegen den Usurpator Olaf glaubte vorbringen zu müssen. Dieses Meisterstück von Beredsamkeit wird nur noch übertroffen durch die Rede des schwedischen Großbauern Thorgnyr, die den überlegenen Stolz eines klugen freiheitlichen Bauerntums gegen einen tyrannischen Herrscher widerspiegelt.

Eine Eigentümlichkeit der Saga waren die von der Haupthandlung oft recht weit abschweifenden Episoden. Auch Snorri hat solche zahlreich in seiner Darstellung verwandt, ist aber kaum in den Fehler verfallen, den selbst die besten alten Sagas gelegentlich zeigen, in der Nebenhandlung dabei auf tote Punkte der Erzählung zu geraten. Allenfalls könnte man die Abenteuer König Olafs des Schwedischen mit Gesetzesmann Emund und den drei seltsamen Brüdern Arnvid, Freyvid und Thorvid als solche bezeichnen. Auch das Ende der Geschichte Hröreks, des einzigen Königs, der auf Island gestorben war, und die weitausgesponnene Episode des Abenteurers Arnljot Gellini hätte vielleicht eine so ausführliche Behandlung in einem Königsbuche nicht verdient. Immerhin sind es im einzelnen Perlen der Erzählungskunst.

Andererseits sind gerade weit abschweifende Episoden für das Verständnis der Haupthandlung kaum zu entbehren, da sie das Bild der Zustände im Reich, die jene nur flüchtig hätte streifen können, in willkommener Weise ergänzen und vertiefen. Hierher gehören die oben erwähnten Geschichten von den Leuten auf den Färöer und namentlich von den Orkadenjarlen. Sie zeigen die äußere Machtenfaltung Olafs auf der Höhe. Umgekehrt veranschaulichen die Geschichten von Asbjörn Seehundtöter, vom Isländer Stein, von der Fahrt nach Perm, die äußerlich fast selbständige kleine Sagas darstellen, den Gegensatz der norwegischen Großen, eines Erling Skjalgssohn, eines Kalf Arnissohn, eines Thorir Hund, gegen Olaf, der die innere Festigkeit des Reiches längst unterhöhlt hat.

Die eingeflochtenen Episoden und die vorher erwähnten kunstvollen Reden innerhalb der Handlung waren für Snorri auch von hohem Wert für eine Ergänzung oder feinere Durchführung der Charakteristik. In den Reden offenbarte sich das Seelenleben der auftretenden Personen unmittelbar, in den Episoden erfuhr es oft aus Nebenumständen, die der Haupthandlung ferner lagen, manche Bereicherung. So erhielten auch die meisterhaften zusammenfassenden Charakteristiken, die Snorri von Olaf und seinen Freunden und Gegnern in die Darstellung einflicht, häufig erst, auf diese Weise ihre Bestätigung und Begründung. In des Königs Getreuen und Widersachern treten uns nicht nur geschichtliche Mächte, sondern lebensvoll gezeichnete Menschen entgegen.

Unter des Königs Widersachern ist namentlich die typische Gestalt des aufständischen Großen in drei Vertretern aufs feinste individualisiert: im Osten in dem eigennützigen Einar Bogenschüttler, der sich bis zuletzt mit großer Schlauheit zu seinem Vorteil zwischen den Parteien Olafs und seiner Gegner hindurchwindet, im Norden in dem bejahrten Harek von Tjöttö, dem Sproß aus altem Königs= und Skaldengeschlechte, der eigenwillig auf seinen erworbenen Besitz pocht, und endlich im Süden Erling Skjalgssohn, der mit dem Stolz des selbstgemachten freien Mannes die Jarlswürde verschmäht und die Verteidigung seiner selbständigen Stellung in Norwegen nach einem ruhmvollen Leben mit dem Tode büßt.

Von des Königs Anhängern ist die bestgezeichnete Gestalt die des Marschalls Björn. Vorübergehend hat sich der treue Mann, der stets vor dem Volke die Sache seines Königs vertrat, von Knut beeinflussen lassen. Aber reumütig kehrt er zu seinem Herrscher zurück, dem er fortan in steter Treue anhängt, die er dann in der Schlacht bei Stiklestad mit seinem Tode besiegelt. Höchst anziehend ist auch in dem Stiefbruder König Olafs dessen berufener späterer Nachfolger auf dem Throne schon hier geschildert. In einer köstlichen Kinderszene läßt uns der künftige König Harald der Harte schon als Knabe einen Blick in seine heldenhafte Seele tun, und stolz erhebt er dann vor der Schlacht bei Stiklestad dagegen Einspruch, wegen seiner Jugendlichkeit vom Kampfe zurückgestellt zu werden.

$\mathfrak{H}$inter dem kritischen Forscher und dem kunstvollen Erzähler steht der Kulturhistoriker Snorri kaum zurück. Auch in der Zeichnung des allgemeinen Zeitbildes in Norwegen übertrifft er bei weitem seine Vorgänger. Selbst in die Eigenart der Nachbarreiche läßt er uns manchen interessanten Blick tun. Die Geschichte Olafs des Heiligen wird bei ihm zu einem Gesamtbilde der Kultur des alten Nordens.

In Schweden treten uns von den norwegischen Verhältnissen vielfach abweichende Zustände entgegen. Namentlich zeigt hier das Bauerntum dem Königtum gegenüber eine weit selbständigere Haltung als in Norwegen, wo es seit Harald Schönhaars politischem Gewaltakt in größerer Abhängigkeit lebte. Seinen entscheidenden Einfluß auf dem Upsalathing veranschaulicht die prächtige Gestalt des alten Thorgnyr, der dem König in seinem Freimut mit Erfolg die Alternative stellen darf, entsetzt zu werden oder dem einmütigen Wunsche seines Volkes sich zu fügen. Das Heidentum stellt noch eine größere Macht dar. Die Bauern zwingen den König, den christlichen Namen seines Sohnes Jakob in Onund zu ändern und drängen dem ihrem alten Glauben feindlichen Herrscher jenen ihren Vertrauensmann als Nebenkönig auf.

Die Normannenhöfe in Frankreich und Rußland stehen noch in enger Beziehung zu ihren alten Heimatländern Norwegen und Schweden. Die Jarle in der Normandie sind, ihrer alten Abstammung aus dem Norden gedenk, Freunde der norwegischen Wikinger und lassen sie unter ihrem Schutz im Lande wohnen. So weilt Olaf dort während seiner Jugendfahrten bei Rouen an der Seine. König Jaroslav von Nowgorod, der schon den götländischen Jarl Rögnvald als Herrscher in Altladoga angesiedelt hatte, will dem vertriebenen König Olaf in Bulgarien eine neue Herrschaft geben.

Das Dänenreich hat damals unter Knut dem Mächtigen eine große Ausdehnung gewonnen. Wir lernen ihn weniger in Dänemark selbst als in England kennen, das er gegen das Angelsachsentum behauptet. Sein prächtiger Hof in London ist der Anziehungspunkt vieler Fürsten, die seiner königlichen Freigebigkeit nicht widerstehen können.

Wie in England herrscht das nordische Volkstum überall auf den Inseln des Westmeers bis Island und Grönland hin. Im einzelnen ergeben sich merkwürdige Parallelen zu den norwegischen Zuständen. An das Königtum im Oberlande, das Olaf ausrottete, erinnern die stets um die Herrschaft der Inseln streitenden Orkadenjarle. Auf den Färöer nimmt der gewalttätige und listige Großbauer Thrand-auf-Gasse eine ähnliche beherrschende Stellung ein wie Erling Skjalgssohn in Stavanger.

Laufen Snorri bei allen diesen Ländern, von denen er nur Schweden aus eigener Anschauung kannte, gelegentlich Irrtümer unter, so ist seine Schilderung doch im ganzen getreu. Das zuverlässigste Bild entwirft er von dem ihm durch seine Reisen so vertrauten Norwegen.

Nidaros, das alte Drontheim, schon von Olaf Tryggvissohn gegründet, wird unter Olaf dem Heiligen Mittelpunkt des Reiches. Seine dreifache Bedeutung als Königsresidenz, als Handelsplatz, als christliche Metropole tritt schon hier hervor. In der Königsburg dort weilt Olaf mit Vorliebe, wenn er nicht im Lande umherzieht oder auf Heereszügen auswärts ist. Nur Sarpsborg am Glommen, das der König selbst als Festung und Handelsplatz nach dem Osten hin gegründet hat, macht ihm dessen Gunst streitig. Von Nidaros aus geht ein blühender Handel nach dem Norden bis Finnmarken, nach dem Westen zu den britischen Inseln, nach Island und nach dem Süden bis Tönsberg, der lebhaften Handelsstadt am Christianiafjord, das mit Dänemark und Norddeutschland in lebhaftem Schiffsverkehr und Warenaustausch steht. Bekam Nidaros als politischer und merkantiler Mittelpunkt später in dem von Harald dem Harten angelegten Oslo, dem alten Christiania, und in Bergen, der Gründung Olafs des Stillen, namhafte Nebenbuhler, so blieb seine Vorzugsstellung als Stadt des „Heiligen Olaf". Dort war später der Sitz des Erzbistums, und der wundertätige Schrein mit der Leiche des Königs, zunächst in der Klemenskirche, dann über dem Altar der alten Christuskirche, blieb an dieser Stelle, als viel später Erzbischof Eystein dort das heutige prächtige Drontheimer Münster errichtete.

Einen tieferen Einblick erhalten wir in den Hofhalt Olafs des

Heiligen als in den seiner Vorgänger. Genau wird die Halle der Königsburg mit dem Hochsitz beschrieben; wir bekommen getreue Bilder von dem Leben des Königs und seiner Hofgesellschaft. Interessant ist hier namentlich der Ehrenplatz, den der Hofbischof und die Hofkapläne an der Tafel des Königs einnahmen, ferner die Institution der sogenannten „Gäste". Es waren besonders tüchtige Männer, die sich dem Könige für schwierige Unternehmungen zur Verfügung gestellt hatten. Sie standen unter einem Hauptmann, erhielten besonderen Sold und eigene Hofgesetze.

Aus dem Kriegerleben des Königs tritt uns mancher neue Zug entgegen. Vor allem charakteristisch für diesen sind die wohlgelungenen Kriegslisten, die er als junger Wiking am Mälar und an der Londoner Brücke, als König in der Schlacht an der Helgaå in Schonen und Jarl Hakon gegenüber im Sausunde anwendet. Auch für Recht und Handel trifft der König neue Maßnahmen. Er verbessert die Gesetze des Frostathings im Norden des Landes und erweitert die Befugnisse des Heidsävisthings im Osten. Vor allem läßt er durch Bischof Grimkel das kanonische Recht verbessern. Von Olafs wirtschaftlichen Maßnahmen interessiert besonders das Kornausfuhrverbot vom Süden des Landes nach dem Norden, das durch Mißernten, wie wir sie schon aus dem ersten Bande unter Harald Graumantel kennen gelernt haben, veranlaßt ist. Wir sehen gleichzeitig, wie ein Helgeländer Großbauer das Ausfuhrverbot durch Schleichhandel umgehen will. Die Hungersnot in dem von Natur nicht reichen Norwegen veranschaulicht uns, wie hart die tyrannische Gesetzgebung von Olafs Nachfolger, dem von Knut eingesetzten Svend Alfivassohn, das Land treffen mußte.

Handel und Wikingfahrt erscheinen oft in engster Verbindung, am anschaulichsten auf der gemeinsamen Fahrt Karlis und Thorir Hunds nach Perm am Weißen Meer. Mißtrauisch beobachten sich die Fahrtgenossen. Auf der Rückfahrt entsteht Streit um die reiche Beute. Sie trennen sich unter Hader und Totschlag. Das Ganze ist mit feinster kulturhistorischer Kleinmalerei geschildert.

16

Ein Gegenstück zu diesem kriegerischen Bilde ist die Ausmalung des häuslichen Lebens am Hofe Sigurd Sau's beim Empfang König Olafs. Wir sehen den König unter seinen Arbeitern auf dem Felde, dann seinen Ritt in prächtiger Gewandung, um Olaf in der Königsburg zu empfangen, endlich die Königin Asta als sorgliche Hausmutter beim Mahl in der Halle und auf dem Spaziergange beim Spiel ihrer Kinder.

Das alte Heidentum der Bauern tritt uns, bevor seine Macht durch Olaf endgültig gebrochen wird, noch einmal besonders anschaulich entgegen in Olvir von Egge, dem Veranstalter der Blutopfer in Mären, und in Gudbrand-im-Tal, dem Schützer des Thorheiligtums im Gudbrandstale. Zu den heidnischen Hauptfesten, bei Sommer- und Winterbeginn im April und Oktober und im Mittwinter lädt sich der Großbauer Asbjörn Seehundtöter in Helgeland jedesmal eine große Zahl von Gästen ein. Das ursprünglich dreitägige Mittwinterfest um Mitte Januar ist aber schon seit den Tagen Hakons des Guten mit dem christlichen Weihnachtsfest in Verbindung gebracht und hat eine erheblich längere Dauer erhalten. Am achten Julabend pflegt König Olaf nach seiner Feier in der Halle seine Mannen mit Waffen und Goldringen zu beschenken.

Die Regierungszeit Olafs des Heiligen fällt zusammen mit dem letzten Menschenalter der isländischen Heldenzeit. So ließen schon die Isländersagas aus jenem Zeitraum den Leser Thules manchen Streifblick in die gleichzeitigen norwegischen Zustände tun. Umgekehrt spielen die isländischen Verhältnisse episodenhaft in die Darstellung des Königsbuches hinein. Schon früher war hervorgehoben, wie Snorri bei der Schilderung der Verhandlungen mit den Abgesandten des Königs auf dem Allthing das Selbständigkeits- und Unabhängigkeitsgefühl der isländischen Häuptlinge betonte. Mit dem gleichen Stolze des Landsmanns läßt er das Freiheitsbewußtsein aller am Hofe des Königs weilenden Isländer, besonders der Skalden, hervortreten.

Neben Sigvat, auf den wir gleich zurückkommen, ist Thormod Schwarzbrauenskalde im Königsbuch der glänzendste Vertreter

des Skaldentums an Olafs Hofe. In der Schlacht bei Stikle=
stad trägt er auf dessen Wunsch zur Anfeuerung der Truppen
das alte Bjarkilied vor und erntet dafür den Dank des ganzen
Heeres. Dann versichert er Olaf seine Treue bis zum Tode und
ficht in der Schildburg des Königs unter den Tapfersten, bis er
auf den Tod verwundet ist. Aber selbst dann verläßt ihn nicht
sein Heldenmut als Kämpe und seine Kunst als Dichter. Den
Doppelschmerz der Wunde und um den Tod seines Königs
erträgt er unter grimmigen Schmerzen, und noch der Sterbende
spielt in Skaldenweisen mit bitterem Humor auf seinen hoff=
nungslosen Zustand an.

Über das Skaldentum als Kulturmacht des alten Nordens ist
der Leser Thules schon durch die Einleitung zur Geschichte
des Skalden Egil (Thule 3) und zu den Vier Skaldengeschichten
(Thule 9) orientiert. Kein Skalde aus der Geschichte Olafs des
Heiligen veranschaulicht sie in diesem Zeitraum mehr als Sig=
vat Thordssohn aus Affenwasser im Süden von Island.
Nächst dem Könige selbst ist er die bedeutendste Persönlichkeit
dieses Bandes. Wir besitzen von ihm keine eigne Saga mehr
wie von seinen großen Vorgängern Egil, Kormak und Hall=
fred. Aber innerhalb des Königsbuches nimmt seine Geschichte,
die noch in die Regierungszeit von Olafs Nachfolger Magnus
des Guten hineinragt, fast den Rang einer selbständigen Skal=
densaga ein.

Das Leben der Skalden Egil, Kormak und Hallfred wurzelte
in Island, so eng auch ihre Berührung mit dem norwegischen
Mutterlande war. Sigvat ist der erste unter den großen Dich=
tern Islands, dessen Leben sich ganz im Auslande abspielte.
Seitdem er achtzehnjährig an Olafs Hof nach Nidaros ge=
kommen war, ist sein Leben wie seine Dichtung ganz mit dem
norwegischen Boden verwachsen. Durch Reisen nach Schwe=
den und England, zuletzt durch eine Pilgerfahrt nach Rom
wird sein Aufenthalt dort zeitweilig unterbrochen, aber Nor=
wegen ist zeit seines Lebens sein zweites Vaterland, der Kö=
nigshof in Nidaros ständig auch die seelische Heimat seiner
Dichtung geblieben.

Bei den älteren Skalden Egil, Kormak und Hallfred war ein ihrer Skaldentätigkeit gleichwertiges Kämpentum selbstverständliche Voraussetzung. Diese Tradition des alten Skaldentums setzt der obengenannte Thormod Schwarzbrauenskalde in der Geschichte Olafs des Heiligen in seiner Persönlichkeit fort. Auch Sigvat stand selbstverständlich im Kampfe seinen Mann, und die Vorwürfe seiner Mitskalden wegen seiner Nichtteilnahme an der Schlacht bei Stiklestad, für die er nichts konnte, durfte er mit vollem Recht in zürnendem Liede zurückweisen. Aber daß er kein Kämpe großen Stiles war, hat er selbst in gutmütigem Spotte von sich erklärt. Seine Bedeutung lag in den diplomatischen Missionen, die er, wie auf seiner Reise ins Schwedenreich, für den König ausführte, und in der glücklichen politischen Propaganda, die er für diesen in kritischen Zeiten durch seine Dichtung machte.

Eine gewaltige Kluft trennt Sigvats christliches Skaldentum von den überzeugten Heiden Egil und Kormak. Aber es geht auch weit über das Christentum Hallfreds des Königsskalden hinaus. Hallfred hatte erst unter Olaf Tryggvissohns mächtigem Einfluß sich der neuen Lehre zugewandt und sich erst nach schweren inneren Kämpfen von den alten Heidengöttern getrennt. In seinen Liedern spielt das Christentum kaum eine Rolle. Sigvat, der Freund und Gesinnungsgenosse Olafs des Heiligen, macht als gläubiger Christ eine Pilgerfahrt nach Rom, um dort für das Seelenheil und den Erfolg seines Königs zu beten. Sein ergreifendes Totenlied auf diesen rühmt des Herrschers Waffentaten. Aber es gipfelt in der Darstellung der am Grabe des heiligen Königs geschehenen Wundertaten. Sigvats ganzes Leben und Dichten ist weit enger und ausschließlicher mit der Persönlichkeit des Herrschers, dem er diente, verknüpft, als dies bei den andern großen Skalden vor und nach ihm der Fall war. Selbst Hallfred der Königsskalde hatte, ehe er Olaf Tryggvissohns Mann und Skalde wurde, einem anderen Herrn, dem Drontheimer Jarl Hakon dem Mächtigen, gedient. Sigvat stellte sich vom ersten Augenblick an, da er öffentlich auftrat, Olaf dem Heiligen zur Verfügung. Als Ratgeber und Dichter hat er ihm in guten und bösen

Tagen mit unerschütterlicher Treue zur Seite gestanden, und nach dessen Tode dient er seinem Sohne und Nachfolger, Magnus dem Guten, bis an sein eignes Lebensende mit gleicher Anhänglichkeit.

Diese Treue gegen Olafs Haus war dem aufrechten Manne Sigvat natürlich. Der Dichternatur in ihm konnte sie nicht immer leicht werden. Knuts des Mächtigen glänzender Hof war ein verführerischer Anziehungspunkt gerade für die Skalden, deren Kunst nun einmal auf klingenden Lohn angewiesen war. Ottar der Schwarze und andere Dichter, die Olaf den Heiligen besungen hatten, hatten auch Preislieder auf Knut an dessen Hofe gedichtet. Sigvat ist, als er auf seiner Englandreise dort weilte, dieser Versuchung nicht unterlegen. Er hat es dem Feinde seines Königs ins Gesicht gesagt, daß er nur einem Herrn dienen könne. Ebenso beeinträchtigte die persönliche Freundschaft Sigvats mit Olafs Widersacher Erling Skjalgssohn nie seine Treue zum Könige.

Die Preisgedichte auf König Knut und Erling Skjalgssohn, die eine von Snorris Quellen bilden, hat Sigvat erst nach deren Tode gedichtet. Es ist bezeichnend für seine künstlerische Unabhängigkeit, daß er damals, als er mit seiner Mannentreue gegen den König nicht mehr in Konflikt geraten konnte, seinem dichterischen Drange, die großen Toten zu ehren, freien Lauf ließ. Immerhin lassen ja die Kämpfe Knuts in Dänemark und Erling Skjalgssohns bei Bukkend dort auch die Kriegergröße Olafs des Heiligen klar hervortreten. Das schönste dichterische Denkmal schuf Sigvat diesem über ein Menschenalter nach seinem Tode in dem großen Gedächtnisliede, dessen Weisen Snorris Hauptgrundlage für die Schilderung der Schlacht bei Stiklestad bildeten. Es war anders gekommen, als der König es sich gedacht hatte. Die Skalden in der Schildburg des Königs, die nach eigenem Erlebnis der Nachwelt von der Schlacht künden sollten, waren in ihr gefallen. Aber sein Lieblingsskalde verewigte sie in der Dichtung mit einer Anschaulichkeit, der man nicht anmerkt, daß er selbst zu jener Zeit fern im Süden weilte.

König Olaf wußte, was er an diesem Skalden hatte. Sigvat

durfte sich in seiner Selbständigkeit und in seinem Freimut am Königshofe manches erlauben, was andern für immer Ungnade zugezogen hätte. Noch in der Schlacht bei Stiklestad kurz vor seinem Tode läßt der König die andern Skalden, die Sigvat seine Vorzugsstellung neideten, nicht im Zweifel, daß er diesen nach wie vor als seinen ersten Vertrauensmann betrachte.

Als Dichter fehlt Sigvat die tiefe Leidenschaftlichkeit, mit der Egil und Kormak ihrem Schmerz und ihrer Freude Ausdruck zu geben verstehen. Auch ihr und Hallfreds grimmiger Humor ist seinem ruhigen Temperament fremd. In seiner Skaldenkunst spiegelt sich der kluge und ausgeglichene Mann wieder, der die ernsten und heiteren Seiten des Lebens mehr verstandesmäßig auf sich wirken läßt. So sind die Weisen, in denen er seinem Könige die Treue seines Volkes in schlimmer Zeit erhalten will, gewiß von echtem Zorn über dessen Abfall und von wahrem Schmerz um das Schicksal seines Herrschers eingegeben. Aber der Gesamteindruck dieses dichterischen Appells Sigvats an seine Landsleute ist doch mehr der einer aufklärenden politischen Broschüre.

Dieser Eigenart Sigvats entspricht auch die äußere Form seiner Dichtung. Die kunstvollen poetischen Umschreibungen mit ihrer reichen Bilderpracht gehörten zu den charakteristischen Merkmalen der älteren Skaldenkunst. Sie gaben in ihrer schlagkräftigen Wirkung auf den Hörer Kormak und Hallfreds Dichtung ihr eigentümliches Gepräge. Auch Sigvat verwandte dieses Stilmittel. Er erzielt damit sogar in den „Ostfahrtsweisen", jenem halbhumoristischen Liede über seine mißliche Reise nach Schweden, die glücklichste Wirkung, in dem er es im komischen Kontrast zu der einfachen poetischen Erzählung dort verwertet. Im allgemeinen aber befreit sich Sigvat von dieser traditionellen Fessel. Besonders in Versen, wo sein ganzes Herz mitsprach, wie in den Klagen über seinen gefallenen König oder die toten Freunde Marschall Björn und Erling Skjalgssohn, läßt er sie ganz fallen.

Die Macht des Wortes, wie sie König Olaf, dessen Marschall Björn und viele andere Großen der Zeit in ihren Reden an den Tag legen, hat ihr Gegenstück in Sigvats dichterischer Sprachgewalt. Nach Snorris Zeugnis floß ihm die Stegreifdichtung so leicht und schnell von den Lippen wie andern Männern die Alltagsrede. Dabei scheint er die künstliche Form der Drottkvåttweise mit ihren verwickelten Stab- und Binnenreimen kaum als einen nennenswerten Zwang empfunden zu haben. Kein Skalde vor ihm und nach ihm hat in diesem pomphaften äußeren Gewande den dichterischen Ausdruck mit solcher Leichtigkeit und Natürlichkeit gehandhabt. So wirken seine Improvisationen meist wie die Sprache des wirklichen Lebens. Das Gedicht Sigvats, das dessen menschliche und dichterische Eigenart am vollendetsten widerspiegelt, gehört nicht mehr in die Geschichte Olafs des Heiligen und wird uns noch im dritten Bande beschäftigen. Es ist an Olafs Sohn und Nachfolger Magnus den Guten gerichtet. Ihn hatte Sigvat selbst aus der Taufe gehoben und unter der Zustimmung seines Königs unter symbolischer Hindeutung auf die Gestalt Kaiser Karls des Großen mit diesem Namen beschenkt. Wie König Olaf der Heilige noch in der Geschichte seines Sohnes durch seine Wundertaten als himmlischer König weiter wirkt, so findet auch das Leben und Dichten seines Lieblingsskalden erst unter dessen Regierung und in dessen Dienste seinen Abschluß.

Die Geschichte von König Olaf dem Heiligen

1. Olaf Haraldsfohns Erziehung

Olaf, der Sohn Haralds des Grenländers, wuchs auf bei seinem Stiefvater Sigurd Sau und seiner Mutter Asta. Bei Asta lebte Hrani der Weitfahrer, und der erzog Olaf Haraldsfohn. Olaf war frühzeitig ein rüstiger Mann, schön von Anblick und von mittlerer Größe. Klug und redegewandt war er schon in jugendlichem Alter. Sigurd Sau war ein tüchtiger Hauswirt, und er hielt seine Leute gut zur Arbeit an. Er ging selbst oft nach den Äckern und Wiesen zu sehen oder auch nach dem Vieh oder den Werkstätten sowie nach andern Arbeiten, wo seine Leute solche zu verrichten hatten.[1]

2. Olaf und König Sigurd Sau

Einst wollte König Sigurd vom Hause wegreiten, aber niemand war daheim im Gehöft. So bat er seinen Stiefsohn Olaf, ihm ein Pferd zu satteln. Olaf ging zum Ziegenstall und holte den kräftigsten Geißbock von dort. Er brachte ihn zum Hause und legte den Sattel des Königs auf ihn. Dann ging er zu diesem und meldete, das Reittier sei für ihn gesattelt. Nun kam König Sigurd daher und sah, was Olaf angerichtet hatte. Da sprach er: „Es ist klar, du willst dich um keines meiner Gebote mehr kümmern. Vielleicht meint deine Mutter, ich hätte dir keine Befehle zu erteilen, die nicht nach deinem Sinn wären. Deutlich zeigt sich's, wie verschieden unsere Denkart ist: du willst viel höher hinaus denn ich." Olaf antwortete nichts und ging lachend davon.

3. König Olafs Fertigkeiten

Als König Olaf Haraldsfohn herangewachsen war, war er kein hochgewachsener Mann. Er war nur von Mittelgröße, doch von stämmigem Aussehen und voll Leibeskraft. Er hatte lichtbraunes Haar und ein breites Gesicht. Sein Antlitz war frisch und von gesunder Farbe. Er hatte gar wundersame Augen. Seine Augen waren glänzend und durchdringend, so daß es ein Schrecken war, ihm ins Gesicht zu schauen, wenn

---

[1] Vgl. die Charakteristik Kveldulfs in der Geschichte vom Skalden Egil (Thule 3) und S. 51.

er in Wut[1] war. Olaf war ein Mann, der sich auf viele Fertigkeiten verstand. Er wußte wohl mit dem Bogen umzugehen und war ein guter Schwimmer. Es gab keinen bessern Handschützen als ihn, dazu war er geschickt und umsichtig bei jedem Handwerk, ob er es selbst ausübte oder durch andre. Man nannte ihn „Olaf der Dicke". Er wußte klug und klar zu reden, frühzeitig war er in allem gereift, an Kraft wie an Weisheit. Alle seine Verwandten und Bekannten liebten ihn. Er war ein Meister in jedem Spiele und wollte stets der Erste sein, wie ihm das ja auch zukam bei seinem Rang und bei seiner Abstammung.

4. Beginn von Olafs Heerfahrten

Olaf Haraldssohn war zwölf Jahre alt, als er zum ersten Male an Bord eines Kriegsschiffes ging. Seine Mutter Asta bestimmte Hrani, den man „Königs=Ziehvater" nannte, zum Führer des Heeres. Er sollte Olaf auf seiner Fahrt begleiten; denn Hrani hatte oft vorher an Wikingzügen teilgenommen. Als Olaf Heer und Schiffe bekam, gaben ihm seine Leute den Namen „König", wie dies damals Brauch war. Heerkönige nämlich, die Wikinger wurden, führten ohne weiteres den Königsnamen, wenn sie aus königlichem Blute waren, auch wenn sie noch kein Land zur Herrschaft besaßen. Hrani saß am Steuer. Deswegen sagen einige, Olaf sei nur Ruderer gewesen. Doch war er König des Heeres.

Man fuhr nun am Land entlang nach Osten und kam zuerst nach Dänemark. So sagt der Skalde Ottar der Schwarze[2] in seinem Gedicht auf König Olaf:

> Jung, streitkühner König,
> Kraftvoll tatenschaffend,
> Fuhrest du nach Dän'mark
> Damals Erobluts Rappen[3].
> Nordher Olaf eilte.
> Alles wohl der Skalde
> Hörte[4]: mächtig machte
> Meerschiffs Fahrt dich, Herrscher.

---

[1] Vgl. S. 372. [2] Der Neffe des Skalden Sigvat. Über ihn vgl. S. 97. [3] Das Roß des Erobluts (d. h. des Meeres) ist das Schiff. [4] D. h. ich hörte es.

5. Olafs Zug nach Schweden

Im Herbst aber umsegelte König Olaf Schweden und be= gann dort im Lande zu heeren und zu brennen. Er meinte nämlich, er habe den Schweden Feindschaft genug zu vergelten, weil sie seinen Vater Harald[1] getötet hatten. Ottar der Schwarze sagt in klaren Worten, daß er von Dänemark dort= hin nach Osten kam:

Schild' du, Reiches Schalter,
Schafft'st viel' auf die Kiele;
Rudern von Land zu Lande
Ließest durchs Ostmeer[2] diese[3].
Oft du begannst bei günst'ger
Geh'ndem Wind zu segeln.
Hohe Well'n aufwühlten,
Wo du fuhrst, die Ruder.

Grimm schien, Kampfwurm=Schwanes[4]
Speiser, dein Zug den meisten.
Umfuhrst Schwedens Vorberg' —
Fährnis gabs, wo du heertest!

6. Die erste Schlacht

In diesem Herbst focht König Olaf seine erste Schlacht an der Sotis=Schäre, die im schwedischen Skärgård liegt. Dort stritt er mit Wikingern, deren Anführer Soti hieß. Olaf hatte viel geringere Mannschaft, aber größere Schiffe. Er legte seine Schiffe zwischen einige Seeklippen, so daß es den Wikingern unmöglich war, sich zum Angriff daneben zu legen. Dann aber warf er mit seinen Leuten Enterhaken auf die zu= nächstliegenden Schiffe der Feinde, zog sie zu sich heran und säuberte sie dann von der Mannschaft. Die Wikinger machten sich davon und hatten eine große Menge Männer verloren. Der Skalde Sigvat[5] erzählt von diesem Kampfe in dem Ge= dicht, in dem er die Fehden König Olafs aufzählt[6]:

---

[1] Den Grenländer (Band I, S. 249 f.). [2] Die Ostsee. [3] Die Kiele (d. h. Schiffe).
[4] Kampf=Wurm = Schwert; dessen Schwan ist der Rabe, dessen Speiser Olaf.
[5] Sigvat Thordssohn, der größte Skalde in Snorris Königsbuch (997—1045). Über ihn vgl. Einleitung S. 18 ff. [6] Die sogenannten „Wikingerweisen".

Auf See lenkt' das Langschiff
Leicht Jung-Olaf: reichlich
Furcht befiel das Volk da
Vor des Königs Zorne.
Mir kündeten Männer
Mehr wohl: hier zuerst doch
Kampffest Wolfes Füße
Färbt' er[1] an Sotis Schäre.

7. Fahrt in den Mälarsee

König Olaf fuhr nun weiter an die schwedische Küste.
Er lief in den Mälarsee ein und heerte an beiden Ufern.
Er fuhr die ganze Strecke bis nach Sigtuna und legte sich Alt-
Sigtuna[2] gegenüber. Noch sind dort, wie die Schweden erzählen, die Steinhaufen zu sehen, die Olaf unten am Ende
seiner Landungsbrücken dort auftürmen ließ. Bei Beginn des
Herbstes aber hörte Olaf Haraldssohn, daß der Schwedenkönig Olaf ein großes Heer zusammenzöge, und ferner, daß
er hätte Ketten quer über den Sund Almarestäket ziehen lassen
und Wächter dort aufgestellt habe. Der Schwedenkönig aber
meinte, König Olaf würde dort den Winterfrost abwarten,
und er hielt dessen Heer kaum der Beachtung wert, da er nur
eine so kleine Schar hatte. Da fuhr König Olaf nach Almarestäket, konnte aber nicht hindurch, denn im Westen des
Sundes war eine Feste, und im Süden lag eine Männerschar.
Als nun aber die Kunde kam, daß der Schwedenkönig an Bord
gegangen sei und daß er ein großes Heer und eine mächtige
Flotte hätte, da ließ König Olaf einen Graben durch die Halbinsel Södertörn zum Meere ziehen. Zu dieser Zeit herrschte gewaltiges Regenwetter.

Nun gehen aber die fließenden Gewässer von ganz Schweden
in den Mälar, und aus dem See führt in das Meer nur eine
Mündung so eng, daß mancher Fluß breiter ist. Bei starkem
Regen aber oder bei der Schneeschmelze stürzt das Wasser
mit solcher Gewalt vorwärts, daß durch Almarestäket die Flut
wie ein Wasserfall strömt, und der Mälar tritt so stark über

[1] Mit Blut, d. h. er kämpfte. [2] Die alte Hauptstadt von Schweden.

seine Ufer, daß weithin überschwemmte Strecken sind. Als nun
der Graben die See erreichte, da lief das Wasser in starker
Strömung heraus. Da ließ König Olaf alle Ruder seiner
Schiffe aushängen und die Segel hoch toppmast hissen. Und
nun blies günstig ein starker Wind. Sie ruderten vorwärts,
und die Schiffe glitten schnell über die Sandbänke dort und
kamen alle glücklich in die See.

Da gingen die Schweden zu ihrem Könige Olaf und meldeten,
daß Olaf der Dicke sich schon einen Ausweg in die See ge=
schaffen habe. Der Schwedenkönig fuhr seine Leute heftig an,
weil sie nicht verhütet hätten, daß König Olaf in die See kam.
Jener Graben heißt jetzt der „Königssund“, und man kann
ihn mit großen Schiffen nur befahren, wenn die Wasser aufs
höchste angeschwollen sind. Einige wollen wissen, daß die
Schweden es gewahr wurden, als Olaf mit seinen Leuten den
Graben durch die Halbinsel gezogen hatte und die Wasser
hindurchrauschten, ferner, daß jene mit einer Heeresschar ver=
sucht hätten, dorthin zu dringen, um Olaf an der Durchfahrt zu
hindern, aber da das Wasser beide Ufer unterwühlte, seien
diese eingesunken und mit ihnen die Schweden, so daß eine
große Menge von ihnen dort zugrunde gegangen wäre.
Doch leugnen dies die Schweden und erklären es für Gerede,
daß von ihnen jemand dort umgekommen sei.

König Olaf segelte nun im Herbst nach Gotland und rüstete
sich zu einem Einfall auf die Insel. Aber die Gotländer hielten
eine Versammlung ab und sandten Männer an den König, um
ihm Abgaben aus ihrem Lande anzubieten. Der König war
damit einverstanden. Er ließ sich Kriegssteuer von der Insel
zahlen und weilte dort den Winter hindurch. So sagt Ottar
der Schwarze:

> Gold mußt' dir entgelten
> Gotlands Volk in Not da,
> Wikingfürst. Sie wagten
> Wehr nicht heim'scher Erde.
> Ausriß das Heer Ösels;
> Aller Macht, Volks Walter[1],

---
[1] König.

(Hin war Wolfes Hunger[1],
Hört' ich), du zerstörteft.

8. Olafs zweite Schlacht

Nun heißt es weiter, daß König Olaf im Frühjahr weiter
oftwärts nach Ofel zog, um dort zu heeren. Er ging an
Land daselbft, und die Ofeler kamen zum Ufer und lieferten ihm
eine Schlacht. Da gewann König Olaf den Sieg. Er verfolgte die Fliehenden und verheerte und verwüftete das Land.
Man erzählte, daß zuerft, als König Olaf mit feinen Leuten
nach Ofel kam, die Bauern ihm Abgaben anboten. Als fie aber
zur Zahlung ans Ufer kamen, fei ihnen König Olaf mit einem
vollbewaffneten Heere entgegengetreten, und dann wäre es
anders gekommen, als die Bauern gedacht hätten. Sie waren
nämlich gar nicht in der Abficht gekommen, Abgaben zu zahlen,
vielmehr in voller Waffenrüftung, und fie lieferten dem König
eine Schlacht, wie vorher erzählt wurde. So fagt Skalde
Sigvat:

Aus zog dann nach Ofel
Aleif: zweiten Streit gab's.
Hier — von Trug bald hört' man —
Heert' er's Land im Speerthing[2]
Nur ihr'n Beinen die Bonden[3] —
Bebend floh'n fie — das Leben
Dankten: wen'ge, dünkt mich,
Da erft auf Wunden harrten[4].

9. Die dritte Schlacht

Nun fegelt Olaf zurück nach Finnland und heerte dafelbft.
Er machte Einfälle dort, aber das Landvolk floh in die
Wälder, und fie fchafften all ihre Habe aus den Wohnplätzen
fort. Der König zog weiter ins Land und durch einige Wäl-
der. Sie kamen zu einigen Talgehöften, dort, wo die Gegend
Herdalar heißt. Man traf da nur wenig Vieh an, aber keine
Menfchen. Dann ging der Tag zu Ende, und der König kehrte

[1] Es gab Beute für den Wolf. [2] Im Kampf. [3] Bauern. [4] D. h. fie flohen
vorher.

zu seinen Schiffen zurück. Aber als sie wieder in den Wald kamen, bedrängte sie von allen Seiten eine feindliche Schar. Man schoß auf sie und setzte ihnen hart zu. Der König hieß seine Männer sich mit den Schilden decken, doch hatte er, ehe er aus dem Walde herauskam, viele Krieger verloren, und gar mancher war verwundet. So erreichte er am Abend seine Schiffe.

Die Finnen aber beschworen durch Zauberei in der Nacht ein böses Unwetter und einen Seesturm herauf. Der König ließ nun die Anker aufwinden und die Segel hissen, und so segelten sie die Nacht hindurch vor dem Winde am Lande. So behielt wie öfters später das Glück des Königs gegenüber der Zauberei der Finnen die Oberhand. In dieser Nacht kreuzten sie vor der Balagardküste und segelten von da auf die offene See. Das Heer der Finnen aber zog oben am Ufer entlang, während der König auf dem Meere entlang fuhr. So sagt Sigvat darüber:

Auf Fahrt, harter, gen Hertal[1]
Hin gegen die Finnen
Königssohn, der Kühne[2],
Keck stritt er zum dritten.
Weg jagte die Woge
Wikings Meeres-Skie[3]
Vom Oststrand: jetzt ständig
Schien Bal'gard[4] vor ihnen.

10. Die vierte Schlacht

König Olaf fuhr nun nach Dänemark, und dort stieß er auf Thorkel den Hohen, den Bruder des Jarles Sigvaldi, und Thorkel entschloß sich, Olaf zu begleiten, denn er hatte selbst schon zur Wikingfahrt gerüstet. So segelten sie südwärts an der Küste von Jütland entlang zu einem Platz, der „Söndervigen" hieß, und dort erbeuteten sie manches Wikingerschiff. Die Wikinger aber, die immer auf dem Meere lagen und über ein großes Heer geboten, ließen sich Könige nennen,

[1] Herdalar. [2] Olaf. [3] Die (wie Schneeschuhe dahingleitenden) Schiffe.
[4] Balagard, die Südwestküste von Finnland.

wiewohl sie über kein Land herrschten[1]. Hier lieferte König
Olaf wieder eine Schlacht. Es gab einen erbitterten Kampf,
aber König Olaf behielt den Sieg und machte reiche Beute.
So sagt Sigvat:

Gunns[2] Lied zu beginnen
Ging — so erzählt rings man —
Zum vierten der Führer:
Voll Ehr' der sich wehrte.
Schwerer Kampf die Scharen
Schied: es schwand der Frieden
Weg in Sönderwigens
Weh=Bucht, kund den Dänen[3].

11. Die fünfte Schlacht

König Olaf segelte nun nach Friesland und lag bei bösem
Wetter an der Küste von Kinnlima. Der König ging
mit seinem Heer an Land, aber die Bewohner des Landes rit=
ten ihm zum Kampf entgegen, und er focht mit ihnen. Darüber
sagt der Skalde Sigvat:

Fünften Streit du strittest,
Schächervolkes Ächter[4],
Helmen gramen, da's grimmig
Ging der Flotte vor Kinnlim'.
Straff zu Königs Schiffen
Sprengt' der Friesen Menge.
Kühn doch sie des Königs
Kämpen rückwärts dämmten.

12. Svend Gabelbarts Tod

Nun segelte König Olaf nach England. Der Dänenkönig
Svend Gabelbart lag damals in England mit dem Dä=
nenheer im Felde. Er hatte sich dort schon eine Zeitlang fest=
gesetzt und das Land König Athelreds in Besitz genommen.
Zu jener Zeit nämlich hatten sich die Dänen weit über England
ausgebreitet, und es war so weit gekommen, daß König Athel=

---

[1] Vgl. S. 26. [2] Eine Walküre; deren Lied der Kampf. [3] Gefährliche Bucht,
die die Dänen wohl kannten. [4] „Der Bestrafer der Diebe" geht auf Olafs
spätere Königstätigkeit.

red hatte aus dem Lande fliehen müssen und sich nach Frank=
reich begeben hatte. In demselben Herbst, als König Olaf nach
England kam, hieß es, war König Svend Gabelbart, der Sohn
Haralds, nachts plötzlich in seinem Bette gestorben. Die Eng=
länder erzählen, Edmund der Heilige habe ihn erschlagen las=
sen in derselben Art, wie der heilige Merkurius den Neiding
Julian[1] tötete. Als König Athelred nun diese Nachricht er=
hielt, kehrte er sofort nach England zurück. Und als er dort
wieder ankam, sandte er an alle Botschaft, wer in seine Dienste
treten wollte, um das Land mit ihm zurückzuerobern. Da
strömte ihm eine große Menge Volks zu, und so eilte zu
seiner Unterstützung auch König Olaf mit einer großen Schar
von Norwegern herbei.

Zuerst machten sie sich nun nach London auf und fuhren mit
der Flotte die Themse aufwärts, aber die Dänen hielten die
Stadt. An der einen Seite des Stromes ist ein großer Han=
delsplatz, genannt Southwark. Dort hatten sich die Dänen ge=
waltig verschanzt. Sie hatten tiefe Gräben gezogen, an deren
Innenseite aber war ein Wall von Holz, Torf und Steinen
errichtet, und auf diesen hatten sie ein mächtiges Heer gelegt.
König Athelred ließ nun einen gewaltigen Angriff machen,
doch die Dänen wehrten diesen ab, und König Athelred konnte
nichts gegen sie ausrichten. Nun ging eine Brücke über den
Strom, zwischen der Stadt und Southwark, so breit, daß
zwei Wagen auf ihr aneinander vorbeifahren konnten. Auf
der Brücke waren Befestigungen errichtet, Kastelle und Ba=
steien, die auf den Strom herniedersahen, so hoch, daß sie einem
Mann bis zur Mitte des Leibes reichten. Unter der Brücke aber
waren Pfähle in den Stromgrund getrieben. Machte man nun
einen Angriff auf die Stadt, dann stand das Heer die ganze
Brücke entlang und verteidigte diese. König Athelred machte
sich viel Gedanken darüber, wie man die Brücke erobern könnte.
Er rief alle Führer seines Heeres zu einer Besprechung zu=
sammen und frug sie um Rat, wie man die Brücke niederlegen
könne. Da erklärte König Olaf, er wolle mit seinen Mannen
einen Ansturm auf sie wagen, falls andere Führer willens

---

[1] Den oströmischen Kaiser Julian Apostata (361—363 n. Chr.).

wären, mit ihm anzugreifen. So beschlossen sie in diesem Kriegsrat, ihre Flotte im Strom oben unterhalb der Brücke aufzustellen. Dann ordnete jeder von ihnen Heer und Schiffe für den Angriff.

13. Die sechste Schlacht

König Olaf hatte große Schanzkörbe von Flechtwerk anfertigen lassen aus Weidenzweigen und grünem Holz. Ferner ließ er Schutzdächer aus Weidengeflecht auseinandernehmen und alle diese Stücke über seine Schiffe ausbreiten, so weit, daß sie über den Bordrand hinausragten. Unter diesen ließ er Pfähle aufstellen, so dicht bei einander und so hoch, daß man ohne Mühe darunter fechten konnte und daß sie stark genug waren, einen Steinangriff auszuhalten, falls dieser von oben auf sie gerichtet würde. Nachdem dann die Flotte aufgestellt war, ruderte man zum Angriff stromaufwärts. Als nun die Schiffe sich der Brücke näherten, da wurden von oben eine solche Menge Geschosse und Steine auf sie herabgeschleudert, daß weder Helme noch Schilde ihnen standhielten. Die Schiffe selbst aber wurden außerordentlich davon mitgenommen, einige brachten sich auch in Sicherheit. König Olaf aber mit seiner Norwegerschar ruderte geradewegs unter die Brücke, und seine Leute warfen Taue um die Pfähle, die die Brücke stützten. Dann aber begannen sie mächtig zu rudern und trieben alle ihre Schiffe aus Leibeskräften stromabwärts. Da lockerten sich die Brückenpfeiler vom Grunde, bis sie sich völlig unter ihr lösten. Da nun überdies ein vollgewaffnetes Heer dichtgedrängt auf der Brücke stand, so daß eine Menge Steine und Kriegswaffen auf ihr waren, brach die Brücke, als die Pfeiler wankten, zusammen, und viel Volks stürzte in den Strom. Der ganze Rest aber floh von der Brücke, einige in die Stadt, andere nach Southwark. Darauf machten Olafs Mannen einen Angriff auf diesen Platz und eroberten ihn.

Als nun das Volk in London sah, daß der Themsestrom gewonnen war, so daß man die Schiffe nicht mehr hindern konnte, landeinwärts zu fahren, da übergaben sie voller Bestürzung vor den Schiffen die Stadt und ließen König Athelred einziehen. So dichtete darüber der Skalde Ottar der Schwarze:

> Weiter brachst, Odin=Wetter=
> Wurms[1] Schwinger im Sturm du
> Londons Brück': an Ländern
> Ließ dann Urd[2] dir manches.
> Zur Fehd' aufgefordert
> Fährt das Eisenschwert hier,
> Alter Schild zerspellt dort:
> Schlachtenlärm wuchs machtvoll!

Und weiter dichtete derselbe:

> An kamst du in England,
> Alrad[3] neu du halfest
> Zur Macht, als du mächtig
> Mannenvolks Freund[4] beistandest.
> In tücht'ger Fehd' erfocht'st du
> Friedensland[5] ihm wieder,
> Jatmunds Vater[6]: jenes
> Ja einst Adalrad hatte.

Endlich dichtete noch Sigvat darüber:

> Sag's, das war der sechste
> Sieg, der dir ward, Krieger[7]:
> Sprengt'st — umwarf die Angeln[8]
> Yggs Sturm[9] — Londons Brücke.
> Wälsch'[10] Schwert biß, den Wall noch
> Wehrt' der Feinde Heerschar.
> Im flachen Southwark saßen
> Sie zum Teil dann nieder.

14. Die siebente Schlacht

König Olaf weilte den Winter über bei König Äthel=red. Darauf hatten sie eine große Fehde auf der Heide von Ringmere in Wolfkelsland. Dieses Gebiet gehörte da=

---

[1] Der Wurm des Odin=Wetters (des Kampfes) ist das Schwert. [2] Die Norne (Schicksalsgöttin). [3] D. h. Adalrad (Äthelred). [4] Äthelred. [5] D. h. sein Reich im Frieden. [6] König Äthelred. [7] Olaf. [8] Die Engländer. [9] Yggs (d. h. Odins) Sturm ist der Kampf. [10] In Frankreich geschmiedetes.

mals Wolfkel Snilling. Da behaupteten die Könige den Sieg.
So dichtete darüber der Skalde Sigvat:

> Kunden noch vom König
> Kann ich siebente Mannstat.
> Wohl siegt' auf der Wahlstatt —
> Wolfkels Land sah's — Olaf.
> Ringmer's Feld[1] da füllten —
> Volks sank viel — die Angeln.
> Doch hier blieb dann Haralds
> Hehr'm Sproß[2] Sieges Ehre.

Auch Ottar der Schwarze berichtet wiederum von dieser Fehde:

> Dein Heer, König, hört' ich,
> Haufen Leichen auftürmt'
> Fern den Booten. Blut floß
> Breit durch Ringmer's Heide.
> Ihr fälltet des Volkes
> Viel in der Klingen Spiele[3],
> Bis die Angeln, ängstlich,
> Alle dich floh'n, Gewalt'ger!

Darauf kam das Land weithin wieder in den Besitz König
Athelreds, doch die „Thingmannen"[4] und Dänen hielten sich
noch in manchen Burgen, und an vielen Orten behaupteten
sie noch das Land.

15. Die achte und neunte Schlacht

König Olaf war Anführer des Heeres, als sie weiter
nach Canterbury fuhren und dort so lange kämpften, bis sie
die Stadt eroberten, indem sie eine Menge Volks dort töteten
und die Burg verbrannten. So sagt darüber Ottar der
Schwarze:

> Kraftvoll Yngvi[5] angriff
> All' die Burgverwalter.
> Canterbury, König,
> Kühn nahmst du am früh'n Tag.
> Heiß auf manches Hausdach

---

[1] Die Ringmereheide. [2] Olaf. [3] Im Kampfe. [4] Name der Leibwache der
dänischen Könige in England. [5] Olaf, der König aus dem Ynglingengeschlecht.

Hauchten Feuer und Rauch hin.
Viel Männer du fälltest,
Fürstensohn, siegdürstend.

Sigvat nennt dies die achte Schlacht König Olafs:

Weiß es, Wiking=Schrecker[1],
Wie dir achter Sieg ward
Am Fort, als du furchtbar
Vorrannt'st, Freund der Mannen.
Als du angriffst die Grafen[2],
Grimmer Fürst, sie nimmer
Canterbury konnten —
Qual war's für sie — halten!

Darauf bekam König Olaf die Landesverteidigung für Eng=
land ganz in seine Hand. Er fuhr mit Kriegsschiffen die Küste
entlang und nach Newhaven hinein. Dort lag vor ihm eine
Schar der dänischen Leibwache, und es kam zur Schlacht, in
der König Olaf siegte. So sagt darüber der Skalde Sigvat:

Olaf, jung, für die Angeln
Oft stäupt' blutig Häupter[3].
In Newhaven gar häufig
Herzblut färbt' die Schwertspitz'.
Neun Schlachten ich nannte
Nun Leiters des Streites[4].
Wo ihn Speer' umschwirrten,
Schnell fiel'n Dänen=Helden.

Darauf fuhr König Olaf weiter im Lande umher und nahm
Abgaben vom Volke oder er verwüstete ihr Gebiet. So sagt
Ottar der Schwarze:

Kein englisch Heer konnte,
König, des Lied weit tönet,
Ließ'st du Zoll dir zahlen,
Zwingherr, dir mehr wehren.
Gold zu bieten da galt es,
Gunns[5] Stämme, dem Kämpen[6]

---

[1] König Olaf. [2] Die Burgverwalter. [3] Nämlich der Dänen. [4] Olafs.
[5] Gunn eine Walküre, d. h. Kampf. Kampfs Stämme: Krieger, Männer.
(Anrede.) [6] Olaf.

Weiß es: ſtändig am Strande
Schätze man niederſetzte!
Dort weilte König Olaf damals drei Jahre hindurch.

16. Die zehnte Schlacht

Aber im dritten Frühjahr ſtarb König Athelred, und nun
bekamen ſeine Söhne Edmund und Edward die Königs-
herrſchaft. Da fuhr König Olaf über See nach Süden, und er
focht dann im Ringfjord und gewann ein Kaſtell in Hol[1],
in dem ſich Wikinger feſtgeſetzt hatten und das er völlig zerſtörte. So ſagt darüber Sigvat der Skalde:

„Zehn" voll in Schlacht-Zaunes[2]
Jähem Sturm ward, als näher
Ringfjords ſchöner Föhrde
Fah'rn hieß Olaf Scharen.
Weg zu Hol der Wiking'
Wehr[3] brach er, die hehre.
So ſchlimm Los erſehnten
Sie wohl nimmer wieder.

17. Die drei nächſten Schlachten

Dann zog König Olaf mit ſeinem Heer nach Grislupollar
und focht dort mit Wikingern vor Vilhjalmsbö. Dort
gewann König Olaf wieder den Sieg. So ſagt darüber
Sigvat:

Elften Strauß focht Olaf —
Alle Fürſten fallen
Sah der Schwertbaum[4] ſiegreich,
So heißt's — in Grisl'polle.
Hört's wohl: am Sitz Wilhelms[5]
War's, des treuen Jarles: —
Helme zerſtörten Schwerter —
Schnell geht's aufzuzählen.

Bald darauf focht er im Weſten im Fetlafjorde, wie Sieg-
vat meldet:

---

[1] Vermutlich in der Bretagne. [2] Schlachtzaun: der Schild; deſſen Sturm:
Kampf. [3] Die Wikingerburg. [4] Der Krieger, d. h. Olaf. [5] In Vilhjalmsbö
(wie Grislupollar, ein Ort in Frankreich).

Färbt' im Fessel=Fjorde[1]
Fürst, nach Ruhme dürstend,
Zahn Wölfins zum zwölften[2],
Zahllos Mannen zu Fall bracht'.

Dann fuhr Olaf weiter nach Seljupollar und lieferte dort eine Schlacht. Er eroberte da Gunnvaldsborg, eine alte und bedeutende Stadt, und nahm den Jarl Geirfinn, der über sie herrschte, gefangen. Dann hatte König Olaf eine Unterredung mit den Städtern, legte der Burg eine Strafsumme auf und verlangte für den Jarl zwölftausend Goldschillinge als Lösegeld. Die Summe aber, die er der Stadt auferlegt hatte, wurde ausgezahlt. So sagt Sigvat:

Dreizehnten Kampf Drontheims
Derber Fürst — sein Heerbann
Arg gab's flieh'nden Feinden —
Focht stolz bei Selj'polle.
Alt Gunnvaldsburg eilig
Olafs Schar sich holte
Im Gersturm[3] früh. Geirfinn
Gar man fing, den Jarl, da.

18. König Olafs Traum

Darauf zog König Olaf mit seinem Heer zu der Karls=ach[4], heerte dort und lieferte ein Schlacht. Aber während König Olaf auf der Karlsach lag und auf günstigen Wind dort wartete, in der Absicht, nach der Straße von Gibraltar und von dort nach Palästina zu fahren, träumte ihm ein merkwürdiger Traum: zu ihm kam ein ansehnlicher und stattlicher Mann, doch furchtbar anzuschauen[5]. Der sprach zu ihm und gebot ihm, davon zu lassen, ferne Lande aufzusuchen — „zieh zurück zum Lande deiner Geburt, denn du sollst für immer ein König in Norwegen sein". Er glaubte, der Traum künde ihm an, daß er König über jenes Land werden sollte und für lange Zeit danach auch seine Nachkommen[6].

---

[1] Im Setlafjorde in Frankreich. [2] Mit Blut, indem er ihr in der zwölften Schlacht reichlich Tote zum Fraß gab. [3] Kampf. [4] In Spanien, vermutlich der Guadalquivir. [5] Offenbar Olaf Tryggvisohn. [6] Vgl. den Traum Halfdans (Band I, S. 86).

19. Die fünfzehnte Schlacht

Nach dieser Offenbarung zog er zurück und wandte sich nach Poitou, um dort zu heeren. Da verbrannte er einen Handelsplatz, namens Varrandi[1]. So sagt Ottar der Schwarze:

Du konnt'st, junger König,
Kampffroh heeren in Poitou.
Unterm Schild, schöngemaltem,
Stand'st du im Tuskalande[2].

Weiter dichtete darüber Sigvat:

Vorwärts Schwertmund[3]=Färbers
Fahrt längs der Loire ging.
Da er kam von Süden, sieh', da
Sang hehr mancher Speer wohl.
Weit vom Meer ist Varrand' —
Wo volkreich liegt Poitou —:
Schwer durch Brand zerstörten's
Streitnjörd'[4] dem Herrn Möris[5].

20. Die Jarle von Rouen

König Olaf war nun in Frankreich zwei Sommer und einen Winter hindurch auf Heerfahrt gewesen. Damals waren seit dem Tode Olaf Tryggvissohns dreizehn Jahre verstrichen. In Frankreich waren damals zwei Jarle, Wilhelm und Robert, deren Vater Richard, der Jarl von Rouen, gewesen war, und diese herrschten über die Normandie. Ihre Schwester war die Königin Emma, die der Engländerkönig Äthelred zum Weibe gehabt hatte. Deren Söhne waren Edmund und Edward der Gute, Edwy und Edgar. Richard, der Jarl von Rouen, war der Sohn Richards, des Sohnes von Wilhelm Langspeer. Dieser aber war der Sohn von Gang=Hrolf, jenes Jarls, der die Normandie eroberte und deſſen Vater, Rögnvald der Mächtige, Jarl von Möre war, wie wir früher erzählten[6]. Von Gang=Hrolf stammen so die Jarle von Rouen, die noch viel später ſich auf diese Verwandtschaft mit norwegischen

---

[1] Guérande in der Bretagne. [2] Touraine in Frankreich. [3] D. h. Schwertspitze. Ihr Färber (mit Blut) der kriegerische Olaf. [4] Krieger. [5] Für den
Herrscher Norwegens; d. h. Olaf. [6] Vgl. Band I, S. 113.

Großen beriefen und noch nachher großes Gewicht darauf legten, ja zu allen Zeiten die größten Freunde der Norweger blieben. Alle Norweger erhielten friedlich Land in der Normandie, wenn sie solches haben wollten. Im Herbst kam König Olaf nach der Normandie und verweilte dort den Winter hindurch an der Seine, wo er in Frieden mit den Seinen wohnen durfte.

21. Einar Bogenschüttler[1]

Nach dem Fall König Olaf Tryggvissohns hatte Jarl Erich dem Einar Bogenschüttler, dem Sohn Eindridi Styrkarssohns, Frieden gewährt. Einar ging mit dem Jarl in den Norden von Norwegen, und es heißt, daß Einar der kräftigste aller Männer und der beste Bogenschütze in Norwegen war. In der Meisterschaft des Schusses war er allen andern über. Er schoß mit einem stumpfen Pfeil durch eine frisch abgezogene Ochsenhaut, die an einem Pfahle hing. Er war geübter im Schneeschuhlauf als irgend ein anderer Mann und besaß überhaupt die größte Kunstfertigkeit und Kühnheit. Überdies war er von hoher Abkunft und außerdem reich. Die Jarle Erich und Svein gaben dem Einar ihre Schwester Bergljot Hakonstochter zur Frau. Sie war ein rechtes Kernweib. Deren Sohn hieß Eindridi. Die Jarle gaben dem Einar großen Landbesitz in Orkedalen, und er wurde bald der mächtigste und angesehenste Mann im ganzen Drontheimer Bezirk. Auch war er die größte Stütze und der beste Freund der beiden Jarle.

22. Erling Skjalgssohn[2]

Jarl Erich mißfiel es sehr, daß Erling eine so große Herrschaft besaß und selbst alle Kroneinkünfte einzog, die König Olaf Erling vermacht hatte. Aber Erling erhob genau wie zuvor alle Steuern in Stavanger, so daß die Landesbewohner oft doppelt Abgaben entrichteten, denn andernfalls verwüstete er ihre Siedelungen. Von den Strafgeldern sah der Jarl wenig; seine Vögte nämlich hielten es dort nicht lange aus, auch zog der Jarl selbst dort nur im Land zur Bewirtung umher, wenn er eine Menge Männer um sich hatte. So sagt Sigvat:

---

[1] Vgl. Band I, S. 298. 311 f. [2] Vgl. Band I, S. 264 ff. 304.

Erling unter'n Jarlen
All'n als König waltet':
Stolz Tryggvissohns Schwager[1]
Schrecken dem Volk weckte.

Der ob Bonden ragt, der Recke[2],
Rögnwald'n gab zur Gemahlin,
Ulf's Vater'n, — der freut' sich
Viel des[3] — die andre Schwester.

Jarl Erich wagte nicht, mit Erling in Fehde zu geraten, da
jener eine zahlreiche und mächtige Verwandtschaft hatte und
selbst ein mächtiger und beliebter Mann war. Außerdem hatte
er fast immer viel Volkes um sich, gerade als ob ein König
dort Hof hielte. Erling war oft im Sommer auf Heerfahrten
und machte auf diesen reiche Beute. Dadurch konnte er seinen
gewohnten Aufwand und Staat weiter bestreiten, obwohl er
jetzt geringere und weniger ertragreichere Einkünfte hatte als
in den Tagen seines Schwagers, König Olafs. Erling war
schön, mächtig und kraftvoll wie wenige. An Waffentüchtigkeit
übertraf er alle Männer, und in seiner vielseitigen Kunstfer=
tigkeit glich er sehr seinem Schwager Olaf Tryggvissohn.
Davon dichtete Sigvat:

Königsvögte, kühnste,
Kraftvollste nicht sollten
Männerschlachten, mein' ich,
Mehr streiten als Erling.
Fehden der gabenfreud'ge
Focht, wie's keiner mochte.
Im Schildsturm[4] vorn stürmt' er
Stets und wich als letzter.

Man sagte allgemein, Erling sei der angesehenste aller Lehns=
leute in Norwegen gewesen. Die Kinder Erlings und der Astrid
hießen: Aslak, Skjalg, Sigurd, Lodin, Thorir und Ragnhild,
die Thorberg Arnissohn zur Frau hatte.
Erling hatte immer neunzig Freigelassene oder mehr um sich,
und im Winter wie im Sommer gab es auf den Mittags=

---

[1] Olafs Schwager ist Erling. [2] Olaf Tryggvissohn. [3] Die Heirat brachte
ihm Glück. [4] Kampf.

42

mahlzeiten bei ihm mäßig zu trinken, aber nach dem Abend=
essen war das Trinken nicht eingeschränkt. In den Zeiten aber,
wo die Jarle[1] in der Nähe waren, hatte er zweihundertvierzig
Mann oder mehr um sich. Niemals ging er mit weniger Man=
nen aus, als die für die Besatzung eines Zwanzigruderers
reichten. Erling hatte einen großen Kutter mit zweiunddreißig
Ruderbänken und dementsprechendem Schiffsraum. Auf diesem
fuhr er auf Wiking oder wenn er den Heerbann aufbot. An
Bord waren dann zweihundertvierzig Mann oder mehr.

23. Weiteres vom Herfen Erling

Erling hatte immer dreißig Knechte daheim außer den an=
dern Dienstleuten. Durch diese Knechte ließ er alles Tage=
werk verrichten. Er gab aber jedem von ihnen, der es wünschte,
außerdem Zeit und Erlaubnis, für sich selbst in der Dämme=
rung oder in der Nacht zu arbeiten. Er gab ihnen Acker=
land, wo sie für sich selbst Korn säen durften, so daß sie von
dem Ertrag Geld verdienen konnten. Er setzte ein bestimmtes
Loskaufgeld fest für jeden, und viele erkauften sich in ein
oder zwei Jahren die Freiheit, aber alle, in denen nur einiges
Streben war, kauften sich wenigstens in drei Jahren los. Mit
diesem Gelde kaufte sich dann Erling wieder neue Knechte.
Seine Freigelassenen aber ließ Erling teils Heringsfischerei
treiben, teils auch einem andern Erwerb nachgehen. Auch
rodeten manche Waldland aus und bauten sich Häuser in den
Lichtungen. Allen verhalf er so zu einigem Wohlstand.

24. Jarl Erich

Als Jarl Erich zwölf Jahre über Norwegen geherrscht
hatte, da kam zu ihm Botschaft von seinem Schwager
Knut, dem Dänenkönig, Erich solle mit einem Heere zu ihm
stoßen für einen Heereszug gegen England. Erich war näm=
lich durch seine Kriege weit berühmt geworden, da er das
Feld behauptet hatte in zwei Schlachten, die zu den gewaltigsten
in den Nordlanden gehörten. Die eine war der Kampf Hakons
und Jarl Erichs gegen die Seekrieger von Jomsburg[2], die

[1] Hakons des Mächtigen Söhne Erich und Svein. [2] Bei Lió=Vaag, vgl.
Band I, S. 242 ff.

andere Erichs Schlacht wider Olaf Tryggvissohn[1]. So dichtete darüber Thord Kolbeinssohn:

> Fürsten-Lob[2] ich ferner
> Förd're[3]: Botschaft, hört' ich,
> Von weitkundem König[4]
> Kam her zu Jarl Erich,
> Daß treu dem Vertrag er
> Träf' Knut als Freund. Gut ich
> Weiß, vom hellbehelmten
> Herrn[5] was der begehrte[6].

Der Jarl wollte sich der Botschaft des Königs nicht versagen,
doch ließ er, als er außer Landes fuhr, seinen Sohn, Jarl Hakon, zum Schutze des Landes in Norwegen zurück und stellte
ihn unter die Obhut von Einar Bogenschüttler, damit sein
Schwager ihn in der Landesverwaltung beriete. Hakon war
nämlich damals noch nicht älter als siebzehn Jahre.

25. Erich und Knut

Erich kam nach England und traf dort König Knut, und
er war dabei, als jener London nahm. Jarl Erich focht
im Westen von London, wo er Wolfkel Snilling tötete. So
sagt darüber Thord Kolbeinssohn:

> Zu kämpfen wußt' westlich,
> Wähn' ich, Goldes Schenker[7],
> Von London. Viel Landes
> Leicht Sundrosses Thund[8] nahm.
> Den kampf-eil'gen Ulfkel[9]
> Arg Schwerthieb versehrte.
> Blaue Schneiden schnitten
> Schwingend gegen das Thingvolk[10].

Jarl Erich war einen Winter in England und bestand da einige
Schlachten, und im nächsten Herbst hatte er eine Romfahrt vor.
Da starb er in England an einem Blutsturz.

---

[1] Bei Svold, vgl. Band I, S. 308 ff. [2] Erichs Lob. [3] Ich beginne ein neues Stef
meines Liedes. [4] Knut von England. [5] Jarl Erich. [6] D. h. ich weiß wohl,
was König Knut vorhatte. [7] Der (freigebige) Jarl Erich. [8] Thund = Beiname Odins. Der Gott des Sundrosses (des Schiffes) ist Jarl Erich. [9] Wolfkel
Snilling. [10] Die Thingmannen (die Leibwache der dänischen Könige).

26. Edmunds Erschlagung

König Knut hatte in England viele Kämpfe zu bestehen mit den Söhnen des Engländerkönigs Athelred, und bald siegte er, bald jene. Er kam nach England in demselben Sommer, als Athelred starb. Da heiratete König Knut die Königin Emma. Ihre Kinder waren Harald, Hardeknut und Gunnhild. König Knut einigte sich daraufhin mit König Edmund, daß jeder von ihnen die Hälfte von England haben sollte. In demselben Monat erschlug Eadrik Streona König Edmund, worauf König Knut alle andern Söhne Athelreds aus England verjagte. So sagt Sigvat:

Tot, sieh, die Söhne
Sah Knut all' da
Adalrads[1] oder
Außer Landes draußen!

27. Olaf und Athelreds Söhne

In demselben Sommer kamen die Söhne Athelreds nach Rouen in Frankreich zu den Brüdern ihrer Mutter, als Olaf Haraldssohn von seiner Wikingfahrt im Westen zurückkam, und sie weilten in diesem Winter alle zusammen in der Normandie. Sie schlossen da einen Vertrag ab mit der Bedingung, daß König Olaf Northumberland haben sollte, falls es ihnen gelänge, England aus der Gewalt der Dänen zurückzuerobern. Dann sandte König Olaf in diesem Herbst seinen Ziehvater Hrani nach England, um dort Mannschaft zu sammeln, und die Söhne Athelreds sandten ihn mit Wahrzeichen zu ihren Freunden und Verwandten, Olaf aber händigte ihm reichlich Geld ein, um beim Volke für sie zu werben. So weilte Hrani den Winter hindurch in England, und er versicherte sich der Treue vieler mächtiger Männer. Denn das Volk im Lande wollte lieber einen einheimischen König haben. War doch die Macht der Dänen inzwischen so angewachsen, daß die ganze Bevölkerung des Landes unter dem Zwang ihrer Herrschaft stand.

[1] Athelreds.

28. Eine Schlacht König Olafs

Im Frühjahr brachen sie allesamt von Westen auf, König Olaf und die Söhne König Athelreds, und sie kamen nach England zu einer Stadt, die Youngford hieß. Dort gingen sie mit ihrem Gefolge an Land und zogen vor die Stadt. In ihr erwarteten sie schon viele, die ihnen ihre Hilfe zugesagt hatten. Sie nahmen die Stadt ein und erschlugen viele Männer.

Aber da die Männer König Knuts dies gewahrten, sammelten sie ein Heer, und bald wuchs dies so an, daß König Athelreds Söhne mit ihren Leuten dagegen nicht aufkamen und einsahen, daß sie am besten täten, sich zurückzuziehen und wieder nach Rouen zu fahren. Da trennte sich König Olaf von ihnen, denn er wollte nicht nach Frankreich umkehren. Er segelte an der Küste Englands entlang nordwärts bis nach Northumberland und ankerte in einem Hafen namens Furuvald. Dort focht er mit den Städtern und gewann den Sieg und große Beute.

29. Olafs Reise nach Norwegen

König Olaf ließ nun die Kriegsschiffe zurück, und er rüstete zwei Lastschiffe von dort aus: die bemannte er mit zweihundertundsechzig wohlbewaffneten und auserwählten Männern. Im Herbst segelte er dann nach Norden auf die hohe See. Dort hatte er böses Wetter zu bestehen, so daß er in Lebensgefahr geriet. Aber da sie eine tüchtige Mannschaft hatten und das gute Königsglück bei ihnen war, kamen sie alle heil davon. Darüber dichtete der Skalde Ottar:

Königs[1] Freund, streitkunder,
Kauffschiffe, zwei, laufen
Von West hieß'st du, haßtest,
Herr, wahrlich Gefahr'n nie!
Mächtiger wohl mochte
Mitspiel'n deinen Kielen
Meer's Strom, war'n so stramme
Streiter da nicht bei dir[2].

---

[1] Athelreds: also König Olaf. [2] D. h. wären sie nicht bei dir gewesen.

Und weiter:

> Nicht erschrakst du — schrecklich
> Schwoll's Meer auf (prachtvoll're
> Burschen wie hier kein Heerschiff
> Hegte je) — vor Ägir[1].
> Da du einfuhrst in Firdir[2],
> Viel erprobt dein Kiel war,
> Sproß Haralds[3], durchschoß oft[4]
> Schäum'nde See, sich bäumend.

Hier wird erzählt, daß König Olaf von Westen her in der Mitte von Norwegen landete. Das Eiland aber, wo er an Land stieg, heißt Sälö und liegt gegenüber dem Vorgebirge Stadt. Da sagte König Olaf, er meine, das wäre ein Glückstag, an dem sie auf Sälö in Norwegen gelandet seien, und er erklärte es für ein glückliches Vorzeichen, daß alles so gut gegangen wäre. Als sie aber das Eiland betraten, da blieb der König mit dem einen Fuße im Uferschlamm stecken, und er stützte sich mit dem andern Knie, um nicht zu fallen. Dann sprach er: „Beinahe fiel ich." Da antwortete Hrani: „Nein, du fielst nicht, König, sondern du setztest deinen Fuß fest auf das Land." Der König lachte darüber und sagte: „Mag es denn so sein, wenn Gott will." Darauf gingen sie nach den Schiffen hinab und segelten in den Sund bei Vaagsöen. Dort hörten sie über Jarl Hakon[5], daß er sich in Sogn aufhielte, aber nach Norden fahren wollte, so bald er günstigen Wind bekäme. Er hätte jedoch nur ein Schiff.

30. Jarl Hakons Gefangenschaft im Sauesund

König Olaf steuerte nun seine Schiffe von der großen Wasserstraße weg ins Innere des Landes, und als er an Fjalir vorüber war, wandte er sich in den Sauesund und blieb dort liegen. Jedes seiner beiden Schiffe aber lag an einer andern Seite des Sundes, und beide verband ein dickes Tau. Zu derselben Zeit ruderte Jarl Hakon Erichssohn mit einem voll-

---

[1] Vor der See. [2] Im Fjordgau, d. h. da du nach Norwegen kamst. [3] Haralds des Grenländers: Olaf. [4] Nämlich der Kiel. [5] Jarl Erichs Sohn (S. 44).

bemannten Kutter in den Sund ein, und er und seine Mannen dachten, daß nur zwei Handelsschiffe im Sunde wären. So ruderten sie im Sunde zwischen den Schiffen hindurch. Da zogen König Olaf und seine Leute mitten unter dem Kiele des Kutters das Tau in die Höhe und wanden es an einer Winde empor. Und als der Kutter festsaß, hob er sich sofort hinten und sank vorn, so daß die See über den Vordersteven stürzte und den Kutter füllte, der sofort vornüberschlug. König Olaf nahm Jarl Hakon schwimmend gefangen und alle die von seinen Mannen, deren er habhaft werden konnte. Einige von diesen erschlugen sie auch, andere versanken im Sunde. So sagt Ottar:

Du, Blutfalkens Fütt'rer[1], —

Vielen hold mit Golde, —

Hakons Schiffe, die schmucken,

Schnell samt Mannschaft nahmest.

Urjung noch an Jahren —

Jarl[2] zum Trotze wahrlich —

Sah man Kampfschwans Sätt'ger[3]

Sein Erbland[4] erwerben.

Jarl Hakon wurde an Bord des Königsschiffes geführt. Er war der schönste Mann, den je Menschenaugen sahen. Er hatte reiches Haar, das schön wie Seide war, und ein Goldband schlang sich um sein Haupt. Er bekam seinen Sitz auf dem Vorderraum des Schiffes[5]. Da sagte König Olaf: „Keine Lüge ist, was Eure Gesippen von Euch erzählten, daß Ihr gar stattlich anzuschauen seid, aber das Glück hat Euch verlassen."
Da sagte Hakon: „Das ist kein Unglück, was uns betroffen hat. Lange Zeit hindurch hatte bald der, bald jener die Oberhand. So ist es zwischen meinen Verwandten und deinen gewesen, daß bald der eine, bald der andere die Übermacht hatte. Ich bin nicht weit vom Kindesalter entfernt. Auch war ich jetzt nicht wohl in der Lage, mich zu verteidigen. Wir vermuteten jetzt keinen Unfrieden. Möglicherweise komme ich ein andermal besser davon als jetzt."

---

[1] Blutfalkens (Rabens) Fütterer ist König Olaf. [2] Jarl Hakon. [3] Kampfschwans (Rabens) Sättiger: König Olaf. [4] Norwegen. [5] Vor dem erhöhten Hinterdeck.

Da erwiderte König Olaf: „Haſt du keinen Argwohn, Jarl, daß du jetzt in eine Lage geraten biſt, daß du fürderhin weder mehr ſiegen noch beſiegt werden dürfteſt[1]?" Der Jarl ſagte: „Für diesmal, König, ſteht die Entſcheidung bei Dir." Da frug König Olaf: „Was willſt du dafür tun, Jarl, daß ich dich für diesmal heil und unbeſchädigt ziehen laſſe, wohin du magſt?" Der Jarl frug, was der König von ihm fordere. Der König verſetzte: „Nichts weiter, als daß du das Land verläßt und deine Herrſchaft aufgibſt. Einen Eid ſollſt du mir ſchwören, daß du fürderhin keine Schlacht wider mich ſchlagen wirſt." Der Jarl antwortete mit der Erklärung, dies tun zu wollen. Nun leiſtete Jarl Hakon König Olaf einen Eid, daß er künftig nicht wieder gegen ihn fechten würde, weder werde er Norwegen im Krieg gegen den König Olaf verteidigen noch ihn angreifen. Dann ſchenkte König Olaf ihm und auch ſeinen Mannen allen das Leben. Der Jarl erhielt auch das Schiff zurück, auf dem er dorthin gekommen war. So ruderten jene denn ihres Weges von dannen. Hiervon erzählt Sigvat der Skalde:

Hellem Ruhme holder
Hehrer Fürſt[2] erklärte,
Im alten Saue-Sunde
Seh'n da müßt' er Hakon.
Der kühnſte der Kön'ge[3] —
Kein Normann war vor ihm
Ja ſelbſt, da noch jung er, —
Jarl'n[4] mannhaft dort antraf.

31. Jarl Hakon verläßt Norwegen

Darauf machte ſich der Jarl ſchleunigſt reiſefertig, um das Land zu verlaſſen, und er ſegelte nach England, wo er zu ſeinem Mutterbruder, König Knut, ſich begab und dieſem erzählte, wie es ihm mit König Olaf ergangen war. König Knut nahm ihn außerordentlich freundlich auf. Er ließ Hakon an ſeinem Hofe neben ſich ſitzen und gab ihm eine große

[1] D. h. daß dein Leben in meiner Hand iſt. [2] König Olaf. [3] König Olaf Haraldsſohn. [4] Hakon Erichsſohn.

Herrschaft in seinem Reiche. So weilte Jarl Hakon nun lange Zeit bei König Knut.

Als Svein und Hakon über Norwegen herrschten, hatten sie Frieden geschlossen mit Erling Skjalgssohn mit dem Abkommen, daß Aslak, Erlings Sohn, die Gunnhild, Jarl Sveins Tochter, zur Gemahlin erhielt. Sie bestimmten ferner, daß Vater und Sohn, Erling und Aslak, alle die Lehen haben sollten, die Olaf Tryggvissohn an Erling gegeben hatte. So wurde Erling ein zuverlässiger Freund der Jarle. Zu alledem verpflichteten sie einander durch Eide.

32. Des Königs Mutter Asta [1]

König Olaf der Dicke zog nun weiter nach Osten durch das Land und hatte an vielen Orten Zusammenkünfte mit den Bauern. Viele wurden seine Lehnsleute, während andere sich widersetzten, namentlich solche, die Verwandte oder Freunde des Jarls Svein waren. Deshalb ging König Olaf in aller Eile nach Vik und landete mit seiner Schar in der Bucht. Er ließ seine Schiffe dort an Land bringen und zog dann landeinwärts. Als er aber nach Vestfold kam, wurde er von vielen Männern freundlich empfangen, die Bekannte oder Freunde seines Vaters gewesen waren. Er hatte ja eine reiche Verwandtschaft dort in Fold. Im Herbst zog er ins Land hinauf zu seinem Stiefvater, König Sigurd, und er kam dort eines Tages früh an. Aber als König Olaf sich dem Gehöfte näherte, liefen einige Knechte vorher ins Haus und in die Stube. Da drinnen saß Asta, des Königs Mutter, mit einigen Frauen. Die Knechte erzählten ihr nun von König Olafs Herreise, außerdem, daß seine Ankunft baldigst zu erwarten stünde. Asta stand sofort auf und hieß Knechte und Mägde ihre Wohnung aufs Beste schmücken. Sie beauftragte vier Frauen mit der Ausstattung der Gaststube. Sie sollten diese schleunigst mit Teppichen und die Bänke mit Polstern versehen. Zwei Männer trugen Stroh auf den Fußboden, zwei setzten den Tisch mit der großen Schöpfkanne in die Stube, andere zwei stellten die Eßtische hin, und zwei sorgten für das Mahl, zwei sandte

[1] Vgl. S. 25.

sie aus dem Hause fort, und zwei endlich trugen das Bier
herein. Alle übrigen aber, Knechte wie Mägde, gingen auf
den Hof hinaus. Die beiden Fortgesandten gingen zu König
Sigurd und brachten ihm seine Festkleider dorthin, wo er sich
aufhielt, ferner sein Pferd mit einem vergoldeten Sattel und
mit einem Gebiß, das mit edlen Steinen besetzt und ganz ver=
goldet war. Vier Männer sandte sie aus nach allen vier Sei=
ten der Gegend und ließ alle Großen dort auf ein Gastmahl
zu sich laden, da sie ein Gelage rüste als Willkommen für die
Ankunft ihres Sohnes. Alle andern Männer aber, die daheim
waren, hieß sie die besten Kleider anlegen, die sie hätten, und
sie lieh denen schöne Gewänder, die selbst keine ihr eigen
nannten.

33. König Sigurds Anzug

König Sigurd Sau war gerade draußen auf dem Felde,
als die Boten zu ihm kamen und ihm diese Nachricht
brachten und ihm von allen Vorbereitungen, die Asta daheim
getroffen hatte, berichteten. Er hatte dort eine Menge Leute.
Einige schnitten Korn, andere banden es auf, wieder andere
fuhren es heim, manche stapelten es auch auf oder schafften
es in die Scheunen. Aber der König selbst ging mit zwei
Männern bald auf den Äckern umher, bald dorthin, wo das
Korn in der Scheune aufgeschichtet wurde. Von seinem Anzug
heißt es, daß er ein blaues Wams, blaue Hosen und hohe
Schnürschuhe an den Füßen trug. Er hatte einen grauen Man=
tel und einen grauen Hut mit breiter Krämpe und einen Schleier
über dem Gesicht. In der Hand trug er einen Stab mit einem
vergoldeten Silberknopf und einem silbernen Ring darin. Über
König Sigurds Wesensart wird berichtet, daß er ein sehr ge=
schäftiger Mann war, äußerst wirtschaftlich mit seinem Vieh und
seinen Vorräten, und daß er selbst nach allem in seinem Haus=
halt sah[1]. Er prunkte nicht nach außen und war meist karg an
Worten. Er war aber der weiseste von allen Männern, die
damals in Norwegen lebten, und hätte sehr reichen Besitz. Er
war friedlich gesinnt und trat niemand zu nahe. Seine Frau

[1] S. 25.

Asta gab gern und war gar stolzen Sinnes. Ihre Kin=
der waren: der älteste Guthorm, dann Gunnhild, Halfdan,
Ingirid und endlich Harald.

Die Boten sagten nun: „Asta trug uns auf, dir dies zu
melden: sie müsse nach ihrer Meinung großen Wert darauf
legen, daß du jetzt nach der Art großer Männer handelst,
und sie läßt dich bitten, du möchtest dabei ein Wesen zeigen,
das mehr deiner Verwandtschaft mit König Harald Schön=
haar entspricht als der Art Hrani Dünnschnabels, des Vaters
deiner Mutter, oder Jarl Nereids des Alten, obwohl dies
Männer von großer Klugheit waren."

Der König antwortete: „Ihr bringt da große Neuigkeiten,
und sehr eindringlich tragt ihr sie mir vor. Viel Aufhebens
hat Asta schon vorher gemacht bei solchen Männern, wo sie
es weniger nötig hatte zu tun als jetzt, und ich sehe wohl,
sie hat noch immer dasselbe Wesen wie früher. Mit großem
Eifer nimmt sie diese Sache in die Hand, will sie ihren Sohn
in gleich prächtiger Weise aus dem Hause geleiten, wie sie
ihn jetzt einführt. Aber mir scheint doch, wenn das nun so
werden soll, daß die, die diese Sache jetzt so gewagt in die
Wege leiten, doch nicht gebührende Rücksicht auf ihren Wohl=
stand und ihr Leben nehmen. Dieser Mann, König Olaf, kämpft
mit sehr ungleichen Gegnern, und auf ihm und seinen Plänen
liegt der Zorn des Dänen= und Schwedenkönigs, wenn er auf
dem eingeschlagenen Wege bleibt."

34. Das Festgelage

Nachdem der König dies gesprochen hatte, setzte er sich
nieder und ließ sich sein Schuhzeug ausziehen. Er tat
um seine Füße ein Paar Corduan=Strümpfe, an die Schuhe
aber heftete er vergoldete Sporen. Darauf legte er Mantel und
Kittel ab und warf sich in ein kostbares Gewand. Darüber aber
zog er einen Mantel von Scharlach und gürtete sich mit einem
schön verzierten Schwerte. Einen vergoldeten Helm setzte er
auf sein Haupt, und dann bestieg er sein Roß.

Er sandte Arbeiter in der Gegend umher und ließ sich dreißig
Mann in schöner Kleidung kommen, die mit ihm ins Haus

ritten. Als sie aber oben auf die Wiese vorm Hause kamen, da sah er, wie an der andern Seite der Hauswiese König Olafs Banner wehten und der König selbst hinterdrein kam mit hundertzwanzig wohlgerüsteten Männern. Überall aber zwischen den Häusern standen die Männer zum Empfang.

Sofort begrüßte König Sigurd seinen Stiefsohn, König Olaf, und dessen Gefolge von Rosses Rücken aus und lud ihn zu einem Trinkgelage bei sich ein. Aber Asta trat herzu und küßte ihren Sohn. Sie bat ihn, bei ihnen zu verweilen, indem sie sagte, alles, was sie ihm zu bieten vermöchte, Land und Leute, stünden bereit zu seinem Willkommen. König Olaf dankte ihr sehr für ihre Worte. Sie nahm ihn bei der Hand und führte ihn in das Gastzimmer und dort auf den Hochsitz. König Sigurd trug seinen Leuten auf, für die Gewänder der Gäste zu sorgen und ihren Pferden Hafer zu geben. Er aber ging zu seinem Hochsitz, und nun wurde das Festmahl mit aller Pracht veranstaltet.

35. Die Unterredung zwischen König Olaf und König Sigurd

Aber als König Olaf noch nicht lange Zeit dort geweilt hatte, berief er eines Tages zu einem Gespräch und einer Beratung seinen Stiefvater Sigurd, seine Mutter Asta und seinen Ziehvater Hrani zusammen. Da nahm König Olaf das Wort und sagte: „So steht es," begann er, „wie ihr wißt, daß ich ins Land hierher gekommen bin, nachdem ich vorher lange Zeit im Auslande weilte. Die ganze Zeit über hatten ich und meine Mannen zum Unterhalt nur das, was wir uns auf unsern Kriegszügen gewannen. An gar manchen Orten haben wir dafür Leib und Leben aufs Spiel setzen müssen. Viele Männer, ob sie noch so schuldlos waren, verloren durch uns ihre Habe, ja einige dazu ihr Leben. Ausländer sitzen ja über dem Eigentum, das früher mein Vater besaß und vor ihm mein Großvater und dann einer nach dem andern von meinem Geschlechte, und für das ich als gesetzmäßiger Erbe geboren wurde. Und nicht einmal damit sind sie zufrieden, denn sie ha=

ben allmählich alles an sich gerissen, was wir Verwandte unser nannten, die wir von König Harald Schönhaar in gerader Linie abstammen. Manchen von uns haben sie etwas davon gelassen, andern aber rein gar nichts. Nun möchte ich euch eröffnen, was ich seit langer Zeit in meinem Innern erwogen habe, nämlich, daß ich gesonnen bin, Anspruch zu erheben auf mein Vatererbe, und daß ich weder den Dänenkönig noch den Schwedenkönig aufsuchen werde noch sie um irgend etwas angehen, wiewohl sie jetzt zeitweis für ihr Eigentum erklärten, was Harald Schönhaar als sein Erbe hinterließ. Fürwahr, ich bin vielmehr gewillt, mein Erbe mit des Schwertes Spitze mir zu erobern und zu diesem Zwecke die Unterstützung aller meiner Gesippen und Freunde anzurufen sowie aller, die gesonnen sind, in dieser Sache sich auf meine Seite zu schlagen. Und in der Weise denke ich diesen meinen Anspruch geltend zu machen, daß nur zweierlei eintreten kann: entweder ich werde wieder das ganze Reich mir zu eigen machen und beherrschen, das jene durch Erschlagung König Olaf Tryggvissohns, meines Verwandten, sich aneigneten, oder aber: ich werde hier fallen auf dem Erbe meines Geschlechtes. Nun erwarte ich dabei von dir, Stiefvater Sigurd, und von allen Männern im Lande, die nach ihrer Geburt auf das Königtum Anspruch haben, gemäß den Gesetzen, die König Harald Schönhaar gab: ihr werdet es nicht so arg an euch fehlen lassen, daß ihr euch nicht erhöbet, um diese Schmach unseres Geschlechtes von euch abzustoßen, und daß ihr fortan nicht alle eure Kräfte einsetzen solltet, den zu unterstützen, der den festen Willen hat Führer bei der Wiederaufrichtung unseres Geschlechtes zu sein. Aber ob ihr nun gesonnen seid Mannesmut zu zeigen in dieser Sache oder nicht: ich weiß, wie das Volk allgemein denkt, daß sie allesamt sich von der Knechtschaft der ausländischen Herrscher werden befreien wollen, sobald sie nur einen Mann haben, auf den sie als Führer sich verlassen können.

Nun habe ich diese Sache dir von allen zuerst vorgetragen, aus dem Grunde, weil ich weiß, du bist ein kluger Mann und kannst mir gut raten, wie man sie am besten von Anfang an angreift, ob man lieber zuerst im geheimen mit bestimmten

Männern sie bespricht oder sie sofort in offner Aussprache dem ganzen Volk auseinandersetzt. Ich habe ja schon einigermaßen den Leuten die Zähne gewiesen, als ich Hand an Jarl Hakon legte, der jetzt sein Land verlassen hat und mir mit feierlichem Eidschwur den Teil des Reiches abtrat, der ihm vordem gehörte. Nun, glaube ich, darf ich annehmen, daß ich jetzt eine leichtere Aufgabe vor mir habe, wenn ich wider Jarl Svein allein streite, als sie gewesen wäre, wenn beide gemeinsam das Land verteidigt hätten."

Da antwortete König Sigurd: „Nichts Geringes hast du im Sinn, König Olaf. Und mir scheint, soweit ich die Sache beurteile, zeugt sie mehr von stolzem Wagemut als von Vorsicht. Es war fürwahr zu erwarten, daß meine bescheidenere Denkart stark abstechen würde von der hochfliegenden Gesinnung, die dich beseelt. Denn schon damals, als du kaum die Kindheit hinter dir hattest, warst du mit trotziger Tatkraft erfüllt in allem, was du wolltest[1]. Jetzt bist du nun außerdem in Schlachten bewährt und hast dich selbst nach dem Muster ausländischer Herrscher gebildet. Ich weiß nun sehr wohl, wenn du einmal deinen Sinn auf dies Unternehmen gerichtet hast, dann wird niemand dich davon abbringen können. Überdies ist es ja nur natürlich, daß Dinge dieser Art schwer wiegen müssen in der Seele von Männern, die einigermaßen Kämpennaturen sind, daß nämlich das ganze Geschlecht Harald Schönhaars und ihr Königtum so zu Boden liegen soll. Doch möchte ich mich zu nichts verpflichten, ehe ich nicht die Gesinnung und das Verhalten der andern Oberlandskönige gegenüber dieser Angelegenheit kenne. Auf jeden Fall tatest du gut, mich zuerst mit deinem Vorhaben bekannt zu machen, ehe du öffentlich vor allem Volk davon sprachest. Ich will dir versprechen, bei den Königen und andern Großen, auch bei den übrigen Leuten im Lande in deiner Sache zu wirken, und überdies stehe ich, König Olaf, auch mit meinem Vermögen für deine Unterstützung zu Diensten. Aber nur unter der Bedingung möchte ich, daß wir über unsere Sache zum ganzen Volke sprechen, daß ich zuerst mich versichere, wie weit wir eine Förderung

[1] Vgl. S. 25.

dort erwarten dürfen und wie weit eine Unterſtützung bei
einem ſo ſchwerwiegenden Unternehmen in Ausſicht ſteht.
Denn mache dir klar: Viel haſt du dir vorgenommen, wenn
du um die Herrſchaft kämpfen willſt mit Olaf, dem Schweden=
könig, und mit Knut, der in England und Dänemark König
iſt. Feſte Stützen müſſen deine Unternehmungen haben, wenn
ſie glücken ſollen. Doch halte ich es nicht für unwahrſcheinlich,
daß du Erfolg haben wirſt mit der Volkserhebung. Denn das
ganze Volk wünſcht neue Verhältniſſe. So ging es ja auch zu=
erſt, als Olaf Tryggviſſohn ins Land kam. Darüber freute ſich
alles Volk. Doch freilich, nicht für lange Zeit ſollte er ſein
Königtum genießen."
Als die Beratung ſoweit gediehen war, begann auch Aſta zu
ſprechen: "Was mich betrifft, lieber Sohn, ſo empfinde ich
freudigen Stolz über dich, und am meiſten wegen deiner
markigen Stärke. Ich will daher in nichts ſparen, was ich
dir geben kann. Doch kannſt du nur wenig nützlichen Rat von
einer Frau wie mir erwarten. Aber dies wünſchte ich mehr,
falls eine ſolche Wahl getroffen werden muß: daß du Ober=
könig über ganz Norwegen würdeſt, wenn du dabei in deiner
Königswürde auch nicht länger am Leben bliebeſt denn Olaf
Tryggviſſohn, als daß du einmal kein größerer König würdeſt
als Sigurd Sau und in hohem Alter ſtürbeſt." Nach dieſen
Worten brachen ſie die Unterredung ab.
Olaf weilte nun dort noch eine Zeitlang mit ſeiner ganzen
Gefolgſchaft, und König Sigurd bewirtete ſie bei Tiſch
immer abwechſelnd einmal mit Fiſch und Milch, ein ander=
mal mit Fleiſch und Hausbier.

36. Die Oberlandskönige

Zu dieſer Zeit herrſchten viele Könige im Oberland in
den einzelnen Gauen, und die meiſten ſtammten aus dem
Geſchlecht Harald Schönhaars. Über Hedemarken herrſchten
zwei Brüder, Hrörek und Hring, und in Gudbrandsdalen
Gudröd. Auch in Romerike war ein König, und ein König
herrſchte über Toten und Hadeland. In gleicher Weiſe gab es
einen König in Valders.

Nun hatte König Sigurd Sau eine Zusammenkunft mit diesen Volkskönigen oben in Hadeland, und dort war auch Olaf Haraldssohn. Da trug König Sigurd den Gaukönigen, mit denen er die Zusammenkunft verabredet hatte, den Plan seines Stiefsohnes, König Olafs, vor und bat sie um ihren Beistand durch ein Heer, guten Rat und ein Bündnis. Er stellte ihnen vor, wie not es tue, das Joch abzuwerfen, unter das die Könige von Dänemark und Schweden sie gebeugt hätten, und fügte hinzu, jetzt sei der Mann gekommen, der bei diesem Unternehmen Führer sein könnte. Darauf zählte er viele ruhmvolle Taten auf von König Olaf, die jener auf seinen Kriegszügen und Wikingerfahrten ausgeführt hätte. Da sagte König Hrörek: „Wahr ist es, die Macht König Haralds ist gründlich herabgekommen, da keiner mehr aus seinem Geschlechte Oberkönig in Norwegen ist. Das Volk dieses Landes hat nun mannigfache Schicksale gehabt. König Hakon Athelstans=Ziehsohn war König hier, und jedermann war damit zufrieden. Aber als die Gunnhildssöhne über das Land herrschten, da hatten alle von ihrer Tyrannei und Gewalttätigkeit viel zu leiden, so daß das Volk lieber wollte, daß ausländische Könige über es herrschten, da sie unter ihnen unabhängiger waren. Die ausländischen Herren waren ja immer weit weg und kümmerten sich wenig um die Verhältnisse des Volkes, wenn sie nur die Abgaben aus dem Lande erhielten, die sie sich ausbedungen hatten. Als aber der Dänenkönig Harald und Jarl Hakon sich entzweiten, da heerten die Seekrieger von Jomsburg in Norwegen, und die ganze Menge des Volkes erhob sich zum Widerstande gegen die Wikinger und schaffte sich diesen Unfrieden vom Halse. Das Volk setzte dann Jarl Hakon zu, das Land trotz des Dänenkönigs zu behaupten und es mit der Schärfe des Schwertes zu verteidigen. Als Hakon nun aber glaubte, durch die Unterstützung der Landbevölkerung seine Herrschaft genügend befestigt zu haben, wurde er so gewalttätig und ausschreitend gegen das Volk, daß man ihn nicht länger ertragen mochte. Die Drontheimer selbst erschlugen ihn und machten zu ihrem König Olaf Tryggvissohn, der seiner Geburt nach auf die Herrschaft Anspruch hatte. Auch hatte er

in jeder Hinsicht das Zeug zu einem Herrscher in sich. Alles
Volk im Lande drängte darauf, ihn zum König zu bekommen,
daß er über sie herrsche, um aufs neue das Reich aufzurichten,
das Harald Schönhaar sich zu eigen gemacht hatte. Aber als
König Olaf meinte, in seiner Königsmacht voll gefestigt zu
sein, da ließ er niemandem die Freiheit zu tun, was er wollte.
In gewalttätiger Art ging er vor gegen uns Kleinkönige,
indem er für sich alle Steuern in Anspruch nahm, die König
Harald hier eingezogen hatte, ja in mancher Hinsicht ging er
sogar noch weiter als jener. So wenig aber blieb unter ihm
den Männern die Freiheit des eignen Handelns, daß nicht einmal jeder an die Götter glauben durfte, die er wollte. Nachdem er nun aber das Reich verloren hatte, genossen wir bis jetzt
die Freundschaft des Dänenkönigs, durch ihn sahen wir uns
sehr gefördert in allem, was wir notwendigerweise für uns
beanspruchen mußten. Wir bestimmten frei über uns selbst,
ruhig war das Leben im Lande, und es gab keine Gewalttätigkeiten. Nun muß ich nach meiner Überzeugung sagen: ich
bin wohlzufrieden mit der jetzigen Lage der Dinge. Ich weiß
nicht, ob, auch wenn ein König aus meinem Geschlechte im
Lande herrscht, meine Gerechtsame dadurch in irgend einer Weise
besser gestellt sein werden. Wofern ich aber nicht zu dieser
Überzeugung komme, werde ich mich an einem solchen gewagten
Unternehmen nicht beteiligen."

Darauf sprach sein Bruder Hring: „Auch ich werde meine
Meinung sagen. Mir scheint, es ist besser, auch wenn ich nur
die gleiche Herrschergewalt und denselben Landbesitz wie jetzt
haben sollte, daß ein Gesippe von mir König in Norwegen ist
als ausländische Herrscher: denn dann kommt unser Geschlecht
hier wieder im Lande empor. Nun sagt mir meine Ahnung,
was diesen Mann hier, Olaf, betrifft: von seiner Kunst und
seinem Glück wird es abhängen, ob er König wird oder nicht.
Wird er aber Oberkönig über Norwegen, dann, meine ich,
wird man urteilen müssen: der wird in der besseren Lage sein,
der mehr vorbringen kann, was ihm seine Freundschaft sichert.
Zur Zeit ist Olaf in keiner besseren Lage als jeder von uns.
Im Gegenteil, es steht sogar schlechter mit ihm. Denn wir

haben ein Land und ein Reich, worüber wir herrschen, aber er hat jetzt gar keins. Und wir haben nach unserer Geburt nicht minder das Anrecht auf das Königtum. Nun wollen wir uns ihm als hilfreiche Männer zeigen bei seinem Bestreben, die höchste Würde hier im Lande zu erreichen, und wir wollen ihn mit unsrer ganzen Macht unterstützen. Wie sollte er es uns dann nicht wohl lohnen und lange ein gutes Gedächtnis daran bewahren, wenn er so mannhaft ist, wie ich glaube und wie alle Welt sagt? Wagen wir das Abenteuer, uns mit ihm freund= schaftlich zu verbinden — wenn es nach meinem Willen geht."
Darauf stand einer nach dem andern auf und sprach. Und das Ergebnis war, daß die meisten dafür waren, lieber Freund= schaft mit König Olaf zu schließen. Dieser sicherte ihnen nun seine volle Freundschaft zu, auch die Aufbesserung ihrer Ge= rechtsame, wenn er Oberkönig über Norwegen würde. So be= kräftigten sie nun diesen Vertrag mit feierlichen Eiden.

37. Olaf erhält den Königsnamen

Darauf beriefen die Könige ein Thing zusammen, und dort setzte Olaf allem Volk seine Absicht auseinander, auch, daß er Anspruch auf das Königtum habe. Er forderte die Bauern auf, ihn zum König über das Land zu wählen und versprach ihnen dafür die Wahrung ihrer alten Landes= gesetze sowie seinen Schutz gegen ausländische Heere und Her= ren. Zu diesem Zweck sprach er lange und gewandt, und seine Worte fanden reichlichen Beifall. Darauf erhoben sich die Kö= nige, einer nach dem andern, und alle sprachen in ihrer Rede für diese Sache und im Sinne seiner Botschaft vor dem Volke. Schließlich kam es dahin, daß man Olaf den Königsnamen gab über ganz Norwegen, und das Land wurde ihm zugesprochen nach dem Oberlandsgesetz.

38. König Olafs Fahrt durch das Oberland

Nun begann König Olaf seine Fahrt durch das Oberland und ließ für sich Gastungen veranstalten überall, wo königliche Güter im Lande waren. Zuerst zog er in Hadeland umher, dann wandte er sich nordwärts nach Gudbrandsdalen.

Nun kam es so, wie König Sigurd vermutet hatte: die Männer strömten ihm so reichlich zu, daß er nicht die Hälfte davon
glaubte nötig zu haben, und er hatte bereits gegen dreihundertsechzig Mann zusammen. Infolgedessen reichten die Gastungen,
wie sie vorher angesetzt waren, nicht aus, denn bis dahin war es
üblich gewesen, daß die Könige durch das Oberland zogen
mit einem Gefolge von sechzig oder siebzig Mann, niemals
aber waren es mehr gewesen denn hundertundzwanzig. So
zog der König nun eilig durch das Land und blieb an jedem
Platze nur eine Nacht. Aber als er im Norden an die Berge
kam, da begann er seine Fahrt in das Gebirge und überschritt
dieses. Er zog immer weiter, bis er von den Bergen herab nach
Norden kam. König Olaf stieg zunächst in den obern Teil von
Orkedalen hernieder und verweilte dort eine Nacht. Dann zog
er weiter durch das Waldland von Updalen und kam dann nach
Meldalen, wo er ein Thing ausrufen ließ und die Bauern um
sich sammelte. Dort auf dem Thing sprach der König, und er
forderte die Bauern auf, ihn zum Könige zu wählen, indem
er ihnen dafür Recht und Gesetze versprach, wie König Olaf
Tryggvissohn sie ihnen gegeben hätte. Die Bauern waren nicht
imstande, dem König Widerstand zu leisten, und so kam es dazu,
daß sie ihn zum König ausriefen und sich ihm mit feierlichen Eiden
verpflichteten. Aber sie hatten vorher Nachrichten weiter hinab
nach Orkedalen und auch nach Skogn gesandt, und sie ließen dorthin alles berichten, was sie von König Olafs Vorgehen wußten.

39. Heeresansammlung in Drontheim

Einar Bogenschüttler[1] hatte zu Huseby in Skogn ein
Pachtgut. Als aber die Nachricht von König Olafs Fahrten ihn erreichte, ließ er sofort den Kriegspfeil ausgehn nach
allen vier Seiten der Gegend und hieß Freie und Knechte in
voller Waffenrüstung zusammenkommen. Er fügte dem Befehl die Ankündigung bei, es gölte das Land vor König Olaf
zu verteidigen. Das Kriegspfeil-Gebot ging nach Orkedalen
und selbst bis nach Guldalen, und aus allen diesen Gegenden
strömte ein Heer zusammen.

[1] Vgl. S. 41.

40. König Olafs Fahrt nach Drontheim

König Olaf zog nun mit seinem Heere niederwärts durch Orkedalen, und er fand alles ruhig und friedlich. Als er aber nach Grjotar kam, stieß er auf die Ansammlung der Bauern, und diese hatten mehr als achthundertvierzig Mann. Da stellte König Olaf sein Heer auf, denn er glaubte, die Bauern würden ihn angreifen. Als die Bauern dies sahen, stellten auch sie sich zur Schlacht auf, doch das ging nicht sehr glatt von statten, da vorderhand noch nicht bestimmt war, wer sie führen sollte. Als nun König Olaf sah, wie unbeholfen sich die Bauern anstellten, sandte er Thorir Gudbrandssohn zu ihnen, und als dieser zu ihnen kam, sagte er, König Olaf habe gar nicht im Sinn, sie zu befehden. Er machte zwölf Mann namhaft, die edelsten aus ihrem Heere, und lud sie zu einer Zusammenkunft mit König Olaf ein. Die Bauern folgten der Aufforderung und gingen über einen felsigen Hügel, der dort in der Nähe war, wo König Olaf seine Schlachtordnung aufgestellt hatte. Da sprach König Olaf: „Ihr Bauern tatet wohl, daß ihr mir jetzt Gelegenheit gabt, zu euch zu reden, denn dies will ich euch sagen hinsichtlich meines Vorhabens hier in Drontheim. Zunächst: ich weiß, ihr hörtet schon früher davon, daß ich und Jarl Hakon letzten Sommer aufeinander trafen und daß unser Streit so endete, daß er mir die ganze Herrschaft überließ, die er selbst in Drontheim besessen hatte. Das ist, wie ihr wißt, der Gau von Orkedalen, ferner die von Guldalen, von Strind und von Inder- und Ytterden. Und ich habe hier Zeugen, die dabei waren und den Handschlag mit ansahen, den mir der Jarl leistete, auch den Wortlaut seines Eidschwurs hörten und das ganze Abkommen, das wir beide trafen. Jetzt biete ich euch Gesetz und Frieden an gemäß dem Angebot, das König Olaf Tryggvissohn euch vor mir machte."

Er sprach lange und trefflich, und es kam schließlich dahin, daß er die Bauern vor die Wahl stellte, entweder sich ihm zu unterwerfen und ihm Gehorsam zu leisten oder mit ihm jetzt dort zu kämpfen. Da gingen die zwölf Bauern zu ihrer Schar zurück und berichteten, was sie ausgerichtet hätten, und sie frugen nun das ganze Heer um Rat, was man tun solle. Wiewohl sie nun eine Zeitlang untereinander hin und her= schwankten, zogen sie es doch am Ende vor, sich dem Könige zu unterwerfen. Und diese Unterwerfung wurde von den Bauern durch Eide beschworen. Dann rüstete sich König Olaf weiter zur Fahrt durchs Land, und die Bauern boten ihm Will= kommen und Bewirtung.

Darauf zog der König weiter zur See und begab sich an Bord der Schiffe. Er hatte ein Langschiff mit zwanzig Ruderbänken von Gunnar aus Gjölme und einen andern Zwanzigruderer von Lodin aus Viggen. Einen dritten Zwanzigruderer hatte er von Hangran aus Bynesset, wo Jarl Hakon seine Wohn= stätte gehabt hatte, und der Verwalter darauf war Bard der Weiße. Der König hatte außerdem vier oder fünf Schuten, und er bekam eine glückliche Fahrt und fuhr in den Fjord hinein.

41. Jarl Sveins Fahrt

Jarl Svein war damals oben in Drontheim zu Steinker und ließ dort ein Julfest rüsten. Dort lag ein Handelsplatz. Einar Bogenschüttler hatte gehört, daß die Männer von Orke= dalen sich König Olaf unterworfen hatten, und so sandte er zu Jarl Svein Boten mit dieser Nachricht, die zuerst hinab nach Nidaros fuhren und dort ein Ruderboot nahmen, das Einar gehörte. Darauf fuhren sie schnell fjordaufwärts und kamen gegen Abend nach Steinker. Dort brachten sie dem Jarl ge= naue Kunde über die ganze Fahrt König Olafs. Der Jarl hatte ein Langschiff, das gezeltet vor seinem Wohnsitz schwamm. Er ließ schleunigst noch am selben Abend sein bewegliches Gut und die ganze Ausrüstung seiner Mannen, auch Trank und Speise, so viel das Schiff fassen konnte, an Bord bringen, und dann ruderten sie noch in der gleichen Nacht den Fjord hinab und kamen beim Morgengrauen in den Skarnsund. Von dort aus sahen sie, wie König Olaf mit seinem Heer von der See aus den Fjord hinaufsegelte, und so wandte sich der Jarl weiter ins Land zum Mosviken=Sunde. Da war ein dichter Wald, und sie lagen so nahe an den Uferfelsen, daß Laub und Äste bis über das Schiff hingen. Da schnitten sie große Bäume ab und stellten sie an der Außenseite des Schiffes nach der See hinab auf, so daß man das Schiff wegen des dichten Laubwerks nicht sehen konnte. Es war noch nicht voller Tag, als der König an ihnen vorbeisegelte. Das Wetter war ruhig, und der König fuhr stromaufwärts an dem Eiland vorüber. Und als sie außer Sehweite voneinander waren, ruderte der Jarl wieder in den Fjord hinein dem Meere zu und ohne Unterbrechung weiter nach Frosta, wo sie vor Anker gingen. Denn dort war das Herrschaftsgebiet des Jarls.

42. Jarl Sveins und Einars Beratung

Jarl Svein sandte nun Männer aus nach Guldalen zu seinem Schwager Einar, und als der zum Jarl kam, erzählte ihm dieser alles, was zwischen ihm und König Olaf vorgefallen war. Er erklärte ihm, daß er vorhabe, ein Heer zu sammeln und König Olaf zur Schlacht entgegenzuziehen. Einar erwiderte folgendermaßen: „Fassen wir behutsam unsern Entschluß und versichern wir uns erst durch Späher, was König Olaf vorhat. Lassen wir von uns nur laut werden, daß wir uns ruhig verhalten. Dann nämlich, wenn er hört, daß wir kein Heer sammeln, läßt er sich vielleicht ruhig in Steinker während der Julzeit nieder, da jetzt dort alles für einen Aufenthalt wohl vorbereitet ist. Hört er aber, daß wir ein Heer rüsten, dann wird er sofort den Fjord verlassen, und wir werden nichts mehr von ihm haben." Was Einar riet, wurde getan, und der Jarl ging auf Gastung zu den Bauern von Stjördalen.

König Olaf nun ließ, als er nach Steinker kam, alles, was für das Julgelage dorthin gebracht war, wegnehmen und an Bord seiner Schiffe schaffen; er verschaffte sich auch Lastschiffe dafür, und alle Speisen und Getränke führte er mit sich fort. Dann machte er sich schleunigst davon und fuhr nach Nidaros, wo König Olaf Tryggvissohn einen Handelsplatz angelegt hatte, wie früher erzählt wurde[1]. Als aber Jarl Erich Hakonssohn Herrscher über das Land geworden war, hatte er Lade

[1] S. Band I, S. 276.

begünstigt, wo sein Vater seinen Hauptsitz gehabt hatte, aber er ließ die Häuser, die König Olaf am Nid hatte erbauen lassen, unbeachtet liegen. Einige waren jetzt schon eingestürzt, andere standen zwar noch, waren aber kaum mehr bewohnbar. König Olaf ließ seine Schiffe den Nid aufwärts fahren, und sofort ließ er die Häuser, die noch standen, wieder wohnlich einrichten, die aber eingestürzt waren, ließ er aufbauen, und er hatte dort eine Menge Männer um sich. In die Häuser aber ließ er das mitgebrachte Getränk und die Lebensmittel schaffen, denn er gedachte dort die Julzeit zu verbringen. Aber als Jarl Svein und Einar dies hörten, richteten sie ihrerseits ihre Pläne danach ein.

43. Der Skalde Sigvat[1]

Thord Sigvaldisskalde war der Name eines Mannes auf Island. Er war lange Zeit bei dem Jarl Sigvaldi gewesen und später bei Thorkel dem Hohen, dem Bruder des Jarles, aber nach dem Tode des Jarles wurde Thord Handelsmann. Er traf mit König Olaf zusammen, als dieser auf seiner Wikingfahrt im Westen begriffen war, und er wurde sein Mann und folgte ihm überall nach. Als die ebengenannten Vorfälle sich abspielten, war er beim Könige. Sigvat hieß Thords Sohn, der von Thorkel von Affenwasser[2] erzogen war. Als er aber nahezu herangewachsen war, fuhr er mit einigen Kaufleuten von Island fort. Und sein Schiff lief im Herbst in Drontheim ein. Die Schiffsleute nahmen in der Gegend dort Quartier.

In demselben Winter kam König Olaf nach Drontheim, wie wir eben erzählt haben. Als aber Sigvat hörte, daß sein Vater Thord dort beim Könige war, ging er zum König, traf da seinen Vater und verweilte dort eine Zeitlang. Sigvat war frühzeitig ein trefflicher Skalde. Er hatte ein Gedicht auf König Olaf gemacht und bat den König, es anzuhören. Dieser aber versetzte, er wolle von Liedern, die auf ihn gedich-

---

[1] Über diesen Skalden gab es vermutlich eine besondere isländische Saga, die fortlaufend von Snorri in die Geschichte Olafs des Heiligen verwoben wurde, vgl. Einleitung S. 18. [2] In Südisland.

tet seien, nichts wissen. Er erklärte, er verstünde sich nicht dar=
auf, Skaldendichtung anzuhören. Da erwiderte Sigvat:

Hör', dunklen Zelt=Hengstes[1]
Hehrer Vernichter, gern mich.
Einen doch —kann[2] dichten —
Dir halte als Skalden!
Belieb's aller andern Lobsang
Los zu sein getrost dir:
Im Überflusse aber
Ich, Herr, will dir dichten.

König Olaf gab Sigvat als Sängerlohn einen goldenen Ring,
der eine halbe Mark[3] wog. Sigvat erhielt einen Platz in
des Königs Leibgarde. Da sang er:

Schlacht=Njörd[4], nahm dein Schwert gern,
Schmäh' niemals dies später.
Froh drob bin ich: freud'ge
Frohn[5] ist hier am Throne.
Schlangen=Bettes[6] Bieter,
Beide gut es uns kleidet:
Du hast treusten Diener,
Den Herrn ich, der ersehnt mir.

Jarl Svein hatte die Hälfte des Segelzolles von den Island=
Schiffen genommen, wie das in alten Zeiten Brauch war.
Denn Jarl Erich und Jarl Hakon hatten die eine Hälfte dieser
Abgabe just wie von allen andern in Drontheim für sich ge=
nommen. Aber als König Olaf dorthin gekommen war, da
wies er seine Leute an, die Hälfte des Segelzolles von den Is=
landfahrern zu erheben. Aber die Leute vom Schiff suchten den
König auf und baten Sigvat um seine Vermittlung. Da trat
er vor den König hin und dichtete:

Zu gierig Kampf=Geirs[7]
Gasthaltern schein' fast ich,
Mein' ich, bettelnd um Mäntel[8]:

---

[1] Schiffes. [2] D. h. ich kann. [3] 1440 Reichsmark. [4] Der Schlachtengott ist
Olaf. [5] Freud'ger Dienst. [6] Schlangen=Bett ist das Gold (vgl. den auf dem
Golde lagernden Safnir der Edda); dessen Bieter der freigebige König. [7] Des
Kampfspeers (Raben) Gasthalter sind die ihm Leichen gebenden Krieger.
[8] In solchen wurde der Fahrtzoll für die Islandfahrer entrichtet.

Meerfeuer[1] ein schon heuert'[2].
Hilf; das Schiff zur Hälfte,
Herr, soll ohne Zoll sein.
Schlangenlagers[3] Schenker,
Spend' die Gabe denn da!

44. Jarl Svein

Jarl Svein und Einar Bogenschüttler zogen ein großes
Heer zusammen, gingen nach Guldalen und kamen auf dem
Wege durchs Hochland nach Nidaros. Sie hatten ungefähr
zweitausendvierhundert Mann bei sich. König Olafs Mannen
waren oben in Byaasen und hielten zu Rosse Wacht. Sie
wurden das gewahr, wie das Heer von Guldalen hinabzog, und
brachten dem König um Mitternacht die Nachricht. Sofort
stand König Olaf auf und ließ sein Heer wecken. Dann ging
er schleunigst an Bord des Schiffes und ließ alle Gewänder
und Waffen und was sie sonst mitnehmen konnten, an Deck
schaffen, und dann ruderte er aus dem Flusse ins Meer.
Zur selben Zeit kam das Heer des Jarles in Nidaros an,
und sie nahmen die ganze Zehrung vom Julfest weg und ver=
brannten alle Häuser. König Olaf fuhr nun den Fjord hinab
nach Orkedalen, und dort verließ er die Schiffe, und er zog
durch Orkedalen gerade auf die Berge zu, dann östlich hinüber
nach dem Gudbrandstal. Davon, wie Jarl Svein die Wohn=
häuser in Nidaros verbrannte, wurde erzählt in dem Lied,
das auf Kläng Brusissohn gedichtet war:

Feuers Not am Nidstrom
Nah Königs Haus sah man:
Rast'[4] auf Männer rußig,
Riß halbfert'gen Saal ein.

45. Weiteres von König Olaf

Da fuhr König Olaf südwärts das Gudbrandstal ent=
lang und von dort hernieder nach Hedemarken. Den
Hochwinter hindurch zog er überall umher und ließ sich

---

[1] Gold. [2] D. h. ich heuerte ein. [3] Goldes (vgl. S. 65, Anm. 6); dessen
Spender der König. [4] Nämlich das Feuer.

bewirten, aber bei Beginn des Frühjahrs zog er ein Heer zusammen und ging hinab nach Vik. Von Hedemarken nahm er eine große Schar mit sich, die ihm die Kleinkönige gestellt hatten. Von dort begleiteten ihn manche Lehnsleute, und in diesem Gefolge befand sich auch Ketil Kalb von Ringnäs. Auch aus Romerike hatte König Olaf einiges Volk. König Sigurd Sau, sein Stiefvater, stieß zu ihm mit einer großen Männerschar.

Sie zogen nun hinab zur See, gingen an Bord von Schiffen und machten sich aus dem Innern von Vik zur Fahrt auf. Sie hatten ein stattliches und großes Heer. Aber als sie ihre ganze Streitmacht gerüstet hatten, fuhren sie hinaus vor Tönsberg.

46. Jarl Sveins Heer

Sofort nach dem Julfest sammelte Jarl Svein in Drontheim sein ganzes Heer, hielt überall Musterung ab und setzte die Schiffe in Stand. In diesen Zeiten gab es in Norwegen eine Menge Lehnsleute, und viele von diesen waren mächtige Männer und so alter Abkunft, daß sie nur durch eine kurze Zwischenreihe von Ahnen aus Königs- oder Jarlsblut stammten; überdies waren sie sehr wohlhabend[1]. Alle Hoffnung der Könige und der Jarle, die in dem Lande herrschten, stand damals bei diesen Lehnsleuten. Denn es war so, daß in jedem Gau der Lehnsmann über die Masse der Bauern gebot. Jarl Svein war nun ein Freund der Lehnsleute, und deshalb nahm die Ausmusterung des Heeres guten Fortgang. Einar Bogenschüttler, der Schwager Jarl Sveins, weilte bei diesem und manche andere Lehnsleute, auch viele, die im Winter zuvor König Olaf Treueide geschworen hatten, Lehnsleute wie Bauern. Sobald sie nun fertig waren, machten sie sich auf und fuhren aus dem Fjord heraus auf See. Sie steuerten längs der Küste nach Süden und zogen aus allen Gauen neue Mannschaft an sich. Aber als sie an Stavanger vorüber nach Süden kamen, gesellte sich zu ihnen Erling Skjalgsohn mit einem großen Heere, und auch bei diesem waren viele Lehnsleute. Das ganze Heer steuerte nun weiter östlich nach Vik, und es

[1] Vgl. Band I, S. 94f. 123ff.

war gegen Ende der Fastenzeit, als Jarl Svein dort eintraf. Er brachte sein Heer am Langesundsfjord vorbei und ging gegenüber von Nesjar[1] vor Anker.

47. König Olafs Heer

Da fuhr König Olaf mit seinem Heere nach Vik hinab, und sie waren nur noch durch eine kurze Strecke getrennt. Sie hörten voneinander am Sonnabend vor Palmsonntag. König Olaf war an Bord des Schiffes, das „Mannshaupt" genannt wurde. An seinem Vordersteven war ein Königshaupt eingeschnitzt, und der König hatte das selber getan. Ein solches Haupt fand noch lange später in Norwegen Verwendung auf Schiffen, die die Anführer selbst befehligten.

48. König Olafs Rede

Am Sonntagmorgen bei Tagesgrauen stand König Olaf auf, kleidete sich an und ging ans Ufer. Er ließ auch das ganze Heer zum Gang an Land zusammenblasen. Dann hielt er eine Ansprache an sein Heer und ließ alles Volk wissen, er habe festgestellt, daß nur eine kleine Strecke zwischen ihnen und Jarl Svein sei. „Nun wollen wir uns bereithalten", sprach er, „denn in ganz kurzer Zeit werden wir aufeinanderstoßen. Laßt nun die Männer sich waffnen, und jeder mache sich fertig und nehme seinen Platz ein, der ihm schon vorher angewiesen wurde, daß das ganze Heer schlagfertig ist, wenn ich zum Aufbruch blasen lasse. Dann rudern wir in geschlossener Linie vorwärts. Niemand soll fahren, bevor die ganze Flotte aufbricht, und keiner darf zurückbleiben, wenn ich aus dem Hafen herausrudere. Denn wir können nicht wissen, ob wir auf den Jarl in seiner jetzigen Stellung stoßen oder ob jene schon zum Angriff auf uns unterwegs sind. Wenn wir aber zusammentreffen und es zur Schlacht kommt, dann sollen unsere Männer ihre Schiffe zusammenschließen und bereit sein, sie aneinanderzubinden. Zuerst wollen wir uns nur verteidigen und wohl Obacht geben auf unsere Waffen, daß wir sie nicht auf See verschwenden oder in die Tiefe schleudern. Ist aber die

[1] Die Halbinsel zwischen der Bucht von Tönsberg und dem Langesundsfjord.

Schlacht regelrecht im Gange und die feindlichen Schiffe sind
geentert, dann macht euren Angriff, so scharf ihr irgend könnt,
und jeder von euch kämpfe dann aufs mannhafteste.

49. Die Schlacht bei Nesjar

König Olaf hatte auf seinem Schiffe hundertzwanzig Mann.
Die hatten alle Ringbrünnen und wälsche Helme[1]. Viele
seiner Leute hatten weiße Schilde mit dem Heiligen Kreuz
darin in Gold, andre waren mit roten oder blauen Steinen
eingelegt. Außerdem hatte er vorn an allen Helmen ein weißes
Kreuz einlegen lassen. Er hatte ein weißes Banner: es zeigte
eine Schlange. Nun ließ er sich Gottesdienst halten und bestieg dann sein Schiff. Die Männer aber hieß er vorher essen
und etwas trinken. Darauf ließ er den Kriegsruf blasen, und
die Flotte fuhr aus dem Hafen.
Als sie nun dem Hafen gegenüber waren, wo der Jarl sich
hingelegt hatte, da war des Jarls Heer schon unter Waffen,
und es war im Begriff, aus dem Hafen zu rudern. Aber als
sie die Schlachtreihe des Königs sahen, banden sie ihre
Schiffe aneinander, steckten ihre Banner auf und machten sich
schlachtbereit. Als aber König Olaf dies sah, ließ er seine
Leute vorwärts rudern, und der König legte sich neben Jarl
Sveins Schiff, und nun war die Schlacht sofort im Gange.
So sagt Sigvat der Skalde darüber:

Zum Hafen[2] drängt' heftig,
Hart Sveins Scharen pein'gend,
Der Fürst. Rötend Rodis[3]
Rain flutet' der Blutstrom.
Der Mut'ge[4] unvermeidbar
Macht's, daß es zur Schlacht kam,
Schroff losfahr'nd — Svends Schiff' man
Stracks band aneinander.

Hier wird erzählt, daß König Olaf in die Schlacht vorging
und daß Jarl Svein vor ihm im Hafen lag. Der Skalde Sigvat war dabei in dieser Schlacht. Er dichtete gleich im näch-

[1] Vgl. Band I, S. 108. [2] Nevlunghavn am Langesundsfjord. [3] Ein Seekönig; dessen Rain das Meer. [4] König Olaf.

ſten Sommer nach der Schlacht das Gedicht, das man die Nes=
jarweiſen nannte, und hier berichtet er eingehend über die Vor=
gänge der Schlacht:

> Weiß, von Agde öſtlich
> An legte das „Mannshaupt":
> Wilden Speerfroſt's[1] Walter
> War dicht an dem Jarlsſchiff.

Die Schlacht war äußerſt erbittert, und lange konnte man nicht
überſehen, welchen Ausgang ſie nehmen würde. Viele fielen
auf jeder Seite, und eine Menge wurden verwundet. So ſagt
Sigvat:

> In Siegmonds[2] Sturm, ſagt man,
> Svein hervorragt' einzig.
> In Speers Wetter[3] wütet'
> Wahlſtattfroh auch Aleif[4].
> Wohl da Leib und Leben
> Laſſen konnt' jeder[5], faſſend
> Den Feind: nimmer fanden
> Fährnis mehr Kriegsheere.

Der Jarl hatte zwar ein zahlreicheres Heer, aber der König
hatte eine auserleſene Schar an Bord ſeines Schiffes, die ihm
in den Kampf gefolgt war. Sie war ſo vortrefflich ausgerüſtet,
wie wir vorher erzählten, daß jeder Mann ſeine Ringbrünne
hatte; und ſo gab es kaum Wunden. So ſagt Sigvat weiter:

> Teit[6], ich ſah in tatfroh'n
> Thingwalters[7] Heer kalte
> Brünnen ſchnell um die Schultern —
> Schwert hallt' laut — uns fallen.
> Wälſcher Helm mir umhüllte
> Haars Schwärze. Vorwärts wir
> Bei Pfeils Fluge[8] flogen,
> Freund, beid' kühn zum Streite.

Aber als die Männer auf Jarl Sveins Schiffen zu fallen be=
gannen und manche verwundet wurden, da ward ſeine Schar
an Deck allmählich dünner.

---

[1] Kampfes; deſſen Walter König Olaf. [2] Schildes; deſſen Sturm der Kampf.
[3] Im Kampf. [4] Olaf. [5] Svein wie Olaf. [6] Anrede: ein Kampfgenoſſe Sig=
vats. [7] König Olafs (des Rechtſprechers). [8] Im Kampfe.

50. Jarl Sveins Flucht

König Olafs Leute gingen nun an die Enterung von des Jarles Schiff. Man brachte das Banner auf das Schiff, das dem Jarlsschiffe am nächsten lag, und der König selbst folgte dem Banner. So sagt Sigvat:

> Vor die Stange[1] stürmte,
> Schöngüld'ne, dem Kön'ge.
> Bordwärt's[2] Brünn'lärms Förderer[3]
> Banner nach keck sich wandten.
>
> Auf Segels Roß[4] so ging's,
> Sieh, her nicht vor'm Speergruß[5],
> Als schenkt' Met die Maid ein
> Mächt'gen Herr'ns Sold-Pächtern[6].

Nun gab es einen scharfen Angriff, und dicht fielen Sveins Mannen, andere aber sprangen über Bord. Sigvat sagt weiter:

> Rasch wir, fehdefreudig,
> Vorwärts drangen auf Bordes
> Roff'[7]. Der Kampflärm raste.
> Rote Kling' Schild' in Not bracht'.
>
> Seewärts[8] Bauern, sieche[9],
> Sanken — man stritt drangvoll,
> Nahm schöne Kiel'. Strandwärts
> Schwamm Leichenmeng', reichlich.

Und weiter:

> Helle Schilde wir hielten
> Hie. Schwertklanges Mehrer[10]
> Sie rot mählich malten:
> Mannen es viel mit ansah'n.
> Jäh der Fürst, der junge,
> Jagt' auf's Schiff[11], wir zaglos
> Nach, wo's Schwert ward schartig.
> Schwan der Gunn[12] Blut trank da.

---

[1] Die Fahnenstange. [2] Nämlich an Bord des genannten Schiffes. [3] Die Förderer des Brünnenlärmes (des Kampfes) sind die Königsmannen. [4] Auf dem Schiffe. [5] Eh der Kampf begann. [6] Olafs Kriegern in der Halle. [7] Die feindlichen Schiffe. [8] Über Bord. [9] D. h. von Wunden. [10] Schwertklanges (Kampfes) Mehrer: „die Feinde". [11] Er enterte es. [12] Der Schwan der Walküre ist der Rabe.

Nun fielen bei weitem mehr Männer im Heere des Jarles, und die Königsmannen stürmten gegen das Jarlsschiff an und waren gerade im Begriffe zu entern. Als aber der Jarl sah, wie hoffnungslos seine Sache geworden war, rief er seinen Leuten am Vordersteven zu, sie sollten die Taue kappen und die Schiffe von einander losmachen, und so geschah es. Da faßten die Königsmannen die feindlichen Schiffsschnäbel mit Enterhaken und hielten sie so fest. Nun rief der Jarl seinen Vorderstevenleuten zu, sie sollten die Schiffsschnäbel abhauen, und das wurde auch getan. So sagt der Skalde Sigvat:

> „An Schiffs schwarzen Steven
> Schnäbel abhau'n!" — lebhaft
> Svein heischt's. Beute zu haschen
> Hofften wir — nah ihr'm Schiff[1]:
> Hold den Raben[2] wir hieben
> Heftig über'n Steven[3].
> Da gab's für die dunkle
> Dohl' Yggs[4] Fraß zu holen.

Einar Bogenschüttler hatte sein Schiff an die andere Seite des Jarlsschiffes gelegt, und seine Mannen warfen einen Anker auf dessen Vordersteven, und sie trieben alle zusammen hinaus in den Fjord. Da löste sich das gesamte Heer des Jarls in Flucht auf, und sie ruderten hinaus auf den Fjord.

Bersi, der Sohn Skald-Torfas, war in dem Raum vor dem Hinterdeck von Jarl Sveins Schiff. Wie nun das Schiff vorn in der Flotte davonglitt, da rief der König Bersi mit lauter Stimme zu, als er ihn erkannte — er war leicht herauszuerkennen, denn er war der schönste der Männer und mit prächtigen Waffen und Gewändern geschmückt —: „Komm heil davon, Bersi." „Heil auch dir, König!" rief jener zurück. Davon spricht Bersi in dem Liede, das er dichtete, als er in König Olafs Gewalt gekommen war und bei ihm in Fesseln saß:

> Riefst zu Kunstlied's Kenner[5],
> König, zur Fahrt: „Schön Heil".

---

[1] Nämlich, bevor Svein die Schnäbel hatte abhauen lassen. [2] Durch die Tötung der Feinde. [3] Des geenterten Schiffes, ehe die Schnäbel vorn abgehauen waren. [4] Yggs (Odins) Dohlen sind die Raben. [5] Dem Skalden, d. h. mir.

72

Grüßt'[1] mit selb'gem Grüße
Gunnspiel's Walter[2] munter.
Schiffsland=Feuer=Spenders[3]
Schnöd' Wort gab sofort ich
Zurück edlem Recken
Recht, schau, wie ich's kaufte[4].

Geseh'n hab' ich Sveinens
Seepein[5]: fuhr'n gemeinsam.
Scharf hat kalten schwirr'nden
Schwertes Zung'[6] gesungen.
Lang' harr'n auf so hehren
Heerführer[7], glaub', werd' ich,
Fjordhengst=Feuer[8]=Sturmes
Förderer: dies höre.

Wundendrachens[9] Wächter,
Werde[10] nie so ehrlos —
Statt' ich schnell auch Ati's
Ski aus für dich[11] — kriechen,
Daß ich je dem Jarle —
Jung eh'dem, Ringbrecher[12],
Freund war ich deinen Feinden —
Feig untreu mich zeigte[13].

51. Jarl Svein zieht außer Landes

Nun flohen einige von Jarl Sveins Leuten zum Ufer, an=
dere aber ergaben sich auf Gnade und Ungnade. Jarl
Svein und seine Mannen waren nun auf den Fjord hinaus=

---

[1] D. h. ich. [2] Gunn=Spiels (Kampfes) Walter ist Olaf. [3] Schiffsland: das
Meer, dessen Feuer das Gold, dessen Spender der freigebige König Olaf.
[4] D. h. ich gab König Olaf seine eignen Worte zurück. [5] Not auf See.
[6] Die Schwertklinge. [7] Nämlich wie Svein. [8] Fjordhengst: das Schiff;
dessen Feuer: der an Bord befestigte glänzende Schild; dessen Sturm: der
Kampf. Des Kampfes Förderer ist König Olaf. [9] D. h. Schwertes; dessen
Wächter: König Olaf. [10] D. h. ich werde. [11] D. h. wenn ich auch Ati's
(des Seekönigs) Schneeschub, d. h. das (dahingleitende) Schiff, für dich jetzt
ausrüste. [12] Freigebiger König. [13] Der Skalde will also Olaf jetzt dienen,
aber seines alten Herrn Svein in Ehren gedenken.

gerudert. Sie legten ihre Schiffe zusammen, und die Füh=
rer hielten eine Besprechung ab. Der Jarl frug seine Lehns=
leute um Rat. Erling Skjalgssohn riet, sie sollten ins Nord=
land segeln und dort ein Heer sammeln, um noch einmal wider
König Olaf zu fechten. Da sie jedoch so viel Volks verloren
hatten, drängten doch die meisten von ihnen den Jarl, er möchte
das Land verlassen und seinen Schwager, den Schwedenkönig,
aufsuchen, um von dort sich ein neues Kriegsheer zur Unter=
stützung zu holen. Diesen Rat gab besonders eindringlich Einar
Bogenschüttler. Er meinte nämlich, augenblicklich hätten sie
nicht genug Kräfte, um mit König Olaf zu streiten. Dann
trennten sich ihre Scharen. Der Jarl segelte südwärts nach
Fold, und Einar Bogenschüttler begleitete ihn. Erling Skjalgs=
sohn aber und außerdem manche andere Lehnsleute, die ihr Ge=
burtsland nicht im Stich lassen wollten, gingen heim nach
Norden, und diesen Sommer hindurch hatte Erling eine große
Schar Männer um sich.

52. Unterredung König Olafs mit König Sigurd

König Olaf und seine Mannen sahen, daß Jarl Svein
seine Schiffe wieder gesammelt hatte. Da reizte König
Sigurd Sau König Olaf auf, er solle den Jarl weiter an=
greifen und es zum Äußersten zwischen ihnen kommen lassen.
König Olaf erwiderte, er wolle erst sehen, wozu der Jarl
sich entschlösse, ob er noch länger sein Geschwader zusammen=
halten oder ob er es auflösen würde. Sigurd sagte, er habe ja
zu entscheiden, „aber“, fügte er hinzu, „eine Ahnung sagt
mir, bei deiner Denkweise und deiner Herrschsucht wirst du
dir diese Edlen schwer zu Getreuen machen. Sind sie doch von
früher her gewohnt, sich stolz gegen ihre Herren zu be=
nehmen.“ Der Angriff kam nun auch nicht zustande, und bald
darauf sahen sie, wie die Flotte des Jarls sich auflöste. Da
ließ König Olaf das Schlachtfeld absuchen. Sie weilten dort
einige Nächte und teilten die Kriegsbeute. Da dichtete der
Skalde Sigvat diese Weisen:

Hier vielen Kampf=hurt'gen
Her dort aus dem Nordland[1]
Reckenkampf die Rückkehr
Raubte, wie ich glaube.
Sah in Massen sinken
Sundroß=Volk[2] zum Grunde.
Auf See zuversichtlich
Svein trafen wir Braven[3].

Traun, die kluge Thröndn'erin[4]
Tadl' uns nicht, denn adlig
Werk dies Jahr wir wirkten,
War klein Königs Schar auch.
Soll Hohn sein, dann höhn' sie
Hart, die mit dem Barte
Sich den Boden suchten[5]:
Sehr färbten[6] wir's Schär'nfeld[7].

Üppig wächst, da Upland[8]
Ehrlich stützt Deckmährens[9]
Steurer, Königs Stärke.
Spür'n, wahrlich, der Jarl[10] sollt's.
Man merkt's, Hedemarkens
Männer nicht nur kennen
Al=Trunk: feuern eilig
An die Leichenschlange[11].

König Olaf gab seinem Stiefvater Sigurd Sau beim Abschied
schöne Geschenke, auch den andern Häuptlingen, die ihm ihre
Hilfe gewährt hatten. Ketil aus Ringnäs gab er ein Lang=
schiff mit fünfzehn Ruderbänken, und Ketil brachte das Schiff
den Glommen aufwärts bis nach dem Mjösensee.

---

[1] D. h. Nordländern. [2] Schiffsvolk Sveins. [3] Man merkt's, daß wir mit
Svein stritten. [4] Drontheimer Frau. [5] Die im Kampfe fielen, d. h. Sveins
Leute. [6] D. h. rot mit Blut. [7] Das Meer. [8] Die Leute aus dem Oberland.
[9] Schiffes; dessen Steurer König Olaf. [10] Svein. [11] Das Schwert; sie
können nicht nur trinken, sondern auch kämpfen.

53. Weiteres von König Olaf

König Olaf war durch Späher über die Fahrten des Jarls unterrichtet. Aber als er hörte, daß der Jarl außer Landes war, fuhr er Vik entlang nach Westen. Ein Heer strömte ihm zu, und auf den Thingen wählte man ihn zum König. So fuhr er geradewegs nach Kap Lindesnäs. Da hörte er, daß Erling Skjalgssohn ein großes Heer gesammelt hätte. Der König weilte daher nicht länger in Nord-Agde, denn er bekam eine frische Brise ganz nach Wunsch, und er fuhr eiligst nordwärts nach Drontheim. Dort nämlich, meinte er, stecke die ganze Kraft des Landes, wenn es ihm gelänge, das Volk da für sich zu gewinnen, während der Jarl außer Landes wäre. Als König Olaf aber nach Drontheim kam, erhob sich niemand wider ihn, und man rief ihn dort als König aus. Und er ließ sich da im Herbst zu Nidaros nieder und rüstete sich dort das Winterquartier. Er ließ einen Königssitz errichten und die Clemenskirche an der Stelle aufbauen, wo sie jetzt steht. Er steckte Bauplätze ab für Gehöfte und gab sie an Bauern und Kaufleute oder sonst an wen er wollte oder an die, die sich ein Haus ... ... ten. Er weilte dort mit zahlreichem Gefolge, denn er ... ... enig auf die Treue der Drontheimer, sollte der Jarl ... seine Sch... Land zurückkehren. Die Innendrontheimer waren ... sehr verdächtig, weil er von dort keine Kö... greifen und es zum

König Olaf erwidert... sich entschlösse, ob er no... halten oder ob er es auflö...

zu entscheiden, „aber", fü... mir, bei deiner Denkweise ... dir diese Edlen schwer zu G... früher her gewohnt, sich st... nehmen." Der Angriff kam nu... darauf sahen sie, wie die Flott... ließ König Olaf das Schlachtfel... einige Nächte und teilten die ... Skalde Sigvat diese Weisen:

... und der Schwedenkönig Olaf

nach Schweden zu seinem Schwager ...nig, und er erzählte ihm alles von ...icken. Er suchte Rat beim Schwe... ...e. Der König meinte, der Jarl ...dies wolle. Er solle dort eine ... für sich als passend erachte, ...werde ich dir aber genügend ...and aus Olafs Hand zu be... ...ür das letzte, denn alle seine

Leute beſtürmten ihn, dies anzunehmen, da viele, die dort bei ihm waren, weite Landſtrecken in Norwegen beſaßen.

Nachdem ſie nun lange über die Angelegenheit zuſammen zu Rate geſeſſen hatten, kamen ſie zu dem Entſchluß, im nächſten Winter auf dem Landwege aufzubrechen und durch Helſing= land und Jämtland und von dort nach Drontheim hinabzu= ziehen. Der Jarl glaubte nämlich, die Innendrontheimer wür= den ihm aufs beſte Unterſtützung und Hilfe gewähren, wenn er dorthin käme. In der Zwiſchenzeit aber gedachten ſie für den Sommer zunächſt einen Wikingzug nach Oſten zu unter= nehmen, um dort Beute zu machen.

55. Jarl Sveins Tod

Jarl Svein zog nun mit ſeinem Heere nach Rußland und heerte dort. Er weilte daſelbſt den ganzen Sommer über. Aber bei Beginn des Herbſtes kehrte er mit ſeinem Kriegsvolk nach Schweden zurück. Da befiel ihn eine Krankheit, die ihm den Tod brachte. Nach dem Tode des Jarls kehrten die Männer, die ihm gefolgt waren, nach Schweden zurück. Einige jedoch wandten ſich nach Helſingland und von dort nach Jämtland, und ſie gingen weiter von Oſten über das Kjölengebirge nach Drontheim. Dort erzählten ſie, was auf ihrer Fahrt geſchehen war. Nach ihrer Erzählung hielt man den Tod Jarl Sveins für ſicher.

56. Die Drontheimer

Einar Bogenſchüttler mit der Männerſchar, die ihm folgte, kam im Winter zum Schwedenkönig und wurde dort aufs freundlichſte aufgenommen. Da waren noch mancherlei ändere Leute, die damals Jarl Svein gefolgt waren. Der Schwedenkönig Olaf war äußerſt erbittert, daß Olaf der Dicke ſich in ſeinem Schatzlande[1] feſtgeſetzt und Jarl Svein vertrie= ben hatte. Daher gelobte er, Olaf ſolle das ſchlimmſte Schickſal treffen, wenn er es zuwegebringen könnte. Er ſagte, Olaf

---

[1] Von Drontheim waren vier Gaue nach der Schlacht bei Svold dem Schwedenkönige zugefallen, vgl. Band I, S. 318.

dürfte nicht so vermessen sein, daß er sich die Herrschaft an=
eigne, die dem Jarl vorher gehört habe, und alle Mannen des
Schwedenkönigs waren eines Sinnes mit ihm, daß dies ge=
schehen müsse. Als aber die Drontheimer für sicher hörten, daß
Jarl Svein tot sei und daß man in Norwegen nicht mehr
auf ihn rechnen könne, da fügte sich das ganze Volk in Ge=
horsam König Olaf. Es kamen nun viele Männer von Inner=
drontheim zu König Olaf und wurden seine Mannen, wäh=
rend andere Botschaften mit Wahrzeichen sandten, daß sie
willens wären, ihm zu dienen. Deswegen fuhr er im Herbst
nach Innerdrontheim und hielt dort Thinge mit den Bauern
ab. In allen Gauen wählte man ihn zum König. Darauf ging
er zurück nach Nidaros. Er ließ dorthin alle Königssteuern
einziehen und bereitete alles vor für den Winteraufenthalt.

57. Der Königshof in Nidaros

König Olaf ließ nun einen Königshof in Nidaros[1] er=
richten. Es wurde eine große Königshalle aufgebaut mit
einer Tür an jedem Ende, aber in der Mitte der Halle war der
Hochsitz für den König. Nach dem Innern der Halle zu, neben
dem König, saß sein Hofbischof Grimkel und diesem zunächst
die andern Geistlichen. Aber auf der andern Seite, nach dem
Haupteingang zu, saßen des Königs Ratgeber. Auf dem nie=
deren Hochsitz ihm gerade gegenüber, saß der Marschall, Björn
der Dicke, dann folgten auf beiden Seiten die Gäste[2]. Kamen
Männer von hohem Rang zum Könige, dann erhielten sie einen
Ehrenplatz. An kleinen Feuern sollte man beim Biertrunk sitzen.
Er bestimmte jeden Mann für seinen Dienst, wie das bei Kö=
nigen Sitte war. Er hatte sechzig Gefolgsleute und dreißig
Gäste[3] um sich, und er setzte den Sold für sie fest und gab
ihnen Gesetze. Außerdem hatte er dreißig Hausgenossen, die
den notwendigen Dienst in der Königsburg zu tun oder die
nötigen Vorräte zu beschaffen hatten. Endlich hatte er viele
Knechte. In der Königsburg war auch eine große Halle, in

---

[1] Vgl. S. 63 f. und Band I, S. 276. [2] Vgl. unten. [3] Männer, die freiwillig
die Aufnahme in des Königs Gefolge nachgesucht hatten; sie standen unter
einem Hauptmann, vgl. S. 87.

der das Gefolge schlief, und endlich gab es ein großes Zimmer,
worin der König die Beratungen mit seinen Hofleuten ab=
hielt.

58. König Olafs Lebensweise

König Olaf erhob sich gewöhnlich zeitig am Tage. Er
zog sich an und wusch sich, und dann ging er zur Kirche,
um die Frühmesse zu hören, und zur Morgenandacht. Dann
ging er zur Hofversammlung, um zwischen Männern zu
schlichten oder anzuordnen und bekannt zu machen, was er für
nötig hielt. Er sammelte um sich reich und arm, besonders die
aber, die als die klügsten galten. Oft ließ er sich die Gesetze
aufsagen, die König Hakon Athelstans=Ziehsohn vorher in
Drontheim festgesetzt hatte[1]. Er gab selbst Gesetze unter dem
Rat der klügsten Männer, indem er aus den Gesetzen ausschied
oder in sie einfügte, was er für richtig hielt. Das kanonische Recht
aber baute er aus nach den Ratschlägen seines Bischofs Grim=
kel und anderer Geistlicher, und er wandte seine ganze Energie
auf, das Heidentum zu beseitigen sowie alte Gebräuche, die
nach seiner Ansicht dem Christenglauben schadeten. Schließlich
kam es dahin, daß die Bauern den Gesetzen, die der König gab,
sich fügten. Wie der Skalde Sigvat sagt:

> Der auf Seerosses Söller
> Seinen Platz hat[2], mein' ich,
> Auf im Reich darf richten
> Recht er, das lang währet.

König Olaf war ein Mann von guter Sinnesart, voll Be=
sonnenheit, wortkarg und freigebig, aber auch geldgierig.
Damals war bei König Olaf der Skalde Sigvat, wie wir
früher berichteten[3], und andere Isländer. König Olaf erkun=
digte sich sorgfältig danach, wie man auf Island den Christen=
glauben hielte, und er meinte, es stünde dort noch keineswegs
gut damit. Die Isländer erzählten nämlich dem Könige von der
Art, wie man dort den Glauben beobachte: es sei nach den Ge=

[1] Vgl. Band I, S. 146. [2] D. h. auf dem Schiffsdeck: der König Olaf.
[3] S. 64 ff.

79

setzen noch gestattet, Pferdefleisch zu essen oder Kinder auszu=
setzen ganz nach der Art der Heiden. Auch anderes wäre noch
geblieben, was dem Christentum schade. Außerdem erzählten
sie dem Könige von manchen Großen, die damals auf Island
lebten. Skapti, Thorodds Sohn, war zu jener Zeit Gesetzes=
sprecher im Lande[1].

Weithin in den Landen suchte König Olaf die Denkart der
Leute zu erforschen durch Männer, die am besten damit Be=
scheid wußten. Er dehnte seine Erkundigungen über die Ein=
haltung des Christenglaubens auf die Orkaden, die Shetlands=
inseln und die Färöer aus, und er stellte fest, daß man dort
noch vielfach weit davon entfernt war, fest an ihm zu halten.
Solche Gespräche hielt er oft ab, oder er unterhielt sich über
die Gesetze und die Rechtsordnung des Landes.

59. Die Gesandtschaft König Olafs von Schweden

In diesem Winter kamen aus Schweden Gesandte von
Olaf dem Schwedenkönig, an deren Spitze zwei Brüder
standen, nämlich Thorgaut Hasenscharte und Asgaut Landvogt,
mit vierundzwanzig Mann. Aber als sie von Osten über das
Kjölengebirge nach Verdalen gezogen waren, beriefen sie ein
Bauernthing und hielten eine Ansprache dort. Sie forderten
überall Abgaben und Zoll für den Schwedenkönig. Die Bauern
aber hielten eine Beratung ab und waren einig darin, sie
wollten geben, was der Schwedenkönig verlangte, falls Olaf,
der Norwegerkönig, für sich keine Steuern aus dem Lande
beanspruchte. Sie erklärten beiden, nicht Abgaben entrichten zu
wollen. Da zogen die Boten weiter talabwärts, und auf jedem
Thing, das sie abhielten, bekamen sie von den Bauern die
gleiche Antwort, doch kein Geld. Dann zogen sie weiter nach
Skogn und hielten dort ein Thing ab, und wiederum erhoben
sie die Forderung nach Steuern, aber alles verlief genau so wie
vorher. Endlich gingen sie nach Stjördalen und beriefen dort
Thinge, aber die Bauern wollten nicht einmal dazu kommen.

---

[1] Von 1004—1030. Vgl. S. 83.

Nun sahen die Boten ein, daß ihre Sendung zwecklos war, und Thorgaut war daher gesonnen, nach Osten zurückzukehren. „Mir scheint", sagte Asgaut da, „wir haben des Königs Auftrag doch noch nicht eifrig genug ausgeführt: ich werde zu König Olaf gehen, da die Bauern ihre Entscheidung von ihm abhängig machen."

So setzte er seinen Willen durch, und sie zogen nach Nidaros, wo sie Herberge nahmen.

Am nächsten Tage traten sie vor den König, als er bei Tafel saß, und begrüßten ihn, indem sie sagten, sie kämen mit einer Botschaft vom Schwedenkönig. Der König hieß sie am nächsten Tage wieder vor ihn kommen. Am folgenden Tage dann, als der König die Kirchengebete gehört hatte, ging er zu seinem Beratungszimmer und ließ die Gesandten des Schwedenkönigs dorthin bescheiden. Er hieß sie jetzt ihre Botschaft künden.

Da nahm Thorgaut das Wort. Erst berichtete er, mit welcher Botschaft sie hergesandt wären, demnächst, was die Bauern aus Inner-Drontheim geantwortet hätten. Darauf bat er den König zu erklären, welchen Erfolg ihre Botschaft hierher haben sollte.

Der König versetzte: „So lange Jarle hier über das Land herrschten, war es nicht wunderbar, daß das Volk des Landes ihnen Abgaben zahlte, da sie ihrer Geburt nach einen Anspruch auf die Herrschaft hatten, ehe daß es sich den Auslandkönigen beugte. Es war überdies mehr in der Ordnung, daß die Jarle Gehorsam und Dienste solchen Königen leisteten, die einen gesetzlichen Anspruch auf das Reich hier hatten, als ausländischen Fürsten, indem sie sich im Kriege gegen jene rechtmäßigen Herrscher erhoben und sie aus dem Lande jagten. Was aber Olaf, den Schwedenkönig, anlangt, der Anspruch auf Norwegen erhebt, so weiß ich nicht, welchen Anspruch, der zu recht bestehen könnte, er darauf hat. Wir denken aber wohl daran, welchen Männerverlust wir durch ihn und seine Verwandten erlitten haben."

Asgaut erwiderte: „Wunderbar ist es nicht, daß man dich Olaf den Dicken nennt, so dickfällig, wie du die Botschaft eines solchen Herrn beantwortest. Du weißt offenbar wenig Bescheid,

wie schwer der Zorn des Königs für dich zu ertragen ist. Das
haben aber schon Männer zu ihrem Unglück erfahren, die ganz
anderes Mark in den Knochen hatten, als du, wie mir vor=
kommt, haft. Willst du aber als Herr lieber weiter in diesem
Reiche gebieten, dann wäre es besser für dich, ihn aufzusuchen
und sein Vasall zu werden. Dann wollen wir gemeinsam mit
dir ihn bitten, daß es ihm gefallen möge, dich mit diesem
Reiche zu belehnen."

Da erwiderte der König, und er hub ruhig an zu sprechen:
„Ich habe einen andern Rat, Asgaut. Fahret ihr jetzt zurück
zu euerm Könige und meldet ihm dies: im nächsten Frühjahr
werde ich mich nach Osten aufmachen zu den Landesgrenzen, wo
sich von alters her die Reiche des Norwegerkönigs und des
Schwedenkönigs schieden. Und dann mag auch er dorthin kom=
men, wenn es ihm gefällt, daß wir Frieden schließen zusammen
unter der Bedingung, daß ein jeder von uns herrsche über das
Reich, auf das er seiner Geburt nach Anspruch hat."

Da gingen die Boten weg und wieder in ihr Quartier, und sie
rüsteten sich zur Abreise. Aber der König ging zur Tafel. Da
kamen die Boten noch einmal zur Königsburg, aber als die
Türwächter das sahen, sagten sie es dem Könige, der sie an=
wies, die Boten nicht vorzulassen. „Ich will nicht weiter mit
ihnen reden," sagte er. So zogen die Boten ihres Weges.

Da sagte Thorgaut, er wolle nun mit seinen Leuten nach
Schweden zurück, doch Asgaut erklärte, er habe sich fest vor=
genommen, des Königs Auftrag durchzuführen. So trennten
sie sich, und Thorgaut nahm seinen Weg nach Strind, aber
Asgaut und seine Leute, zwölf im ganzen, wandten sich hinauf
nach Guldalen. Sie hatten auch im Sinne, weiter nach Möre
zu ziehen, um dort den Auftrag des Schwedenkönigs durch=
zuführen.

Als aber König Olaf davon hörte, sandte er seine Gäste[1] hinter
ihnen her. Diese holten sie zu Stein draußen auf Bynässet ein,
ergriffen sie, legten sie in Fesseln und brachten sie nach By=
aasen. Dort errichteten sie Galgen und hängten sie an einer
Stelle, wo sie weit über den Fjord hinaus von der großen See=

---

[1] Vgl. S. 78.

ſtraße her geſehen werden konnten. Davon hörte Thorgaut noch, bevor er aus Drontheim nach Schweden zurückkehrte. Darauf machte er die ganze Reiſe zurück, bis er vor den Schwedenkönig kam. Dieſem berichtete er alles, was ſich auf ihrer Fahrt ereignet hatte. Der König war voller Grimm, als er alle dieſe Berichte hörte, und er ließ es nicht an hochfahrenden Worten fehlen.

60. Friede zwiſchen König Olaf und Erling Skjalgsſohn

Im nächſten Frühjahr bot König Olaf Haraldsſohn ein Heer in Drontheim auf und rüſtete ſich zur Fahrt ins Land nach Oſten. Damals machten ſich auch die Schiffe der Isländer ſeefertig, um Nidaros zu verlaſſen. König Olaf ſandte Botſchaft mit Wahrzeichen zu Hjalti Skeggisſohn, indem er ihn bitten ließ, mit ihm zuſammenzutreffen. Er ſandte auch Botſchaft zum Geſetzesſprecher Skapti[1] und zu den andern Männern allen, die den meiſten Einfluß auf die Geſetzgebung auf Island hatten, ſie möchten aus ihrem Geſetze ausſcheiden, was nach ſeiner Meinung dem Chriſtentum am meiſten widerſtritt. Und außerdem ſandte er freundliche Grüße an das geſamte Volk von Island.

Der König ſegelte an der Küſte entlang nach Süden und hielt ſich in jedem Gau auf, um Thinge mit den Bauern abzuhalten. Und auf jedem Thing ließ er das Chriſten-Geſetz und die Satzungen, die dazu gehörten, verleſen. Hier und dort zerſtörte er manche üblen und heidniſchen Bräuche im Volke, denn die Jarle hatten wohl ſonſt an dem alten Geſetz und Landrecht feſtgehalten, aber hinſichtlich des Chriſtentums hatten ſie jeden tun laſſen, was er wollte. In dieſer Zeit war es bereits ſo weit gekommen, daß an den meiſten Orten in den an der See gelegenen Landſchaften die Männer getauft waren, das Chriſtengeſetz jedoch war den meiſten Leuten unbekannt. Aber in den Tälern des Oberlandes und in den Bergſiedelungen war noch weithin alles heidniſch. Denn ſobald das Volk

---

[1] Vgl. S. 80.

selbst Verfügung über sich hatte, haftete der alte Glaube fest in ihrem Gedächtnis, wie sie ihn von Kind auf gelernt hatten. Denen aber, die sich in der Wahrung des Christenglaubens nicht nach seinem Willen richten wollten, drohte der König schlimme Strafen an, ob sie mächtige oder geringe Leute waren.

Auf jedem Gauthing rief man Olaf zum König über das ganze Land aus, und nun widersprach ihm niemand mehr.

Als er nun im Karmsund lag, gingen Boten zwischen ihm und Erling Skjalgssohn[1] hin und her, um einen Frieden zwischen ihnen zustande zu bringen, und eine Friedenszusammenkunft fand dann statt in Hvidingsö. Sobald sie sich nun trafen, sprachen sie miteinander über ihre Aussöhnung, und Erling meinte da, jetzt des Königs Äußerungen ganz anders zu finden, als man sie vorher von ihm berichtet hätte. Erling erklärte nun, er wolle alle die Schenkungen wieder haben, die Olaf Tryggvissohn ihm gemacht hätte und nach ihm die Jarle Svein und Hakon in gleicher Weise. „Dann werde ich," sagte er, „dein Mann werden und dein zuverlässiger Freund sein."

Der König erwiderte: „Mir scheint, Erling, du würdest nicht schlechter dabei fahren, wenn du von mir die gleichen großen Schenkungen nähmst, die du von Jarl Erich empfingst, von jenem Mann, der dir doch den größten Schaden zufügte. Aber ich werde dich zu meinem edelsten Vasallen im Lande machen, wenn ich auch meine Belehnungen nach meinem eignen Willen vornehmen will und nicht gesonnen bin zuzulassen, daß ihr Lehnsleute ein Geburtsrecht haben sollt auf die Erbschaft meines Geschlechtes, und daß ich künftig genötigt sein sollte, eure Dienste für reiche Belohnungen zu kaufen." Erling hatte keine Lust, den König in dieser Angelegenheit irgendwie zu bitten, denn er sah, daß jener sich nicht bestimmen ließ. Überdies sah er ein, daß es für ihn nur zwei Möglichkeiten gab: entweder keinen Frieden mit dem König zu schließen und es darauf ankommen zu lassen, wie die Dinge dann sich gestalteten, oder aber dem König allein seinen Willen zu lassen. So wählte er das letztere, wenn es auch gar nicht nach seinem Sinne war, und er sagte zum König: „Dieser mein Dienst, den ich dir

[1] Vgl. S. 41 ff., 74.

aus freier Entschließung leiste, wird dir von großem Vorteil sein." So ließen sie denn den Gegenstand fallen. Darauf kamen auch die Verwandten und Freunde Erlings dazu, und sie baten ihn, nachzugeben und lieber klug als herrisch hier vorzugehen. „Du wirst ja," sagten sie, „doch immer der edelste der Vasallen in Norwegen sein wegen deiner Tüchtigkeit wie wegen deiner Sippe und deines Reichtums."

Erling fand, das war ein guter Rat, und die das rieten, täten es in freundschaftlicher Absicht. So befolgte er ihn denn und wurde des Königs Mann auf die Bedingungen hin, die der König zuletzt gestellt hatte. Beide schieden zuletzt sozusagen ausgesöhnt. König Olaf aber zog dann weiter seines Weges an der Küste entlang nach Osten.

61. Die Erschlagung Eilifs des Götländers

Sobald König Olaf nach Vik kam und dies bekannt wurde, da zogen die Dänen fort, die dort die Statthalterschaft für den König gehabt hatten. Sie fuhren gen Dänemark und gedachten nicht, auf König Olaf zu warten. Aber König Olaf zog weiter hinauf nach Vik, indem er Thinge abhielt mit den Bauern, und alles Volk unterwarf sich ihm, und so zog er für sich alle Königsabgaben dort ein und weilte den Sommer hindurch in Vik. Von Tönsberg fuhr er ostwärts über Fold die ganze Strecke bis zum Svinesund. Da begann das Reich des Schwedenkönigs. Über diese Gegenden hatte jener Landvögte gesetzt, über den nördlichen Teil Eilif den Götländer, über den östlichen aber, bis hin zur Götaelf den Hroï Schielauge. Dessen Geschlecht saß zu beiden Seiten der Götaelf, und er hatte großen Landbesitz auf Hising. Er war ein mächtiger Mann und sehr reich. Auch Eilif war ein Mann von hoher Abkunft. Als nun König Olaf mit seinem Heere nach Ranrike gekommen war, sammelte er das Volk im Lande zu einem Thing, und da versammelten sich vor ihm die Männer, die dort auf den Inseln wohnten oder der See zunächst. Als nun das Thing eröffnet war, redete zu ihnen des Königs Marschall Björn. Er forderte die Bauern auf, Olaf als König anzuerkennen, wie das auch sonst schon in Norwegen geschehen wäre. Ein Mann

hieß Brynjolf Kameel. Dieser, ein edler Bauer, stand auf und
sagte: „Wir Bauern missen, wo die richtigen Landesgrenzen
waren von altersher zwischen den Königen von Norwegen,
Schweden und Dänemark, nämlich, daß die Götaelf die Grenz=
scheide bildete vom Venersee bis zum Meer, nordwärts aber
das Grenzland bis zum Eidawalde, und dann weiter das
Kjölengebirge die ganze Strecke bis hinauf nach Lappland.
Auch ist uns bekannt, daß bald der eine, bald der andere die
Landesgrenze übertrat. Die Schweden haben lange die Herr=
schaft bis hin an den Svinesund gehabt; und doch, um die
Wahrheit zu sagen, weiß ich, daß gar mancher lieber dem Nor=
wegerkönig untertan sein möchte. Aber die Leute getrauen sich
nicht recht. Wir sehen, daß wir das Reich des Schwedenkönigs
im Osten und Süden haben, während man damit rechnen muß,
daß der Norwegerkönig immer schnell wieder nach dem Norden
zieht, wo die Hauptstärke des Landes ist, und dann haben
wir keine Möglichkeit, gegen die Götländer aufzukommen. So
muß schon der König dagegen eine heilsame Abhilfe schaffen,
so geneigt wir sind, seine Untertanen zu werden."
Als nun das Thing vorüber war, war Brynjolf der Gast
des Königs am Abend und auch den nächsten Tag, und so
hielten beide manche geheime Besprechungen miteinander ab.
Darauf zog der König wieder ostwärts Vik entlang, und als
Eilif hörte, daß der König dort wäre, ließ er ihn auf seinen
Fahrten durch Kundschafter beobachten. Eilif hatte dreißig
Mann in seinem Gefolge, und er war oben in den Siedlungen
am Rande der Grenzmark und hielt dort eine Versammlung mit
den Bauern ab.
Manche Bauern suchten König Olaf auf, andere sandten ihm
freundschaftliche Botschaft.
Darauf gingen Boten hin und her zwischen König Olaf und
Eilif, und die Bauern baten beide lange, ein Thing zwischen
einander anzuberaumen und in irgend einer Weise Frieden
zu schaffen. Sie hielten dem Eilif vor, daß man vom Könige,
falls das Volk sich nicht nach seinem Willen richte, außer=
ordentlich harte Behandlung zu gewärtigen habe. Und sie sag=
ten, Eilif dürfte es nicht an Mannschaft fehlen. Man beschloß

nun, zu einem Thing mit dem Könige und den Bauern hinab=
zuziehen. Da sandte aber König Olaf Thorir den Langen, den
Befehlshaber der Gäste[1], nebst elf von diesen zu Brynjolf. Sie
hatten Brünnen unter ihren Wämsern und Kappen über ihren
Helmen. Am nächsten Tage stieg die Bauernschar dichtgedrängt
mit Eilif herab. Auch Brynjolf war da in ihrer Schar, Thorir
aber in Brynjolfs Begleitung. Der König legte seine Schiffe
an einer Stelle an, wo eine Klippe in die See hinausragte.
Dort stieg er ans Land und saß auf der Klippe mit seinem
Heere nieder. Aber weiter oberhalb der Klippe war eine Fläche,
auf der die Bauernschar stand, und dort oben standen auch
Eilifs Mannen in einer Schildburg um diesen.
Der Marschall Björn sprach nun lange und mutig für den
König. Als er aber niedersaß, stand Eilif auf und begann
zu reden. Im gleichen Augenblicke aber erhob sich Thorir der
Lange, zog sein Schwert und hieb Eilif in den Nacken, daß
sein Kopf herabfiel. Da sprang die ganze Menge der Bauern
auf, aber die Götländer gaben Fersengeld und rissen aus, und
Thorir und seine Begleiter erschlugen noch einige von ihnen.
Aber als das Heer halt machte und die Unruhe sich legte,
stand der König auf und hieß die Bauern sich wieder setzen.
Sie taten es. Mancherlei wurde nun geredet, aber schließlich
wurden die Bauern des Königs Mannen und gelobten ihm
Treue. Er seinerseits aber gelobte ihnen dafür, sie jetzt nicht
zu verlassen, sondern dort zu bleiben, bis er und der Schweden=
könig in irgend einer Weise ihre Zwistigkeiten begraben hät=
ten. Darauf unterwarf sich König Olaf alle die Besitzungen,
die am meisten nach Norden lagen, und zog in diesem Sommer
die ganze Strecke hin bis zur Götaelf. Er zog alle Königs=
zölle ein an der Seeküste und von den Inseln. Am Ende des
Sommers aber kehrte er wieder durch Vik nach Norden zu=
rück und zog den Glommen aufwärts. In diesem Flusse ist
ein großer Wasserfall, Sarp mit Namen, und bei diesem
springt von Norden her ein Vorgebirge in den Fluß vor.
Dort ließ der König geradewegs durch das Vorgebirge einen
Wall von Steinen, Torf und Holz errichten und an dessen

[1] Vgl. S. 78.

Außenseite ließ er einen Graben ziehen. Und hier errichtete er eine mächtige Erdfeste, und innerhalb dieser ließ er einen Handelsplatz entstehen. Auch eine Königsburg baute er dort und ließ die Marienkirche anlegen. Er ließ dort auch Land abstecken für andere Häuser und siedelte Leute dort an[1]. Den Herbst hindurch ließ er Vorräte dorthin schaffen, soviele für die Winterzehrung nötig waren, und er saß dort den Winter über mit einer großen Menge Volkes, nachdem er seine eigenen Leute über alle Bezirke dort gesetzt hatte. Er verbot alle Ausfuhr von Waren aus Vik nach Götland, Heringe wie Salz, die die Götländer schwer entbehren konnten. Der König hielt ein großes Julgelage ab und lud dazu viele mächtige Bauern aus der ganzen Gegend ein.

62. Eyvind Auerochshorn

Es war da ein Mann, namens Eyvind Auerochshorn, der aus Ost-Agde stammte. Er war ein mächtiger Mann und hatte eine stolze Sippe, und er ging jeden Sommer auf Wiking aus, bald nach dem Westmeer, bald nach dem Osten oder auch nach Friesland im Süden. Er hatte ein wohlbemanntes Schiff, einen Zwanzigruderer. Er war auch in der Schlacht bei Nesjar zugegen gewesen und hatte König Olaf unterstützt, und als sie damals schieden, hatte ihm König Olaf seine Freundschaft gelobt, und Eyvind dagegen hatte König Olaf sich zur Hilfe verpflichtet, wo immer sie der König fordern würde. Diesen Winter war Eyvind Gast auf dem Julfest König Olafs, und er erhielt schöne Geschenke von ihm. Zu jener Zeit weilte auch bei dem Könige Brynjolf Kameel, und er hatte als Julgabe vom König ein goldgewirktes Schwert und außerdem ein königliches Pachtgut, namens Våttlanda, erhalten. Dieses war ein ganz besonders großes Gut. Brynjolf sang ein Lied über diese Gaben, das so schloß:

> Mir schenkt' der König
> Schwert und Vettaland.

---

[1] Sarpsborg hatte Snorri auf einer Reise nach Schweden im Sommer 1219 durch eigne Anschauung kennen gelernt.

Dann gab ihm der Herrscher den Titel eines Lehnsmannes, und Brynjolf war seitdem sein getreuster Anhänger.

63. Erschlagung Thrands des Weißen

In diesem Winter ging Thrand der Weiße aus Drontheim nach Jämtland, um Abgaben für König Olaf den Dicken einzuziehen. Aber als er den Königsschatz zusammen hatte, kamen die Männer des Schwedenkönigs dorthin und erschlugen Thrand mit noch elf Männern. Sie nahmen den Schatz und brachten ihn dem Schwedenkönig. Das hörte König Olaf, und es erbitterte ihn sehr.

64. Vik wird christlich

König Olaf hatte das Christengesetz durch ganz Vik in derselben Art wie im Nordland eingeführt. Und er hatte guten Erfolg; denn den Männern von Vik waren christliche Gebräuche viel besser bekannt als der Bevölkerung weiter nördlich im Lande, weil Winter und Sommer dort sich eine Menge Handelsleute zusammendrängten, Dänen wie Sachsen[1]. Auch waren die Leute aus Vik sehr geschäftig in Handelsreisen nach England und Sachsenland oder nach Flandern und Dänemark. Manche waren auch auf Wikingfahrten, und sie nahmen dann immer ihre Winterquartiere in christlichen Ländern.

65. Hroïs Tod

Im Frühjahr sandte Olaf Botschaft an Eyvind, er möchte ihn besuchen, und sie hatten eine lange geheime Zwiesprache. Bald danach rüstete sich Eyvind zu einem Wikingzuge. Er segelte Vik entlang südwärts und legte auf Ockerö, westlich von Hising, an. Da hörte er, daß Hroï Schielauge nach der Insel Orust gezogen sei und dort Mannschaft und Abgaben für den Schwedenkönig Olaf eingezogen habe. Er wäre jetzt von Norden her zu erwarten. Da segelte Eyvind in den Högasund, aber zu gleicher Zeit kam Hroï von Norden her angerudert, und in eben diesem Sunde trafen sie sich und fochten miteinander.

---

[1] Deutsche (Niedersachsen).

Da fiel Hroï mit ungefähr dreißig Mann. Eyvind aber nahm alle Habe an sich, die Hroï besessen hatte. Eyvind zog nun von dort auf Wiking im Osten, und diese Fahrt währte den Sommer hindurch.

66. Der Fall Gudleiks und Thorgaut Hasenschartes

Es war ein Mann, genannt Gudleik der Russe, aus Agde gebürtig, ein Seefahrer und großer Handelsmann. Auch war er sehr wohlhabend und fuhr auf Handelsreisen in allerlei Länder. Oft reiste er nach Rußland, und deswegen nannte man ihn Gudleik den Russen. Nun rüstete Gudleik auch in diesem Frühjahr sein Schiff, in der Absicht, im Sommer nach Rußland zu fahren. König Olaf sandte zu ihm, er möchte zu ihm kommen. Als nun Gudleik vor dem Könige erschien, eröffnete dieser ihm, er wünsche Geschäftsfreundschaft mit ihm zu schließen, und er bat ihn, ihm kostbare Waren zu kaufen, die schwer im Lande hier zu bekommen wären. Gudleik sagte, es solle nach dem Wunsche des Königs geschehen. Da ließ der König ihm eine Summe zahlen, die er für ausreichend hielt, und Gudleik machte sich im Sommer auf die Ostfahrt.

Sie lagen eine Weile vor Gotland, und hier waren, wie das öfter vorkommt, nicht alle von seinen Leuten zurückhaltend genug in ihren Gesprächen. Die Inselbewohner bekamen so Wind davon, daß an Bord des Schiffes ein Geschäftsfreund Olafs des Dicken wäre. Gudleik fuhr nun im Sommer auf dem Seeweg nach Osten, bis er nach Nowgorod kam, und er kaufte dort eine erlesene Auswahl von Gewändern, die er für den König als Staatskleidung bestimmte, ferner Pelzwerk von hohem Werte und einen prächtigen Tafelschmuck.

Im Herbst, als Gudleik von Osten zurückfuhr, bekam er widrige Winde, und eine geraume Zeit mußten sie vor Oland liegen bleiben. Nun hatte Thorgaut Hasenscharte im Herbst Gudleiks Fahrten ausgekundschaftet, und er erschien nun hier mit einem Langschiff und focht mit ihm. Gudleik wehrte sich lange mit seinen Leuten. Da aber die Kräfte sehr ungleich waren,

fiel Gudleik und manche seiner Schiffsleute, und viele wur=
den verwundet. So nahm nun Thorgaut ihm seine ganze Habe
weg mitsamt den Schätzen, die für König Olaf bestimmt
waren, und er und seine Leute teilten gleichmäßig die Beute
untereinander. „Aber“, sagte er, „die Schätze König Olafs
soll der Schwedenkönig haben; denn,“ fügte er hinzu, „sie sind
nur ein Teil des Schatzes, den jener aus Norwegen zu fordern
hat.“ Dann segelte Thorgaut ab nach Schweden.

Diese Nachrichten verbreiteten sich nun bald. Kurze Zeit dar=
auf kam Eyvind Auerochshorn nach Oland, und als er dies
hörte, segelte er hinter Thorgaut und seiner Schar her nach
Osten. Sie stießen im schwedischen Skärgard aufeinander und
fochten. Da fielen Thorgaut und der größte Teil seiner Leute,
der Rest sprang über Bord ins Meer. So erbeutete Eyvind alles
Gut, das man Gudleik abgenommen hatte, und darunter auch
König Olafs Schätze. Eyvind fuhr im Herbst nach Norwegen
zurück und brachte König Olaf seine Schätze. Der König dankte
ihm sehr für seine Fahrt und versicherte ihn noch mehr seiner
Freundschaft. In dieser Zeit war Olaf drei Jahre König in
Norwegen gewesen.

67. Zusammenkunft König Olafs und Jarl Rögnvalds

Jn diesem selben Sommer bot König Olaf seine Mannen
noch einmal auf und fuhr wiederum die ganze Strecke nach
Osten bis zur Götaelf. Dort lag er den Sommer hindurch.
Dann ging Botschaft hin und her zwischen König Olaf und
Jarl Rögnvald sowie dem Weibe des Jarls, Ingibjörg Trygg=
vistochter. Sie suchte aus allen Kräften die Sache König Olafs
zu fördern und war sehr energisch bei diesem Unternehmen.
Zwei Gründe bestimmten sie zu diesem Vorgehen. Einmal ihre
enge Verwandtschaft mit König Olaf, mehr aber noch war es
der Umstand, daß sie es dem Schwedenkönig nicht vergessen
konnte, daß er mit den Fall ihres Bruders, König Olaf Trygg=
vissohns, veranlaßt hatte. Deswegen glaubte sie auch einen
Anspruch auf die Königsherrschaft in Norwegen zu haben.

Auf ihre Vorstellungen hin wurde die Gesinnung des Jarls sehr freundschaftlich gegen König Olaf. So kam es, daß der Jarl und der König eine Zusammenkunft verabredeten und sich an der Götaelf trafen. Da besprachen sie sich über mancherlei Dinge, vornehmlich aber über den Zwist des Norweger- und Schwedenkönigs, und sie meinten beide, was ja tatsächlich der Fall war, daß die Männer von Vik wie die Götländer dadurch für ihre Länder den größten Schaden erlitten, daß kein friedlicher Marktverkehr zwischen ihren Ländern stattfinden konnte. Endlich schlossen sie einen festen Frieden untereinander ab bis zum nächsten Sommer. Und beim Abschied gaben sie einander Geschenke und gelobten sich Freundschaft.

Darauf fuhr der König nach Vik, und er zog nun alle Königsabgaben für sich ein bis zur Götaelf, und das ganze Volk im Lande stand nun unter seiner Herrschaft. König Olaf, der Schwedenkönig, hatte einen so großen Widerwillen gegen Olaf Haraldssohn, daß niemand sich erkühnen durfte, vor den Ohren des Königs jenen bei seinem rechten Namen zu nennen. Man nannte ihn den „dicken Mann", und stets fielen harte Worte über ihn, so oft das Gespräch auf ihn kam.

68. Beginn der Friedensversuche

Die Bauern von Vik besprachen sich untereinander und erklärten, das einzige, was geschehen müsse, sei, daß die beiden Könige Frieden und Freundschaft mit einander schlössen. Sie wären schlecht gestellt, wenn die Könige stets einer wider den andern haderten. Aber dieses Gerede wagte niemand entschlossen vor den König zu bringen. Da ersuchten sie den Marschall Björn, ihr Anliegen dem König vorzutragen: er möchte Männer zum Schwedenkönig senden, um diesem von sich aus Frieden anzubieten. Björn tat dies nicht gern, und er lehnte es zunächst ab, doch auf die Bitten vieler seiner Freunde versprach er schließlich, die Angelegenheit dem Könige vorzutragen. Er meinte jedoch, ihm schwane, jener würde es ungnädig aufnehmen, daß er irgenwie dem Schwedenkönig entgegenkommen sollte.

In diesem Sommer kam auf die Einladung des Königs Olaf

Hjalti Skeggisſohn aus dem Weſten, von Island, und er
ſuchte König Olaf ſofort auf. König Olaf bot ihm ein freund=
liches Willkommen und forderte Hjalti auf, bei ihm zu verwei=
len. Er wies ihm ſeinen Sitz an neben dem Marſchall Björn.
So wurden die beiden Tiſchgenoſſen, und bald entwickelte ſich
zwiſchen ihnen gute Kameradſchaft.

Einſtmals aber, als König Olaf ſich mit ſeinen Leuten und
den Bauern beſprach und die Angelegenheiten des Landes be=
raten wurden, ſagte der Marſchall Björn: „Was iſt deine
Anſicht, König, über den Unfrieden hier zwiſchen dem Schwe=
denkönig Olaf und dir? Beide Teile haben viele Männer durch=
einander eingebüßt, aber noch immer iſt wie bisher keine Ent=
ſcheidung getroffen, was jeder vom Reiche beſitzen ſoll. Du
haſt dich jetzt hier einen Winter und zwei Sommer in Vik auf=
gehalten und alles Land, was weiter nördlich liegt, in deinem
Rücken gelaſſen. Die Männer, die ihren Landbeſitz und ihre
Erbgüter in den nördlichen Landen haben, ſind es nun über=
drüſſig, hier zu ſitzen. Deine Lehnsleute und andere Männer
deines Heeres ſowie die Bauern wünſchen, daß auf dem einen
oder andern Wege die Sache hier geordnet wird, und da ſie nun
ſahen, wie ſchon Frieden und Freundſchaft mit dem Jarl von
Veſtergötland zuſtande kam, das uns hier zunächſt benach=
bart liegt, meinen ſie, das Beſte wäre, du ſendeteſt Boten zum
Schwedenkönig, um Frieden anzubieten; viele Leute in der Um=
gebung des Schwedenkönigs würden dann für die Sache ein=
treten. Es wäre ja ein Gewinn für beide Teile, für die Be=
wohner beider Grenzländer, hier wie dort.“

Dieſe Rede Björns begrüßten die Männer alle mit lautem
Beifall. Da ſprach der König: „Dieſen Plan, den du hier an=
geregt haſt, Björn, führteſt du am beſten ſelber aus: du ſollſt
mit einer ſolchen Botſchaft dich aufmachen. Du wirſt Erfolg
damit haben, war es ein guter Rat. Erwächſt uns aber Gefahr
daraus, dann haſt auch du dabei reichlich deine Hand im Spiele
gehabt. Übrigens iſt es ja auch deine Aufgabe, das vor vielen
zu ſagen, was ich ausgeſprochen haben will.“ Darauf ſtand
der König auf und ging zur Kirche. Er ließ das Hochamt vor
ſich abhalten und ſetzte ſich dann zur Tafel.

Am nächsten Tage sprach Hjalti zu Björn: „Was bist du so unwirsch, Mann? Bist du krank oder hast du etwas wider jemand?" Björn erzählte dem Hjalti von seinem Gespräch mit dem Könige und sagte, er habe einen verwünschten Auftrag erhalten. Hjalti erwiderte: „Das ist nun einmal so mit dem Königsdienst! Solche Männer haben große Ehren und werden höher gewürdigt als andere Leute, aber oft kommen sie auch in Lebensgefahr, und sie müssen mit beiden Losen zufrieden sein. Eines Königs gutes Glück aber vermag vieles. Und großer Ruhm ist auf dieser Fahrt zu gewinnen, wenn sie glücklich verläuft." Björn sagte: „Du nimmst die Fahrt leicht. Vielleicht begleitest du mich gern auf ihr. Der König sagte ja, ich solle mir meine Reisegefährten wählen." Hjalti sagte: „Gewiß, ich komme mit, wenn du es willst. Denn ich glaube, ich werde schwer einen andern Tischgenossen finden, wenn wir uns trennen müssen."

69. Die Reise des Marschalls Björn

Wenige Tage später, als König Olaf eine Beratung abhielt, kam Björn dorthin. Insgesamt waren sie zwölf. Er teilte dem König mit, sie wären zur Botschaft reisefertig und ihre Rosse stünden bereits zur Fahrt gesattelt draußen. „Ich will nun wissen," sprach Björn, „wie die Botschaft lautet, die wir überbringen sollen, und welches dein Auftrag für uns ist." Der König versetzte: „Du sollst diese meine Worte dem Schwedenkönig überbringen: ich wolle Frieden zwischen unsern beiden Ländern gemäß den Grenzbestimmungen, die vor mir für König Olaf Tryggvissohn jenem gegenüber galten. Laß dir das Bündnis aber mit festen Zusicherungen bestätigen, daß es keiner von uns überschreiten kann. Was den Männerverlust aber anlangt, so ist es nicht angebracht, auf ihn zurückzukommen, wenn Friede werden soll. Denn der Schwedenkönig wird auf keinen Fall uns den Schaden an Männern, den wir durch die Schweden erlitten haben, mit Geld büßen." Dann stand der König auf und ging hinaus mit Björn und seinen Leuten, und er holte ein schöngearbeitetes Schwert hervor und einen Fingerring. Beides händigte er Björn ein und sprach: „Dieses Schwert gebe ich dir. Es wurde mir im letzten Sommer von Jarl Rögnvald geschenkt. Zu ihm sollt ihr gehen und ihm diese meine Bitte überbringen, daß er dir seinen Rat und seine Hilfe leiht, damit du deine Botschaft glücklich durchführen kannst. Und ich nehme an, du hast deine Botschaft gut durchgeführt, wenn du den klaren Bescheid des Schwedenkönigs hörst, ob er nun ja oder nein sagt. Diesen Ring aber sollst du dem Jarl Rögnvald über= bringen, und dieses Wahrzeichen wird er verstehen."

Hjalti ging nun vor den König und verabschiedete sich von ihm. „Sehr not tut es uns," sagte er, „König, daß du uns dein gutes Glück auf die Fahrt mitgibst." Und er sprach den Wunsch aus, sie möchten sich gesund wiedersehen. Der König frug, wohin Hjalti wolle. „Ich will fort mit Björn," ver= setzte er. Der König sagte: „Die Reise wird umso besser ver= laufen, wenn du mit ihm und seinen Genossen fährst, denn du hast dich oft als ein Mann von gutem Erfolge bewährt. Sei gewiß, daß ich mit ganzer Seele dabei bin, wenn das etwas helfen sollte, und ich füge gern mein Königsglück zu deinem und zu euer aller."

So ritt Björn mit seinen Begleitern seines Weges und kam an den Hof des Jarls Rögnvald, und dort fand er freundlichen Empfang. Björn war ein weitbekannter Mann und vielen von Ansehen und durch seine Reden kund, die König Olaf schon gesehen hatten. Auf jedem Thing nämlich stand Björn auf und verkündete des Königs Botschaften. Ingibjörg, des Jarls Weib, trat auf Hjalti zu und begrüßte ihn. Sie kannte ihn, denn damals, als sie bei ihrem Bruder Olaf Tryggvis= sohn weilte, war auch Hjalti da. Sie nahm auch Hjalti gegen= über Bezug auf die Verwandtschaft zwischen dem König und Vilborg, dem Weibe des Hjalti. Es waren da nämlich zwei Brüder, Söhne des Wiking=Kari, eines Lehnsmannes aus Voß: Erich Bjodaskalli war Vater der Astrid, der Mutter Olaf Trygg= vissohns, Bödvar aber Vater der Alof, der Mutter Gizurs des Weißen, des Vaters der Vilborg.

So waren sie nun dort in gutem Einvernehmen. Aber eines Tages gingen Björn und Hjalti zu einer Unterredung mit dem Jarl und mit Ingibjörg, und da sagte Björn seine Botschaft und wies dem Jarl die Wahrzeichen. Der Jarl versetzte: „Welche Ungnade zogst du dir zu, daß der König deinen Tod will? Mit deiner Botschaft steht es so schlecht, daß ich glauben möchte, keiner, der solche Worte vor dem Schwedenkönig ausspricht, wird ohne Strafe davonkommen. Der Schwedenkönig ist ein viel zu hochmütiger Mann, als daß er dulden wird, daß jemand Worte zu ihm spricht, die seiner Gesinnung zuwider sind."

Björn erwiderte: „Ich habe nichts mit König Olaf gehabt, weshalb er zornig auf mich sein sollte, aber viele seiner Pläne, die ihn selbst oder seine Mannen betreffen, gibt es, die dem Gefahr zu bringen scheinen, der sie auszuführen unternimmt, solchen wenigstens, die wenig beherzt sind. Doch haben alle seine Pläne bislang ein gutes Ende genommen, und ebenso, hoffen wir, wird es auch diesmal sein. Jetzt nun fürwahr, Jarl, will ich den Schwedenkönig aufsuchen, und ich werde nicht wiederkehren, bis ich ihn alle Worte habe hören lassen, die König Olaf mir befahl ihm vorzutragen, es sei denn, daß mich Tod oder Gefangenschaft daran hindern, dies durchzuführen. Ich werde dies tun, ob du nun des Königs Botschaft Beachtung schenkst oder nicht."

Da sagte Ingibjörg: „Ich werde gleich offen meine Meinung sagen. Mein Wille ist, Jarl, daß du mit aller Energie die Botschaft König Olafs förderst, so daß die Sendung des Norwegerkönigs zu den Ohren des Schwedenkönigs dringt, wie auch dessen Antwort ausfallen mag. Wenn es auch den Zorn des Schwedenkönigs oder den Verlust all unseres Eigentums und unserer Herrschaft nach sich zieht, möchte ich viel lieber dies aufs Spiel setzen, als daß es heißen sollte, du hättest dich um die Botschaft König Olafs aus Furcht vor dem Schwedenkönig nicht gekümmert. Überdies, bei deiner Abstammung, bei deiner mächtigen Verwandtschaft und bei der ganzen Art deines Wirkens bist du wohl so frei hier im Schwedenreiche, daß du deine Meinung sagen kannst. Das ist schicklich, und alle werden urteilen, daß sie wert ist, gehört zu werden, ob es viele oder wenige, Mächtige oder Geringe sind, die sie hören, ja, wenn der König selbst der Zuhörer ist."

96

Der Jarl erwiderte: „Es ist ja ganz klar, wozu du mich aufreizest. Darin wirst du vielleicht deinen Willen durchsetzen, daß ich des Königs Leuten verspreche, mit ihnen zu gehen, so daß sie es zuwege bringen, ihre Botschaft dem Schwedenkönig vorzutragen, ob sie jenem gefällt oder nicht. Aber meiner eigenen Ansicht denke ich zu folgen in der Art, wie die Sache in die Hand zu nehmen ist. Denn ich will nicht durch das unvorsichtige Vorgehen Björns oder eines andern Mannes mich sofort in ein so gefährliches Unternehmen stürzen. Deswegen meine ich, sie sollen bis dahin mit mir warten, wo es mir am wahrscheinlichsten dünken wird, daß man diese Sache fördern kann."

Als der Jarl ihnen nun so eröffnet hatte, daß er sie bei ihrer Botschaft unterstützen und sie nach Kräften fördern wollte, da dankte ihm Björn von Herzen und sagte, er wolle sich seinen Maßnahmen fügen. Und Björn blieb nun mit seiner Schar dort beim Jarl eine ziemlich geraume Zeit.

70. Unterredung Björns mit Ingibjörg Tryggvistochter

Ingibjörg behandelte sie ausnehmend freundlich. Björn sprach zu ihr über seinen Fall und meinte, es sei schlimm, daß er die Reise so lange hinausschieben müsse. Darüber sprach sie mit Hjalti und überhaupt dann sie alle untereinander viel. Da sagte Hjalti: „Ich werde zum König gehen, wenn das euer Wille ist. Ich bin kein Norweger, und die Schweden werden mir nichts vorzuwerfen haben. Ich hörte vom Schwedenkönig, daß an seinem Hofe Isländer weilen, die dort wohl gelitten und die mir wohl bekannt sind, nämlich des Königs Skalden, Gizur der Schwarze[1] und Ottar der Schwarze[2]. Dann werde ich einmal in der Sache sehen, was ich beim Schwedenkönig erfahren kann, ob die Angelegenheit wirklich so aussichtslos ist, wie hier ausgesprochen wurde, oder ob man ihr nicht auf andere Weise beikommen kann, und ich werde hinsichtlich unserer Botschaft etwas suchen ausfindig zu machen, das uns in dieser Sache helfen kann."

---

[1] Oder Goldbraue, vgl. S. 352. [2] Der Neffe Sigvat Thordssohns.

Das erklärten Ingibjörg und Björn für einen sehr verständigen Plan, und sie beschlossen fest untereinander, ihn auszuführen. So rüstete Ingibjörg Hjalti gut für die Fahrt aus und gab ihm zwei Götländer mit. Die hieß sie, soweit sie es vermöchten, ihm zur Hand zu sein und ihn persönlich zu bedienen, auch immer seine Botschaften auszurichten. Als Reisegeld gab ihm Ingibjörg zwanzig Mark gewogenes Silber. Sie sandte durch ihn Botschaft und Wahrzeichen an Ingigerd, König Olafs Tochter, und ließ jene bitten, Hjaltis Sache mit allen Mitteln zu unterstützen, worin dieser auch es als nötig erachten würde, ihre Hilfe anzurufen. Hjalti machte sich nun sofort auf, als er fertig war. Aber als er zu König Olaf kam, traf er sofort die Skalden Gizur und Ottar, die sich sehr seiner Ankunft freuten und sogleich mit ihm vor den König gingen. Sie sagten diesem, ein Mann wäre angekommen, der sei aus demselben Lande wie sie, und er sei dort zu Lande höchst angesehen. Sie baten den König, ihm freundliches Willkommen zu bieten. Der König hieß sie Hjalti und seine Reisegenossen in ihre Gesellschaft aufnehmen.

Als nun Hjalti dort eine Zeitlang geweilt hatte und mit den Männern bekannt geworden war, hielt ihn jedermann in hohen Ehren. Die Skalden waren oft beim König, denn sie wußten freimütig zu reden, und oft am Tage saßen sie vor des Königs Hochsitz in Gemeinschaft mit Hjalti, und in jeder Hinsicht begegneten sie ihm mit der größten Wertschätzung. Da wurde er auch dem Könige in der Unterhaltung vertraut, und der König sprach sehr viel mit ihm und frug ihn nach vielen Dingen auf Island aus.

71. Vom Skalden Sigvat[1]

Nun hatte Björn, bevor er von Hause fortzog, auch den Skalden Sigvat aufgefordert, mitzuziehen, der damals bei König Olaf weilte. Die Männer waren nämlich im allgemeinen nicht sehr versessen auf diese Reise. Zwischen Björn

---

[1] Diese erste Fahrt Sigvats ist wenig wahrscheinlich. Jener trat wohl nur eine Reise und aus eigenem Entschlusse an. Vgl. S. 139.

und Sigvat aber bestand gute Freundschaft. Sigvat dichtete
darüber:

> Stand mit des Schwertkühnen[1]
> Stolzen Marschäll'n wohl mich,
> Die treu vor des Thingherr'n[2]
> Thron war'n nach Gewohnheit.
> Eintrat'st für mich endlos
> Oft, Björn, du am Hofe.
> Riet'st oft, Kampfeis=Röter[3],
> Ratklug wackre Taten.

Und als sie aufwärts durch Götland zogen, dichtete er wei=
ter diese Weisen:

> Auf wilder See wohl mir
> Ward oft, wenn Sturm, harter,
> Fuhr in des Strind=Fürsten[4]
> Voll Segel Schwans Weg[5] hin.
> Meerhengst[6] losgelassen
> Lief dort schön vom Fjorde
> Zum Sund. Lustig Listers
> Licht Halsband[7] durchstrich er.

> Liegen konnt' ich mit kühnen
> Königs[8] Flott' im schönen
> Zeltschmuck an der Insel
> Eh' noch froh im Lenze.
> Ans Gestad' jetzt im Spätjahr
> Schafft' längst man des Haffes
> Ross'[9] — ich jag' in rüst'gem
> Ritt: so wechselt Frohndienst[10].

Als sie aber eines Abends spät nach Götland ritten, dichtete er:

> Lang' zur Hall' läufst hungrig,
> Hengst, du: Abend dränget.
> Riß — Tag geht zur Rüste —

---

[1] König Olafs. [2] Des Königs. [3] Kampfeis= (des kalten Schwertes) Röter
ist Björn. [4] Der Strind= (Drontheimer) Fürst ist König Olaf. [5] Auf der
See draußen. [6] Das Schiff. [7] Lister = Norwegen; dessen Halsband ist das
es umgebende Meer. [8] Olafs. [9] Die Schiffe. [10] Die Art meines Königs=
dienstes wechselt wunderbar.

Reitpferds Huf die Erd' auf!
Fern von Dän'marks Dünen
Da trab ich: mein Rappe
Stets in Bächen strauchelt.
Schwer hemmt ihn die Dämm'rung.

Dann ritten sie die Straße entlang vorbei an der Handelsstadt
Skara auf die Burg des Jarls zu. Da dichtete Sigvat:

Ausschau'n Frauen, schöne.
Schon seht ihr dort, Mädchen,
Staub: die Rosse stieben
Schnell zu Rögnvalds Schwelle.
Peitschen zum Hofe heftig
Hier wir uns're Tiere!
Hör' die Kluge am Herde,
Hauses Frau[1], wie wir sausen!

72. Hjalti in Schweden

Eines Tages ging Hjalti und die Skalden mit ihm vor
den König. Da hub Hjalti an zu reden: „Es steht nun
so, König, wie dir wohlbekannt ist, daß ich hierher kam,
dich zu begrüßen, und ich habe eine lange und beschwerliche
Reise hinter mir. Da ich aber übers Meer kam und von deiner
Vortrefflichkeit hörte, da schien es mir eine unverständige Fahrt,
wenn ich zurückkehrte, ohne dich in all deinem Glanz gesehen
zu haben. Nun ist es ein Gesetz, das zwischen Island und
Norwegen besteht, daß Isländer, wenn sie nach Norwegen
kommen, dort Landeszoll zu entrichten haben. Als ich nun über
See kam, erhob ich diesen Landeszoll von allen meinen Schiffs-
leuten. Da ich nun weiß, daß du rechtmäßigerweise die ganze
Gewalt über Norwegen hast, kam ich, um dich aufzusuchen
und dir den genannten Landeszoll zu zahlen."
Damit zeigte er dem König das Silber und schüttete zehn Mark
davon in Gizurs des Schwarzen Schoß.
Der König sagte: „Wenige haben uns derartiges in letzter
Zeit aus Norwegen gebracht, und du sollst dafür meinen Dank
haben und mein Wohlwollen, Hjalti, daß du dich so großer

---

[1] Rögnvalds Frau Inglbjörg.

Mühe unterzogst, lieber mir den Landeszoll zu bringen als ihn meinen Feinden zu zahlen. Doch will ich, daß du dieses Geld von mir nimmst und meine Freundschaft desgleichen." Hjalti dankte dem Könige mit vielen Worten. Hinfort war Hjalti äußerst wohlgelitten beim Könige, und oft unterhielt sich dieser mit ihm. Der König meinte, wie das ja richtig war, er wäre ein kluger und redegewandter Mann.

Nun erzählte Hjalti Gizur und Ottar, daß er mit Wahrzeichen gesandt wäre, um den Schutz und die Freundschaft der Königs= tochter Ingigerd sich zu gewinnen, und er bat jene, ihm Ge= legenheit zu geben, mit ihr zu sprechen. Sie sagten, das könne ohne Mühe geschehen, und eines Tages gingen sie in ihr Gemach, wo sie mit vielen Männern beim Gelage saß. Sie empfing die Skalden freundlich, denn sie waren ihr wohlver= traut. Hjalti überbrachte ihr den Gruß von Ingibjörg, der Frau des Jarls, und er sagte, daß sie ihn hierher gesandt habe, um ihren Schutz und ihre Freundschaft zu gewinnen, und er wies die Wahrzeichen dafür vor. Die Königstochter nahm das wohl auf, und sie versicherte ihm, er wäre ihr in Freund= schaft willkommen. Sie saßen nun eine geraume Zeit am Tage und tranken. Die Königstochter frug den Hjalti nach manchen Neuigkeiten aus und lud ihn ein, oft zu ihr zur Unterhal= tung zu kommen. Dies tat er auch, und so kam er oft zur Kö= nigstochter und erzählte sich mit ihr, und so machte er ihr auch im Vertrauen über die Reise Björns und seiner Leute Mit= teilung. Er frug sie, wie nach ihrer Meinung der Schweden= könig den Vorschlag aufnehmen würde, daß Friede zwischen den beiden Königen geschlossen werden sollte. Die Königstochter sagte in ihrer Antwort, nach ihrer Ansicht würde man bei dem Könige keinen Erfolg haben mit dem Versuch, ihn zum Frie= den mit Olaf dem Dicken zu bestimmen, und sie fügte hinzu, der König habe eine solche Wut auf Olaf, daß er nicht einmal seinen Namen hören wolle.

Eines Tages traf es sich, daß Hjalti vor dem Könige saß und mit ihm plauderte. Der König war gerade sehr vergnügt und ziemlich trunken. Da sagte Hjalti zu dem Könige: "Sehr große Pracht mancherlei Art kann man hier schauen. Jetzt habe ich das,

wovon ich mir oft habe erzählen laffen, mit meinen eignen
Augen gefehen: kein König in den Nordlanden ift fo angefehen
wie du. Es ift wirklich fehr betrüblich, daß wir einen gar fo
weiten Weg zum Befuch hier haben, und noch dazu einen fo
gefahrvollen, erft über ein großes Meer und dann durch Nor=
wegen, wo man die nicht in Frieden ziehen läßt, die hier in
freundfchaftlicher Weife ihren Befuch abftatten wollen. Aber
warum ift man nicht darauf bedacht, ein Friedenswort zwi=
fchen dir und Olaf dem Dicken zu fprechen? Ich hörte viel in
Norwegen und in Veftergötland davon reden, daß hier wie
dort alles Volk froh wäre, wenn es Frieden würde. Und dies
wurde mir als wahrhafte Äußerung des Norwegerkönigs er=
zählt, er würde fehr gern Frieden mit dir fchließen. Ich weiß
auch, was ihn darauf bringt. Muß er doch notgedrungener
Weife fehen, wie Eure Macht viel größer ift als feine. Wei=
ter wurde mir auch berichtet, er habe im Sinn, um Ingigerd,
deine Tochter, zu freien, und folch eine Werbung würde wohl
am beften einen vollen Frieden anbahnen. Denn er ift ein höchft
bedeutender Mann, fo weit ich glaubwürdige Männer davon
reden hörte."

Da erwiderte der König: „Solche Reden follteft du nicht füh=
ren, Hjalti. Doch will ich dir aus deinen Worten keinen Vor=
wurf machen, denn du wußteft bisher nicht, wovor du dich
zu hüten haft. Nimmer darf diefer „dicke Mann" hier an
meinem Hofe König genannt werden, und feine Bedeutung ift
viel geringer, als mancher meint. Ebenfo wirft auch du urtei=
len, wenn ich dir fage: eine folche Verfchwägerung wäre durch=
aus nicht in der Ordnung. Ich bin nämlich der zehnte König in
Upfala von denen, die diefes Königreich in fteter Folge be=
faßen. Alle waren wir Verwandte Alleinherrfcher über das
Schwedenreich und über manche andere weite Länderftrecken,
und wir waren immer die Oberkönige über die andern Könige
in den Nordlanden. In Norwegen aber ift nur wenig bewohn=
tes Land, und deffen Teile liegen noch dazu voneinander gefon=
dert, und dort hat es bloß Gaufürften gegeben. Harald Schön=
haar war zwar Oberkönig in diefem Lande und er hatte zu
tun mit den Gaufürften und unterwarf fie fich. Aber er wußte,

was ihm zukam, und ihn gelüstete nicht nach dem Schweden=
reiche. Deswegen ließen ihn auch die Schwedenkönige in Frie=
den. Es trug auch dazu bei, daß Verwandtschaft zwischen ihm
und ihnen bestand. Als aber Hakon Athelstans=Ziehsohn in Nor=
wegen war, ließ man ihn auch in Ruhe, bis er anfing in Göt=
land und Dänemark zu heeren. Dann aber sandte man ein
Heer gegen ihn, und er fiel, und sein Land wurde ihm abgenom=
men. Die Söhne der Gunnhild dann verloren auch ihr Leben,
sobald sie dem Dänenkönig nicht mehr gehorchten. Dann machte
Harald Gormssohn Norwegen seinem Reiche untertan und
abgabepflichtig, und doch hielten wir König Harald Gorms=
sohn für weniger mächtig als die Upsala=Könige, da ja unser
Verwandter Styrbjörn ihn bezwang, so daß Harald Gorms=
sohn sein Vasall wurde. Aber Erich der Siegreiche, mein Vater,
schritt über Styrbjörns Haupt dahin, als sie sich miteinander
maßen. Als endlich Olaf Tryggvissohn nach Norwegen kam
und sich König nannte, da ließen wir ihm das nicht glücken,
denn ich und Svend der Dänenkönig zogen gegen ihn und
nahmen ihm das Leben. So habe ich nun Norwegen mir ge=
wonnen mit nicht geringerer Macht als von der du eben hör=
test, und keinen geringeren Anspruch habe ich darauf, als daß
ich es mit Krieg überzog und den König überwältigte, der
früher dort herrschte. Nun magst du dir wohl selbst sagen,
kluger Mann, daß ich nicht daran denke, dieses Reich dem
dicken Mann zu überlassen. Und es ist in der Tat wunderbar,
daß er sich gar nicht erinnert, wie er nur mit genauer Not aus
dem Mälar entkam, als wir ihn dort eingeschlossen hatten[1].
Ich glaube, er hatte damals wohl etwas anderes im Sinn,
sollte er mit dem Leben davonkommen, als öfter mit uns
Schweden zu streiten. Komme also im Gespräch mit mir nicht
wieder auf diese Sache zurück, Hjalti."
Hjalti meinte nun, es wäre wenig Aussicht vorhanden, daß
der König einem Friedensvorschlag sein Ohr liehe. So brach
er davon ab und kam auf ein ander Gespräch.
Eine Weile danach, als Hjalti wieder mit der Königstochter
Ingigerd im Gespräch war, erzählte er ihr seine ganze Unter=

[1] Vgl. S. 29.

redung mit dem Könige. Sie sagte, diese Antwort habe sie vom König erwartet. Nun bat sie Hjalti, ein gutes Wort beim Könige einzulegen. Er meinte, das würde vielleicht mehr Erfolg haben. Sie versetzte, der König würde nicht auf sie hören, was sie ihm auch zu sagen hätte. „Doch will ich," fügte sie hinzu, „es versuchen, wenn du es wünschest." Hjalti sagte, er würde ihr dankbar sein, wenn sie dies täte.

Eines Tages unterhielt sich nun die Königstochter Ingigerd mit ihrem Vater, und da sie sah, daß er guter Stimmung war, sprach sie: „Was denkst du über deine Fehde mit Olaf dem Dicken? Viele Männer beklagen jetzt diesen Unfrieden. Einige sagen, sie hätten Vermögen eingebüßt, andere Verwandte durch die Norweger. Und wie die Sachen jetzt stehen, kann keiner deiner Untertanen nach Norwegen gehen. Zu deinem eignen Schaden war es, daß du Anspruch auf die Königswürde in Norwegen erhobst. Es ist ein Land, ärmlich und schlecht zu bereisen, und das Volk darin ist unzuverlässig. Und die Leute in jenem Lande wollen jeden andern als König lieber denn dich. Du solltest, wenn es nach mir ginge, deinen Anspruch auf Norwegen lieber fallen lassen. Du solltest lieber in die Ostlande einbrechen, um das Reich zu erobern, das seit alter Zeit von Schwedenkönigen beherrscht wurde und das unser Verwandter Styrbjörn erst kürzlich sich unterworfen hat. Olaf dem Dicken aber solltest du ruhig das Erbe seines Geschlechtes überlassen und mit ihm Frieden schließen."

Voller Zorn erwiderte der König: „Du rätst mir, Ingigerd, daß ich die Herrschaft über Norwegen aufgebe und dich Olaf dem Dicken zur Frau gebe. Nein," fuhr er fort, „eher alles andere! Lieber will ich in diesem Winter auf dem Upsalathing allen Schweden eröffnen, daß alles Volk sich zum Kriege sammle, noch bevor das Eis von den Gewässern geschwunden ist. Eher fahre ich dann nach Norwegen und verheere das Land mit der Spitze des Schwertes und brenne alles nieder, um jenen so ihre Untreue zu lohnen."

Dabei ward der König so tollwütig, daß man ihm kein Wort mehr antworten konnte. So ging sie denn fort.

Hjalti hatte acht auf sie gegeben. Er ging sofort zu ihr und frug, wie ihr Verfuch beim Könige geglückt wäre. Sie fagte, es fei gekommen, wie fie vermutet. Man hätte nicht weiter mit dem Könige reden können, im Gegenteil, er habe Drohungen ausgeftoßen. Und fie erfuchte Hjalti, nie wieder auf diefen Gegenftand beim Könige zurückzukommen.

Ingigerd und Hjalti kamen in ihrer Unterhaltung oft auf König Olaf den Dicken zu fprechen. Er erzählte ihr häufig von ihm und feinem Wefen und rühmte ihn, fo fehr er konnte, und das war auch das Richtigfte, was von ihm zu fagen war. Dies nahm fie mit freudiger Teilnahme auf. Und als fie wieder einmal zufammen fprachen, fagte Hjalti: „Königstochter, foll ich mit deiner Erlaubnis dir fagen, was mir durch den Sinn ging?" „Sprich," erwiderte fie, „daß ich es allein höre." Da fagte Hjalti: „Was würdeft du antworten, wenn der Norwegerkönig Olaf Boten an dich fendete mit dem Auftrag, um dich zu freien?" Sie errötete und antwortete zögernd und ganz leife: „Ich habe keine beftimmte Antwort darauf zu geben, denn ich vermute, ich werde nicht in die Lage kommen, eine folche Antwort zu erteilen. Ift aber Olaf in allen Dingen ein fo tüchtiger Mann, wie du von ihm fagft, dann wüßte ich nicht, wie ich mir einen befferen Gemahl wünfchen follte, wenn du nicht etwa in feinem Preife gewaltig übertrieben haft."

Hjalti verficherte, er habe über den König nichts ausgefagt, das ihn beffer darftellte, als er wäre.

Sehr häufig fprachen fie nun im geheimen darüber. Ingigerd bat Hjalti, vor niemand über diefe Angelegenheit zu reden, „denn der König wird fehr zornig auf dich werden, wenn er das erfährt."

Hjalti erzählte nun das alles den Skalden Gizur und Ottar, und fie fagten, das fei ein fehr glücklicher Plan, wenn er fich nur verwirklichen ließe. Ottar war redegewandt und großen Herren zugetan, und er betrieb diefelbe Sache eifrig bei der Königstochter und erzählte ihr über des Königs mannhafte Tüchtigkeit dasfelbe wie Hjalti. So fprachen fie und Hjalti, überhaupt alle zufammen oft über diefe Sache. Und da fie allezeit davon fprachen und Hjalti nun beftimmt wußte, was er mit feiner Botfchaft erreicht hatte, fandte er die Götländer,

die ihn hierher begleitet hatten, zurück. Er hieß sie wieder zum
Jarl gehen mit den Briefen, die die Königstochter Ingigerd
und Hjalti selbst an den Jarl und Ingibjörg sandten. Er ließ
diese auch Wind bekommen von allem, was er bei Ingigerd
angeregt hatte, und desgleichen von deren Antworten. Die
Boten trafen etwas vor Weihnachten beim Jarl wieder ein.

73. König Olafs Reise nach dem Oberland

Nachdem König Olaf Björn und seine Männer nach Göt=
land gesandt hatte, schickte er andere Leute ins Oberland
mit dem Auftrag, dort Bewirtung für den König zu verlan=
gen. Er hatte nämlich vor im Winter zur Bewirtung im
Oberland umherzuziehen. Denn es war die Gewohnheit der
alten Könige des Landes, jeden dritten Winter das Oberland
zu durchreisen, um sich dort bewirten zu lassen. Er begann nun
seine Fahrt im Herbst von Borg¹ aus, indem er zuerst nach
Vingulmark ging. Und er richtete seine Reise in der Art ein,
daß er seine Quartiere weit im Innern in der Nachbarschaft
der Waldsiedelungen nahm, und er bestellte alle Männer dieser
Gegenden zu sich zur Versammlung, die aber besonders, die
weit weg wohnten von den Hauptplätzen. Er forschte genau
nach der Art, wie sie den Christenglauben hielten. Wo er aber
die Ansicht gewann, daß sie ihn noch nicht richtig übten, da
lehrte er sie den richtigen Glauben. Waren aber welche, die vom
Heidentum nicht lassen wollten, dann belegte er sie mit schweren
Strafen. Er trieb einige außer Landes, andere ließ er an Hän=
den und Füßen verstümmeln oder ihnen die Augen ausstechen,
wieder andere ließ er hängen oder niederhauen. Keinen aber
ließ er ungestraft gehen, der nicht an Gott glauben wollte. In
dieser Art durchzog er den ganzen Gau, und er bestrafte in
gleicher Weise Mächtige wie Geringe. Er gab ihnen Geistliche
und verteilte sie so dicht über die Gegend, wie er dies für
das Beste hielt.

So durchzog er alle Gaue. Er hatte dreihundertsechzig be=
waffnete Leute bei sich, als er nach Romerike hinaufzog. Er
hatte bald entdeckt, je weiter er in das Inland vordrang, je

¹ Sarpsborg, vgl. S. 87 f.

weniger hielt man dort den Christenglauben. Aber er verfuhr dabei immer in der gleichen Weise und brachte alles Volk zum richtigen Glauben und verhängte schwere Strafen über die, die auf seine Worte nicht hören wollten.

74. Der Verrat der Könige des Oberlandes

Als nun der Kleinkönig, der damals über Romerike herrschte, dies erfuhr, glaubte er, ein großer Unfriede bereite sich vor, denn jeden Tag kamen viele Männer zu ihm, die sich über jene Vorgänge beklagten, Mächtige sowohl wie geringere Leute. Der König beschloß, hinauf nach Hedemarken zu gehen, um König Hrörek aufzusuchen, denn dieser war der klügste von allen damaligen Königen des Oberlandes. Als nun die Könige sich miteinander besprochen hatten, kamen sie überein, nach dem Gudbrandstal zu König Gudröd und auch nach Hadeland zu dem dortigen Herrscher Boten zu senden, mit der Aufforderung, nach Hedemarken zu kommen, um König Hrörek und den von Romerike zu besuchen. Sie machten sich sofort auf den Weg, und so trafen sich diese fünf Könige in Hedemarken an einem Ort, der Ringsaker heißt. Der fünfte der Könige war Hring, der Bruder König Hröreks.

Nun besprachen sich die Könige erst untereinander, und der, der aus Romerike gekommen war, nahm zuerst das Wort. Er erzählte von dem Zuge König Olafs des Dicken und schilderte all den Unfrieden, den er heraufbeschworen hätte dadurch, daß er die Männer tötete oder verstümmelte. Einige habe er auch außer Landes gejagt und hätte allen denen ihre Habe weggenommen, die sich ihm in irgend einer Weise widersetzt hätten. Überdies zöge er im Lande umher mit einer bewaffneten Schar, aber nicht mit der gesetzlich festgelegten Zahl von Leuten. Ferner erklärte er, er habe sich vor diesem Unfrieden hierher geflüchtet, und viele andere mächtige Männer seien ebenfalls aus ihren Heimatsitzen in Romerike geflohen. „Obwohl nun vorläufig wir diesen Unruhen am nächsten sind," fuhr er fort, „wird es nicht lange währen, dann werdet auch ihr in gleicher Lage sein, und deshalb ist es das Beste, wir verständigen uns allesamt, wie wir Abhilfe dagegen schaffen." Als er nun seine

Ansprache geschlossen hatte, überließen es die übrigen Könige
dem Hrörek, darauf zu erwidern. Der sagte: „Nun ist das ein=
getroffen, was ich befürchtete, als wir uns damals auf dem
Thing in Hadeland trafen, wo ihr allesamt so sehr dafür
waret, Olaf Haraldssohn über unsere Häupter zu setzen: näm=
lich, daß er für uns hart bei den Hörnern zu fassen sein würde,
sobald er die Alleinherrschaft über das Reich erlangt hätte.
Wir haben nun jetzt zwei Möglichkeiten: entweder, wir ma=
chen uns allesamt zu ihm auf und lassen ihn über alle Dinge
zwischen uns und ihm schalten und walten — das ist, glaube
ich, das Beste, was wir jetzt tun können — oder aber wir er=
heben uns wider ihn, ehe er weiter über unser Land herzieht.
Denn, hat er auch drei= oder vierhundert[1] Mann, das ist doch
keine zu große Übermacht gegenüber uns, wenn wir alle eines
Sinnes untereinander sind. Doch kommt es freilich leider oft
vor, daß, wenn viele zusammen sind, die alle die gleiche Macht
besitzen, ihnen das weniger zum Sieg verhilft, als vielmehr dem
Vorteil bringt, der der alleinige Leiter seines Heeres ist. Des=
wegen möchte ich also doch eher dazu raten, unser Glück gegen
Olaf Haraldssohn nicht zu versuchen."
Darauf sprachen auch die übrigen Könige ihre Ansicht aus.
Einige rieten ab, andere drängten zum Vorgehen. Doch kam
es zu keiner Entscheidung in der Sache, denn es erwies sich nur,
daß jeder Fall seine Schattenseite hatte.
Da nahm Gudröd, der König von Gudbrandsdalen, das Wort
und sprach so: „Merkwürdig ist, wie sich eure Pläne in die=
ser Sache verwirren und wie ihr alle so gar furchtsam seid
vor Olaf. Wir sind doch fünf Könige zusammen, und keiner
von uns ist nach seiner Herkunft geringer als Olaf. Wir
gaben ihm doch die Unterstützung zu seiner Fehde gegen Jarl
Svein, und durch unsere Hilfe bekam er dieses Land. Wenn
er aber jetzt jedem von uns die kleine Herrschaft, die wir vorher
besaßen, mißgönnt und uns quält und einzuschüchtern sucht,
dann kann ich nur für mich selbst sagen, daß ich nicht geson=
nen bin, des Königs Knecht zu werden, und ich behaupte, ihr
alle seid keine Männer, wenn ihr zagt, ihn zu töten, wo er

---

[1] D. h. 360—480 (das Großhundert = 120).

hier in Hedemarken so sich selbst in unsere Hände spielt. Denn das muß ich euch sagen: nie werden wir unser Haupt frei erheben können, so lange Olaf am Leben ist."

Nach diesen aufreizenden Worten stimmten nun alle seinem Rate zu. Da sprach Hrörek: „Im Hinblick auf diesen Entschluß scheint es mir nun notwendig, unsere Schar so stark wie möglich zu machen, damit nicht doch schließlich einer in seiner Treue den andern gegenüber wankend wird. Ihr seid jetzt gesonnen, Olaf, wenn er hierher nach Hedemarken kommt, an einem bestimmten Sammelplatz entgegenzutreten. Ich möchte mich nun nicht darauf verlassen, wenn einige von euch dann fern im Norden in Gudbrandsdalen und andere weit im Westen in Hedemarken sind. So möchte ich, daß, wenn dieser Entschluß unter uns fest bleiben soll, wir Tag und Nacht hier beieinander bleiben, bis er ausgeführt worden ist."

Dem stimmten alle Könige bei, und so gingen sie alle aus der Versammlung. Sie ließen in Ringsaker sich ein Gastmahl rüsten und tranken dort in brüderlichem Zusammensein. Sie sandten aber Kundschafter nach Romerike. Andere Späher ließen sie sofort immer aus- und eingehen, so daß sie Tag und Nacht die neuesten Nachrichten über König Olafs Fahrten und die Zahl seiner Truppen bekamen.

König Olaf zog nun weiter auf Bewirtung durch Romerike und verfuhr in derselben Weise, wie wir vorher erzählten. Aber wenn die Verpflegung knapp wurde, weil seine Schar gar so groß war, dann ließ er die Bauern mehr Kost herbeischaffen, um den Unterhalt an solchen Plätzen bestreiten zu können, wo er nach seiner Ansicht länger weilen mußte. An vielen Orten aber blieb er kürzere Zeit, als anfangs vorgesehen war. So ging auch seine Reise nach dem Mjösensee schneller vorwärts, als sie anberaumt war.

Als die Könige sich nun fest zu dem obengenannten Vorhaben verbunden hatten, sandten sie Botschaft aus und sammelten die Lehnsleute sowie die Großbauern aus allen diesen Gauen um sich. Und als diese zu ihnen kamen, hatten die Könige eine Besprechung mit ihnen allein und eröffneten ihnen ihren Entschluß. Sie setzten einen bestimmten Tag fest, wo ihr Vorhaben

109

durchgeführt werden sollte. Sie bestimmten außerdem, daß
jeder von den Königen eine Schar von dreihundertsechzig Mann
bei sich haben sollte. Dann sandten sie die Lehnsleute zurück,
um ein Heer zusammenzubringen und dann die Könige an dem
festgesetzten Platze zu treffen. Diese Abmachung gefiel den
meisten, und doch war es auch hier wie es im Sprichwort
heißt: „Jeder hat unter Feinden noch einen Freund[1]".

75. Die Verstümmelung der Könige des Oberlandes

Bei dieser Zusammenkunft war auch Ketil aus Ringnäs
zugegen gewesen. Als er aber am Abend heimkam, aß er
zur Nacht, und darauf machte er sich mit seinen Hausgenossen
reisefertig und ging zum Mjösensee hinab. Er nahm ein ihm
gehöriges Lastschiff, das er als Geschenk von König Olaf erhalten hatte, und ließ es auf den See schieben. Alles, was zur
Ausrüstung des Schiffes gehörte, hatte er dort in einem Bootshaus. Sie nahmen alles heraus, rüsteten die Bänke für die
Ruder und fuhren den See entlang. Ketil hatte vierzig wohl-
gewaffnete Männer.

Sie kamen früh am Morgen ans Ende des Sees, und von dort
brach Ketil mit zwanzig Mann auf, die übrigen zwanzig hieß
er das Schiff bewachen. König Olaf weilte damals in Eids-
vold, im obersten Teil von Romerike, und Ketil langte dort an,
als der König von der Frühmesse kam. Er grüßte Ketil freundlich. Ketil sagte, er habe sofort mit dem Könige zu reden.
So gingen sie beide abseits zum Gespräch. Da erzählte Ketil
dem Könige von dem Vorhaben der Kleinkönige und teilte ihm
ihre Absichten mit, soviel er davon wußte. Als der König dies
hörte, rief er Männer zu sich und sandte die einen in der Gegend umher mit dem Befehl, die Pferde für ihn einzusam-
meln, andere aber schickte er zum Mjösensee, um Ruderboote
zu holen, soviel sie bekommen könnten, und mit ihnen dann
wieder zu ihm zu stoßen. Er aber ging zur Kirche und ließ ein
Hochamt für sich abhalten, dann ging er gleich zur Tafel. Als

---

[1] Nämlich hier König Olaf in Ketil.

er aber gegessen hatte, machte er sich eiligst bereit und ging an die Nordseite des Mjösensees. Da fuhren schon einige Schiffe den See herauf, um ihn zu treffen. Er ging nun selbst an Bord des Lastschiffes und mit ihm so viele Männer, als dieses tragen konnte, alle andern aber gingen auf die Boote, die sie gerade bekommen konnten. Am Abend spät stießen sie vom Lande ab. Das Wetter war ruhig, und sie ruderten den See entlang. Der König hatte jetzt fast vierhundertachzig Mann bei sich. Vor Tagesanbruch war er in Ringsaker, und die Wächter merkten nichts, bis sein Heer nahe dem Ort war. Ketil und seine Leute kannten die Stuben genau, in denen die Könige schliefen; und der König ließ alle diese Zimmer besetzen und bewachen, so daß niemand entrinnen konnte. So erwarteten sie den Anbruch des Tages. Die Könige hatten keine Macht zur Abwehr, und so wurden sie alle gefangen und vor den König geführt. König Hrörek war ein sehr kluger Mann und äußerst beherzt, und König Olaf meinte, er bliebe unzuverlässig, wenn er sich auch zum Frieden mit ihm verstünde. Er ließ Hrörek auf beiden Augen blenden und behielt ihn um sich. Gudröd, dem König von Gudbrandsdalen, aber ließ er die Zunge ausschneiden, aber von Hring und den beiden andern ließ er sich Eide schwören, daß sie Norwegen verlassen und nie wieder in diese Gegenden kommen würden. Von den Lehnsleuten und Bauern aber, die überführt waren, an jener Verschwörung teilgenommen zu haben, jagte er die einen aus dem Lande, andere ließ er verstümmeln, manche aber begnadigte er auch. Von diesen Begebenheiten erzählt der Skalde Ottar der Schwarze:

Viel du jene Falken
Feldes Brands Zerspeller[1],
Üblen Zoll zu zahlen
Zwangst: Verrat stets dankst du[2].
Rechten Lohn du, Lehnsherr[3],
Ließt, Hoh'r, sie genießen,
Die dich heim suchten hämisch,
Hed'mark'scher Kön'ge jeden.

---

[1] Der Brand des Falkenfeldes (der Hand) ist das Gold; dessen Zerspeller (zur Verteilung) Olaf. [2] D. h. du bestraftest sie mit Verstümmelung und Verbannung. [3] Olaf.

Kühn du triebst die Kön'ge,
Kampfherr, in die Ferne.
Schwertröter, daß stetig
Stärker du: man merkt' es.
Feindliche Herr'n[1] flohn weit
Vor dir. Der blieb nordwärts,
Wir hörtens, das Wortrohr[2]
Weg schnittst du ihm[3] kläglich.

Kronlands der fünf Kön'ge
Kannst allein du walten.
Mein', durch Gottes Güte
Groß, Krieger, dein Sieg ward.
Ostwärts bis Eid[4] gebeutst du
Ahnenererbten Landes.
Göndul-Feuers[5] Führer,
Fandest ein größer Land nie[6].

König Olaf bemächtigte sich nun des Reiches, das diese fünf
Könige besessen hatten, und er nahm Geiseln von Lehnsleuten
und Bauern. Er ließ sich Unterhaltungsgelder zahlen von Nor=
den aus Gudbrandsdalen bis weit nach Hedemarken hinein.
Dann kehrte er nach Romerike zurück, und von dort zog er
westwärts nach Hadeland.

In diesem Winter starb Sigurd Sau, sein Stiefvater. Dann
wandte sich König Olaf nach Ringerike, und seine Mut=
ter Asta rüstete ihm ein großes Festmahl. Und von jetzt ab
führte König Olaf allein den Königsnamen in Norwegen.

76. König Olafs Brüder

Es heißt, daß, während König Olaf auf dem Festgelage
bei seiner Mutter Asta weilte, diese ihm ihre Kinder vor=
führte und zeigte. Der König setzte seine Brüder sich aufs Knie,
auf das eine Guthorm, auf das andere Halfdan. Der König
sah auf die Knaben, dann runzelte er die Brauen und blickte

[1] Die verbannten Oberlandskönige. [2] Die Zunge. [3] Nämlich König Gudröd von
Gudbrandsdalen. [4] Bis zum Eidawalde. [5] Das Feuer Gönduls (einer Wal=
küre) ist das Schwert, dessen Führer König Olaf. [6] Nämlich Norwegen, dessen
König sich Olaf nach der Entthronung der Oberlandskönige nennen konnte.

sie zornig an. Da senkten beide Knaben den Blick. Da brachte ihm Asta ihren jüngsten Sohn, der Harald hieß: der war damals erst drei Jahre alt. Der König schaute ihn düster an, doch der Knabe blickte ihm gerade ins Gesicht. Da griff der König dem Burschen ins Haar und zauste ihn. Der Knabe aber packte den König am Bart und zauste ihn wieder. Da sagte der König: „Ein rachsüchtiger Mann wirst du später werden, Bruder."

Am nächsten Tage streifte der König etwas um den Ort herum, und seine Mutter Asta begleitete ihn. Da kamen sie zu einem See, und dort spielten die Söhne Astas, Guthorm und Halfdan, miteinander. Sie hatten sich da große Häuser und mächtige Scheunen verfertigt mit manchem Rind und Schaf dazu: darin bestand nämlich ihr Spiel. Ein wenig davon am Seeufer, an einer lehmigen Bucht, war Harald, und der hatte Holzscheite, und er ließ manche am Lande hin schwimmen. Der König frug ihn, was das bedeuten solle. Er sagte, das wären seine Kriegsschiffe. Da lachte der König und sagte: „Vielleicht, Bruder, kommt es noch einmal dahin, daß du Schiffe befehligst."

Dann rief der König Halfdan und Guthorm dorthin. Und er frug Guthorm: „Was möchtest du am liebsten haben, Bruder?" „Kornfelder", war die Antwort. Der König sagte: „Wie weit möchtest du denn, daß deine Äcker reichten?" Er antwortete: „Ich möchte, daß diese ganze Landzunge, die in den See vorspringt, jeden Sommer ganz besä't wäre." Es standen aber zehn Wohnplätze da. Der König sagte: „Darauf könnte allerdings viel Korn stehen."

Darauf frug der König Halfdan, was er am liebsten möchte. „Kühe", sagte der. Der König frug weiter: „Wieviel Kühe möchtest du denn haben?" Halfdan sagte: „Soviel, daß, wenn sie zum See gehen, sie dicht aneinander hier gedrängt stehen sollten rings um den See." Der König versetzte: „Eueren Vorfahren schlachtet ihr beide nach, da ihr großen Reichtum haben wollt."

Endlich frug der König Harald: „Was würdest du denn am liebsten haben?" Er antwortete: „Hausgenossen." Der König frug: „Wieviel möchtest du denn haben?" „Soviel möchte ich haben, daß sie auf einmal aufessen sollten alle Kühe meines Bruders Halfdan." Der König lachte und sagte zu Asta: „In dem hier ziehst du vielleicht einen König auf, Mutter." Weitere Gespräche zwischen ihnen werden aus jener Zeit nicht berichtet.

77. Landeseinteilung und Gesetze in Schweden[1]

In Schweden war es ein alter Brauch, so lange das Land heidnisch war, daß das Hauptblutopfer im Monat Goi[2] zu Upsala stattfinden sollte. Da sollte ein Opfer gebracht werden für Frieden und für den Sieg ihres Königs. Dorthin sollte das Volk aus dem ganzen Schwedenreiche kommen, und dort sollte zu gleicher Zeit das Thing aller Schweden abgehalten werden. Auch war dort ein Markt und eine Messe, die eine Woche lang dauerte. Als aber Schweden christlich wurde, hielt man das Gerichtsthing und den Markt nichtsdestoweniger dort ab. Aber jetzt, wo ganz Schweden christlich geworden war und die Könige aufgehört hatten in Upsala zu wohnen, wurde der Markt verlegt und zu Lichtmeß[3] abgehalten, und das ist seitdem ständig geblieben, und jetzt dauert er nur noch drei Tage. Da wird das Schwedenthing abgehalten, und dorthin kommt man von allen Teilen des Landes.

Das Schwedenreich zerfällt in viele Teile. Einen Teil bilden Vestergötland, Vermland und die Waldgebiete an der Grenze nach Norwegen hin und alles, was dazu gehört. Das ist ein so weites Gebiet, daß unter dem Bischof, dem es unterstellt ist, dreizehnhundertzwanzig Kirchen stehen. Ein anderer Teil des Landes ist Ostergötland, das einen andern Bischofssprengel bildet, und dazu gehören jetzt die Inseln Gotland und Öland; das alles zusammen bildet jetzt noch ein größeres Bistum. In dem eigentlichen Schweden heißt ein Teil Södermanland, der wieder ein Bistum ausmacht. Wieder eins bildet Vestermanland oder Fjerdhundra[4]. Dann folgt der Teil, der Tiundaland[5]

---

[1] Dieses Kapitel geht auf eigne Anschauung Snorris während seiner schwedischen Reise zurück (vgl. S. 88). [2] Der achte Monat des heidnischen Jahres (Mitte Februar — Mitte März). [3] 2. Februar. [4] In Wirklichkeit ein Teil Uplands. [5] Angeblich „Zehntland", vgl. Band I, S. 52.

heißt, der dritte Teil des eigentlichen Schwedens. Der vierte heißt Attundaland, der fünfte Sjaland mit allem, was dazu gehört: dieser letzte liegt an der Ostsee. Tiundaland ist der beste und am reichsten bevölkerte Teil von Schweden. Das ist der Mittelpunkt des Reiches. Dort ist der Königssitz, und daselbst ist auch ein erzbischöflicher Stuhl. Dort spricht man von dem „Reichtum von Upsala". So nennen die Schweden nämlich das Eigentum ihres Königs: Upsala-Reichtum heißt es[1]. Jeder Teil des Landes hat sein eigenes Gerichtsthing und in vielen Beziehungen auch seine eigenen Gesetze. Jedem Gericht steht ein Gesetzesmann vor, der am meisten unter den Bauern zu sagen hat. Denn das wird Gesetz, was er dafür erklärt. Wenn aber König, Jarl oder Bischöfe durchs Land ziehen, um Thing mit den Bauern zu halten, dann antwortet der Gesetzesmann im Namen der Bauern, und so gehorchen sie ihm alle, daß selbst die mächtigsten Männer kaum zu ihrem Allthing zu kommen wagen ohne die Erlaubnis der Bauern und ihres Gesetzesmannes. In allen Punkten aber, wo die Gesetze verschieden sind, müssen sie sich alle endgültig nach dem Upsala-Gesetz richten, und alle andern Gesetzesleute sind dem Gesetzesmann von Tiundaland unterstellt.

78. Gesetzesmann Thorgnyr[2]

In Tiundaland war ein Gesetzesmann, namens Thorgnyr. Auch sein Vater und Großvater hießen schon so. Die Vorväter waren Gesetzesleute in Tiundaland gewesen während der Lebenszeit vieler Könige. Thorgnyr war damals schon ein alter Mann. Er hatte eine große Gefolgschaft um sich, und man nannte ihn den klügsten Mann im Schwedenreiche. Er war ein Verwandter Jarl Rögnvalds und sein Ziehvater.
Nun müssen wir wieder die Erzählung aufnehmen, wie die Männer zu Jarl Rögnvald kamen, die die Königstochter Ingigerd und Hjalti ihm aus dem Osten gesandt hatten[3]. Sie brachten ihre Botschaft vor Jarl Rögnvald und seine Frau Ingi-

---

[1] Vgl. Band I S. 36. 39. [2] Das Kapitel ist nach einer isländischen Erzählung, ergänzt durch Snorris Eindrücke auf seiner schwedischen Reise (vgl. S. 114), entworfen. [3] Vgl. S. 106.

björg, und sie sagten, die Königstochter habe oft zum König
von Schweden wegen eines Friedens zwischen ihm und König
Olaf dem Dicken gesprochen. Sie wäre auch die größte Freundin
König Olafs. Der Schwedenkönig aber geriete jedesmal in
Wut, wenn sie den Namen Olafs erwähne, und sie glaube, wie
die Sachen stünden, sei wenig Aussicht auf einen Frieden. Der
Jarl teilte Björn mit, was er aus dem Osten gehört hatte,
Björn aber erklärte nach wie vor, er werde nicht zurückkehren,
bis er den Schwedenkönig getroffen habe. Er berief sich auch
darauf, daß der Jarl ihm versprochen hätte, ihn zum Schwedenkönige zu begleiten. Der Winter ging nun zu Ende, und
gleich nach dem Julfeste rüstete sich der Jarl zu seiner Reise,
indem er mit sechzig Mann aufbrach, und auf dieser Fahrt begleitete ihn Björn der Marschall mit seinen Reisegefährten.
Der Jarl zog nun den ganzen Weg nach Schweden entlang,
und als er weiter landeinwärts kam, sandte er seine Boten voraus nach Upsala und ließ der Königstochter Ingigerd melden,
sie möchte ihm doch nach Ullarakr entgegenkommen. Dort nämlich besaß sie große Güter. Als aber die Königstochter des
Jarls Botschaft erhielt, da säumte sie nicht mit der Reise, vielmehr machte sie sich sofort mit zahlreicher Begleitung auf.
Hjalti ging auf dieser Fahrt mit ihr. Bevor er aber aufbrach,
trat er vor König Olaf und sagte: „Sei mir vor allen Königen gesegnet! Wahrlich, ich muß es sagen. Nimmer noch
kam ich wohin, wo ich solchen Glanz sah wie hier an deinem
Hofe, und das werde ich fortan überall herumbringen, wohin ich auch kommen mag. Ich bitte dich darum, König,
bleibe mein Freund!" Der König antwortete: „Was hast du
es so eilig mit deiner Abreise? Wohin willst du denn?" Hjalti
versetzte: „Ich will mit deiner Tochter Ingigerd nach Ullarakr." Der König sagte: „So leb' denn wohl. Ein kluger Mann
bist du und verstehst dich gut zu benehmen. Du kannst gut mit
vornehmen Herrn umgehn!"
So ging nun Hjalti seines Weges. Aber des Königs Tochter
Ingigerd war auf ihre Besitzung in Ullarakr geritten und
hatte dort ein großes Festgelage für den Empfang des Jarles
gerüstet. Nun traf der Jarl dort ein, und er fand ein freund-

liches Willkommen und verweilte dort einige Nächte. Er sprach mit der Königstochter mancherlei, vor allem aber über die Könige von Schweden und Norwegen, und sie verständigte den Jarl davon, daß sie die Aussicht auf einen Frieden für hoffnungslos hielte.

Da sagte der Jarl: „Wie würdest du es aufnehmen, Gesippin, wenn Olaf, Norwegens König, um dich freite? Uns scheint dies am meisten Hoffnung auf einen Frieden zu erwecken, wenn man eine solche Verwandtschaft zwischen den beiden Königen zustande bringen könnte. Doch will ich diesen Gegenstand nicht weiter verfolgen, wenn ich merke, daß er deinem Wunsche zuwider ist." Sie antwortete: „Mein Vater wird die Entscheidung treffen über meine Wahl, aber von allen andern Verwandten bist du der, dessen Rat ich am ersten einholen würde bei Sachen, auf die nach meiner Auffassung etwas ankommt. Aber hältst du dies für eine gute Entschließung?"

Der Jarl redete ihr sehr zu und erwähnte vieles zum Ruhme König Olafs, was diesem große Ehre machte. Er berichtete ihr eingehend über die Erfolge, die jener noch jüngst gehabt hätte: wie König Olaf an einem Morgen fünf Könige gefangen und alle ihrer Königswürde entkleidet, ihre Länder und Reiche aber seiner eigenen Herrschaft einverleibt habe. Sie sprachen noch viel über diese Sache, und sie wurden in allem untereinander eins. Der Jarl brach dann auf, als er reisefertig war, und Hjalti begleitete ihn.

79. Rögnvald bei dem Gesetzesmann Thorgnyr

Jarl Rögnvald kam eines Abends zu dem Gut des Gesetzesmannes Thorgnyr. Es war ein schöner und prächtiger Landsitz. Draußen standen viele Männer, die dem Jarl ein freundliches Willkommen boten und die Rosse und das Reisegepäck seiner Leute in Verwahrung nahmen. Der Jarl ging in die Gaststube, und dort war eine große Menge Volkes. Dort auf dem Hochsitz saß ein alter Mann, und niemals hatten

Björn und seine Leute einen so stattlichen Mann gesehen. Sein Bart war so lang, daß er ihm bis auf die Kniee wallte und über die ganze Brust sich ausbreitete. Ein schöner Mann war er und von vornehmstem Aussehen. Der Jarl trat vor ihn und grüßte ihn. Thorgnyr bewillkommte ihn und bat ihn, auf dem Platze zu sitzen, wo er gewöhnlich saß. Der Jarl setzte sich auf der andern Seite Thorgnyr gegenüber nieder.

Sie weilten dort einige Nächte, ehe der Jarl sein Anliegen vorbrachte. Dann bat er Thorgnyr, mit ihm in das Beratungszimmer zu gehen. Auch gingen Björn und seine Reisegefährten dorthin mit dem Jarl. Dann hub der Jarl an zu reden und sprach davon, wie der Norwegerkönig Olaf seine Männer hierher nach Osten gesandt habe wegen eines Friedenschlusses. Lange sprach er auch darüber, welche Unruhen die Vestergötländer davon hätten, daß Norwegen von ihnen nicht in Frieden gelassen würde. Er sagte dann noch einmal, der Norwegerkönig Olaf habe Männer hierhergesandt, und diese Boten des Königs wären jetzt gekommen, und er hätte ihnen versprochen, ihnen behilflich zu sein, daß sie den Schwedenkönig treffen könnten. Weiter aber berichtete er, wie übel der Schwedenkönig das Anerbieten aufgenommen habe, und daß er habe verlauten lassen, niemand solle es gelingen, in dieser Angelegenheit etwas zu erreichen. „Es steht nun so, Ziehvater", schloß der Jarl seine Rede, „daß ich selbst nichts in dieser Angelegenheit ausrichten kann, und deshalb habe ich dich aufgesucht, weil ich glaube, bei dir darf ich auf heilsamen Rat und auf Hilfe rechnen."

Als der Jarl mit seiner Mitteilung zu Ende war, schwieg Thorgnyr erst eine Weile. Als er dann aber das Wort ergriff, sagte er Folgendes: „Wunderlich widerspruchsvoll seid Ihr hierin. Ihr wollt gern den Namen eines hohen Herrn haben, aber sobald Ihr in schwierige Lage kommt, wißt Ihr Euch keinen Rat und keine Auskunft. Warum überlegtest du dir nicht vorher, ehe du deine Mitreise versprachst, daß du nicht imstande sein würdest, hierin gegenüber König Olaf zu reden. Fürwahr, ich halte es für höchst achtbar, bei den Gesprächen der Bauern zugegen zu sein und frei meine Worte äußern zu können, wie ich will, ist auch der König dabei. Nun werde ich

mitkommen auf das Upfalathing und dir folche Unterstützung
gewähren, daß du furchtlos dem König ins Gesicht fagen
kannst, was du denkst."

Der Jarl dankte ihm fehr für fein Verfprechen, und fie verweilten nun bei Thorgnyr und ritten dann mit ihm zum
Upfalathing. Da war eine große Menfchenmenge beifammen,
und König Olaf war dort mit feinem ganzen Hofhalt.

80. Das Upfalathing

Den erften Tag, an dem das Thing anberaumt war, faß
König Olaf auf einem Thron, und feine Leibgarde war
um ihn. Aber auf der andern Seite der Thingftätte faßen auf
einem Stuhl Jarl Rögnvald und Thorgnyr, und vor ihnen faß
das Gefolge des Jarls und die Schar von Thorgnyrs Hausge-
noffen. Hinter deffen Stuhl aber und auf dem ganzen Thing-
platz im Kreife ftanden die Bauern dichtgedrängt, manche
ftiegen auch auf Höhen und Hügel, um von dort aus zu hören.

Aber nachdem des Königs Botfchaften erledigt waren, wie
fie auf dem Thing verkündet zu werden pflegten, und diefe
Sache beendet war, da ftand Marfchall Björn auf neben dem
Stuhle des Jarles und fprach laut: „König Olaf hieß mich
dir diefe Botfchaft überbringen: er wolle dem König von
Schweden Frieden anbieten und außerdem eine gleiche Abgren-
zung ihrer Länder, wie fie feit alter Zeit zwifchen Norwegen
und Schweden beftanden hat."

Er fprach mit lauter Stimme, fo daß der Schwedenkönig
ihn deutlich verftand. Als nun der Schwedenkönig König Olafs
Namen nennen hörte, da glaubte er zuerft, der Mann wollte
irgend eine Botfchaft von ihm überbringen. Als er aber von
Frieden reden hörte und von einem Grenzvorfchlag zwifchen
Schweden und Norwegen, da witterte er, was hinter der Sache
ftecke. Er fprang daher empor und rief laut, diefer Mann folle
fchweigen.

Nun ftand der Jarl auf und fprach. Er redete von der Botfchaft
Olafs des Dicken und davon, daß er dem Schwedenkönig Olaf
Frieden bot. Ferner fagte er, die Leute aus Veftergötland fen-
deten dem König Olaf ihre dringende Bitte, fie möchten, daß

er Frieden schlösse mit dem Norwegerkönige. Er stellte dem König, vor, welchen Nachteil es den Vestergötländern brächte,
daß sie auf alles in Norwegen verzichten müßten, worin der
Ertrag des Jahres bestünde, und anderseits, daß sie unter ihren
Angriffen und ihren Plünderungszügen leiden müßten, wenn
Norwegens König ein Heer sammelte und sie mit Krieg über-
zöge. Der Jarl sagte endlich, König Olaf habe Männer hierher gesandt mit der Botschaft, er wolle um Ingigerd, des
Schwedenkönigs Tochter, freien.

Als der Jarl mit seiner Rede fertig war, stand Olaf, der
Schwedenkönig, auf. Er antwortete in ungnädiger Art hinsichtlich des Friedens, und er erhob gegen den Jarl große und
schwere Vorwürfe, wie er es hätte wagen können, ein festes
Bündnis mit dem dicken Mann zu schließen und sein Freund
zu werden. Er beschuldigte den Jarl offenbaren Verrates gegen
sich und sagte, es sei in der Ordnung, wenn Rögnvald aus dem
Reiche gejagt würde. Dies alles aber wäre durch die Auf-
reizung seines Weibes Ingibjörg veranlaßt. Den törichtsten
aller Pläne hätte er gefaßt auf die Bitten dieses Weibes hin.
Er sprach lange und barsch und wandte die Spitze seiner Rede
wider Olaf den Dicken. Als er sich aber niederließ, da war es
zunächst eine Weile stille.

Dann stand Thorgnyr auf. Als sich dieser aber erhob, da
sprangen alle Bauern empor, die vorher gesessen hatten. Und
alle drängten vorwärts, die vorher auf anderen Plätzen gestanden hatten, denn sie wollten hören, was Thorgnyr zu sagen
hatte.

Zuerst entstand ein großer Lärm in dem Menschengewühl und
ein Geklirr der Waffen. Als aber wieder Ruhe eingetreten
war, da sprach Thorgnyr: „Auf anderes ist jetzt das Sinnen
des Schwedenkönigs gerichtet als es vorher zu sein pflegte.
Mein Großvater Thorgnyr erinnerte sich noch an Erich, den
Upsalakönig, Eymunds Sohn[1], und er pflegte von ihm gern zu
erzählen, daß, als er im besten Alter stand, er jeden Sommer
ein Kriegsheer sammelte und in die verschiedensten Länder zog.
Er unterwarf sich Finnland und Karelien, Esthland und Kur-

---

[1] Vgl. Band I, S. 93.

120

land und weithin andere Länder im Osten. Jetzt noch kann man
die Erdfestungen dort sehen und andere große Schanzwerke,
die er aufführen ließ. Doch war er nicht so hochmütig, daß
er nicht sein Ohr geliehen hätte solchen Männern, die ihm
wichtige Dinge vorzutragen hatten. Mein Vater Thorgnyr
war lange Zeit mit König Björn[1] zusammen: er kannte dessen
Art wohl. Während Björn lebte, stand das Reich in großer
Macht da, und an nichts gebrach es ihm. Er aber selbst war
gütig zu seinen Freunden.

Ich selbst kann mich gut auf König Erich den Siegreichen[2] be=
sinnen und war bei ihm auf manchem Kriegszug. Auch er ver=
größerte das Schwedenreich und wußte es kräftig zu schir=
men, und es war leicht für uns, ihm unsere Wünsche vor=
zutragen.

Der König aber, der jetzt herrscht, läßt niemand freimütig
zu sich reden, nur das darf man sagen, was ihm gefällt zu er=
lauben. Danach strebt er mit aller Macht, aber seine Schutz=
länder läßt er aus seinen Händen aus Mangel an Tüchtigkeit
und Tatkraft. Er trachtet danach, das Norwegerreich in seiner
Gewalt zu haben. Aber kein Schwedenkönig hat danach in
früheren Zeiten Verlangen getragen, und das bringt nur vielen
Leuten Unbehagen. Wir Bauern wünschen nun, daß du, König
Olaf, Frieden schließest mit Olaf dem Dicken, dem Norweger=
könig, und ihm deine Tochter Ingigerd zur Gemahlin gibst.
Willst du dir aber die Reiche im Osten wiedergewinnen,
die deine Geschlechtsgenossen und Vorväter dort besessen haben,
dann wollen wir dir zu dem Ende gern alle Gefolgschaft
leisten. Willst du das aber nicht tun, was wir dir vorge=
schlagen haben, dann werden wir einen Aufstand machen wi=
der dich und dich erschlagen und keinen Unfrieden und keine
Gesetzwidrigkeit weiter von dir dulden. Dasselbe taten auch
unsere Vorväter in alter Zeit, die auf dem Mula=Thing[3] fünf
Könige in einem Graben versenkten, die vorher voll Hochmuts
wider sie gewesen waren, wie du es jetzt gegen uns bist. Sage
nun schleunig, was für eine Wahl du jetzt treffen willst."

---

[1] Vgl. Band I, S. 117. [2] Vgl. Band I, S. 189. [3] Vermutlich das Morathing
bei Upsala, wo die schwedischen Könige gewählt wurden.

Sofort erhob die Masse des Volkes ein gewaltiges Waffenge=
klirr und lauten Beifallslärm. Aber der König erhob sich nun
zur Erwiderung. Er sagte, er wolle alles so nach dem Willen
der Bauern geschehen lassen. Er meinte, ebenso hätten in der
Vorzeit alle schwedischen Könige gehandelt, daß sie die Bauern
hätten gewähren lassen in allen Dingen, die sie sich vor=
genommen hätten. Darauf kam das Murren der Bauern zur
Ruhe.

Nun besprachen sich die Häupter des Volkes, der König, der
Jarl und Thorgnyr, unter einander, und sie schlossen einen
Friedensvertrag für den Schwedenkönig ab, gemäß dem Wort=
laut, den der Norwegerkönig schon zu diesem Zwecke hatte mit=
teilen lassen. Auf diesem Thing wurde beschlossen, daß Ingi=
gerd, König Olafs Tochter, König Olaf Haraldssohn zur
Gemahlin gegeben werden sollte. Der König leistete dem Jarl
sein feierliches Versprechen hinsichtlich ihrer Verlobung und
sicherte jenem alle Vollmacht betreffs dieser Heirat durch Hand=
schlag zu. Und nachdem die Sache so geordnet war, verließen
sie das Thing. Ehe aber der Jarl heimfuhr, ging er zur
Königstochter Ingigerd und sprach mit ihr über die Sache.
Sie sandte König Olaf einen Staatsmantel, reich mit Gold
bestickt, auch mit silbernen Borten daran.

So kehrte der Jarl nach Götland zurück und Björn mit ihm.
Björn weilte nun noch kurze Zeit bei ihm, und dann zog er
mit seinen Reisegenossen nach Norwegen zurück. Als er aber
König Olaf traf und ihm genau über den Erfolg seiner Reise
berichtete, dankte ihm dieser sehr für seine Fahrt, und er meinte,
was ja tatsächlich der Fall war, Björn habe großes Glück
auf seiner Reise gehabt, daß er seinen Auftrag durch all den
Unfrieden hindurch zu so erfolgreichem Ende geführt hätte.

81. König Hröreks Verrat[1]

Als das Frühjahr kam, ging König Olaf zur See hinab.
Er ließ seine Schiffe instand setzen und hob Truppen
aus. Und in diesem Frühjahr fuhr er Vik entlang und dann
immer weiter westwärts bis nach Kap Lindesnäs, endlich in

---

[1] Vgl. S. 111.

den Norden nach Hardanger. Dann sandte er Botschaft zu den Lehnsleuten aus und machte die mächtigsten Männer aus allen Bezirken namhaft: so rüstete er seinen Zug aufs prächtigste aus, denn er wollte ja seiner Braut entgegenziehen. Das Hochzeits= fest sollte im Herbst stattfinden, östlich der Götaelf, an der Grenze der beiden Reiche.

König Olaf hatte nun den blinden König Hrörek[1] stets bei sich. Und als seine Wunden geheilt waren, gab ihm König Olaf zwei Männer zur Bedienung, ließ ihn auf dem Hoch= sitz neben sich sitzen und hielt ihn in Trank und Kleidung nicht schlechter, als er es früher gewohnt gewesen war zu leben. Hrörek sprach nicht viel und pflegte kurz und schroff zu antworten, wenn jemand ihn anredete. Er ließ sich gewöhnlich von seinem Diener am Tage draußen umherführen und mög= lichst abseits von andern Menschen. Dann schlug er den Bur= schen, und wenn dieser ihm dann weglief, klagte er König Olaf, der Knabe wolle ihn nicht bedienen. Da wechselte König Olaf mit den Dienern für ihn, aber es war stets das Gleiche: kein Diener konnte es aushalten bei König Hrörek. Da wählte König Olaf für die Begleitung und Aufsicht König Hröreks einen gewissen Svein, einen Verwandten von ihm, der früher sein Kriegsmann gewesen war. Hrörek hielt in gewohnter Weise an seiner störrischen Art und an seinen einsamen Wan= derungen fest. War er aber mit Svein allein zusammen, dann wurde Hrörek aufgeräumt und gesprächig. Er rief sich manche Vorgänge aus früherer Zeit ins Gedächtnis zurück und be= sonders solche, die geschehen waren in der Zeit, da er noch König war. Er erinnerte sich an sein früheres Leben, auch an ihn, der es durch seine Macht und sein Herrscherglück so ver= wandelt hätte, daß er jetzt nur noch ein Bettler wäre. „Doch, das glaube ich," sagte er, „ist doch mein allerschlimmstes Los, wenn du oder andre meiner Gesippen, in denen doch das Zeug zu einem Manne steckte, so ganz aus der Art geschlagen sein solltet, daß ihr keine Rache nähmet für alle Schmach, die un= serm Geschlechte zugefügt ist."

[1] Von diesem (dem einzigen Könige, der auf Island begraben lag, S. 133) gab es eine besondere isländische Erzählung, die Snorri in seine Dar= stellung verwob.

Solche Klagen führte er überaus häufig im Munde. Doch Svein entgegnete darauf, man habe mit übermächtigen Männern zu tun, und sie könnten zur Zeit wenig ausrichten. Da sagte Hrörek: „Wozu sollte ich noch länger leben in solcher Verstümmelung und Schmach, wenn ich nicht dächte, daß es mir vielleicht noch einmal gelingen sollte, blind wie ich bin, den zu überwältigen, der mich, während ich schlief, überwältigte. Jetzt könnte es glücken, Olaf den Dicken zu töten, wo er nichts für sich befürchtet. Ich würde schon einen Anschlag ersinnen und würde auch meine Hände nicht sparen für die Tat, wenn ich sie nur gebrauchen könnte! Aber ich kann ja nichts dergleichen tun wegen meiner Blindheit, und deshalb sollst du ihm mit Waffen zuleibe gehen. Sobald aber Olaf erschlagen ist, — das sagt mir meine Ahnung — wird das Reich wieder in die Herrschaft seiner Feinde kommen. Leicht möglich ist, daß ich dann König werde, und du sollst dann mein Jarl sein.“

Hröreks Worte wirkten so, daß Svein sich entschloß, diesen wahnwitzigen Plan auszuführen. Der Anschlag geschah nun in folgender Weise. Als der König sich zur Abendmesse fertig machte, stand Svein draußen in der Vorhalle, und er hielt einen gezückten Dolch unter seinem Mantel. Als der König aber schneller aus seinem Zimmer trat, denn Svein vermutet hatte, und er dem Herrscher gerade ins Gesicht sah, da erbleichte er und wurde so blaß wie eine Leiche, und die Arme sanken ihm herab. Der König merkte seine Bestürzung und sagte: „Wie nun, Svein, willst du mich etwa verraten?“ Da warf Svein den Mantel von sich und ebenso den Dolch, fiel dem König zu Füßen und rief: „Alles steht in Gottes Macht, König, und in deiner.“ Der König hieß seine Mannen Svein ergreifen und in Eisen legen. Dann befahl er, dem Hrörek einen Sitz auf der niederen Bank anzuweisen. Svein aber schenkte er das Leben, und der ging außer Landes. Der König gab nun Hrörek ein anderes Schlafzimmer als das, in dem er selber schlief. In diesem schliefen viele von der Leibwache. Er wählte zwei Männer aus seiner Leibwache aus, die Tag und Nacht auf Hrörek acht geben mußten. Diese Männer hatten König

124

Olaf schon lange gedient, und ihre Treue zu ihm war er=
probt. Es wird allerdings nicht gesagt, daß sie Männer von
hoher Herkunft waren.

König Hrörek verhielt sich nun sehr wechselnd: einmal war er
tagelang still, so daß kein Mann ein Wort aus ihm heraus=
bringen konnte, dann war er wieder so aufgeräumt und gu=
ter Dinge, daß den Männern jedes Wort, was er sagte, wie
ein Scherz vorkam. Manchmal sprach er dann wieder ganz
kurz und nur Bosheiten. So trank er auch zuweilen jeden Mann
von seinem Sitz und brachte alle, die neben ihm saßen, um
ihre Sinne, manchmal aber trank er auch nur wenig.

König Olaf gab Hrörek Taschengeld in Fülle, und oft ließ
dieser, wenn er in das Schlafzimmer kam, ehe er zu Bett
ging, einige Fässer Met hereinbringen und gab allen Männern
im Schlafzimmer davon zu trinken. Dadurch wurde er sehr
beliebt bei ihnen.

82. Finn der Kleine

Es war ein Mann da, der hieß Finn der Kleine, aus dem
Oberland gebürtig, wenn auch einige meinten, er stamme
aus Finnmarken. Er war sehr klein, aber überaus flink zu Fuß,
so daß kein Roß ihn, wenn er rannte, überholen konnte. Er
war außerdem der beste Schneeschuhläufer und Bogenschütze
von allen. Er war lange Zeit ein Dienstmann König Hröreks
gewesen und hatte oft solche Botschaften für ihn ausgeführt,
bei denen es sich um Vertrauenssachen handelte. Er wußte alle
Wege und Stege im Oberland, und alle Großen kannte er
vom Gespräch. Wenn aber der König Hrörek einmal weniger
beaufsichtigt war, mischte er oft sich in dessen Gefolge und
war unter des Königs Knechten und Dienern. So oft er es
aber möglich machen konnte, drängte er sich zum Dienst König
Hröreks, und häufig gelang es ihm, mit diesem zu sprechen.
Der König aber sprach stets nur kurze Zeit mit ihm hinter=
einander, denn er wollte nicht, daß man ihr Gespräch mißdeuten
sollte. Als aber der Frühling dahin war und sie nach Vik
hinabzogen, verschwand Finn immer einige Tage aus der Män=
nerschar, dann kam er wieder und blieb wieder eine Weile da.

So ging es öfter, und man gab nicht sonderlich acht darauf, denn es gab in der Schar manche Ausreißer.

83. König Hröreks Befreiungsversuch

König Olaf kam nun noch vor Ostern nach Tönsberg und verweilte dort eine lange Zeit im Frühjahr. Es kamen nun zu jener Zeit viele Handelsschiffe zur Stadt, Sachsen[1] und Dänen, Männer aus dem östlichen Vik und aus dem Norden des Landes, so daß eine ziemlich große Menge Menschen beisammen war. Das Jahr war gut, und es gab viel zu trinken. Eines Abends war König Hrörek etwas später in sein Schlafzimmer gekommen und hatte ziemlich viel getrunken. Er war sehr aufgeräumt. Nun kam Finn der Kleine noch dazu mit einem Faß des allerstärksten Würzmetes. Davon gab der König allen drinnen zu trinken, bis alle auf ihren Sitzen einschliefen. Finn war da herausgegangen, doch im Zimmer brannte Licht. Da weckte König Hrörek die beiden Männer auf, die ihn immer begleiteten, indem er sagte, er müsse auf den Hof hinaus. Sie hatten eine Laterne bei sich; draußen war es nämlich pechfinster. Auf dem Hof stand nun auf Pfählen ein großer Abort, und man mußte auf Stufen zur Tür emporsteigen. Während nun Hrörek und seine Begleiter auf dem Hofe waren, hörten sie jemand schreien: „Hau den Teufelskerl nieder". Dann hörten sie ein Krachen und Poltern, als ob etwas zu Boden fiele. König Hrörek sagte zu seinen Begleitern: „Sie werden wohl zu viel getrunken haben, die sich jetzt so zusammen zanken. Geht schnell hin und bringt sie auseinander". Sie machten sich eilig auf und rannten hinaus. Als sie aber vorn an die Treppe kamen, wurde der zuerst niedergehauen, der zuletzt ging. Beide aber erschlug man. Es waren nämlich dorthin gekommen die Mannen König Hröreks, Sigurd Hit, der sein Bannerträger gewesen war, und dessen Genossen, insgesamt zwölf. Auch Finn der Kleine war unter ihnen. Sie zogen die Leichen hinauf ins Gebäude, nahmen den König, führten ihn mit sich davon und bestiegen eilig eine Schute, die sie dort liegen hatten. Dann ruderten sie davon.

[1] Niederdeutsche.

Sigvat der Skalde schlief nun in König Olafs Zimmer, und er stand auf in der Nacht und mit ihm sein Diener, um auf den großen Abort zu gehen. Als sie aber zurückkamen und die Stufen hinabstiegen, glitt Sigvat aus und sank in die Kniee. Er stützte sich mit den Händen auf, und es war naß unter ihm. „Ich fürchte", sagte er, „der König hat für die Nacht manchem von uns sein Schifflein etwas schwankend gemacht",[1] und lachte dabei. Als sie aber in das Schlafzimmer kamen, wo das Licht brannte, sagte der Diener: „Hast du dich gestoßen oder woher bist du über und über blutig?" Er erwiderte: „Ich habe mich nicht gestoßen, aber das muß etwas zu bedeuten haben." Er weckte nun auf Thord Folissohn, den Bannerträger, seinen Schlafgenossen, und beide gingen mit einer Laterne hinaus. Bald fanden sie die blutige Stelle. Dann suchten sie weiter, und bald fanden sie auch die Leichname und erkannten sie. Sie spähten nun umher und sahen dort einen großen Baumstamm liegen; darin waren gewaltige Löcher gehauen. Es ergab sich später, daß dies in listiger Absicht geschehen war, um die später Erschlagenen aus dem Abort zu locken.

Sigvat besprach sich nun mit seinen Genossen darüber, daß der König notwendigerweise diese Vorgänge so bald als möglich erfahren müsse. Sie sandten nun den Burschen gleich zu dem Schlafraum, in dem König Hrörek gewesen war. Da lagen noch alle im Schlaf, doch der König war weg. Der Bursche weckte die dort drinnen und erzählte ihnen die Neuigkeiten. Die Männer standen nun auf und kamen sogleich in den Hof, wo die Leichen lagen. Obwohl es nun alle für notwendig erklärten, daß der König diese Vorgänge sobald als möglich erfahren müsse, wagte ihn doch niemand zu wecken. Da sprach Sigvat zu Thord: „Willst du, Schlafgenosse, vielleicht den König wecken oder ihm diese Dinge erzählen?" Thord erwiderte: „Auf keinen Fall möchte ich es wagen, ihn zu wecken, aber die Neuigkeit will ich ihm gern melden." Da sagte Sigvat: „Noch ist viel von der Nacht übrig, und leicht wäre es möglich, noch bevor der Tag graut, daß König Hrörek schon

[1] Nämlich durch reichliche Bier= und Metspenden.

einen Schlupfwinkel gefunden hat, wo man ihn dann nicht mehr leicht wird entdecken können. Jetzt aber können sie erst eine kurze Strecke fort sein, denn die Leichen waren noch warm. Solche Schande wollen wir nicht auf uns laden, daß wir den König nicht von diesem Verrate verständigen. Geh ins Schlaf= zimmer hinauf, Thord, und erwarte mich dort!"

Sigvat ging nun zur Kirche und weckte den Glöckner. Er bat ihn, zu läuten für die Seelen der Leibwächter des Königs, in= dem er die beiden Männer namhaft machte, die dort erschlagen lagen. Der Glöckner tat, wie ihm geheißen, aber bei dem Ge= läute erwachte der König und richtete sich im Bett auf. Er frug Thord, ob die Stunde der Frühmesse schon da sei. Thord er= widerte: „Etwas Schlimmeres bedeutet dies. Große Dinge sind geschehen. König Hrörek ist entwischt, und zwei Männer Eurer Leibwache liegen erschlagen."

Hierauf erkundigte sich der König nach den Vorgängen dort, und Thord erzählte ihm davon, was er wußte. Da stand der König auf und ließ zu einem Hausthing blasen. Und als sein Gefolge beisammen war, bestimmte der König namentlich Männer, die von der Stadt aus alle Wege nach König Hrörek zu Wasser und zu Lande absuchen sollten.

Thorir der Lange bestieg nun eine Schute und machte sich mit dreißig Mann auf die Verfolgung. Bei Tagesanbruch aber sahen sie zwei kleine Schiffe vor ihnen herfahren. Aber als sie einander ansichtig wurden, ruderten beide Teile aus Leibes= kräften. König Hrörek war dort mit einer Schar von dreißig Mann. Als sie aber einander immer näher kamen, da wandten sich Hrörek und seine Leute zum Ufer, und dort liefen sie alle an Land, außer dem König, der auf dem Hinterdeck sitzen blieb. Er rief ihnen zu und bot ihnen Lebewohl und glückliche Fahrt. Darauf ruderte Thorir mit seiner Schar zum Ufer. Da schoß aber Finn der Kleine einen Pfeil, der Thorir in der Mitte des Leibes traf und ihm den Tod brachte. Aber Sigurd und seine Mannen kamen alle glücklich davon in den Wald. Thorirs Leute nahmen nun seinen Leichnam und König Hrörek und brachten beide nach Tönsberg hinab.

König Olaf nahm nun die Bewachung König Hröreks selbst

in die Hand. Und er hütete ihn aufs peinlichste, gab stets genau auf seine Schliche acht und gesellte ihm Leute zu, die ihn Tag und Nacht beobachten mußten. König Hrörek aber war damals sehr guter Dinge, und niemand konnte es ihm anmerken, daß er mit allen diesen Vorgängen wenig zufrieden war.

84. König Hröreks Anschlag auf den König

Am Himmelfahrtstage war es, da ging König Olaf zur Hochmesse. Dabei ging der Bischof in Prozession rings um die Kirche und führte den König. Aber als sie wieder in die Kirche zurückkamen, geleitete der Bischof den König zu seinem Sitz auf der Nordseite des Chors, und König Hrörek saß wie gewöhnlich dicht neben ihm. Er hatte seine Mantelkappe über das Gesicht gezogen. Als sich König Olaf aber niedergelassen hatte, legte König Hrörek ihm die Hand auf die Schulter, tastete an ihm herum und sprach: „Eine prächtige Kleidung trägst du jetzt, Gesippe." König Olaf erwiderte: „Es wird ja auch ein hohes Fest abgehalten zum Gedächtnis daran, wie Jesus Christus von der Erde zum Himmel fuhr." König Hrörek versetzte: „Davon verstehe ich nichts, daß es mir fest im Gedächtnis haften sollte, was ihr da von Christus erzählt. Vieles von dem, was ihr davon erzählt, scheint mir wenig glaubwürdig, manches Wunder aber geschah auch schon vorher."
Als das Hochamt zu Ende war, stand König Olaf auf, erhob seine Hände über sein Haupt und beugte sich zum Altar nieder, und der Mantel glitt ihm hinten von den Schultern. Da sprang König Hrörek plötzlich jäh und schnell empor und stieß nach König Olaf mit einem Dolchmesser, das man „Rytning" nennt. Der Stich traf nur den Mantel an den Schultern, da der König sich niedergebückt hatte. Dessen Kleidung wurde zwar arg durchstochen, doch der König selbst blieb unverwundet. Als aber König Olaf den Anschlag merkte, lief er vor in die Kirche. König Hrörek stieß noch einmal nach ihm mit dem Dolche und sagte, als er ihn fehlte: „Fliehst du nun, König Olaf, vor mir, dem Blinden?" Der König hieß seine Mannen ihn ergreifen und ihn aus der Kirche führen, und das geschah.

Nach diesen Vorgängen drangen Olafs Mannen in ihn, König Hrörek töten zu lassen. „Denn es ist," sagten sie, „die größte Gefahr für dein Wohlergehen, König, wenn du ihn ständig um dich hast, und wenn du ihn schonst, was er auch an Gewalttaten verübt. Denn er sucht Tag und Nacht eine Gelegenheit, dir das Leben zu nehmen. Sobald du ihn aber von dir sendest, sehen wir keinen, der ihn so bewachen kann, daß man vor seinem Davonlaufen sicher ist. Ist er aber frei, wird er sofort ein Heer sammeln und dir manche Ungelegenheit bereiten."

Der König antwortete: „Richtig ist's schon, daß gar mancher getötet wurde für geringere Schandtaten als Hröreks. Aber ich möchte den Sieg nicht gern herabwürdigen, den ich über die Könige des Oberlandes davontrug, als ich diese fünf allesamt eines Morgens zu Gefangenen machte und mir zugleich alle ihre Reiche aneignete, doch so, daß ich keinen von ihnen zu töten brauchte, da sie doch alle aus meinem Geschlechte stammen. Noch vermag ich aber nicht zu übersehen, ob Hrörek imstande ist oder nicht, mich so in die Enge zu treiben, daß ich ihn töten lassen muß."

Der Grund aber, warum Hrörek vorher die Hand auf des Königs Schulter gelegt hatte, war gewesen, daß er gern wissen wollte, ob jener seine Brünne trüge.

85. Die Fahrt König Hröreks nach Island

Es war ein Mann, namens Thorarin, Nefjolfs Sohn, ein Isländer. Sein Geschlecht stammte aus dem Nordland. Er war nicht von hoher Abkunft, doch ein sehr kluger Mann und redegewandt wie wenige. Freimütig war er hohen Herren gegenüber. Er war ein großer Seefahrer und lange im Auslande. Thorarin war ein sehr häßlicher Mann, besonders durch die Mißgestalt seiner Gliedmaßen. Seine Hände waren plump und unförmig, doch noch viel unförmlicher waren seine Füße.

Thorarin lag gerade vor Tönsberg, als die Vorgänge sich ereigneten, die wir oben erwähnten. Er war von Gesprächen her König Olaf vertraut. Thorarin rüstete damals gerade eins seiner Handelsschiffe und gedachte im Sommer nach Island zu fahren. König Olaf hatte Thorarin für einige Tage als Gast bei sich und besprach mit ihm manche Angelegenheiten. Er schlief in dem Schlafsaal des Königs. Einst lag der König zeitig am Morgen schon wach, aber die andern Männer im Schlafzimmer schliefen noch. Die Sonne war eben erst aufgegangen, aber es war schon volles Tageslicht. Da sah der König, wie Thorarin einen seiner Füße unter der Bettdecke hervorgestreckt hatte. Er sah eine Zeitlang auf den Fuß hin, bis die Männer im Zimmer erwachten. Dann sprach der König zu Thorarin: „Ich bin jetzt schon eine Weile wach und habe da etwas gesehen, was mir sehr merkwürdig vorkam: einen Männerfuß so gestaltet, daß es, glaube ich, in dieser Stadt keinen häßlicheren gibt." Er bat die andern Männer dorthin zu sehen, ob sie den gleichen Eindruck hätten. Und alle, die dahinsahen, meinten, so wäre es in der Tat.

Thorarin hörte mit an, was man sprach, und versetzte: „Es gibt wenig Dinge, die so ganz verschieden sind, daß nicht die Wahrscheinlichkeit wäre, etwas Gleichartiges zu finden, und sicherlich ist es auch hier nicht anders." Der König versetzte: „Desungeachtet bleibe ich dabei, daß ein so häßlicher Fuß nicht wieder gefunden werden wird, ja, und wenn ich selbst eine Wette darauf machen müßte." Thorarin entgegenete: „Ich bin bereit, mit dir darüber zu wetten: ich werde noch einen häßlicheren Fuß in der Stadt finden." Der König sagte: „Gut, dann soll der von uns beiden, der Recht behält, von dem andern sich etwas erbitten dürfen." „So soll es sein," sagte Thorarin.

Nun streckte Thorarin unter der Decke seinen andern Fuß hervor, der keineswegs schöner anzusehen war, nur war der große Zeh außerdem noch ab. Dann sagte Thorarin: „Sieh her, König, hier ist noch ein anderer Fuß, und er ist insofern noch häßlicher denn der erste, als hier auch noch einer von den Zehen fehlt. So hab' ich die Wette gewonnen."

Der König erwiderte: „Jener erste Fuß ist doch deswegen der häßlichere, weil er fünf dieser gräßlichen Zehen hat, während an dem andern nur vier sind. So habe ich die Bitte an dich zu stellen." Thorarin sagte: „Hoch steht Herrschers Wort. Welche Bitte willst du nun an mich richten?" Der König antwortete: „Diese: du sollst Hrörek nach Grönland hinüberfahren und ihn zu Leif, dem Sohne Erichs, bringen." Thorarin sagte: „Ich war nie in Grönland." Der König sprach: „Für einen solchen Seefahrer wie dich ist es dann höchste Zeit, nach Grönland zu fahren, wenn du niemals vorher dorthin fuhrst."

Zuerst hatte Thorarin wenig zu sagen in dieser Sache. Aber als der König dabei blieb und ihn weiter drängte, wies es Thorarin nicht gänzlich von sich, doch sagte er dies: „Ich will dich die Bitte hören lassen, König, die ich an dich stellen wollte, hätte ich die Wette gewonnen. Ich gedachte dich nämlich zu bitten, mich in deine Leibwache aufzunehmen. Erfülltest du mir diese Bitte, dann wäre ich um so mehr verpflichtet, schleunigst, was du von mir heischest, zu tun." Der König willigte ein, und Thorarin kam in seine Leibgarde.

Nun rüstete Thorarin sein Schiff, und als er reisefertig war, nahm er König Hrörek an sich. Aber als Thorarin und König Olaf sich verabschiedeten, sagte Thorarin: „Jetzt kommt es vielleicht so, wie es nicht unwahrscheinlich ist und oft vorkommt, daß ich die Fahrt bis Grönland nicht ausführen kann, sondern nach Island oder in andere Länder verschlagen werde. Was soll ich dann nach deinem Wunsche mit diesem Könige anfangen?"

Der König sagte: „Kommst du nach Island, dann übergib ihn Gudmund Eyjolfssohn oder dem Gesetzessprecher Skapti[1] oder irgend einem andern der führenden Männer dort, der ihn aufnehmen will, mit der Versicherung meiner Freundschaft und den Wahrzeichen dafür. Solltest du aber an andere Länder verschlagen werden, die Norwegen näher liegen, dann siehe zu, daß du sicher sein kannst, daß Hrörek nicht wieder lebend nach Norwegen zurückkommt. Aber das tue nur, wenn du nichts andres machen kannst."

Als nun Thorarin fertig war und der Wind günstig, segelte er auf dem äußeren Wege, jenseits der Schären, und nördlich von Kap Lindesnäs stach er in die hohe See. Er traf zunächst keinen

[1] S. 83.

132

günstigen Fahrwind, doch hütete er sich, an Land zu gehen. Er segelte an der Südküste von Island. Von dort an bekam er richtigen Wind, und er fuhr nun die Westküste entlang in das Grönländer Meer. Dort aber kam er in heftige Stürme und schwierige See und landete daher gegen Ende des Sommers auf Island im Breitfjord. Thorgils Arissohn war der erste Mann von Rang, auf den sie stießen. Thorarin erzählte ihm die Botschaft König Olafs und überbrachte seine Freundschaftsgrüße. Auch wies er die Wahrzeichen vor für die Aufnahme König Hröreks. Thorgils stellte sich entgegenkommend zu der Sache; er forderte König Hrörek auf, zu ihm zu kommen, und den Winter über weilte dieser bei Thorgils Arissohn. Aber er war dort nicht zufrieden und bat Thorgils, ihn zu Gudmund bringen zu lassen. Er sagte nämlich, er glaube gehört zu haben, daß bei Gudmund[1] die größte Pracht auf Island wäre. Zu ihm wäre er auch gesandt worden. Thorgils erfüllte seine Bitte und beauftragte Männer, ihn zu Gudmund von Labkrautfelden zu bringen. Gudmund bot Hrörek auf die Botschaft des Königs hin eine freundliche Aufnahme, und er blieb bei Gudmund einen zweiten Winter. Dann aber behagte es ihm auch dort nicht mehr. Nun richtete ihm Gudmund einen Wohnsitz ein an einem kleinen Ort, der Kalbshaut hieß, wo nur wenige Knechte waren, und dort brachte Hrörek den dritten Winter zu. Und er sagte, seit der Zeit, wo er sein Königstum verloren habe, sei dies der Platz, der ihm am meisten zusage. Denn dort erwies man ihm allerseits die größten Ehren. Aber im nächsten Sommer verfiel Hrörek in eine Krankheit, die ihm den Tod brachte. Es heißt, daß Hrörek der einzige König war, der auf Island ruht. Thorarin Nefjolfssohn fuhr noch lange später auf dem Meere umher, bisweilen aber lebte er bei König Olaf.

86. Die Schlacht im Lough Larne auf Irland

In dem gleichen Sommer, wo Thorarin mit Hrörek nach Island fuhr, ging auch Hjalti Skeggissohn dorthin zurück, und bei ihrem Scheiden gab ihm König Olaf Freund-

[1] Gudmund der Mächtige von Labkrautfelden (vgl. S. 219 ff.).

schaftsgeschenke. In demselben Sommer zog Eyvind Auerochs=
horn auf Wiking im Westen aus und kam im Herbst nach
Irland zu Konofogor, dem Irenkönig. Im Herbst stießen der
Irenkönig und der Orkaden=Jarl Einar im Lough Larne zu=
sammen, und in diesem Fjord fand eine große Schlacht statt.
König Konofogor hatte weitaus das größere Heer und siegte.
Aber Jarl Einar floh auf einem Schiff, und er kam im Herbst
in solcher Verfassung auf die Orkaden zurück, daß er fast sein
ganzes Heer verloren hatte und alle Beute, die ihm vorher zu=
gefallen war. Sehr unzufrieden war der Jarl mit dieser Fahrt.
Er legte aber seine Niederlage den Norwegern zur Last, die in
der Schlacht auf Seiten des Irenkönigs gekämpft hatten.

87. König Olaf rüstet seine Brautfahrt

Nun müssen wir die Geschichte da wieder aufnehmen, wo
wir vorher abschweiften, nämlich als König Olaf der
Dicke seine Brautfahrt unternahm, um seine Verlobte Ingigerd,
die Tochter des Schwedenkönigs Olaf, zu treffen[1]. Der König
hatte eine große Männerschar bei sich, und so auserlesen war
diese, daß alle Großen in seinem Gefolge waren, deren er nur
irgendwie hatte habhaft werden können. Jeder von den mäch=
tigen Männern aber hatte eine auserlesene Schar bei sich, so=
wohl ihrer Abstammung nach, als auch sonst die trefflichsten
Männer, die es gab. Das Heer war aufs beste mit Schiffen ver=
sehen sowie mit Waffen und Gewandung. Die Flotte fuhr
nun nach Kungälf im Osten. Als sie aber dorthin kamen, fan=
den sie keine Nachricht vor vom Schwedenkönig, auch war nie=
mand in seiner Vertretung erschienen.
König Olaf weilte diesen Sommer geraume Zeit in Kungälf
und forschte ausgiebig danach, was man ihm von dem Tun und
Lassen des Schwedenkönigs berichten könne, auch, wie jener jetzt
gesinnt wäre, doch konnte er nirgend etwas Bestimmtes dar=
über erfahren. Da sandte er seine Mannen nach Götland zu Jarl
Rögnvald, um bei ihm anzufragen, ob er wisse, woran es
läge, daß der Schwedenkönig nicht zu der Zusammenkunft er=

---

[1] Vgl. S. 123 f.

schiene gemäß den früher getroffenen Vereinbarungen. Der Jarl sagte, er wisse es nicht, „aber wenn ich es erfahre," fügte er hinzu, „dann werde ich gleich meine Boten zu König Olaf senden und ihn wissen lassen, was daran schuld ist — falls diese Verzögerung durch etwas anderes hervorgerufen wurde als durch des Königs Vielgeschäftigkeit, die öfter die Reisen des Schwedenkönigs weiter hinausschiebt, als er selbst vorher berechnet hat."

88. Die Kinder des Schwedenkönigs

Olaf der Schwedenkönig hatte zuerst eine Beischläferin, namens Edla, die Tochter eines Jarls in Wendenland. Er hatte sie im Kriege gefangen genommen, und deswegen nannte man sie die Königsmagd. Ihre Kinder waren Emund, Astrid, Holmfrid. Dann bekam er von seiner Gemahlin einen Sohn, der am Jakobstage geboren wurde, und als dieser Knabe getauft wurde, gab ihm der Bischof den Namen Jakob. Dieser Name mißfiel den Schweden sehr, und sie beklagten sich darüber: niemals habe noch ein Schwedenkönig Jakob geheißen. Alle Kinder Olafs waren schön von Ansehen und wohlverständig. Die Königin war hoffärtigen Sinnes und nicht gut zu ihren Stiefkindern. Der König sandte seinen Sohn Emund nach Wendenland, wo er bei der Verwandtschaft seiner Mutter erzogen wurde. Lange Zeit hindurch hielt er den Christenglauben nicht. Die Königstochter Astrid wurde in Vestergötland in dem Hause eines vornehmen Mannes, namens Egil, aufgezogen. Sie war ein sehr schönes Weib und gar redegewandt. Sie war auch gesprächig und leutselig, außerdem freigebig gegen alle. Als sie aber herangewachsen war, weilte sie oft bei ihrem Vater, und jedermann hatte sie gern.
König Olaf war sehr hochfahrend und barsch im Gespräch. Er war äußerst aufgebracht darüber, daß das Volk im Lande ihm auf dem Upsalathing so zugesetzt und ihm sogar mit Gewalttaten gedroht hatte, und dies schob er vornehmlich auf Jarl Rögnwald. So ließ er auch keine Hochzeitsfahrt rüsten, wie dies den Winter vorher feierlich abgemacht war, daß er nämlich seine Tochter Ingigerd Olaf dem Dicken, dem Nor-

wegerkönig, vermählen und in diesem Sommer dazu an die Landesgrenze kommen sollte.

Als nun der Sommer zu Ende ging, da war gar mancher sehr gespannt, was der König jetzt dächte, ob er gesonnen wäre, seinen Vertrag mit dem Norwegerkönig zu halten oder den Vertrag und damit den Frieden überhaupt zu brechen. Manche waren voll Unmuts darüber, aber keiner war so kühn, in dieser Sache im mündlichen Gespräch eine Frage an den König zu richten. Doch viele klagten darüber bei der Königstochter Ingigerd und drängten sie zu erkunden, was des Königs Wille wäre. Sie antwortete: „Ich habe keine Lust, mit dem König ins Gespräch zu kommen und mit ihm über seinen Zwist mit Olaf dem Dicken zu reden, denn keiner ist des andern Freund. Er gab mir einst eine böse Antwort, als ich die Sache König Olafs des Dicken bei ihm vertreten wollte." Der Königstochter Ingigerd machte die Sache viel Kopfzerbrechen, und sie wurde betrübt in ihrem Herzen und ganz niedergeschlagen. Immer beschäftigte sie der Gedanke, was der König nun wohl tun würde. Aber sie fürchtete eher, er würde dem Norwegerkönig sein Wort nicht halten, denn das konnte man feststellen, daß er stets in Wut geriet, wenn man Olaf den Dicken „König" nannte.

89. Des Schwedenkönigs Jagdbeute

Eines Morgens früh geschah es, daß der König ausritt mit seinen Falken und Hunden und seine Männer mit ihm. Als sie aber die Falken losließen, da schlug der Falke des Königs auf einen Stoß zwei Auerhähne, und gleich darauf stieß er zum zweitenmal und schlug noch drei. Die Hunde rannten hinterher, um jeden Vogel zu erhaschen, der zur Erde fiel. Der König sprengte hinter ihnen drein und nahm jedes Beutestück an sich. Er brüstete sich sehr und sprach: „Lange werden die meisten von euch warten können, bevor ihr einen solchen Fang macht." Sie sagten, das sei wahr, und sie glaubten auch, kein König würde wieder ein solches Waidmannsglück haben. Darauf ritt der König heim und alle andern mit ihm, und er war recht vergnügter Stimmung. Ingigerd, die Königstochter, war gerade aus ihrem Zimmer gekommen, als sie den König in

den Hof einreiten fah. Da wandte fie fich zu ihm und grüßte
ihn. Er grüßte fie wieder und lachte, und fofort hielt er die
Vögel empor und erzählte ihr von feinem Jagdglück. Er fagte:
„Wo findeft du einen König, der in fo kurzer Zeit einen fo
großen Waidmannserfolg hatte?" Sie verfetzte: „Das ift eine
fchöne Beute am Morgen, Herr, daß Ihr fünf Auerhähne er=
legtet. Aber größer war doch die, als der Norwegerkönig Olaf
an einem Morgen fünf Könige[1] fing und ihnen allen ihre
Herrfchaft wegnahm."
Als der König dies hörte, da fprang er von feinem Roffe,
wandte fich um und fagte: „Dies wiffe, Ingigerd, trotz aller
großen Liebe, die du für diefen dicken Mann hegft, wirft du
dich nie feiner freuen, keines von euch beiden am andern. Ich
werde dich einem folchen Fürften vermählen, den ich meiner
Freundfchaft für wert halte. Aber nimmer kann ich einen Mann
als meinen Freund betrachten, der mein Reich fich als Kriegs=
beute genommen hat und der mir durch Plünderungen und Er=
fchlagung von Männern fo mannigfachen Schaden zufügte."
Damit brachen fie ihr Gefpräch ab, und jedes von ihnen ging
feine eignen Wege.

90. Ingigerds Botfchaft an Jarl Rögnvald

Nun wußte die Königstochter ganz genau Befcheid über die
Gefinnung König Olafs, und fie fandte nun fofort nach
Veftergötland zu Jarl Rögnvald und ließ ihm das Neuefte
vom Schwedenkönig mitteilen, daß nämlich der ganze Vertrag
mit dem König von Norwegen von ihm gebrochen war. Sie
bat den Jarl und die andern Männer von Veftergötland, jetzt
fich in acht zu nehmen, denn nun würde es ungewiß fein, ob
die Norweger Frieden halten würden. Als der Jarl diefe Bot=
fchaft empfing, fandte er Boten durch fein ganzes Reich, indem
er dem Volk fagen ließ, es folle auf der Hut fein, falls die
Leute aus Norwegen gefonnen fein follten, fie mit Krieg zu
überziehen. Der Jarl fandte auch Boten an König Olaf den
Dicken und ließ ihm die Nachricht mitteilen, die er erhalten

---

[1] Die Oberlandkönige, vgl. S. 111.

hatte. Er befahl auch, König Olaf zu sagen, daß er weiter Frieden und Freundschaft mit jenem halten wolle, und fügte die Bitte hinzu, König Olaf möchte es unterlassen, in seinem Reiche zu heeren. Als nun diese Botschaft zu König Olaf kam, da ward er gar grimmig und im Innersten verdrossen, und es dauerte einige Tage, bis man wieder ein Wort mit ihm sprechen konnte.

Darauf hielt er ein Hausthing ab mit seinen Leuten. Und zuerst von allen stand Björn, der Marschall, auf, und er begann seine Rede damit, wie er im Winter nach Osten gezogen sei, um für Frieden zu wirken. Er sagte, wie Jarl Rögnvald ihm einen freundlichen Empfang bereitet habe, wie widerspenstig und ungnädig aber der Schwedenkönig zuerst diese ganze Sache aufgenommen hätte. „Der Vertrag aber, der abgeschlossen ward," sagte er, „kam viel mehr durch die Einwirkung des Volkes, durch das mächtige Eintreten Thorgnyrs und die Hilfe Jarl Rögnvalds zu stande als durch die Geneigtheit des Schwedenkönigs. Deswegen glauben wir zu wissen, daß der König es ist, der den Bruch des Vertrages verschuldete, und es ist dies wahrhaftig nicht dem Jarl zur Last zu legen; denn ihn haben wir als getreuen Freund König Olafs erfunden. Nun will der König von seinen Heerführern und von andern Gefolgsleuten hören, was er jetzt beschließen solle, ob er nach Götland ziehen soll und dort heeren mit dem Kriegsvolk, das wir jetzt haben, oder ob es euch gut dünkt, einen andern Plan zu fassen."

Er sprach lange und geschickt. Darauf äußerten auch viele der Großen ihre Ansicht. Es lief aber schließlich immer auf den einen Punkt hinaus, daß man den Krieg allgemein ablehnte. Und so sprachen sie: „Wenn wir auch eine stattliche Zahl haben, so sind hier doch vor allem mächtige und edle Männer zusammen. Aber zum Kriegführen sind nicht weniger wichtig solche junge Leute, die es für wünschenswert halten, sich erst Reichtum und Ruhm zu erwerben. Auch ist es die Art mächtiger Männer, wenn sie in einen Krieg oder in eine Schlacht ziehen, daß sie Männer bei sich haben, die ihnen vorangehen und sie schützen: es kommt aber häufig vor, daß solche Männer von geringerem Wohlstand nicht schlechter kämpfen als die, die schon im Reichtum aufgewachsen sind."

Nach ihren Reden über diese Frage beschloß der König, den Heereszug einzustellen, und er gab jedem Erlaubnis, nach Hause zu gehen. Er ließ aber ankündigen, im nächsten Sommer würde er das Volk aus dem ganzen Reiche aufbieten und dem Schwedenkönig entgegenziehen, um ihn wegen seines Wankelmutes zu strafen. Damit waren alle einverstanden. So zog König Olaf wieder nordwärts nach Vik, und im Herbst nahm er seinen Wohnsitz in Borg. Dorthin ließ er alle Habe zusammenbringen, die er für die Winterquartiere nötig hatte, und dort weilte er dann mit einer großen Männerschar den Winter hindurch.

91. Des Skalden Sigvats Reise nach dem Osten[1]

Das Volk sprach sich sehr verschieden aus über Jarl Rögnvald. Die einen wollten wissen, daß er ein treuer Freund König Olafs wäre, während andere dies für unglaubwürdig hielten. Sie meinten nämlich, er hätte es sehr wohl bei dem Schwedenkönig durchsetzen können, daß dieser sein Wort und den Vertrag zwischen sich und König Olaf dem Dicken hielte.

Der Skalde Sigvat zeigte sich nun in allen seinen Äußerungen als ein großer Freund Jarl Rögnvalds, und er sprach oft mit König Olaf in diesem Sinne. Er bot dem König an, Jarl Rögnvald aufzusuchen und zu sehen, was er über den Schwedenkönig erfahren könne, endlich zu versuchen, ob er nicht einen Frieden zuwege bringen könne. Dies gefiel dem König wohl; denn er sprach gern und oft über die Königstochter Ingigerd mit seinen Vertrauten. Früh im Winter zog der Skalde Sigvat mit noch zwei Gefährten von Borg nach Osten durch die Waldgebiete an der Grenze und von dort nach Götland. Bevor er sich aber von König Olaf trennte, dichtete er vor diesem folgende Weisen:

---

[1] Vgl. oben S. 98 ff.; die hier wie dort angezogenen Strophen entstammen einem humoristisch gefärbten Skaldenliede Sigvats, den sogenannten „Ostfahrtweisen".

Heil in der Halle, Olaf,
Hie weil', bis ich wieder
Kehr' zu deinem Dienste:
Da bald neu der Skald'[1] ist!
Land bleib' dir und Leben —
Lobsang jetzt erklang dir,
Helme=Wetters Vidrir[2]:
Wohl denn — bin zu Ende![3]

Gar wertvolle Worte
Wahrlich für all' ich darbot,
Eben, König. Künden
Kann ich doch noch andre:
Gut schützen lass' Gottes
Gnad' dich deinen Staat hier —
Ich will es, Volks Walter —,
Wo du hast Geburtsrecht![4]

Sie gingen nun nach Stora Ed im Osten und fanden eine
schlechte Fähre über den Fluß, nämlich eine ausgehöhlte Eiche.
So kamen sie nur mit Mühe über das Wasser. Sigvat sang
darüber ein Lied. In diesem hieß es:

Feucht schleppt' uns der schwipp'nde
Stamm[5] nach Eid — denn gram mir
Schien die Umkehr[6] — immer
Ahnt' ich, um uns getan wär's[7].
Führ nie alberner, fürwahr!
Fort Troll' solch Schiff sollten
Hol'n: nah ich der Hel[8] war:
Heil denn blieb ich endlich!

Dann zogen sie durch den Eidawald, und Sigvat dichtete eine
weitere Weise:

Von Eid durch Walds Öde
Eilt' ich dreizehn Meilen
Wild im Zorne, wollte

---

[1] Sigvat. [2] Odin; der Gott des Helme=Wetters (Kampfes): König Olaf.
[3] Mit meinem Liede. [4] D. h. in Norwegen. [5] Der ausgehöhlte Eichstamm
(über den Fluß). [6] Ich fürchtete, rückwärts keinen Kahn vorzufinden.
[7] In dem leichten Fahrzeug. [8] Beinahe wäre ich umgekommen.

Weiß Gott beſſ're Reiſe.
Königs Mannen[1], mein' ich,
Mußten wund am Fuß ſein!
Beide Sohlen blutig —
Bittrer Marſch das — ſchritt' ich!

Darauf zogen ſie durch Götland und kamen eines Abends an
eine Stätte, die hieß Stora=Hof. Die Tür war feſt verſchloſ=
ſen und ſie konnten nicht hinein. Das Geſinde ſchrie ſie an,
das wäre eine heilige Stätte, und ſie machten ſich infolgedeſſen
weiter auf den Weg. Auch darüber dichtete der Skalde Sigvat
eine Weiſe:

In Hof[2] zu unhöflich
Hielt man, als ich ankam,
Die Pfort': umſonſt ins Fenſter
Vor keck die Naſ' ſteckt' ich.
Kaum einer gab Antwort:
„Aſenfeſt wär'.“ — Spaßhaft!
Fort trieben die Tröpf' uns —
Trolle ſoll'n ſie holen!

Dann kam er zu einer andern Stelle, wo die Hausfrau in
der Tür ſtand und ihnen verbot einzutreten. Denn es würde
gerade ein Elben=Opfer abgehalten. Sigvat dichtete:

„Bleib', elender Bube,
Bitt', aus meinem Hauſe.
Odin zürnt,“ — die öde
Alte[3] ſchreit es — „bin Heidin!“
Wie einen Wolf das wölf'ſche
Weib wollt' mich austreiben.
Sagt': ein Elfen=Opfer
An jetzt dort geſetzt ſei!

Am nächſten Abend kam er zu drei Bauern, von denen jeder
Olvir hieß, und auch dieſe jagten ihn fort. Sigvat dichtete:

Drei Bau'rn ſich umdrehten,
Da ich kam, — gleichnämig[4].
Fühlt's: des Schleifſtein=Feldes

---

[1] Sigvat und ſeine Begleiter.   [2] Stora=Hof.   [3] Die Hausfrau.   [4] Die drei
Olvir.

Föhren[1] war'n empörend.
Bang' nun: all', die Olvir
An man red't, von dannen
Des Haff=Ski's Beschreiter[2]
Schicken, mich, jetzt sicher.

So zogen sie noch am selben Abend weiter, und sie trafen auf
einen vierten Bauern, von dem man erzählte, einen so guten
Landsassen wie ihn gäbe es nicht unter ihnen allen. Aber auch
der jagte Sigvat fort, und dieser dichtete auf ihn:

Nah dabei ein Bauer,
Bestens, hieß es, Gästen
Willkomm böt': sehn wollt' ich
Wellen=Gluts Zerspeller[3].
Schroff gar der Erd'=Schaufler[4]
Schaut'. — Dies wär' der Traut'ste? —
Schlimm der Schlecht'ste dann deucht mir:[5]
Schad': ungern doch tadl' ich.

Wollt' vom Eida=Walde
Weiter östlich schreiten!
Nicht auf mich zur Nächt'gung
Nahm leider ein Heide.
Sah Ulfs mächt'gen Sohn[6] nicht.
So schlimm Volk gabs nimmer.
„Fort" — so am Abend viermal
Fuhr an man uns Mannen!

Aber als sie zu Jarl Rögnvald kamen, sagte der Jarl, sie hätten
eine beschwerliche Reise gehabt. Da dichtete Sigvat:

Schlimme Fahrt wir fuhren
Fürwahr, Jarles Schar hier
Zu sehn: der Fürst Sognes[7]

---

[1] Das Feld des Schleifsteins ist das Schwert, auf dem dieser tätig ist. Des
Schwertes Söhren sind Männer, hier die drei Olvir. Diese pomphafte Um=
schreibung wirkt hier ironisch. [2] Der Beschreiter des Meerschneeschuhes, des
(gleitenden) Schiffes: ein seefahrender Krieger, hier Sigvat. [3] Zerhauer (und
Verteiler) der Wellen=Glut (des Goldes) = freigebiger Mann. Diese Um=
schreibung wirkt hier als Bezeichnung des ungastlichen Bauern ironisch. [4] Der
Bauer. [5] D. h. wenn dieser, der als der Beste gilt, schon so ist, dann möchte
ich nicht den Schlechtesten kennen lernen. [6] Jarl Rögnvald. [7] König Olaf.

142

Sandte uns von dannen.
Müh' nicht spart' ich. Schwer war's.
Stets mußt' ich zu Fuß geh'n.
Norwegs Hüter[1] hetzte
Her dort uns von Norden.

Durch Eidawalds Öde
Osthin schwer wir gingen
Zum Vormann der Fürsten[2]:
Viel preist ihn Lieds Weise[3].
Walzenfohlen-Feldes
Flamm'-Spender[4], verdammte,
Jäh' mich stets verjagten,
Jarl, eh' ich fand dich, wahrlich!

Jarl Rögnvald gab Sigvat einen goldnen Ring. Eine von
den Frauen dort sagte, er habe mit seinen schwarzen Augen
doch einen Erfolg erzielt. Da dichtete Sigvat:

Schwarz Auge, das eignet
Islands Skalden[5], ließ mich,
Frau, nach schlimmen Fahrten
Sah'n Ring hier, den blink'nden.
Dein Mann, will ich meinen,
Metnanna[6], nie kannte
Alte Pfad'[7], wie eilen
Ich mußt' starken Fußes.

Später dann, als Sigvat heimkam zu König Olaf und in die
Halle trat, sprach er, indem er auf die Wände dort sah, diese
Weise:

Schön zier'n Wunden-Schwanes
Speiser[8], Königs Reis'ge,
Die Hall': Brünnen, Helme

[1] König Olaf. [2] Jarl Rögnvald (der die Fürsten überragte). [3] Sigvats
Skaldenweise. [4] Die Walzenfohlen sind die von den Walzen ins Meer glei-
tenden Schiffe. Deren Feld ist das Meer, dessen Flamme das Gold. Des
Goldes Spender sind die Leute des Jarls, die Sigvat abwiesen und die
dieser dafür humoristisch mit der pomphaft-ironischen Umschreibung bedenkt.
[5] Mir (Sigvat). [6] Nanna (Balders Gattin): eine Göttin. Der Metes Göttin
(Schenkin) Umschreibung für Frau, hier die Angeredete. [7] Nämlich den Eida-
Urwald. [8] Wunden-Schwanes (Rabens) Speiser sind des Königs Krieger.

Hängen rings nicht wen'ge.
Rühmen kann der Kön'ge
Keiner sich so feinen
Saals: gleiche Pracht selten
Sieht man künftig wieder!

Dann erzählte er die Geschichte seiner Fahrten und dichtete diese
Weise:

Möchten kühnen Königs
Kampfmannen doch anhör'n
Mein Fahrtleid[1]: dies Lied hier
Läßt schön es ertönen.
Außer Lands — nicht im Lenze —
Lange Fahrt von Schwan=Gau's
Ski[2] mußt' ich nach Schweden —
Schlaf seitdem kaum traf ich.

Als er aber dem König Bericht erstattete, da dichtete er:

Alles ich, Herr Olaf,
Einhielt, was gemeinsam
Wir ausmachten: mächt'gen,
Mannhaften Jarl[3] traf ich.
Oftmals hatt' an milden
Mann's Rat=Thing ich Anteil.
Art'ger sprechen, Schwertbaum[4],
Schwör' es, nimmer hört' ich.

Seine Recken Rögnvald,
Rheinfeuers Ausstreuer[5],
Herzlich bat zu hüten
Hier[6], wenn sie bei dir sind.
Es hat ja auch jeder
Jarl=Enkels[7] Schutz — wahrlich,
So ist's — dort im Osten,
Olaf, deines Volkes.

---

[1] Die Beschwerden meiner Reise. [2] Der Schneeschuh des Schwan=Gaues
(des Meeres) ist das (eilende) Schiff des Königs. [3] Rögnvald. [4] König.
[5] Rhein (Fluß)=Feuers d. h. Goldes Ausstreuer ist der freigebige König Olaf.
[6] D. h. in Norwegen. [7] Rögnvalds.

Da ich von West kam, wußten
Wohl alle, Volks Schalter[1],
Trug wider dich tückisch
Trieb die Erichssippe[2].
Nie die Svein genomm'nen
Nid-Länder[3] du ständig
Hättest, half nicht Ulfs Sohn[4],
— Herr, glaub' mir's, — behauptet.

Ulfs Sohn gern war, Olaf,
Eurer Freundschaft Steurer.
Man schwur Friedensschwüre,
Schächervolkes Ächter[5].
Leicht der Streit zu schlichten
Scheint, wie Rögnvald meinte[6].
Brauchst ob Friedensbruches
Bald grimmen Zorns nimmer!

Der Skalde Sigvat kam also[7] zum Jarl Rögnvald und wurde dort
eine Zeitlang auf das vortrefflichste bewirtet. Da hörte er durch
Schreiben der Königstochter Ingigerd, daß Gesandte von König
Jaroslav von Nowgorod im Osten zum Schwedenkönig Olaf
gekommen waren, um dessen Tochter für König Jaroslav als
Gemahlin zu erbitten, und ferner, daß König Olaf die Werbung gut aufgenommen hatte. Darauf kam an den Jarlshof
Astrid, die Tochter König Olafs, und für sie wurde ein großes Festgelage abgehalten. Nun gelang es dem Sigvat bald,
mit der Königstochter ins Gespräch zu kommen, und sie erinnerte sich wohl, wer er war und aus welchem Geschlecht
er stammte, da der Skalde Ottar, der Schwestersohn Sigvats,
längere Zeit in gutem Einvernehmen beim Schwedenkönig Olaf
geweilt hatte. Nun sprach man über allerhand, und Jarl Rögnvald frug Sigvat, ob der Norwegerkönig Olaf die Astrid zur
Frau haben wolle. „Wenn sie es aber will", meinte er, „dann
denke ich, fragen wir nicht erst den Schwedenkönig wegen dieser

---

[1] Olaf. [2] Das Geschlecht des Schwedenkönigs Olaf Erichssohn. [3] Drontheim. [4] Jarl Rögnvald. [5] König Olaf. [6] Nämlich, wenn Rögnvald eine
Versöhnung zustande bringt. [7] Die Erzählung greift auf S. 143 zurück.

Heirat um seine Meinung." Die Königstochter Astrid war der gleichen Ansicht.

Darauf kehrte Sigvat mit den Seinen heim, und er kam kurze Zeit vor dem Julfest nach Sarpsborg zu König Olaf. Bald erzählte Sigvat dem Könige die Neuigkeiten, die er vernommen hatte. Zuerst war der König sehr ungehalten, als ihm Sigvat von der Werbung König Jaroslavs erzählt hatte. Er sagte, er könne nur Übles vom Schwedenkönig gewärtigen. „Doch eines Tages werden wir das Glück haben, ihm mit einigen Denkzetteln zu zahlen," fügte er hinzu.

Aber nach einiger Zeit frug der König Sigvat nach manchen Neuigkeiten aus Götland im Osten. Sigvat erzählte ihm viel von der Schönheit und Liebenswürdigkeit der Königstochter Astrid, auch, daß man allgemein sage, sie sei keineswegs schlechter als ihre Schwester Ingigerd. Der König hörte das gern, und Sigvat erzählte ihm von allen Gesprächen, die er mit jener gehabt hatte. Der König fand das alles vortrefflich und meinte: „Des mag der Schwedenkönig sich nicht versehen, daß ich es wagen werde, seine Tochter wider seinen Willen zu heiraten." Doch wurde über diesen Gegenstand zu niemand anders gesprochen. König Olaf und Skalde Sigvat aber redeten oft davon. Der König erkundigte sich eingehend, was Sigvat über den Jarl Rögnvald herausgebracht hätte. „Inwieweit dürfen wir ihn für unsern Freund halten?" frug er. Sigvat versicherte, der Jarl sei der treuste Freund König Olafs, und er dichtete diese Weise:

Frieden und Freundschaft halte
Fest mit Rögnvald: bestens
Tag und Nacht des Tücht'gen[1]
Treu' da schafft dir Freude.
Keinen im Ost kannst du,
Kenner des Things[2], nennen
Mehr dein, wo die Dünen
Da schlägt grüne Salzflut[3].

Nach dem Julfest machte sich Thord Skotakoll, ein Schwestersohn des Skalden Sigvat, und ein Diener von diesem heim-

[1] Rögnvalds. [2] Rechtssprecher: König Olaf. [3] In Götland.

lich vom Hofe auf, und sie gingen nach Götland, wohin sie
den Herbst zuvor mit Sigvat gezogen waren. Aber als sie an
den Hof Jarl Rögnvalds kamen, brachten sie diesem Wahr=
zeichen, die König Olaf dem Jarl in Freundschaft gesandt hatte.
Sofort machte sich der Jarl reisefertig und mit ihm die Kö=
nigstochter Astrid. Sie hatten ungefähr hundertzwanzig Mann
bei sich, eine auserlesene Begleitung, teils aus der Leibwache
des Jarles, teils Söhne von mächtigen Bauern. Alle ihre Aus=
rüstung war gleichfalls sehr gewählt, Waffen und Kleidung
wie Pferde. So ritten sie nach Norwegen hinein bis nach
Sarpsborg, wo sie um Lichtmeß anlangten.

92. König Olafs Hochzeit

Der König hatte dort alles schon fertig machen lassen. Es
gab dort allerhand Getränke, die besten, die man finden
konnte, und auch sonst die allerbeste Verpflegung. Er hatte auch
aus den Landschaften in der Umgegend viele mächtige Männer
um sich gesammelt. Als nun der Jarl mit seinem Gefolge dort
anlangte, bot ihm der König einen äußerst prächtigen Empfang.
Große und schöne Zimmer wurden für den Jarl hergerichtet
und aufs stattlichste geschmückt. Bedienung ward für ihn ge=
stellt, und außerdem wurden Männer beauftragt, danach zu sehen,
daß es an nichts fehle, wodurch das Fest möglichst prächtig
würde. Als aber dieses Gelage einige Tage gedauert hatte,
fanden sich der König, der Jarl und die Königstochter zu einem
Gespräch zusammen, und das Ergebnis ihrer Unterredung war:
es wurde abgemacht, Jarl Rögnvald sollte Astrid, die Tochter
des Schwedenkönigs, dem Norwegerkönig Olaf verloben mit
der gleichen Mitgift, die nach den früheren Abmachungen In=
gigerd, ihre Schwester, von Hause als Aussteuer hatte er=
halten sollen. Der König aber sollte ebenfalls Astrid dieselbe
Morgengabe bieten, die er für ihre Schwester Ingigerd aus=
gesetzt hatte. Dann feierte man das Gelage weiter, und man
betrank die Hochzeit König Olafs und der Königin Astrid mit
großem Gepränge. Darauf kehrte Jarl Rögnvald nach Götland
zurück, und beim Abschied gab der König dem Jarl reiche und
schöne Geschenke. In der festesten Freundschaft trennten sie sich,
und diese hielt an, so lange sie beide lebten.

93. Der Friede mit dem Norwegerkönig wird gebrochen

Im nächsten Frühjahr kamen nach Schweden Boten vom König Jaroslav aus Nowgorod im Osten, und die sollten das Versprechen einlösen, das König Olaf im vergangenen Sommer gegeben hatte, nämlich, König Jaroslav seine Tochter Ingigerd zur Frau zu geben. König Olaf trug die Sache Ingigerd vor und erklärte, es sei sein Wunsch, daß sie König Jaroslav heirate. Sie antwortete: „Soll ich denn nun einmal mit König Jaroslav vermählt werden, dann will ich Alt=Ladoga und das Jarltum, was dazu gehört, als meine Morgengabe haben." Die Boten aus Rußland aber stimmten dem im Namen ihres Königs zu. Da sagte Ingigerd: „Wenn ich nach Rußland ziehe, dann will ich mir zu meiner Begleitung dorthin den Mann aus dem Schwedenreich auswählen, den ich für den geeignetsten dazu halte. Und ich beanspruche, daß er dort im Osten keinen niedrigeren Rang einnimmt als hier, und daß er keine geringeren Rechte oder mindere Ehren daselbst genießt als in Schweden." Dafür verbürgte sich der König und die Boten gleichfalls. Der König und die Boten bekräftigten es auch mit feierlichem Handschlag. Nun frug der König Ingigerd, wer der Mann wäre, den sie aus seinem Reiche sich zum Geleit zu wählen gedenke. Sie antwortete: „Das ist Rögnvald Ulfs=sohn, der Jarl, mein Verwandter." Der König versetzte: „Anders dachte ich Jarl Rögnvald zu belohnen für den Betrug an seinem Herrn, da er meine Tochter nach Norwegen brachte und sie als Beischläferin dem „dicken Mann" aushändigte, noch dazu, obwohl er wußte, daß dieser unser größter Feind war. Dafür soll er in diesem Sommer am Galgen hängen." Ingigerd ersuchte nun ihren Vater, sein Wort zu halten, das er ihr mit feierlichem Handschlag gelobt habe. Und durch ihre Bitten kam die Sache schließlich dahin, daß der König zusagte, Jarl Rögnvald solle in Frieden Schweden verlassen, er solle ihm aber nie wieder vor die Augen kommen und nicht wieder nach Schweden zurückkehren, solange er, Olaf, König wäre. Nun sandte Ingigerd Boten an den Jarl, um ihm dies zu melden,

und sie bestimmte ihm Zeit und Ort, wo sie sich treffen woll=
ten. Der Jarl machte sich nun gleich für seine Fahrt bereit und
ritt nach Ostergötland, wo er sich ein Schiff nahm und sich mit
seinem Gefolge zur Zusammenkunft mit der Königstochter In=
gigerd aufmachte. Im Sommer fuhren sie dann allesamt nach
Rußland, und Ingigerd wurde dem König Jaroslav vermählt.
Ihrer beider Söhne hießen Wladimir, Wsevolod und Holti der
Kühne. Königin Ingigerd gab dem Jarl Rögnvald Alt=Ladoga
mit dem zugehörigen Jarltum, und dort blieb Jarl Rögnvald
lange Zeit und wurde ein berühmter Mann. Die Söhne Jarl
Rögnvalds aber und der Ingibjörg hießen Jarl Ulf und Jarl
Eilif.

94. Emund der Gesetzesmann[1]

Es war ein Mann, namens Emund von Skara. Der war
Gesetzesmann dort in Vestergötland, ein sehr kluger
Mann und höchst redekundig. Er war von hoher Abkunft
und hatte viele Verwandte. Auch war er ausnehmend reich.
Man nannte ihn einen hinterhältigen Mann, und er galt nicht
recht für geheuer. Er war der mächtigste Mann in Vestergöt=
land, seitdem der Jarl weggegangen war. In demselben Früh=
jahr, wo Jarl Rögnvald Götland verlassen hatte, hielten die
Götländer ein Thing untereinander ab, und sie murrten oft
untereinander, was der Schwedenkönig nun wohl angeben
würde. Sie hörten, daß er ergrimmt sei, daß sie Freunde des
Norwegerkönigs geworden seien, anstatt den Streit wider die=
sen aufrecht zu erhalten. Er hielt auch die Männer, die seine
Tochter Astrid nach Norwegen geleitet hatten, für Verräter.
So drängten einige darauf, beim Norwegerkönig Schutz zu
suchen und ihm ihre Dienste anzubieten. Andere aber waren
dagegen und meinten, die Vestergötländer wären nicht stark ge=
nug, um den Widerstand gegen die Schweden aufrecht erhal=
ten zu können. „Norwegens König ist uns zu fern," sagten sie,
„denn sein Hauptland liegt zu weit von uns ab. Deswegen
müssen wir zuerst einmal Männer zum Schwedenkönig senden,

---

[1] Über diesen kannte Snorri aus Island eine besondere Erzählung (S. 158).
Daher urteilt der Schwedenkönig (S. 152) nach norwegischem, nicht nach
schwedischem Recht.

149

um zu versuchen, ob wir nicht in Frieden mit ihm kommen können. Läßt sich das aber nicht erreichen, dann bleibt uns keine Wahl, als die Hilfe des Norwegerkönigs nachzusuchen." Die Bauern baten nun Emund, diese Botschaft an den Schwedenkönig zu übernehmen, und der willigte ein. Er zog mit dreißig Mann aus und kam zuerst nach Ostergötland. Dort lebten manche seiner Verwandten und Freunde, und er fand dort gute Aufnahme. Hier besprach er dieses gefährliche Unternehmen mit den klügsten Männern, und sie erklärten es einhellig als gegen Brauch und Gesetz, wie der König gegen sie vorginge. Nun ging Emund ins eigentliche Schweden, und dort hatte er Unterredungen mit vielen mächtigen Männern, und auch dort war das Ergebnis ein und dasselbe.

Er setzte nun seine Reise fort, bis er eines Abends nach Upsala kam. Hier verschaffte er sich mit seinen Leuten gutes Quartier, und sie blieben die Nacht über. Am nächsten Tage aber suchte Emund den König auf, als er Gericht abhielt und eine Menge Volks um ihn war. Emund trat vor ihn, verneigte sich und grüßte ihn. Der König sah ihn an, grüßte ihn wieder und frug ihn nach Neuigkeiten. Emund entgegnete: „Viel Neuigkeiten gibt es nicht unter uns Götländern, aber eine Neuigkeit nennen wir es, daß Atti der Narr aus Vermland letzten Winter mit seinen Schneeschuhen und seinem Bogen in die Grenzmarken hinaufzog. Er ist der größte Jäger nach unsrer Auffassung. Er erbeutete auf dem Gebirge so viel Pelzwerk, daß er seinen Schlitten mit so viel von diesem vollgepackt hatte, als er nach sich ziehen konnte. Da wandte er sich heim von der Grenzmark, aber im Walde sah er ein Eichhorn und schoß nach diesem, fehlte es aber. Da ergrimmte er, ließ den Schlitten stehen und rannte dem Eichhorn nach. Aber das Eichhorn sprang immer in das größte Waldesdickicht. Bald huschte es an den Baumwurzeln, bald oben in den Zweigen. Dann segelte es zwischen den Ästen wieder auf einen andern Baum davon. Schoß aber Atti nach ihm, dann flog der Pfeil stets über oder unter ihm weg, doch kam das Eichhorn Atti nie aus dem Auge. Nun wurde er so versessen auf diese Beute, daß er den ganzen Tag hinterherschlich, doch nichts destoweniger

150

gelang es ihm nie, das Eichhorn zu haschen. Als aber dunkle Nacht hereinbrach, warf er sich nieder auf den Schnee, wie er es gewohnt war, und lag dort die Nacht durch, aber das Wetter war trüb und voll Schneegestöbers. Am nächsten Tage ging Atti seinen Schlitten suchen, aber er fand ihn nicht mehr wieder, und in dieser Lage kam er heim. Dies ist meine Neuigkeit, Herr."

Der König sagte: „Das ist allerdings keine große Neuigkeit, wenn du nicht mehr zu erzählen hast."

Emund erwiderte: „Vor kurzer Zeit ereignete sich noch etwas anderes, was man wohl eine Neuigkeit nennen kann, als Gauti Tofissohn mit fünf Kriegsschiffen die Götaelf hinabfuhr. Als er zwischen den Ockerö=Inseln lag, da kamen Dänen dorthin mit fünf großen Handelsschiffen. Da überwältigten Gauti und seine Schar schnell vier von den Schiffen, ohne einen Mann zu verlieren, und sie erbeuteten unermeßliches Gut. Doch dem fünften Schiff gelang es auf die hohe See zu entkommen, und es ging unter Segel. Aber Gauti verfolgte sie mit einem Schiff, und zuerst hielt er sich auch dicht hinter ihnen, dann aber wurde der Wind stärker, und der Abstand vom Handelsschiff wurde größer, und jene gewannen das offene Meer. Nun wollte Gauti zurückkehren, aber das Wetter artete in Sturm aus, und er erlitt Schiffbruch bei Lässö, und alle Güter gingen verloren und der größte Teil seiner Mannschaft. Nun hatte er seine Schiffsgenossen geheißen, ihn vor Ockerö zu erwarten, aber mit einmal kamen die Dänen gegen sie gefahren dort auf fünfzehn Handelsschiffen, und die erschlugen sie alle und nahmen die ganze Kriegsbeute fort, die er vorher mit seinen Gefährten gemacht hatte. So übel fuhren sie mit ihrer Raubgier."

Der König antwortete: „Das ist allerdings eine wichtige Neuigkeit und der Erzählung wert. Aber was ist dein Anliegen hier?"

Emund versetzte: „Ich beabsichtige, Herr, jene schwierigen Punkte zu entwirren, in denen unsere Gesetze und das Upsalagesetz sich scheiden." Der König frug: „Worüber hast du Klage zu führen?" Emund erwiderte: „Es waren zwei Männer, von edler Herkunft, gleich an Geschlecht, aber ungleich an Reichtum und Sinnesart. Sie stritten wegen Ländereien, und

jeder fügte dem andern Schaden zu, mehr aber der Mächtigere
von ihnen, bis ihr Streit beendet und auf dem Thing des
ganzen Volkes geschlichtet wurde. Nun hatte der zu zahlen,
der vorher der mächtigere war. Und das erste, was er gab, war
ein Gänsel für eine Gans, ein saugendes Ferkel für ein Mutter=
schwein, und statt einer Mark gebrannten Goldes lieferte er
nur eine halbe Mark Gold, statt der andern Hälfte aber nur
Staub und Schutt, noch dazu drohte er mit hartem Zwist dem,
der die Zahlung dieser Schuld zu fordern hatte. Was urteilt
Ihr darüber, Herr?"
Der König antwortete: „Er soll voll zahlen, wozu man ihn ver=
urteilte, außerdem aber für seinen König den dreifachen Betrag
darüber. Wird es aber nicht zum festgestellten Termine ge=
zahlt, dann soll er außer Landes gehn und all sein Eigen ver=
lieren. Der eine Teil seines Vermögens falle dann an den Kö=
nigshof[1] und der andre an den, dem er Unrecht zu büßen
hatte."
Emund rief zum Zeugen für diese Entscheidung alle die Mäch=
tigsten, die dort waren, an, und fügte jene zu den Gesetzen,
die auf dem Upsalathing galten. Danach grüßte er den König
und ging dann davon. Darauf brachten noch andere Männer
ihre Klagen vor diesen.
Als der König nun zu Tisch ging, frug er, wo Gesetzesmann
Emund wäre, und es hieß, er wäre daheim in seinem Quartier.
Der König sprach: „Holt ihn her. Er soll mein Tischgast heute
sein!" Man trug nun die Gänge auf, und darauf kamen Har=
fen= und Geigenspieler herein und Sänger und endlich Mund=
schenken. Der König war sehr aufgeräumt. Er hatte viele
mächtige Männer auf seinem Festmahl und gab auf Emund
nicht acht. Der König trank den ganzen Tag und schlief die
Nacht hindurch, aber am Morgen beim Erwachen kam ihm
wieder ins Gedächtnis, was Emund tags zuvor gesprochen
hatte. Und als er angekleidet war, rief er seine weisen Leute
zu sich.
König Olaf hatte immer zwölf der klügsten Männer um sich,
die mit ihm über Gericht saßen und die ihm in verwickelten

---

[1] Vgl. S. 149.

152

Fragen Rat gaben. Aber das ging nicht so ruhig ab, denn der König wurde sehr ungnädig, wenn Urteile sich vom Rechte entfernten, und es war nicht ratsam, ihm zu widersprechen.

Nun nahm der König bei dieser Beratung das Wort und hieß Gesetzesmann Emund herbeirufen. Doch, als der Bote zurückkam, sagte er: „Herr, Gesetzesmann Emund ritt schon gestern fort, nachdem er sein Mahl eingenommen hatte." Da sprach der König: „Sagt mir, liebe Herren, wohin zielte wohl die Rechtsfrage, die Emund gestern aufwarf?"

Sie antworteten: „Herr, du mußt es dir wohl sehr durch den Sinn haben gehen lassen, ob sie nicht vielleicht noch auf etwas anderes deutete, als er aussprach."

Der König sagte: „Die beiden edelgeborenen Männer, von denen er da sprach, sie hätten in Unfrieden miteinander gelebt, und von denen der eine mächtiger gewesen sei, und doch hätte jeder dem andern Schaden zugefügt — damit meinte er einen Vorgang zwischen uns beiden, mir und Olaf dem Dicken."

„So ist's, Herr," erwiderten sie, „genau wie du sagst." Der König versetzte: „In unserm Fall war die Sache auf dem Upsalathing geordnet. Aber wohin sollte das zielen, wenn er sagte, so schlecht wäre gezahlt worden, daß ein Gänsel für eine Gans, ein saugendes Ferkel für ein Mutterschwein und die Hälfte Staub statt des ganzen Goldes gegeben ward?"

Arnvid der Blinde antwortete: „Herr," sprach er, „einander sehr ungleich sind rotes Gold und Staub, aber noch mehr gesondert sind König und Knecht. Du versprachst Olaf dem Dicken deine Tochter Ingigerd, die ihrer ganzen Ahnenreihe nach vom Geschlecht der Uplandkönige stammt, dem edelsten in den Nordlanden, zumal dieses ganze Geschlecht von den Göttern selbst seine Herkunft ableitet. Aber jetzt hat König Olaf zum Weibe Astrid bekommen, die, obwohl sie ein Königskind ist, doch nur eine Magd von dir gebar, und überdies noch eine Wendin. Wahrhaftig, eine weite Kluft ist zwischen diesen Königen, von denen einer so etwas mit Dank annimmt. Anzunehmen ist, daß einer, der nur Norweger ist, sich nicht dem Könige von Upsala gleichstellen kann. Danken wir alle dafür, daß es so bleiben wird, denn die Götter haben auf lange Zeit gut für ihr geliebtes Geschlecht gesorgt, wenn jetzt auch manche Leute sich nicht mehr um den alten Glauben kümmern."

Sie waren da drei Brüder: Arnvid der Blinde. Sein Augenlicht war so schwach, daß er kaum kriegsfähig war, obgleich er der kühnste der Männer war. Der zweite war Thorvid der Stammler, der nicht zwei Worte hintereinander reden konnte. Aber er war höchst mutig und freimütig in der Rede. Der dritte war Freyvid der Taube, der schwer hörte. Alle diese Brüder waren mächtige Männer, reich, von hoher Geburt und höchst klug, und alle standen bei dem König in hoher Gunst.

Da sprach König Olaf: „Worauf zielte das, was Emund über Atti den Narren erzählte?" Da erwiderte keiner, aber alle blickten einander an. Der König sagte: „Sprecht euch nur frei aus." Da sagte Thorvid der Stammler: „Atti gierig, geizig, bosshaft, täppisch, töricht." Der König fuhr fort: „Auf wen geht diese Stichelei?" Freyvid der Taube antwortete: „Herr, man spricht leichter, wenn man deine Erlaubnis dazu hat." Der König versetzte: „Sprich nur, Freyvid, — ich erlaube es — was du zu sagen hast." Da nahm Freyvid das Wort und sagte: „Mein Bruder Thorvid, den man den weisesten unter uns nennt, bezeichnet einen solchen Mann wie Atti als „gierig, täppisch und töricht". Damit will er von ihm sagen, er sei ein Mann, dem Frieden abgeneigt, der nach Kleinigkeiten trachte, ohne sie zu erreichen, während er indes nützliche und große Dinge versäumt. Ich bin nun zwar taub, doch so viele haben das ausgesprochen, daß auch ich es zu hören bekam, wie aufgebracht hier alle sind, die Mächtigen wie das Volk, daß du, Herr, nicht dein Wort hältst gegenüber dem Norwegerkönige. Aber das ist noch schlimmer: du hast das Urteil des ganzen Volkes umgestoßen, das es auf dem Upsala-Thing fällte. Du brauchtest weder den Norwegerkönig zu fürchten, noch den Dänenkönig noch irgend einen andern, wenn das Schwedenvolk hinter dir steht. Ist aber das Volk des Landes einhellig wider dich, dann sehen wir, deine Freunde, nicht mehr, was noch wahrhaft zu deinem Vorteil geschehen kann."

Der König frug: „Wer wird den Anfang machen, mich durch Verrat aus meinem eigenen Lande zu bringen?"

Da antwortete Freyvid: „Alle Schweden wollen ihre alten Ge=
setze und ihr gutes Recht gewahrt wissen. Achte nun darauf,
wie viele eurer Häuptlinge hier im Rat mit Euch zusammen=
sitzen. Ich glaube, ich kann wohl der Wahrheit gemäß sagen,
wir sind hier sechs im ganzen zusammen von denen, die Ihr
Eure Berater nennt. Alle andern, meine ich, sind fortgeritten
und sind in die Landschaften rings umher gegangen, um dort
Thinge mit dem Volk abzuhalten. Und man muß dir die
Wahrheit sagen, wie es steht: der Kriegspfeil ist hervorgeholt
und über das ganze Land versandt, um ein Straf=Thing¹ zu
berufen. Wir Brüder alle wurden gebeten, uns an diesem An=
schlag zu beteiligen, aber keiner von uns will, daß man ihn
Verräter seines Herrn nenne, denn ein solcher war auch nie=
mals unser Vater."

Da nahm der König wieder das Wort und sprach: „Was
sollen wir nun dagegen tun? In große Bedrängnis bin ich
versetzt. Darum, liebe Herren, gebt mir einen Rat, wie ich
das Königtum und das Erbe meiner Vorfahren behaupten mag.
Denn ich bin nicht gesonnen, mit dem ganzen Schwedenvolk
im Streit zu liegen." Arnvid der Blinde antwortete: „Herr,
mich dünkt, es wäre ratsam, wenn du mit der Schar, die dir
folgen will, hinab zur Fyrisä=Mündung rittest und dort zu
Schiffe gingest. Dann fahre zum Mälar und sammle dort das
Volk um dich. Zeige dich nicht weiter hartnäckig, sondern laß
den Leuten ihre Gesetze und das Recht ihres Landes. Sorge, daß
der Kriegspfeil zunichte wird. Bis jetzt ist er noch nicht weit
genug im Reiche vorgedrungen, denn die Zeit dazu war zu
kurz. Sende Männer aus, denen du vertraust, zu den Leuten,
die jenen Verrat an dir vorhaben, und versuche, ob du die Unzu=
friedenheit nicht dämpfen kannst."

Der König sagte, er wolle diesem Rate folgen. „Mein Wunsch
aber ist es," fügte er hinzu, „daß ihr Brüder diesen Auf=
trag von mir ausführt, denn euch traue ich am meisten von
allen meinen Leuten." Da sprach Thorvid der Stotterer: „Ich
will hier bleiben. Laßt Jakob holen. Der ist not." Da sagte
Freyvid: „Tun wir, Herr, was Thorvid sagte. Er will in

¹ Altschwedisch Räffinga=Thing, ein hoher Gerichtshof im alten Schweden.

dieser Gefahr nicht von Eurer Seite. Ich und Arnvid aber werden uns aufmachen."

Ihr Beschluß wurde nun ausgeführt: König Olaf ging zu seinen Schiffen und fuhr in den Mälar. Und bald hatte sich eine Menge Volks um ihn gesammelt. Aber die Brüder Freyvid und Arnvid ritten aus nach Ullarakr und nahmen den Königs= sohn Jakob mit sich, doch hielten sie dessen Fahrt geheim. Bald wurden sie gewahr, wie das Volk vor ihren Augen sich zu= sammenscharte und zu den Waffen lief, während die Bauern Tag und Nacht Thinge abhielten. Und da nun Freyvid und sein Bruder dort auf ihre Verwandten und Freunde stießen, er= klärten sie, sie wollten sich mit jener Schar vereinigen, und darüber waren alle voller Freude. Sofort übertrug man alle Entscheidungen den Brüdern, und die Menge hielt sich zu ihnen. Nun sagten alle immer ein und dasselbe, sie wollten Olaf nicht länger als König über sich haben und wollten nicht länger seine Gesetzwidrigkeit und Überhebung dulden. Er wolle doch auf keines Mannes Rede hören, selbst wenn mächtige Männer ihm die volle Wahrheit sagten.

Als nun Freyvid den Ungestüm des Volkes sah, da erkannte er, wie hoffnungslos die Lage geworden war. So hatte er Zu= sammenkünfte mit den Großen im Lande, setzte ihnen den Stand der Dinge auseinander und sprach folgendes: „Mir scheint es, soll diese schwierige Angelegenheit geregelt werden, nämlich Olaf Erichssohn das Reich zu nehmen, dann müssen wir, die Upland=Schweden, uns an die Spitze der Bewegung stellen. Denn immer ist es so gewesen, daß, was die Herrn in Upland untereinander festmachten, diesem Beschlusse auch das übrige Volk im Lande gehorchte. Niemals brauchten unsere Vorfahren die Vestergöten um Rat zu fragen in der Verwaltung ihres Landes. Schlagen wir nun in unserer Verwandtschaft nicht so aus der Art, daß erst Emund es nötig hat, uns Rat zu er= teilen. Ich will, daß wir uns zu einem Beschlusse zusammen= tun, wir Gesippen und Freunde."

Dem stimmten alle bei, und sie nannten das eine verständige Rede. Darauf trat die Masse des Volkes dem Bunde bei, den die Herrn von Upland untereinander schlossen, und Freyvid

und Arnvid wurden nun die Häupter der Vereinigung. Als aber Emund dies sah, hatte er Zweifel, ob dieser Beschluß durchgeführt werden würde. So suchte er eine Zusammenkunft nach mit den Brüdern, und sie redeten miteinander, und Freyvid frug Emund: „Was denkt ihr darüber, wenn man Olaf Erichsfohn des Lebens beraubt hat, wer soll dann König fein?" Emund erwiderte: „Der, den wir für den geeignetsten dazu halten, gleich, ob er von hoher Abkunft ist oder von niederer." Freyvid versetzte: „Wir Upland=Schweden wollen es auf keinen Fall haben, daß zu unsern Lebzeiten das König= tum der Linie des alten Königsgeschlechtes genommen wird, solange dazu noch eine so gute Möglichkeit da ist wie jetzt: König Olaf hat nämlich zwei Söhne, und einen von diesen bei= den wünschen wir als König. Doch ein großer Unterschied ist zwischen beiden. Der eine ist in echter Königsehe erzeugt und Schwede von Vater= und Mutterseite her, der andere aber einer Magd Sohn und noch dazu ein halber Wende."
Nach diesen Worten erhob sich großer Beifall, und alle wollten Jakob als König haben.
Da sagte Emund: „Für jetzt habt ihr Uplandschweden die Macht, die Sache zu entscheiden. Aber dies sage ich euch, es wird noch dahin kommen, daß einige von denen, die jetzt nichts anderes hören wollen, als daß das Königtum in Schweden in der alten Königslinie bleibt, später selbst lebhaft es befür= worten werden, daß die Königswürde in ein ander Geschlecht übergeht, was sicher größeren Vorteil verbürgt."
Nun geleiteten die Brüder Freyvid und Arnvid den Königs= fohn Jakob dort auf das Thing, und sie ließen ihm den Kö= nigstitel beilegen. Überdies aber gaben ihm die Schweden den Namen Önund, und so nannte man ihn fortan, so lange er lebte. Zu dieser Zeit war er zehn bis zwölf Jahre alt. Jetzt wählte sich König Önund eine Leibwache, und er erkor sich seine Befehls= haber dafür. Sie brachten aber alle eine so große Schar für ihn zusammen, als er dies für nötig erachtete. Er aber gab der ganzen Bauernversammlung Urlaub heimzuziehen.
Darauf gingen Gesandte zwischen den beiden Königen, und bald kam es dahin, daß sie sich trafen und Frieden miteinander

schloffen. Olaf follte König über das Land bleiben, so lange er lebte. Er ward aber verpflichtet, Frieden und Freundschaft zu halten mit dem Norwegerkönige und mit allen den Männern, die sich in dieser Angelegenheit zwischen ihnen beiden verbürgt hatten. Aber Onund war fortan gleichfalls König, und er sollte so' viel Land besitzen, wie Vater und Sohn untereinander ab= machen würden. Er sollte aber verpflichtet sein, die Bauern zu unterstützen, wenn König Olaf wieder etwas täte, das jene von ihm sich nicht gefallen lassen wollten.

Darauf kamen Gesandte zu König Olaf nach Norwegen mit der Botschaft, er möchte nach Kungälf zur Begegnung mit dem Schwedenkönige kommen. Hinzugefügt war, es sei des Schwe= denkönigs Wunsch, daß sie einen festen Frieden miteinander schlössen. Als aber König Olaf diese Botschaft empfing, war er wieder wie stets geneigt zum Frieden, und so brach er mit seiner Schar auf, ganz wie es vorher bestimmt war. Nun kam auch der Schwedenkönig dorthin, und als sie, Schwiegervater und Schwiegersohn, sich trafen, schlossen sie Frieden und Freund= schaft untereinander. Jetzt ließ auch der Schwedenkönig Olaf mit sich reden und war sanfter in seinem Wesen.

So erzählt Thorstein der Weise[1], auf Hifing sei ein Besitz gewesen, der bald zu Norwegen, bald zu Götland gehört habe. Da kamen die Könige überein, sie wollten um ihn losen und darum würfeln. Der sollte den Besitz haben, der den größten Wurf täte. Da warf der Schwedenkönig zweimal sechs und meinte, König Olaf habe nicht mehr nötig zu würfeln. Der antwortete, indem er die Würfel in den Händen schüttelte: „Es sind noch zwei Sechsen auf den Würfeln, und für den Herrn, meinen Gott, ist es eine Kleinigkeit, sie nach oben zu wenden." So würfelte er und hatte zwei Sechsen oben. Da warf der Schwedenkönig noch einmal, und wieder gab es zwei Sechsen. Als aber der Norwegerkönig Olaf wieder warf, da waren auf einem Würfel sechs, der andere aber brach ausein= ander und es waren „sieben" darauf. So gewann er das Be= sitztum. Weiteres wird von dieser Zusammenkunft nicht be= richtet. Die Könige aber schieden in Frieden.

[1] Vgl. S. 149.

95. König Olaf Haraldſohns Allein-
herrſchaft

Nach dieſen Ereigniſſen, von denen wir eben erzählten,
kehrte König Olaf mit ſeinem Gefolge nach Vik zurück.
Zuerſt zog er nach Tönsberg, wo er eine Zeitlang blieb, dann in
die Nordlandſchaften, im Herbſt aber bis nach Drontheim, wo
er alles für den Winteraufenthalt vorbereitet hatte. Und dort
blieb er den Winter hindurch.

König Olaf Haraldsſohn war nun Alleinherrſcher über das
ganze Reich, das Harald Schönhaar beſeſſen hatte. Darüber
hinaus ſogar, da er allein den Königsnamen im Lande führte.
Durch friedlichen Vertrag hatte er den Teil des Reiches wie-
dergewonnen, den Olaf der Schwedenkönig vorher beſeſſen
hatte. Aber den Teil des Reiches, der Eigentum des Dänenkönigs geweſen war, hatte er mit Gewalt erobert und herrſchte
über dieſes Gebiet wie anderwärts im Lande. Der Dänenkönig
Knut herrſchte zu jener Zeit über beide Länder, England wie
Dänemark, aber er ſelbſt weilte meiſt in England, hatte jedoch
Häuptlinge als Herrſcher in Dänemark eingeſetzt, und er erhob zu dieſer Zeit noch keinen Anſpruch auf Norwegen.

96. Die Geſchichte von den Orkaden-
Jarlen[1]

Es heißt, daß in den Tagen des Norwegerkönigs Harald
Schönhaar die Orkaden beſiedelt wurden. Vor dieſer Zeit
aber waren die Inſeln nur ein Wikingerneſt. Sigurd war der
Name des erſten Orkaden-Jarles. Er war der Sohn von Eyſtein
Glumra und der Bruder von Rögnvald, dem Jarl von Möre.
Aber nach Sigurd war ſein Sohn Guthorm ein Jahr lang
Jarl. Nach ihm bekam Torf-Einar das Jarltum. Er war der
Sohn Jarl Rögnvalds und lange Zeit hindurch Jarl, über-
dies ein gar mächtiger Mann. Halfdan Hochbein, ein Sohn
Harald Schönhaars, ging gegen Torf-Einar vor und verjagte
ihn von den Orkaden, doch kehrte Einar zurück und ſchlug Half-
dan auf North-Ronaldsay. Darauf unternahm König Harald

[1] Vgl. Band I, S. 116 ff.

einen Kriegszug gegen die Orkaden, und Einar floh nach Schottland, während Harald durch die Bewohner der Orkaden sich feierlich ihre Erbgüter zuschwören ließ[1]. Hierauf aber schlossen König und Jarl Frieden miteinander, und der Jarl wurde des Königs Vasall. Er nahm die Inseln als Lehen vom Könige, aber er hatte keine Abgaben zu zahlen, da sie für kriegerische Überfälle so offen dalagen. Der Jarl bezahlte dem König sechzig Mark Goldes. Hierauf heerte König Harald in Schottland, wovon in der Glymdrapa[2] erzählt wurde.

Nach Torf=Einar kam die Herrschaft über sein Gebiet an seine Söhne Arnkel, Erlend und Thorfinn Schädelspalter. In dieser Zeit kam aus Norwegen Erich Blutaxt, und ihm wurden die Jarle lehnspflichtig[3]. Arnkel und Erlend fielen im Kampf, Thorfinn aber herrschte weiter auf den Inseln und wurde ein alter Mann. Seine Söhne hießen: Arnfinn, Havard, Hlödvir, Ljot, Skuli. Ihre Mutter war Grelöd, die Tochter Dungads, des Jarles von Caithneß, aber deren Mutter war Groa, die Tochter Thorsteins des Roten.

In den letzten Tagen Jarl Thorfinns kamen die Söhne Erich Blutaxts aus Norwegen dorthin, als sie vor Jarl Hakon hatten außer Landes gehen müssen[4]. Sie alle herrschten mit großer Willkür über die Orkaden. Jarl Thorfinn starb an einer Krankheit, und nach ihm herrschten seine Söhne über das Land, und von ihnen gibt es manche Erzählungen[5] Hlödvir lebte am längsten von ihnen und gebot dann allein über das Land. Sein Sohn hieß Sigurd der Dicke, der die Jarlschaft nach ihm antrat, und er war ein mächtiger Mann und ein großer Krieger. Zu seiner Zeit kam Olaf Tryggvissohn von seinen Wikinger=zügen im Westen mit seinem Heere an. Er ankerte auf den Orkaden und nahm Jarl Sigurd auf South Ronaldsay gefangen, der dort nur mit einem Schiffe vor ihm lag. König Olaf bot ihm, um sein Leben zu lösen, an, das Christentum und den rechten Glauben anzunehmen; er sollte sein Vasall werden und den Christenglauben über die ganzen Orkaden ausbreiten.

[1] Abweichung von Band I, S. 120 f. Durch sie erscheinen Olafs Ansprüche auf die Insel besser motiviert. [2] Vgl. Band I, S. 97. [3] Band I, S. 140. [4] Band I, S. 213. [5] Vgl. Geschichte von den Orkadenjarlen Thule 19.

König Olaf nahm seinen Sohn als Geisel, der Hundi oder Welf hieß. Darauf ging Olaf nach Norwegen und wurde dort König[1]. Hundi weilte einige Jahre bei König Olaf und starb dort. Darauf aber blieb Jarl Sigurd dem König Olaf nicht weiter untertan. Er heiratete die Tochter des Schottenkönigs Malcolm, und beider Sohn war Thorfinn. Außerdem aber waren noch diese älteren Söhne von Jarl Sigurd da: Sumarlidi, Brusi und Einar Schlimmmaul. Fünf oder vier Jahre nach König Olaf Tryggvissohns Tode fuhr Jarl Sigurd nach Irland, aber er setzte seine älteren Söhne zur Herrschaft über die Inseln ein. Thorfinn sandte er zu seinem Großvater, dem Schottenkönig. Auf dieser Fahrt fiel Jarl Sigurd in der Brjans-Schlacht[2]. Als aber die Nachricht davon nach den Orkaden kam, da wurden Jarle die Brüder Sumarlidi, Brusi und Einar, und sie teilten die Inseln zu dritt unter sich. Thorfinn Sigurdssohn war fünf Jahre alt, als Jarl Sigurd fiel. Aber als der Schottenkönig von dessen Tod hörte, gab er seinem Enkel Thorfinn Caithneß und Southland, außerdem die Jarlswürde und gesellte ihm Männer zu, die ihm in seiner Herrschaft zur Seite stehen sollten. Jarl Thorfinn war schon in frühster Jugend mit großer Kraft ausgestattet. Er war groß und stark, aber ein häßlicher Mann. Sobald er aber in die Jahre kam, bemerkte man bald, daß er ein gewalttätiger Mann war. Er war hart und grausam und überaus klug. So sagt von ihm Arnor der Jarlenskalde[3]:

> Sah je wen, noch jung, man
> Jäh'n Mut's wie Einars Bruder[4]
> Unter Wolkens Wohnhaus[5]
> Wehr'n Land' und verheeren?

97. Die Jarle Einar und Brusi

Die Brüder Einar und Brusi waren sehr ungleich in ihrem Wesen. Brusi war sanft und friedfertig, klug,

---

[1] Vgl. Band I, S. 252 ff. [2] Vgl. die Geschichte vom weisen Njal (Thule 4) S. 372. [3] Der Sohn des Skalden Thord Kolbeinssohn. Den Beinamen erhielt er, weil er auf die beiden feindlichen Orkadenjarle Thorfinn und Rögnvald zugleich dichtete. [4] Jarl Thorfinn. [5] Unter'm Himmel.

redegewandt und allgemein beliebt. Einar war selbstwillig, zurückhaltend und grämlich, gewalttätig und geldgierig, ein großer Krieger. Sumarlidi glich in seiner Art Brusi. Er war der älteste der Brüder und starb zuerst. Er ging an einer Krankheit zugrunde. Nach seinem Tode erhob Thorfinn Anspruch auf seinen Teil von den Orkaden. Einar erwiderte, Thorfinn habe bereits Caithneß und Southland, eine Herrschaft, die ihr Vater, Jarl Sigurd, vorher besessen habe, und diese, meine er, sei viel größer als ein Drittel des Orkadengebietes. Deshalb wollte er auch von Thorfinns Anteil nichts wissen, aber Brusi seinerseits war dafür, ihn zu bewilligen, denn „ich will nicht," sagte er, „mehr Landbesitz beanspruchen denn den dritten Teil, der von rechtswegen mein eigen ist." Da unterwarf sich Einar zwei Drittel der Eilande und wurde ein mächtiger Mann, und er hatte viel Volks um sich. Im Sommer zog er immer auf Krieg aus und hob dazu große Truppenmassen im Lande aus, aber sehr ungleich war seine Wikingbeute. Da begannen die Bauern über diese Plage zu murren, aber der Jarl hielt mit maßloser Willkür alle Lasten aufrecht, die er ihnen auferlegt hatte, und er ließ es jeden entgelten, der ihm widersprach. Jarl Einar war ein höchst hoffärtiger Mann. Da kam Teuerung in sein Land infolge der Lasten und Geldabgaben, die den Bauern auferlegt waren. Aber in dem Teil der Inseln, wo Brusi herrschte, da hatten die Bauern reichliche Erträge. und führten ein angenehmes Leben. Der Jarl war daher wohlbeliebt bei ihnen.

98. Thorkel Amundissohn

Es war ein Mann, namens Amundi. Der war mächtig und reich und wohnte in Sandvik auf der Halbinsel Deerneß in Mainland. Sein Sohn hieß Thorkel. Kein Mann war tüchtiger als er auf den Orkaden. Amundi war ein sehr kluger Mann, und wenige schätzte man auf den Inseln wie ihn. Einmal im Frühjahr geschah es nun, als Jarl Einar sein Volk wieder einmal wie gewöhnlich zum Kriege aufbot, daß die Bauern böse darüber murrten und Amundi ihre Sache vortrugen. Sie baten ihn, zu ihren Gunsten bei dem Jarl vorstellig zu werden. Er antwortete: „Der Jarl hört auf niemano," und er ließ ihnen sagen, daß es nichts nützen würde, dem Jarl in dieser Angelegenheit irgend eine Bitte vorzutragen. „Außerdem, ich lebe in leidlicher Freundschaft mit dem Jarl, wie die Dinge stehen, aber ich glaube, die Sache würde gefähr= lich werden, wenn wir in Hader gerieten, in Anbetracht der Gesinnung, die wir beide haben. So," schloß Amundi, „will ich nichts mit der Sache zu tun haben."

Darauf sprachen sie darüber mit Thorkel, aber er hatte keine Lust, obwohl er endlich, infolge des Drängens der Männer, seine Hilfe zusagte. Amundi meinte, er habe zu vorschnell zu= gesagt. Als nun der Jarl ein Thing abhielt, da sprach Thor= kel für die Bauern und ersuchte den Jarl, den Bauern die Lasten zu ersparen, er setzte ihm auch die Notlage der Leute aus= einander. Der Jarl antwortete freundlich und sagte, er wisse Thorkels Worte wohl zu schätzen: „Ich hatte jetzt im Sinn, sechs Schiffe zu fordern zur Fahrt außer Landes, nun aber will ich mich mit dreien begnügen. Du, Thorkel, aber wieder= hole solche Bitten nicht wieder." Die Bauern dankten Thorkel sehr für seine Unterstützung. Der Jarl machte nun seine Wi= kingfahrt und kam im Herbst zurück.

Doch im nächsten Frühjahr kam der Jarl wieder mit der glei= chen Forderung wie gewöhnlich und hielt ein Thing mit den Bauern ab. Da sprach Thorkel wieder dagegen und ersuchte den Jarl, die Bauern zu schonen. Der Jarl antwortete zornig und erklärte, das Los der Bauern sollte nun noch schlimmer werden, weil er für sie gesprochen habe. Er geriet in so maßlose Wut, daß er drohte, im nächsten Frühjahr würden sie beide sich nicht wieder auf dem Thinge treffen, ohne daß einem von ihnen ein Leid geschähe. Und damit brach er das Thing ab.

Jetzt, als Amundi erfuhr, was für Worte zwischen Thorkel und dem Jarl gewechselt waren, bat er Thorkel, sich davon= zumachen, und dieser fuhr hinüber nach Caithneß zu Jarl Thor= finn. Thorkel blieb dort eine geraume Zeit und stand sich gut mit dem Jarl, so lange der noch jung war. Später nannte man ihn Ziehvater=Thorkel, und er war ein wohlberühmter Mann.

Es waren da viele mächtige Männer, die vor der Willkür Jarl Einars von den Orkaden außer Landes gingen. Die mei=

ften von ihnen flohen hinüber nach Caithneß zu Jarl Thor=
finn. Andere aber flüchteten auch von den Orkaden nach Nor=
wegen und manche in noch andere Gegenden.

Als aber Jarl Thorfinn ein Mann geworden war, sandte er
Botschaft zu seinem Bruder Einar und forderte von ihm die
Herrschaft, auf die er in den Orkaden Anspruch hatte, näm=
lich ein Drittel der Eilande. Einar war nicht gewillt, sein Reich
verkleinern zu lassen. Als aber Thorfinn dies hörte, bot er
in Caithneß ein Heer auf und fuhr nach den Inseln. Als Jarl
Einar Nachricht davon bekam, sammelte er ein Heer und ge=
dachte seine Lande zu verteidigen. Auch Jarl Brusi zog ein
Heer zusammen und fuhr ihnen entgegen. Er suchte friedlich
zwischen ihnen zu vermitteln. Und sie schlossen nun einen Frie=
den unter den Bedingungen, daß Jarl Thorfinn ein Drittel
der Inseln auf den Orkaden haben sollte, den Teil, der ihm
von rechtswegen zukam. Brusi und Einar aber legten ihre
Teile in einen zusammen, den Jarl Einar allein verwalten
sollte. Sollte aber einer vor dem andern sterben, dann sollte
der Überlebende des andern Teil erben. Doch dieser Vertrag
wurde nicht als anständig angesehen, denn Brusi hatte einen
Sohn, namens Rögnvald, Einar aber hatte keine Söhne. Nun
setzte Jarl Thorfinn Männer von sich über seine Herrschaft auf
den Orkaden, während er selbst meist in Caithneß weilte. Jarl
Einar war den größten Teil des Sommers auf Kriegszügen
in Irland, Schottland und Wales.

Eines Sommers, als Jarl Einar in Irland heerte, traf es
sich, daß er eine Fehde hatte im Lough Larne mit dem Iren=
könig Konofogor, worüber schon früher geschrieben wurde[1],
daß nämlich Jarl Einar dort eine große Niederlage und star=
ken Verlust an Männern erlitt.

Im nächsten Sommer fuhr Eyvind Auerochshorn aus Irland
ab, um nach Norwegen zu segeln. Da aber das Wetter
stürmisch ward und die Meeresströmungen schwer zu durch=
kreuzen waren, wandte sich Eyvind nach Osmondwall auf den
Orkaden und lag dort eine Weile, vom Wetter zurückgehalten.
Aber als Jarl Einar dies hörte, zog er mit einem großen

[1] Vgl. S. 133 f.

Heere dorthin, bemächtigte sich Eyvinds und ließ ihn töten. Den meisten seiner Leute aber schenkte er das Leben. Und diese fuhren im Herbst nach Norwegen zu König Olaf und erzählten ihm von der Erschlagung Eyvinds. Der König erwiderte nur wenig darauf, aber man merkte, er hielt dies für einen argen Verlust und nahm an, diese Tat sei, um ihn besonders zu kränken, verübt worden. Er pflegte aber nicht viel über Dinge zu reden, die er sich stark zu Herzen nahm. Jarl Thorfinn sandte Ziehvater-Thorkel aus, um auf der Insel die Steuern für ihn einzutreiben. Jarl Einar maß dem Thorkel große Schuld bei an der Auflehnung Jarl Thorfinns, daß dieser Land auf den Orkaden beanspruchte. So ging Thorkel bald wieder von den Inseln nach Caithneß hinüber. Er erzählte Jarl Thorfinn, er sei des sicher, daß der Jarl ihn getötet haben würde, wenn seine Verwandten und Freunde ihm nicht rechtzeitig hätten Warnung zukommen lassen. „Jetzt habe ich nun die Wahl," fuhr er fort, „entweder es auf eine solche Begegnung mit dem Jarl ankommen zu lassen, daß eine Entscheidung zwischen uns fällt, oder die andere Möglichkeit ist die, daß ich mich weiter davonmache, und zwar an einen Ort, wohin seine Macht nicht mehr reicht." Der Jarl drängte Thorkel, nach Norwegen zu fahren, um König Olaf zu treffen. „Du wirst," sagte er, „immer sehr angesehen sein unter hochgestellten Männern, wohin du auch kommen magst, aber ich kenne deine und des Jarls Sinnesart so gut, daß ich weiß, ihr geratet bald entscheidend aneinander." So machte sich denn Thorkel fertig und ging im Herbst nach Norwegen. Dann suchte er König Olaf auf, und er weilte dort den Winter über, vom Könige aufs freundlichste behandelt. Der König zog Thorkel viel zu seinen Beratungen, denn er hielt ihn, wie das ja auch richtig war, für einen klugen Mann und für äußerst tatkräftig. Der König merkte aus seinen Unterhaltungen mit ihm heraus, daß er sehr verschieden von den beiden Jarlen sprach, daß er ein großer Freund Jarl Thorfinns war, aber vieles an Jarl Einar auszusetzen hatte. So sandte der König zeitig im Frühjahr ein Schiff über die See zu Jarl Thorfinn mit der Botschaft, er möchte ihn doch in Norwegen aufsuchen.

Der Jarl machte sich auch sofort zu dieser Fahrt auf den Weg; denn freundliche Worte begleiteten des Königs Sendung.

99. Jarl Einars Erschlagung

Jarl Thorfinn kam nach Norwegen und suchte König Olaf auf. Dieser empfing ihn wohl, und er blieb in diesem Sommer eine Zeitlang bei ihm. Als er aber wieder nach Westen zurückkehren wollte, schenkte ihm König Olaf ein großes und tüchtiges Langschiff mit allem Zubehör. Ziehvater-Thorkel machte sich mit dem Jarl auf die Reise, und der Jarl gab ihm das Schiff, auf dem er in diesem Sommer von Westen gefahren war. König und Jarl schieden im besten Einvernehmen. Jarl Thorfinn kam im Herbst auf die Orkaden, und als Jarl Einar davon hörte, hob er ein großes Heer aus und ging zu Schiffe. Aber Jarl Brusi suchte wieder beide Brüder auf, um zum Frieden zwischen ihnen zu vermitteln, und noch einmal kam es dazu, daß sie sich versöhnten und eidlich Frieden gelobten. Ziehvater-Thorkel schloß mit Jarl Einar Frieden und Freundschaft, und man verabredete, daß jeder dem andern ein Fest veranstalten sollte, und der Jarl sollte zuerst Thorkel in Sandvik besuchen.

Als aber der Jarl dort zum Fest kam, war die Bewirtung gar vortrefflich, doch der Jarl war nicht vergnügt. Es war da eine große Halle mit Türen an beiden Enden. An dem Tage nun, wo der Jarl aufbrechen wollte, sollte Thorkel mit ihm ziehen, um bei ihm bewirtet zu werden. Thorkel sandte Männer voran, die die Straße auskundschaften sollten, die sie an diesem Tage ziehen würden. Als die Späher zurückkamen, erzählten sie Thorkel, daß sie auf drei Hinterhalte gestoßen wären: in jedem hätten bewaffnete Männer gelegen. „Und wir sind der Ansicht," sagten sie, „daß Verrat unterwegs ist." Als Thorkel dies hörte, säumte er mit dem Aufbruch und sammelte seine Männer um sich. Der Jarl ersuchte ihn, sich fertig zu machen, indem er sagte, es sei höchste Zeit fortzureiten. Thorkel erwiderte, er habe noch mancherlei zu besorgen. Und so kam er bald herein, und bald ging er wieder hinaus. Feuer brannten auf dem Boden der Halle, und jetzt kam er wieder herein durch

eine der Türen, hinter ihm aber ein Mann, namens Hall=
vard. Der war ein Isländer aus den Ostfjorden. Er schloß die
Tür hinter ihnen ab. Thorkel schritt die Halle hinauf zwischen
das Feuer und den Platz, auf dem der Jarl saß. Der Jarl frug:
„Bist du noch nicht fertig?“ Thorkel antwortete: „Jetzt bin
ich fertig.“ Und damit hieb er auf den Jarl und traf sein
Haupt, daß der Jarl auf den Fußboden sank.

Da sprach der Isländer: „Niemals sah ich einen so ratlosen
Mann als Euch, da Ihr den Jarl nicht vom Feuer weg=
zieht.“ Damit schob er dem Jarl den Stiel einer Streitaxt unter
den Nacken und hob ihn auf die Saalestrade empor. Dann
gingen Thorkel und sein Gefährte schnell hinaus durch eine
andere Tür, als durch die sie hereingekommen waren, und
dort draußen standen Thorkels Mannen in voller Waffen=
rüstung.

Die Jarlsleute nahmen nun ihren Herrn, aber er war schon tot.
Alle aber hatten die Arme sinken lassen, ohne ihn zu rächen;
denn dies war so plötzlich geschehen, daß keiner sich solcher
Tat von Thorkel versehen hatte, zumal sie alle dachten, die
Dinge stünden noch so, wie früher abgemacht war, daß näm=
lich der Jarl und Thorkel Freunde wären. Überdies waren die
meisten der Männer drin ohne Waffen, und einige von ihnen
waren auch schon gut Freund mit Thorkel. Das mußte auch so
geschehen nach dem Schicksal; denn Thorkel war ein längeres
Leben bestimmt. Als aber Thorkel herauskam, hatte er keine
geringere Schar dort als die Jarlsleute.

Thorkel ging nun zu seinem Schiffe, und die Jarlsleute zogen
ihrer Wege. Noch denselben Tag gleich segelte Thorkel ab und
fuhr auf die hohe See nach Osten. Es war gleich nach Win=
ters Anfang[1], und er kam heil und gesund nach Norwegen.
Er suchte dann aufs schnellste König Olaf auf und wurde dort
sehr freundlich empfangen. Der König war sehr erfreut über
diese Tat, und Thorkel weilte den Winter hindurch bei ihm.

---

[1] 14. Oktober.

100. Friede zwischen König Olaf und Jarl Brusi

Nach dem Fall von Jarl Einar nahm Jarl Brusi den Teil der Eilande in Besitz, den Jarl Einar vorher gehabt hatte; denn viel Volks war Zeuge des Vertrages gewesen, auf den die Brüder Einar und Brusi damals sich geeinigt hatten. Thorfinn hielt es jedoch für billiger, daß jeder von ihnen die Hälfte der Eilande besäße. Diesen Winter indes herrschte Brusi über zwei Drittel. Im nächsten Frühjahr erhob Thorfinn gegenüber Brusi Anspruch auf dieses Gebiet. Er erklärte, er wolle wie Brusi die eine Hälfte haben, aber Brusi erklärte sich damit nicht einverstanden. Nun hatten sie Zusammenkünfte und Unterredungen in dieser Angelegenheit, und beiderseitige Freunde verwandten sich, um ihre Sache zu ordnen. Es kam aber so, daß Thorfinn erklärte, er wolle auf jeden Fall die Hälfte der Inseln haben. Auch fügte er hinzu, Brusi brauche nicht mehr als ein Drittel zu haben bei seiner Denkweise. Brusi versetzte: „Ich war zufrieden mit einem Drittel des Landes, das ich von meinem Vater erbte, und forderte für mich kein anderes Gebiet dazu. Aber jetzt habe ich ein zweites Drittel als Erbschaft von meinem Bruder überkommen gemäß rechtmäßigen Vertrages. Obwohl ich nun nicht mächtig genug bin, meine Überlegenheit dir gegenüber auszuspielen, Bruder, so will ich doch, wie die Sache liegt, alles andre tun, als einwilligen, daß mir meine Lande jetzt genommen werden." So brachen sie die Unterredung ab.

Als aber Brusi sah, daß er sich nicht auf gleichen Fuß mit Thorfinn stellen konnte, weil jener viel größere Macht hatte und außerdem einen Rückhalt in seinem Großvater, dem Könige von Schottland, da beschloß er, nach Osten zu fahren und König Olaf aufzusuchen, und er nahm seinen Sohn Rögnvald mit sich, der damals zehn Jahre alt war. Aber als der Jarl den König traf, wurde er freundlich von ihm bewillkommt. Da er nun sein Anliegen vorbrachte und dem König den ganzen Streitfall zwischen ihm und seinem Bruder auseinandersetzte und den König bat, ihm seine Unterstützung zur Behauptung

seiner Herrschaft zu leihen, endlich dem Könige als Entgelt seine volle Freundschaft anbot, da antwortete der König, indem er in seiner Erwiderung auf die Zeit zurückgriff, wo Harald Schönhaar alle freien Bauerngüter auf den Orkaden sich zu eigen gemacht hatte, die Jarle hätten seitdem diese Länder immer als Lehen, niemals als ihr Eigentum gehabt. „Ein Zeichen dafür," fuhr er fort, „ist es, daß, als Erich Blutaxt und seine Söhne auf den Orkaden waren, die Jarle seine Lehnsleute gewesen sind, als aber mein Verwander Olaf Tryggvissohn dorthin kam, wurde Jarl Sigurd, dein Vater, sein Lehnsmann. Jetzt habe ich die ganze Erbschaft von König Olaf Tryggvissohn angetreten und stelle dir die Wahl: entweder du wirst mein Lehnsmann; dann will ich dir die Eilande als Lehen geben, und wir werden, wenn ich dir dann meine Unterstützung leihe, sehen, ob sie dir nicht mehr helfen wird als die Hilfe des Schottenkönigs deinem Bruder Thorfinn. Willst du aber dies nicht tun, dann werde ich versuchen, diesen Besitz mir mit Gewalt anzueignen und alle Bauerngüter, die meine Verwandten und Vorväter hatten, dort im Westen in Beschlag zu nehmen."
Diese Worte überlegte sich der Jarl daheim und trug sie seinen Freunden vor. Er suchte ihren Rat nach, wie er sich entscheiden solle, und ob es nicht rätlich sei, wie die Sache stünde, mit König Olaf Frieden zu schließen und sein Mann zu werden. „Denn im andern Falle ist es ungewiß, was mein Los sein wird bei unserm Scheiden, wenn ich dem König nicht zustimme: er hat mir klar den Anspruch dargelegt, den er auf die Orkaden zu haben glaubt. Infolge seiner Machtfülle aber wird es, da er gesehen hat, wie ich hierherkam, für ihn eine Kleinigkeit sein, meine Angelegenheit dann so zu behandeln, wie es ihm gutdünkt."
Obwohl der Jarl nun sah, daß jede Entscheidung ihre Schattenseiten hatte, entschloß er sich doch, alles in des Königs Hand zu geben, sich selbst samt seiner ganzen Herrschaft. So bekam König Olaf die Verfügung und Herrschaft über den Jarl und über alle seine Erblande. Der Jarl wurde sein Vasall und beschwor dies feierlich mit Eiden.

101. Frieden zwischen den Jarlen und König Olaf

Jarl Thorfinn hörte, daß sein Bruder Brusi nach Osten gegangen war, um König Olaf zu treffen und seine Hilfe anzugehen. Aber da Thorfinn vorher König Olaf aufgesucht hatte und sein Freund geworden war, dachte er dort für sich einen sicheren Zufluchtsort zu haben, überdies wußte er, daß dort seine Sache manche Verfechter finden würde. Er dachte aber, dies würde um so eher der Fall sein, wenn er selbst dorthin führe.

So beschloß Jarl Thorfinn, sich aufs schnellste reisefertig zu machen und nach Norwegen zu gehen. Er war darauf bedacht, daß zwischen seiner Ankunft dort und Brusis möglichst wenig Zeit verstriche, und daß dieser mit seinem Anliegen nicht durchdringe, bevor er selbst den König getroffen hätte. Aber es kam doch anders, als der Jarl sich gedacht hatte; denn als Jarl Thorfinn König Olaf traf, da war bereits der Vertrag zwischen dem König und Jarl Brusi endgültig abgeschlossen. Und Jarl Thorfinn wußte nicht, daß Jarl Brusi bereits seine Herrschaft abgetreten hatte, ehe er selbst zu König Olaf kam. Als nun Jarl Thorfinn und König Olaf sich trafen, da erhob König Olaf ihm gegenüber den gleichen Anspruch auf die Herrschaft über die Orkaden, den er schon Jarl Brusi gegenüber betont hatte, und er ersuchte Jarl Thorfinn um dasselbe, er sollte nämlich den Teil der Inseln dem Könige abtreten, der bisher im Besitze des Jarles wäre. Der Jarl gab eine freundliche, aber gemessene Antwort auf die Zumutungen des Königs. Er erklärte, er lege einen sehr großen Wert auf des Königs Freundschaft. „Wenn du, Herr," sagte er, „glaubst, meine Hilfe nötig zu haben gegen andere Häuptlinge, so hast du dies schon vorher voll erreicht. Doch ist es für mich nicht angängig, dir zu huldigen, denn ich bin schon Jarl des Schottenkönigs und dessen Lehnsmann."

Als der König aber merkte, daß der Jarl in seiner Antwort sich den Ansprüchen gegenüber, die er eben gestellt hatte, abweisend verhielt, sagte er: „Wenn du, Jarl, mein Lehnsmann nicht sein willst, dann steht es mir frei, über die Orkaden zu setzen, wen ich will. Ich wünsche aber, daß du mir einen Eid leistest, auf diese Gebiete keinen Anspruch mehr zu erheben und die Leute in Frieden zu lassen, die ich dort einsetzen werde. Willst du aber dich zu keinem von beiden entschließen, dann wird der, der über die Lande jetzt herrschen soll, meinen, daß er Unfrieden von dir zu gewärtigen hat, und du wirst es dann nicht wunderbar finden, wenn auf deine Erhöhung Erniedrigung folgt." Der Jarl bat in seiner Erwiderung um eine Frist, damit er sich die Sache überlegen könne. Der König gewährte sie und gab dem Jarl die Erlaubnis, sich eine Weile mit seinen Mannen über seine Entscheidung zu beraten. Da bat er den König, ihm bis zum nächsten Sommer Zeit zu lassen, daß er zuerst noch einmal nach dem Westmeer fahren könne. Seine Berater wären ja daheim, und er wäre fast noch ein Kind an Jahren. Der König aber hieß ihn seine Entscheidung treffen, wo und wann es ihm beliebe.

Nun weilte zu jener Zeit Thorkel Ziehvater bei König Olaf. Er sandte heimlich einen Mann zu Jarl Thorfinn, und er bat ihn, was er auch immer vorhätte, in dieser Zeit König Olaf nicht zu verlassen, ohne daß es zum Frieden komme. Denn er sei ja doch offenbar in der Gewalt des Königs. Auf diese Vorstellung hin glaubte der Jarl die einzige Hoffnung auf einen glücklichen Erfolg darin zu sehen, daß er den König nach seinem Willen gewähren lasse. Doch schien es ihm eine wenig vorteilhafte Entscheidung, daß er selbst keine Hoffnung auf sein Erbe mehr haben und außerdem eidlich bekräftigen sollte, daß Leute seine Herrschaft in friedlichem Besitz haben sollten, die kein Geburtsrecht darauf hätten. Da er aber zweifelte, ob es ihm gelänge, hier fortzukommen, so entschloß er sich, dem Könige untertan zu werden, und er ward sein Vasall wie dies auch Jarl Brusi getan hatte.

Der König hatte wohl bemerkt, daß Thorfinn ein viel selbstwilligerer Mann war als Brusi und diesen Zwang weniger ertragen würde als dieser. Deswegen vertraute er auf Thorfinn weniger als auf Brusi. Denn der König durchschaute es wohl, daß Thorfinn leicht dazu kommen könnte, sich nach der

171

Unterstützung des Schottenkönigs umzusehen, falls es ihm einmal einfiele, diesen Vertrag zu brechen. Der König erkannte in seiner Klugheit, daß Brusi nur widerwillig und zögernd in alle Friedensbedingungen willigte, daß er aber nur versprach, was er auch zu halten gedachte. Was Thorfinn aber betraf, so stimmte der, wenn er sich entschloß, etwas zu bewilligen, allen Abmachungen freudig zu und sperrte sich nicht gegen das, was der König zuerst vorschlug. Aber der König argwöhnte, der Jarl sänne darauf manches von dem Vertrag später nicht auszuführen.

102. Abreise Thorfinns und seine Versöhnung mit Thorkel

Als König Olaf alles in dieser Angelegenheit erwogen hatte, ließ er zu einer großen Versammlung blasen und zu dieser auch die Jarle kommen. Dann sprach der König: „Jetzt will ich den Vertrag zwischen mir und den Jarlen auf den Orkaden allem Volk bekannt machen. Sie haben jetzt mein Eigentumsrecht auf die Orkaden und die Shetlandsinseln anerkannt und sind beide meine Vasallen geworden. Sie haben alles dies mit feierlichen Eiden bekräftigt. Nun gebe ich ihnen die Herrschaft darüber als Lehen, ein Drittel des Landes an Brusi, ein anderes Drittel an Thorfinn, genau, wie sie vorher es besessen haben. Das letzte Drittel aber, das Einar Schlimmmaul gehörte, dies, beanspruche ich, fällt an meinen Hof als Ersatz dafür, daß jener Eyvind Auerochshorn erschlug, meinen Gefolgsmann und Genossen und lieben Freund. Über diesen Teil der Inseln will ich verfügen, so, wie es mich richtig dünkt. Ich fordere nun von euch Brüdern, meinen Jarlen, daß ihr Thorkel Amundissohn für die Erschlagung eures Bruders Einar Frieden gewährt, und ich will, daß die nähere Entscheidung darüber bei mir stehe, wenn ihr beide euch einverstanden erklärt." Wie in andern Dingen, so stimmten auch hierin die Jarle dem König zu in allem, was er sagte. Dann trat auch Thorkel vor und verpflichtete sich durch Handschlag, daß er des Königs Urteil in dieser Sache anerkenne. Und so wurde das Thing geschlossen. König Olaf setzte ein Wergeld fest für

Jarl Einar so hoch wie für drei Große im Lande, wegen dessen Verschuldung aber sollte ein Drittel dieser Zahlung wegfallen. Dann bat Jarl Thorfinn den König um Urlaub nach Hause, und als er diesen erhalten hatte, beeilte er sich sehr mit der Abreise.

Als er nun fertig war zur Fahrt und an Bord seines Schiffes ein Gelage abhielt, trat eines Tages plötzlich Thorkel Amundissohn vor ihn hin und legte sein Haupt auf des Jarles Knie. Er bat ihn, mit ihm zu tun, was er wolle. Der Jarl frug ihn, wozu er dies noch täte, „wir sind ja schon versöhnt durch des Königs Urteil. So stehe auf, Thorkel."

Thorkel tat dies und sagte: „An den Frieden, den der König bestimmt hat, werde ich mich halten, soweit er meine Auseinandersetzung mit Brusi betrifft. Soweit er aber unser Verhältnis anlangt, sollst du allein darüber verfügen. Denn wiewohl der König mir Land und Landesaufenthalt auf den Orkaden zugesichert hat, so kenne ich doch deine Art so wohl, daß ich mit diesen Inseln nichts zu tun haben mag, wenn du mir nicht feierlich deinen Schutz zusagst, Jarl. Deswegen will ich," fuhr er fort, „mich dir daraufhin verpflichten, nicht wieder auf die Orkaden zu kommen, was auch der König sagen mag." Der Jarl schwieg und nahm erst nach langem Zögern das Wort. Dann sprach er: „Wenn du lieber willst, Thorkel, daß ich in unserer Angelegenheit entscheide, als daß wir bei dem Urteil des Königs bleiben, dann soll dies der Anfang unserer Aussöhnung sein, daß du mit mir auf die Orkaden kommst und um mich bleibst, und daß du mich nie verläßt, außer, wenn ich dir Erlaubnis und Freiheit dazu gab. Du sollst dich verpflichten, mein Land zu schützen und alles zu tun, was ich getan haben möchte, so lange wir beide leben." Thorkel erwiderte: „Dies stehe in deiner Macht, Jarl, wie alles übrige, worin ich etwas zu sagen habe."

Nun trat Thorkel vor und bekräftigte all dies, was er gesagt hatte, dem Jarl durch Handschlag. Der Jarl sagte, hinsichtlich des Wergeldes wolle er später seine Entscheidung treffen, und dann ließ er sich von Thorkel feierliche Eide schwören. Thorkel machte sich nun reisefertig mit dem Jarl, der fortfuhr, so bald seine Zurüstung beendet war. Er und König Olaf sahen einander niemals wieder.

Jarl Brusi blieb noch eine Weile da, und er betrieb seine Vorbereitungen zur Reise mehr mit Muße. Bevor er aber abfuhr, hatte König Olaf einige Unterredungen mit ihm und sprach also: „Ich glaube annehmen zu dürfen, Jarl, daß ich in dir den Mann besitze, auf den ich mich in den Ländern des Westmeeres fest verlassen kann. Mein Wille ist, daß du wieder über zwei Drittel des Landes gebieten sollst, wie du sie vorher besaßest, denn ich wünsche, daß du kein geringerer und weniger mächtiger Mann sein sollst jetzt, wo du mein Lehnsmann bist, als du es vordem warest. Aber ich will deine Treue zu mir sicher stellen dadurch, daß ich deinen Sohn Rögnvald hier bei mir zurückbehalte. Ich meine, wenn du dann meine Unterstützung hast und außerdem zwei Drittel des Landes, wirst du deinen Besitz gegen deinen Bruder Thorfinn wohl verteidigen können."

Brusi nahm das mit Dank an, daß er statt ein Drittel der Inseln zwei besitzen solle, und er verweilte nun nur noch kurze Zeit bis zur Abreise und kam im Herbst wieder auf die Orkaden.

Brusis Sohn Rögnvald blieb im Osten zurück bei König Olaf. Er war ein sehr schöner Mann von Aussehen. Sein Haar war dicht und gelb wie Seide. Er war frühzeitig stark und kräftig, und er ragte vor allen Männern hervor durch seinen Verstand und sein gefälliges Wesen. Er blieb noch lange danach bei König Olaf. Davon spricht Ottar der Schwarze in der Drapa, die er auf König Olaf dichtete:

Norwegs kühner Kön'ge
Kraftvoll Reich[1] du tapfer
Meistertest und maßvoll:
Mächtig Shetland Recht sprachst.
Kein Yngling[2], Feind' ängst'gend,
Auf stand in Ost's Lande[3]
Vor Olaf, der alle
Eiland' im West gewann da!

---

[1] Die Shetlandsinseln einbegriffen. [2] König von Norwegen (aus dem Ynglingengeschlecht). [3] In Norwegen (vom isländischen Standpunkt).

174

103. Die Jarle Brusi und Thorfinn

Als die Brüder Thorfinn und Brusi nach den Orkaden kamen, nahm Brusi zwei Teile der Inseln als seine Herrschaft in Besitz und Thorfinn ein Drittel. Der war stets in Caithneß auf Schottland und setzte seine Leute zur Verwaltung auf den Inseln ein. So hatte jetzt Brusi allein über den Schutz der Inseln zu wachen, die zu der Zeit offen dalagen für feindlichen Überfall. Denn Norweger wie Dänen heerten dort viel auf ihren Wikingerzügen im Westen und berührten auf ihren Kreuz- und Querfahrten oft die Orkaden, wo sie an den Vorgebirgen plünderten. Brusi warf seinem Bruder Thorfinn vor, daß er kein Heer aufbot, um die Orkaden- und Shetlandsinseln zu schützen, aber doch alle Zölle und Abgaben dort erhob von dem Teile, der ihm gehörte. Da bot ihm Thorfinn an, Brusi solle sich mit einem Drittel des Landes begnügen, Thorfinn aber sollte die beiden andern Drittel erhalten und dafür die Landesverteidigung für beide übernehmen. Obwohl nun diese Veränderung damals nicht sofort eintrat, so wird in den Geschichten von den Orkadenjarlen doch erzählt, daß sie Platz griff und daß Thorfinn später zwei Dritteile besaß und Brusi nur einen, als Knut der Mächtige Norwegen sich unterworfen hatte und König Olaf außer Landes gegangen war.

Jarl Thorfinn Sigurdssohn war der Vornehmste von allen Jarlen der Orkaden und hatte mehr Landbesitz als andere Jarle dort. Er unterwarf sich die Shetlandsinseln, die Orkaden und die Hebriden und hatte außerdem ein großes Reich in Schottland und Irland. Darüber dichtete Arnor der Jarlenskalde:

> Des Ringbrechers[1] Reich ich
> Richtig nenn': alles pflichtet
> Traun vom Thursen-Schär'nland[2]
> Thorfinn bis Dublin hin.

Thorfinn war ein Kriegsmann wie wenige. Als er Jarl wurde, war er kaum fünf Jahre alt, und er herrschte mehr als sechzig Jahre und starb an einer Krankheit in der letzten Zeit Harald Sigurdssohns. Aber Brusi starb zur Zeit Knuts des Mächtigen, kurze Zeit nach dem Falle Olafs des Heiligen.

---

[1] Des (freigebigen) Thorfinn. [2] Nördlich von Caithneß in Schottland.

104. Harek von Tjöttö

Jetzt fahren wir mit zwei andern Geschichten fort. Wir
wollen jetzt die Erzählung wieder aufnehmen, wo wir sie
abbrachen, als wir berichteten, wie König Olaf Haraldssohn
Frieden geschlossen hatte mit Olaf dem Schwedenkönig und
wie er noch in demselben Sommer nach Drontheim gezogen
war. Zu dieser Zeit war er fünf Jahre König gewesen[1]. In
dem Herbst darauf bereitete er alles für einen Winteraufenthalt
in Nidaros vor, und dort blieb er den Winter hindurch. Das
war der Winter, in dem König Olaf Ziehvater-Thorkel, den
Sohn Amundis, bei sich hatte, wie vorher erzählt wurde.
König Olaf forschte nun eifrig danach, wie der Christenglaube
im Lande gehalten würde. Und seine Nachforschungen ergaben,
daß man am Christenglauben nicht festhielt, je weiter nördlich
man nach Helgeland kam, doch stand es auch keineswegs gut
damit in Namdalen und im innern Drontheim. Ein Mann hieß
Harek. Er war der Sohn Eyvinds des Skaldenverderbers[2]. Er
wohnte auf dem Eiland Tjöttö, das in Helgeland liegt. Eyvind war kein sehr begüterter Mann gewesen, aber er war
von hoher Herkunft und größter Mannhaftigkeit. Auf Tjöttö
lebten damals gar viele Kleinbauern. Harek kaufte sich zuerst
einen Platz, nicht besonders groß, wohin er seinen Haushalt
verlegte. Aber binnen kurzem hatte er alle andern Bauern, die
vorher dort gewohnt hatten, verdrängt, so daß er jetzt allein
das ganze Eiland besaß und sich dort ein großes Besitztum errichtete. Harek war nun bald in großem Wohlstand. Er war
ein sehr kluger Mann und höchst unternehmungsfähig. Er war
lange Zeit schon hochgeehrt bei den Leuten höheren Standes.
Seine Ahnenreihe reichte bis zu den Königen von Norwegen.
Daher war Harek auch bei den Großen im Lande höchst ge-
achtet. Gunnhild nämlich, die Mutter von Hareks Vater, war
die Tochter von Jarl Halfdan und der Ingibjörg, der Tochter Harald Schönhaars. Zu der Zeit, als diese Dinge vor sich
gingen, war Harek bereits ein bejahrter Mann.

---

[1] Vgl. S. 159. Die Erzählung, die in den Orkadengeschichten zwei Jahre
vorgegriffen hatte, fährt mit dem Jahre 1020 fort. [2] Des Skalden, vgl.
Band I, S. 165.

Harek war der namhafteſte Mann in ganz Helgeland. Er hatte eine lange Zeit hindurch die Eintreibung des Finnenſchatzes in Händen gehabt und die Statthalterſchaft für den König in Finnmarken[1]. Bald hatte er beides allein unter ſich, bald teilte er ſich darin mit andern. Bisher war er mit König Olaf noch nicht zuſammengekommen, doch Botſchaften und Geſandt= ſchaften hatten beide ſchon miteinander gewechſelt, und ſtets in freundſchaftlicher Weiſe. Und in eben dem Winter, als König Olaf in Nidaros weilte, gingen wieder Boten zwiſchen ihm und Harek von Tjöttö. Da machte der König nun be= kannt, daß er im nächſten Sommer vorhabe, nach Helgeland zu fahren, und zwar durch das ganze Gebiet nordwärts bis ans Ende der Landſchaft. Aber dieſe Fahrt des Königs nahmen die Helgeländer mit gemiſchten Empfindungen auf.

105. Die Helgeländer

König Olaf machte ſich nun im Frühjahr mit fünf Schif= fen reiſefertig, und er hatte ungefähr dreihundertſechzig Mann um ſich. Und als er völlig gerüſtet war, richtete er ſeine Fahrt nordwärts an der Küſte entlang. Als er nach Nam= dalen kam, rief er die Bauern ſtets zum Thing zuſammen, und auf jedem Thing rief man ihn zum König aus. Dort wie über= all ließ er die Geſetze feierlich verleſen, durch die er die Land= bevölkerung aufforderte, den Chriſtenglauben zu halten, und zwar bei Gefahr von Leib und Leben oder beim Verluſt aller Habe für jeden, der das Chriſtengeſetz nicht annähme. Da be= legte der König viele mit ſchweren Strafen und verfuhr gegen Mächtige und Geringe in gleicher Weiſe. Stets hatte, wenn er einen Bezirk verließ, das Volk ihm insgeſamt gelobt, ſie woll= ten an dem heiligen Glauben feſthalten. Die meiſten aber der Mächtigen und viele reiche Bauern veranſtalteten Gelage bei der Ankunft des Königs, und in dieſer Weiſe legte er den ganzen Weg bis Helgeland zurück. Harek von Tjöttö veranſtal= tete ein Feſt für den König, und dort waren eine Menge Men= ſchen zuſammen, und das Feſt verlief aufs Prächtigſte. Zugleich wurde Harek der Vaſall des Königs, und König Olaf verlieh

[1] Vgl. die Geſchichte vom Skalden Egil (Thule 3) S. 40.

ihm dieselben Lehen, die er von den früheren Landesfürsten er=
halten hatte.

106. Asmund Grankelssohn

Ein Mann hieß Grankel oder Granketil. Er war ein reicher
Bauer und jetzt schon etwas bejahrt. In seinen jungen
Tagen aber war er ein Wiking und ein gewaltiger Krieger
gewesen. Er war ein sehr erprobter Mann in fast allen Dingen,
die Fertigkeit verlangten. Sein Sohn hieß Asmund, und er
glich in allem seinem Vater, ja er übertraf ihn sogar noch in
manchem. Viele sagten, nach Schönheit, Kraft und Tüchtigkeit
sei er der drittbeste der bewährten Männer in Norwegen ge=
wesen. Als ersten in dieser Hinsicht nannte man König Hakon
sein Mann und war beim König sehr wohlgelitten.

Grankel lud nun den König zu einem Gelage. Es war das
ein höchst stattliches Fest, und Grankel versah den König beim
Abschied mit schönen Geschenken. Der König bat Asmund, ihn
zu begleiten und drang mit vielen Worten in ihn. Asmund
meinte, eine so hohe Ehre für sich dürfe er nicht ablehnen, und
so entschloß er sich, mit dem König zu reisen. Er wurde später
sein Mann und war beim Könige sehr wohl gelitten.

König Olaf weilte den größten Teil des Sommers in Helge=
land, und überall in der Runde hielt er Thinge ab, auf denen
er das ganze Volk dem Christentum gewann. In jenen Tagen
weilte auf Bjerkö Thorir Hund, der mächtigste Mann dort im
Norden, und auch der wurde jetzt Lehnsmann des Königs.
Darauf zogen auch viele Söhne von mächtigen Bauern in
des Königs Gefolgschaft mit von Helgeland. Aber als der
Sommer zu Ende ging, kehrte der König aus dem Norden
zurück und wandte sich nach Drontheim, bis er nach Nidaros
kam, und dort brachte er den Winter darauf zu. Das war
der Winter, in dem Thorkel Ziehvater von den Orkaden zu ihm
kam, nachdem er Jarl Einar Schlimmaul erschlagen hatte[1].

In diesem Herbst war eine Kornteuerung in Drontheim, aber
lange Zeit vorher waren immer reiche Erntejahre gewesen.
Jetzt aber erstreckte sich die Teuerung auf das ganze Nordland,

[1] S. 166 f.

178

und je weiter nördlich man kam, um so schlimmer wurde sie. Aber im Ostland war das Korn gut und so im ganzen Oberland. Dem Drontheimer Volk aber kam es zu gute, daß sie noch viel altes Korn besaßen.

107. Die heidnischen Opfer der Drontheimer

In diesem Herbst erhielt der König Nachrichten aus Inner-Drontheim, daß die Bauern dort vielbesuchte Feste zu Wintersanfang abhielten und daß es dort große Gelage-gebe. Dem König wurde erzählt, daß alle Becher dort nach altem Brauch den Asen geweiht wurden. Auch wurde ihm weiter erzählt, daß man Rinder dort schlachtete und sogar Pferde, und daß man die Altäre mit ihrem Blute besprengte. Blutopfer hätten stattgefunden, und das sei als Grund angegeben, sie sollten einer besseren Ernte dienen. Endlich hieß es noch, alles Volk sei des Glaubens, es wäre deutlich zu sehen, daß die Götter in Wut geraten wären, weil die Helgeländer sich dem Christenglauben zugewandt hätten. Als nun der König diese Nachrichten empfing, da sandte er Boten nach Inner-Drontheim, und er ließ die Bauern zu sich zusammenrufen, die ihm namhaft zu machen gutdünkte.

Es lebte da ein Mann, namens Olvir von Egge, genannt nach dem Platz, wo er wohnte. Er war ein mächtiger Mann und von hoher Abkunft, und er ging an der Spitze der Männer, die diese Fahrt zu König Olaf für die Bauern antraten. Als sie nun vor den König kamen, erhob der ihnen gegenüber diese Beschuldigungen. Aber Olvir antwortete für die Bauern und sagte, sie hätten keine Feste in diesem Herbst gehabt, ausgenommen ihre gemeinsamen Schmausereien und ihre wechselseitigen Trinkgelage, daneben auch einige Einladungen unter Freunden. „Was dir aber erzählt worden ist," fuhr er fort, „über die Gespräche, die wir Drontheimer führen, wenn wir beim Trunk sitzen, so hüten sich alle klugen Männer wohl vor solchem Gerede. Für das aber, was törichte und biertrunkene Männer schwatzen, kann ich nicht einstehen."

Olvir war ein redegewandter und freimütiger Mann, und er entlastete die Bauern von allen Anschuldigungen. Schließlich sagte der König, die Innen=Drontheimer würden für sich selbst Zeugnis ablegen, „wie fest sie in ihrem Glauben stehen." Da baten die Bauern um Urlaub nach Hause, und sobald sie sich zur Heimfahrt gerüstet hatten, reisten sie ab.

108. Die Blutopfer der Innen= Drontheimer

Den Winter darauf wurde dem Könige gemeldet, daß die Innen=Drontheimer sich in Massen in Mären zusammengeschart hätten, und daß man dort große Opferfeste im Mittwinter[1] veranstaltet habe. Sie hätten diese Opfer gebracht um Frieden und für ein gutes Winterjahr. Als der König die Wahrheit dieser Berichte glaubte festgestellt zu haben, sandte er Leute mit Botschaft nach Drontheim hinauf und hieß die Bauern hinab nach Nidaros kommen, indem er besonders solche namhaft machte, die er für die klügsten unter ihnen hielt. Die Bauern hatten nun eine Unterredung und besprachen sich über diese Botschaft. Die aber vorigen Winter die Fahrt gemacht hatten, waren alle wenig geneigt zu dieser Reise. Auf die Bitte aller Bauern aber unternahm Olvir diese Fahrt. Als er nun nach Nidaros kam, suchte er sofort den König auf, und dann kam es zum Gespräch. Der König klagte die Bauern an, daß sie im Mittwinter ein Opferfest veranstaltet hätten. Olvir antwortete und hob hervor, die Bauern wären frei von dieser Schuld. „Wir hatten," sagte er, „Einladungen zum Julfest und Trinkgelage weit und breit in der Gegend. Die Bauern sind nicht gesonnen, sich in ihrer Julfestfreude so einschränken zu lassen, daß nicht ein Gutteil davon noch übrig geblieben wäre. Das war der Grund, Herr, warum die Männer so lange beim Gelage weilten. In Mären ist ein Hauptplatz des Landes. Dort stehen große Häuser, und stattliche Siedelungen liegen rings umher. Das Volk hält es daselbst für eine gute Kurzweil, einmal zahlreich zusammen zu trinken."

---

[1] 14. Januar.

180

Der König antwortete wenig darauf, und er war ziemlich auf=
gebracht, denn er glaubte zu wissen, daß alles andere wahr
wäre, als was ihm hier erzählt wurde. Er hieß die Bauern
heimgehen. „Jetzt aber," sagte er, „werde ich schon hinter die
Wahrheit kommen, daß ihr nämlich mir die Sache verheim=
licht und sie mir nicht offen darlegt. Wie aber die Dinge auch
bisher gegangen sind, tut derartiges nicht wieder."
So zogen die Bauern wieder heim, und sie berichteten über
ihre Reise, auch daß der König ziemlich zornig gewesen wäre.

109. Die Erschlagung Ölvirs von Egge

König Olaf hielt ein großes Osterfest ab, und er hatte
dazu viele Leute aus Nidaros geladen und auch manche
Bauern. Nach Ostern aber ließ der König seine Schiffe ins
Wasser ziehen und rüstete Takel= und Ruderwerk aus. Er
ließ die Schiffe decken und Zelte auf ihnen aufschlagen. Dann
ließ er sie so ausgerüstet vor der Landungsbrücke schwimmen.
König Olaf sandte sofort nach dem Osterfest Boten nach Ver=
dalen. Ein Mann hieß Thoraldi: ein Königsvogt. Der verwal=
tete des Königs Gut in Haug, und der König sandte Bot=
schaft zu ihm, er solle so schnell als möglich zu ihm kommen.
Thoraldi säumte nicht mit seiner Reise, sondern ging sofort mit
den Königsboten nach Nidaros. Der König zog ihn zu einem
geheimen Gespräch und frug ihn: „Was ist Wahres an dem,
was mir erzählt wurde von dem Tun und Treiben der Innen=
Drontheimer? Ist es richtig, daß sie sich wieder heidnischen
Opfern zuwandten? Ich will," fuhr der König fort, „daß du
mir sagst, wie es sich wirklich verhält, ganz wahrheitsgemäß,
so genaue Kunde du davon hast. Dies ist deine volle Pflicht,
denn du bist mein Vasall."
Thoraldi erwiderte: „Herr, ich will dir zunächst bemerken, daß
ich hierher nach Nidaros meine Frau und meine zwei Söhne ge=
bracht habe, auch alle meine Habe, soweit ich sie fortschaffen
konnte. Willst du nun einen genauen Bericht von mir haben,
so soll es nach deinem Willen geschehen. Wenn ich dir aber die
Verhältnisse darlege, wie sie sind, dann mußt du dich auch
meiner Angelegenheit annehmen." Der König sagte: „Erzähle

mir nur wahrheitsgemäß, wonach ich frug, ich werde aber für
dein Befinden so sorgen, daß du keinen Schaden erleiden
sollst."

Thoraldi versetzte: „Dies muß ich wahrheitsgemäß berichten,
König, wenn ich erzählen soll, wie die Dinge liegen. In ganz
Inner=Drontheim ist fast das ganze Volk heidnisch in seinem
Glauben, wenn auch einige Männer dort getauft sind. Nun
ist es ihr alter Brauch, im Herbst ein Opferfest zu begehen,
um den Winter zu begrüßen, ein zweites im Mittwinter und
ein drittes im Sommer[1], um den Sommer zu begrüßen. So
ist es Brauch bei den Bewohnern der Inseln wie bei denen von
Sparbuen, von Verdalen und von Skogn. Dort sind zwölf
Männer, die es auf sich nehmen, die Opferfeste zu leiten, und
jetzt im nächsten Frühjahr ist Olvir daran, das Fest zu geben.
Eben weilt er in großer Geschäftigkeit in Mären, und dorthin
hat man alles Gut gebracht, was man zur Veranstaltung des
Festes braucht."

Als der König nun die Wahrheit vernommen hatte, da ließ
er sein Gefolge zusammenblasen und den Männern sagen, sie
sollten an Bord der Schiffe gehen. Der König ernannte
Schiffsbefehlshaber und Führer der einzelnen Scharen, auch be=
stimmte er jeder Heeresabteilung ihr Schiff. Die Heeresaus=
rüstung ging schnell von statten. Der König hatte fünf Schiffe
und dreihundertsechzig Mann, und er fuhr fjordaufwärts ins
Land. Der Wind war günstig, und die Schiffe brauchten vor
dem Winde keine lange Fahrt. Aber niemand war des gewär=
tig, daß der König so schnell dorthin kommen würde.

Der König langte in der Nacht in Mären an, und dort wurden
sofort die Häuser von einem Kreise von Mannen umstellt. Dort
ergriff man Olvir, und der König hieß ihn töten zusammen mit
manchem andern Mann. Der König ließ alle Vorräte für das
Fest wegnehmen und an Bord seiner Schiffe bringen, sowie
sämtlichen Hausrat, Teppiche, Gewänder und Kostbarkeiten,
die das Volk dort hingebracht hatte. Er ließ sie als Kriegs=
beute unter seine Leute verteilen. Der König ließ auch die Män=
ner in ihren Häusern ergreifen, die nach seiner Meinung den

---

[1] Bei Sommerbeginn, am 14. April.

meiſten Anteil an dieſen Veranſtaltungen hatten. Einige von ihnen nahm man gefangen und legte ſie in Eiſen, anderen gelang es, durch Flucht zu entrinnen, aber vielen wurde ihre Habe weggenommen.

Dann berief der König die Bauern zu einem Thing. Und da er ſchon viele mächtige Männer gefangen genommen und in ſeiner Gewalt hatte, waren deren Verwandte und Freunde geneigt, ſich dem Könige zu unterwerfen, ſo daß es in der Zeit keinen Aufruhr weiter wider den König dort gab. Das ganze Volk wandte er ſo dem rechten Glauben zu, da er ihnen Lehrer zur Unterweiſung gab und Kirchen bauen und ſie heiligen ließ.

Der König erklärte, Olvir ſei keiner Buße wert, und er nahm die ganze Habe in Beſitz, die jener beſeſſen hatte. Was aber die andern Männer betraf, die er für die Meiſtſchuldigen hielt, ſo ließ er einige von ihnen erſchlagen und andere verſtümmeln, noch andere trieb er aus dem Lande oder er legte ihnen Strafgelder zu zahlen auf. Darauf fuhr der König wieder zurück nach Nidaros.

110. Arnis Söhne

Ein Mann hieß Arni Armodsſohn. Er hatte zur Frau Thora, die Tochter von Thorſtein Galgenſtrick. Ihre Söhne hießen: Kalf, Finn, Thorberg, Amundi, Kolbjörn, Arnbjörn, Arni. Ihre Tochter war Ragnhild, die Frau Hareks von Tjöttö. Arni war ein Lehnsmann, mächtig und weithin angeſehen, ein enger Freund König Olafs. Zu dieſer Zeit waren ſeine Söhne Kalf und Finn in König Olafs Gefolge, und man hielt ſie dort in hohen Ehren. Die Frau, die Olvir von Egge zum Weibe gehabt hatte, war jung und ſchön, aus edlem Geſchlecht und wohlhabend. Man hielt ſie für eine paſſende Heirat, und über ſie hatte jetzt der König zu verfügen. Sie hatte von Olvir zwei noch junge Söhne. Kalf Arnisſohn bat den König, er möchte ihm Olvirs Witwe zur Frau geben, und auf Grund ſeiner Freundſchaft zu ihm gewährte ihm dies der König. Außerdem erhielt er das ganze Vermögen, das Olvir beſeſſen hatte. Dann machte ihn der König zu ſeinem Lehns-

mann, und er gab ihm die Aufsicht über Inner-Drontheim. So
wurde Kalf ein mächtiger Herr, und er war ein überaus
kluger Mann.

III. König Olafs Zug in das Oberland

Nun war König Olaf sieben Jahre König von Norwegen.
In diesem Sommer[1] war es, wo die Jarle von den
Orkaden, Brusi und Thorfinn, zu ihm kamen, deren Länder König Olaf für sein Eigentum erklärt hatte, wie wir vorher berichteten. In demselben Sommer fuhr König Olaf nach
den beiden Möre, und im Herbst zog er nach Romsdalen, wo er
vom Schiff ans Land ging, um nach dem Oberland zu ziehen.
Er kam zunächst in Lesö an. Dort ließ er immer die vornehmsten Männer in Lesö und Dovre gefangen nehmen, und sie
mußten entweder den Christenglauben annehmen oder den Tod
erleiden oder auch endlich fliehen, wenn sie dies fertig bringen
konnten. Die aber das Christentum annahmen, gaben König
Olaf ihre Söhne als Geiseln für ihre Treue.

Der König weilte die Nacht über an einem Platz in Lesö,
namens Bö, und er setzte dort einen Priester ein. Dann zog
er weiter durch Lordalen und ferner nach Fjardal, und er kam
hinab an einen Platz namens Stavebrekke. Dies Tal durchfließt
ein Fluß, die Ottaelv, und eine stattliche Siedelung ist auf beiden
Ufern, die Lom heißt. Der König konnte über die ganze Siedelung hinsehen. „Schade," sagte er, „daß wir einen so herr-
lichen Besitz niederbrennen müssen!"

Darauf zog er mit seiner Schar weiter das Tal hinab und
nahm Nachtquartier in einem Gehöft, namens Sönstenes. Und
dort wählte sich der König sein Zimmer in einem Oberstock,
wo er auch schlief. Es steht so noch heutigen Tages, und nichts
hat sich seitdem an ihm verändert. Dort weilte der König fünf
Nächte, und er ließ daselbst die Aufforderung zu einem Thinge
ergehen. Er versammelte um sich die Leute aus Vaage, Lom
und Hedalen. Und er ließ auf dem Thinge die Botschaft verkünden, sie sollten entweder mit ihm kämpfen und die Ein-
äscherung ihres Landes von ihm gewärtigen oder den Chri-

---

[1] 1022; vgl. S. 172 ff.

stenglauben annehmen und ihm ihre Söhne als Geiseln bringen. So stellten diese sich dann dem Könige und ergaben sich lieber freiwillig. Einige aber flüchteten ins Gudbrandstal.

112. Die Geschichte von Gudbrand-im-Tal

Ein Mann hieß Gudbrand-im-Tal. Der herrschte wie ein König über Gudbrandsdalen, wiewohl er dem Namen nach nur ein Herse war. Der Skalde Sigvat hielt ihn dem Erling Skjalgssohn für ebenbürtig wegen seiner Macht und seines weiten Landbesitzes. So nämlich sagte er in seinem Gedicht auf Erling Skjalgssohn:

> Kenn' dir, Volksfürst, kühner,
> Keinen gleich als einen
> Gaut-Bret-Feind[1]: Gudbrand,
> Gaufürst weiter Auen.
> Ihn heiß', Wurmlands Hasser[2],
> Hehr wie dich ich ehrlich:
> Wer von euch höh'r sich achtet[3],
> Irrt, Lindwurmbetts Minderer[4].

Gudbrand hatte einen Sohn, von dem hier auch die Rede ist. Als nun Gudbrand die Nachricht bekam, daß König Olaf nach Lom gekommen sei und die Leute wider ihren Willen zwänge, Christen zu werden, da ließ er den Kriegspfeil im Lande umhergehen und sammelte das ganze Volk aus Gudbrandsdalen um sich zu einem Thing an einer Stätte, die Hundorp heißt. Dorthin kamen alle, und ein zahlreiches Heer war beisammen, denn da der Fluß Laagen dort ganz in der Nähe war, konnte das Volk sowohl zu Wasser wie zu Lande leicht dorthin gelangen. Gudbrand hielt nun dort eine Versammlung mit ihnen ab und erklärte, nach Lom sei ein Mann gekommen, „namens Olaf. Der will uns einen andern Glauben aufzwingen, als den, den wir von altersher haben, und er will uns unsere Götterbilder alle zerstören, indem er vorgibt, er hätte einen viel

---

[1] Gaut: Beiname von Odin, dessen Bret der Schild; dessen Feind, d. h. Vernichter: Krieger. [2] Wurmland: das Gold (auf dem der Drache liegt); dessen Hasser: der freigebige Erling. [3] Nämlich als den andern. [4] Der Minderer (Verschenker) des Lindwurm-Bettes (d. h. Goldes, vgl. Anm. 2), wieder: Erling.

größeren und mächtigeren Gott. Es ist ein Wunder, daß die
Erde nicht unter ihm auseinanderbirst, da er sich erkühnt, solche
Dinge zu sagen, und daß unsere Götter dulden, daß er noch
weiter so vorgeht. Und ich glaube, wenn wir Thor aus unserem
Tempel heraustragen, der hier an dieser Stätte steht und immer
unser Schutz gewesen ist, und wenn dieser dann Olaf und seine
Mannen sieht — dann wird sein Gott dahinschmelzen, und
er und seine Mannen werden in nichts vergehen."
Darauf erhoben sie sofort alle ein Geschrei und riefen, Olaf
solle nimmer mit dem Leben davonkommen, wenn er sie heim=
suchen sollte. „Er wird es aber nicht wagen," schrien sie,
„weiter durch das Gudbrandstal nach Süden zu ziehen."
Dann sonderten sie achthundertvierzig Mann aus, die nord=
wärts nach Bredebygden auf Kundschaft gehen sollten. Der
Führer dieser Schar aber war Gudbrands Sohn, damals acht=
zehn Jahre alt. Viele andere namhafte Männer waren bei ihm,
und sie kamen zu einem Platz, der Hove heißt, wo sie drei
Nächte verweilten und viel Volks ihnen zulief, das aus Lesö
und Lom und Vaage geflüchtet war: alle solche, die das Chri=
stentum nicht annehmen wollten.
König Olaf aber und Bischof Sigurd ließen Geistliche hinter
sich in Lom und Vaage zurück. Darauf durchzogen sie Vaagerust
und kamen hinab nach Sel. Dort blieben sie eine Nacht und
bekamen die Nachricht, daß ein großes Heer gegen sie im An=
zuge wäre. Von all dem hörten auch die Bauern, die in Brede=
bygden waren, und sie rüsteten sich zu einem Kampf wider den
König. Sobald der König aber aufgestanden war, legte er seine
Waffen an und zog die Sel=Ebene entlang nach Süden. Er
machte nicht Halt, bis er nach Bredebygden kam, und da sah
er vor sich ein großes Heer in Schlachtordnung stehen. Da
stellte auch der König sein Heer auf, und er ritt selbst an
seiner Spitze. Er rief die Bauern an und forderte sie auf, das
Christentum anzunehmen.
Sie antworteten: „Heute wirst du etwas anderes zu tun be=
kommen, als dich über uns lustig zu machen." Darauf erhoben
sie den Kriegsruf und schlugen mit den Waffen an ihre Schilde.
Da stürmten die Königsmannen vor und schossen ihre Speere.

Und sogleich wandten sich die Bauern zur Flucht, so daß nur wenige standhielten. Der Sohn Gudbrands wurde da gefangen genommen. König Olaf aber begnadigte ihn und behielt ihn bei sich. Der König brachte dort vier Nächte zu.

Dann sprach der König zu Gudbrands Sohn: „Geh' nun zurück zu deinem Vater und melde ihm, daß ich sehr bald dorthin kommen werde." Dieser ging nun wieder heim und brachte seinem Vater böse Botschaft, wie sie auf den König gestoßen und mit diesem in eine Schlacht geraten wären, „aber unser ganzes Heer löste sich gleich am Anfang in Flucht auf, und ich wurde gefangen. Der König," fuhr er fort, „schenkte mir das Leben, und er hieß mich zu dir gehen und dir sagen, daß er in kurzem hier sein würde. Jetzt haben wir nicht mehr als zweihundertvierzig Mann noch von dem ganzen Heere, das wir damals hatten, um mit ihm zu kämpfen. Deswegen rate ich dir, Vater, nicht wider diesen Mann zu streiten." „Das ist leicht herauszuhören," sagte Gudbrand, „daß alles Mark aus dir herausgeschlagen ist; an einem Unglückstage bist du von daheim fortgezogen, und lange wird man dir diese Fahrt vorhalten. Denn du glaubst schon an die Albernheiten, mit denen dieser Mann umgeht, der eine so böse Schmach über dich und dein Heer gebracht hat."

In der Nacht darauf aber träumte Gudbrand, daß ein Mann zu ihm käme in glänzender Erscheinung. Ein ehrfurchtgebietendes Wesen ging von ihm aus, und er sprach zu Gudbrand: „Das war kein Siegeszug, den dein Sohn unternahm gegen König Olaf. Doch noch viel weniger Erfolg wirst du haben, wenn du König Olaf eine Schlacht zu liefern gedenkst. Denn du selbst wirst fallen und dein ganzes Heer. Wölfe werden dich fortschleppen mit all den deinen, und Raben werden euch zerfleischen."

Diese furchtbare Erscheinung jagte ihm großen Schrecken ein, und er sprach darüber zu Thord Dickbauch, der auch ein Häuptling war im Gudbrandstale. Der erwiderte und sagte: „Dieselbe Erscheinung sah auch ich im Traume."

Am nächsten Morgen aber ließen sie beide ein Thing einblasen und erklärten, sie hielten es für ratsam, mit dem Manne, der

von Norden gekommen wäre mit einer neuen Art des Glau=
bens, eine Unterredung nachzusuchen, um zu hören, worauf die=
ser Glaube hinausliefe. Da sprach Gudbrand zu seinem Sohne:
„Geh' nun mit zwölf Männern hin zu dem Könige, der dir
das Leben schenkte." Und so geschah es. Als sie nun den König
trafen, da sagten sie ihm ihre Botschaft, daß die Bauern ein
Thing mit dem Könige abhalten und solange einen Waffenstill=
stand für sich mit ihm schließen wollten. Der König
war wohlerfreut darüber, und sie versprachen dies einander
auf Ehrenwort, solange das Thing währe. Dann gingen jene
zurück und berichteten Gudbrand und Thord, daß der Waffen=
stillstand abgeschlossen sei.

Hierauf zog der König nach einem Platz, der Listad heißt, und
er weilte dort fünf Nächte. Dann zog er weiter zur Begegnung
mit den Bauern und hielt ein Thing mit ihnen ab. Aber den
Tag über war es gar naß und trübe. Sobald das Thing er=
öffnet war, stand der König auf und sagte, das Volk in Lesö,
in Lom und in Vaage sei christlich geworden und sie hätten
ihre alten Opferstätten zerstört. Sie glaubten jetzt an den wah=
ren Gott, der Himmel und Erde geschaffen habe ·und um alle
Dinge wisse.

Darauf setzte sich der König nieder und Gudbrand entgeg=
nete: „Wir wissen nicht, von wem du redest. Du nennst den
einen Gott, den weder du sehen kannst noch irgend ein anderer
Mann. Wir aber haben einen Gott, den man jederzeit sehen
kann, der aber heute nicht aus dem Tempel geschafft werden
kann, weil das Wetter naß ist. Er wird euch furchtbar er=
scheinen und mächtig, wenn ihr ihn anschaut. Und ich glaube,
wenn er auf das Thing kommt, dann wird eure Herzen Furcht
ergreifen. Da du aber behauptest, daß dein Gott so mächtig
ist, so laß ihn doch bewirken, daß das Wetter morgen wolkig
ist, ohne daß es regnet, und dann wollen wir uns hier wieder
treffen."

Darauf ging der König heim in sein Zimmer, und mit sich
nahm er Gudbrands Sohn als Geisel. Aber der König stellte
dagegen als Bürgen einen andern Mann.

Am Abend frug der König den Sohn Gudbrands, welche

Gestalt man ihrem Gott gegeben habe. Der sagte, er wäre gestaltet nach dem Bilde Thors, „und er hat einen Hammer in der Hand. Er ist groß von Gestalt und im Innern hohl. Unter ihm steht eine Art Fußbank. Darauf wird er auch gestellt, wenn er außerhalb des Tempels ist. Sein Bildnis ist reich an Gold und Silber. Vier Laibe Brot werden ihm täglich dargebracht und überdies Fleischgerichte."

Darauf gingen sie zu Bett, der König aber wachte die ganze Nacht durch, und er lag in Gebeten. Als er aber Tag war, ging der König wieder zur Messe, dann zum Mahl und endlich zum Thing.

Das Wetter aber war so geworden, wie Gudbrand es vorher gewünscht hatte. Da stand der Bischof auf in seinem Chorhemd, mit einer Mitra auf seinem Haupte und einem Krummstabe in seiner Hand, und er legte den Bauern den Christenglauben dar und erzählte ihnen von vielen Wunderzeichen, die Gott getan hätte. Und er schloß wohl seine Ansprache. Da erwiderte Thord Dickbauch: „Viel weiß er zu erzählen, jener gehörnte Mann dort, der einen Stab in der Hand hält, dessen oberes Ende gekrümmt ist wie ein Widderhorn. Da du nun, Freund, erklärst, daß dein Gott so große Wunder vollbringt, so sage ihm doch morgen vor Sonnenaufgang, daß er klares Wetter und Sonnenschein werden läßt. Dann wollen wir uns wieder treffen und eins von beiden tun: entweder wir einigen uns in dieser Sache oder wir kämpfen miteinander." So gingen sie für diesmal auseinander.

113. Gudbrand-im-Tal wird Christ

Es war da bei König Olaf ein Mann, namens Kolbein der Starke. Er stammte aus dem Fjordgau. Er war stets so gerüstet, daß er mit einem Schwerte umgürtet war und in seiner Hand einen großen Kolben trug, den man „Keule" nennt. Der König sagte Kolbein, er sollte sich am nächsten Morgen ganz in seiner Nähe aufstellen. Darauf sprach er zu seinen Leuten: „Geht in dieser Nacht dahin, wo die Schiffe der Bauern liegen und bohrt in sie alle Löcher. Dann treibt ihr Zugvieh aus den Ställen, wo es steht." So geschah es. Diese ganze

Nacht hindurch lag der König in Gebeten, und er flehte Gott an, diese Unruhe durch seine Gnade und Barmherzigkeit von ihm zu nehmen.

Als aber die Frühmesse vorüber war, gegen Tagesgrauen, ging der König zum Thing. Als er dorthin kam, hatten sich schon einige von den Bauern eingestellt. Und indem sah man eine große Schar Bauern zum Thinge kommen, die zwischen sich ein großes Bildnis in Menschengestalt trugen, das ganz von Gold und Silber glänzte. Als dies die Bauern, die schon auf dem Thing waren, sahen, da sprangen sie alle auf und beugten sich vor dem Götzenbild. Darauf wurde es in die Mitte der Thingwiese gestellt. An der einen Seite saßen die Bauern, an der andern der König mit seinem Gefolge.

Da stand Gudbrand-im-Tal auf und rief: „Wo ist nun dein Gott, König? Ich sollte meinen, er trägt jetzt seinen Kinn-bart etwas niedrig, und ich denke, heute werdet ihr nicht so prahlen, du und jener gehörnte Mann, den du Bischof nennst und der an deiner Seite sitzt, wie ihr es gestern tatet. Denn jetzt ist unser Gott gekommen, der über alles herrscht und der mit durchdringenden Augen auf euch sieht. Ich sehe es ja, ihr seid jetzt alle voller Angst und wagt kaum eure Augen zu erheben. Nun laßt von eurem Wahnwitz und glaubt an unsern Gott, der alle eure Schicksale in der Hand hat." Damit schloß er seine Rede.

Der König sprach zu Kolbein, ohne daß die Bauern etwas davon merkten: „Wenn es während meiner Rede dahin kommt, daß sie ihre Blicke von ihrem Gotte abwenden, dann gib ihm aus Leibeskräften einen Hieb mit deiner Keule." Dann stand der König auf und sagte: „Mancherlei hast du zu uns am heu-tigen Morgen geschwatzt. Du hältst es für seltsam, daß du unsern Gott nicht sehen kannst, aber wir hoffen, er kommt bald zu uns. Du drohst uns mit deinem Gott, der blind und taub ist und weder sich noch andern helfen kann, und der nicht einmal von seinem Platze fort mag, wenn man ihn nicht trägt. Und jetzt, glaube ich, hat ihn bald sein Verhängnis ereilt. Seht nun hin und schaut ostwärts, wo jetzt unser Gott in vollem Glanz kommt."

Da ging die Sonne auf, und alle Bauern wandten ihre Blicke dorthin. In demselben Augenblicke aber hieb Kolbein so gewaltig ein auf ihren Gott, daß er ganz auseinanderbarst, und aus seinem Innern kamen Mäuse wie Katzen groß und Ottern und Schlangen. Die Bauern aber waren so bestürzt, daß sie flohen. Einige flüchteten zu den Schiffen, aber da sie diese vom Ufer zogen, strömte das Wasser in sie hinein und füllte sie, so daß sie nicht an Bord gehen konnten. Andere aber, die zu ihrem Vieh liefen, fanden es nicht mehr vor.

Darauf ließ der König die Bauern wieder zusammenrufen. Er sagte, er wünsche mit ihnen zu reden, und so kehrten sie zurück, und ein neues Thing wurde abgehalten. Da stand der König auf und sagte: „Ich weiß nicht, was soll euer Geschrei und Umherrennen hier? Ihr könnt jetzt sehen, welche Macht euer Gott hat, dem ihr Gold und Silber, Fleisch und Lebensmittel darbotet. Eben habt ihr gesehen, wer die Wichte im Innern waren, die sich daran freuten: Mäuse, Schlangen, Ottern und Padden. In trauriger Verfassung sind die, die an solche Dinge glauben, und die ihren Wahnwitz nicht ablegen wollen. Nehmt nun zurück euer Gold und die Kostbarkeiten, die hier über die Wiese zerstreut sind, und gebt sie euren Frauen. Nicht aber bedeckt damit weiter Stock und Stein. Jetzt aber gibt es nur zwei Möglichkeiten zwischen euch und mir: entweder ihr nehmt hier jetzt gleich das Christentum an oder ihr müßt noch heute mit mir kämpfen. Dann soll heute der über den andern den Sieg davontragen, dem ihn der Gott geben will, an den wir glauben."

Da stand Gudbrand-im-Tal auf und sprach: „Schlimm ist man jetzt mit unserm Gotte umgegangen, und nun, da wir sehen, daß er keine Macht hatte, uns zu helfen, wollen wir an den Gott glauben, an den du glaubst." So nahmen sie alle den Christenglauben an. Und der Bischof taufte Gudbrand und seinen Sohn und ließ bei der Abreise christliche Lehrer dort zurück. So schieden als Freunde, die vorher Feinde waren. Gudbrand aber ließ dort im Tal eine Kirche bauen.

114. Hedemarken wird christlich

König Olaf zog darauf hinab nach Hedemarken und gewann dort das Volk dem Christentum. Denn da er die Könige dort gefangen genommen hatte, wagte er nicht mit wenig Leuten weit ins Land zu gehen nach einer so gewaltigen Tat: Hedemarken war nämlich noch nicht weit in das Land hinein christlich. Doch hielt der König auf dieser Fahrt nicht inne, bis ganz Hedemarken den neuen Glauben angenommen hatte, Kirchen geweiht und Lehrer dort eingesetzt waren. Dann zog er nach Toten und Hadeland hinab und festigte dort den Glauben des Volkes, und er erreichte es, daß dort alle Christen wurden. Darauf zog er weiter nach Ringerike, und auch dort nahm alles Volk den Glauben an. Da hörten die Leute in Romerike, daß König Olaf sich zu einem Zuge dorthinauf gerüstet habe, und sie veranstalten ein großes Heeresaufgebot. Sie erklärten nämlich untereinander, immer würden sie an jenen Zug denken, den König Olaf früher in das Land unternahm, und sagten, niemals wieder solle er so über das Land ziehen. Doch der König rüstete sich dessen ungeachtet zu der Heerfahrt.

Als aber König Olaf mit seinem Heer hinauf nach Romerike zog, da kam ihm eine dichtgedrängte Bauernschar an der Nitelv entgegen, und ein gehöriges Heer hatten die Bauern zusammen. Als sie aber aufeinandertrafen, da griffen die Bauern sofort an, doch bald ward ihnen die Sache zu heiß, und sie mußten eiligst zurückweichen. Sie wurden zu ihrem Besten geschlagen, denn alle nahmen im ganzen Lande das Christentum an. Der König nämlich durchzog das ganze Gebiet und ging nicht eher weiter, als bis alle zum Christenglauben sich bekehrt hatten. Dann ging er ostwärts nach Solör und bekehrte auch diese Gegend.

Damals kam zu ihm der Skalde Ottar der Schwarze[1] und bat, in König Olafs Gefolge treten zu dürfen. Den Winter vorher war König Olaf der Schwedenkönig gestorben, und nun war Onund Olafssohn König in Schweden.

König Olaf kehrte nun nach Romerike zurück, und damals war

---

[1] Vgl. S. 97.

der Winter faft vorüber. Da ließ der König ein reichbefuchtes Thing zufammenrufen an der Stelle, wo fortan immer die Heidfávis=Thinge[1] abgehalten wurden. Und dort legte er ge= fetzlich feft, daß zu diefem Thing fortan alle Oberländer ge= hören follten: das „Heidfávis=Gefetz" follte herrfchen durch alle Gaue des Oberlandes und noch weiter darüber hinaus, wie es auch feitdem der Fall war.

Im Frühjahr aber zog er hinab zur See und ließ feine Schiffe rüften, und er ging im Frühjahr nach Tönsberg und verweilte dort das Frühjahr über. Es waren damals dort viele Men= fchen beifammen, und viele Frachten wurden dort in die Stadt gebracht aus andern Gegenden. Der Jahresertrag war damals gut in ganz Vik, ebenfo war die Ernte auch glücklich weiter nördlich bis zum Vorgebirge Stadt. Darüber hinaus aber im ganzen Norden herrfchte große Teuerung.

115. Frieden zwifchen König Olaf und Einar Bogenfchüttler

Jm Frühjahr fandte König Olaf Botfchaft durch Agde und weiter nördlich durch Stavanger und durch Hardanger: er beftimme, daß weder Korn noch Malz noch Mehl von dort aus= geführt noch verkauft werden folle. Ferner ließ er anfagen, er würde mit feinem Gefolge dorthin kommen und im Lande um= herziehen nach altem Brauch, um fich bewirten zu laffen. Seine Botfchaft ging nun durch alle diefe Gaue. Der König aber weilte in Vik den Sommer hindurch und zog von dort öftlich bis zur Landesgrenze.

Einar Bogenfchüttler hatte bei Olaf dem Schwedenkönig ge= weilt die ganze Zeit über feit dem Tode des Jarl Svein, feines Schwagers, und er war des Schwedenkönig Olafs Mann ge= worden und hatte große Lehen von ihm erhalten[2]. Nach dem Tode des Königs aber fuchte Einar fich mit König Olaf dem Dicken zu verföhnen, und deswegen waren fchon im Frühjahr Boten zwifchen ihnen hin und hergegangen. Als aber König Olaf an der Götaelf lag, kam Einar Bogenfchüttler mit einigen

_____
[1] Vgl. Band I, S. 146. [2] S. 77.

Männern dorthin, und er und der König besprachen sich wegen ihrer Aussöhnung. Es wurde zwischen ihnen vereinbart, daß Einar nach Drontheim gehen und dort alle seine Länder wieder in Besitz nehmen solle, auch die Gebiete, die zu Bergljots Aussteuer gehört hatten. So ging denn Einar seines Weges nach dem Norden, aber der König blieb in Vik zurück, und er hielt sich lange Zeit, den Herbst und einen Teil des Winters hindurch, in Sarpsborg auf.

116. Friede zwischen König Olaf und Erling Skjalgssohn

Erling Skjalgssohn[1] behauptete seine Herrschaft in der Weise, daß er im ganzen Gebiet von Sognefjord im Norden bis nach Kap Lindesnäs im Osten den Bauern gegenüber alle Gewalt besaß, doch königliche Lehen hatte er weit weniger denn früher. Das Volk zitterte damals vor ihm so, daß niemand etwas anderes zu unternehmen wagte, als er wünschte. Der König meinte, daß Erlings Selbstwilligkeit zu weit ginge.

Ein Mann hieß Aslak Fitje-Glatze. Er war von hoher Herkunft und mächtig. Skjalg, Erlings Vater, und Aslaks Vater Askel waren Brüdersöhne. Aslak war ein guter Freund König Olafs, und der König setzte ihn ein in Südhardanger und gab ihm dort ein reiches Lehen und große Güter. Er hieß ihn sein Eigen voll und ganz gegen Erling behaupten. Aber so blieb es nicht, sobald König Olaf nicht mehr in der Nähe war. Denn Erling wußte immer Aslak gegenüber allein seinen Willen durchzusetzen, und er wurde auch nicht nachgiebiger, wie sehr sich auch Aslak neben ihm geltend zu machen suchte. Es kam soweit mit ihren Reibereien, daß Aslak es in seinem Lehnsgebiet nicht länger aushalten konnte. Er suchte nun König Olaf auf und erzählte ihm von seinen Zwistigkeiten mit Erling. Der König hieß Aslak bei ihm bleiben, „bis ich mit Erling zusammenkomme."

Dann sandte der König Boten zu Erling, er möchte im Früh-

---

[1] Vgl. S. 83 ff.

jahr mit ihm in Tönsberg zusammentreffen. Als sie sich trafen, hatten sie Unterredungen miteinander, und der König sprach: „So wird mir von deiner Herrschaft berichtet, Erling, daß es keinen gibt vom Sognefjord im Norden abwärts bis nach Kap Lindesnäs, der vor dir seine Freiheit behaupten kann. Und doch sind manche Leute dort, die ihrer Abstammung nach sich gleich berechtigt halten mit Männern, die ihrer Geburt nach nicht höher stehen denn sie. Da ist nun dein Verwandter Aslak, der genugsam in euren Streitigkeiten deine kalte Feindschaft gespürt zu haben glaubt. Ich weiß nun nicht, was daran schuld ist: ob er wirklich die Schuld daran trägt oder ob er es büßen muß, daß ich ihn dort hingesetzt habe, um meinen Vorteil dort wahrzunehmen. Und wiewohl ich ihn allein namhaft mache, so beklagen sich doch noch viele andere in gleicher Weise bei mir, meine Statthalter sowohl wie die Verwalter meiner Krongüter, die mich und mein Gefolge, wenn ich im Lande bin, zu unterhalten haben."

Erling versetzte: „Sofort möchte ich dir antworten. Ich leugne, daß ich eine Schuld vorwerfe Aslak oder irgend einem andern Mann, weil sie in deinen Diensten sind. Zugebe ich nur, daß es jetzt noch ist, wie es so lange schon war, daß jeder von uns Gesippen größer sein will als der andere. Dies andere noch will ich dir einräumen: ich beuge meinen Nacken freiwillig vor dir, König Olaf. Aber das nenne ich ein schlimm Ding, mich zu erniedrigen vor Seehund=Thorir, der unter seinen Ahnen nur Knechte zählt, obwohl er jetzt dein Vogt ist, oder vor anderen, die aus gleich niedrigem Geschlechte sind, wenn du sie auch mit Ehren bedacht hast."

Nun mischten sich beiderseitige Freunde in das Gespräch mit der Bitte, sich doch zu einigen. Sie betonten, der König könne in keinem Manne eine solche Stütze finden wie in Erling, „wenn er dein aufrichtiger Freund wird." Auf der andern Seite stellten sie Erling vor, er solle nachgiebig gegen den König sein, indem sie darauf hinwiesen, daß, wenn er mit dem Könige Freundschaft hielte, es für ihn eine leichte Sache sein würde, gegen die andern alle jeden seiner Wünsche durchzusetzen.

Die Unterredung endete damit, daß Erling die gleichen Lehen erhielt, die er vorher besaß, und daß alle Anklagen, die der König gegen Erling zu erheben hatte, niedergeschlagen wurden. Auch sollte Erlings Sohn Skjalg sich zum Könige begeben und bei ihm weilen. Darauf ging Aslak zurück auf seine Pachtgüter, und sie lebten nun, sozusagen, im Frieden. Auch Erling ging auf seine Besitzungen zurück, blieb aber in seiner Selbstherrlichkeit derselbe.

117. Die Geschichte von Asbjörn Seehund-Töter beginnt

Ein Mann hieß Sigurd Thorissohn. Er war der Bruder Thorir Hunds auf Bjerkö. Sigurd hatte zur Frau Sigrid, die Tochter Skjalgs und die Schwester Erlings. Deren Sohn hieß Asbjörn, von dem man annahm, daß er ein rechter Mann werden würde, als er heranwuchs. Sigurd wohnte zu Trondenäs auf Omd und war ein sehr wohlhabender Mann und von hohem Rang. Er hatte dem König niemals gehuldigt, Thorir aber war der angesehenere von den Brüdern, denn er war des Königs Lehnsmann. Daheim in seinem Hause aber galt Sigurd keineswegs als ein Mann von geringerem Rang. Solange das Heidentum herrschte, war er gewohnt, jedes Jahr drei Opferfeste zu veranstalten, eins zu Wintersanfang, ein anderes im Mittwinter, ein drittes gegen den Beginn des Sommers[1]. Und als er Christ wurde, behielt er dieselbe Gewohnheit in der Veranstaltung der Feste bei. Im Herbst lud er immer eine Menge Freunde ein, und im Winter bat er zum Julfest: da lud er wieder viele Leute zu sich. Ein drittes Fest hielt er zu Ostern ab, und auch da bat er wieder eine Menge Menschen zu sich. Und an dieser Gewohnheit hielt er sein ganzes Leben lang fest. Asbjörn war achtzehn Jahre, als Sigurd an einer Krankheit starb. Asbjörn trat da die Erbschaft seines Vaters an. Auch er hielt an der alten Gewohnheit fest und veranstaltete drei Feste jedes Jahr, genau, wie sein Vater es getan hatte. Kurze Zeit nun, nachdem Asbjörn die Erbschaft

---

[1] Vgl. S. 182.

seines Vaters angetreten hatte, fiel die Jahresernte schlecht aus
und die Saaten der Leute mißrieten. Aber Asbjörn hielt doch
an der gleichen Gewohnheit, Feste zu veranstalten, fest, und
es kam ihm damals gut zustatten, daß altes Korn da war und
auch sonst alte Vorräte, die man nötig hatte. Aber als dies
Jahr vorüber war und die nächste Ernte kam, war das Korn
nicht einen Deut besser, als es vorher gewesen war. Da wollte
Sigrid, daß die Feste diesmal unterblieben, einige oder alle.
Aber das wollte Asbjörn um keinen Preis. So ging er denn im
Herbst zu seinen Freunden, und er kaufte Korn, wo er konnte,
und er bekam es auch von einigen als Geschenk. Und so war
es ihm auch in diesem Jahre möglich, alle seine Feste zu be=
streiten. Aber im nächsten Frühjahr konnte man nur wenig
bestellen, denn niemand konnte Saatkorn kaufen. Daher riet
Sigrid, das Hausgesinde sollte verringert werden, aber As=
björn wollte dies nicht, und in jeder Hinsicht hielt er in diesem
Sommer an seiner alten Gewohnheit fest. Die Ernte sah wie=
der sehr knapp aus, und noch dazu kam das Gerücht aus dem
Süden des Landes, daß König Olaf die Ausfuhr von Korn,
Malz und Mehl aus dem Süden in die Nordlande verboten
hatte. Da meinte Asbjörn, daß die Beschaffung des Hausbe=
darfs allmählich eine schwierige Sache geworden sei. So ent=
schloß er sich denn, eins seiner Lastschiffe zur Fahrt fertig zu
machen, das wegen seiner Größe zur Fahrt auf hoher See
dienen konnte. Das Schiff war gut und seine gesamte Aus=
rüstung vortrefflich. Es hatte ein buntgestreiftes Segel.
Asbjörn machte sich auf die Reise und zwanzig Mann mit
ihm. Sie fuhren während des Sommers von Norden ab, und
von ihrer Fahrt wird nichts weiter berichtet, bis sie eines
Abends in den Karmösund einliefen und vor Kap Ogvaldsn=
nås ankerten. Es steht da ein großes Besitztum etwas die In=
sel Karmö aufwärts, das ebenfalls Ogvaldsnås heißt. Es
war ein Königsgut, ein stattlicher Sitz, und der Pächter dort
hieß Thorir Seehund. Er war daselbst Königsvogt. Thorir
war ein Mann geringen Standes, er hatte aber eine gute Er=
ziehung gehabt. Er war ein tüchtiger Handwerker, redege=
wandt, gar protzig in seinem Auftreten, eigenwillig und hart=

nädig, und all dies kam ihm zugute, seitdem er noch die
Unterſtützung des Königs hinter ſich hatte. Thorir war hitzig
und ſchlagfertig in der Rede.

Asbjörn lag mit ſeiner Schar dort die Nacht über. Am Morgen
aber, als volles Tageslicht war, ging Thorir zum Schiffe
hinab und einige Männer mit ihm. Er frug, wer der Herr
dieſes ſeetüchtigen Schiffes ſei, und Asbjörn nannte ſich und
machte ſeinen Vater namhaft. Thorir frug, wie weit er auf
ſeiner Reiſe wolle und was er für ein Geſchäft habe. As=
björn ſagte, er wolle ſich Korn und Malz kaufen, und er
fügte hinzu, wie dies ja auch tatſächlich war, daß große
Teuerung dort im Nordland herrſche. „Doch heißt es, hier ſei
gute Ernte geweſen. Willſt du uns nun, Bauer, etwas Korn
verkaufen? Ich ſehe, hier ſind große Schober Korns, und
eine Erleichterung wäre es für uns, wenn wir nicht weiter
ins Land zu gehen brauchten.“ Thorir erwiderte: „Die Er=
leichterung, daß du hier nicht weiter zu ziehen brauchſt, um
Korn zu kaufen, oder tiefer nach Stavanger hinein, will ich
dir leicht verſchaffen. Ich kann dir verſichern, du täteſt gut, hier
umzukehren und nicht weiter zu fahren, denn du wirſt weder
hier noch anderwärts Korn bekommen. Der König nämlich hat
den Kornverkauf von hier nach dem Nordland unterſagt. So fahre
zurück, Helgeländer. Das wird für dich das Beſte ſein.“

Asbjörn erwiderte: „Wenn es ſo iſt, Bauer, wie du ſagſt,
daß wir hier kein Korn zu kaufen bekommen, dann iſt meine
Abſicht keine geringere, als meine Verwandtſchaft in Sole auf=
zuſuchen und in die Behauſung meines Geſippen Erling zu
gehen.“

Thorir erwiderte: „Wie nah iſt deine Verwandtſchaft mit Er=
ling?“ Er verſetzte: „Meine Mutter iſt ſeine Schweſter.“
Thorir ſagte: „Dann habe ich vielleicht unvorſichtig geſprochen,
wenn du der Schweſterſohn biſt des „Königs von Sta=
vanger“.[1] Da brachen Asbjörn und ſeine Mannen die Zelte
ab und fuhren mit ihrem Schiffe auf See. Thorir rief ihnen
nach und ſagte: „So lebt denn wohl und ſprecht auf eurer
Rückfahrt wieder vor.“ Asbjörn ſagte, das würden ſie tun.

---

[1] Ironiſche Bezeichnung Erlings.

Sie fuhren nun ihres Weges weiter und kamen am Abend nach Jädern. Asbjörn ging mit zehn Mann an Land, und zehn anderen befahl er, das Schiff zu bewachen. Als Asbjörn nun zu Erlings Gehöft kam, fand er dort einen freundlichen Empfang, und dieser war gegen ihn so entgegenkommend wie möglich. Erling wies ihm einen Platz neben sich an und frug nach vielen Neuigkeiten aus dem Nordland. Asbjörn setzte ihm in allen Einzelheiten sein Anliegen auseinander. Erling erwiderte, das sei ein Mißgeschick für sie, daß der König die Kornausfuhr untersagt habe. „Ich kenne niemand hier in der Gegend," fuhr er fort, „von dem man annehmen könnte, daß er es wagen würde, dem Befehl des Königs zuwider zu handeln. Und ich habe Mühe genug, des Königs Art Rechnung zu tragen, denn es sind gar manche, die unsere Freundschaft zu untergraben suchen."

Asbjörn versetzte: „Spät lernt man ja die Wahrheit. In meiner Jugend lehrte man mich, daß meine Mutter von beiden Seiten her freigeboren sei, und außerdem, Erling von Sole sei der vornehmste ihres Geschlechtes. Aber nun höre ich hier dich erklären, du habest nicht einmal so viel Freiheit vor den Knechten des Königs hier auf Jädern, daß du mit deinem Korn anfangen könntest, was dir beliebt."

Erling sah auf ihn und wies ihm lachend die Zähne. Dann sagte er: „Ihr Helgeländer wißt weniger von der Macht des Königs als wir hier in Stavanger. Aber schnell fertig mit dem Wort bist du wohl zu Hause und hast keine großen Bedenken, dich zu äußern. Tun wir erst einen Trunk, Gesippe. Laß uns morgen dann sehen, wie deine Sache glücken mag."

So taten sie, und sie waren die Nacht durch vergnügt. Am nächsten Tage sprachen Erling und Asbjörn miteinander, und Erling sagte: „Ich habe nun etwas über deinen Kornankauf nachgedacht, Asbjörn. Wie müßten die Verkäufer sein, damit du zufriedengestellt wärest?" Er erwiderte, ihm sei es ganz gleichgültig, von wem er das Korn kaufe, wenn es ihm nur zu gutem Preise geliefert würde. Da sprach Erling: „Ich halte es für sehr wahrscheinlich, daß meine Knechte[1] so viel Korn be-

---

[1] Vgl. S. 43.

sitzen, daß du eine volle Ladung davon kaufen kannst. Und diese sind nicht durch Gesetze oder Landrecht an andere Männer gebunden."

Asbjörn sagte, den Vorschlag wolle er gern annehmen. Dann wurde mit den Knechten über den Kauf gesprochen, und sie lieferten Korn und Malz und verkauften es an Asbjörn, der sein Schiff nach Belieben damit belud. Als er aber zur Abfahrt fertig war, da gab ihm Erling noch freundschaftliche Gaben mit, und sie schieden in herzlichem Einvernehmen. Asbjörn hatte günstigen Fahrwind, kam in den Karmsund und lag am Abend gegenüber Ogvaldsnäs. Dort blieben sie die Nacht.

Thorir Seehund hatte nun schon Nachricht von Asbjörns Fahrt bekommen, auch davon, daß das Schiff schwer beladen war. Thorir sammelte in der Nacht seine Mannen, und schon vor Tagesanbruch hatte er sechzig Männer zusammen, und mit diesen zog er beim ersten Tagesgrauen Asbjörn entgegen. Sie begaben sich sofort auf das Schiff. Asbjörn und die Seinen waren eben angekleidet, und Asbjörn begrüßte Thorir. Thorir frug, was für eine Ladung Asbjörn an Bord habe. Er sagte: „Korn und Malz sind auf dem Schiffe." Thorir sagte: „So bleibt also Erling bei seiner alten Gewohnheit, höhnisch alle Befehle des Königs zu mißachten. Wahrhaftig, ihm macht es auch jetzt nichts, sich ihm in jeder Weise zu widersetzen. Und sonderbar genug ist es, daß der König ihm in allem seinen Willen läßt."

Thorir hatte so eine Weile in Wut geredet. Nun, als er schwieg, sagte Asbjörn, dieses Korn sei Eigentum der Knechte Erlings gewesen. Thorir antwortete heftig, ihn gingen die Schliche Erlings und seiner Leute nichts an. „Eins geschieht nun, Asbjörn: entweder ihr geht an Land oder wir bringen euch alle von Bord, denn wir wollen nicht, daß ihr uns im Wege seid, während wir euer Schiff säubern."

Asbjörn sah, daß er nicht Mannschaft genug gegen Thorir habe, und er und seine Leute gingen daher aufs Land. Thorir aber ließ alle Ladung aus dem Schiffe schaffen. Aber als das Schiff gesäubert war, ging Thorir dieses entlang und sagte: „Ein gar prächtiges Segel haben diese Helgeländer. Holt das alte Segel

meines Lastschiffes und gebt es ihnen. Es reicht völlig aus für
sie, wenn wir sie frei davon segeln lassen." Und so geschah es.
Die Segel wurden vertauscht.

So fuhren nun Asbjörn und seine Leute ihres Weges, und er
segelte an der Küste entlang nach Norden, und er rastete nicht,
bis er bei Winterbeginn heimkam. Und viel beredet wurde diese
seine Fahrt.

So war nun die ganze Mühe der Festveranstaltungen den
Winter über von Asbjörns Schultern genommen. Thorir Hund
lud Asbjörn zu einem Julfest ein mit seiner Mutter und so
vielen seiner Leute, als er mitbringen wollte. Asbjörn hatte aber
keine Lust, der Einladung zu folgen, und blieb daheim. Man
merkte, daß Thorir Hund Asbjörns Verhalten der Einladung
gegenüber unhöflich fand. So spottete Thorir über Asbjörns
Fahrt. Er sagte: „Uns Geschlechtsgenossen Asbjörns wider-
fährt freilich eine sehr verschiedene Ehre. Er wenigstens han-
delt so. Wie versessen war er letzten Sommer darauf, den
ganzen Weg nach Jädern zu machen, um eine Zusammenkunft
mit Erling nachzusuchen, jetzt aber will er nicht zu mir kommen, wo mein Haus ihm doch so nahe liegt. Ich weiß nicht,
ob er wohl fürchtet, daß Seehundthorir ihm hier an jedem
Holm nachstellt?"

Solche Reden mußte Asbjörn von Thorir Hund hören und
noch anderes derart. Asbjörn war äußerst aufgebracht über seine
Fahrt, umsomehr, wenn er hörte, wie man ihn deshalb so ver-
lachte und aufzog. So blieb er diesen Winter daheim und folgte
nirgend anderen Einladungen.

118. Die Erschlagung Seehund-Thorirs

Asbjörn hatte ein Langschiff, einen Zwanzigruderer, der
in einem großen Bootshause stand. Nach Lichtmeß ließ
Asbjörn das Schiff aufs Meer bringen, das ganze Takelwerk
hinaufschaffen und es fertig ausrüsten. Dann sammelte er seine
Freunde um sich, wohl an neunzig Mann, alle in voller Waffenrüstung. Als er aber fertig war und günstigen Wind bekam,
segelte er an der Küste entlang. Sie fuhren nun ihrer Wege,
und die Fahrt ging etwas langsam. Als sie aber längs der

Küste nach Süden kamen, da wählten sie, wenn sie konnten, lieber den Weg außerhalb der Schären als die Hauptseestraße. Von ihrer Fahrt wird weiter nichts berichtet, bis sie von Westen her auf Karmö anlangten. Es war der Abend des fünften Tages nach Ostern. So sind aber die Landverhältnisse dort: Karmö ist eine große Insel, lang und größtenteils nicht breit, und sie liegt im Westen der großen Seestraße. Dort ist sie reich besiedelt, aber an der Seite, die nach der offenen See liegt, ist die Insel weithin unbewohnt. Asbjörn und seine Leute landeten im westlichen unbesiedelten Teil der Insel. Und als sie die Zelte aufgeschlagen hatten, sagte Asbjörn: „Bleibt ihr hier zurück und wartet auf mich, denn ich will auf die Insel hinaufgehen, um zu erspähen, was dort los ist; denn bisher haben wir nichts von dort gehört." Asbjörn hatte ärmliche Kleidung und einen Hut mit großer Krempe vorn. Einen Bootshaken trug er in der Hand, doch unter seinem Gewande war er mit dem Schwerte gegürtet. Er ging weiter ins Land und quer über die Insel. Und als er auf eine Höhe kam, von wo er auf den Hof Ogvaldsnäs und weiter über den Karmsund blicken konnte, sah er eine Menge Menschen zur See und zu Lande herankommen, und alle diese Scharen waren unterwegs nach dem Gehöft Ogvaldsnäs. Das schien ihm seltsam. Er ging nun nach dem Königsgut hinab und dorthin, wo die Diener das Mahl anrichteten. Und da hörte er gleich und erriet es aus ihren Gesprächen, daß König Olaf dorthin zu einer Fahrt gekommen war, ferner, daß der König zu Tisch gegangen sei. So ging Asbjörn zur Halle. Als er nun in die Vorhalle kam, da gingen die Leute aus und ein; niemand aber gab acht auf ihn. Die Tür der Halle war offen, und er sah, wie Seehund-Thorir vor dem Tische des Hochsitzes stand. Es war aber schon spät am Abend. Asbjörn lauschte und hörte, wie die Männer Thorir wegen seiner Streitigkeiten mit Asbjörn ausfrugen, auch, daß Thorir eine lange Geschichte davon erzählte. Asbjörn aber meinte deutlich zu hören, wie jener eine häßliche Darstellung davon gab. Er hörte einen Mann sagen: „Wie nahm es denn Asbjörn auf, als ihr ihm das Schiff säubertet?" Thorir erwiderte: „Er gab sich einigermaßen zufrieden, doch nicht gern, während wir ihm das Schiff säuberten. Als wir ihm aber das Segel fortnahmen, da weinte er." Als aber Asbjörn dies hörte, da zog er schnell und gewandt sein Schwert, sprang in die Halle vor und hieb sogleich auf Thorir. Der Streich traf ihn oben im Nacken, und das Haupt fiel auf den Tisch vor dem König nieder, der Rumpf aber diesem zu Füßen. Alles Tischzeug aber war blutig oben und unten. Der König rief, man solle ihn ergreifen, und das wurde auch getan. Man ergriff Asbjörn und führte ihn aus der Halle. Den Tafelschmuck aber und das Tischzeug nahm man und schaffte es hinweg, und auch Thorirs Leichnam wurde aus der Halle geschafft. Dann säuberte man alles, was mit Blut bespritzt war. Der König geriet in mächtigen Zorn, doch behielt er seine Worte für sich, wie er es gewohnt war in solchen Fällen.

Skjalg Erlingssohn stand auf, trat vor den König und sprach folgendermaßen: „Jetzt ist es nun wieder wie schon früher öfter, König, daß man auf dich rechnen muß, damit die Sache wieder in Ordnung kommt. Ich biete Geldbuße für den Mann, daß er Leib und Leben behalten möge. Du, König, aber bestimme und entscheide alles übrige."

Der König sagte: „Ist der Mann nicht des Todes schuldig, Skjalg, der den Osterfrieden brach? Und ist er es nicht wiederum deshalb, weil er einen Mann in der Königshalle erschlug? Und drittens endlich, würdest du und dein Vater es für eine belanglose Sache erklären, daß jener meine Füße zu einem Richtblock machte?"

Skjalg erwiderte: „Schlimm ist es, König, daß dir dieses mißfällt. Denn sonst wäre diese Tat eine sehr gute gewesen. Doch, König, wenn du diese Tat für ein Verbrechen wider dich und für ein schwerwiegendes Ereignis hältst, so habe ich noch die Hoffnung, daß ich von dir eine große Vergünstigung erhalten kann für die Dienste, die ich dir leistete. Und viele werden sagen, du tatest wohl so." Der König versetzte: „So viel du auch wert sein magst, Skjalg, ich kann nicht deinetwegen das Gesetz brechen und meine Königswürde preisgeben."

Da wandte sich Skjalg ab und ging aus der Halle. Bei Skjalg

waren zwölf Männer gewesen, und die alle folgten ihm, und noch manche andere gingen mit ihm fort. Skjalg sprach zu Thorarin Nefjolfssohn: „Wenn du mein Freund bleiben willst, dann setze alles daran, daß dieser Mann nicht vor Sonntag getötet wird."

Darauf ging Skjalg mit seinen Männern fort, und er nahm eins seiner Ruderboote, und sie ruderten so schnell sie konnten, und kamen bei Morgengrauen nach Jädern. Sie gingen sofort in das Gehöft und in das Obergemach, in dem Erling schlief. Skjalg rannte so gegen die Tür, daß sie aus den Angeln brach. Da erwachte Erling und alle, die mit ihm im Schlafzimmer waren. Erling war sehr schnell auf den Beinen. Er ergriff Schild und Schwert, lief zur Tür und frug, wer hier so unge= stüm losführe. Skjalg nannte sich und bat, die Tür ganz zu öffnen. Erling sagte: „Es war ja am ehesten zu erwarten, daß du der Mann sein würdest, wenn eine Narretei unterwegs ist. Oder kommen noch andere Leute mit dir?"

Die Tür wurde nun geöffnet, und Skjalg sagte: „Wahrschein= lich wird, wenn du auch denkst, ich gehe zu ungestüm vor, dein Gesippe Asbjörn meinen, daß ich es noch nicht schnell ge= nug tat. Er sitzt in Fesseln nordwärts zu Ogvaldsnäs, und es wäre jetzt mannhafter für dich, dorthin zu eilen und ihm zu helfen." Darauf hatten Vater und Sohn eine Unterredung mit= einander, und Skjalg erzählte Erling alles hinsichtlich der Er= schlagung von Seehund=Thorir.

119. Von Thorarin Nefjolfssohn

König Olaf ließ sich auf seinem Hochsitz nieder, als in der Halle wieder Ordnung gemacht war, und er war äußerst zornig. Er frug, wie es mit dem Mörder stünde. Man sagte ihm, er wäre draußen in der Vorhalle und würde dort bewacht. Der König rief: „Weshalb erschlug man ihn nicht?" Da antwortete Thorarin Nefjolfssohn: „Herr, würdest du es nicht für eine Mordtat ansehen, wenn ein Mann bei Nacht getötet würde?"[1] Da sagte der König: „Legt ihn in Fesseln: er soll

[1] Vgl. die Geschichte vom Skalden Egil (Thule 3) S. 177 und Band III Geschichte von Magnus Erlingssohn Kap. 12.

morgen früh getötet werden." Nun wurde Asbjörn in Fesseln gelegt und in einem Hause die Nacht durch eingeschlossen.

Am nächsten Tage hörte der König die Frühmesse, und dann ging er zur Beratung, wo er bis zum Hochamte saß. Als er von dem Gottesdienst zurückkam, sprach er zu Thorarin: „Steht jetzt vielleicht die Sonne hoch genug, daß Asbjörn, dein Freund, hängen kann?"

Thorarin antwortete, indem er sich vor dem Könige verbeugte: „Herr, am vergangenen Karfreitag sagte der Bischof, daß der König, der Macht über alles hat, Prüfungen erdulden mußte, und gesegnet sei der, der lieber ihm gleichen wollte als denen, die damals den Mann zum Tode verurteilten oder die nachher ihn wirklich töteten. Es ist jetzt nicht mehr lange Zeit bis morgen, und dann ist ein Werkeltag." Der König sah ihn an und sagte: „Du sollst deinen Willen hierin haben: er soll heute noch nicht getötet werden. So nimm du ihn denn an dich und hüte ihn. Wisse aber bestimmt: dein Leben steht auf dem Spiel, wenn er auf irgend eine Weise entwischt."

Darauf ging der König seiner Wege, und Thorarin begab sich dorthin, wo Asbjörn in Fesseln saß. Thorarin nahm ihm die Fesseln ab, brachte ihn in ein kleines Gemach, ließ ihm Trank und Speise bringen und erzählte ihm, was der König ihm zugedacht habe, im Falle Asbjörn entfliehen sollte. Asbjörn versicherte, derartiges hätte Thorarin nicht zu befürchten. So saß Thorarin lange am Tage bei ihm und schlief dort auch die nächste Nacht.

Am Sonnabend erhob sich der König und ging zur Frühmesse. Darauf begab er sich zur Beratung, und dort erschienen eine Menge Bauern, die mannigfache Klagen vorzubringen hatten. Dort saß der König eine geraume Zeit des Tages und kam etwas spät zum Hochamt. Dann ging er zum Mahl, und als er gespeist hatte, trank er noch eine Weile, während die Tische noch dastanden.

Nun ging Thorarin zu dem Priester, der die Kirche zu versehen hatte, und gab ihm zwei Unzen Silbers, er solle die heilige Zeit einläuten, sobald des Königs Tafel aufgehoben wäre. Als der König nun so lange getrunken hatte, wie es ihm gutdünkte, wurde die Tafel abgeräumt. Da sprach der König, jetzt wäre es wohl richtig, daß die Knechte den Mörder packten und ihn töteten. Aber in diesem Augenblick wurde die heilige Zeit eingeläutet.

Nun ging Thorarin vor den König und sagte: „Dieser Mann wird vielleicht den Feiertag über noch Frist bekommen, wenn er auch übles tat." Der König versetzte: „Achte auf ihn, Thorarin, daß er nicht entwischt."

Der König ging nun um drei Uhr zur Kirche, und Thorarin saß diesen Tag noch bei Asbjörn. Am Sonntag ging der Bischof zu Asbjörn und ließ ihn beichten. Er gab ihm dann Absolution, daß er die Messe hören konnte. Da ging Thorarin vor den König und sagte, er möchte doch jetzt andere Männer für die Bewachung des Mörders bestimmen. „Ich will," sprach er, „jetzt von diesem Dienste bei ihm frei sein." Der König dankte ihm für das, was er getan hätte, und gab Asbjörn andere Wächter. Er wurde dann wieder in Fesseln gelegt. Aber als die Leute zum Hochamt gingen, wurde Asbjörn zur Kirche geführt, und er stand außerhalb der Kirche mit denen zusammen, die ihn bewachten. Der König und das ganze Volk aber standen bei dem Hochamt.

120. Frieden zwischen Erling und König Olaf

Nun müssen wir die Erzählung da wieder aufnehmen, wo wir sie vorher unterbrachen, als nämlich Erling und Skjalg in dieser schwierigen Sache Rat miteinander abhielten[1]. Auf Veranlassung Skjalgs und der andern Söhne Erlings wurde beschlossen, ein Heer zusammenzurufen und den Kriegspfeil im Lande umhergehen zu lassen. Und in kurzer Zeit war ein großes Heer beisammen, und man ging zu Schiffe. Als man aber die Zahl des Volkes feststellte, da waren es nahe an achtzehnhundert Mann. Mit diesem Heere fuhren sie ab und kamen am Sonntag nach Ogvaldsnäs auf Karmö, und sie gingen mit der ganzen Schar zu dem Königsgut empor. Sie

[1] S. 204.

kamen dort zu der Zeit an, als der Gottesdienst zu Ende war. Sie gingen sofort zur Kirche und bemächtigten sich Asbjörns, dem sie seine Fesseln abnahmen.

Bei diesem Lärm und Waffengeklirr stürzten alle in die Kirche, die vorher draußen gestanden hatten. Die in der Kirche aber sahen alle heraus, außer dem König allein, der stand, ohne sich umzusehen. Erling und seine Söhne stellten ihre Mannen auf beiden Seiten der Straße auf, die von der Kirche zur Königshalle führte. Erling aber und seine Söhne standen der Halle zunächst.

Nachdem man nun alle Gebete gesungen hatte, ging der König sofort aus der Kirche. Er trat als erster ins Freie, dann kamen seine Mannen, einer nach dem andern. Sobald er nun zu der Tür vor der Halle kam, trat Erling vor die Tür, verbeugte sich vor dem König und grüßte ihn. Der König dankte und bat Gott, ihn zu schützen. Da ergriff Erling das Wort: „So wurde mir berichtet, mein Gesippe Asbjörn habe eine große Torheit begangen, und es ist schlimm, König, daß es soweit kam, daß du unzufrieden damit sein mußtest. Deswegen nun bin ich gekommen, um dich für ihn um Gnade zu bitten und dir solche Buße zu bieten, wie du sie selbst festsetzen magst, dafür aber seinen Leib, sein Leben und die Erlaubnis, daß er im Lande bleiben darf, zu erhalten."

Der König versetzte: „Mir scheint, Erling, als ob du und die deinen jetzt glaubst, die Entscheidung in Händen zu haben in Asbjörns Sache. Und ich weiß nicht, warum du jetzt so tust, als ob du um Frieden für ihn bitten wolltest. Denn ich denke doch, daß du deshalb eine Männerschar zusammenzogest, weil du glaubst, jetzt diese Sache zwischen uns entscheiden zu können." Erling versetzte: „Du sollst entscheiden, König, und entscheide so, daß wir in Frieden uns trennen können." Der König sagte: „Glaubst du mir Furcht einjagen zu können, Erling? Und hast du deswegen ein so großes Heer hier? Nein," sagte er, „und wenn da auch noch etwas anderes dahintersteckt, ich werde jetzt nicht zurückweichen."

Erling erwiderte: „Du brauchtest mich nicht daran zu erinnern, daß unser Zusammentreffen bisher stets so war, daß ich nur eine gar geringe Volksmacht gegen dich zusammen hatte. Aber jetzt will ich dir nicht verhehlen, was ich im Sinn habe: ich will, daß wir in Frieden voneinander scheiden. Andernfalls fürchte ich, ich würde nicht wieder eine friedliche Zusammenkunft zwischen uns wagen." Und Erling wurde rot wie Blut im Gesichte.

Da trat der Bischof Sigurd vor und sprach zum König: „Herr, ich befehle dir als Diener Gottes, mache Frieden mit Erling nach seinem Angebot. Schenke diesem Mann hier Leib und Leben, aber du allein sollst die Friedensbedingungen festsetzen."

Der König antwortete: „Du sollst entscheiden." Da sagte der Bischof: „Du, Erling, gib dem König solche Sicherheit, als er haben will. Dann laß Asbjörn seinen Frieden schließen und sich dem König in Gnaden ergeben." Erling gab die Sicherheiten, und der König nahm sie an. Dann trat Asbjörn vor, um seinen Frieden zu empfangen, und er ergab sich in die Gnade des Königs und küßte diesem die Hand. Darauf ging Erling mit seiner Schar davon, doch Abschiedsgrüße wurden nicht gewechselt.

Der König ging nun in die Halle und Asbjörn mit ihm. Darauf stellte der König die Friedensbedingungen und sprach: „Das erste bei unserm Frieden soll sein, Asbjörn, daß du dich diesem Landesgesetz unterwirfst: Wer einen Diener des Königs erschlug, der soll den gleichen Dienst wie der Erschlagene auf sich nehmen, wenn es des Königs Wille ist. Nun will ich, daß du die gleiche Landvogtei für mich übernimmst, die Seehund-Thorir inne hatte: du sollst meine Besitzung hier in Ogvaldsnäs verwalten." Asbjörn erklärte, es solle so sein, wie der König es wolle, „doch will ich zuerst heimfahren in mein Haus und dort alles ordnen." Der König sagte, er wäre das wohl zufrieden, und er zog nun weiter zu einem andern Feste, das in der Nähe für ihn veranstaltet war. Aber Asbjörn ging nun zu seinen Genossen davon. Diese hatten inzwischen in versteckten Buchten gelegen, die ganze Zeit über, während Asbjörn fort war. Sie hatten Nachricht gehabt von allem, was dieser in seiner Sache erlebt hatte, sie wollten aber nicht zurückfahren, bis sie wüßten, welches Ende alles genommen hätte.

Nun machte sich Asbjörn auf die Reise, und er rastete das
Frühjahr hindurch nicht, bis er nach seinem Gehöft im Nor=
den gekommen war. Er hieß seit der Zeit stets „Asbjörn See=
hundtöter". Als aber Asbjörn nicht lange daheim war, da
trafen sich die beiden Verwandten, er und Thorir, zu einem
Gespräch. Thorir frug Asbjörn genau über seine Reise aus und
erkundigte sich nach allem, was auf ihr vorgefallen war, und
Asbjörn erzählte die ganze Geschichte der Reihe nach. Thorir
versetzte: „Du glaubst nun vielleicht die Schande getilgt zu
haben, die man dir antat, als man dich letzten Herbst aus=
plünderte?" „So ist es," erwiderte Asbjörn, „oder was denkst
du darüber, Gesippe?" „Das ist bald gesagt", sagte Thorir.
„Deine erste Fahrt, die du in den Süden des Landes machtest,
verlief sehr schmachvoll für dich, immerhin war sie einiger=
maßen zu sühnen. Aber diese deine letzte Reise ist eine Schande
für dich und deine ganze Verwandtschaft, wenn es dahin kam,
daß du ein Knecht des Königs wurdest und dem Thorir See=
hund, den niedrigsten der Männer, dich gleichstelltest. Nun
sei so mannhaft und bleibe lieber hier auf deinem eigenen
Besitz, und wir, deine Gesippen, werden dir so viel Unter=
stützung geben, daß du nie wieder in eine solche Zwangslage
kommst."
Dem Asbjörn erschien das richtig, und bevor er und Thorir
Hund sich trennten, machten sie untereinander aus, daß As=
björn daheim bleiben und nicht wieder an den Königshof oder
in des Königs Dienst gehen sollte. Das tat er denn auch, und
er blieb daheim auf seinen Besitzungen.

121. König Olaf macht Voß und Valders christlich

Nachdem sich König Olaf und Erling Skjalgssohn in
Ogvaldsnäs getroffen hatten, erhob sich aufs neue Zwist
zwischen ihnen, und die Uneinigkeit wurde so stark, daß sie
schließlich zu offener Feindseligkeit zwischen beiden ausartete.
Im Frühjahr zog König Olaf auf Bewirtung in seinen Har=
danger=Gütern umher, und von dort fuhr er nach Voß, weil
er hörte, daß das Volk daselbst noch wenig standhaft im Glau=

ben war. Er hielt ein Thing mit den Bauern ab an einem Platze,
der Vossevangen heißt. Dorthin kamen die Bauern dichtgedrängt in voller Waffenrüstung. Der König hieß sie das Christentum annehmen, aber die Bauern boten ihm dagegen eine
Schlacht an, und es kam dahin, daß beide Teile ihr Heer in
Schlachtordnung aufstellten. Da aber fuhr Schrecken in die
Herzen der Bauern, so daß keiner von ihnen vorn stehen wollte.
So kam es schließlich dahin, was auch zu ihrem Besten war,
daß sie sich dem Könige ergaben und das Christentum annahmen. Und der König zog nicht eher aus ihrer Gegend, bis
das ganze Volk dort christlich geworden war.

Eines Tages traf es sich, daß der König seines Weges ritt und
seine Psalmen sang, aber als er nach Haugar hinüberkam, da
stand er still und sagte: „Laßt nun männiglich diesen meinen
Wunsch verkünden, daß niemals wieder ein Norwegerkönig
zwischen diesen Höhen hindurchziehen soll." Man sagt, daß die
Könige meistens seitdem diesen Ausspruch des Königs befolgt
hätten.

Dann zog König Olaf nach dem Osterfjord hinaus, und dort
traf er seine Flotte. Er fuhr dann nordwärts nach Sogn, und
dort hielt er den Sommer hindurch Königsfeste ab. Bei Beginn
des Herbstes aber wandte er sich nach dem Fjord zurück und fuhr
von dort nach Valders hinauf, wo das Volk noch heidnisch
war. Er kam, so schnell er konnte, zu dem See dort, überraschte
die Bauern und nahm ihnen ihre Schiffe. Dann ging er mit
seinem ganzen Heere an Bord. Darauf ließ er ein Thing ausrufen, und dieses Thing war so nahe am See, daß der König
alle seine Schiffe dort als Rückhalt hatte, wenn es ihm notwendig schien, sich auf sie zurückzuziehen. Die Bauern kamen
auf das Thing mit einem vollbewaffneten Heere. Der König
forderte sie auf, Christen zu werden, doch die Bauern erhoben
ein Geschrei wider ihn und hießen ihn schweigen. Dann machten sie einen gewaltigen Lärm und ließen ihre Waffen klirren.
Aber als der König sah, daß sie nicht auf seine Belehrung hören
wollten, und ferner, daß sie eine solche Übermacht hatten, daß
keine Möglichkeit bestand, ihnen Widerstand zu leisten, da änderte er die Art seiner Ansprache, und er frug sie, ob Männer

auf dem Thing wären, die Rechtssachen wider einander hätten, die sie gern zwischen sich geschlichtet sehen möchten. Bald ging aus den Reden der Bauern hervor, daß da gar manche unter ihnen wenig im Frieden miteinander lebten, von denen, die zusammengeströmt waren, um das Christentum abzulehnen. Sobald aber die Bauern nun anfingen, ihre Streitsachen wider einander vorzubringen, sammelte jeder Anhänger um sich, um sich Unterstützung für seine Klage zu suchen. So ging das den ganzen Tag, und am Abend wurde das Thing geschlossen. Sobald aber die Bauern gehört hatten, daß der König weiter über Valders gezogen wäre und in die bevölkerten Gegenden gekommen sei, hatten sie den Kriegspfeil herumgeschickt, und Freie wie Knechte hatten sich zusammengeschart, und mit diesem Heer waren sie wider den König gezogen, so daß manche Gegenden von der Bevölkerung ganz entblößt waren.

Die Bauern hielten ihr Heer zusammen nach dem Schluß des Thinges, und der König gewahrte das wohl. Als er daher zu seinen Schiffen kam, hieß er sie in der Nacht quer über den See rudern und ließ seine Leute in die bewohnten Gegenden hinaufsteigen, um dort zu brennen und zu plündern. Am nächsten Tage ruderten sie von Vorgebirge zu Vorgebirge, und der König ließ alle ihre Siedelungen einäschern. Da aber die Bauern in dem zusammengezogenen Heere sahen, wie Rauch und Feuer aus ihren Wohnstätten aufstieg, lockerten sich ihre Scharen. Der und jener stahl sich weg und ging nach Hause, um zu sehen, ob er sein Besitztum noch vorfände. Sobald aber die Lücke im Heere entstanden war, ging einer nach dem andern davon, so daß sich schließlich alles in kleine Trupps aufgelöst hatte. Und jetzt ließ der König wieder über den See rudern und an beiden Ufern das Land brandschatzen. Da kamen die Bauern zu ihm und baten um Gnade, und sie versprachen ihm Gehorsam. Er schenkte allen das Leben, die zu ihm kamen und ihn darum baten, und überdies alle ihre Habe. Und nun lehnte sich niemand mehr wider das Christentum auf, so daß der König das Volk taufen ließ und Geiseln von den Bauern nahm.

Der König weilte nun dort lange den Herbst hindurch, und er ließ die Schiffe über die Landrücken zwischen den Seen bringen. Der

König fuhr nicht weit vom Ufer landeinwärts, denn er traute den Bauern noch wenig. Er ließ Kirchen dort bauen und weihen und setzte Geistliche in diese ein. Aber als der König meinte, der Winter stünde vor der Tür, da nahm er seinen Weg ins Land aufwärts und kam dann nach Toten hinab. Darauf deutet Arnor der Jarlenskalde, wie König Olaf im Oberland brandschatzte, in dem Liede, das er über dessen Bruder Harald dichtete:

> Ynglingartig[1] Yngvi[2]
> Uplands[3] Höfe brannte.
> Größten Herrschers grausen
> Groll büßte das Volk da.
> Gefahr erst war: dem Fürsten
> Vorenthielt man Gehorsam,
> Bis er ließ die Argen
> All' hängen am Galgen.

Darauf zog König Olaf durch Gudbrandsdalen bis an das Gebirge, und er machte nicht halt, bis er nach Drontheim kam und endlich nach Nidaros. Hier richtete er sich für den Winteraufenthalt ein und blieb dort den Winter über. Das war der zehnte Winter seines Königstums.

Den Sommer vorher war Einar Bogenschüttler außer Landes gegangen, und zwar zuerst nach England. Er ging dort zu seinem Schwager Hakon, bei dem er eine Zeitlang weilte. Darauf suchte Einar den König Knut auf und erhielt von ihm herrliche Geschenke. Endlich fuhr er über die See nach Süden bis Rom. Den Sommer danach kehrte er dann zurück und ging auf seine Besitzungen. Und in dieser Zeit traf er sich nicht mit König Olaf.

122. Die Geburt des Königs Magnus

Es war da eine Frau, namens Alfhild, die man die „Königsmagd" nannte, wiewohl sie aus edlem Geschlechte stammte. Sie war ein sehr schönes Weib und lebte am Hofe König

---

[1] Nach Art seines Geschlechts, der Ynglinge, d. h. wie hier König Olaf. Die Weise Arnors bezieht sich auf Haralds des Harten Oberlandkämpfe, Band III. Geschichte dieses Königs Kap. 73 f. [2] König Harald der Harte (eigentlich Herrscher aus dem Ynglingengeschlechte). [3] Des Oberlandes.

Olafs. Aber im Frühjahr hieß es, sie sei schwanger, und die vertrauten Freunde des Königs wußten, daß der König Vater ihres Kindes war. In einer Nacht nun kam Alfhild nieder, und nur wenige Leute waren in der Nähe. Es waren da einige Frauen und ein Priester, ferner der Skalde Sigvat und noch einige andere. Alfhild litt schwer, und sie war dem Tode nahe. Sie gab einem Knaben das Leben, und eine Zeitlang wußte man nicht recht, ob das Kind am Leben wäre. Als es dann ein Lebenszeichen von sich gab, aber ganz schwach, bat der Priester Sigvat, zum Könige zu gehen und diesem es zu melden. Er antwortete: „Auf keinen Fall wage ich es, den König zu wecken[1], denn er verbot jedermann, seinen Schlaf zu stören, bis er von selbst aufwache."

Der Priester erwiderte: „Es ist höchst notwendig, daß das Kind jetzt getauft wird, denn es kommt mir vor, als würde es nicht lange leben." Sigvat versetzte: „Lieber möchte ich es darauf ankommen lassen, daß du das Kind taufst, als daß ich den König wecke. Ich will die Verantwortung auf mich nehmen und ihm einen Namen geben." So geschah es denn: der Knabe wurde getauft, und er bekam den Namen Magnus.

Am nächsten Morgen, als der König aufgestanden war und sich angekleidet hatte, erfuhr er von allen diesen Vorgängen. Da ließ er Sigvat zu sich rufen und sprach: „Wie konntest du dich erkühnen, mein Kind taufen zu lassen, noch ehe ich etwas davon wußte?" Sigvat erwiderte: „Weil ich lieber zwei Menschen Gott geben wollte als einen dem Teufel." Der König sagte: „Wie sollte dies alles dabei auf dem Spiele stehen?" Da antwortete Sigvat: „Das Kind war dem Tode nahe, und es wäre ein Teufelskind gewesen, wäre es im Heidentum gestorben. Jetzt aber ist es ein Kind Gottes. Und anderseits weiß ich, wenn du auch zornig über mich bist, so kostet es doch nicht mehr als mein Leben. Ist es aber dein Wille, daß ich es deshalb verliere, dann vertraue ich darauf, daß ich ein Kind Gottes bin."

Der König sprach weiter: „Warum ließest du den Knaben Magnus taufen? Das ist doch kein in unserm Geschlecht üblicher Name?" Sigvat antwortete: „Ich nannte ihn so nach dem

---

[1] Vgl. S. 127.

Kaiser Karl dem Großen, denn von ihm weiß ich, daß er der beste Mann auf der Welt war."[1]

Da sagte der König: „Du bist ein Mann von großem Glück, Sigvat. Aber das ist nicht wunderbar, wenn Glück und Klugheit Hand in Hand gehen. Seltsam aber ist es, daß zuweilen ein solches Glück auch unverständigen Männern zur Seite steht, und daß auch törichte Maßnahmen öfter zum Glück ausschlagen." Der König war nun sehr aufgeräumt. Der Knabe aber wurde aufgezogen, und er war bald ein sehr tüchtiger Mann, als er in die Jahre kam[2].

123. Die Erschlagung von Asbjörn Seehund-Töter

In demselben Frühjahr gab König Olaf dem Asmund Grankelssohn eine Hälfte der Statthalterschaft über Helgeland gegenüber Harek von Tjöttö, der zuerst die ganze besessen hatte, teils als Geschenk, teils als Lehen. Asmund hatte ein Kriegsschiff und ungefähr dreißig Mann darauf, alle wohl gewaffnet. Und als Asmund nach Norden kam, trafen sie sich, er und Harek, und Asmund erzählte diesem, wie der König die Frage der Statthalterschaft in Helgeland geordnet hatte, und er wies ihm die Wahrzeichen des Königs vor.

Harek sagte, daß der König darüber zu verfügen habe, wer die Verwaltung haben solle, „doch die Herren in früherer Zeit handelten nicht so, daß sie uns das Recht einschränkten, die wir unserer Geburt nach bestimmt sind, die Herrschaft für die Könige zu verwalten, und es Bauernsöhnen übertrugen, die niemals vorher mit ähnlichen Geschäften zu tun hatten." Obwohl es aber klar war, daß Harek die Sache schwer gekränkt hatte, ließ er Asmund seinen Teil der Verwaltung übernehmen, genau so, wie der König es in seiner Botschaft ihm mitgeteilt hatte.

Asmund ging nun heim zu seinem Vater und blieb dort kurze Zeit; dann kehrte er zurück, um seine Verwaltung in Helge-

---

[1] Karl der Große als Vorbild der nordischen Könige erscheint auch in der Schöpfung des norwegischen Einheitsstaates nach dem Muster des karolingischen Lehnsstaates, vgl. Band I, S. 94 f. [2] Der spätere König Magnus der Gute, vgl. Band III, dessen Geschichte Kap. I ff.

land anzutreten. Und als er nach Langö im Norden kam, da
lebten dort zu jener Zeit zwei Brüder. Der eine hieß Gunnstein,
der andere Karli. Sie waren wohlhabende Männer und ge=
nossen großes Ansehen. Gunnstein war ein guter Hauswirt und
der ältere der beiden Brüder. Karli war stattlich von Ansehen
und prächtig in seinem äußeren Auftreten. Beide aber waren
in vieler Hinsicht wohlerprobte Männer.

Asmund wurde dort freundlich empfangen und verweilte da=
selbst eine Zeitlang. Er nahm sich, was er bekommen konnte,
aus seinem Bezirk. Karli schlug Asmund vor, er wolle mit
ihm nach Süden gehen zu König Olaf, um seinen Hofdienst
nachzusuchen. Asmund redete ihm sehr zu und versprach ihm,
ihn in diesem Vorhaben beim König zu unterstützen, damit Karli
sein Anliegen durchsetzen könne. So wurde Karli der Fahrt=
genosse Asmunds.

Asmund hörte, daß Asbjörn der Seehundtöter auf die Messe
zu Vaag im Süden gegangen sei und daß er dort ein großes
Lastschiff von sich zu liegen habe mit ungefähr zwanzig Mann
darauf. Er war damals gerade aus dem Süden zu erwarten.
Asmund fuhr nun mit seinen Leuten an der Küste lang süd=
wärts. Sie hatten Gegenwind, wenn dieser auch nicht allzu
stark war. Sie trafen auf Segelschiffe, die von der Vaag=Flotte
kamen, und sie erkundigten sich heimlich, welchen Weg As=
björn eingeschlagen habe. Man sagte ihnen, gerade jetzt befände
sich jener auf dem Rückwege aus Süden.

Nun waren Asmund und Karli Schlafgenossen und sehr gute
Freunde. Eines Tages traf es sich, daß Asmund mit seiner
Schar einen Sund entlang segelte: Da kam ein Lastschiff ge=
rade auf sie zu gefahren. Und leicht war das Schiff kenntlich:
Am Vorderteil war es auf beiden Seiten bemalt und mit weißer
und roter Farbe bestrichen, außerdem trug es ein gestreiftes
Segel. Da sagte Karli zu Asmund: „Oft sprachst du davon,
wie dein ganzes Sinnen danach stünde, einmal Asbjörn See=
hundtöters ansichtig zu werden. Jetzt wüßte ich nicht, wie man
deutlicher ein Schiff erkennen kann — ist er's nicht, der dort
herangesegelt." Asmund sprach: „Tu mir einen guten Gefallen,
lieber Freund, und sag' es mir, wenn du ihn erkennst." Nun

fuhren die Schiffe nahe an einander vorüber, und Karli sagte:
„Dort sitzt Seehund = Töter am Steuer in einem blauen
Wams." Asmund sagte: „Ich werde ihm ein rotes[1] Wams
schaffen." Damit schoß Asmund einen Speer ab auf Asbjörn
Seehund=Töter, und er traf ihn in der Mitte des Leibes, und
der Speer durchbohrte ihn, so daß er fest im Rücksitz am Steuer=
ruder stecken blieb, und Asbjörn fiel tot von der Steuerbank.
Darauf fuhren beide Schiffe ihres Weges.
Man brachte nun Asbjörns Leiche nach Trondenäs im Norden.
Darauf ließ Sigrid nach Thorir Hund auf Bjerkö senden, und
er kam dazu, als Asbjörns Leichnam nach damaliger Sitte auf=
gebahrt war. Aber als sie wieder weggingen, wählte Sigrid
Geschenke aus für ihre Freunde und geleitete Thorir zu seinem
Schiff. Aber bevor sie schieden, sprach sie: „Es steht nun so,
Thorir, daß mein Sohn Asbjörn sich deiner freundschaftlichen
Ratschläge versah[2]. Nun währte sein Leben nicht lange genug,
um dies würdig vergelten zu können, und obwohl ich schlechter
dazu geeignet bin, als er es gewesen wäre, so habe ich doch
wenigstens besten Willen dazu. Hier ist eine Gabe, die ich
dir bieten möchte und von der ich wünschte, sie wäre bei dir
gut aufgehoben," — es war aber ein Speer — „hier ist der
Spieß, der meinen Sohn Asbjörn durchbohrte, und noch ist
Blut daran: so wirst du es besser im Gedächtnis behal=
ten, daß er zu der Wunde gehört, die du sahest an As=
björn, deines Bruders Sohn. Es wäre nun eine mannhafte
Tat von dir, wenn du diesen Speer so aus deiner Hand fliegen
ließest, daß er in der Brust Olafs des Dicken stünde. Ich sage
nur dies darüber," fügte sie hinzu, „daß du jedes Mannes Nei=
ding bist, wenn du nicht Asbjörns Rächer wirst." Mit diesen
Worten schied sie von ihm.
So voller Wut war Thorir, als sie dies sprach, daß er keine
Antwort fand und den Speer fast hätte fallen lassen. Auch ach=
tete er der Landungsbrücke nicht, und er wäre in die Tiefe ge=
fallen, hätten ihn seine Leute nicht aufgefangen und ihn ge=
stützt, als er an Bord des Schiffes ging. Der Speer war mit

---

[1] Von Blut; also: ich werde ihn töten. [2] Ironisch: Thorirs aufreizende
Worte hatten Asbjörn zur Tötung Thorir Seehunds angespornt, vgl. S. 201.

Bildwerk geschmückt und nicht groß. Sein Heft aber war mit Gold eingelegt.

So ruderten nun Thorir und seine Leute fort und kamen heim nach Bjerkö. Asmund und seine Schar setzten auch ihre Reise fort, bis sie nach Drontheim gelangten und König Olaf trafen. Asmund erzählte dem Könige, was auf der Fahrt vorgefallen war. Karli wurde nun Gefolgsmann des Königs, und er und Asmund blieben gute Freunde. Aber die Worte, die Karli und Asmund untereinander gewechselt hatten, bevor Asbjörn erschlagen wurde, blieben nicht geheim, denn sie erzählten sie dem Könige selbst. Aber da traf wieder ein, was das Sprichwort sagt: „Jeder hat unter Feinden noch einen Freund." Denn es waren dort einige Männer, die diese Worte im Gedächtnis behielten, und von diesen wurden sie wieder Thorir Hund zugetragen.

124. Von König Olaf

Als das Frühjahr zu Ende war, rüstete sich König Olaf und machte seine Flotte seefertig. Später im Sommer fuhr er an der Küste entlang und hielt Thinge mit den Bauern ab, indem er die Leute mit Strafen belegte und den Glauben im Lande besserte. Wohin der König kam, zog er seine Steuern ein. In diesem Sommer ging der König nach dem Osten bis zur Landesgrenze, und er hatte in dieser Zeit das Land überall dem Christenglauben gewonnen, soweit die großen Bauernsitze reichten. Er hatte auch in dem ganzen Lande Gesetze eingeführt. Auch hatte er sich die Orkaden unterworfen, wie vorher erzählt wurde[1]. Er hatte auch Botschafter ausgesandt und sich viele Anhänger erworben, in Island und Grönland sowie auf den Färöer. König Olaf hatte nach Island Bauholz zu einer Kirche geschickt, und diese Kirche wurde auf Thingvellir[2] gebaut, wo das Allthing stattfindet. Er hatte auch eine große Glocke dahingesandt, die jetzt noch dort ist.

Das war, nachdem die Isländer ihr Gesetz geändert und das Christenrecht eingeführt hatten, gemäß den Anweisungen, die König Olaf ihnen in dieser Hinsicht erteilt hatte. Seitdem

---

[1] S. 172. [2] Vgl. Thule Einleitungsband S. 54.

kamen zahlreiche angesehene Männer aus Island, um im Gefolge König Olafs zu dienen. Darunter waren Thorkel Eyjolfssohn, Thorleik Bollissohn, Thord Kolbeinssohn, Thord Börkssohn, Thorgeir Havarssohn und Thormod Schwarzbrauen-Skalde. König Olaf hatte manchen Häuptlingen auf Island freundschaftliche Gaben gesandt, und sie sandten ihm dafür Dinge, die es dort im Lande gab und von dem sie annahmen, daß sie dem Könige besonders wert schienen, geschickt zu werden. Aber hinter diesen Freundschaftsbeweisen, die der König den Isländern erwies, verbargen sich noch andere Absichten, die erst später offenkundig wurden[1].

125. König Olafs Botschaft an die Isländer und deren Beschlußfassung

In diesem Sommer sandte König Olaf in seinem Auftrag Thorarin Nefjolfssohn nach Island. Und als der König aufbrach, steuerte auch Thorarin sein eigenes Schiff von Drontheim und fuhr mit ihm gemeinsam bis nach Möre. Dort segelte Thorarin auf die hohe See, und er hatte so günstigen Wind, daß er nur vier Tage brauchte[2], bis er nach Eyrabakki in Südisland kam.

Er begab sich sofort auf das Allthing und kam dorthin, als die Männer auf dem Gesetzesfelsen waren, und er ging gleich dorthin. Aber als die Männer daselbst ihre Rechtssachen beendet hatten, nahm Thorarin Nefjolfssohn das Wort: „Vier Tage ist es nun her, seit ich von König Olaf Haraldssohn schied, und er sendet hierher in dies Land, an alle Häuptlinge und an alle, die Einfluß im Lande haben, ferner an das ganze Volk, Männer und Frauen, jung und alt, vornehm und gering, Gottes Gruß und seinen eignen. Gleichzeitig entbietet er euch, daß er euer Herr sein will, wenn ihr gewillt seid, seine Untertanen zu werden und wie er euch Freunde und Förderer ihm sein wollt in allen guten Dingen." Die Männer gaben eine freundliche Antwort, und das ganze Volk erklärte, sie wollten gern des Königs Freunde sein, wenn er der Freund des Volkes hier

[1] Vgl. unten.   [2] Vgl. das Besiedlungsbuch Thule 20.

im Lande wäre. Da nahm Thorarin wieder das Wort und sprach: „Weiter geht die Botschaft des Königs dahin, daß er um seiner Freundschaft willen die Nordländer bittet, ihm das Eiland oder die Schäre draußen in der See abzutreten, die dem Inselfjord gegenüberliegt und die man Grimsinsel nennt. Dafür will er aus seinem eigenen Lande zum Entgelt ihnen solche Güter schenken, wie sie von ihm wünschen. Aber noch weiter: er sendet die Botschaft an Gudmund von Labkrautfelden[1], diese Bitte zu befürworten, denn er hat gehört, daß Gudmund am meisten zu sagen hat in diesen Gegenden."

Gudmund erwiderte: „Ich möchte die Freundschaft König Olafs sehr gern, und ich glaube auch, daß sie mir mehr nutzt, als die Schäre in der See, um die er bittet. Aber der König hat doch nicht recht gehört, daß ich mehr darüber zu sagen haben soll als andere Männer, denn diese ist jetzt Gemeingut. Wir werden nun eine Besprechung untereinander darüber haben, wir, die wir am meisten Interesse an der Insel haben." So gingen die Männer zu ihren Buden, und nun hielten die Nordländer eine Beratung darüber ab und besprachen die Sache, und jeder von ihnen äußerte seine Ansicht, je nachdem er sie ansah. Gudmund befürwortete die Abtretung, und gar manche waren nach seinem Vorgehen dazu geneigt. Da frugen die Männer, weshalb Einar, sein Bruder, nichts zu der Angelegenheit sage, „denn wir meinen," riefen sie, „daß er am klarsten über die meisten Dinge urteilt."

Da antwortete Einar: „Ich habe nichts gesprochen in dieser Angelegenheit, weil keiner mich bisher aufgefordert hat zu reden. Wenn ich aber meine Ansicht sagen soll, so geht sie dahin, daß es für das Volk dieses Landes nichts ist, König Olaf abgabepflichtig zu werden, noch andere derartige Lasten auf sich zu nehmen, wie sie der König den Leuten in Norwegen auferlegt. Das wäre eine Unfreiheit, die wir nicht nur uns selbst aufladen würden. Wir würden sie außerdem auf unsere Kinder heraufbeschwören und auf alle unsere Nachkommenschaft, die dieses Land bewohnt. Und unser Land würde diese Knechtschaft nimmer wieder loswerden. Wenn auch dieser König ein

---

[1] vgl. S. 133.

guter Mann sein mag, wofür ich ihn allerdings halte, so wird
es doch später leicht dahin kommen, falls ein Königswechsel in
Norwegen eintritt, daß die Herrscher dann ungleich sind, bald
gut, bald schlecht. Ist aber das Volk dieses Landes gesonnen,
seine Freiheit zu wahren, die sie behauptet haben, seitdem diese
Insel besiedelt wurde, dann muß man darauf sehen, daß man
dem Könige keine Möglichkeit gibt, weder Land hier zu besitzen noch feste Steuern hier zu erhalten, die als schuldige
Lehnsabgabe gedeutet werden könnten. Das halte ich allerdings
für in der Ordnung, daß die Männer hier ihm freundschaftliche Gaben senden, die das möchten, wie Falken oder Pferde
oder Zelte oder Segel oder andere derartige Dinge, die zu Geschenken geeignet sind. Es wäre wohl angebracht, wenn des
Königs Freundschaft erwidert würde. Was aber die Grimsinsel
anlangt, so ist zwar zu sagen, daß von dort nicht viel für
unsern Lebensunterhalt gewonnen wird, doch kann ein Heer
von Männern dort wohl ernährt werden. Sollte aber ein ausländisches Heer dort festen Fuß fassen und von dorther mit
Langschiffen ausfahren können, dann, glaube ich, wird sich
mancher Bauer bald in seinem Heim bedrängt fühlen."
Sobald nun Einar dies erklärt und die ganze Sache, wie sie
war, beleuchtet hatte, da war das ganze Volk mit einemmal
einig darin, daß solches nicht geschehen dürfe. Und Thorarin sah
nun den Mißerfolg seiner Botschaft in dieser Angelegenheit
voraus.

126. Der Isländer Antwort

Am nächsten Tage ging Thorarin wieder auf den Gesetzesfelsen, und wieder sprach er von seiner Botschaft und begann folgendermaßen: „König Olaf sendet Botschaft an seine
Freunde hierzulande — er machte von ihnen namhaft Gudmund Eyjolfssohn, Gode Snorri, Thorkel Eyjolfssohn, Skapti
den Gesetzessprecher, Thorstein Hallssohn — er sendet euch Botschaft des Endes, daß ihr ihn in Norwegen trefft und dorthin
einer freundlichen Einladung Folge leistet. Und er fügte hinzu,
ihr möchtet eure Reise beeilen, wenn ihr seine Freundschaft einigermaßen wertschätzt."

Sie antworteten auf diese Botschaft und dankten dem König für seine Einladung. Sie erklärten, sie würden Thorarin später Bescheid geben wegen ihrer Reise dorthin, wenn sie untereinander und mit ihren Freunden zu Rate gegangen wären.

Als nun die Häuptlinge die Beratung über diesen Gegenstand untereinander begannen, sprach ein jeder aus, was er hinsichtlich dieser Reise für gut hielte. Der Gode Snorri und Skapti warnten davor, gegenüber den Norwegern das Wagnis einzugehen, daß alle die Männer aus Island dorthin führen, die die meiste Macht auf Island hätten. Sie sagten, man müsse diese Botschaft mit Argwohn aufnehmen, im Hinblick auf das, was schon Einar vermutet habe, daß nämlich der König gesonnen sei, einige Isländer zu vergewaltigen, wenn er seinen Willen durchsetzte. Gudmund und Thorkel Eyjolfssohn drangen sehr darauf, man solle dem Wunsche König Olafs nachkommen, und sie erklärten, das würde eine ehrenvolle Reise für sie werden. Nachdem sie sich nun so über diese Angelegenheit gestritten hatten, so schien ihnen der Beschluß schließlich als der beste, daß sie selbst zwar nicht nach Norwegen führen, aber daß jeder von ihnen für sich einen Vertreter dorthin sende, den sie für besonders geeignet zu dieser Fahrt hielten. Und nach diesem Beschlusse verließen sie das Thing. Es fanden auch in diesem Sommer noch keine Reisen nach Norwegen statt.

Thorarin aber fuhr nun noch in diesem Sommer zurück und kam im Herbst wieder zu König Olaf. Er berichtete ihm von dem Ergebnis seiner Sendung, auch dies, daß die Häuptlinge gemäß seiner Aufforderung von Island nach Norwegen kommen würden oder doch wenigstens ihre Söhne.

127. Das Volk der Färöer [1]

In diesem Sommer kamen von den Färöern nach Norwegen auf Einladung König Olafs Gilli, der Gesetzessprecher, Leif Ozurssohn, Thoralf von Dimon und viele andere Bauernsöhne. Auch Thrand-auf-Gasse hatte sich zu dieser Fahrt gerüstet, aber als er schon ganz reisefertig war, wurde er plötz-

---

[1] Vgl. S. 224, 240 ff., 268 ff. Die Vorgänge hat Snorri der Geschichte von den Leuten auf den Färöer (vgl. Thule 13, S. 255 ff.) entnommen.

lich krank und bettlägerig, so daß er doch nicht fahren konnte, und so blieb er daheim. Als nun die Männer von den Färöer ankamen und König Olaf trafen, berief er sie zu einer Unterredung und hatte eine Aussprache mit ihnen. Er eröffnete ihnen den Zweck, den ihre Reise hierher haben sollte, und erklärte ihnen, daß er Abgaben von den Färöer haben wolle. Außerdem sollte das Volk auf den Färöer die Gesetze annehmen, die König Olaf ihnen geben würde. Überdies ging auf dieser Zusammenkunft aus den Worten des Königs hervor, daß er hierfür durch die Leute von den Färöer, die zu ihm gekommen wären, eine Sicherheit gestellt haben wollte, falls sie ihm den Vertrag mit feierlichen Eidschwüren bekräftigten. Und er bot den Männern unter ihnen, die er für die Vornehmsten hielt, an, in seinen Hofhalt einzutreten und Ehren und Freundschaft von ihm entgegenzunehmen.

Die Leute von den Färöer erkannten so viel aus den Worten des Königs, daß es zweifelhaft sein würde, wie ihre Sache ausginge, wenn sie nicht alles bewilligten, was der König von ihnen wünschte. Und obwohl sie noch besondere Beratungen über die Frage abhielten, bevor sie zum Schluß kamen, würde es doch am Ende so, daß der König alle seine Forderungen durchsetzte.

Leif, Gilli und Thoralf kamen nun an den Hof des Königs und traten in seine Leibwache. Alle die Reisegenossen aber leisteten dem König Olaf Eide darauf, daß sie auf den Inseln künftig das Gesetz und Landesrecht halten wollten, das König Olaf ihnen geben würde, auch sollten die Abgaben, die er festsetzte, gezahlt werden.

Darauf rüsteten sich die Leute von den Färöer zur Heimreise, und bei der Abfahrt gab der König ihnen freundschaftliche Geschenke. Als sie nun reisefertig waren, fuhren sie, die seine Mannen geworden waren, ihres Weges. Aber der König ließ ein Schiff ausrüsten und es bemannen. Er sandte seine Leute nach den Färöer, um dort die Abgaben einzuziehen, die das Volk der Inseln ihm zahlen sollte. Sie wurden spät mit der Abreise fertig, und von ihrer Fahrt ist zu berichten, daß sie niemals zurückkehrten. Auch keine Abgaben trafen im nächsten

Sommer von den Inseln ein. Denn sie waren überhaupt nicht auf die Färöer gekommen, auch hatte niemand dort Abgaben erhoben.

128. Die Heiraten Ketils und Thords

König Olaf zog nun im Herbst nach Vik und sandte Botschaft voraus ins Oberland, wo er Feste auf seinen Gütern vorbereiten ließ. Denn er hatte vor, diesen Winter im Oberland umherzuziehen. So rüstete er sich denn zur Fahrt und zog ins Oberland. König Olaf weilte diesen Winter hindurch im Oberland. Er zog auf Gastungen aus und stellte alle Dinge richtig, die ihm einer Abhilfe zu bedürfen schienen, auch verbesserte er dort das Christengesetz immer mehr, wo er es für notwendig erachtete.

Nun kam, während König Olaf in Hedemarken war, die Nachricht, daß Ketil Kalb aus Ringnäs sich verheiraten wollte und sich um Gunnhild, die Tochter Sigurd Sau's und Astas, bewarb. Da nun Gunnhild die Schwester König Olafs war, hatte der König die Entscheidung zu geben und diese Sache zu ordnen. Er nahm in gefälliger Weise die Werbung auf, weil er von Ketil wußte, daß er aus edlem Geschlecht und wohlhabend, ein kluger Mann und ein mächtiger Häuptling war. Außerdem hatte er sich längst als ein großer Freund König Olafs bewährt, wovon früher hier erzählt wurde[1]. All dies brachte es zuwege, daß König Olaf die Werbung Ketils annahm. So kam es, daß Ketil Gunnhild zum Weibe bekam, und auf dieser Hochzeit war König Olaf selbst.

Darauf ging König Olaf nordwärts nach Gudbrandsdalen, um dort Feste abzuhalten. Dort wohnte ein Mann, namens Thord Gothormssohn, an einem Platze, der Steig hieß. Thord war der mächtigste Mann im nördlichen Teile des Tales. Und als er und der König sich trafen, brachte Thord seine Werbung vor, und er bat um Isrid Gudbrandstochter, die Schwester von König Olafs Mutter. Auch hier hatte der König die Werbung zu bewilligen. Und nachdem sie die Sache besprochen hatten, kam man überein, daß die Verlobung stattfinden sollte,

[1] Vgl. S. 110ff.

und so bekam Thord die Isrid zur Frau. Später wurde er der treuste Freund König Olafs und mit ihm eine Menge seiner Verwandten und Freunde, die ihm anhingen.

Dann kehrte König Olaf zurück durch Toten und Hadeland und kam nach Ringerike und endlich nach Vik. Im Frühjahr ging er nach Tönsberg und verweilte dort geraume Zeit, während die Messe und die Warenverschiffung dort am lebhaftesten waren. Darauf rüstete er seine Flotte aus und hatte auf ihr eine Menge Männer um sich.

129. Von den Isländern

In diesem Sommer kamen aus Island gemäß der Botschaft König Olafs[1] Stein, Skaptis, des Gesetzessprechers Sohn, Thorodd, der Sohn des Goden Snorri, Gellir Thorkelssohn. und Egil, der Sohn Hall-auf-Seite's, der Bruder des Thorstein. Den Winter zuvor war Gudmund Eyjolfssohn gestorben. Die Isländer suchten, sobald sie vorgelassen wurden, den König Olaf auf. Und als sie den König trafen, wurden sie freundlich empfangen und weilten alle bei ihm.

In demselben Sommer hörte König Olaf, daß das Schiff, das er zur Einholung der Abgaben im Sommer zuvor nach den Färöer gesandt hatte, verloren gegangen sei, und nirgendwo hätte man von seiner Landung gehört. So rüstete der König ein anderes Schiff aus und bemannte es, das er zur Eintreibung der Steuern nach den Färöer sandte. Auch diese Männer fuhren ab und gewannen die See, aber man hörte von ihnen ebensowenig wie von den früheren, und manche Vermutungen tauchten auf, was wohl aus diesen Schiffen geworden wäre.

130. Die Anfänge Knuts des Mächtigen

Knut der Mächtige, den manche Knut den Alten nennen, war zu dieser Zeit König über England und über Dänemark. Knut der Mächtige war der Sohn Svend Gabelbarts, des Sohnes Haralds. Diese Vorväter Knuts hatten lange Zeit über Dänemark geherrscht. Harald Gormssohn, Knuts Groß-

[1] S. 220 f.

vater, hatte Norwegen nach dem Fall Harald Gunnhilds=
fohns[1] erobert und davon Abgaben erhoben, und er hatte die
Verwaltung des Landes dem Jarl Hakon dem Mächtigen über=
tragen. Der Dänenkönig Svend, Haralds Sohn, hatte gleich=
falls über Norwegen geherrscht, und er hatte zum Schutz des
Landes Jarl Erich Hakonsfohn eingesetzt. Die Brüder aber,
Erich und Svein Hakonsfohn, herrschten über das Land, bis
Jarl Erich auf Geheiß seines Schwagers, Knuts des Mäch=
tigen, nach England gegangen war. Er ließ aber zur Verwal=
tung Norwegens zurück seinen Sohn, Jarl Hakon, den Schwe=
sterfohn seines Schwagers[2] Knuts des Mächtigen. Aber später,
als Olaf der Dicke nach Norwegen kam, nahm er gleich zuerst
Jarl Hakon gefangen und vertrieb ihn aus dem Reich, wie vor=
her erzählt wurde. Dann ging Hakon zu seinem Mutterbruder
Knut[3], und er hatte nun bei ihm die ganze Zeit geweilt bis
zu diesem Abschnitt unserer Geschichte.

Knut der Mächtige hatte England in Schlachten gewonnen,
und er mußte weiter dort kämpfen. Er hatte gar große Mühe
gehabt, bis das Volk dieses Landes ihm Gehorsam leistete.
Als er sich aber genügend in der Herrschaft über das Land be=
festigt zu haben glaubte, richtete er seine Gedanken darauf, was
für eine Stellung er nun wohl in dem Reiche beanspruchen
müßte, dessen Herrschaft er nicht selber in der Hand hatte, näm=
lich in Norwegen. Er glaubte, daß das ganze Norwegen als
Erbteil ihm gehörte. Doch Hakon, sein Schwesterfohn, meinte,
auch ihm eigne ein Teil davon, und umfomehr als er diesen in
schmachvoller Weise verloren habe. Ein Umstand kam dazu,
weshalb Knut und Hakon sich in ihren Ansprüchen auf Nor=
wegen bisher still verhalten hatten, weil nämlich zuerst, als
König Olaf Haraldsfohn ins Land kam, die gesamte Maffe des
Volkes sich erhoben hatte und von nichts anderem hören wollte,
als daß Olaf Alleinherrscher des ganzen Landes werden follte.
Später aber, als die Leute zu der Ansicht kamen, daß fie ihre
Freiheit sich nicht erhalten konnten vor Olafs herrischem Auf=
treten, begaben sich manche außer Landes, und eine große
Menge der Mächtigen im Lande oder auch Söhne einflußreicher

---

[1] Vgl. Band I, S. 211. [2] S. 43. [3] S. 49 f.

Bauern hatten König Knut aufgesucht, indem sie verschiedene Gründe dafür angaben. Alle aber, die zu König Knut kamen und ihm Gehorsam leisten wollten, wurden überreichlich von ihm beschenkt. Außerdem sah man dort größere Pracht als an andern Plätzen, sowohl was die Menge Volks anlangte, die dort täglich anwesend war, als auch in der Ausstattung der Zimmer dort, besonders derer, in denen der König selbst wohnte. König Knut empfing Steuern und Abgaben von den Gebieten, die die reichsten in nordischen Landen waren, aber in gleichem Maße, wie er mehr Einnahmen hatte als andere Könige, verschenkte er auch wieder mehr als irgend ein anderer Herrscher. In seinem ganzen Reich herrschte so tiefer Friede, daß niemand ihn zu stören wagte, und das Volk im Lande selbst hatte Frieden und seine alten Gerechtsame. Aus diesem Grunde genoß Knut eine große Berühmtheit in allen Landen. Aber von den Leuten, die aus Norwegen kamen, beklagten viele den Verlust ihrer Freiheit, und einige setzten Jarl Hakon, andere auch König Knut selbst auseinander, daß die Norweger bereit sein würden, unter die Herrschaft König Knuts und des Jarles zurückzukehren, um durch sie ihre Freiheit wieder zu erlangen. Diese Reden waren ganz nach dem Herzen des Jarles, und auch er klagte vor dem König und bat ihn, doch zu versuchen, ob König Olaf ihnen das Reich abtreten oder wenigstens durch einen Vertrag in eine Teilung des Landes willigen würde. Und manche Leute unterstützten den Jarl in diesen Bestrebungen.

131. König Knuts Botschaft

König Knut sandte nun Boten aus England nach Norwegen, und aufs prächtigste wurden sie für ihre Fahrt ausgestattet. Sie hatten einen Brief bei sich mit dem Siegel des Königs von England. Sie kamen an und trafen den Norwegerkönig Olaf Haraldssohn im Frühjahr zu Tönsberg. Und als die Leute dem König erzählten, es seien Boten da vom König Knut dem Mächtigen, da nahm er das gar widerwillig auf. Er erklärte, Knut würde kaum eine Botschaft zu ihm senden, aus der ihm oder seinen Mannen ein Vorteil erwüchse. Und mehrere Tage lang wurden die Boten beim Könige nicht vorgelassen. Aber als sie Erlaubnis erhielten, vor ihm zu reden, traten sie vor den König und brachten ihm den Brief König Knuts. Sie sagten dann die dazugehörige Botschaft, nämlich, daß König Knut ganz Norwegen als sein Eigentum fordere und geltend mache, daß seine Vorväter das Reich vor ihm besessen hätten. „Aber, da König Knut im Frieden über alle Lande gebieten will, mag er Norwegen nicht mit Krieg überziehen, so lange ein anderer Ausweg sich findet. Will aber Olaf Haraldssohn König in Norwegen bleiben, dann soll er König Knut aufsuchen und das Reich von ihm zu Lehen nehmen. Er soll sein Vasall werden und ihm die gleichen Abgaben zahlen, die die Jarle früher zahlten." Dann wiesen sie König Knuts Brief vor, der diese Forderungen bestätigte.

Da erwiderte König Olaf: „Ich hörte in alten Erzählungen, daß man den Dänenkönig Gorm für einen gar mächtigen König im Volke hielt, und dieser herrschte über Dänemark allein. Aber das halten die späteren Dänenkönige augenscheinlich nicht für genug. Nun ist es dahin gekommen, daß Knut über Dänemark und über England herrscht, überdies auch einen großen Teil Schottlands zu seinem Reiche schlug. Jetzt aber erhebt er sogar Anspruch auf mein gesetzliches Erbe. Er sollte doch in seiner Begehrlichkeit endlich Maß zu halten wissen. Oder ist er tatsächlich gesonnen, über alle Nordlande zu herrschen und denkt vielleicht, er allein müsse allen Kohl in England essen? So mächtig müßte er werden, ehe ich ihm mein Haupt zu Füßen lege oder mich in irgend einer Weise vor ihm beuge. Nun sollt ihr ihm diese meine Antwort bringen, daß ich gesonnen bin, Norwegen mit der Spitze des Schwertes zu verteidigen, so weit meine Lebenstage dazu langen, und niemals jemand Steuern aus meinem Königtum zu entrichten."

Nach diesem Bescheide machten sich die Boten König Knuts fertig zur Abreise, keineswegs zufrieden mit dem Erfolg ihrer Botschaft.

Der Skalde Sigvat war bei König Knut gewesen, und der König hatte ihm einen goldenen Ring geschenkt, der eine halbe Mark wog. Damals weilte bei König Knut auch Bersi, der Sohn Skalden-Torfas, und König Knut gab ihm zwei gol-

dene Ringe, von denen jeder eine halbe Mark wog, und außer=
dem ein herrlich geschmücktes Schwert. Sigvat dichtete damals
darüber:

> Da wir war'n beim Dänen[1],
> Deinen Arm wie meinen
> Der tatkühne König
> Knut heh'r schmückte, Bärlein[2].
> Eine Mark Goldes[3] anbot
> Er samt scharfem Schwert dir,
> Halbe Mark[4] doch mir nur:
> Mehr wird Gott bescheren![5]

Sigvat machte nun Bekanntschaft mit den Boten des Königs
und frug sie nach mancherlei Neuigkeiten. Sie erzählten ihm
alles, wonach er sie ausforschte, von ihrem Gespräch mit König
Olaf und auch von dem Mißerfolg ihrer Botschaft. Sie sagten,
der König habe ihren Auftrag sehr übel aufgenommen. „Wir
wissen nicht", meinten sie, „worauf er so fest baut, daß er es
ablehnt, der Lehnsmann König Knuts zu werden und ihn auf=
zusuchen. Denn das wäre das Beste, was er tun könnte. Ist
doch König Knut so gnädig, daß niemals Herren ihn so durch
ihren Stolz beleidigen, daß er dies nicht verzeihe, sobald man
zu ihm kommt und ihm huldigt. Es ist noch gar nicht lange
her, daß zwei Könige aus dem Norden, aus Schottland, von
Fife her, zu ihm kamen, und er ließ allen Groll wider sie fah=
ren und gab ihnen alle Länder zurück, die sie vorher besessen
hatten, und dazu noch in Freundschaft herrliche Geschenke." Da
dichtete Sigvat:

> Aus Fifes[6] Mitte mut'ge
> Machthaber Knut brachten
> Ihren Kopf[7], zu kaufen
> Königes Versöhnung.
> Olaf der Dicke duckte
> Darum[8] sein Haupt wahrlich

---

[1] Dem Dänenkönig Knut. [2] D. h. Beisi. Anspielung auf den Namen des
Skalden, der „Bär" bedeutet. [3] 2880 Reichsmark. [4] 1440 Reichsmark Wert.
[5] Trotz meiner Zurücksetzung wird Gott mich entschädigen. [6] Königreich in
Ostschottland. [7] Stellten sich ihm auf Gnade und Ungnade zur Verfügung.
[8] Um Frieden.

Noch vor keinem Kön'ge:
Kriege focht er, siegreich!

König Knuts Boten zogen nun ihrer Wege heim, und sie hatten günstigen Wind auf hoher See. Sie kamen wieder zu König Knut und erzählten ihm von dem Ergebnis ihrer Botschaft, und zum Schluß auch die entscheidende Antwort, die König Olaf ihnen erteilt hatte.

König Knut versetzte: „Olafs Vermutung ist falsch, wenn er meint, daß ich allein allen Kohl in England essen möchte. Aber ich wünschte eher, er möchte es inne werden, daß doch noch andere Dinge in meinen Rippen stecken als nur Kohl: kalte[1] Pläne gegen ihn sollen noch aus jeder meiner Rippen hervorgehen."

In demselben Sommer kamen aus Norwegen zu König Knut Aslak und Skjalg, die Söhne Erlings von Jädern, und sie wurden dort freundlich aufgenommen. Denn Aslak war verheiratet mit Sigrid, der Tochter Sveins, des Sohnes von Hakon, und sie und Jarl Hakon Erichssohn waren Bruderskinder. König Knut gab den Brüdern dort reichen Besitz unter seiner Herrschaft.

132. Bündnis zwischen König Olaf und dem Schwedenkönig Önund

König Olaf sammelte seine Lehnsleute um sich, und er hatte in diesem Sommer eine große Menge Volks bei sich, denn das Gerücht ging, Knut der Mächtige wollte aus England im Laufe des Sommers herüberkommen. Die Leute meinten von Handelsschiffen, die von Westen kamen, gehört zu haben, daß Knut im Begriffe stünde, ein großes Heer in England zusammenzuziehen, aber als der Sommer zu Ende ging, sagten die einen noch, das Heer würde kommen, die andern aber bestritten es. Diesen Sommer hindurch war König Olaf in Vik und hatte seine Späher draußen, um zu hören, ob König Knut nach Dänemark käme.

Im Herbst sandte König Olaf Männer nach Schweden zu seinem Schwager, König Önund[2], und er ließ ihm Mitteilung

---

[1] D. h. feindliche (Wortspiel mit „Kohl"). [2] Vgl. S. 192.

machen von König Knuts Botschaft und von der Herausfor=
derung, die er an König Olaf hätte um Norwegen ergehen
laffen. Er ließ dazu fagen, er möchte glauben, daß, wenn Knut
Norwegen unterworfen hätte, König Onund in Schweden auch
nicht lange mehr Frieden haben würde, und deshalb scheine es
ihm gut, wenn er und Onund ein Bündnis untereinander
schlöffen und sich gegen jenen erhöben. Endlich fügte er hinzu,
sie hätten Macht genug, um den Kampf wider König Knut
aufnehmen zu können.

König Onund nahm König Olafs Botschaft gut auf, und er
sandte Antwort, er werde gern sich seinerseits mit König Olaf
verbünden auf die Bedingung hin, daß jeder dem andern Hilfe
aus seinem Reiche zusichern sollte, wer von ihnen sie zunächst
bedürfe. Auch wurde in dem Botschaftsaustausch zwischen
ihnen abgemacht, daß sie eine Zusammenkunft haben sollten,
wo sie sich schlüffig würden, was zu tun sei. König Onund
gedachte im nächsten Winter durch Vestergötland zu ziehen,
König Olaf aber machte alles fertig für eine Überwinterung
in Sarpsborg.

König Knut kam in diesem Herbst nach Dänemark, und er
weilte dort den Winter hindurch mit einem zahlreichen Heer.
Man erzählte ihm nun, daß Gesandte und Botschaften hin und
her gegangen seien zwischen den Königen von Norwegen und
Schweden und daß wichtige Abmachungen dahintersteckten.
König Knut sandte nun im Verlauf des Winters Männer
hinüber nach Schweden zu König Onund. Er schickte ihm große
Geschenke und freundschaftliche Botschaft, indem er versicherte,
er könne ganz in Ruhe sein wegen der Streitigkeiten zwischen
ihm und Olaf dem Dicken: „denn König Onund," so ließ er
sagen, „und sein Reich sollen Frieden vor mir haben." Als nun
die Boten zu König Onund kamen, wiesen sie die Gaben vor,
die König Knut ihm sandte, und boten ihm außerdem seine
Freundschaft an. König Onund aber lieh ihren Reden kein wil=
liges Ohr, und die Boten glaubten daraus schließen zu dür=
fen, daß König Onund gern mit König Olaf in guter Freund=
schaft verbunden sein wolle. So kehrten sie denn zurück und
teilten König Knut das Ergebnis ihrer Sendung mit, und sie

230

warnten ihn, auf eine Freundschaft von seiten König Onunds
zu hoffen.

133. Die Fahrt nach Perm

In diesem Winter weilte König Olaf in Sarpsborg und
hatte eine Menge Männer um sich. Damals sandte er den
Helgeländer Karli in das Nordland mit seinen Botschaften.
Karli zog zuerst nach dem Oberland, ging dann über das Gebirge und kam endlich nach Nidaros, wo er von dem Königs-
gelde einzog, soviel ihm aufgetragen war, und sich ferner ein
tüchtiges Schiff nahm, das er für geeignet hielt zu der Fahrt,
die der König für ihn bestimmt hatte, nämlich zu einem Zuge
nach Perm[1]. So war die Sache abgemacht, daß der König
und er den gleichen Teil am Gewinn haben sollten: jeder von
ihnen beiden sollte die Hälfte der Ausbeute erhalten.

Karli steuerte sein Schiff nach Helgeland im Norden — es war
zeitig im Frühjahr —, und sein Bruder Gunnstein entschloß
sich mit ihm zur Fahrt und nahm Handelswaren mit sich.
Sie waren etwa fünfundzwanzig Mann an Bord des Schiffes,
und sie fuhren frühzeitig im Jahr nach Finnmarken.

Thorir Hund[2] wurde diese Neuigkeit gemeldet, und er sandte
Männer mit Botschaft zu den Brüdern und ließ wissen, daß
auch er gesonnen sei, in diesem Sommer nach Perm zu fahren:
sie möchten doch miteinander in Gesellschaft dorthin segeln und
den Ertrag der Fahrt gleichmäßig teilen. Karli und sein Bruder sandten Thorir Antwort, er möchte doch mit fünfundzwanzig Mann kommen, der gleichen Zahl, die sie auch hätten,
und dann wünschten sie, daß von der Beute, die ihnen dort
zufiele, auf jedes Schiff der gleiche Anteil käme, abgesehen
von den Handelswaren, die sie eintauschten. Als aber Thorirs
Boten zurückkehrten, hatte er schon ein Langschiff aufs Meer
gelassen, ein mächtiges Boot von sich, und hatte es für die
Fahrt gerüstet. Dies Schiff bemannte er mit seinen Hausgenossen, und an Bord des Schiffes waren nahezu achtzig Mann.
Thorir befehligte diese Schar allein, und auf ihn allein kam
daher aller Gewinn, den er auf dieser Fahrt einstreichen würde.

[1] In Nordrußland am Weißen Meer. [2] Vgl. S. 216.

Als nun Thorir so seefertig war, steuerte er sein Schiff nord=
wärts an der Küste entlang und traf in Sandver auf Karli
und seine Leute. Darauf segelten sie alle zusammen und hatten
günstigen Fahrwind.

Gunnstein sagte zu seinem Bruder Karli, als sie sich beide mit
Thorir trafen, er glaube, Thorir habe eine allzugroße Män=
nerschar mitgebracht. „Und meine Ansicht ist," fügte er hinzu,
„es wäre weiser umzukehren und nicht so weiter zu fahren, wo
Thorir es in der Hand hat, mit uns zu machen, was er will
— denn ich traue ihm nur wenig." Karli erwiderte: „Ich mag
nicht umkehren, doch ist es sicher, hätte ich, als wir noch da=
heim in Langö waren, gewußt, daß Thorir Hund mit einer
so großen Männerschar kommen würde, wie er jetzt hat, dann
hätten auch wir wohl mehr Leute mitgenommen." Die Brüder
äußerten sich darüber zu Thorir und frugen, wie es käme, daß
er eine viel größere Zahl Männer bei sich führe, als sie unter=
einander abgemacht hätten. Er erwiderte: „Wir haben ein gro=
ßes Schiff, das viele Leute braucht, und bei einer so wag=
halsigen Fahrt, dünkt mich, ist kein tüchtiger Mann zu viel."
Den Sommer hindurch segelten sie meist, wie ihre Schiffe vor=
wärts kommen wollten: war nämlich eine leichte Brise, hatte
das Schiff Karlis und seiner Begleiter einen Vorsprung, und
dann fuhren sie an der Spitze, blies aber stärkerer Wind, dann
überholte sie Thorir mit seinen Leuten. Selten waren sie alle
beisammen, aber jeder wußte immer vom andern.

Als sie nun in Perm anlangten, ankerten sie bei einem Han=
delsplatz, und dort fand ein Markt statt, und die reichlich zah=
len konnten, erwarben sich dort Waren die Fülle. Thorir kaufte
eine Menge Grauwerk sowie Biberfelle und Zobelpelze. Auch
Karli hatte reichlich Geld, wovon er viel Pelzwerk einkaufte.
Als nun der Markt geschlossen war, segelten sie den Dwina=
strom hinab, und darauf wurde der Friede mit der Landbevöl=
kerung für beendet erklärt. Als sie nun auf die See hinaus=
kamen, da hielten die beiden Heerhaufen eine Beratung ab, und
Thorir frug, ob die Männer alle gesonnen seien, an Land zu
gehen und dort Beute zu machen. Die Männer erwiderten, sie
täten das sehr gerne, wenn bestimmte Beute in Aussicht stünde.

Thorir erklärte, man würde dort wohl sicher Beute machen, wenn ihr Zug einen guten Ausgang nähme, aber es wäre nicht unwahrscheinlich, daß Menschenleben auf der Fahrt aufs Spiel gesetzt werden müßten. Da erklärten alle, sie wollten den Zug schon wagen, wenn man auf Beute hoffen könne. Thorir sagte, es sei des Landes der Brauch, wenn reiche Männer stürben, daß der Besitz zwischen dem Toten und seinen Erben verteilt würde; jener bekäme die Hälfte oder ein Drittel oder bisweilen auch weniger. Dieser Schatz würde dann in Wälder gebracht oder bisweilen auch in Hügel, und es würde Erde darüber gehäuft. Zuweilen aber würden auch Häuser darüber errichtet. Er sagte, sie sollten sich gegen Abend zur Fahrt bereit halten. Es wurde nun bekannt gemacht, daß sich keiner vom andern trennen dürfe, und niemand solle zurückbleiben, wenn die Schiffsherren ausriefen, daß man sich wieder zum Abzug sammle. Man ließ nun Männer zur Bewachung der Schiffe zurück, und der Rest wandte sich zum Lande.

Zuerst waren dort flache Ebenen und dann folgte dichtes Waldland. Thorir ging nun vor den Brüdern Karli und Gunnstein. Thorir hieß die Männer still vorwärtsgehen. „Und streift die Borke von den Bäumen, daß man immer einen Baum von dem andern aus sehen kann." Nun drangen sie in eine große Lichtung im Walde vor, und in dieser Lichtung war ein hoher Lattenzaun mit einer verschlossenen Tür. Sechs Männer des Volkes dort sollten jede Nacht die Umzäunung bewachen, immer zwei ein Drittel der Zeit. Als nun Thorir und seine Mannen an den Zaun kamen, waren eben die Wächter heimgegangen, aber die, die sie ablösen sollten, waren noch nicht zur Wache erschienen. Thorir ging nun zur Umzäunung, hakte seine Axt oben in den Zaun und zog sich dann Hand um Hand hinauf, und er kam so über den Zaun an der einen Seite des Tors. Und inzwischen hatte sich auch Karli über den Zaun gemacht an der andern Seite der Türe. Thorir und Karli kamen so zu gleicher Zeit vor den Eingang, schoben die Querriegel bei Seite und öffneten die Tür, so daß die Männer in die Umzäunung hinein konnten.

Da sprach Thorir: „In dieser Umzäunung ist ein Hügel, in

dem alles zusammengeworfen ist, Gold, Silber und Erde, und an den sollen sich die Männer machen. Aber in der Umzäunung steht der Gott der Permer, der Jomali heißt, und keiner erkühne sich etwa, diesen zu berauben." Nun machten sie sich an den Hügel heran und nahmen dort so viel von den Schätzen, als sie konnten, und trugen es in ihren Gewändern davon. Viel Erde aber war dabei, wie zu erwarten stand. Dann ließ Thorir zum Rückzug rufen und sprach folgendermaßen: „Jetzt geht ihr Gebrüder, Karli und Gunnstein, voran: ich werde den Zug beschließen." Sie wandten sich nun alle nach dem Tor zum Ausgang. Thorir aber ging zurück zu Jomali und nahm einen Silberhumpen, der in seinem Schoße stand und mit Silbermünzen angefüllt war, und er schüttete das Silber vorn in seine Manteltasche[1] und streifte den Henkel, der oben am Humpen war, über seinen Arm. Dann ging auch er durch das Tor hinaus. Aber während der Zeit waren seine Gefährten alle durch den Lattenzaun wieder ins Freie gekommen, und sie wurden nun gewahr, daß Thorir zurückgeblieben war. Da ging Karli zurück, um nach ihm zu sehen, und sie trafen sich noch innerhalb des Tores, und Karli sah, wie Thorir einen silbernen Humpen erbeutet hatte. Da rannte Karli zu Jomali hin und sah, daß ein dicker Halsschmuck um seinen Nacken lag. Er hob seine Axt und schlug den Riemen durch, mit dem das Halsband hinten an Jomalis Nacken befestigt war. So gewaltig war der Streich mit der Axt, daß Jomalis Haupt herabflog. Da gab es ein so gewaltiges Krachen, daß es ihnen allen wie ein Wunder vorkam. Aber Karli nahm den Halsschmuck, und sie gingen ihrer Wege.

Sobald aber der Krach ertönte, kamen die Wächter vor in die Lichtung und bliesen sofort in ihre Hörner. Und darauf hörten sie von allen Seiten um sich herum Trompeten blasen. So eilten sie zum Walde und flüchteten dort hinein, doch hörten sie aus der Lichtung hinter sich Lärm und Geschrei; denn inzwischen waren die Permer gekommen.

Thorir Hund ging als letzter von allen in seiner Schar. Vor ihm gingen zwei Männer, die einen Sack zwischen sich trugen,

---

[1] Als solche diente der Bausch des Rockes vorne über dem Gürtel.

und deſſen Inhalt ſah wie Aſche aus. Thorir ſenkte die Hand
hinein und ſtreute jene über ihre Fußſpuren, bisweilen warf
er ſie auch über die Schar hin.

So kamen ſie aus dem Walde heraus und wieder in die Ebene.
Sie hörten, wie das Heer der Permer hinter ihnen herſtürmte
unter Lärm und böſem Geſchrei. Dann kamen ſie hinter ihnen
aus dem Walde und von beiden Seiten auf ſie zugeſtürzt. Aber
niemals kamen die Permer oder deren Waffen ihnen ſo nahe,
daß es Verwundungen bei ihnen gab. Daran erkannten ſie, daß
die Permer ſie nicht ſahen. Als ſie aber bei den Schiffen waren,
ging Karli mit ſeinen Gefährten zuerſt an Bord, denn ſie
waren zuerſt ans Ufer gelangt, Thorir aber war noch am
weiteſten zurück im Lande. Sobald Karli und ſeine Genoſſen an
Bord ihres Schiffes waren, brachen ſie die Zelte ab und lich=
teten die Anker. Dann zogen ſie die Segel auf, und bald eilte
das Schiff auf die hohe See.

Aber Thorir und ſeine Gefährten kamen viel langſamer vor=
wärts, da ihr Schiff unbehilflicher war. Als ſie erſt die
Hand an die Segel legten, war Karli mit ſeinen Gefährten
längſt vom Lande. So ſegelten nun beide Teile durch das
Weiße Meer.

Die Nächte waren noch hell, und beide fuhren Tag und Nacht,
bis Karli und ſeine Leute eines Abends an einige Eilande
kamen. Dort ſtrichen ſie die Segel und warfen Anker, indem ſie
auf die Ebbe warteten, denn vor ihnen war ein ſtarker Meeres=
ſtrom. Darauf kam auch Thorir mit ſeinen Gefährten dorthin,
und ſie ankerten gleichfalls. Dann ſetzten ſie ein Boot aus,
und in dieſes ſtieg Thorir mit einigen ſeiner Leute, und ſie ru=
derten hinüber zu Karlis Schiff. Thorir ging an Bord, und die
Brüder grüßten ihn freundlich, aber Thorir verlangte von
Karli, er ſolle ihm den Halsſchmuck aushändigen. „Denn ich
glaube, ich habe den vornehmſten Anſpruch auf die koſtbaren
Dinge, die wir dort erbeuteten, da ich doch meinen ſollte, ihr
hättet es mir zu danken, daß wir ohne Lebensverluſte dort ent=
ronnen ſind. Aber du Karli, meine ich, brachteſt uns in die
größte Gefahr.“

Da ſagte Karli: „König Olaf gehört die Hälfte der ganzen

Beute, die ich auf dieser Fahrt gewinne. Ich habe ihm nun das Halsband zugedacht. Ihn magst du aufsuchen, wenn du willst. Vielleicht liefert er dir den Halsschmuck aus, falls er ihn nicht zu eigen behalten will, weil ich ihn dem Götzen Jomali nahm."

Darauf antwortete Thorir und machte den Vorschlag, sie sollten auf das Eiland gehen und dort ihre Beute teilen. Gunnstein sagte, jetzt käme die Flut wieder, und es sei Zeit weiterzusegeln. Dann zogen sie ihre Taue ein, und als Thorir das sah, ging er wieder in sein Boot und ruderte mit den Gefährten zu seinem Schiffe zurück. Karli und seine Leute aber hatten die Segel gehißt und waren schon längst wieder auf der Fahrt, ehe Thorir mit seinen Begleitern unter Segel ging. Und ihre Weiterfahrt verlief nun so, daß Karli mit seinen Leuten immer an der Spitze segelte und beide Teile mit äußerster Anstrengung fuhren. In dieser Weise ging ihre Fahrt weiter, bis sie nach Gjesvär kamen, dem ersten Platz, wo man, von Norden kommend, einen Hafen anlaufen kann. Dort langten beide eines Abends an und lagen da im Hafen auf der Mole. Thorir mit seinen Leuten lag weiter drinnen im Hafen, und Karli mit den Seinen weiter draußen.

Als nun Thorir und seine Leute die Zelte auf ihrem Schiffe aufgeschlagen hatten, ging er an Land und mit ihm ein großer Teil seiner Mannschaft. Sie gingen zu Karlis Schiff, das dieser mit seinen Leuten auch schon in Ordnung gebracht hatte. Thorir rief das Schiff an, und er bat die Führer, an Land zu kommen. Die Brüder gingen auch zusammen ans Ufer mit einigen ihrer Mannen. Da brachte Thorir das gleiche Anliegen vor wie früher. Er forderte sie auf, an Land zu kommen und ihre Beute zur Teilung mitzubringen, so weit es sich um Kriegsbeute handele. Die Brüder antworteten, dazu liege kein Bedürfnis vor, bis sie wieder heim in bewohntes Land kämen. Thorir sagte, das sei nicht Brauch unter Männern, Kriegsbeute erst zu teilen, wenn man wieder in der Heimat wäre, und es so auf die Rechtlichkeit der Männer ankommen zu lassen. Sie machten noch mancherlei Worte über den Gegenstand, indem jeder seinen Standpunkt vertrat.

236

Endlich ging Thorir fort. Aber als er ein kleines Stück Weges gegangen war, kehrte er um und sagte, seine Genossen möchten ihn dort erwarten. Dann rief er Karli an und sprach: „Ich möchte gern im geheimen mit dir reden." Karli kam auch auf ihn zu. Aber als sie zusammenkamen, stieß Thorir ihm einen Speer durch die Mitte des Leibes, der ihn völlig durchbohrte. Dann sagte Thorir: „Jetzt, Karli, kannst du einen Bjerkö= Mann kennen lernen, und ich meine auch, du kennst den Speer gut, den „Seehund=Rächer"[1]. Karli starb sofort, und Thorir ging mit seinen Leuten auf sein Schiff zurück.

Gunnstein und seine Genossen sahen Karli fallen und rannten sofort dorthin. Sie nahmen seine Leiche und trugen sie aufs Schiff. Sie brachen sofort die Zelte ab und zogen die Landungs= bretter ein. Dann stießen sie vom Ufer, hißten die Segel und fuhren ihres Weges. Thorir mit seinen Leuten sah dies, und sie brachen die Zelte ab und machten sich schleunigst fahrtfertig. Aber als sie die Segel hissen wollten, zerriß das Ziehtau, und das Segel fiel herab quer über das Schiff, und daher mußte Thorir mit seinen Gefährten notgedrungen längere Zeit dort liegen, bis sie das Segel wieder emporbekommen hatten. Aber Gunnstein und seine Mannschaft waren längst auf offener See, als Thorirs Schiff wieder unterwegs war. Beides taten nun Thorir und seine Leute: sie segelten und halfen nach durch Rudern, und das gleiche taten Gunnstein und seine Gefährten. So eilten sich beide aufs äußerste Tag und Nacht. Nur langsam aber kamen sie sich näher, denn als die Schärensunde anfingen, war Gunnsteins Schiff viel leichter hindurchzusteuern. Aber Thorir mit seinen Leuten kam ihnen doch schließlich so nahe, daß Gunnstein und die Seinen gegenüber von Lenviken an Land fuhren und vom Schiff aufs Ufer liefen. Kurze Zeit darauf kam Thorir mit seinen Gefährten dahin. Sie liefen aufs Ufer, hinter ihnen her, und verfolgten sie dort. Ein Weib brachte Gunnstein Hilfe und versteckte ihn, und es heißt, sie sei sehr zauberkundig gewesen. Darauf kehrte Thorir mit seinen Leuten um zum Schiffe, und sie nahmen nun alle Beute, die an

---

[1] Vgl. S. 215 f. Karli war der Freund Asmunds und zugegen, als dieser Asbjörn Seehundstöter mit demselben Speere durchbohrte.

Bord von Gunnſteins Schiffe war. Sie beluden es ſtatt deſſen mit Steinen, brachten es in den Fjord und bohrten Löcher hinein. Dann ſenkten ſie es in die Tiefe. Aber Thorir und ſeine Leute fuhren ihres Weges heim nach Bjerkö.

Gunnſtein und ſeine Leute zogen erſt behutſam und im verborgenen weiter. Sie ſetzten in kleinen Booten über die Sunde. Sie fuhren bei Nacht und lagen am Tage ſtille. So zogen ſie weiter, bis ſie Bjerkö hinter ſich hatten und endlich ganz aus dem Bereich von Thorirs Bezirk waren.

Gunnſtein ging nun zunächſt nach Langö, und er verweilte dort nur kurze Zeit. Dann machte er ſich gleich zur Fahrt nach Süden auf, und er unterbrach ſie nicht früher, bis er nach Drontheim kam. Dort ſuchte er König Olaf auf und erzählte alle Einzelheiten, die ihnen auf dem Permer Zuge zugeſtoßen waren. Dem König ging dieſe ihre Fahrt ſehr zu Herzen, doch hieß er Gunnſtein bei ihm bleiben und erklärte, er wolle ſeine Sache ſchon in Ordnung bringen, ſobald er Gelegenheit dazu fände. Gunnſtein nahm dieſe Einladung mit Dank an und blieb bei König Olaf.

134. Zuſammenkunft der Könige Olaf und Önund

Vorher wurde erzählt, wie König Olaf in dem Winter, als König Knut in Dänemark war, im Oſten zu Sarpsborg weilte[1]. In dem gleichen Winter ritt König Önund von Schweden mit mehr als dreitauſendſechshundert Mann durch Veſtergötland. Dann wechſelten Botſchaften zwiſchen König Olaf und ihm, und beide verabredeten im Frühjahr eine Zuſammenkunft in Kungälf. Sie verſchoben das Stelldichein deshalb, weil ſie erſt ſehen wollten, bevor ſie ſich träfen, was für Unternehmungen König Knut wohl vor hätte. Gegen Ende des Frühjahres aber machte ſich Knut mit ſeinem Heere bereit, um wieder nach England zu fahren. Er ließ in Dänemark als Herrſcher zurück ſeinen Sohn Hardeknut und mit ihm den Jarl Ulf, den Sohn von Thorgils Sprakalegg. Ulf war ver-

---

[1] S. 230.

heiratet mit Aſtrid, der Tochter König Svend Gabelbarts und der Schweſter König Knuts des Mächtigen, und ihr Sohn war jener Svend, der ſpäter König in Dänemark wurde[1]. Der Jarl Ulf war ein Mann von größter Bedeutung.

Nun ging König Knut der Mächtige wieder nach England, und als die Könige Olaf und Onund das hörten, da machten ſie ſich zur Zuſammenkunft auf, und ſie trafen ſich auf der Götaelf bei Kungälf. Das war eine frohe Begegnung, und ſie verlief in voller Freundſchaft, ſo weit die Leute das ſehen konnten. Doch beſprachen ſie mancherlei Dinge miteinander, von denen nur ſie beide wußten. Einige dieſer Pläne wurden ſpäter auch ausgeführt, und ſie wurden dann dem ganzen Volke bekannt. Beim Abſchied aber bedachten die Könige einander mit Geſchenken und gingen in Freundſchaft auseinander. König Onund zog nun wieder hinauf nach Götland, aber König Olaf zurück nach Vik und weiter zur See nach Agde. Von dort fuhr er wieder an der Küſte nordwärts, und er lag eine ziemlich geraume Weile im Egerſund und wartete auf günſtigen Fahrwind. Er hörte, daß Erling Skjalgsſohn und mit ihm das Volk in Jädern dabei waren, ein Heer zuſammenzuziehen und daß ſie eine gewaltige Schar da hatten.

Eines Tages ſprachen des Königs Leute untereinander über das Wetter, ob Süd= oder Südweſtwind blaſe, und ob ſolch ein Wind günſtig wäre, nach Jädern zu ſegeln oder nicht. Die meiſten ſagten, er wäre ungünſtig. Da ſprach Halldor Bynjolfsſohn: „Ich ſollte meinen,“ ſagte er, „man könnte den Wind für ausreichend günſtig halten, nach Jädern zu fahren, um zu ſehen, ob Erling Skjalgsſohn in Sole ein Feſt für uns gerüſtet hat.“

Da ſagte König Olaf, man ſollte die Zelte abbrechen und die Schiffe auf See laſſen, und ſo geſchah es. So ſegelten ſie denn an dieſem Tage und umſchifften Jädern. Es war ausgezeichneter Wind, und des Nachts ankerten ſie auf Hvidingsö. Dann fuhr der König weiter nach Hardanger, wo er herumzog, um ſich bewirten zu laſſen.

---

[1] 1047—1076, vgl. Band III, Geſchichte von Harald dem Harten, Kap. 31.

135. Thoralfs Erschlagung[1]

In diesem Frühjahr war ein Schiff von Norwegen nach
den Färöer gekommen, und dieses Schiff brachte eine Bot=
schaft mit von König Olaf des Inhalts, daß von den Färöer
einer seiner Gefolgsmannen zu ihm kommen sollte, nämlich
Leif Ozurssohn, Gilli der Gesetzessprecher oder Thoralf von
Dimon. Aber als diese Botschaft nach den Färöer kam und
eben diesen Männern mitgeteilt wurde, hatten sie eine Unter=
redung untereinander, was hinter dieser Botschaft stecken
möchte. Sie neigten zu dem Glauben, der König wolle Er=
kundigungen einziehen über die Vorgänge, die nach der Be=
hauptung einiger Leute sich auf den Eilanden abgespielt haben
sollten, hinsichtlich des damaligen Mißerfolges der Königs=
boten, jener beiden Schiffsmannschaften nämlich, von denen
nicht eine Seele gerettet war. Sie wurden sich darüber schlüs=
sig, daß Thoralf nach Norwegen gehen solle, und er machte
sich fertig zur Reise. Er rüstete ein Lastschiff aus, das ihm ge=
hörte, und verschaffte sich Mannschaft dafür. Im ganzen waren
zehn bis zwölf Männer an Bord. Als sie aber fahrtbereit
waren und noch auf günstigen Wind warteten, geschah es
im Hause Thrand=auf=Gasse's auf Austrey an einem Tag mit
schönem Wetter, daß Thrand in die Stube trat, während auf
der Estrade zwei seiner Brüdersöhne, Sigurd und Thord, die
Söhne Thorlaks, lagen. Als dritter war bei ihnen Gaut der
Rote, der auch ein Gesippe von ihnen war. Alle diese Zieh=
söhne Thrands waren tüchtige Männer. Sigurd war der älteste
und in allen Dingen ihr Führer. Thord hatte einen Beinamen.
Man nannte ihn Thord den Niedrigen. Trotz alledem war er
der höchste der Männer, und noch mehr: er war außerordentlich
kühn und strotzend von Kraft.

Da sagte Thrand: „Gar viel ändert sich in eines Mannes
Leben. Selten kam es vor in unserer Jugendzeit, daß an Tagen
mit so schönem Wetter Männer still dagesessen oder gelegen
hätten, die jung und zu allen Unternehmungen fähig waren.
Es wäre auch den Männern der alten Zeit kaum so vorgekom=

---

[1] Vgl. S. 221 ff. 224 und Färingergeschichten (Thule 13) S. 329 ff., mit
denen sich unsere Erzählung hier fast wörtlich berührt.

men, als ob Thoralf von Dimon ein markigerer Mann sei
als ihr. Aber das Lastschiff, das ich damals hatte und das hier
im Bootshaus steht, meine ich, ist jetzt so alt geworden, daß es
unter seinem Teere rostet. Jedes Haus ist hier voller Wolle,
doch nicht so viel davon kann man feilbieten. Das würde nicht
der Fall sein, wäre ich nur wenige Jahre jünger."
Da sprang Sigurd empor und rief Gaut und Thord zu, er
könne Thrands Spott nicht länger ertragen. Und sie gingen
hinaus, wo ihre Knechte waren. Dann begaben sie sich zum
Bootshaus und schafften das Lastschiff ins Wasser. Sie ließen
eine Ladung dorthin bringen und beluden das Schiff — denn
es war kein Warenmangel daheim — und alle Ausrüstung für
das Schiff war zur Stelle. So waren sie in wenigen Tagen
seefertig, und sie waren auch zehn oder zwölf Männer an
Bord.
Sie und Thoralf hatten denselben günstigen Wind, und sie
wußten stets jeder von des andern Fahrt auf hoher See. Sie
landeten an einem Eiland der Hennder eines Abends, und Sigurd mit seinen Begleitern weiter westlich am Strande, doch
war nur eine kleine Strecke zwischen ihnen.
Nun traf es sich am Abend, als es dunkel war und Thoralf
und die Seinen ins Bett wollten, daß Thoralf an Land ging
mit noch einem andern Manne, um sich einen Platz zum Aus-
treten zu suchen. Als sie aber eben wieder zur See hinabgehen
wollten, sagte Thoralfs Begleiter, ihm wäre ein Tuch über
den Kopf geworfen, und er ward vom Boden emporgehoben,
und in demselben Augenblick hörte er ein Krachen. Dann
schleppte man ihn am Ufer entlang und hob ihn dann in die
Höhe, um ihn fallen zu lassen dort, wo die See unter ihm war.
So versank er in die Tiefe, doch kam er wieder ans Land
und ging dorthin, wo er und Thoralf auseinandergekommen
waren. Er fand da Thoralf mit einem Hieb tief in die
Schulter. Er war schon tot. Und als seine Schiffsgenossen benachrichtigt waren, trugen sie seinen Leichnam an Bord des
Schiffes und bewachten ihn.
Nun weilte König Olaf zu dieser Zeit in Lyren auf einem Fest,
und dorthin wurde Botschaft gebracht. Ein Strafthing zur Un-

terfuchung wurde berufen, und der König felbft war auf dem Thing. Er hatte dorthin die fåringifche Befatzung von beiden Schiffen kommen laffen, und fie waren auch zu dem Thing erfchienen. Als nun das Thing eröffnet war, ftand der König auf und fagte: „Hier find Dinge gefchehen, von denen man lieber felten erzählen hören follte. Hier ift ein trefflicher Mann feines Lebens beraubt, und ein fchuldlofer Mann war es, wie wir glauben. Ift jemand auf dem Thing, der weiß oder fagen kann, wer diefe Untat getan hat?"

Niemand aber meldete fich zu diefer Frage. Da fagte der König: „Ich kann es nicht leugnen, was mein Verdacht ift in diefer Sache: meiner Meinung nach fällt er auf die Männer von den Färder. Und ich vermute, es ift höchftwahrfcheinlich, daß der Vorgang fich in der Weife abgefpielt hat: Sigurd Thorlaksfohn hat jedenfalls den Mann erfchlagen, und Thord der Niedrige hat den andern in die See geworfen. Ferner fpreche ich die Vermutung aus, daß der Anfchlag auf Thoralf deshalb erfolgte, weil jene nicht wollten, daß er ihre Übeltaten hier berichten follte, die er offenbar genau kannte und die wir längft geargwöhnt haben, hinfichtlich der Mordüberfälle und der Schandtaten, denen meine Boten damals zum Opfer fielen."

Als der König diefe feine Rede gefchloffen hatte, da erhob fich Sigurd Thorlaksfohn und fprach: „Niemals nahm ich vorher auf Thingen das Wort, und ich zweifle nicht, man wird mich für wenig wortgewandt halten, aber doch meine ich, habe ich allen Grund, hierauf etwas zu entgegnen. Ich fpreche nun die Vermutung aus, daß der Spruch, den der König hier gefällt hat, in dem Munde folcher Männer wurzelt, die viel unklüger find als er und dazu fchlechter. Und es ift ganz offenbar, daß diefe ihr ganzes Sinnen darauf richten, unfere Feinde zu fein. Eine höchft unwahrfcheinliche Behauptung ift das, daß ich den Wunfch gehabt haben follte, Thoralf zu fchädigen, der doch mein Ziehbruder war und mein guter Freund. Aber angenommen, es wären andere Gründe dafür gewefen, und es hätte Händel zwifchen uns beiden gegeben, fo bin ich doch immer noch vernünftig genug, daß ich eine folche Tat lieber daheim auf den Färder verübt hätte als hier in deinem eigenen

242

Machtbereich, König. Ich lehne nun diese Tat für mich und
alle meine Schiffsgefährten ab, und ich erbiete mich, einen
Eid darauf abzulegen, ganz, wie deine Gesetze ihn erheischen.
Haltet ihr aber dies für einen vollgültigeren Beweis, dann will
ich auch das glühende Eisen tragen, und ich wünsche, daß du
selbst dem Gottesurteil beiwohnst."

Als Sigurd nun seine Rede beendet hatte, verwandten sich viele
Männer für ihn, und sie baten den König, Sigurd Gelegenheit
zu geben, sich zu reinigen. Sie meinten, Sigurd habe wohlge=
sprochen, und die Beschuldigung, die man gegen ihn erhoben
hätte, sei unwahr.

Der König sagte: „Über diesen Mann sind die Urteile sehr ver=
schieden. Hat man ihn in dem Fall falsch beschuldigt, ist er ein
trefflicher Mann, aber andernfalls muß er beispiellos tollkühn
sein, und das vermute ich eher. Aber ich denke, er soll selbst da=
für Zeugnis ablegen."

Auf die Fürbitten der Männer hin nahm der König es an, sich
durch das Gottesurteil des Eisentragens über Sigurd Sicher=
heit zu verschaffen: er sollte den nächsten Tag nach Lyren kom=
men, und dort sollte der Bischof das Gottesurteil mit ihm
vornehmen. Damit wurde das Thing aufgelöst. Der König
kehrte nach Lyren zurück, Sigurd und seine Fahrtgenossen aber
auf ihr Schiff.

Es wurde nun frühzeitig dunkel in der Nacht, und Sigurd
sagte zu seinen Reisegefährten: „Wahrhaftig, wir sind hier in
eine sehr gefährliche Lage gekommen, und wir stehen gar fal=
scher Bezichtigung gegenüber. Dies ist ein König, verschlagen
und ränkevoll, und es ist nicht schwer zu sehen, was unser
Los sein wird, hat er die Verfügung über uns. Zuerst ließ er
Thoralf erschlagen, und nun will er uns noch vogelfrei machen.
Es wird ein leichtes Ding für ihn sein, in diese Eisenprobe Ver=
wirrung zu bringen, und ich meine, der fährt schlecht, der es
auf solches Wagnis ihm gegenüber ankommen läßt. Überdies
macht sich jetzt von den Bergen über den Sund hin ein gün=
stiger Wind auf. Daher ist mein Rat, die Segel zu hissen und
auf die hohe See hinaus zu fahren. Mag Thrand nächsten
Sommer mit seiner Wolle losfahren, wenn er sie absetzen

16*

laſſen will. Wenn ich aber jetzt hier davonkomme, dann glaube ich, werde ich mich vorſehen, daß ich nimmer wieder nach Nor= wegen komme."

Seine Reiſegefährten erklärten dies für einen tüchtigen Ent= ſchluß, und ſie hißten ſofort ihre Segel. Sie fuhren die Nacht hindurch aufs offene Meer, ſo ſchnell ſie vorwärts kommen konn= ten. Sie unterbrachen die Fahrt nicht, bis ſie wieder auf den Färöer und daheim in Gaſſe waren. Thrand war mit ihrer Reiſe wenig zufrieden, aber ſie gaben ihm keine freundlichen Erwiderungen, obgleich ſie im Hauſe bei Thrand Wohnung nahmen.

136. Von den Isländern

Bald hörte König Olaf, daß Sigurd mit ſeinen Leuten auf und davon wäre, und nun laſtete der Verdacht ſchwer auf ihnen in dieſer Sache. Es waren viele, die jetzt ſag= ten, es ſei wahrſcheinlich, daß Sigurd und ſeine Leute mit Recht beſchuldigt ſeien, — ſelbſt von denen, die früher die Schuld Sigurds geleugnet und wider ſie geſprochen hatten. König Olaf ſprach wenig über dieſe Angelegenheit, aber er glaubte jetzt beſtimmt zu wiſſen, daß das wahr wäre, was er vorher geargwohnt hätte. Der König ſetzte nun ſeine Reiſe fort, und er nahm weiter Feſte entgegen, wo man ſie für ihn im Lande veranſtaltet hatte. König Olaf rief nun zu einer Unterredung die Männer zuſammen, die von Island gekommen waren, nämlich Thorodd Snorrisſohn, Gellir Thorkelsſohn, Stein Skaptisſohn und Egil Hallsſohn[1]. Und der König nahm das Wort folgendermaßen: „Ihr habt in dieſem Sommer eine Sache bei mir angeregt, nämlich, daß ihr euch für die Rückfahrt nach Island rüſten wollt, und ich habe euch noch nicht meine letzte Enſcheidung darüber mitgeteilt. Jetzt will ich euch ſagen, was ich darüber denke. Dich, Gellir, habe ich für die Rück= fahrt nach Island beſtimmt, wenn du meine Botſchaft dorthin bringen willſt. Aber die anderen Isländer, die hier ſind, ſollen nicht wieder nach Island gehen, bevor ich höre, welchen Erfolg dieſe meine Botſchaft hat, die du, Gellir, dorthin überbringen ſollſt."

[1] Vgl. S. 224.

Als der König dies kundgetan hatte, da meinten alle, die gern die Fahrt unternommen hätten und denen sie jetzt verboten war, das wäre ein recht bitteres Los für sie. Diese Zurückhaltung erschien ihnen schlimm und wie eine Tyrannei.

Gellir machte sich nun fertig für seine Fahrt, und er segelte im Sommer nach Island. Er brachte mit sich dorthin des Königs Botschaft, die er im nächsten Sommer auf dem Thing dort verkündete. Des Königs Botschaft aber lautete so: er forderte die Isländer auf, sie sollten die gleichen Gesetze annehmen, die er in Norwegen gegeben hätte, und sie sollten ihm von ihrem Lande Untertan= und Kopfsteuer entrichten, einen Pfennig der Mann, wovon zehn auf eine Elle Fries kommen sollten. Der König setzte hinzu, er verhieße allen seine Freundschaft, die sich damit einverstanden erklärten, andernfalls aber die schlimmste Behandlung, die er ihnen angedeihen lassen könnte. Die Männer saßen lange darüber zu Rat, und sie besprachen sich untereinander darüber, schließlich aber kamen sie alle einstimmig darin überein, die Abgaben und alle Steuern, die man von ihnen fordere, abzulehnen.

Und in diesem Sommer noch fuhr Gellir zurück zu König Olaf, und er traf ihn im gleichen Sommer zu Vik, wo er aus Götland wieder heimgekehrt war. Davon, denke ich, soll später erzählt werden in der Geschichte von König Olaf[1].

Gegen Ende des Herbstes ging König Olaf nach Drontheim und dann mit seinem ganzen Gefolge hinab nach Nidaros. Dort ließ er seine Überwinterung vorbereiten. König Olaf saß den Winter hindurch an diesem Handelsplatz. Das war der dreizehnte Winter seines Königtums.

137. Von den Leuten aus Jämtland[1]

Ein Mann hieß Ketil Jamti, der Sohn Jarl Onunds aus Sparbuen in Drontheim. Er war vor König Eystein dem Böswilligen über das Kjölengebirge geflüchtet. Er rodete die Wälder und siedelte sich dort in der Gegend an, die jetzt Jämtland heißt. Ostwärts dorthin flüchteten auch Volksscharen aus Drontheim vor jenem Unfrieden; denn König Eystein

[1] S. 294. [2] Vgl. S. 89 und Band I, S. 147 ff.

zwang die Leute in Drontheim, ihm Abgaben zu zahlen, und setzte dort als König seinen Hund ein, namens Saur. Ketils Enkel war Thorir Helsing, nach dem Helsingland benannt wurde: dort siedelte er sich an. Aber als König Harald Schönhaar das Reich von seinen Bewohnern säuberte, da floh wieder eine Menge Volks vor ihm außer Landes, aus Drontheim wie aus Namdalen, und es entstanden noch weitere Siedelungen dort im Osten in Jämtland. Andere aber fuhren von der Ostsee nach Helsingland, und diese waren Lehnsleute des Schweden= königs.

Als dann aber Hakon Athelstans=Ziehsohn König über Nor= wegen geworden war, da gab es Frieden und Handels= verkehr von Drontheim bis Jämtland. Und da die Jämtlän= der dem König zugetan waren, suchten sie ihn aus dem Osten auf und verpflichteten sich ihm zum Gehorsam. Sie zahl= ten ihm Abgaben, und er gab ihnen Gesetz und Rechte. Sie waren viel geneigter, ihm als König zu dienen denn dem Schwedenherrscher, zumal sie doch von Herkunft Norweger waren. Dasselbe taten alle Leute aus Helsingland, die von der Bevölkerung nördlich des Kjölengebirges abstammten. Diese Zustände herrschten noch eine lange Zeit später, bis König Olaf der Dicke und der Schwedenkönig Olaf über die Gren= zen ihrer Länder in Streit gerieten. Da wandten sich die Jämt= länder und Helsingländer der Herrschaft des Schwedenkönigs zu, und nun bildete der Eidawald die Grenze im Osten, das Kjölengebirge aber die ganze Strecke hin bis Finnmarken im Norden. Der Schwedenkönig aber erhob jetzt Abgaben von Helsingland und desgleichen von Jämtland. Aber der Nor= wegerkönig Olaf behauptete, daß in dem Vertrag zwischen ihm und dem Schwedenkönig ausgemacht sei, daß die Abgaben aus Jämtland jetzt wo anders hin entrichtet werden sollten denn vorher, ungeachtet dessen, daß lange Zeit hindurch die Sache so gestanden hätte, daß die Jämtländer ihre Steuern an den Schwedenkönig gezahlt hatten und daß die Landesverwaltung von dort aus geregelt war. Die Schweden aber wollten sich auf nichts anderes einlassen, als daß alles Land östlich des Kjölengebirges zum Reiche des Schwedenkönigs gehören solle.

Und es kam nun so, wie es oft der Fall ist, daß trotz der Freundschaft und Verwandtschaft der beiden Könige jeder die ganze Herrschaft haben wollte, auf die beide allein einen Anspruch zu haben meinten. König Olaf hatte in Jämtland Botschaft umhergesandt, es sei sein Wille, daß ihm die Jämtländer Abgaben entrichteten, und er hatte ihnen andernfalls mit schlimmen Feindseligkeiten gedroht. Aber die Jämtländer hatten offen erklärt, sie wollten dem König von Schweden Gehorsam leisten.

138. Die Geschichte von Stein

Thorodd Snorrissohn und Stein Skaptissohn waren erbittert darüber, daß man sie nicht hatte in Freiheit ziehen lassen. Stein Skaptissohn war ein Mann, höchst stattlich von Aussehen und aufs beste in jeder Fertigkeit erprobt. Er war ein guter Skalde, außerdem sehr prächtig in seinem Auftreten und voller Ehrgeiz. Sein Vater Skapti hatte ein Preislied auf König Olaf gedichtet und hatte es Stein gelehrt, und es war geplant, daß er König Olaf das Gedicht aufsagen sollte. Stein war keineswegs zurückhaltend in seinen Außerungen und in seinem Tadel über König Olaf, sowohl in ungebundenen wie in gebundenen Worten[1]. Beide, er wie Thorodd, legten ihre Worte nicht auf die Wage, und sie sagten freimütig, der König habe schlechter gehandelt als die Isländer, die ihm vertrauensvoll ihre Söhne sandten, während der König sie so in Gefangenschaft hielte. Der König war ergrimmt. Eines Tages nun, als Stein Skaptissohn vor den König trat, forderte er den König auf, ihm zu sagen, ob er dem Preisgedicht Gehör schenken wolle, das sein Vater Skapti auf ihn gemacht habe.

Der König antwortete: „Erst, Stein, sollst du mir das Gedicht vortragen, daß du auf mich gedichtet hast." Stein erwiderte, sein Lied sei ohne Bedeutung. „Ich bin kein Skalde, König," sagte er, „aber auch wenn ich Gedichte machen könnte, so würdest du sie eben so gering werten wie andere Dinge, die von mir kommen." Mit diesen Worten ging Stein fort,

[1] In seinen Äußerungen wie in seiner Dichtung.

und er meinte wohl zu sehen, worauf der König hinaus=
wollte.

Thorgeir war der Name eines Königsvogtes, der ein Kö=
nigsgut in Orkedalen verwaltete. Er war zu jener Zeit beim
König und hatte das Gespräch zwischen Stein und dem König
mit angehört. Kurze Zeit darauf war er heimgegangen.

In einer Nacht nun begab es sich, daß Stein mit einem seiner
Diener die Stadt heimlich verließ. Sie gingen nach Byaasen
und dann weiter nach Westen, bis sie nach Orkedalen kamen.
Und am Abend trafen sie auf dem Königsgut ein, das Thor=
geir in Verwaltung hatte, und Thorgeir forderte Stein auf,
dort die Nacht zu bleiben, indem er ihn nach dem Ziele seiner
Fahrt frug. Stein bat ihn, ihm ein Pferd und einen Schlitten
mitzugeben, denn er sah, daß sie dort Korn einfuhren. Thor=
geir sagte: „Ich weiß nicht, wo du mit dieser deiner Reise
hinauswillst und ob du sie überhaupt mit der Genehmigung
des Königs machst. Ich meine, vorgestern fielen nicht gerade
freundliche Worte zwischen dir und dem König.“ Stein er=
widerte: „Habe ich auch dem König gegenüber keinen freien
Willen, so will ich ihn doch gegenüber seinen Knechten ha=
ben.“ Damit zog er sein Schwert und erschlug den Königsvogt.
Dann nahm er das Pferd und hieß seinen Burschen auf dessen
Rücken steigen. Stein aber setzte sich in den Schlitten, und so
fuhren sie ihres Weges und zogen die ganze Nacht hindurch.
Sie fuhren immerfort, bis sie hinab nach Surendal in Möre
kamen. Hierauf ließen sie sich über die Fjorde übersetzen, und
sie beschleunigten ihre Fahrt aufs äußerste. Sie erzählten nie=
mandem unterwegs von jenem Totschlag, sondern gaben sich
als Königsmannen aus. Deshalb half man ihnen bereitwillig
weiter, wohin sie auch kamen. Eines Abends kamen sie nach
Giskö zum Hause von Thorberg Arnissohn. Er war nicht
daheim, nur sein Weib Ragnhild, die Tochter Erling Skjalgs=
sohns. Und Stein fand hier gar freundliche Aufnahme, denn sie
waren schon von früher nahe miteinander bekannt. Früher
nämlich, als Stein aus Island auf einem Schiffe, das sein
Eigentum war, von Island abgefahren war, hatte er hier nach
seiner Seefahrt an der Westküste von Giskö Anker geworfen

und lag dort bei dem Eiland mit seinen Gefährten. Ragnhild war damals niedergekommen. Sie sollte einem Kinde das Leben geben und lag in schweren Nöten. Es war aber kein Priester auf dem ganzen Eiland noch sonst in der Nähe. So kam man zu dem Handelsschiff und frug, ob es einen Priester an Bord führe. Es war ein Priester auf dem Schiff, Bard mit Namen, ein Mann aus den Westfjorden, doch jung und noch wenig gelehrt. Die Boten baten den Priester, ihnen zum Hause zu folgen. Er hielt das aber für eine sehr bedenkliche Sache, denn er kannte wohl die Lücken in seiner Ausbildung, und so wollte er nicht mit. Da hatte sich Stein bei dem Priester verwandt und ihm zugeredet mitzugehen. Der Priester antwortete: „Ich will gehen, wenn du mich begleitest, denn in dir, glaube ich, habe ich Hilfe und guten Rat." Stein erklärte, er wolle ihm getreulich beistehen. Sie gingen nun zum Gehöft und in die Stube, wo Ragnhild war.

Kurze Zeit darauf gab sie einem Kinde das Leben. Es war ein Mädel, und es schien etwas schwächlich. Der Priester taufte nun das Kind, und Stein hielt es damals über die Taufe. Das Mädel wurde Thora genannt. Stein schenkte für das Mädel einen Fingerring. Ragnhild versicherte Stein ihrer vollsten Freundschaft und bat ihn, wieder zu ihr zu kommen, wenn er jemals glaube, ihre Hilfe nötig zu haben. Stein sagte, er wolle nicht noch mehr Mädels über die Taufe halten, und so war er damals geschieden.

Nun aber hatte es sich so getroffen, daß Stein gekommen war, um dies freundliche Versprechen Ragnhilds einzulösen, und er erzählte ihr, was ihm zugestoßen war, auch, daß er sich die Ungnade des Königs zugezogen hätte. Sie erwiderte, alles, was sie vermöchte, würde sie tun, um ihm zu helfen, aber sie bat ihn, Thorbergs Ankunft dort abzuwarten. Sie setzte ihn neben ihren Sohn Eystein Auerhahn, der damals zwölf Jahre alt war. Stein beschenkte Ragnhild und Eystein.

Thorberg hatte schon Genaues über Steins Fahrt gehört, bevor er heimkam, und er war ziemlich ungehalten. Ragnhild besprach sich mit ihm und teilte ihm Steins ganze Erlebnisse mit. Sie ersuchte ihn, Stein zu bewirten und sich seines Falles

anzunehmen. Thorberg versetzte: „Ich habe gehört, daß König Olaf ein Strafthing hat abhalten lassen wegen Thorgeirs und daß Stein geächtet ist, außerdem, daß der König ihm gewaltig zürnt. Ich habe nun, denke ich, zweckmäßigere Dinge zu tun, als einen Vogelfreien bei mir aufzunehmen und mir dadurch den Zorn des Königs zuzuziehen. Laß Stein so schnell wie möglich aus dem Hause gehen!"
Ragnhild sagte in ihrer Antwort, entweder würden sie beide zusammen fortgehen oder beide daheim bleiben. Thorberg sagte, sie könne gehen, wohin sie wolle. „Ich glaube," sprach er, „wenn du auch fortgehst, du bist bald wieder da, denn hier wirst du doch am meisten angesehen." Da trat Eystein Auerhahn, ihr Sohn, herzu. Er erklärte nachdrücklich, er bliebe nicht daheim, falls Ragnhild fortginge. Thorberg meinte, sie zeigten sich merkwürdig hartnäckig und halsstarrig in dieser Angelegenheit. „Höchstwahrscheinlich," meinte er, „werdet ihr ja euern Willen durchsetzen in dieser Sache, da ihr so großes Gewicht darauf legt. Du gehst aber in der Art deiner Sippe zu weit, Ragnhild, wenn du die Befehle König Olafs so gering achtest." Ragnhild versetzte: „Ist das eine gar so große Sache in deinen Augen, Stein bei dir zu behalten, dann begleite du ihn zu meinem Vater Erling oder gib ihm eine solche Begleitung mit auf den Weg, daß er dort in Frieden hinkommen kann." Thorberg erklärte, er wolle Stein nicht dorthin senden — „Erling hat schon gerade genug auf dem Kerbholz, daß der König ungehalten über ihn sein mag."
So blieb Stein dort den Winter hindurch. Aber nach dem Julfest kamen zu Thorberg Königsboten mit dem Befehl, Thorberg solle noch vor Mittfasten zum Könige kommen. Schwere Strafandrohungen begleiteten dieses Gebot. Thorberg trug die Sache seinen Freunden vor und suchte ihren Rat nach, ob er es wagen solle, zum Könige zu gehen, wie die Sachen jetzt stünden. Der größte Teil von ihnen aber riet ab, und sie meinten, es wäre besser, er hieße Stein von sich gehen, als daß er sich in die Gewalt des Königs begäbe. Aber Thorberg hielt es doch schließlich für ratsamer, die Fahrt zum König anzutreten. Einige Zeit darauf ging Thorberg zu seinem Bruder Finn

und trug ihm die Sache vor. Er bat ihn auf der Fahrt um seine Begleitung. Finn erwiderte, ihm dünke eine solche Weiberherrschaft übel, daß jemand um seiner Gattin willen nicht sollte seinem Lehnsherrn Treue halten können. Thorberg erwiderte: „Es steht dir ja frei, nicht mitzugehen, doch mir kommt es vor, als ob du eher aus Furcht vor dem König zurückbleiben willst als aus Anhänglichkeit an ihn." Und so schieden sie im Zorn.

Nun ging Thorberg zu Arni Arnissohn, seinem anderen Bruder, und setzte ihm genau auseinander, wie die Sache stand. Er bat ihn, mit zum Könige zu kommen. Arni sagte: „Wunderlich dünkt es mich von dir, da du ein so kluger Mann bist und so vorsichtig sonst zu Werke gehst, daß du dich in eine solche Gefahr stürzen wolltest und daß du dir so den Zorn des Königs zuzogst, wo doch gar keine Notwendigkeit dazu vorlag. Man könnte dich entschuldigen, hättest du einen Gesippen oder einen Ziehbruder bei dir, aber ganz und gar nicht in dem, was du für die Aufnahme des Isländers da getan hast, daß du den Ächter des Königs bei dir behieltest und dadurch dich und alle deine Verwandten in so große Gefahr brachtest." Thorberg erwiderte: „Das Sprichwort sagt ja: Überall schlägt einer aus der Art. Leicht sehe ich, welches Unglück mein Vater hatte, wie schlecht er bei der Erzeugung seiner Söhne fuhr, daß er zuletzt einen bekam, der unserer Verwandtschaft nicht gleicht und ganz energielos ist. Die volle Wahrheit spräche ich aus, sagte ich das nicht zur Schande meiner Mutter, wenn ich behauptete, daß ich dich nicht mehr unsern Bruder nennen kann." Und Thorberg ging fort und kehrte ziemlich verdrießlich heim. Darauf sandte er Botschaft nach Drontheim zu seinem Bruder Kalf und bat ihn, nach Agdenäs zu kommen, um sich mit ihm zu treffen. Als die Boten aber Kalf trafen, sagte er zu zu kommen, ohne ein Wort hinzufügen.

Ragnhild sandte nun Männer nach Jädern zu ihrem Vater Erling und bat diesen, ihr Leute zu senden. Da kamen von dort die Erlingssöhne Sigurd und Thorir, und jeder von ihnen hatte einen Zwanzig-Ruderer und auf ihm neunzig Mann. Und als sie zu Thorberg kamen, da bewillkommte dieser sie aufs beste und freundlichste. Er machte sich nun fertig zur Fahrt, und auch er hatte einen Zwanzigruderer. So zogen sie nordwärts ihres Weges.

Als sie aber der Mündung des Drontheimfjords gegenüber waren, da lagen dort schon die Brüder Thorbergs Finn und Arni, auch mit zwei Zwanzigruderern. Thorberg empfing seine Brüder freundlich und sagte, jetzt habe seine Anspornung ihre Wirkung getan. Finn sagte, er habe noch selten eine solche Aufforderung nötig gehabt.

Darauf fuhren sie mit der ganzen Streitmacht nach Drontheim, und Stein war in ihrem Heere. Und als sie nach Agdenäs kamen, fanden sie schon Kalf Arnissohn vor mit einem wohlbemannten Zwanzigruderer.

Nun fuhren sie mit der gesamten Flotte nach Munkholmen, und dort lagen sie über Nacht. Am nächsten Morgen besprachen sie sich. Kalf und die Erlingssöhne wollten mit der ganzen Flotte in die Stadt und dann die Sache gehen lassen, wie das Schicksal es fügte. Aber Thorberg wünschte, sie sollten zuerst ganz ruhig vorgehen und Bedingungen stellen. Damit waren Finn und Arni einverstanden. So beschloß man denn, Finn und Arni sollten zuerst mit nur einigen Männern zu König Olaf gehen.

Der König hatte schon gehört, daß jene so zahlreich gekommen waren, und er ging nur widerwillig auf die Unterredung ein. Finn machte zuerst ein Angebot für Thorberg und dann auch für Stein. Er schlug vor, der König solle eine so große Strafsumme festsetzen, als ihm beliebe, doch sollte Thorberg im Lande bleiben dürfen und seine Lehen behalten, Stein aber solle Leib und Leben geschenkt werden. Der König antwortete: „Ich glaube, ihr habt diese Fahrt von daheim in der Absicht angetreten, daß ihr meintet, euren Willen halbwegs oder noch mehr gegen mich durchzudrücken, aber das habe ich am wenigsten von euch Brüdern erwartet, daß ihr mit einem Heere wider mich ziehen würdet. Ich weiß, woher diese Anschläge stammen. Sie haben ihren Ursprung bei den Männern von Jädern. Ihr habt es nicht nötig, mir Geld zu bieten."

Da hub Finn an: „Nicht deshalb haben wir Brüder ein Heer

gesammelt, König, weil wir dir Fehde bieten wollen. Vielmehr darauf läuft das hinaus, daß wir zuerst dir unsre Dienste anbieten. Weist du sie aber zurück, und bist du gesonnen hart gegen Thorberg vorzugehen, dann wollen wir alle mit dem Heer, das wir zusammen haben, zu König Knut gehen, um uns mit ihm zu verbünden."

Da sah der König sie an und sprach: „Wollt ihr Brüder mir einen Eid schwören, daß ihr mir im Lande und außerhalb des Landes Gefolgschaft leisten wollt, und daß ihr euch nicht von mir trennt ohne meine Erlaubnis und meine Genehmigung, und daß ihr mir nichts verheimlichen wollt, wenn ihr wißt, daß eine Verschwörung gegen mich unterwegs ist, dann will ich euer Friedensangebot annehmen."

Da ging Finn zurück zu seinen Gefährten und erzählte dort, welche Bedingungen ihnen der König gestellt habe. Sie hielten nun miteinander Rat, und Thorberg erklärte, er seinerseits wolle diese Bedingungen annehmen. „Leid ist mir's", sagte er, „von meinem Besitz zu gehen und ausländische Herrscher aufzusuchen. Ich glaube, mir wird es immer Ehre bringen, wenn ich König Olaf Gefolgschaft leiste und dort bin, wo er ist."

Da sagte Kalf: „Ich möchte dem König keinen Eid leisten, und nur so lange will ich bei ihm bleiben, als ich meine Lehen und andere Ehren behalte und falls er mein Freund sein will. Ich wünschte, so entschlössen wir uns alle." Finn versetzet: „Mein Rat ist, wir lassen den König allein die Bedingungen zwischen uns stellen." Arni Arnissohn endlich sagte: „Wenn ich mich schon entschlossen hatte, Bruder Thorberg, dich zu begleiten, als du noch gewillt warst wider den König zu streiten, so werde ich mich jetzt um so weniger von dir trennen, wo du nach einem besseren Entschlusse handelst. Ich schließe mich dir und Finn an, und ich treffe die gleiche Wahl, die ihr für die zweckmäßigste für euch haltet."

Darauf gingen die drei Brüder an Bord eines Schiffes: Thorberg, Finn und Arni. Sie ruderten nach Nidaros und gingen dort gleich vor den König. Es kam dann der Friedensvertrag zustande, daß die Brüder dem Könige Treueide schworen. Dann bat Thorberg den König um Sühne für Stein. Da antwortete der König, Stein solle in Frieden von ihm gehen, wohin er wolle. „Doch bei mir soll er fürderhin nicht mehr weilen," fügte er hinzu.

Darauf kehrten Thorberg und seine Begleiter zu ihrem Heere zurück. Kalf ging nach Egge, Finn aber zum König. Thorberg und die andern der Gesellschaft fuhren wieder heim nach Süden. Stein begab sich nach Süden mit den Erlingssöhnen. Doch zeitig im Frühjahr segelte er nach England, und dann begab er sich an den Hof Knuts des Mächtigen, wo er lange Zeit wohlgelitten lebte.

139. Finn Arnissohn fährt nach Helgeland

Als Finn Arnissohn eine Zeitlang bei König Olaf geweilt hatte, traf es sich eines Tages, daß der König Finn zu einer Unterredung zu sich rief und außerdem noch mehr Männer, die er zur Beratung zuzuziehen pflegte. Dann nahm der König das Wort und sagte: „Diesen Plan habe ich mir fest vorgenommen, für das nächste Frühjahr im ganzen Lande ein Heer aufzubieten, Männer und Schiffe, und dann mit der ganzen Streitmacht, die zusammenkommt, wider Knut den Mächtigen zu ziehen. Denn das weiß ich bestimmt, bei dem Anspruche, den er gegen mich auf das Reich hier erhob, wird er sich nicht mit einem leeren Gerede beruhigen. Nun habe ich dir dies zu sagen, Finn Arnissohn: ich will, daß du als mein Abgesandter gen Norden ziehst und daß du dort in Helgeland ein Heer aufbietest; daß du das ganze Volk zum Kriege sammelst, Männer wie Schiffe, und daß du dann mit dieser Streitmacht in Agdenes zu mir stößst." Dann ernannte der König für gleiche Botschaften noch andere Männer und sandte einige nach Inner-Drontheim, andere südwärts in die Länder, so daß er diese Kriegsaufgebote durch das ganze Reich ergehen ließ.

Von Finns Fahrt ist nun zu erzählen, daß er ein Kriegsschiff hatte und auf diesem gegen dreißig Mann. Und als er fertig zur Fahrt war, segelte er ab, bis er nach Helgeland kam. Dann berief er ein Bauernthing zusammen und ließ dort des Königs Botschaft kundtun, und er forderte zur Heeresausmusterung auf. Die Bauern hatten in der Gegend große Schiffe, die

254

für ein Kriegsaufgebot geeignet waren, und auf die Aufforderung des Königs hin machten sie sich kriegsfertig und rüsteten ihre Schiffe aus. Als Finn aber weiter nordwärts nach Helgeland kam, hielt er dort ein Thing ab. Er sandte aber einige von seinen Leuten, um, wo er es für passend hielt, die Ausmusterung zu fordern. Finn schickte auch Männer nach Bjerkö zu Thorir Hund und ließ dort wie überall zur Heeressammlung auffordern. Und als des Königs Befehl zu Thorir kam, rüstete auch er sich für die Heeresfahrt, und er bemannte mit seinen Hausgenossen dasselbe Schiff, das er im Sommer zuvor auf dem Zuge nach Perm gebraucht hatte. Er rüstete es ganz allein auf seine Kosten aus.

Finn sammelte auf Vaagö alle Leute aus Helgeland, die im Norden dieses Platzes wohnten, und dort sammelte sich im Laufe des Frühjahrs eine mächtige Schar, und alle warteten dort auf Finn, bis er von Norden käme. Und da war auch Thorir Hund erschienen. Und als Finn kam, ließ er sofort die ganze ausgemusterte Schar zu einem Hausthing berufen. Auf diesem Thing wiesen die Männer ihre Waffen vor, und dann wurde die Musterung der einzelnen Schiffsabteilungen vorgenommen.

Als aber die ganze Musterung beendet war, sprach Finn: „Ich will eine Frage an dich stellen, Thorir Hund: Was bietest du König Olaf als Entgelt für die Erschlagung seines Gefolgsmannes Karli? Oder für den Raub, als du des Königs Gut zu Lenviken im Norden fortnahmst? Ich habe jetzt Vollmacht für den König in dieser Angelegenheit, und jetzt wünsche ich deine Antwort."

Thorir blickte sich um und sah zu beiden Seiten viele voll bewaffnete Männer um sich stehen, und er erkannte Gunnstein dort und manche andere Gesippen Karlis. Da sprach Thorir: „Mein Angebot ist schnell gemacht, Finn. Ich will die Entscheidung über diese ganze Sache, deretwegen ich das Mißfallen des Königs erregte, ihm überlassen." Finn antwortete: „Vermutlich mußt du dich jetzt mit einer geringeren Ehre begnügen, denn jetzt mußt du meinen Urteilsspruch erwarten, wenn Friede werden soll." Thorir sagte: „Dann, glaube ich, ist meine Sache noch in guten Händen, und ich werde mich ihm in keiner Weise entziehen."

Darauf trat Thorir vor, um Sicherheit zu leisten, und Finn stellte die Bedingungen in dieser ganzen Angelegenheit. Dann verkündete Finn diesen Friedensschluß: Thorir sollte dem König zehn Mark Goldes zahlen, Gunnstein und seinen Gesippen andere zehn Mark, und für seinen Raub und seine Vermögensschädigung die dritten zehn Mark[1]. „Und nun zahle das Geld sofort aus," schloß er.

Thorir sagte: „Das ist eine gewaltige Strafsumme." „Im andern Falle," versetzte Finn, „ist es mit dem Frieden überhaupt vorbei." Thorir meinte, Finn müsse ihm Frist geben, um bei seinen Freunden Anleihen machen zu können. Finn hieß ihn die Strafsumme auf der Stelle zahlen und überdies das große Halsband herausgeben, das er dem toten Karli abgenommen habe. Thorir sagte, er habe überhaupt kein Halsband weggenommen. Da trat Gunnstein vor und sagte, Karli habe das Halsband um seinen Nacken getragen, als sie schieden, „doch als wir seinen Leichnam aufhoben, war es fort." Thorir sagte, er habe sich um dieses Halsband nicht gekümmert, „aber sollte ich dieses oder jenes Halsband haben, dann muß es daheim in Bjerkö liegen."

Da setzte Finn seine Schwertspitze auf Thorirs Brust und forderte ihn auf, den Halsschmuck auszuliefern. Da nahm Thorir das Halsband von seinem Nacken und händigte es Finn ein. Dann ging Thorir fort und stieg an Bord seines Schiffes, und Finn ging hinter ihm her auf das Schiff und eine Menge Männer mit ihm. Nun ging Finn das Schiff entlang, und sie öffneten den Gepäckraum. Und bei dem Mast sahen sie unter Deck zwei große Tonnen, so daß alle darüber staunten. Finn frug, was in diesen Tonnen wäre, und Thorir sagte, in ihnen sei sein Getränk. Da sagte Finn: „Warum gibst du uns nicht zu trinken ab, lieber Freund, da du doch so viel Getränk bei dir hast?" Thorir beauftragte seine Leute, aus den Tonnen in einen Humpen zu zapfen, und dann ward dieser Trunk

---

[1] Im ganzen 86400 Reichsmark; Finn beginnt den Goldwert in Silber abzuzahlen, vgl. S. 257 ff.

Finn und seinen Gefährten gereicht. Das war ein gar köst=
liches Naß.

Nun hieß Finn den Thorir das Geld zahlen. Thorir ging das
Schiff auf und ab und sprach mit verschiedenen Männern.
Finn rief, er solle das Geld herbringen. Thorir aber sagte, er
möge wieder an Land gehen: dort würde er das Geld zahlen.
So gingen Finn und seine Leute an Land. Da kam Thorir dort=
hin und bezahlte das Silber; und aus einer Börse wurden zehn
Mark an Gewicht ausgehändigt. Dann brachte er mehrere
zusammengeschnürte Bündel. In einigen war eine Mark ge=
wogenen Silbers, in anderen eine halbe, in noch anderen ein=
zelne Unzen. Da sagte Thorir: „Dies ist geborgtes Geld, das
verschiedene Leute mir geliehen haben; denn ich glaube, alles
lose Geld, das ich hatte, ist jetzt alle." Darauf ging Thorir an
Bord des Schiffes, und als er zurückkam, zahlte er allmählich
noch Silber hin, und so ging der Tag zur Neige.

Nach Thingschluß aber gingen die Männer zu ihren Schiffen
und rüsteten sich zur Abfahrt, und, sobald sie fertig waren,
hißten sie die Segel. Bald war es so weit, daß die meisten
Männer abgesegelt waren. Finn sah nun, daß die Mannschaft
um ihn sehr zusammenschmolz, und die Männer riefen ihm zu
und baten ihn, sich reisefertig zu machen. Aber noch nicht ein
Drittel des Geldes war bislang gezahlt. Da sagte Finn: „Die=
ses Auszahlen geht sehr langsam vorwärts, Thorir. Ich sehe,
dir wird es gar schwer, das Geld zu zahlen. So werde ich denn
die Sache einstweilen ruhen lassen. Du kannst später dem König
zahlen, was noch übrig ist." Damit stand Finn auf.

Thorir sagte: „Ich freue mich sehr, Finn, daß wir scheiden.
Aber ich habe den besten Willen, diese Schuld so abzuzahlen,
daß der König sagen wird, ich habe nicht zu wenig gezahlt,
und auch du, Finn!"

Finn ging nun auf sein Schiff und segelte seinen Leuten nach.
Thorir aber machte sich erst spät aus dem Hafen auf. Als sie
aber ihre Segel gehißt hatten, steuerten sie aus dem West=
fjord hinaus und weiter auf die See. Später steuerten sie an
der Küste entlang, so daß man die See meist an der Mitte
des Gebirges sah, bisweilen aber war die Küste ganz unter

Waſſer. So ſteuerten ſie weiter ſüdwärts, bis ſie ins eng=
liſche Meer und auf die Höhe Englands kamen.

Thorir Hund ging nun zu König Knut, der ihm ein freund=
liches Willkommen bot. Und nun wurde es bekannt, daß Thorir
Hund dort eine Maſſe Schätze hatte, nämlich all das Gut, das
er und Karli mit ihren Mannen in Perm erbeutet hatten.
Aber in jenen großen Tonnen, da war ein Boden nicht weit
vom andern geweſen. Und zwiſchen dieſen beiden Böden war
nur Getränk, aber jede Tonne war darunter voll von Grauwerk,
Biberfellen und Zobelpelzen. Und nun war Thorir bei König
Knut.

Finn Arnisſohn fuhr nun mit dem Heere zu König Olaf und
erzählte ihm alle Erlebniſſe ſeiner Reiſe, auch dies, daß er ver=
mute, Thorir ſei außer Landes gegangen, um in England
König Knut den Mächtigen zu treffen, „und ich meine, er
wird uns dort großen Schaden bringen.“ Der König ſagte:
„Ich glaube wohl, daß Thorir unſer Feind jetzt iſt; immerhin
meine ich, es iſt beſſer, er iſt uns fern, als daß er in der
Nähe weilt.“

140. Harek und Asmund Grankelsſohn

Asmund Grankelsſohn war in dieſem Winter in ſeinem
Bezirk in Helgeland geweſen, und er war nun daheim
bei ſeinem Vater Grankel. Da liegt auswärts an der See ein
Platz, geeignet zum Seehunds= und Vogelfang, auch zum Ein=
ſammeln von Vogeleiern und zum Fiſchen. Dieſer Platz hatte
ſeit alter Zeit zu dem Beſitztum gehört, das jetzt Grankel
beſaß. Aber Harek von Tjöttö hatte auf ihn auch Anſpruch
erhoben, und die Sache war ſo weit gekommen, daß er von
dieſem Weideplatz ſchon verſchiedene Jahre hindurch allen Ge=
winn eingeheimſt hatte. Jetzt meinten aber Asmund und ſein
Vater, ſie könnten ſich in allen ihren Rechtsanſprüchen auf
die Hilfe des Königs ſtützen.

So machten ſie ſich im Frühjahr beide auf und brachten Harek
den Befehl König Olafs ſamt deſſen Wahrzeichen, daß Harek
ſeine Anſprüche auf den Platz aufzugeben habe. Harek gab eine
unwirſche Antwort und ſagte, Asmund wäre zum König ge=

gangen, um ihn zu verleumden, in dieser Angelegenheit wie in allen übrigen. „Ich habe das volle Recht auf meiner Seite, und du, Asmund, tätest gut daran, dich zu mäßigen, obwohl du dich jetzt für einen gar mächtigen Mann hältst, weil du an dem Könige einen Rückhalt hast. Und so ist es in der Tat, wenn es dir erlaubt sein soll, verschiedene Häuptlinge zu erschlagen und unbüßbare Männer aus ihnen zu machen, und uns auszuplündern, die wir einst glaubten, es vollauf zu verstehn, wie wir unser Eigentum gegen Männer verteidigten, auch wenn sie uns ebenbürtig waren. Aber jetzt seid ihr ja weit entfernt davon, der Herkunft nach meinesgleichen zu sein." Asmund erwiderte: „Das wissen viele von dir, Harek, daß du von hoher Abkunft und sehr stolz bist. Manche haben sich geschädigt gesehen durch dich. Doch sehr wahrscheinlich wirst du dir einen andern als uns suchen müssen, Harek, gegen den du mit deinen Gewalttätigkeiten vorgehen oder dich so ungesetzlich benehmen kannst wie hier."

Darauf trennten sie sich. Harek sandte zehn oder zwölf von seinen Knechten auf einer großen Ruderfähre aus. Sie fuhren nach dem Platz hin, machten dort allerhand Fang und beluden ihre Fähre damit. Aber als sie sich zur Rückkehr anschickten, kamen Asmund Grankelsohn und dreißig Mann auf sie zu mit der Aufforderung, die ganze Ausbeute herauszugeben. Hareks Knechte erwiderten ausweichend, und so griff sie Asmund mit seinen Leuten sofort an. Bald sprach ihre Überlegenheit eine deutliche Sprache: einige von Hareks Knechten wurden erschlagen, andere verwundet, wieder andere ins Meer geworfen. Ihre ganze Jagdbeute aber trug man aus ihrem Schiffe fort, und Asmund und seine Leute nahmen sie mit sich.

In solcher Lage kamen Hareks Knechte heim und erzählten diesem von ihrer Fahrt. Er antwortete: „Das sind ja ganz merkwürdige Neuerungen. Früher geschah so etwas nicht, daß man mir meine Männer erschlug!" Doch wurde kein Aufhebens von ihm in der Sache gemacht. Harek sagte weiter kein Wort darüber und gab sich sehr vergnügt. Im Frühjahr ließ Harek einen Zwanzigruderer rüsten und bemannte ihn mit seinen

17*

Knechten. Und dieses Schiff war mit Mannschaft und allem Zubehör trefflich ausgerüstet.

In diesem Frühjahr kam Harek zum Kriegsaufgebot. Als er aber König Olaf traf, war Asmund Grankelssohn schon da. Da brachte der König eine Zusammenkunft zwischen Harek und Asmund zustande und versöhnte sie. Die Entscheidung ihrer Streitsache wurde dem Urteil des Königs überlassen. Da ließ Asmund Zeugen dafür beibringen, daß Grankel der Besitzer des Weideplatzes gewesen wäre, und der König entschied in dem Sinne. Und nun stand die Sache ungleich. Die Knechte Hareks blieben ungebüßt, und der strittige Platz wurde Grankel zugesprochen. Harek sagte, es sei keine Schande für ihn, sich bei des Königs Urteil zu beruhigen, wie die Sache auch später verlaufen möchte.

141. Die Geschichte von Thorodd

Thorodd Snorrissohn hatte in Norwegen bleiben müssen auf Befehl König Olafs, als Gellir Thorkelssohn Urlaub nach Island erhielt, wie vorher erzählt ist. Er war um König Olaf, aber wenig zufrieden damit, in solcher Unfreiheit leben zu müssen, da er nicht hingehen konnte, wohin er wollte[1]. Zeitig im Winter, als König Olaf zu Nidaros saß, machte er bekannt, daß er vorhabe, Botschaft nach Jämtland zu senden, um dort die Steuern einzutreiben. Aber zu dieser Sendung waren seine Männer wenig bereitwillig, da man die Boten, die König Olaf früher dorthin gesandt hatte, Thrand den Weißen und seine elf Mann, dort getötet hatte, wie früher berichtet wurde[2], und von dieser Zeit an hatten die Jämtländer sich an den Schwedenkönig als ihren Lehnsherrn gehalten. Thorodd Snorrissohn nun erbot sich zu der Reise, da er sich wenig daraus machte, was ihm zustoßen würde, wenn er nur frei seines Weges ziehen könnte. Der König nahm sein Anerbieten an, und sie zogen zu zwölf aus, Thorodd mit seinen Begleitern.

So kamen sie den rechten Weg nach Jämtland und dort zu einem Manne namens Thorar. Er war dort Gesetzesmann

[1] S. 244 f. [2] S. 89.

und genoß größte Ehren. Sie fanden da ein gutes Willkommen, und als sie dort eine kurze Zeit verweilt hatten, brachten sie bei Thorar ihre Botschaft vor. Er sagte, die Antwort
hänge ebenso von den andern Leuten im Lande und von den
Häuptlingen ab wie von ihm, doch erklärte er, daß ein Thing
zusammenberufen werden solle. Und so geschah es auch. Man
ließ ein Thing ausrufen, und eine dichtgedrängte Versammlung kam zustande. Thorar ging nun auf dieses Thing. Des
Königs Boten aber blieben derweil in seinem Hause. Thorar
machte diese Sache dem Volke bekannt, aber sie waren alle
nur einer Ansicht: sie wollten keinerlei Abgaben an König
Olaf zahlen. Die Boten wollten einige gehängt, andere den
Göttern geopfert wissen, man entschied sich aber schließlich
dafür, sie dort festzuhalten, bis die Vögte des Schwedenkönigs
ankämen. Diese sollten dann über sie bestimmen, was sie wollten, nach dem Beschluß des Volkes im Lande. Man sollte sich
aber so stellen, als ob man die Boten gut behandeln wollte;
man sollte sie mit der Erwartung auf die Steuern hin-
halten, und man sollte sie endlich trennen und immer zwei und
zwei gesondert ins Quartier bringen. Thorodd blieb mit noch
einem anderen Mann bei Thorar. Da fand ein großes Julfest statt und ein Gelage mit Biertrunk. Es lebten dort viele
Bauern in der Siedelung, und sie alle tranken die Julzeit hindurch zusammen. Eine andere Siedelung war nicht weit davon entfernt. Dort weilte ein Schwager Thorars, ein mächtiger und reicher Mann. Der hatte einen vollerwachsenen Sohn.
Die beiden Schwäger tranken immer abwechselnd eine Hälfte
der Julzeit beieinander. Bei Thorar fing es an. Die Schwäger saßen sich beim Trunk gegenüber, Thorodd aber gegenüber
des Bauern Sohn. Es war ein echter Kämpentrunk, und am
Abend gab es viele hochfahrende Reden, und es wurden Män-
nervergleiche angestellt zwischen Norwegern und Schweden, und
dann auch zwischen ihren Königen, denen, die vorher gelebt
hatten und denen, die noch jetzt dort herrschten. Auch über die
Streitigkeiten stellte man Vergleiche an, die zwischen beiden
Ländern stattgefunden hätten mit Totschlägen und Plünderungen, die zwischen ihnen vorgefallen wären.

Da sprach der Bauernsohn: „Haben unsere Könige mehr Män=
ner verloren, dann werden des Schwedenkönigs Vögte diese
Schuld schon mit dem Leben von zwölf Männern begleichen,
wenn sie nach dem Julfest vom Süden her kommen. Ihr wißt
ja gar nicht genau, ihr elenden Kerle, weshalb man euch hier
hinhielt."

Thorodd überlegte sich seinen Fall, denn viele spotteten über
sie und fanden höhnische Worte wider die Norweger, ja auch
über ihren König. So kam nun unverhüllt zutage, was das
Bier aus den Jämtländern sprach, und wovon Thorodd vorher
keine Ahnung gehabt hatte. Am nächsten Tage aber nahmen
Thorodd und seine Mannen alle ihre Kleider und Waffen und
legten sie zur Hand, und die Nacht darauf, als alle schlie=
fen, liefen sie fort in den Wald.

Am nächsten Morgen, als die Männer merkten, daß jene ent=
wichen waren, fuhren sie mit Spürhunden hinter ihnen her und
stellten sie in dem Wald, wo sie sich verborgen hatten. Sie
brachten sie nach Hause zurück und steckten sie in ein Gemach.
In diesem war ein tiefes Loch, und dahinein wurden sie gelassen
und die Tür dann verriegelt. Sie bekamen nur wenig Speise
und keine Kleidung außer ihrer eignen.

Als nun Mitt=Jul[1] herangekommen war, gingen Thorar und
alle seine Mannen mit ihm zu seinem Schwager, und dort saß
er für den Rest des Julfestes beim Gelage. Aber Thorars Knechte
hatten das Verließ zu bewachen. Sie waren reichlich mit Ge=
tränk versehen, und sie hielten wenig Maß im Trinken und
wurden sofort noch in der ersten Nacht völlig bierberauscht.
Als sie nun merkten, daß sie völlig betrunken waren, da spra=
chen die unter ihnen, die den Männern im Verließ das Essen
zu bringen hatten, daß sie jene nicht mit der Nahrung zu kurz
kommen lassen dürften. Thorodd sang ein Lied und machte die
Knechte vergnügt, und sie riefen, er sei ein prächtiger Kerl, und
sie gaben ihm eine große Kerze, die angezündet wurde. Da
kamen aus dem Hause die Knechte, die vorher dort drinnen ge=
wesen waren, und sie sprachen eifrig auf die andern Knechte
ein, doch wieder ins Haus zu kommen. Sie waren aber alle

---

[1] Silvester oder Neujahr, vgl. S. 297.

berauscht, so daß sie weder das Verließ noch das Gemach wieder zuschlossen. Da schnitten Thorodd und seine Gefährten ihre Wämser in Streifen und banden diese zusammen. Dann machten sie am Ende ein Knäuel und warfen es empor auf den Flur des Gemaches. Und das Seil schlang sich dort um den Fuß einer Lade und hielt dort fest. Dann versuchten sie in die Höhe zu kommen, und Thorodd hob nun seinen Gefährten auf, bis er auf seinen Schultern stand. Der zog sich dann Hand um Hand empor durch die Falltür. Im Gemach aber war nun kein Mangel an Stricken, und er ließ einen zu Thorodd hinab. Als er nun aber Thorodd heraufholen wollte, da kam er damit nicht zu Rande. Da hieß ihn Thorodd das Seil um den Dach= balken schlingen, der im Gemach war, und am Ende eine Schleife machen, in diese aber Balken und Steine fügen, um ein Übergewicht zu seinem Körper herzustellen. Der tat das auch. Und nun sank dies Gewicht in das Verließ hinab, und Thorodd schnellte empor. In dem Gemach nahmen sie Kleider für sich, soviel sie brauchten. Dort waren auch einige Renntierfelle, und sie schnitten das Fußleder davon ab und banden sie sich, die Zehen nach hinten, unter ihre Füße. Aber bevor sie wegliefen, steckten sie noch eine große Kornscheuer, die dort war, in Brand, und dann rannten sie durch die Pechfinsternis davon. Die Scheuer brannte ab und mit ihr noch manche andere Häuser in der Siedelung.

Thorodd und sein Gefährte stürmten nun die ganze Nacht durch die Wildnis und verbargen sich dann bei Tagesgrauen. Am Morgen vermißte man sie, und die Leute suchten sie mit Spürhunden, nach allen Seiten vom Gehöft aus. Aber die Hunde wandten ihre Schritte zurück zum Hof, denn sie spürten in der Richtung der Renntierfüße, und sie verfolgten die Fährte in der Richtung, wohin die Renntierhufe wiesen. So konnten sie nicht aufgespürt werden.

Thorodd ging nun mit seinem Gefährten lange Zeit durch die Wildnis, und am Abend kamen sie in ein kleines Haus und traten hinein. Da saßen ein Mann und eine Frau drinnen beim Feuer. Er nannte sich Thorir und sagte, die dort säße, sei sein Weib, ferner, ihm gehöre diese Hütte. Der Bauer bat sie, dort

zu bleiben, und sie nahmen seine Einladung an. Er erzählte
ihnen, daß er sich dort niedergelassen habe, weil er aus seiner
Gegend hätte fliehen müssen wegen einer Totschlagsklage. Tho=
rodd und sein Gefährte wurden freundlich bewirtet, und sie
nahmen alle ihr Mahl am Feuer. Dann wurde für Thorodd und
seinen Gefährten auf der Bank eine Lagerstatt zurecht gemacht,
und sie legten sich zum Schlafe nieder.
Inzwischen war das Feuer noch im Brand. Thorodd sah nun,
wie aus einem andern Zimmer ein Mann kam, und er hatte nie
einen gewaltigeren Kerl gesehen. Dieser Mann trug ein Wams
von goldgesticktem Scharlach, und er war höchst stattlich anzu=
sehen. Thorodd hörte, wie er jene schalt, daß sie Gäste aufge=
nommen hätten, da sie doch kaum Nahrung genug hätten, um
sich selbst durchzubringen. Die Hausfrau aber sprach: „Zürne
nicht, Bruder, selten gibt es ein solches Abenteuer: suche ihnen
lieber etwas zu helfen, denn du vermagst es besser denn wir.“
Thorodd hörte, daß der gewaltige Mann Arnljot Gellini hieß,
und ebenso, daß die Bäuerin seine Schwester war. Thorodd
hatte schon von Arnljot erzählen hören, und zwar, daß er einer
der größten Wegelagerer und Übeltäter sei.
So schliefen nun Thorodd und sein Gefährte die Nacht über,
denn sie waren vorher müde geworden von ihrer langen Wan=
derung. Aber als noch ungefähr ein Drittel der Nacht übrig
war, kam Arnljot zu ihnen und hieß sie aufstehen, um sich zum
Weitermarsch fertig zu machen. Thorodd und sein Begleiter
standen nun gleich auf und machten sich reisefertig, und man
setzte ihnen Frühstück vor. Darauf gab Thorir ihnen beiden
Schneeschuhe, und Arnljot selbst machte sich fertig, sie zu be=
gleiten und trat selbst auf die Schneeschuhe, die breit und lang
waren. Sobald aber Arnljot seinen Stab aufsetzte, war er auf
und davon. Dann wartete er und sagte, in der Weise kämen
sie nicht weiter, sie sollten auf den Schneeschuhen neben ihm her=
laufen. Das taten sie. Thorodd stand Arnljot zunächst und hielt
sich an dessen Gürtel, während Thorodds Gefährte sich an ihm
festhielt. Dann glitt Arnljot so hurtig dahin, als führe er ohne
jede Behinderung.
Als nun das Drittel der Nacht vorbei war, kamen sie zu einer

Herberge, und sie machten dort Feuer und bereiteten ihr Mahl. Als sie aber zu essen anfingen, sagte Arnljot, sie sollten nichts von der Speise wegwerfen, weder Knochen noch Brosamen. Arnljot nahm aus seinem Hemdbausch eine silberne Schüssel und aß davon. Als sie aber satt waren, las Arnljot die Über=bleibsel ihrer Speisen zusammen, und darauf machten sie sich zum Schlafen fertig.

An einem Ende des Hauses war ein Obergemach unter den Dach=sparren, und dort stieg Arnljot mit den andern hinauf, und sie legten sich dann zum Schlafe nieder. Arnljot hatte einen gewal=tigen Hellebardenspeer, und dessen Heft war goldgetrieben, der Schaft war aber so lang, daß man mit der Hand eben gerade bis zum Heft reichen konnte. Außerdem war er mit einem Schwerte umgürtet. Die beiden aber hatten ihre Waffen und Kleider oben in dem Söllergemach bei sich. Arnljot befahl ihnen, sich ruhig zu verhalten. Er lag im Gemach am nächsten der Tür.

Kurze Zeit darauf kamen zwölf Männer ins Haus. Das waren Handelsleute, die mit ihren Waren nach Jämtland ziehen woll=ten. Als sie ins Haus traten, machten sie großen Lärm und waren sehr lustig. Dann zündeten sie sich große Feuer an. Als sie aber ihr Mahl eingenommen hatten, warfen sie alle Knochen umher. Darauf gingen sie zu Bett, und sie schliefen dort auf einer Bank am Feuer. Als sie aber eine Zeitlang dort geruht hatten, kam ein großes Trollweib dort ins Haus. Da sie aber hereinkam, fegte sie tüchtig auf und nahm die Knochen und alles, was sie gut zum Essen befand, und steckte es sich in den Mund. Hierauf packte sie den Mann, der ihr zunächst lag, und zerriß und zerschliß ihn völlig, dann warf sie ihn ins Feuer. Da erwachten die andern — fürwahr ein böser Traum — und sprangen auf. Doch sie sandte einen nach dem andern zur Hel, bis nur noch einer am Leben war. Und der lief vor auf den Fußboden unter dem Söllergemach und schrie um Hilfe, ob jemand oben wäre, der ihn retten könne. Arnljot streckte seine Hand aus, packte ihn bei den Schultern und zog ihn in das Söllergemach hinauf. Unt rannte das Weib zum Feuer und begann die Männer zu verschlingen, die dort ge=röstet waren. Da stand Arnljot auf, ergriff seinen Hellebar=

denspeer und stieß ihn ihr durch die Schulter, daß die Spitze ihr aus der Brust hervordrang. Sie wandte sich jäh um infolge des Stoßes, schrie furchtbar auf und stürzte aus dem Hause. Arnljot konnte den Speer nicht halten, und sie schleppte ihn mit davon. Nun machte sich Arnljot auf. Er säuberte das Haus von den Leichen und schloß das Gemach wieder mit Tür und Pfosten, denn sie hatte alles dort kurz und klein gebrochen, als sie hinausfuhr. Dann schliefen sie ruhig den Rest der Nacht hindurch.

Als aber der Tag graute, standen sie auf und aßen zuerst ihren Morgenimbiß. Und als sie gespeist hatten, sprach Arnljot: „Jetzt wollen wir uns hier trennen. Geht ihr diesem Schlittenweg nach, den die Kaufleute gestern hierher gekommen sind. Ich aber will nach meinem Hellebardenspeer suchen. Als meinen Lohn werde ich von den Waren, die diesen Männern gehörten, mitnehmen, was mir von Wert zu sein scheint. Du aber, Thorodd, bringe König Olaf meine Grüße und melde ihm, er wäre der Mann, den ich von allen Menschen am liebsten treffen möchte. Aber er wird meinen Gruß nicht sehr hoch einschätzen."

Darauf nahm er die Silberschüssel, säuberte sie an einem Tuch und sprach: „Bring diese Schüssel dem König und sage ihm, das sei mein Gruß." Nun machten sich beide Teile reisefertig, und unter diesen Umständen schieden sie.

Thorodd aber und sein Genosse sowie der Mann aus der Gesellschaft von Handelsleuten, der mit dem Leben davongekommen war, gingen jedes seine eignen Wege. Thorodd zog weiter, bis er König Olaf in Nidaros traf, wo er ihm alle seine Erlebnisse erzählte, ihm den Gruß von Arnljot überbrachte und ihm die Silberschüssel einhändigte. Der König sagte, es sei schade, daß Arnljot ihn nicht aufgesucht habe, „und es tut mir sehr leid, daß ein so guter Kerl und ein so tüchtiger Mann auf so üble Wege geraten ist."

Darauf blieb nun Thorodd bei König Olaf den Rest des Winters hindurch. Im nächsten Sommer dann gab ihm der König Erlaubnis, nach Island heim zu fahren. Er und König Olaf schieden damals in Freundschaft.

142. Das Kriegsaufgebot König Olafs

Im Frühjahr machte sich König Olaf fertig, um Nidaros zu verlassen. Und eine große Heeresmasse strömte ihm zusammen aus den Bezirken Drontheims wie aus den Gegenden im Norden. Als er dann kriegsbereit war, eilte er mit seinem Heere zuerst nach Möre und zog dort seinen Heerbann zusammen, dann ebenso aus Romsdalen. Weiter zog er dann nach Südmöre, und lange Zeit lag er vor Herö und wartete auf seine Krieger, und daselbst hielt er häufig Hausthinge ab, denn es kamen ihm mancherlei Dinge zu Ohren, die er für nötig erachtete zu besprechen. Auf dieser Hausthinge einem, die er dort abhielt, kam er auch darauf zu sprechen, wie großen Verlust an Männern er durch die Leute auf den Färöer erlitten habe. „Die Abgaben aber, die sie mir versprachen, laufen noch immer nicht ein. Ich denke jetzt noch einmal Boten wegen der Steuern dorthin zu senden."

Und der König drang in viele Männer, daß sie diese Reise jetzt anträten. Da aber bekam er immer solche Antworten, daß niemand die Fahrt unternehmen wollte. Da stand ein Mann auf beim Thing, ein großer Kerl und höchst stattlich anzuschauen. Der hatte ein rotes Wams an und einen Helm auf dem Haupte. Er war gegürtet mit einem Schwerte, und in der Hand trug er einen großen Hellebardenspeer.

Dieser Mann nahm nun das Wort und sprach: „Wahrhaftig, man muß sagen, hier gibt es sehr verschieden geartete Männer. Ihr habt einen guten König, aber er hat feige Mannen, die versagen, wo er doch nichts fordert als eine Botenfahrt. Und doch habt ihr vorher aus seiner Hand freundschaftliche Geschenke und manche Ehrenbezeugungen erhalten. Aber ich war bisher gar kein Freund dieses Königs, und er war mein Feind. Und er meint gute Gründe dazu zu haben. Jetzt biete ich dir an, König, diese Fahrt zu übernehmen, wenn kein besserer Mann sich dazu meldet."

Der König erwiderte: „Wer ist dieser treffliche Mann, der so meinem Verlangen entspricht? Du unterscheidest dich gar sehr von andern Leuten, die hier sind, da du dich zu der Fahrt an-

bieteſt und jene ſich ihr zu entziehen ſuchen, von denen ich be=
ſtimmt annahm, daß ſie gern bereit dazu ſein würden. Aber
ich weiß nichts von dir und kenne nicht einmal deinen Namen."
Er antwortete ſo: „Nach meinem Namen brauchſt du nicht lange
zu forſchen, König. Ich vermute, du wirſt ihn ſchon haben
nennen hören. Ich heiße Karl aus Möre." „So iſt es," ver=
ſetzte der König, „ich habe deinen Namen ſchon nennen hören,
Karl, und wahrhaftig, es gab eine Zeit, wo du, wenn wir zu=
ſammengekommen wären, nicht gewußt hätteſt, wie du von
dieſer Zuſammenkunft hätteſt reden ſollen. Jetzt aber werde
ich mich nicht ſchlechter zeigen als du, da du mir deine Hilfe
anbieteſt, daß ich dir nicht dafür meinen Dank und meine
Erkenntlichkeit beweiſen ſollte. Deshalb, Karl, ſollſt du zu mir
kommen und heute mein Gaſt ſein, und dann wollen wir dieſe
Angelegenheit eingehend beſprechen." Karl verſetzte: „Ja, ſo
ſoll ſein."

143. Die Geſchichte von Karl von Möre[1]

Karl von Möre war ein Wiking geweſen und ein gewal=
tiger Seeräuber, und oft hatte der König Männer wider
ihn ausgeſandt, um ihm das Leben zu nehmen. Aber Karl ſtammte
aus edlem Geſchlecht, er war ein Mann von großer Tatkraft,
höchſt erprobt und tüchtig in vielen Dingen.
Als ſich Karl nun aber für dieſe Botſchaft verpflichtet hatte,
nahm ihn der König in ſeinen Frieden auf und ſchenkte ihm
ſeine höchſte Gunſt, und er ließ ſeine Botenfahrt aufs herrlichſte
ausſtatten. Faſt zwanzig Mann waren ſie an Bord des Schif=
fes. Der König ſandte Botſchaft an ſeine Freunde auf den Fä=
röer, und er ſandte Karl auf Treu und Glauben zu Leif
Ozursſohn und dem Geſetzesſprecher Gilli, und er gab ihm für
die Reiſe ſeine Wahrzeichen mit. Karl machte ſich nun auf, ſo=
bald er reiſefertig war. Sie hatten günſtigen Fahrwind und
kamen zu den Färöer, und ſie liefen in Thorshavn auf
Strömö ein. Dort wurde nun ein Thing zuſammenberufen,
und das Volk ſtellte ſich zahlreich dazu ein. Dorthin kam auch

---

[1] Vgl. S. 240 ff. und die Erzählung Thule 13, S. 325 ff., mit der ſich unſere
Darſtellung faſt wörtlich berührt.

Thrand-auf-Gasse mit einer großen Schar, und ebenso Leif und Gilli, und sie hatten eine Menge Leute um sich. Als sie nun ihre Buden aufgeschlagen hatten und diese gezeltet waren, trafen sie mit Karl von Möre zusammen, und es fand dort eine freundliche Begrüßung statt. Da brachte Karl Gilli und Leif König Olafs Botschaft und Wahrzeichen, außerdem die Versicherung seiner Freundschaft, und sie nahmen das freundlich auf, indem sie Karl zu sich einluden und sich erboten, seine Botschaft zu befürworten und ihm jede mögliche Unterstützung angedeihen zu lassen. Und dies nahm er dankbar an. Kurze Zeit darauf kam auch Thrand dazu und grüßte Karl freundlich. „Erfreut bin ich," sagte er, „daß ein so zuverlässiger Mann in unser Land kam mit unseres Königs Botschaft, die wir uns alle zu fördern verpflichtet fühlen. Nun wünsche ich nur noch, Karl, daß du mich zum Winteraufenthalt besuchst, und außerdem alle von deiner Reisegesellschaft, um deine Ehrung noch mehr zu erhöhen als vorher." Karl erwiderte, er habe sich schon entschlossen, Leif zu besuchen. „Andernfalls," fügte er hinzu, „hätte ich gern deine Einladung angenommen." Thrand erwiderte: „Dann ist Leif dadurch eine große Ehre zuteil geworden. Aber kann ich anderes tun, wodurch ich deine Sache fördere?" Karl versetzte, er würde es als eine große Unterstützung betrachten, wenn Thrand auf der Ostinsel und auf allen Nordinseln die Königssteuern einzöge. Thrand sagte, es wäre ihm eine willkommene Pflicht, des Königs Botschaft so möglichst zu fördern. Darauf ging Thrand zu seiner Bude zurück. Und auf diesem Thing gab es keine beachtenswerten Vorgänge weiter. Karl zog als Gast zu Leif Ozurssohn und blieb dort den Winter über. Leif zog die Abgaben von Strömö ein und von allen Inseln südlich davon.

Im nächsten Frühjahr litt Thrand-auf-Gasse an schwankender Gesundheit. Er hatte ein Augenübel und noch andere Leiden. Doch machte er sich nach seiner Gewohnheit fertig zur Thingfahrt. Und als er zum Thing kam und seine Bude gezeltet war, ließ er sie im Innern mit schwarzen Tüchern behängen, damit das Tageslicht weniger blendend hineinfiele. Als aber einige Thingtage verstrichen waren, gingen Leif und Karl zu

Thrands Bude und hatten ein großes Gefolge bei sich. Und als sie zu der Bude kamen, standen dort draußen einige Männer. Leif frug, ob Thrand in der Bude wäre. Sie sagten, er wäre drinnen. Leif bat sie, Thrand herauszubitten. „Ich und Karl haben ein Anliegen an ihn," sagte er. Aber als diese Männer wieder herauskamen, sagten sie, Thrands Augen wären so schlimm, daß er nicht herauskommen könne, „und er bat dich, Leif, hereinzukommen."

Leif sagte zu seinen Begleitern, sie sollten ja vorsichtig sein, wenn sie hineingingen in die Bude, und sie sollten sich drinnen nicht drängen. „Der gehe zuerst wieder hinaus, der zuletzt eintritt." Leif ging zuerst hinein, und Karl folgte ihm. Dann kamen seine Gefährten, und diese gingen in voller Waffenrüstung, als sollten sie sich zur Schlacht aufstellen. Leif ging hinauf zu den schwarzen Vorhängen, und dort frug er, wo Thrand sei. Thrand meldete sich und begrüßte Leif. Leif erwiderte seinen Gruß und frug dann, ob er Steuern von den Nordinseln eingetrieben hätte und wie weit er damit wäre, das Silber zu zahlen.

Thrand sagte in seiner Erwiderung, daß er keineswegs vergessen habe, was er mit Karl besprochen hätte, auch daß die Abgaben rechtzeitig gezahlt werden würden: „Hier, Leif, ist ein Beutel, den du nehmen sollst: er ist ganz voll Silber." Leif blickte sich um und sah nur wenige Männer in der Bude. Die meisten lagen auf der Estrade, und nur wenige saßen aufrecht. Da ging Leif zu Thrand, und er nahm den Beutel und trug ihn weiter vorn in die Bude, wo es hell war, und er schüttete das Silber auf seinen Schild aus und wühlte mit seiner Hand drin herum. Dann sagte er, Karl solle sich das Silber anschauen.

Sie sahen es sich eine Weile an, und Karl frug Leif, wie ihm das Silber scheine. Er antwortete: „Mir scheint, alles minderwertige Geld, das auf den Nordinseln aufzutreiben war, kam hier zusammen." Thrand hörte dies und sprach: „Dir scheint das Silber nichts wert, Leif?" „So ist es," versetzte jener. Da sagte Thrand: „Wahrhaftig, diese meine Verwandten sind böse Neidinge, man kann ihnen nichts anvertrauen. Ich sandte sie im Frühjahr auf die Eilande im Norden, um dort Steuern einzutreiben, da ich letztes Frühjahr zu nichts zu brauchen war. Aber sie werden sich von den Bauern haben bestechen lassen, daß sie dies falsche Geld annahmen, das nicht als vollgültig angesehen werden kann. Du solltest lieber das Silber ansehen, Leif, mit dem meine Einkünfte bezahlt wurden."

Leif gab ihm das Silber zurück und nahm einen andern Beutel von ihm in Empfang, den er Karl brachte. Sie prüften nun diesen, und Karl frug, was Leif über dies Silber dächte. Er sagte, er hielte es für schlecht, doch nicht für so schlecht, daß es nicht in Zahlung genommen werden könnte bei Schulden, über die man sich so obenhin geeinigt hätte. „Für den König aber will ich kein derartiges Geld haben."

Ein Mann, der auf der Estrade lag, streifte eine Kapuze von seinem Haupte und sagte: „Richtig ist das alte Sprichwort: Unmännlich wird man im Alter. So gehts nun auch mit dir, Thrand. Den ganzen Tag lang läßt du Karl von Möre dein Geld zurückweisen." Das war Gaut der Rote. Thrand sprang auf bei Gauts Worten und redete zornig. Er fuhr seinen Gesippen heftig an. Schließlich hieß er Leif ihm das Silber zurückgeben. „Nimm nun diesen Beutel hier, den meine Pächter mir im letzten Frühjahr daheim ablieferten, und, obwohl ich doch so schlecht sehe: Selbeigene Hand ist doch die sicherste."

Ein Mann, der auf der Estrade lag, richtete sich auf seinen Ellenbogen auf. Es war Thord der Niedrige, und er sprach: „Gewaltiges Schelten müssen wir uns hier von diesem Karl aus Möre gefallen lassen. Es würde gut sein, ihm das heimzuzahlen!"

Leif nahm die Börse, und wiederum brachte er sie Karl, und sie sahen sich das Geld an, und Leif sprach: „Dies Silber braucht man nicht lange anzusehen. Hier ist immer ein Pfennig besser als der andere, und dies Geld wollen wir haben. Hole jetzt jemand, Thrand, daß er es wiege." Thrand sagte, er hielte es für das beste, wenn Leif das selbst überwache. Leif und Karl gingen nun hinaus, eine kleine Strecke weit von der Bude. Dort setzten sie sich nieder und wogen das Silber. Karl aber nahm den Helm ab von seinem Haupte und schüttete das Silber hinein, wenn es gewogen war.

Da sahen sie einen Mann bei sich vorübergehen, der hatte einen Knüttel in der Hand und einen Hut mit breiter Krempe vorn auf dem Kopfe sowie einen grünen Mantel. Er war barfuß und hatte an seinen Beinen enganliegende Strumpfhosen von Leinen. Er stieß den Knüttel in den Boden, trat herzu und rief: „Nimm dich in acht, Möre-Karl, daß du keinen Hieb bekommst von meinem Knüppel."

Kurze Zeit darauf kam ein Mann dahergerannt, und er rief eifrig nach Leif Ozurssohn und hieß ihn möglichst schnell zur Bude des Gesetzesmannes Gilli kommen. „Denn in seine Budentür ist dort Sigurd Thorlakssohn eingedrungen, und er hat einem Manne in Gillis Bude eine tödliche Wunde beigebracht."

Leif sprang sofort auf, und er lief fort, um Gilli zu treffen, und mit ihm stürmten alle seine Budengenossen fort. Aber Karl blieb dort zurück, und die Ostleute standen in einem Kreise um ihn. Da lief Gaut der Rote herzu und hieb mit einer Streitaxt über die Schultern der Männer hinweg, und der Schlag traf Karls Haupt, doch gab es nur eine geringe Wunde. Aber Thord der Niedrige ergriff den Knüttel, der da im Boden stak, und schlug mit ihm auf den Rücken der Streitaxt, so daß diese Karl ins Hirn drang. Und in dem Augenblick liefen eine Menge Männer aus Thrands Bude heraus, doch Karl trug man tot von dannen.

Thrand war über die Tat aufgebracht, er bot aber Buße für seine Gesippen. Leif und Gilli erhoben die Anklage: es sollte nicht nur Geldbuße dafür angesetzt werden. So wurde Sigurd Landes verwiesen wegen der tödlichen Wunde, die er Gillis Budengenossen beigebracht hatte, Thord und Gaut aber wegen Karls Erschlagung. Die Ostleute machten das Schiff, auf dem Karl nach den Färöer gekommen war, seefertig und fuhren nach Norwegen zurück zu König Olaf. Der war äußerst ergrimmt über diese Tat. Aber es bot sich keine Gelegenheit für ihn, dieses Vergehen an Thrand und dessen Gesippen zu ahnden, wegen des Krieges, der nunmehr in Norwegen ausbrach, und von dem noch weiter berichtet werden soll.

Und hiermit schließt nun die Erzählung von den Vorgängen,

die König Olafs Anspruch auf die Abgaben aus den Färöer hervorgerufen hatte. Noch später gab es Streitigkeiten auf den Färöer infolge der Erschlagung Karls von Möre, und die Gesippen von Thrand-auf-Gasse und Leif Ozurssohn waren in sie verwickelt. Es gibt davon lange Erzählungen[1].

144. König Olafs Kriegszug

Jetzt müssen wir die Erzählung weiterführen, die wir vor-her begannen[2], wie nämlich König Olaf mit seinem Heer aufgebrochen war und eine Flottenmusterung im ganzen Lande angeordnet hatte. Es leisteten ihm damals alle Leute aus den Nordlanden Heeresfolge außer Einar Bogenschüttler[3]. Der hatte, seitdem er ins Land kam, ruhig auf seinen Gütern da-heim geweilt und diente dem König nicht. Einar besaß sehr aus-gedehnte Landstrecken, und er trug ein stattliches Wesen zur Schau, wiewohl er kein Königslehen besaß. König Olaf fuhr nun mit seinem Heer südwärts um das Vorgebirge Stadt herum, und dort strömte ihm große Verstärkung aus der Um-gegend zu. König Olaf hatte dort das Schiff mit, das er den Winter zuvor hatte bauen lassen. Das wurde „Wisent" ge-nannt, und es war das größte aller Schiffe. An seinem Vorder-steven war ein Wisent-Haupt, mit Gold ausgelegt. Davon spricht Sigvat der Skalde:

Nach Fang klafft' der Kiefer
Kühn dem goldigglüh'nden[4]
Heidefisch[5] des hitz'gen
Herrn Olaf[6] — Gott wollt' es[7].
„Wisent", den schmucken, schickte
Schnell dann auf die Wellen
Haralds Sohn[8]: im Seenaß[9]
Sieh, badet' das Tierhorn[10]!

Darauf fuhr der König südwärts nach Hardanger. Dort empfing er die Nachricht, daß Erling Skjalgssohn schon das

[1] Am Schluß der Färingergeschichten (Thule 13). [2] S. 267. [3] Vgl. S. 212. [4] Mit goldverziertem Steven. [5] Drachen, Her der Langwurm. [6] Olaf Tryggviesohn. [7] D. h. die Svolbschlacht, in der der König auf dem Lang-wurm besiegt wurde. [8] Olaf der Heilige. [9] Im Meer. [10] Der mit dem Auerochsenhorn gezierte Steven.

Land verlassen hatte, und er hätte ein großes Heer auf vier oder fünf Kriegsschiffen gehabt. Er selbst hatte ein großes Kriegsschiff, einen Schnellsegler, und seine Söhne drei Zwanzigruderer, und sie wären schon nach England gesegelt, um Knut den Mächtigen zu treffen. So fuhr nun König Olaf am Lande entlang nach Osten mit mächtiger Flotte, und er ließ sich genau berichten, ob neue Nachrichten da wären über König Knuts Heerfahrt. Alle Leute aber konnten nur melden, daß er in England wäre. Doch sagte man daneben allgemein, daß er dabei war ein großes Heer zu sammeln und daß er es auf Norwegen abgesehen hatte. Aber da nun König Olaf ein großes Heer zusammen hatte und er keine zuverlässige Nachricht bekam, wohin er fahren müßte, um König Knut im Kampfe zu begegnen, und seine Männer meinten, es sei ein übel Ding, so lange mit einem so großen Heeresaufgebot an ein und demselben Platze zu weilen, da faßte er den Entschluß, mit seiner Flotte nach Dänemark zu segeln. Er nahm nur die Leute mit, die er für die kampftüchtigsten und bestgerüsteten hielt, und gab dem Rest Urlaub in die Heimat. Wie es im Liede heißt:

> Wisent von Nord sandte
> Seewärts Olaf, red'kühn.
> Doch auf See von Süden
> Sah man Onunds Drachen.

Nun zogen die Leute heim, auf deren Heeresfolge er geringes Gewicht gelegt hatte. Und nun hatte König Olaf noch eine große und stattliche Schar bei sich. In ihr waren die meisten norwegischen Lehnsleute, ausgenommen die, wie vorher erzählt wurde, entweder außer Landes gegangen oder daheimgeblieben waren.

145. Die Könige Olaf und Önund

Als König Olaf nach Dänemark segelte, steuerte er auf Seeland zu. Und als er dort hinkam, heerte er und plünderte dort im Lande, und das Volk der Insel wurde teils der Habe beraubt, teils erschlagen, teils auch gefangen genommen, gebunden und an Bord der Schiffe gebracht. Aber alle, die konnten, flüchteten, und einen Widerstand gab es da nicht. Es waren gewaltige Kriegstaten, die König Olaf da verübte. Während König Olaf aber auf Seeland war, hörte er davon, daß König Onund Olafssohn ein Heer aufgeboten hätte und mit einer großen Flotte die Ostküste Schonens entlang führe und dort heere. Und jetzt wurde der Plan bekannt gemacht, den König Olaf und König Onund früher auf der Götaelf gemeinsam gefaßt hatten, als sie beide ihren Freundschaftsbund zum Widerstande gegen König Knut schlossen[1]. König Onund fuhr zur Begegnung mit seinem Schwager, König Olaf. Und als sie sich trafen, ließen sie ihrem eigenen Heere und der Bevölkerung des Landes kundtun, daß sie gesonnen wären, Dänemark zu unterwerfen, und von den Einwohnern forderten, daß man sie als Lehnsherren im Lande aufnähme. Und nun geschah auch hier das, wofür es so viele Beispiele gibt, daß, wenn die Bevölkerung eines Landes mit Krieg überzogen wird und nicht die Macht hat, zu widerstehen, daß dann die meisten auf alle Bedingungen eingehen, die man ihnen stellte, wenn sie nur Frieden bekommen. So kam es, daß viele Leute in den Dienst der Könige traten und ihnen Gehorsam leisteten. Weit und breit, wohin sie kamen, unterwarfen sie das Land ihrer Herrschaft oder aber sie verheerten es. Sigvat der Skalde erwähnt diesen Kriegszug in dem großen Preisgedicht, das er auf König Knut den Mächtigen dichtete[2]:

> Knut unterm Himmel[3] —
> Hört's weit und breit —
> Haralds Sproß[4], hehr,
> Hob's Schwert lobreich.
> Hieß'st Hechts Straße[5]
> Hinfahr'n die Schar'n,
> Naht'st vom Nid[6] her,
> Norwegs hoh'r Fürst[7].
>
> Eilt' dein kalter
> Kiel[8] — gar viel'

---

[1] Vgl. S. 238f. [2] Nach Olafs Tode, 1036. [3] Fortsetzung des Refrains S. 281f. [4] Knut, der Enkel Harald Gormssohns. [5] Über das Meer hin. [6] Aus Nidaros. [7] Olaf. [8] D. h. Olafs Flotte.

18*

Sah'ns — nach Seelands
Süderdünen.
Ander Heer Onund
Anbracht', Mannen,
Schwed'sche, auf Schiffen:
Stand wider Dan'mark.[1]

146. König Knut der Mächtige

König Knut hatte in England gehört, daß der Norweger=
könig Olaf ein Heer unterwegs hatte, und außerdem, daß
er mit diesem Heere gegen Dänemark zog und daß Unfrieden
herrschte in seinem Reiche. Da begann auch König Knut ein
Heer zu sammeln, und bald war ein mächtiges Kriegsaufgebot
zusammen und eine gewaltige Flotte. Jarl Hakon aber war der
zweite Führer dieser Streitmacht.

Der Skalde Sigvat kam diesen Sommer nach England. Er
fuhr dorthin aus Rouen in Frankreich, und mit ihm zusammen
ein Mann, namens Berg. Sie waren den Sommer zuvor auf
einer Handelsreise dorthin gekommen. Sigvat hatte ein Ge=
dicht gemacht, das er „Westfahrt=Weisen" nannte, und so
lautete der Anfang:

Rudaburgs[2] oft, Berg, wir
Beid' dachten in heit'rer
Früh'. Dort auf der Fahrt wir
Festmachten's Schiff westwärts.

Als aber Sigvat nach England kam, ging er sofort zu König
Knut und bat ihn um Urlaub, nach Norwegen zu reisen. Nun
hatte König Knut ein Fahrtverbot erlassen für alle Handels=
schiffe, bis er sein Heer aufgeboten hätte. Als nun Sigvat zu
ihm kam, ging er zur Halle des Königs. Sie war verschlossen,
und er stand eine lange Weile draußen. Aber als er vor König
Knut kam, erhielt er die Fahrterlaubnis, die er erbat, und nun
dichtete er:

Harr'n sollt' vor der Saaltür
Sigvat. Nicht entriegelt'
Ja der Herr sie Jütlands[3]

---

[1] Dänemark. [2] An Rouen, vgl. S. 46. [3] D. h. Dänemarks: König Knut.

Je, spät lud zur Red' mich[1].
Gut über mich und gnädig
Gorms Sprosse[2] beschloß dann[3].
Häufig am Arm doch haftet
Handschuh=Eisen[4], Knut, mir[5].

Aber als Sigvat das inne wurde, daß König Knut einen Kriegszug gegen König Olaf vorbereitete, und er sah, eine wie große Streitmacht König Knut beisammen hatte, da dichtete Sigvat:

Alles tun sie eilig,
Olafs Tod zu schaffen,
Knut, der keck', und Hakon.
Kann Sorge nicht bannen.
Möchte doch der Mächt'ge[6] —
Mag es auch Knut beklagen —
Weh'rn Leib sich und Leben
Lang', wenn's kam zum Angriff.

Noch mehr Weisen sang Sigvat über die Kriegsfahrt Knuts und Hakons, unter andern noch diese:

Säh'n, Jarl[7], sie versöhnt sich —
So oft sie das hofften —
Durch dich mit Olaf doch einst,
Drontheims alte Bonden.
Hin ja sind die Händel,
Herr, vordem, die zorn'gen[8].
Doch hegt Groll noch Hakon:
Hehr ragt der Sohn Erichs[9].

147. König Knuts Drache

Knut der Mächtige hatte nun sein Heer zusammen, um das Land verlassen zu können. Er hatte eine außerordentlich große Streitmacht und wunderbar große Schiffe. Er selbst

---

[1] D. h. er ließ mich lange warten, ehe er mich zur Unterredung zuließ.
[2] D. h. Urenkel Gorms des Alten: König Knut. [3] Nachdem ich vorgelassen war. [4] Der Handschuh des Ringpanzers. [5] D. h. trotz deines schließlichen Wohlwollens bin ich jederzeit zum Kampfe für König Olaf wider dich, Knut, gerüstet und bereit. [6] König Olaf. [7] Jarl Hakon. [8] Im Sauesund (S. 47 ff.). [9] Jarl Hakon.

hatte ein Drachenschiff. Das war so groß, daß es sechzig Ruderbänke zählte, und darauf waren goldgeschmückte Drachenhäupter. Jarl Hakon hatte auch einen Drachen: dieser zählte vierzig Ruderbänke. Auch er trug vergoldete Häupter. Aber die Segel waren blau, rot und grün gestreift. Diese Schiffe waren überall über der Wasserlinie bemalt, und ihre ganze Ausrüstung war die prächtigste. Noch manche andere Schiffe hatten sie, groß und herrlich ausgerüstet. Davon spricht der Skalde Sigvat in dem Preisgedicht auf König Knut:

Knut unter'm Himmel[1] —
Kund ward's im Ost
All'=Dän'mark=Walters[2]
Enkel, dem „Strengaug'":
Steven=Meng' schifft'
Schmuck da im Zug[3].
Ankam aus England
Athelstans Befehder[4].

Blausegel — die bläh'n
Brisen — man hißt'.
Darbot Dänenherr'ns[5]
Drach' in Pracht sich.
Von West kamen
Kiele gar viel.
Bald sie los lustig
Zum Limfjord schwimmen.

Es heißt, daß König Knut mit dieser großen Heeresmacht aus England kam und seine ganze Schar heil und unversehrt nach Dänemark hinüberbrachte. Er fuhr dann hinein in den Limfjord, und dort fand er eine große Menge Volkes aus dem Lande vor, die sich zum Kriegszug für ihn gesammelt hatte.

148. Hardeknut wird König

Jarl Ulf, der Sohn Sprakaleggs, war in Dänemark zum Schutz des Landes eingesetzt worden, als König Knut nach England ging. Er hatte dem Jarl Ulf seinen Sohn, der Harde=

---

[1] Ende des Kehrreims S. 281 f. [2] Harald Gormssohns; dessen Enkel: Knut. [3] Zum Angriff auf Dänemark. [4] König Knut. [5] Knuts.

knut genannt wurde, anvertraut, und dies war den Sommer
zuvor gewesen, wie vorher berichtet wurde.[1] Aber der Jarl
hatte geradewegs gesagt, daß der König ihm bei ihrem Schei=
den die Eröffnung gemacht hätte, es sei sein Wille, daß man
Hardeknut, den Sohn König Knuts, zum König ausrufen
sollte über das Dänenreich. „Zu diesem Zwecke vertraute er
ihn uns an. Ich habe," fuhr er fort, „mit manchen Männern
und Häuptlingen in diesem Lande oft beim König Klage dar=
über geführt, daß die Bevölkerung dieses Landes darin eine
große Beunruhigung sieht, hier ohne König zu sein. Denn die
Dänenkönige der Vorzeit meinten alle Hände voll damit zu
tun zu haben, die Herrschaft über das Dänenreich allein zu be=
haupten. In frühern Zeiten nämlich hatten viele Könige in
diesem Reiche geherrscht. Jetzt aber sind wir in eine noch viel
gefährlichere Lage gekommen als früher. Denn vordem hatten
wir wenigstens Frieden vor ausländischen Herrschern. Jetzt
aber hören wir, daß der König von Norwegen uns mit Krieg
überziehen will, und überdies argwöhnt man im Volk, daß
auch der König von Schweden die gleiche Absicht zu einem
solchen Heereszuge hat, und bei alledem weilt König Knut
jetzt in England." Dann wies der Jarl Urkunden mit dem In=
siegel König Knuts vor, die die Wahrheit von alledem be=
stätigten, was der Jarl hier vorgebracht hatte.
Dieses Vorhaben unterstützten viele andere Häuptlinge, und
auf deren aller Befürwortung hin waren die Leute im Lande
einstimmig dafür, Hardeknut zum Könige zu machen, was
auch noch auf demselben Thing geschah. Aber an diesem Be=
schluß hatte die Königin Emma den größten Anteil gehabt.
Denn sie hatte veranlaßt, daß diese Urkunden geschrieben und
gesiegelt wurden. Sie hatte betrügerisch das Siegel des Kö=
nigs sich dazu verschafft. Der König aber wußte nichts von
alledem.
Als nun Hardeknut und Jarl Ulf hörten, daß König Olaf aus
Norwegen mit einem großen Heere gekommen sei, da fuhren
sie nach Jütland, wo die Hauptmacht des Dänenreiches steckte.
Dort ließen sie einen Kriegspfeil im Lande umhergehen und

---

[1] S. 238.

sammelten ein großes Heer. Aber als sie hörten, daß auch der Schwedenkönig mit seiner Kriegerschar dorthin gekommen wäre, glaubten sie nicht stark genug zu sein, um mit beiden sich in eine Schlacht einzulassen. Doch hielten sie ihre Heeresmacht in Jütland beisammen, und sie gedachten so das Land gegen die Könige zu schützen. Aber die ganze Flotte zogen sie im Limfjord zusammen, und so erwarteten sie die Ankunft König Knuts.

Als sie nun hörten, daß König Knut von Westen im Limfjord eingetroffen war, sandten sie Boten an ihn und an die Königin Emma, und sie ersuchten die letztere, sich zu vergewissern, ob der König ihnen zürne oder nicht, und ihnen eine Mitteilung darüber zukommen zu lassen. Die Königin sprach über diese Angelegenheit mit dem König, und sie sagte, daß ihr Sohn Hardeknut gern in einer Art, die der König bestimme, dafür büßen wolle, wenn er etwas getan habe, was nicht nach dem Willen des Königs gewesen sei. Der sagte in seiner Erwiderung, Hardeknut hätte nicht nach seiner Weisung gehandelt. „Es ist gekommen", sagte er, „wie vorauszusehen war. Da er noch ein Kind und ohne Verstand war, traf ihn, sobald er sich König nennen ließ, Unheil, so daß das Land in Kriegsnot und in die Gewalt ausländischer Herrscher geriet, wenn nicht unsere Macht jetzt dazwischen führe. Will er mich nun einigermaßen versöhnen, dann soll er mich aufsuchen und diesen törichten Titel ablegen, daß er sich einen König nennen ließ."

Darauf sandte die Königin diesen Bescheid des Königs an Hardeknut und forderte ihn außerdem auf, schleunigst zum Könige zu kommen. Sie sagte, wie es ja auch der Fall war, daß Widerstand gegen seinen Vater ihm nichts helfen würde. Und als Hardeknut diese Botschaft erhielt, da beriet er sich mit dem Jarl und andern Häuptlingen daselbst. Und sehr bald stellte es sich heraus, daß, wo das Landvolk hörte, daß Knut der Alte gekommen war, die Massen aus dem Reiche zu ihm zusammenströmten, weil sie dachten, bei ihm allein fänden sie Schutz. Jarl Ulf aber und die andern, seine Gefährten, sahen ein, daß ihnen nur zwei Möglichkeiten blieben, entweder den König aufzusuchen und sich ganz in seine Gewalt zu begeben oder andernfalls das Land zu verlassen. Aber alle sprachen auf Hardeknut

ein, er solle seinen Vater auffuchen. So tat er es denn auch.
Und als er zu ihm kam, fiel er seinem Vater zu Füßen und
legte das Insiegel, das ihm den Königstitel verbürgte, ihm auf
die Kniee. König Knut nahm Hardeknut bei der Hand und führte
ihn auf einen Sitz ebenso hoch als der, auf dem er zuvor saß.
Jarl Ulf sandte seinen Sohn Svend zu König Knut. Dieser
war König Knuts Schwestersohn. Er bat um Frieden für seinen
Vater und um Gnade beim König, und er bot sich selbst als
Geisel an für den Jarl. Svend und Hardeknut waren in glei=
chem Alter. König Knut hieß dem Jarl diese Botschaft bringen:
er solle ein Heer und eine Flotte sammeln und zum Könige
stoßen. Dann wollten sie ihre Friedensbedingungen näher be=
sprechen. Dies tat dann der Jarl.

149. Der Krieg in Schonen

Als nun die Könige Olaf und Onund hörten, daß König
Knut von Westen gekommen sei und ferner, daß er ein
fast unbesiegbares Heer habe, da segelten sie an die Ostküste von
Schonen und begannen die Gegenden dort zu verheeren und
zu verbrennen, und sie fuhren an der Küste weiter ostwärts
nach dem Reiche des Schwedenkönigs zu. Sobald aber das Volk
im Lande hörte, daß König Knut von Westen gekommen sei,
da weigerten sie den Königen den Gehorsam. So dichtete
Sigvat:

> Kühne Kön'ge,
> Konntet frohnden [1]
> Da nicht Dän'mark
> Trotz derben Heerbanns.
> Dänen=Schäd'ger [2]
> Schonen ohn' End'
> Hart verheerte —
> Hehr ragt' als erster [3].

Da fuhren die Könige weiter ihres Weges am Lande nach
Osten, und sie kamen zur Helgaå und blieben dort eine Zeitlang.
Da kam ihnen Nachricht zu, daß König Knut mit einem Heere

[1] Unterwerfen. [2] König Olaf Haraldssohn. [3] Beginn des Kehrreims S. 275.
278.

hinter ihnen wäre. Da hielten sie Kriegsrat ab und einigten
sich darauf, daß Olaf mit einem Teil des Kriegsvolks an Land
gehen sollte und dann weiter hinauf bis zur Grenzmark an
den See, aus dem die Helgaå strömt. Dort an dem Ausfluß
der Helgaå errichteten sie einen Damm von Baumstämmen und
Torf und stauten das Wasser so. Und dann zogen sie tiefe
Gräben und ließen viel Wasser da hineinfließen, so daß weit
und breit das Land überschwemmt wurde. Aber in das Flußbett
hinab fällten sie mächtige Baumstämme. Mit dieser Arbeit
waren sie viele Tage beschäftigt. König Olaf aber leitete allein
diesen erfindungsreichen Plan. König Onund aber befehligte
derweil die Flotte. König Knut hörte nun von den Fahrten
der Könige und von all dem Schaden, den sie seinem Reiche zugefügt hatten, und so machte er sich bereit für einen Zusammenstoß mit ihnen dort an der Helgaå, wo sie lagen, und er hatte
ein gewaltiges Heer, um die Hälfte mehr als jene beide. Davon
dichtet Sigvat:

> Seit Jütlands König[1]
> Kam in's Land, nahm
> Noch man nichts ihm[2]:
> Nie so Fürst man pries.
> Da nicht duldet'
> Dan'marklandes
> Hort[3], daß man heerte —
> Hehr ragt' als erster[4].

150. Die Schlacht an der Helgaå

Eines Tages gegen Abend sahen die Späher König Onunds
König Knut heranfahren, und er hatte da nicht weit mehr
zu segeln. Da ließ König Onund zum Kampfe blasen. Da
brachen die Männer die Zelte ab und rüsteten sich zum Streit.
Sie ruderten aus dem Hafen zur Ostküste, und dort zogen sie
ihre Schiffe zusammen, verbanden sie mit Tauen und rüsteten
sich zur Schlacht. König Onund ließ Späher landaufwärts
gehen, und diese trafen König Olaf und brachten ihm die neue

---

[1] Knut. [2] An Land ließ er sich nichts nehmen. [3] Der Schützer Dänemarks
ist König Knut. [4] Beginn des Kehrreims S. 275. 278.

Nachricht. Da ließ König Olaf die Dämme abbrechen und den Fluß in sein altes Bett zurückleiten. In der Nacht aber ging er hinab zu seinen Schiffen. König Knut fuhr nun quer durch den Hafen, und er sah, wie die Heere der Könige dort in Schlachtordnung lagen. Er meinte, es wäre am Tage schon zu spät, um die Schlacht zu beginnen, ehe seine ganze Streitmacht fertig wäre. Denn seine Flotte brauchte eine weite Meeresfläche, um segeln zu können, und es war eine ziemliche Entfernung von seinem ersten und letzten Schiff, zwischen dem, das der See am nächsten fuhr und dem, das dem Lande zunächst segelte. Außerdem war nur schwacher Wind.

Als aber König Knut sah, daß die Schweden und Norweger den Hafen geräumt hatten, da fuhr er hinein mit so viel Schiffen, wie dort ankern konnten. Doch die Hauptmacht seiner Flotte lag noch draußen auf dem Meere.

Am Morgen, als es schon heller Tag war, war viel Volks von ihnen am Ufer, einige, um dort zu plaudern, andre, um sich zu vergnügen. Sie waren ganz arglos, bis die Fluten plötzlich auf sie stürzten gleich Wasserfällen. Sie führten mächtige Holzstämme mit sich, die gegen ihre Schiffe trieben und diese stark beschädigten. Die Wasser überfluteten aber das ganze Gefilde, so daß die Leute an Land darin umkamen sowie auch viele an Bord der Schiffe. Alle aber, die das noch bewerkstelligen konnten, lösten die Ankertaue und kamen davon. Die Schiffe aber trieben alle wirr auseinander. Der große Drache, den der König selbst befehligte, entrann aus der Flut auf das Meer. Er war schwer mit den Rudern zu lenken, und so trieb er auf die Flotte der Könige Olaf und Onund zu. Sobald diese aber das Schiff erkannten, griffen alle Schiffe in der Runde es an.

Aber da das Schiff eine mächtige Verschanzung oben hatte wie ein Kastell und eine Menge Männer an Bord waren und diese eine auserlesene Schar bildeten, da sie ferner wohlbewaffnet und höchst tapfer waren, war es sehr schwer, das Schiff zu überwältigen. In kurzer Zeit drang auch noch Jarl Ulf mit seinen Schiffen heran, und nun ging die Schlacht los. König Knuts Flotte fuhr jetzt von allen Seiten heran. Da sahen die Könige Olaf und Onund, daß sie für diesmal all den Sieg errungen hatten, den das Schicksal ihnen gönnte. So ließen sie denn ihre Fahrzeuge zurückgehen und lösten sich aus der Flotte König Knuts, und die Schiffe trennten sich beiderseits. Aber da dieser Angriff nicht so ausgefallen war, wie König Knut es verfügt hatte, waren auch die Schiffe nicht so vorgegangen, wie er es bestimmt hatte, und so ruderten sie jenen nicht nach. König Knut mit den Seinen musterte nun seine Flotte. Sie ordneten die ganze Aufstellung aufs neue und brachten alles wieder in die Reihe.

Als sie nun auseinandergefahren waren und jede Flotte ihres Weges segelte, da musterten die Könige ihr Heer und entdeckten, daß sie kaum Verluste an Männern gehabt hatten. Sie sahen aber wohl, daß, wenn sie darauf warteten, bis König Knut sein ganzes großes Geschwader in Schlachtordnung gebracht hätte und sie dann angriff, seine Übermacht über sie so groß sein würde, daß ihnen nur geringe Aussicht auf Sieg bliebe, daß aber, wenn die Schlacht wieder aufgenommen würde, offenbar eine Menge von ihnen fallen würden. So faßte man den Beschluß, mit dem ganzen Heer ostwärts am Lande entlang zu segeln. Als sie aber sahen, daß König Knuts Flotte sie nicht verfolgte, richteten sie ihre Maste auf und hißten die Segel. So sagt Ottar der Schwarze über ihren Zusammenstoß in dem großen Preisgedicht, das er auf König Knut den Mächtigen machte:

Fürst, im Kampfe fuhr'st du
Fehd'kühn auf die Schweden.
Heil, Sieger an der Helg'å:
Holtest Fraß dem Wolfe.
Zwei Kön'ge[1] wehrt'st kühn du,
Kriegsmann[2], ab vom Lande[3].
Wild hin stürmt'st du. Hunger
Haben nie sollt' der Rabe[4].

So aber dichtete Thord Sjarekssohn in dem Gedächtnisliede auf König Olaf den Heiligen. Es hieß Rodadrapa, und dort ist von dieser Schlacht die Rede:

---

[1] Olaf und Önund. [2] Knut. [3] Von deinem Reiche. [4] Er sollte stets durch Leichen gesättigt werden.

Agdirs[1] hehrer Eigner,
Olaf, griff an kraftvoll
Hoh'n, ringezerhau'nden[2]
Herr'n der jüt'schen Erde[3].
Scharf traf Schonen=Königs[4]
Speer. Erb' Svends[5], der derbe, —
Wolf durchheult' die Wahlstatt —
Wahrlich, der macht Beschwerde[6].

151. Die Pläne König Olafs und König Önunds

Die Könige Olaf und Önund segelten nun nach Osten an dem Reiche des Schwedenkönigs entlang. Und eines Abends gingen sie an Land an einem Platz, der Barvik heißt, und dort lagen die Könige die Nacht hindurch. Es stellte sich nun aber bald heraus, daß die Schweden Heimweh hatten, denn ihre ganze Hauptmacht segelte die Nacht hindurch am Lande weiter nach Osten, und sie unterbrachen ihre Fahrt nicht, bis jeder nach Hause in seine Heimat kam. Als König Önund dies aber gewahrte und es eben tagte, ließ er zu einem Hausthing blasen. Das ganze Heer ging da an Land, und das Thing begann. Da hub König Önund folgendermaßen zu reden an: „Wie du weißt, König Olaf, steht die Sache so, daß wir in diesem Sommer alle gemeinsam fuhren und weit und breit in Dänemark heerten. Wir haben auch eine Menge Beute gemacht, doch nichts an Land gewonnen. In diesem Sommer hatte ich vierhundertundzwanzig Schiffe unterwegs, aber jetzt sind nur noch hundertundzwanzig davon übrig. Nun scheint es mir, wir werden nicht mehr viel zu unserm Vorteil erreichen können, wenn wir kein größeres Heer als jetzt haben, wenn du auch noch die sechzig Schiffe hast, die du den Sommer hindurch hattest. Deshalb, glaube ich, ist es für mich das ratsamste, in mein Reich zurückzukehren, denn es ist gut, „mit heilem Wagen heimzukommen"[7]. Wir haben ja doch einiges auf diesem Kriegs=

---

[1] D. h. Norwegens. [2] Und unter die Mannen verteilenden, d. h. „freigebigen". [3] Dänemarks: König Knut. [4] Knut. [5] Sohn von Svend Gabelbart, d. h. Knut. [6] Schwer war's, mit Knut fertig zu werden. [7] Sprichwörtlich.

zug gewonnen und keineswegs verloren. Ich bitte dich nun, Schwager Olaf, kommt mit mir, und laß uns alle zusammen diesen Winter verbringen. Du kannst so viel aus meinem Reiche haben, daß du dich und dein Heer wohl beköstigen kannst. Fassen wir dann im Frühjahr einen Beschluß, der uns dienlich erscheint. Willst du dich aber lieber anders entscheiden, nämlich durch unser Land zu ziehen, dann sollst du auch dafür unser Entgegenkommen haben, wenn du den Landweg in dein norwegisches Reich vorziehst."

König Olaf dankte König Onund für seine freundliche Einladung. „Habe ich aber zu bestimmen," fuhr er fort, „dann kommen wir doch lieber zu einem andern Entschluß. Wir wollen lieber fest zusammenhalten, was uns an Truppen geblieben ist. Ich hatte im Sommer, als ich aus Norwegen abfuhr, vierhundertundzwanzig Schiffe. Als ich aber ins Ausland zog, wählte ich mir aus dem ganzen Heere die Krieger aus, die mir die tüchtigsten zu sein schienen. Damit bemannte ich die sechzig Schiffe, die ich jetzt noch habe. Nun meine ich, daß der Teil deines Heeres, der sich davongemacht hat, am wenigsten taugt und die geringste Hilfe leistet. Aber noch sehe ich hier alle deine Heerführer und die Befehlshaber der Leibwache, und ich weiß, daß die Männer, die zu dieser gehören, bei weitem am besten die Waffen zu führen verstehen. Wir haben noch ein starkes Heer und gute Schiffe die Menge, und wir können sehr wohl den ganzen Winter hindurch an Bord unsrer Schiffe bleiben nach der Art der alten Wikingerkönige. König Knut aber wird nicht mehr lange an der Helgaå liegen bleiben, denn er hat dort keinen Hafen für die große Flotte, die er besitzt. Er wird uns nach Osten nachfahren. Dann werden wir ihm ausweichen, und es wird sich dann bald Volks um uns sammeln. Wendet er sich aber zurück in einen Hafen, wo seine Flotte liegen kann, dann wird sicher dort genau wie bei uns ein großer Teil seines Heeres nach Hause wollen. Ich glaube aber auch, wir haben doch den Sommer hindurch unsere Sache so gemacht, daß die Dorfbewohner in Schonen und Halland dann wissen werden, was sie zu tun haben. König Knuts Streitmacht wird sich bald weit und breit zerstreuen, und dann ist es nicht mehr die Frage, wem

der Sieg zufällt. Laſſen wir zunächſt einmal durch Kundſchaf=
ter feſtſtellen, was Knut für einen Entſchluß faſſen wird."
König Olaf ſchloß ſeine Anſprache ſo, daß die Männer alle
ihm reichen Beifall ſpendeten, und daß ſein Beſchluß ange=
nommen wurde, wie er es wünſchte. So ließ man alſo Kund=
ſchafter in das Heer König Knuts ausgehen. Die beiden Könige
aber, Olaf und Onund, blieben an demſelben Platze liegen.

152. König Knut und Jarl Ulf

König Knut ſah, daß die Könige von Norwegen und
Schweden mit ihrem ganzen Heere längs der Küſte nach
Oſten ſteuerten. Er ſetzte daher Männer an Land und ließ ſeine
Leute Tag und Nacht oben am Ufer entlang reiten, während er,
der König, die gleiche Strecke auf offener See zurücklegte. Im=
mer gingen Späher hin und her. Der König Knut wußte
an jedem Tage über ihre Fahrt Beſcheid, denn ſeine Kund=
ſchafter waren in dem Heer der Könige. Als er nun hörte, daß
ein großer Teil des Heeres die Könige verlaſſen hatte, fuhr er
mit ſeiner Flotte wieder nach Seeland zurück, und er legte
ſich mit ſeiner geſamten Schiffsmacht in den Oreſund. Einige
Teile ſeines Heeres lagen Seeland, andere Schonen gegenüber.
König Knut ritt am Tage vor der St. Michaelsmeſſe mit
großem Gefolge nach Roskilde. Sein Schwager, Jarl Ulf, hatte
dort ein Feſt für ihn veranſtaltet. Der Jarl bot ihm eine herr=
liche Unterhaltung und war ſehr aufgeräumt, aber der König
war mißvergnügt und verdrießlich. Der Jarl redete munter
und ſuchte jede Unterhaltung für den König aus, von der er
glaubte, daß ſie ihm beſonders behagen würde. Doch der König
blieb einſilbig und kurz angebunden. Der Jarl lud ihn nun zu
einem Schachſpiel ein, und das nahm der König an. So nahmen
ſie ein Schachbrett vor und ſpielten. Jarl Ulf war ein rede=
kecker Mann und ſtarrköpfig in der Unterhaltung und in jeder
andern Hinſicht. Er war ein ſehr erfolgreicher Herrſcher in
ſeinem Reiche und ein großer Kriegsmann. Viel erzählt die
Saga von ihm. Er war der mächtigſte Mann in Dänemark
nächſt König Knut. Eine Schweſter Jarl Ulfs war Gyda, die
Jarl Godwin Ulfnadsſohn zur Frau hatte, und beider Söhne

waren Harald der Engländerkönig und Jarl Tosti, ferner Jarl Valthjof, Jarl Mörukari und Jarl Svend. Ihre Tochter hieß Gyda. Die hatte König Edward der Gute von England zum Weibe.

153. Jarl Ulfs Erschlagung

Als sie nun eine Weile Schach gespielt hatten, König Knut und Jarl Ulf, da tat der König einen großen Fehlzug, und Jarl Ulf schlug des Königs Springer. Der König nahm seinen Zug zurück und bat ihn, einen andern Zug zu tun. Der Jarl wurde wütend, warf den Tisch um und ging weg. Der König rief: „Rennst du nun davon, Ulf, du Memme?" Der Jarl kehrte zurück in die Tür und sagte: „Weiter wärest du in die Helgaå eingelaufen, wenn du es fertig gebracht hättest. Damals nanntest du mich nicht Ulf die Memme, als ich herbeieilte, dir zu helfen, da die Schweden euch wie die Hunde schlugen."
Mit diesen Worten ging der Jarl hinaus und legte sich schlafen, und kurze Zeit darauf ging auch der König zur Ruhe. Am nächsten Morgen, als sich der König ankleidete, sagte er zu seinem Dienstburschen: „Geh zu Jarl Ulf und erschlage ihn." Der Bursche ging weg, blieb eine Weile und kam dann zurück. Der König frug: „Erschlugst du den Jarl?" Der erwiderte: „Ich erschlug ihn nicht, da er zur Luciuskirche gegangen war." Da war ein Mann, namens Jvar der Weiße, von Geburt ein Norweger. Der war ein Gefolgsmann und Schlafgenosse des Königs. Der König sagte zu Jvar: „Geh du und erschlage den Jarl." Jvar ging zur Kirche und in den Chor empor, und er stieß sein Schwert dem Jarl durch den Leib. So verlor Jarl Ulf sein Leben. Dann ging Jvar zum Könige, das blutige Schwert in der Hand. Der König frug: „Erschlugst du den Jarl?" „Ich erschlug ihn," versetzte er. Der König sagte: „Dann hast du wohlgetan."
Nach der Ermordung des Jarls aber ließen die Mönche die Kirche schließen. Das meldete man dem König. Doch der König sandte einen Mann zu den Mönchen mit der Aufforderung, die Kirche wieder zu öffnen und hören dort zu singen, und die taten nach des Königs Befehl. Als der König aber zur Kirche kam, stattete er sie mit reichen Stiftungen aus, so daß sie einen

weiten Bezirk umfaßten, und später blühte der Ort mächtig auf. Seitdem haben diese Ländereien stets dazu gehört. König Knut ritt nun zu seinen Schiffen hinab und lag dort den Herbst hindurch lange Zeit mit einem gar großen Heere.

154. König Olaf und die Schweden

Als die Könige Olaf und Onund gehört hatten, daß König Knut sich nach dem Oresund zurückgezogen habe und dort mit seinem Heere läge, hielten sie ein Hausthing ab. Da sprach König Olaf und sagte, seine Vermutung sei richtig eingetroffen, daß König Knut nicht lange an der Helgaå weilen würde. „Ich glaube nun, auch das Weitere wird in unserm Kampfe nach meiner Vermutung verlaufen. Knut hat jetzt eine geringere Zahl Krieger bei sich als im Sommer, und deren Zahl wird später noch geringer sein, denn es ist für jenen ebenso unbequem wie für uns, im Herbst draußen auf den Schiffen zu liegen, und uns wird der Sieg vergönnt sein, wenn es uns nicht an Festigkeit und Entschlossenheit fehlt. Im Sommer hatten wir ja gegen sie nur ein kleines Heer, jene verloren aber gegen uns Männer und Habe." Da huben die Schweden an zu sprechen. Sie sagten, es sei nicht geraten, den Winter und den Frost ab= zuwarten, „wenn auch die Norweger dazu auffordern. Sie wissen eben nicht, wie hier das Eis liegen kann und wie hier das Meer im Winter so häufig ganz zufriert. Wir wollen heim und nicht länger hier liegen." Die Schweden murrten laut, und alle sprachen in dem gleichen Sinne unter einander. Man beschloß schließlich, König Onund sollte mit seinem ganzen Heere heimziehen. König Olaf aber blieb noch dort zurück.

155. Egil und Tofi

Als König Olaf dort lag, hatte er manche Gespräche und Beratungen mit seinen Leuten.
In einer Nacht hatten Egil Hallssohn und Tofi Valgauts= sohn an Bord des Königsschiffes Wache zu halten. Der letzt= genannte war aus Vestergötland und stammte von edlem Ge= schlecht. Als diese nun auf der Wache saßen, hörten sie Wei= nen und Jammern dort, wo die Kriegsgefangenen saßen, die

man am Lande oben während der Nacht in Fesseln hielt. Tofi sagte, er könne dieses Gejammer nicht mit anhören, und er bat Egil, er möchte ihm helfen, die Leute loszumachen, um sie davonlaufen zu lassen. So verübten sie denn den Streich. Sie gingen herzu und durchschnitten die Fesseln, so daß alle diese Leute entfliehen konnten. Das war aber eine gar böse Sache für das Heer. Der König jedoch ergrimmte so, daß sie beide in großer Lebensgefahr schwebten. Und später, als Egil krank war, wollte der König lange Zeit nicht nach ihm sehen, bis einige Männer Fürbitte für ihn eingelegt hatten. Da bereute Egil sehr, daß er eine Tat begangen hatte, die dem Könige so zuwider war, und er bat den König, ihm nicht weiter zu zürnen. Der König sagte ihm dies auch schließlich zu.

König Olaf legte seine Hände auf die Hüfte Egils, wo das Leiden saß, und er betete darüber, und sofort schwand Egil aller Schmerz. Darauf genas Egil, und auch Tofi kam wieder zu Gnaden. Es heißt, daß er dafür seinen Vater Valgaut zu einer Zusammenkunft mit dem Könige bringen sollte. Valgaut war nämlich ein grundheidnischer Mann, er trat aber infolge der Reden des Königs zum Christentum über und starb bald darauf, nachdem er getauft war.

156. Verrat gegen König Olaf

Als nun König Olaf sich mit seinen Leuten besprach, da suchte er Rat bei den Heerführern, was sie jetzt unternehmen sollten. Man konnte sich schwer einigen. Der eine widerriet das, was dem andern ratsam schien, und so ging die Beratung ohne Entscheidung lange hin und her.

König Knut hatte immer Kundschafter in dem Heere König Olafs, die mit vielen Leuten ins Gespräch kamen und Geld- und Freundschaftsangebote für König Knut machten. Viele ließen sich auf die Weise verleiten und verkauften ihre Treue durch das Versprechen, daß sie König Knuts Mannen werden und, wenn er nach Norwegen käme, seinen Anspruch auf das Land unterstützen würden. Von manchen wurde das später öffentlich bekannt, obwohl alles zuerst ganz geheim vor sich ging. Einige Männer bekamen sofort Geldgeschenke, anderen

290

wurde für später Geld in Aussicht gestellt. Aber es waren auch noch manche andere, die schon vorher große Freundschaftsgeschenke vom König erhalten hatten. Denn man mußte allerdings von König Knut sagen: wenn jemand zu ihm kam, der ihm den Stempel eines Mannes zu tragen schien und der gewillt war, dem Könige Gehorsam zu leisten: solche Leute bekamen von ihm immer die Hände voll Geld. Deshalb ward König Knut sehr beliebt. Seine Freigebigkeit war sehr groß gegen Ausländer, und umso größer, von je weiter sie herkamen.

157. König Olafs Pläne

König Olaf hatte oft Gespräche und Zusammenkünfte mit seinen Leuten und frug sie um Rat. Aber als er sah, daß der eine dies äußerte und der andere das, argwöhnte er, daß es einige unter ihnen gäbe, die anders redeten als so, wie sie es für das ratsamste hielten, und daß es nicht sicher wäre, ob alle von ihnen wirklich ihm die schuldige Treue zollten. Gar manche suchten den König zu bestimmen, er solle einen günstigen Wind benutzen, um nach dem Oresund und von dort nach Norwegen zu segeln, indem sie sagten, die Dänen würden es nicht wagen, sie anzugreifen, obgleich sie dort mit einer großen Flotte vor ihm lägen. Aber der König war ein zu kluger Mann, um nicht zu sehen, daß man dies auf keinen Fall wagen dürfe. Er wußte überdies von Olaf Tryggvissohn her, daß, als jener nur wenige Leute hatte und sich auf eine Schlacht einließ, während ein großes Heer gegen ihn stand, die Dänen keineswegs sich nicht getraut hätten zu kämpfen. Endlich war dem König bekannt, daß in König Knuts Heer eine große Zahl Norweger waren. Daher argwöhnte der König, daß die Männer, die ihm einen solchen Rat gaben, mehr zu König Knut neigten als zu ihm. So traf König Olaf die Entscheidung, daß er erklärte: die Männer, die ihm folgen und den Landweg nach Götland hinauf und weiter dann bis nach Norwegen mit ihm ziehen wollten, möchten sich bereit halten. „Unsere Schiffe aber," sagte er, „und alle schwerbewegliche Habe, die wir nicht mitschleppen können, will ich in das Reich des Schwedenkönigs bringen und dort für uns aufheben lassen."

158. Die Fahrt Hareks von Tjöttö

Harek von Tjöttö antwortete so auf die Rede des Kö=
nigs: „Es ist leicht ersichtlich, daß ich nicht zu Fuß
nach Norwegen ziehen kann. Ich bin ein alter schwerfälliger
Mann und nicht mehr gewöhnt an Märsche. Ich denke mich
nur notgedrungen von meinem Schiffe zu trennen. Ich habe auf
dieses mein Schiff so viele Sorge verwandt und auf seine Aus=
rüstung, daß es mir leid wäre, wenn ich es eine Beute meiner
Feinde werden ließe."

Der König sagte: „Zieh mit uns Harek. Wir werden dich
hinter uns hertragen lassen, wenn du nicht gehen kannst."

Da dichtete Harek diese Weise:

> Mein Rat ist's, zu reiten,
> Rheingluts[1] Herr, allein jetzt.
> Hin auf Meeres Hengste[2]:
> Hab' ja Müh' nur, trab' ich[3].
> Armbands Baum[4], im Or'sund
> All sein Volk mag halten
> Knut im Heerschiff: hart ich
> Heiße[5]. Jeder weiß es!

Da ließ König Olaf zur Fahrt rüsten. Die Männer nahmen
ihre Alltagsgewänder und Waffen mit, und was sie an Pfer=
den auftreiben konnten, wurde mit Kleidern und Habseligkeiten
beladen. Er sandte aber Männer aus und ließ seine Schiffe nach
Kalmar bringen, wo man sie ans Land zog, und dort wurde
auch all ihr Segelwerk und anderes Gerät in gute Verwah=
rung genommen.

Harek verfuhr, wie er gesagt hatte. Er wartete einen gün=
stigen Wind ab, segelte dann um Schonen herum nach Westen
und kam an der Ostseite an die Holarbucht. Es war eines
Abends, und hinter ihm strich eine leichte Brise. Da ließ er
Segel und Mast streichen, nahm die Wetterfahne herab und
hüllte das ganze Schiff oberhalb des Wassers in graue Tep=
piche. Er ließ nur auf ein paar Bänken vorn und hinten rudern,

---

Rheingluts (d. h. Goldes) Herr: Olaf. [2] Auf dem Schiffe. [3] D. h. wenn
ich bei meinem Alter zu Fuß gehe. [4] D. h. Goldes Träger (Olaf). [5] D. h.
man wird nicht mit mir anbinden.

den größten Teil seiner Mannschaft aber unten im Schiff
sitzen.

König Knuts Wächter sahen nun das Schiff, und sie unter=
hielten sich darüber, was das wohl für ein Schiff sein könne.
Sie vermuteten, es sei ein Handelsboot mit Salz oder Heringen,
da sie nur so wenig Menschen sahen und kaum jemand an
den Rudern, da das Schiff ferner grau und ungeteert aussah
wie eins, das die Sonne lange gebleicht hatte, und da sie end=
lich das Schiff so tief im Wasser sahen.

Aber als Harek weiter in den Sund kam und an dem Dänen=
heer vorbei war, da ließ er den Mast aufrichten und die Segel
hissen, und er steckte vergoldete Wetterfahnen auf. Sein Segel
war weiß wie frischgefallener Schnee und rot und blau ge=
streift.

Da sahen Knuts Leute ihn dahinsegeln, und sie sagten dem
Könige, es sei wahrscheinlich, daß König Olaf dort vorbei ge=
segelt sei. Aber König Knut sagte, König Olaf wäre ein viel
zu kluger Mann, als daß er an Bord eines Schiffes durch
König Knuts Geschwader gefahren sein sollte. Er fügte aber
hinzu, für wahrscheinlich hielte er es, daß dies Harek von
Tjöttö gewesen sei oder ein anderer Mann wie dieser.

Die Leute halten es aber für ausgemacht, daß König Knut
von Hareks Fahrt gewußt habe und daß jener nicht so zu
fahren gewagt hätte, wenn nicht freundschaftliche Abmachun=
gen zwischen ihm und König Knut vorher getroffen wor=
den wären. Und dies, so urteilte man, wurde später ganz of=
fenbar, als die Freundschaft zwischen König Knut und Ha=
rek allgemein bekannt wurde. Harek dichtete, als er an den
Väderöer vorbei nach Norden segelte, diese Weise:

Nicht leicht meiner lachen
Lunds Frau'n, Maid' am Sunde[1] —
Mein Schiff vorbei schaff' ich
Schnell hin an den Inseln[2] —:
Daß nicht wagt' im Herbst ich Wogens
Weg[3] heimwärts zu segeln,

[1] D. h. schwedische und dänische Frauen. [2] An den Väderöer vor Halland.
[3] Auf dem Meere.

Jörd des Falkenfeldes[1],
Froh auf Spantens Rosse[2].

So fuhr nun Harek seines Weges, und er rastete nicht, bis er nach Helgeland kam und wieder zurück auf sein Gut in Tjöttö.

159. König Olafs Fahrt von Schweden

König Olaf begann nun seinen Zug, und er ging zuerst durch Smaland und kam weiter nach Vestergötland. Er zog dahin ruhig und in Frieden, und das Volk im Lande half ihnen freundlich weiter. Der König zog so dahin, bis er nach Vik hinab kam, dann weiter die Bucht entlang nordwärts, bis er Sarpsborg erreichte. Und hier nahm er Wohnung und ließ alles für die Winterquartiere einrichten. Dann gab König Olaf dem größten Teil seines Heeres Urlaub, und er behielt nur so viel seiner Lehnsleute bei sich, als ihm nötig schien. Es blieben da bei ihm alle Söhne von Arni Armodssohn, und sie wurden vom Könige in hohen Ehren gehalten. Dann kam dorthin zum König auch Gellir Thorkelssohn. Er war den Sommer zuvor aus Island gekommen, wie vorher erzählt wurde[3].

160. Vom Skalden Sigvat[4]

Der Skalde Sigvat war lange bei König Olaf gewesen, wie hier vorher erzählt wurde, und der König hatte ihn zu seinem Marschall gemacht. Sigvat war kein großer Redner in ungebundenen Worten, aber das Dichten war ihm so vertraut, daß ihm die Weisen von der Zunge kamen genau wie irgend ein Alltagsgespräch. Er war auf Handelsreisen in Frankreich gewesen, und auf einer von diesen war er auch nach England gekommen und hatte Knut den Mächtigen aufgesucht. Er hatte von ihm Erlaubnis erhalten nach Norwegen zu gehen, wie vorher berichtet worden ist. Aber als er nach Norwegen

---

[1] Jörd (Odins Gemahlin) = Göttin; die Göttin des Falkenfeldes (d. h. des Armes, auf dem der Falke saß) ist die hier angeredete Frau, wohl Hareks Gemahlin, der er nach seiner glücklichen Heimkehr diese Strophe aufsagte. [2] Das Roß der Spante (Schiffsrippe) ist das Schiff. [3] S. 245. [4] Vgl. S. 64 ff., 98 ff., 139 ff., 212 ff.

kam, ſuchte er ſofort König Olaf auf und traf ihn in Sarps=
borg. Er trat vor den König, da dieſer zu Tiſche ſaß. Sigvat
grüßte ihn, aber der König ſah auf ihn und ſagte kein Wort.
Da dichtete Sigvat die Weiſe:

> Heim dein Marſchall, Herrſcher,
> Her jetzt wieder kehr' ich[1].
> Dein Ohr leih'; ihr Leut' all',
> Lauſcht' all'm, was der Skald' ſagt.[2]
> Wo mir den Sitz weiſt du
> Wohl an bei den Mannen?
> Sieh, mir iſt jeder Saalplatz
> Sehr lieb, den du gibſt mir!

Da bewährte ſich nun das alte Sprichwort: „Königs=Ohren
hören weit." König Olaf war von Sigvats ganzen Fahrten
unterrichtet, auch darüber, daß er König Knut getroffen hatte.
König Olaf ſagte zu Sigvat: „Ich weiß nicht, ob du jetzt
noch daran denkſt, daß du mein Marſchall ſeiſt, oder ob du
Knuts Vaſall wurdeſt." Da dichtete Sigvat:

> Schöner Ringe Schenker[3]
> Sprach: den Vorſchlag mach' er,
> Dienen ich ſollt' dem Dänen[4]
> Da wie kühnem Aleif[5].
> „Kann nur nach einem König,"
> — Keck ich ſagt's — „mich ſtrecken:
> Echter Mann, ſo acht' ich,
> Ein Vorbild[6] wählt: ſein bleibt's."

161. Erling Skjalgsſohn und ſeine Söhne

Erling Skjalgsſohn und alle ſeine Söhne waren den Som=
mer hindurch in König Knuts Heer geweſen, und zwar
bei der Schar Jarl Hakons. Dort war auch Thorir Hund,
und er ſtand in hohen Ehren. Aber als König Knut hörte,
daß König Olaf über Land nach Norwegen gezogen war,
brach er ſeine Heerfahrt ab und entließ alle Mannen nach
Hauſe, um zu überwintern. Zu dieſer Zeit war in Dänemark

---

[1] S. 276. [2] Was ich (Sigvat) ſage. [3] Knut, der Freigebige. [4] Knut. [5] Olaf.
[6] Ich, Sigvat, alſo Olaf. Vgl. zu dieſem Bekenntnis Band I, S. 179, Anm. 10.

eine große Schar von Ausländern, Engländer wie Norweger, und Leute aus noch andern Ländern, die sich Knuts Kriegs= zug im Sommer angeschlossen hatten. Erling Stjalgssohn ging im Herbst mit seiner Schar nach Norwegen, und er empfing beim Abschied von König Knut große Geschenke. Thorir Hund blieb bei König Knut zurück.

Zugleich mit Erlings Schar kamen in den Norden Nor= wegens Boten von König Knut, und sie brachten eine große Menge Geld mit. Und in diesem Winter zogen sie weit und breit durchs Land, und sie zahlten die Gelder aus, die König Knut im Herbst den Männern für ihre Kriegshilfe verspro= chen hatte. Sie gaben solche aber auch an viele andere, deren Freundschaft für König Knut sie durch Geld erkauften. Die Boten aber zogen im Lande umher unter dem Schutze Erling Stjalgssohns.

Es kam nun so weit, daß eine Menge Männer sich König Knut in Freundschaft zuwandten und ihm ihre Dienste verhießen, außerdem versprachen, König Olaf Widerstand zu leisten. Einige taten das offen, die meisten aber noch heimlich vorm Volke. König Olaf wurde davon benachrichtigt, denn es gab viele, die darüber erzählen konnten, und am Hofe wurde sehr viel da= von gesprochen. Der Skalde Sigvat dichtete diese Weise:

Mit voll'm Beutel[1] viele
Feind' des Königs[2] meinen
Olafs Kopf zu kaufen:
Kein Gold hilft da, scheint mir[3].
In schwarzer Hölle holden
Herrns Verräter — fernhin
Werd' es laut den Leuten —
Leiden all' soll'n Qualen!

Und weiter dichtete Sigvat:

Solche Treu Lohn, traur'gen,
Traun, vom Himmel, schau'n[4] wird:
In's höll'sche Feuer, fürwahr,
Fährt, wer Trug spann, ehrlos.

[1] Durch Bestechung seiner Leute. [2] Olafs. [3] Des Königs Leben ist für Gold nicht feil. [4] Solche Treulosigkeit findet im Himmel üblen Lohn, d. h. bringt in die Hölle.

Oft sprach man darüber, wie schlecht das Jarl Hakon an=
stünde, ein Heer gegen König Olaf zu führen, wenn man be=
dächte, wie der König ihm das Leben geschenkt hatte, als der
Jarl in seine Gefangenschaft geraten wäre[1]. Sigvat aber war
der größte Freund des Jarles. Als er wieder einmal hörte, wie
man den Jarl tadelte, dichtete er:

> Leicht des Hardangherrschers
> Heerschar[2] lockt der Jarl wohl:
> Ließen sich all' für Olafs
> Adlig Haupt Gold zahl'n da.
> Nicht schmeichelhaft spricht man
> Stets so vom Gefolge[3].
> Frei sein von all'm Falsche
> Fürwahr mehr gebührt uns[4].

162. König Olafs Julgeschenke

König Olaf hielt ein großes Julfest ab, wo er eine Menge
mächtiger Männer um sich versammelt sah. Am si=benten
Jultage machte der König einen Spaziergang und einige Män=
ner mit ihm. Sigvat war Tag und Nacht in des Königs Be=
gleitung, und auch damals war er um ihn. Sie kamen nun
zu einem Hause, wo die Kostbarkeiten des Königs verwahrt
wurden. Er hatte da große Pracht entfaltet, wie er es ge=
wohnt war, und hatte dazu seine kostbarsten Schätze hervor=
holen lassen, um am achten Julabend[5] Freundschaftsgeschenke
zu verteilen. Im Hause dort standen golddurchwirkte Schwerter
in großer Anzahl. Da dichtete Sigvat:

> Dort steh'n Königs Schwerter,
> Schöngüld'ne, in Fülle.
> Wund'stroms Ruder[6] rühm' ich.
> Reich macht Herrschers Achtung.
> Gern annähme eines
> Ich, gäb'st du's dem Dichter[7].

---

[1] Vgl. S. 49. [2] Olafs Gefolge. [3] Den untreuen Mannen Olafs. [4] Unsere
Schuld ist es, wenn wir uns von Hakon bestechen lassen. [5] Vgl. Band I,
S. 148, Band III. Geschichte von Hakon Breitschulter, Kap. 14. [6] Wunden=
stroms (Blutes) Ruder sind die Schwerter. [7] D. h. mir.

Well'nglut's[1] Streuer, ich weilt' doch
    Wahrlich bei dir jahr'lang!

Der König nahm eins von den Schwertern und gab es ihm.
Dessen Griff war mit Gold umwunden, und das Heft war
mit Gold eingelegt. Das war ein herrliches Andenken. Doch
vielbeneidet wurde er um das Geschenk, und man hörte später
davon[2].

König Olaf begann nun sofort nach dem Julfest seine Fahrt
ins Oberland. Er hatte nämlich eine Masse Männer um sich,
aber Abgaben hatte er aus den Ländern im Norden in diesem
Herbste nicht erhalten. Während nämlich das Heer im Sommer
draußen war, hatte der König alles Geld, was er bekommen
konnte, für dieses verwandt. Außerdem waren keine Schiffe
da, auf denen der König sein Heer nach dem Norden des Landes bringen konnte. Überdies endlich hatte der König von dort
nur Nachrichten erhalten, die auf wenig friedliche Zustände
schließen ließen, falls er nicht mit zahlreicher Mannschaft dorthin kam. Bei diesem Stande der Dinge faßte der König den
Entschluß, durch das Oberland zu ziehen. Es war aber noch
nicht lange her, daß er dort zur Bewirtung umhergezogen war
nach der gesetzlichen Bestimmung und nach altem Königs-
brauche. Als der König aber weiter ins Land kam, da luden
ihn seine Lehnsleute und mächtige Bauern in ihr Haus, und
so wurde ihm die Beköstigung erleichtert.

163. Der Königsvogt Björn

Ein Mann hieß Björn. Er stammte aus Götland und war
ein Freund und Bekannter der Königin Astrid, auch ein
wenig mit ihr verwandt. Sie hatte ihm die Vogtei und
Statthalterschaft in Oberhedemarken gegeben. Auch hatte er
Osterdalen in Verwaltung. Björn war beim König wenig beliebt, und auch die Bauern mochten ihn nicht gern leiden.
Nun geschah es in dem Bezirk, über den Björn schaltete,
daß eine große Menge Rinder und Schweine plötzlich ver-
schwanden. Björn hatte ein Thing ausrufen lassen, um eine

[1] D. h. Goldes; dessen Streuer: der freigebige König Olaf. [2] Vgl. den Neid
der andern Skalden Sigvat gegenüber während der Schlacht bei Stiklestad,
S. 352 f., 356.

Nachfrage nach den Verlusten einzuleiten. Er behauptete, daß die Männer, denen man am ersten diese Diebstähle und solche Schliche zutrauen könne, die Bewohner des Waldlandes seien, deren Siedelungen weit von denen der anderen Leute entfernt seien, und er schob diese Machenschaften den Männern in Osterdalen zu. Dort waren viele einzeln gelegene Häuser. Die Siedelungen der Leute lagen an Seeen oder in Waldlichtungen, und nur in wenigen Gegenden standen die großen Höfe dichter beieinander.

164. Die Söhne Rauds

Raud war der Name eines Mannes, der in Osterdalen wohnte. Seine Frau hieß Ragnhild und ihre Söhne Dag und Sigurd. Beide waren sehr stattliche Männer. Sie standen auch auf jenem Thinge und antworteten im Namen der Talbewohner, indem sie die Beschuldigungen zurückwiesen. Björn meinte, daß jene sehr stolz aufträten und in Waffen und Kleidern eine große Pracht entfalteten. Björn richtete nun seine Anklage gegen die beiden Brüder. Er erklärte, ihnen beiden könnte man wohl die Verübung eines solchen Frevels zutrauen. Sie ihrerseits aber wiesen die Beschuldigung zurück, und so wurde das Thing geschlossen.

Kurze Zeit darauf kam König Olaf mit seinem Gefolge zum Vogt Björn und nahm Quartier bei ihm. Da wurde die Sache, die vorher auf dem Thing verhandelt war, vor dem Könige geklagt, und Björn erklärte, er hielte es für höchstwahrscheinlich, daß Rauds Söhne hinter diesem Frevel steckten. Es wurde nun nach Rauds Söhnen gesandt. Als sie aber vor den König kamen, hielt er sie für unverdächtig des Diebstahls und sprach sie von dieser Anklage frei. Dann luden die beiden den König mit seinem ganzen Gefolge auf ein Fest bei ihrem Vater ein, das drei Tage dauern sollte. Björn riet von der Reise dahin ab, doch der König zog trotzdem dahin.

In Rauds Hause verlief das Fest nun aufs prächtigste. Da frug der König, was Raud und seine Frau für Landsleute wären. Raud sagte, er sei ein Schwede, reich und von hoher Geburt, „aber ich bin von dort fortgegangen," fügte er hinzu, „mit diesem Weibe, das ich seitdem zur Gattin habe und das eine Schwester König Hring Dagssohns ist." Da wurde dem König ihrer beider Verwandtschaft offenbar. Überdies merkte er bald, daß Vater und Söhne ausnehmend klug waren, und er frug nach ihren Künsten und Fertigkeiten. Sigurd sagte, er könne Träume deuten und Tag= und Nachtstunden nennen, auch wenn er kein Himmelslicht sähe. Der König versuchte diese Kunst an ihm, und es stimmte alles, was Sigurd gesagt hatte. Dag erklärte, seine Kunst bestände darin, daß er von jedem Mann, den er mit seinen Augen gesehen hätte, sagen könne, welche Vorzüge und Fehler er besäße, wenn er nur seine Gedanken scharf darauf richte und darüber nachsänne. Der König hieß ihm sagen, welche Fehler er an ihm sähe, und Dag fand sie nach dem Urteile des Königs richtig. Dann frug der König nach Vogt Björn, wo es bei ihm in seiner Gesinnung hapere. Dag sagte, Björn sei ein Dieb. Außerdem erzählte er, wo Björn in seinem Hause die Knochen, Hörner und Häute heim= lich versteckt hätte von dem Vieh, das er in diesem Herbste ge= stohlen habe. „Er ist," schloß er „hinter all' den Diebstählen, die in diesem Herbst stattfanden, zu suchen, während er sie andern Männern zur Last gelegt hat." Dag gab dem König alle Hinweise dafür, wenn er danach suchen lassen wolle.

Und als der König Raud verließ, stattete dieser ihn mit reichen Freundschaftsgeschenken aus, und in seiner Gefolgschaft blie= ben die Söhne Rauds. Der König begab sich zunächst zu Björn, und es bestätigte sich bei ihm alles, was Dag gesagt hatte. Dann verbannte er Björn aus dem Lande, und nur der Königin hatte er es zu verdanken, daß er mit Leib und Leben davonkam.

165. Thorirs Erschlagung

Thorir, der Sohn Olvirs von Egge, der Stiefsohn Kalf Arnissohns und der Schwestersohn Thorir Hunds, war ein sehr stattlicher Mann. Er war groß und stark und da= mals achtzehn Jahre alt. Er hatte eine gute Heirat gemacht in Hedemarken und großen Reichtum dadurch erworben. Er war ein sehr beliebter Mann, und man achtete ihn fast wie einen Edlen im Lande. Er lud den König mit seinem Gefolge zu einem Fest in sein Haus. Der König nahm die Einladung an, und er besuchte Thorir und fand dort ein sehr freundliches Willkommen. Es wurde ein gar prächtiges Fest abgehalten. Trefflichste Bewirtung gab es da, und die Verpflegung war die allerbeste. Der König und seine Mannen unterhielten sich darüber, wie schön es in Thorirs Haushalt herging, und sie wußten nicht, was sie am meisten dort bewundern sollten: das Haus, die Fülle der Bewirtung, die Zurichtung des Mahles, das Getränk oder den Mann, der das alles spendete. Dag sagte nicht viel darüber. König Olaf pflegte sich oft mit Dag zu unterhalten und ihn nach den verschiedensten Dingen zu befragen, und alles, was Dag sagte, fand der König bestätigt, ob es in der Vergangenheit oder in der Zukunft lag. So setzte der König größtes Vertrauen auf seine Reden. Der König rief damals auch Dag zu einer geheimen Unterredung und sprach mit ihm über verschiedene Angelegenheiten. Darauf lief das Gespräch des Königs hinaus, daß er Dag vorstellte, ein wie prächtiger Mann doch Thorir wäre, der ihm ein so herrliches Fest gegeben hätte. Dag hatte darauf nicht viel zu erwidern. Er sagte bloß, es wäre alles richtig, was der König gesagt hätte. Da frug der König Dag, was er an Thorir auszusetzen fände. Dag sagte, Thorir wäre offenbar von guter Gesinnung, wenn er in allem so erprobt wäre, wie in dem, was alles Volk sähe. Der König hieß ihn auf seine Frage die volle Wahrheit sagen. Er erklärte, Dag hätte die Pflicht dazu. Dag erwiderte: „Dann sollst du mir aber zusichern, König, daß ich die Fehde entscheide, wenn ich den Fehler fand."[1] Der König antwortete, er wolle sein Urteil keinem andern Manne übertragen, aber er gebot Dag, ihm zu beantworten, wonach er früge.

Nun antwortete Dag: „Königswort ist kostbar." Der Fehler, den ich in Thorirs Gesinnung entdecke und den jetzt so mancher hat, ist: er ist zu geldgierig." Der König frug: „Ist er ein Dieb oder ein Räuber?" Dag antwortete: „Nein, das nicht." „Was ist er dann?" frug der König. Dag erwiderte:

[1] Sprichwörtlich wie unten: „Königswort ist kostbar".

„Er ließ sich Geld geben zum Verrat seines Königs. Er nahm es von König Knut für dein Haupt." Der König erwiderte: „Wie kannst du dies glaubhaft machen?" Dag antwortete: „Er trägt an seinem rechten Arm über dem Ellenbogen einen dicken Goldring, den König Knut ihm gab und den er niemand sehen läßt." Darauf schloß das Gespräch zwischen Dag und dem König, und der König war außerordentlich zornig.

Als der König nun bei Tafel saß und die Männer eine Weile getrunken hatten und sehr vergnügt waren, und als Thorir die Gäste unterhielt, da ließ der König ihn zu sich rufen. Er trat an die Außenseite des Königstisches und stützte seine Arme auf den Tisch. Der König frug ihn: „Wie alt bist du, Thorir?" „Achtzehn Jahre," erwiderte er. Der König sagte: „Du bist ein großer Mann für dein Alter, Thorir, und hast gute Verbindungen." Darauf ergriff der König seinen rechten Arm und streifte den Ärmel auf bis zum Ellenbogen. Thorir sagte: „Greife behutsam, denn ich habe eine Geschwulst am Arme." Der König hielt seinen Arm dort noch und fühlte etwas Hartes unter dem Ärmel. Er sagte: „Hörtest du nie, daß ich ein Arzt bin?[1] Laß mich deine Geschwulst sehen." Thorir sah nun, daß es nicht geraten war, die Sache länger zu verheimlichen, und so nahm er den Ring ab und wies ihn vor. Der König frug, ob das König Knuts Geschenk sei. Thorir sagte, das sei eine Wahrheit, die er nicht leugnen könne. Der König ließ nun Thorir festnehmen und ihn in Eisen legen.

Da kam Kalf dazu und bat um Gnade für Thorir, und er bot Sühnegeld für ihn. Viele andere schlossen sich ihm an und boten auch ihrerseits Geld. Aber der König war so zornig, daß man ihn nicht bereden konnte, und er erklärte, Thorir sollte nun die gleiche Strafe treffen, die er ihm, dem Könige, zugedacht habe. Darauf ließ der König Thorir töten.

Diese Tat aber erregte den größten Unwillen im Oberlande wie auch besonders im Norden in Drontheim, wo die meisten von Thorirs Verwandten wohnten. Kalf aber hielt die Erschlagung dieses Mannes für eine sehr ernste Sache, denn in seiner Jugend war Thorir sein Ziehsohn gewesen.

---

[1] Vgl. S. 290.

166. Grjotgards Fall

Grjotgard, der Sohn Olvirs und Bruder des Thorir, war der ältere von den zwei Brüdern. Auch er war ein sehr angesehener Mann und hatte eine Menge Männer um sich. Auch hielt er sich zu jener Zeit in Hedemarken auf. Und als er von der Erschlagung Thorirs hörte, da eröffnete er die Fehde gegen des Königs Mannen und Besitztümer, wo sie auf seinem Wege lagen. Zu anderer Zeit hielt er sich auch in Wäldern oder andern Schlupfwinkeln auf. Als der König aber von diesen Unruhen hörte, ließ er Grjotgards Fahrten genau auskundschaften. So kam der König hinter sein Treiben. Grjotgard hielt sich nachts an einem Platze nicht weit von des Königs Wohnstätte auf. König Olaf ging sofort noch in derselben Nacht dorthin und kam bei Tagesgrauen an. Er ließ seine Mannen einen Kreis schließen um das Zimmer, in dem Grjotgard mit seinen Leuten schlief. Grjotgard und die Seinen erwachten bei dem Kriegslärm der Mannen und bei dem Geklirr der Waffen. Sie liefen da sofort zu ihren Waffen. Grjotgard sprang in das Vorzimmer und frug, wer der Anführer der Schar sei. Man sagte ihm, König Olaf sei gekommen, und er frug, ob der König seine Worte hören könne. Der König stand vor der Tür und sagte, Grjotgard könne sagen, was ihm beliebe, „denn ich kann deine Worte gut verstehen." Grjotgard rief: „Ich will dich nicht um Frieden bitten." Dann stürzte er hinaus. Er hielt einen Schild über sein Haupt und ein gezücktes Schwert in der Hand. Es war ziemlich dunkel, und er konnte nur undeutlich sehen. Er hieb mit seinem Schwert nach dem König, doch vor diesem stand Arnbjörn Arnissohn, und der Stich drang ihm unter die Brünne und ging durch den Bauch, so daß Arnbjörn tot blieb. Grjotgard aber wurde sofort mit dem größten Teil seiner Schar erschlagen. Nach diesen Vorgängen wandte sich der König wieder nach Vik zurück.

167. König Olafs Boten

Als nun König Olaf nach Tönsberg kam, sandte er Mannen aus in alle Vogteien und forderte für sich die Stellung von Männern und Schiffen. Zu dieser Zeit nämlich war seine Flotte nur klein, und er hatte damals keine andern Schiffe als Bote der Bauern. Ein Heer kam nur aus der Umgegend zahlreicher zusammen, doch von weiterher kamen nur wenige, und es zeigte sich bald, daß das Volk im Lande nicht mehr in Treue zum Könige hielt. König Olaf schickte seine Leute nach Götland und sandte nach den Schiffen und den Geräten, die man im Herbst zurückgelassen hatte. Doch die Fahrt dieser Boten ging langsam vonstatten, denn es war eben so gefährlich wie damals im Herbst durch Dänemark zu ziehen. König Knut nämlich hatte im Frühjahr im ganzen Dänenreich ein Heer aufgeboten, und nicht weniger als vierzehnhundertvierzig Schiffe hatte er beisammen.

168. König Olafs Kriegsrat

Die Nachricht kam nach Norwegen, daß König Knut in Dänemark ein schier unbesiegbares Heer zusammenzöge, und daß er vorhätte, mit der ganzen Streitmacht nach Norwegen zu kommen, um dies Reich sich zu unterwerfen. Aber als man solches hörte, konnte sich König Olaf noch weniger auf die Männer verlassen, und er bekam jetzt nur geringe Hilfe von den Bauern. Darüber unterhielten sich seine Mannen oft untereinander. Sigvat dichtete damals die Weise:

Englands Herr[1] zum Angriff
Aufbot Kriegerhaufen.
König[2] zagt' ob klein'rer
Kriegsmacht nicht noch Schlachtflott'.
Wenn Landsvolk den Lehnsherrn
Läßt im Stich, als häßlich
Gilt' das. Hin für Geld, ach,
Gibt's Volk oft, den's liebt' einst!

Der König hatte Beratungen mit seiner Leibwache, zuweilen auch ein Hausthing mit seinem ganzen Heer, und er frug seine Leute, was nach ihrer Ansicht am besten jetzt zu tun sei. „Wir können uns nicht mehr verhehlen," sagte er, „daß König Knut uns in diesem Sommer heimsuchen wird, und, wie ihr ja gehört habt, hat er ein großes Heer, aber wir haben diesem

[1] König Knut. [2] Olaf.

nur eine kleine Schar entgegenzustellen, wie die Dinge stehen, und von dem Volk im Lande haben wir nicht länger Treue zu erwarten." Auf diese Rede des Königs hin äußerten sich die Männer, denen er sie vorgetragen hatte, verschieden. Aber hier ist die Antwort, die Skalde Sigvat gab:

Flieh'n soll'n Kónges Feinde:
Viel zahl'n noch einmal sie[1].
Daß Zagheit er zeige,
Zeih'n Sigvat die Krieger.
Jeder sich muß suchen
Sein Heil jetzt allein ja,
Litt viel Königs Volk auch[2]:
Feind's Trug offen scheinet.

169. Grankel wird verbrannt

In demselben Frühjahr ging das Gerücht um in Helgeland, daß Harek von Tjöttö sich noch erinnere, wie Asmund Grankelssohn seine Knechte erschlagen und beraubt hatte. Das Schiff, das Harek sein eigen nannte, der Zwanzigruderer, schwamm seinem Wohnsitz gegenüber gezeltet und wohlausgerüstet. Er ließ verbreiten, daß er nach Drontheim fahren wolle, gen Süden. Eines Abends ging Harek mit der Schar seiner Knechte an Bord des Schiffes, und er hatte fast achtzig Mann um sich. Sie ruderten die Nacht hindurch, und in der Morgenfrühe kamen sie zu Grankels Wohnsitz und schlossen einen Kreis um sein Gehöft. Dann machten sie dort einen Angriff und legten Feuer an das Haus. In diesem mußte nun Grankel mit seinen Hausgenossen verbrennen, einige aber wurden noch draußen erschlagen. Da verloren dreißig Mann im ganzen ihr Leben. Harek zog nach dieser Tat nach Hause und saß auf seinem Gute. Asmund war bei König Olaf. Was aber die Männer in Helgeland anlangte, so forderte niemand von Harek für diese Tat Buße, und er selbst machte auch kein derartiges Angebot.

[1] Strafgeld. [2] Durch die Abnahme der Anhänger des Königs. Der Sinn ist: jeder muß doch, unbeschadet seiner Treue gegen den König, möglichst für sich selbst sorgen.

170. König Knuts Fahrt nach Norwegen

König Knut der Mächtige zog sein Heer zusammen, und er nahm seinen Weg nach dem Limfjord. Als er dort aber sich gerüstet hatte, segelte er mit seiner ganzen Streitmacht von dort nach Norwegen. Er fuhr schnell, und er legte an der Ostseite des Fjordes nicht an Land an. Er fuhr vielmehr über Fold hinaus und ankerte in Agde. Dort rief er Thinge aus, und die Bauern kamen zum Meer und hatten Zusammenkünfte mit dem Könige Knut. Dort wurde Knut zum König über das ganze Land ausgerufen. Überall setzte er Leute als Statthalter ein und nahm Geiseln von den Bauern, und niemand widersprach ihm mehr.

König Olaf weilte in Tönsberg, als König Knuts Flotte über Fold hinausgefahren war. König Knut fuhr nun an der Küste weiter nach Norden, und die Leute aus der Umgegend scharten sich überall um ihn, und alles schwor ihm Treue. König Knut lag eine Zeitlang im Egersund, und dort kam Erling Skjalgssohn mit einer großen Schar zu ihm, und König Knut und er erneuerten dort ihre Freundschaft. Unter den Versprechungen, die König Knut Erling machte, war auch die, daß das ganze Land zwischen Kap Stadt und Jernestangen seiner Herrschaft untertan sein sollte. Darauf ging König Knut weiter nordwärts, und seine Fahrt verlief, kurz gesagt, so, daß er sie nicht unterbrach, bis er nach Drontheim kam und in Nidaros ankerte. Dort berief er das Thing der acht Gaue[1], und auf diesem Thing wurde König Knut zum Herrscher ganz Norwegens ausgerufen. Thorir Hund war mit König Knut aus Dänemark gekommen, und er war jetzt dort. Außerdem war auch Harek von Tjöttö dorthin gekommen, und er wie Thorir wurden König Knuts Lehnsleute und verpflichteten sich ihm mit heiligen Eiden. König Knut gab ihnen große Lehen und übertrug ihnen die Eintreibung des Schatzes in Finnmarken[2]. Außerdem beschenkte er sie reichlich. Alle Lehnsleute, die sich ihm zuwandten, beschenkte er mit Lehen und Gütern und gab ihnen eine größere Herrschaft, als sie vordem hatten.

---

[1] Das Frostathing vgl. Band I, S. 151. [2] Vgl. Geschichte vom Skalden Egil S. 40 (Thule 3).

171. König Knut

Nun hatte sich König Knut ganz Norwegen unterworfen. Dann berief er ein reichbesuchtes Thing für seine Leute und das Volk des Landes. König Knut machte da bekannt, daß er seinem Verwandten, Jarl Hakon, alles Land als Lehen geben wollte, das er auf seinem Kriegszuge erobert hätte. Auch führte König Knut dort auf den Hochsitz neben sich seinen Sohn Hardeknut. Er gab ihm den Königsnamen und zugleich damit das ganze Dänemark. König Knut ließ sich von allen Lehnsleuten und mächtigen Bauern Geiseln stellen. Er nahm dazu ihre Söhne oder Brüder oder andere nahe Verwandte, auch solche Leute, die ihm besonders wert waren und die er als besonders geeignet dafür hielt. Der König versicherte sich ihrer Ergebenheit in der ebengenannten Weise. Sobald Jarl Hakon die Herrschaft über Norwegen angetreten hatte, schloß sein Schwager Einar Bogenschüttler feste Freundschaft mit ihm und erhielt alle die Lehen wieder, die er vordem besessen hatte, als die Jarle[1] noch im Lande herrschten. König Knut gab Einar schöne Geschenke und verband ihn sich in fester Freundschaft. Er verhieß ihm, daß er der größte und vornehmste von allen Männern, die keine hohen Titel hätten, in Norwegen sein solle, solange seine Herrschaft im Lande dauere. Auch ließ er dabei fallen, er hielte Einar für besonders würdig, einen hohen Titel in Norwegen zu tragen, oder auch seinen Sohn Eindridi, wegen seiner Abkunft, wenn es auch nicht gerade die Jarlswürde wäre. Diese Verheißungen schätzte Einar sehr hoch ein, und er gelobte dafür seine Treue. Damals begann Einars Macht sich aufs neue zu heben.

172. Der Skalde Thorarin Lobzunge

Ein Mann hieß Thorarin Lobzunge. Er war von Herkunft Isländer und ein großer Skalde. Er hatte lange Zeit mit Königen oder andern vornehmen Herren in Freundschaft gelebt. Er lebte bei Knut dem Mächtigen und hatte auf diesen ein kleines Preisgedicht gemacht. Als aber der König hörte, daß

---

[1] Erich und Svein, S. 41.

Thorarin ihm nur ein kleines Loblied zugedacht hatte[1], wurde er sehr ergrimmt, und er befahl ihm, ein großes Preisgedicht am nächsten Tage aufzusagen, wenn er bei Tafel säße. Täte er dies aber nicht, dann — so drohte der König — sollte Thorarin für seine Vermessenheit hängen, da er nur ein kleines Preis=gedicht auf König Knut gemacht habe. So dichtete Thorarin einen Kehrvers und fügte diesen in sein Lied ein, und er er=weiterte es außerdem durch einige Zusatz=Weisen. So aber lau=tete der Kehrvers:

> Sein Heim[2] Knut wie Himmels
> Hall'n wehrt Griklands[3] Walter.

König Knut belohnte das Gedicht mit fünfzig Mark Sil=bers[4]. Dieses Preislied nannte man die Haupteslösung[5]. Tho=rarin machte noch ein anderes Preisgedicht auf König Knut, das man Tögdrapa[6] nannte. In diesem wird von den Fahrten König Knuts erzählt, als er von Dänemark nach Norwegen zog, und ein Stefabschnitt lautete so:

> Knut unter Sonnens[7] —
> Königlich schön da
> Mit viel Volkes
> Fährt mein Herzfreund.
> Als Führer vom Fjorde[8]
> Flink vor ging er.
> Auf's Haff Haufen
> Heer's sandt' er hin.

> Streitfalk=Volkes[9]
> Förd'rer Njörden
> Schwer'n Pfeilschauers[10]

---

[1] Einen „Flokk" (ohne Kehrreim). Die Könige hatten auf eine „Drapa" (ein großes Preislied mit Kehrreimen) Anspruch.   [2] D. h. sein Land.
[3] Griechenlands: dessen Walter: Gott, der Schützer des byzantinischen Reiches.
[4] 18000 Reichsmark.   [5] Vgl. Geschichte vom Skalden Egil (Thule 3) S. 180 ff.
[6] Der Name bedeutete: Preislied mit auseinandergezogenem Kehrreim. Dieser umrahmte den Stefabschnitt als erste Zeile der ersten und letzte Zeile der letzten Strophe. Vgl. Sigvats Knutsdrapa S. 275 ff., 281 f.   [7] Die Strophe mit dem Ende des Kehrreims ist nicht erhalten.   [8] Vom Limfjorde.   [9] Der Rabenschar; deren Förderer (Mäster) König Knut.   [10] Die Njörde (Götter) des Pfeil=Schauers (Kampfes) sind die feindlichen Krieger.

Schrecken da weckt'.
Ganz erglänzte
Goldig fein Rollhengst[1].
Was ich dort fah felber,
Sagen kaum mag man's[2].

Kohlfchwarz stürzten
Schäum'nder Wog' Bäume[3]:
Lifter[4]=vorbei lustig
Ließ er fie fchießen.
Im Süd des Eger=
Sunds in der Runde
See=Ebers[5] Skie
Sah viel da man.

An Hjörnaglis[6] Hügel
Haftet rastlos
Friedsamer Freisaff'[7]
Vorbei dorten.
Vor Stadt[8] die Stuten
Stevenklipps[9] trieben.
Schön ist zu schauen
Die Schar in der Fahrt.

Vorbei Stem da
Schossen Meer=Rosse[10].
Störrisch im Sturme
Schreiten sie weit.
So man fahr'n südher
Sah Hengst' Kaltheims[11],

---

[1] Der Henast der Schiffswalze ist das Schiff. [2] D. h. kann man's: das eigene Erlebnis des Skalden stellt jede Sagaüberlieferung in Schatten. Vgl. S. 310. [3] Die Schiffe. [4] In Südnorwegen. [5] Des Schiffes; dessen Skie find die schneeschuhartig auf den Wellen dahingleitenden Schiffsbalken. [6] Tjörnag-lens. [7] Die Mannen Knuts, die nach der Meinung des Dichters Frieden ins Land bringen sollen. [8] Kap Stadt. [9] Stevenklipps: des Meeres, dessen hohe Wogen die Schiffe wie Klippen erstelgen müssen. Die Stuten des Meeres find die Schiffe. [10] Schiffe. [11] Kaltheim ist das (kühle) Meer, dessen Hengste die Schiffe.

Daß nah schon dem Nid
Nordlands Hort[1] war.

Des ruhm=jähen[2]
Jütland=Hüters[3]
Neff'[4] ob Norweg
Nun, all'm, waltet.
Dann gab seinem
Sohn Fürst Schonens[5]
Da ganz Dän'mark:
Dies weiß gewiß ich.

Hier wird gesagt, daß für den, der diese Weisen dichtete, „das
Gesicht die Saga übertraf", [6] was die Fahrt König Knuts an=
langt. Thorarin pries sich nämlich glücklich, daß er selbst bei
König Knuts Fahrt dabei war, als jener nach Norwegen
kam.

173. Von den Boten König Olafs

Die Männer, die König Olaf nach Götland gesandt hatte,
um seine Schiffe zu holen, nahmen einige von denen, die
sie für die besten hielten, mit, den Rest aber verbrannten sie.
Sie nahmen aber auch die Takelage mit und die andere Habe,
die König Olaf und seinen Leuten gehörte. Sie fuhren von
Osten ab, als sie gehört hatten, daß König Knut in den Nor=
den Norwegens gekommen wäre, und sie segelten nach Westen
durch den Oresund und dann nordwärts nach Vik, um König
Olaf zu treffen, und sie brachten ihm seine Schiffe, als er in
Tönsberg war. Als aber König Olaf hörte, daß König Knut
mit seinem Heer nördlich längs der Küste steuerte, da fuhr er
mit seinem Heer in den Oslofjord und dann in das Wasser, das
Drammenfjord heißt, und dort hielt er sich auf, bis König
Knuts Heer wieder nach Süden gegangen war.

Aber auf der Fahrt, die König Knut längs der Küste nach Sü=
den machte, hielt er Thinge in jedem Gau ab, und auf jedem
Thing schwor ihm das Volk Treueide, und es wurden ihm

[1] König Knut, der Norwegen nach der Eroberung Frieden bringen will.
[2] Ruhmbegierigen. [3] Dänenkönigs Knut. [4] Jarl Hakon, der Sohn von
Knuts Schwester Gyda. [5] Knut. [6] Vgl. S. 309, Anmerkung 2.

Geiseln gestellt. Er ging über Fold nach Sarpsborg, und auch dort hielt er ein Thing ab, und das Volk schwor ihm Treueide wie überall. Darauf ging König Knut wieder nach Dänemark, und so hatte er sich Norwegen ohne Schlacht zu eigen gemacht. Er herrschte nun über drei Reiche. So sagte Hallvard Hareksblesi, als er über König Knut dichtete:

> Yngvi[1] waltet Englands.
> Er ob Dän'mark herrscht auch,
> Kampffreudig: drum Frieden
> Freut' da alle Leute.
> Norweg unterwarf sich
> Weiter Frey des Streites[2].
> Viel dort Speer=Leikns Falken[3]
> Futter gab der Mut'ge.

174. Von König Olaf

König Olaf steuerte nun seine Schiffe nach Tönsberg, sobald er hörte, daß König Knut nach Dänemark gegangen war. Dann machte er sich zur Fahrt fertig mit dem Heer, das ihm folgen wollte, und er hatte damals dreizehn Schiffe. Darauf steuerte er Vik hinab und erhielt dort nur wenig Geld und Leute. Nur die schlossen sich ihm an, die auf den Inseln oder an den äußersten Vorgebirgen wohnten. Der König ging nun nicht mehr in das Land hinauf, sondern er nahm an Geld und Mannschaft nur das, was er auf seinem Wege bekommen konnte. Und er merkte, daß das Land ihm abspenstig gemacht war. Er fuhr erst weiter, als ein günstiger Wind blies, und das war im Frühwinter. Ihre Fahrt ging ziemlich langsam vonstatten, und sie lagen lange an den Seehundsinseln. Dort bekamen sie durch Kaufleute Nachricht von Norden aus dem Lande, und dem Könige wurde erzählt, daß Erling Skjalgssohn eine große Heeresmacht in Jädern zusammengezogen habe. Sein Langschiff lag vollgerüstet dem Lande gegenüber und außerdem eine Menge anderer Schiffe, die Bauern gehörten. Da waren Kutter und Fischerfahrzeuge und größe Ruderboote. Da kam

---

[1] Knut; eigentlich Ynglingenherrscher, d. h. berühmter König. [2] Knut.
[3] Die Falken der Speer=Göttin (Walküre) sind die Raben.

König Olaf an aus dem Osten mit seiner Schar, und er lag eine Weile im Egersund, und da hörte jeder vom andern. Erling bekam da eine Menge Leute zusammen.

175. Wie König Olaf segelte

Zur Thomasmesse vor dem Julfest beim ersten Tagesgrauen ging der König aus dem Hafen, da gerade ein günstiger und ziemlich scharfer Wind wehte. So segelte er denn nach Norden, an der Küste Jäderns hinfahrend. Das Wetter war feucht, und düstere Nebel trieben umher. Sofort kam die Nachricht in das Land hinauf in Jädern, daß der König auf dem Meer draußen segele. Und sobald Erling gewahr wurde, daß der König aus dem Osten heransegele, da ließ er seine ganze Schiffsmannschaft zusammenblasen. Und alles Volk ging an Bord der Schiffe, und man stellte sich zur Schlacht auf. Aber die Schiffe des Königs waren schnell auf ihrer Fahrt nach Norden an Jädern vorübergesegelt. Nun wandte er sich ins Land. Er gedachte seine Fahrt so einzurichten, daß er in die Fjorde hineinfuhr, um sich dort Männer und Geld zu verschaffen. Erling Skjalgssohn segelte hinter ihm her. Er hatte eine Schar Männer und eine Masse Schiffe. Die Schiffe glitten schnell dahin, da sie an Bord nichts als Männer und Waffen hatten, und Erlings Langschiff fuhr weit schneller als die andern Schiffe. Da ließ er die Segel reffen und wartete auf seine Flotte. Da sah König Olaf, daß Erling und seine Leute ihn eifrig verfolgten, aber des Königs Schiffe waren leck und undicht, da sie den ganzen Sommer und Herbst und auch noch im Winter auf See gewesen waren. Er sah, daß die Übermacht gegen ihn groß sein würde, wenn sie auf alle Schiffe Erlings auf einmal stießen. So ließ er von Schiff zu Schiff rufen, die Leute sollten die Segel streichen[1], aber etwas allmählich, und ein Reff herausnehmen, und so geschah es. Erling und seine Mannen sahen dies. Da rief Erling seinen anderen Schiffen zu und drängte sie zur Eile, sie sollten fester zusegeln: „Ihr seht ja," rief er, „sie streichen ihre Segel und werden uns entkommen." So ließ er denn die Segel von den Reffen seines

[1] Um in den Buktenösund einbiegen zu können (S. 313).

Langschiffes flattern, so daß es den andern Schiffen weit voranfuhr.

176. Erling Skjalgssohns Fall

König Olaf steuerte nun nach Bukkend hinein, und nun konnte keiner mehr etwas vom andern sehen. Darauf befahl der König die Segel zu streichen und in einen engen Sund dort zu rudern. Und dort legten sie die Schiffe zusammen, und an ihrer Außenseite sprang ein felsiges Vorgebirge in die See. Die Männer waren da alle gewappnet.

Da segelte Erling in den Sund, und sie sahen nicht, daß eine feindliche Flotte vor ihnen lag, bis sie plötzlich gewahr wurden, wie die Königsmannen auf einmal alle Schiffe gegen sie ruderten. Erling und die Seinen strichen die Segel und griffen zu den Waffen. Aber des Königs Heer umlagerte Erlings Schiff von allen Seiten. Da fand eine Schlacht statt, und zwar eine sehr heftige. Da wandte sich bald der größere Verlust auf die Seite Erlings. Erling stand auf dem Hinterteil seines Schiffes. Er hatte einen Helm auf seinem Haupt und einen Schild vor sich, auch trug er ein Schwert in der Hand.

Der Skalde Sigvat war in Vik zurückgeblieben, und dort hörte er diese Nachrichten. Sigvat aber war der größte Freund Erlings und hatte Geschenke von ihm erhalten und bei ihm geweilt. Sigvat dichtete ein Preislied auf Erlings Tod, und in ihm ist auch folgende Weise:

> Aar-Fuß-Röter[1] Erling,
> Eichschiff ließ er streichen
> Eilig gegen Olaf —
> Alle dafür halten[2] —:
> Schroff an König's Schiff er's
> Schob. Der Schwertkampf tobte
> Dann der mut'gen Männer.
> Mitten im Heer[3] sie stritten.

Da begannen Erlings Leute zu fallen, und als sie überwältigt waren und das Langschiff geentert würde, da fiel jeder Mann

---

[1] Nämlich mit dem Blut der Toten. [2] D. h. erzählen es glaubwürdig. [3] In König Olafs Flotte.

auf feinem Platze. Der König felbft ging grimmig voran. So
dichtete Sigvat:

> Kühn im Schiff der König
> Krieger fällt' voll Sieglust. —
> Traun, schlimm war's vor Tung'näs:
> Tote das Deck[1] viel bot es. —
> Breit Schiffsfeld[2] färbt' blutrot
> Bald er dort Jädern-nordwärts.
> Heiß in's Haff da troff es
> Hin[3]. Wohl kämpfte Olaf.

So fiel nun Erlings ganze Mannschaft, daß kein Mann mehr
auf dem Schiffe aufrecht daftand außer ihm allein. Zweierlei
geschah da: die Männer baten kaum um Frieden, und sie erhielten keinen, wenn sie doch darum baten. Und da gab es
keine Möglichkeit zu fliehen, denn des Königs Schiffe lagen
zu beiden Seiten des Langschiffes. Zuverläffig wird berichtet,
daß kein Mann dort zu fliehen suchte. So sagt auch Sigvat:

> Da war'n Erlings Edle
> All' bei Bukkend fallen.
> Aus ja das Schiff jätet'
> Jung Olaf bei Tung'näs.
> Skjalgs Sohn[4], edelen, auf ödem
> Eichbord[5] stehend dorten
> Fand man ohne Freunde,
> Feind all'n Trugs[6], allein da.

Nun wurde auf Erling ein Angriff gemacht von dem Vorderraum des Schiffes aus und von allen andern Schiffen. Auf
dem Hinterdeck war ein hoher Platz, und der ragte weit über
die andern Schiffe hervor. Nichts konnte ihn dort erreichen als
Geschosse und allenfalls ein Speerstich. All dies aber hieb er
von sich zurück. Erling focht so mannhaft, daß man kein anderes Beispiel weiß von einem Mann, der sich so lange gegen
den Angriff einer solchen Übermacht gewehrt hätte. Niemals
aber suchte er zu entkommen oder um Frieden zu bitten. So
sagt der Skalde Sigvat:

---

[1] Des geenterten Jarlsschiffes. [2] Das Meer. [3] Von dem vergoffenen Blut.
[4] Erling. [5] Eichbord: auf dem Deck des Schiffes. [6] Nämlich Erling.

314

Kein Wort sprach zum König
Kühn-Erling um Sühne,
Ob der Axt Schauer[1] schürte,
Schwere, auch Olafs Heervolk.
Nie ward oder wird wer
Wehrhafter[2] sein dereinst,
Soweit wilde Wellen
Wall'n um's Erdenall hin.

König Olaf ging nun in den Vorraum vor dem Hinterdeck
und sah, wie es um Erling stand. Da richtete der König das
Wort an ihn und rief: „Du griffst uns heute stark an ins Gesicht, Erling!" Er antwortete: „Ins Gesicht schlägt jeder Adler
dem andern seine Klauen!" Darüber dichtete Sigvat:

Erling — voll Lust gar lang' hatt's
Land in seinem Bann der —
„Aare klau'n sich" — er sprach's —
„Immer vorne grimmig!"[3]
Zu Utstein[4] wahre Worte[5]
Wohl sagt' er zu Olaf
Nach dem Kampf. Als Kämpfer
Kraftvoll erst doch schafft' er.

Da sagte der König: „Willst du dich mir ergeben, Erling?"
„Das will ich," sagte er. Darauf nahm er den Helm ab von
seinem Haupte, legte sein Schwert nieder und seinen Schild
und ging vor nach dem Vorraum. Da stieß ihn der König mit
der Ecke vorn an seiner Axt in die Wange und rief „Kenn-
zeichnen wollen wir den Verräter seines Königs." Da lief
Aslak Fitje-Glatze hinzu und hieb mit der Axt Erling ins
Haupt, so daß diese tief in seinem Hirn stak, und das war dann
gleich eine Todeswunde. Da ließ Erling sein Leben. Da sagte
König Olaf zu Aslak: „Daß dich der Teufel hole mit deinem
Hieb! Nun hast du Norwegen aus meiner Hand gehauen!"
Aslak erwiderte: „Schlimm ist es König, wenn man dich
mit diesem Streiche traf. Doch glaube ich, ich hieb Norwegen

---

[1] Kampfe. [2] Als Erling. [3] Sprichwörtlich: Tapfre Männer fechten Antlitz
in Antlitz. [4] Utstend. [5] D. h. bedeutungsvolle Worte: „Er redete die Wahrheit".

in deine Hand hinein. Habe ich dir aber zu Leide gehandelt,
König, und tat ich ein Werk, das deinen Dank nicht verdient,
dann ist es mit mir aus. Ich werde dann so vieler Männer
Undank und Haß für diese Tat haben, daß ich eher deine Hilfe
und deine Freundschaft benötige." Der König sagte: „So wird
es auch sein."

Darauf hieß der König alle seine Leute an Bord seines Schiffes
gehen und sich schleunigst für die Abfahrt bereit machen. „Wir
wollen," sagte er, „die Erschlagenen hier nicht weiter aus=
plündern. Jeder behalte, was ihm zuteil ward." So gingen die
Leute an Bord ihrer Schiffe zurück, und sie machten sich schleu=
nigst fertig. Aber als sie fahrtbereit waren, da kamen die
Schiffe mit dem Bauernheer von Süden in den Sund. Und
nun kam es so, wie es so oft schon geschah, daß, wenn ein
großes Heer zusammenkam und die Männer in ihm schwere
Schläge empfingen und ihre Führer verloren, sie, da ihnen die
Leiter fehlten, nicht mehr zu kühnen Taten geneigt waren. Die
Erlingssöhne waren nicht dort, und der Angriff der Bauern
wurde zunichte, der König aber segelte seines Weges nach
Norden. Die Bauern aber nahmen Erlings Leiche, kleideten sie
ein für die Bestattung und brachten sie heim nach Sole, ebenso
alle Gefallenen, die dort lagen. Erling wurde sehr betrauert,
und es heißt allgemein, daß Erling Skjalgssohn der edelste und
mächtigste Mann in Norwegen gewesen sei unter den Leuten,
die keinen höheren Titel weiter hatten. Der Skalde Sigvat
dichtete weiter noch über ihn diese Weise:

> Erling fiel, doch Olaf
> All' des Sieges waltet'.
> Nie bess'rer Mann büßte
> Bitter so mit Tode.
> Seine Macht vermochte,
> Mein' ich, wahren keiner
> Je so lang', ob länger
> Leben ihm auch gegeben[1].

Ferner sagte er auch, daß Aslak einen Totschlag an einem Ver=
wandten und eine gar böse Tat vollbrachte:

---

[1] Nämlich wie Erling.

So schuld an der Sippe
Sah wen'g' ich wie Aslak.
Herben Totschlag[1] hier gab's:
Hardangerwart[2] sank hin.
Wähn', Mord an Verwandten
War solche Tat. Klar ist's.
Alter Sitt'[3] Blutes Brüder[4]
Besser nie vergäßen!

177. Der Kriegssturm im Agdegau

Von Erlings Söhnen waren einige im Norden in Dront=
heim bei Jarl Hakon, andere nordwärts in Hardanger, wie=
der andere in den Fjorden, um dort Krieger zu sammeln. Aber als
Erlings Fall bekannt wurde, da hatte die Nachricht ein allge=
meines Heeresaufgebot um Agde, Stavanger und Hardanger
zur Folge. Eine Männerschar kam zusammen, und das war
eine gewaltige Menge, und dieses ganze Aufgebot zog mit den
Erlingssöhnen nordwärts König Olaf nach. Als dieser nun
aus der Schlacht mit Erling Stjalgssohn gefahren war, segelte
er nach Norden durch die Sunde, und inzwischen war es spät
am Tage geworden. Da erzählt man, daß Olaf diese Weise ge=
dichtet habe:

Der Lichthaar'ge[5] leicht nicht
Lacht vor Jädern nachts wohl.
Gunns[6] Sturm tobt': man gönnte
Gut Labsal den Raben[7].
Heer'n mit dem Sohn Haralds[8]
Herb bekams Stjalgs Erben[9] —
Schritt[10] über Kiele streitfroh —
Schwand sein Volk[11] durch Landgier.

Darauf fuhr der König nördlich an der Küste entlang, und er
hörte nun die ganze Wahrheit über die Zusammenscharung der
Bauern. Zu dieser Zeit waren bei König Olaf noch viele Lehns=

[1] D. h. Verwandtenmord. [2] Der Schützer Hardangers ist Erling. [3] Nämlich
der Sitte, die Sippe nicht zu brechen. [4] Blutsverwandte. [5] Gemeint ist
einer der Erlingssöhne. [6] Der Walküre Sturm bedeutet Kampf. [7] Man
tötete Feinde. [8] D. h. mit mir (Olaf). [9] Erling Stjalgssohn. [10] D. h. ich
(Olaf) schritt. [11] Erlings Mannen gingen zugrunde.

leute. Da waren alle Söhne Arnis. Davon wird berichtet in dem Liede, das Bjarni Goldbrauenskalde auf Kalf Arnissohn dichtete:

> Kalf, warst außen im Osten
> An Bukkend's Strande,
> Wo — kühn all' dich kannten —
> Kampffroh Streit weckt' Olaf.
> Jeder Wölfin ja dort
> Julschmaus, reichen, ihr auslaß't[1].
> Wo Speer und Stein schwirrten,
> Stets vor du gingst zornig.

> Od' lief's aus bei Utstein[2]:
> Erling Skjalgssohn fing man!
> In Blut schwarze Bretter[3]
> Bald schwammen da allwärts.
> Den Lehnsherrn sein Land ja
> Ließ aus Trug: gewiß ist's[4].
> Agd's Leuten[5] zu eigen
> Alles ward, die so zahlreich!

König Olaf fuhr nun weiter, bis er über Stadt hinaus war, und er legte sich vor Herö, wo er hörte, daß Jarl Hakon in Drontheim ein großes Heer aufgeboten habe. Da hielt er einen Kriegsrat ab mit seiner Schar, und Kalf Arnissohn trieb mächtig dazu, nach Drontheim zu fahren und dort mit Jarl Hakon zu fechten trotz dessen großer Übermacht. Diesen Rat befürworteten viele, andere aber waren dagegen, so daß die Entscheidung beim Könige lag.

178. Die Erschlagung von Aslak Fitje-Glatze

Darauf fuhr König Olaf nach Steinavag und lag dort über Nacht. Aber Aslak Fitje-Glatze fuhr auf seinem Schiffe nach Borgund und weilte dort die Nacht hindurch. Vigleik Arnis-

---

[1] D. h. ihr tötet Feinde. [2] Utstend. [3] Der vernichteten Schiffe. [4] Verrat war's, daß das Volk Olaf verließ. Die Weise ist lange nach Olafs des heiligen Tode gedichtet. [5] Den aufrührerischen Norwegern.

sohn lag vor ihm, und am Morgen, als Aslak an Bord seines
Schiffes gehen wollte, griff ihn Vigleik an, in der Absicht, Erling zu rächen, und da fiel Aslak. Da kamen Männer zum
Könige, Gefolgsleute von ihm, aus dem Norden, vom Frökösund. Sie gehörten zu denen, die den Sommer hindurch zu
Hause geweilt hatten, und diese brachten dem Könige Botschaft,
daß Jarl Hakon und viele Lehnsleute mit ihm am Abend mit
einer großen Kriegerschar zum Frökösund gekommen seien, „und
sie haben vor, dir und deinem Gefolge, König, das Leben zu
nehmen, wenn sich Gelegenheit dazu findet.“
Nun sandte der König seine Leute auf die Höhen dort, und als
sie auf der Hochebene waren, da sahen sie die Insel Björnö im
Norden, und weiter, daß von dort ein großes Heer und viele
Schiffe herankamen. Da stiegen sie wieder herab und meldeten
dem König, daß das Heer von Norden heranrücke. Der König
lag nun hier vor ihnen mit zwölf Schiffen. Er ließ jetzt zum
Aufbruch blasen. Man brach die Zelte ab, und die Männer
setzten sich an die Ruder. Als sie sich alle geordnet hatten und
aus dem Hafen fuhren, da fuhr die Schar der Bauern von Norden an Thjotandi vorbei, und diese hatten fünfundzwanzig
Schiffe. Der König steuerte nun nach Nörvö hinein und dann
an den Hundsverinseln vorüber. Als aber König Olaf Borgund
gegenüber war, da kam ihm das Schiff entgegen, das Aslak gehört hatte, und als die Mannschaft König Olaf traf, erzählte
sie ihm, daß Vigleik Arnissohn Aslak Fitje-Glatze das Leben
genommen habe, weil er Erling Skjaldgssohn erschlagen hätte.
Dem König ging diese Botschaft sehr nahe, doch konnte er dieses Friedensbruches halber seine Reise nicht unterbrechen, und
er fuhr weiter durch den Vegsund und durch Skottet. Da
trennte sich seine Gefolgschaft von ihm. Kalf Arnissohn und
manche andere Lehnsleute und Schiffsführer verließen ihn jetzt
und begaben sich zum Jarl. Aber König Olaf setzte seine Fahrt
weiter fort, und er unterbrach sie nicht, bis er in den Tafjord
kam und in Valldal ankerte. Da verließ er seine Schiffe. Es
waren nur noch fünf übrig. Er ließ sie ans Ufer ziehen und die
Segel und das andere Schiffsgerät dort aufheben. Dann ließ
er am Lande sein Zelt auf einer Landzunge, namens Sylte,

aufschlagen, wo schöne Niederungen waren, und dort an der Landspitze ließ er ein Kreuz aufrichten.

Dort in Muri wohnte ein Bauer, namens Brusi, und der war Häuptling dort im Tale. Nach einer Weile kamen Brusi und manche anderen Bauern zum Strande, um König Olaf zu treffen, und sie hießen ihn freundlich willkommen, wie das in der Ordnung war. Der König aber freute sich über ihren freundlichen Empfang. Der König frug nun, ob es einen Weg vom Tale aufwärts nach Lesö gäbe. Brusi sagte ihm, es wäre dort eine Felsschlucht, genannt Stjers=Urden, „durch diese können aber weder Mann noch Roß gehen." König Olaf antwortete ihm: „Das müssen wir eben versuchen, Bauer; mit Gottes Hilfe mag es vollbracht werden. Kommt ihr nur morgen mit euren Zugtieren hierher, und wir wollen dann sehen, welchen Erfolg wir haben, wenn wir zu der Schlucht kommen: ob wir eine Möglichkeit finden, mit Männern und Pferden über sie hinwegzukommen."

179. Der Weg durch die Schlucht

Am nächsten Morgen kamen die Bauern mit ihrem Zugvieh herab, wie der König es ihnen geheißen hatte. Dann luden sie auf das Zugvieh ihre Habseligkeiten und Kleider, aber alles Volk ging zu Fuß, auch der König selber. Er schritt dahin, bis er zu dem Platz kam, der Langbrekka heißt. Als er auf die Höhe kam, rastete er und saß dort eine Weile. Er sah hinunter auf den Fjord und sprach: „Eine schlimme Reise haben sie mir aufgeladen, diese meine Lehnsleute, die ihre Treue so gewechselt haben: eine Zeitlang waren sie doch meine Freunde und volle Vertraute." Noch jetzt stehen dort zwei Kreuze an der Stelle, wo damals der König saß.

Dann stieg der König zu Pferde und ritt weiter das Tal empor, und er rastete nicht, bis sie zur Schlucht kamen. Der König frug nun Brusi, ob es dort nicht einige Berghütten gäbe, in denen sie übernachten könnten. Er sagte, solche wären da. Nun schlug der König dort sein Zelt auf und blieb da über Nacht.

Am Morgen aber hieß der König zur Schlucht zu gehen und zu versuchen, ob man mit den Wagen hinüberkommen könnte.

Da fuhren sie zu, aber der König blieb derweil in seinem Zelte. Am Abend kamen die Königsmannen und die Bauern zurück und sagten, sie hätten große Arbeit gehabt, wären aber nicht vorwärts gekommen. Sie versicherten, es sei unmöglich, einen Weg dort hinüber zu finden oder zu bahnen. So blieben sie da eine zweite Nacht. Diese ganze Nacht hindurch aber lag der König in Gebeten. Sobald er aber sah, daß der Morgen graute, hieß er die Leute wieder nach der Schlucht gehen und noch einmal zusehen, ob sie nicht mit den Wagen hinüberkommen könnten. Sie gingen heran, aber sehr widerwillig. Sie meinten, sie würden doch wieder nichts erreichen. Aber als sie weggegangen waren, kam zum König der Mann, der für die Verpflegung zu sorgen hatte, und der sagte, es sei nichts mehr zum Essen da außer zwei geschlachteten Ochsen. „Du hast aber vierhundertachtzig Mann in deiner Schar, und außerdem sind noch hundertzwanzig Bauern da." Da sagte der König, er solle alle Kessel aufsetzen, und er solle in jeden Kessel etwas Fleisch tun. Und so geschah es. Der König aber ging dazu, und er machte das Zeichen des Kreuzes darüber und hieß dann das Fleisch bereiten. Dann begab sich der König zur Schlucht, durch die man den Weg brechen wollte. Als aber der König dorthin kam, saßen sie alle da und waren von der harten Arbeit ermüdet. Da sagte Brusi: „Ich sagte dir's, König, aber du wolltest es mir nicht glauben, daß wir mit dieser Schlucht hier nicht fertig werden würden."

Da legte der König seinen Mantel ab und befahl, daß sie alle miteinander noch einmal anpacken und es aufs neue versuchen sollten. So geschah es, und da konnten zwanzig Mann beliebig Steine vorwärtsschieben, die hundertzwanzig Mann vorher nicht hatten von der Stelle bringen können. Und am Mittag war die Straße durchgebrochen, so daß sie für Männer und Packpferde so leicht gangbar war wie offenes Feld. Der König kam nun an den Platz zurück, wo die Lebensmittel waren, den man jetzt „Olafs-Höhle" nennt. Eine Quelle war dort in der Nähe, und in dieser wusch sich der König. Wenn aber das Vieh der Bauern im Tal krank wird und von diesem Wasser trinkt, dann wird es das Siechtum los. Der König ging nun zum Mahl, und alle andern auch. Und als er satt war, frug er, ob Berghütten oben im Tale wären jenseits der Schlucht und nahe an dem Gebirge, wo sie die Nacht zubringen könnten. Brusi sagte: „Es sind Hütten dort, die man „Grönings" nennt, doch da kann niemand die Nacht über aushalten, weil Trolle und böse Wichte dort in den Buden spuken."

Darauf befahl der König, sich zur Weiterfahrt zu rüsten, denn er wolle die Nacht in den Berghütten zubringen. Da kam zu ihm der Mann, der für die Verpflegung zu sorgen hatte, und er erzählte ihm, es sei eine Fülle von Lebensmitteln da, „und ich weiß nicht, woher die plötzlich kamen". Der König dankte Gott für seine Fügung, und er ließ Fleischladungen für die Bauern zurechtmachen, die das Tal hinabzogen, er selbst aber übernachtete in den Berghütten. Um Mitternacht aber, als alles schlief, hörte man ein häßliches Geschrei am Melkplatz draußen, und es rief eine Stimme. „So brennen mich die Gebete König Olafs," sprach der Wicht, „daß ich nicht in meinem eigenen Hause bleiben kann. Nun muß ich fliehen und darf nicht wieder an diesen Melkplatz zurück."

Aber am Morgen, als die Männer aufwachten, ging der König zum Gebirge hinauf und sprach zu Brusi: „Hier soll eine Stätte errichtet werden, und was an Bauern hier wohnt, die sollen immer ihr reichliches Auskommen haben, und niemals soll hier Korn erfrieren, wenn es auch oberhalb und unterhalb dieser Wohnstätte erfriert." Dann zog König Olaf über das Gebirge, und er kam hinab nach Einbui und übernachtete daselbst.

Damals war König Olaf fünfzehn Jahre König über Norwegen gewesen, wenn man den Winter mitrechnet, wo noch beide zusammen im Lande waren, er und Jarl Svein, und ferner den einen, von dem eben erzählt wurde und der nach dem Julfest zu Ende ging, als er sein Schiff verlassen hatte[1] und ins Land gegangen war, wie eben berichtet. Diesen Teil seines Königtums hat zuerst der Priester Ari Thorgilssohn der Kluge aufgezeichnet. Dieser war ein wahrheitsgetreuer Berichterstatter, von gutem Gedächtnis und so alt, daß er sich auf

[1] S. 319.

solche Männer gut besann und Erzählungen von ihnen hörte, die ihrerseits alt genug waren, daß sie sich bei ihrem Alter dieser Begebenheiten noch wohl erinnern konnten. Wie er dies auch selbst in seinen Büchern berichtet, wo er die Männer namhaft macht, von denen er seine Kunde bekommen hat[1]. Die gewöhnliche Rechnung aber ist so, daß Olaf vor seinem Tode fünfzehn Jahre König über Norwegen gewesen sei. Die so rechnen, schlagen den letzten Winter, in dem Svein noch im Lande weilte, zu dessen Regierung. Dann ist Olaf wirklich bei seinem Tode fünfzehn Jahre König über Norwegen gewesen.

180. König Olafs Weissagung

Als der König Olaf die Nacht durch in Lesö geweilt hatte, zog er mit seinen Leuten tagaus, tagein weiter, zuerst nach Gudbrandsdalen und dann nach Hedemarken. Jetzt zeigte es sich, wer seine Freunde waren, denn diese folgten ihm nun. Die andern aber, die ihm weniger aufrichtig gedient hatten, verließen ihn jetzt. Manche aber gingen auch zu böser Anfeindung und voller Feindseligkeit über, wie sich jetzt herausstellte. Und jetzt sah man auch bei vielen Leuten im Oberlande, daß sie über die Erschlagung Thorirs äußerst erbittert waren, wie schon vorher bemerkt wurde[2].

König Olaf gab nun vielen von seinen Leuten, die ein Gehöft besaßen und um Kinder zu sorgen hatten, Urlaub nach Hause. Denn die Männer hielten es für ungewiß, ob die Güter solcher Männer geschont werden würden, die mit dem Könige außer Landes zögen.

Jetzt erklärte König Olaf seinen Freunden offen, daß er sich entschlossen habe, das Land zu verlassen und zuerst nach Schweden zu gehen, um dort einen Beschluß zu fassen, was er tun und wohin er sich weiter wenden wolle. Aber er bat seine Freunde zu beherzigen, daß er doch bestimmt vorhabe, wieder in das Land zurückzukommen und die Herrschaft wieder zu gewinnen, wenn Gott ihm ein so langes Leben schenke. Und er sagte, eine sichere Ahnung hätte er, daß noch einmal das ganze Norwegen wieder in seine Dienste treten würde. „Denn ich denke be-

[1] Vgl. Band I, Snorris Vorwort S. 22 f. [2] S. 302.

stimmt," sprach er, „daß Jarl Hakon nur kurze Zeit über Norwegen herrschen wird[1], und vielen Leuten wird das nicht wunderbar vorkommen, da doch Jarl Hakon früher schlecht mit seinem Erfolg mir gegenüber abgeschnitten hat. Doch dies werden nur wenige glauben, was Knut den Mächtigen anlangt, obwohl ich es ausspreche, wie es mir eine sichere Ahnung sagt: er wird innerhalb von wenigen Jahren ein toter Mann sein, und sein ganzes Reich wird zunichte werden, und sein Geschlecht wird nicht wieder in die Höhe kommen[2], wenn das eintrifft, worauf meine Worte deuten."

Als der König seine Ansprache geschlossen hatte, da machten sich alle zur Fahrt bereit. Der König wandte sich mit den Leuten, die bei ihm blieben, östlich zum Eidawalde. Damals war bei ihm die Königin Astrid, ihre Tochter Ulfhild, Magnus, der Sohn König Olafs, Rögnvald Brusissohn[3], diese drei Söhne Arnis: Thorberg, Finn und Arni, und noch mehr Lehnsleute. Er hatte eine Schar auserlesener Männer. Der Marschall Björn hatte Erlaubnis erhalten, nach Hause zu gehen. Er fuhr zurück und auf sein Gehöft ·daheim, und noch manche andere Freunde des Königs zogen mit dessen Urlaub in die Heimat zurück. Der König bat sie, ihn wissen zu lassen, wenn solche Neuigkeiten im Lande vorfielen, die er notwendig erfahren müßte. Und so zog der König fort seines Weges.

181. König Olaf geht nach Nowgorod

Von König Olafs Reise wird nun berichtet, daß er zuerst von Norwegen über den Eidawald nach Vermland ging und dann weiter nach Vadsbo. Dann durchzog er den Wald, durch den die Straße führt, bis er nach Närike kam. Dort traf er einen mächtigen und reichen Mann namens Sigtrygg. Sein Sohn hieß Jvar, der später ein bekannter Mann wurde. König Olaf weilte dort bei Sigtrygg das Frühjahr hindurch. Aber als der Sommer kam, rüstete sich König Olaf wieder zur Fahrt und nahm sich ein Schiff. Und er fuhr dann im Sommer ab und unterbrach seine Fahrt nicht, bis er nach Ruß=

[1] Vgl. S. 331. [2] Vgl. Band III, Geschichte König Magnus' des Guten, Kap. 5. [3] Vgl. S. 174.

324

land zu König Jaroslav kam sowie zur Königin Ingigerd.
Königin Astrid und die Königstochter Ulfhild waren in Schwe=
den geblieben, aber seinen Sohn Magnus hatte der König mit
nach Osten genommen. König Jaroslav bot König Olaf ein
herzliches Willkommen, und er bat ihn, dort bei ihm zu bleiben
und so viel Land von ihm anzunehmen, als er nötig hätte, um
die Kosten für die Unterhaltung seines Gefolges bestreiten zu
können. Das nahm König Olaf mit Dank an und verweilte
dort. Es wird erzählt, daß König Olaf sein ganzes Leben
lang demütig und fromm gegen Gott war. Von der Zeit ab
aber, als er merkte, daß seine Herrschaft zurückging und seine
Feinde immer mächtiger wurden, da wandte er sein ganzes
Herz dem Dienste Gottes zu. Er wurde damals nicht mehr
durch andere Sorgen daran gehindert oder durch die Regie=
rungsgeschäfte, die er früher ausüben mußte. Denn die ganze
Zeit hindurch, wo er als König herrschte, hatte er dafür ge=
wirkt, was er für das Notwendigste erachtete: zuerst das Land
endgültig vor der Knechtung durch ausländische Fürsten zu
schützen und es zu befreien, demnächst aber die Bevölkerung im
Lande dem rechten Glauben zuzuführen und daneben die Gesetze
und die alten Landesrechte zu fördern. Und in diesem Sinne
strafte er um der Gerechtigkeit willen alle die, die ihm einen
bösen Willen entgegensetzten.
Lange Zeit hindurch war es Brauch in Norwegen gewesen, daß
die Söhne der Hersen oder mächtigen Bauern im Lande auf
Kriegsschiffen ausfuhren und sich Vermögen erwarben, indem
sie im Auslande und im Inlande heerten. Aber von der Zeit
ab, wo Olaf König war, machte er das Land so friedlich, daß
er alle Räubereien dort in ihm unterdrückte. Und mußte er mit
harten Strafen wider sie vorgehen, dann bedachte er sie mit
keinen geringeren als dem Verlust von Leib und Leben. Und
dagegen halfen weder Fürbitten von Männern noch Angebote
von Bußen. So sagt darüber Sigvat der Skalde[1]:

Rot Gold als Entgelt oft
Geben für ihr Leben
Wilde Plündrer wollten

---

[1] In dem Gedächtnisliede auf König Olaf, vgl. S. 359.

Wohl: abschlug es Olaf.
Abhieb ihre Häupter
Hart sein Schwert: es ward da
So für ihren Seeraub
Sühne durch den Kühnen.

Dieben und Schächern stäupen,
Schwerem Raub zu wehren,
Gnad'los alle Glieder,
Geris[1] Sättger, ließt Jhr:
Jhr nahmt Bein' und Arme
All'n, die Raubes walten!
Froh da ward des Friedens,
Fürst, holder, dein Volk da.

Lands Schirmherr mit Schwerte
Stäupte ab die Häupter
Viel'n des Wiking=Volkes:
Furchtbar an Macht war der!
Fehden oft Magnus' Vater
Focht siegreich: dem „Dicken"[2]
Jeder Sieg, das sag' ich,
Sehr den Kriegsruhm mehrte.

Mächtige und Geringe belegte er mit der gleichen Strafe. Dies
betrachteten aber die Leute im Lande als Überhebung, und sie
waren deshalb voller Haß gegen ihn, wenn sie ihre Gesippen
durch einen gerechten Spruch des Königs verloren, auch wenn
die Beschuldigungen gegen sie wahr waren. Das war die Ur-
sache der Auflehnung des Volkes im Lande gegen den König
Olaf: sie wollten sich seinem gerechten Urteil nicht fügen. Er
aber wollte lieber seine Königswürde einbüßen als von seinen
gerechten Urteilen lassen. Unrichtig war auch der Vorwurf, den
man gegen ihn erhob, daß er knickerig mit Geld gegen die
Mannen gewesen sei. Er war gegen seine Freunde äußerst freigebig. Der Grund aber, weshalb das Volk sich gegen ihn
erhob, war eben der, daß er den Leuten hart und strafgewaltig

[1] Odins Wolf. Wolfes Sätt'ger = Olaf. [2] Olaf dem Dicken.

erschien, während König Knut unermeßliches Geld verschenkte. Die großen Herren im Lande aber wurden dadurch geblendet, daß Knut allen Würden und Herrschaft versprach. Und außerdem nahmen die Norweger gern Jarl Hakon wieder auf, weil er sehr beliebt beim Volke gewesen war, als er früher im Lande gebot.

182. Von Jökul Bardssohn

Jarl Hakon war mit seiner Schar von Drontheim aufgebrochen und nach Möre gefahren, um König Olaf entgegenzuziehen, wie vorher erzählt ist[1]. Als der König aber in den Fjorden aufwärts fuhr, machte sich der Jarl dorthin auf. Und da schlossen sich ihm an Kalf Arnissohn und viele andere Männer, die sich von Olafs Heer getrennt hatten, und Kalf wurde gut aufgenommen. Dann steuerte der Jarl dorthin, wo der König seine Schiffe an Land gezogen hatte, nach Valldal und zum Tafjord. Dort nahm der Jarl die Königsschiffe weg. Er ließ sie ins Meer rollen und ausrüsten, und dann wurden Männer für ihre Führung bestimmt. Bei dem Jarl war dort auch ein Mann, namens Jökul, ein Isländer, Sohn von Bard, dem Sohn Jökuls aus dem Seetal. Jökul wurde zum Befehlshaber des Wisent bestimmt, der König Olafs Hauptschiff gewesen war. Jökul dichtete diese Weise:

Steuern von Sylte sollt' ich
Sankt-Olafs hehr Langschiff[2],
Des freigeb'gen Fürsten:
Frau, nie hörst du, traun, ja,
Daß schreckvoll ich, schlägt auch
Sturm kraftvoll das Haffroß[3]:
Nie sah nach dem Sommer
Siege mehr der Herrscher[4].

Das soll hier gleich erzählt werden, was erst eine geraume Zeit später[5] geschah, als Jökul in Gotland König Olafs Heer in die Hände fiel und gefangen genommen wurde: damals ließ der König ihn hinausführen zur Hinrichtung, und eine Gerte

---

[1] S. 318 ff. [2] Der Wisent. [3] Das Schiff. [4] Weil er bei Stiklestad fiel. Nach dieser Schlacht ist die Weise gedichtet. [5] 1030, als König Olaf von Rußland nach Norwegen zurückkehrte, vgl. S. 338 f.

wurde in sein Haar gesteckt, und daran hielt ihn ein Mann
fest. Jökul aber saß auf einer Anhöhe. Jetzt machte sich ein
anderer Mann fertig, um ihn hinzurichten. Aber als er das
Sausen des Streiches hörte, richtete er sich empor, und der Hieb
traf sein Haupt, daß es eine tiefe Wunde gab. Der König sah,
das war eine tödliche Wunde, und da hieß er den Mann allein
lassen. Jökul setzte sich da aufrecht und dichtete diese Weise:

> Sieh, oft besser saß ich.
> Sehr die Wunden schmerzen:
> Roten Taues[1] Tropfen
> Troffen draus ohn' Hoffnung.
> Quillt auch Blut, den kühlen
> Kämpfermut nichts dämpfet.
> Grimm zürnt Ringen gramer[2]
> Goldhelm'ger Fürst wohl mir!

Darauf starb Jökul.

183. Kalf Arnissohn

Kalf Arnissohn zog mit Jarl Hakon nach Drontheim, und
der Jarl bot ihm an, bei ihm zu bleiben und in seine
Dienste zu treten. Kalf sagte, er wolle zuerst nach Egge gehen,
um nach seinem Hause zu sehen; dann wolle er sich darüber
schlüssig machen. Das tat Kalf auch.

Als er aber heimkam, merkte er bald, daß sein Weib Sigrid
gar aufgebracht war, und sie schüttete ihm ihr Herzeleid aus,
das sie, wie sie sagte, durch König Olaf erlitten habe. Erstens,
daß er ihren ersten Gemahl Olvir, getötet hätte, „und dann
noch," fügte sie hinzu, „zwei meiner Söhne, und du, Kalf,
warst dabei, als sie beiseite geschafft wurden. Das war das aller-
letzte, was ich von dir erwartet hätte." Kalf erwiderte, es
sei sehr gegen seinen Willen gewesen, daß man Thorir das
Leben nahm, „und," fügte er hinzu, „ich bot Lösegeld für ihn,
und als Grjotgard getötet wurde, verlor ich meinen Bruder
Arnbjörn[3]." Sie erwiderte: „Gut war's, daß du dieses Schicksal durch den König erlittest, denn ihn wirst du vielleicht

---

[1] Blutes. [2] Der freigebige Olaf (der Ringeverschenker). [3] S. 303.

rächen, wenn du auch für meine Leiden nicht Rache nehmen willst. Du sahst, als Thorir, dein Ziehsohn, erschlagen wurde, wie hoch dich der König damals wertete."

Solches Gejammer stimmte sie stets Kalf gegenüber an. Kalf antwortete häufig in mürrischer Weise darauf. Schließlich aber kam es doch dahin, daß er sich durch ihr Drängen verleiten ließ und versprach, des Jarls Lehnsmann zu werden, falls jener ihm seine Lehen vergrößere. Sigrid sandte nun dem Jarl Botschaft. Sie ließ ihm melden, wieweit die Dinge hinsichtlich Kalfs gediehen wären. Und sowie der Jarl davon hörte, sandte er Boten an Kalf, er möchte zu ihm nach Nidaros kommen. Kalf machte sich nun sofort auf die Reise, und bald darauf war er in der Stadt, traf dort Jarl Hakon und wurde aufs freundlichste empfangen. Er und der Jarl besprachen die Sache miteinander, und sie einigten sich in jeder Hinsicht. Sie machten untereinander ab, daß Kalf des Jarls Vasall werden sollte und von diesem reiche Lehen empfinge. Kalf zog dann wieder heim auf seinen Hof, und er hatte nun die Herrschaft über den größten Teil Inner=Drontheims.

Als aber das Frühjahr kam, rüstete Kalf eins seiner Schiffe aus, und sobald er fertig war zur Fahrt, segelte er ins offene Meer, und er steuerte mit seinem Schiffe nach England, denn er hatte von König Knut erzählen hören, daß dieser zeitig im Frühjahr von Dänemark nach England gesegelt war. Damals hatte König Knut das Jarltum in Dänemark an Harald, den Sohn Thorkels des Hohen, gegeben.

Kalf Arnissohn traf nun sofort, nachdem er in England angekommen war, mit König Knut zusammen. Bjarni, der Gold=brauen=Skalde, dichtete darüber:

> Das Meer flugs durchflog er
> Vorwärts nach Ost herzhaft,
> Haralds Bruder[1], hehrkühn.
> Hin mußt' er nach Rußland.
> Schiedst von Olaf eilig:[2]
> Englands König[3] fandst du.

---

[1] Haralds des Harten Bruder ist König Olaf. Die Weise ist gedichtet, als jener schon König war. [2] Nämlich Kalf. [3] Knut.

Bei Volks Preis zu viel ich
Falle nie ins Prahlen.[1]

Als aber Kalf an König Knuts Hof kam, bereitete ihm der
König einen außerordentlich freundlichen Empfang, und er zog
ihn zu einer Unterredung. Und in diesem Gespräch zwischen
König Knut und ihm forderte jener Kalf auf, sich zu ver=
pflichten, einen Aufstand gegen Olaf den Dicken herbeizuführen,
wenn er wieder nach Norwegen käme. „Ich aber," sagte der
König, „will dir dann die Jarlswürde geben und dich über
Norwegen herrschen lassen. Aber mein Gesippe Hakon soll wie=
der zu mir zurückkehren, denn das paßt besser für ihn. Ich
sehe ja, daß er zu sanftmütig ist: er würde, glaube ich, kaum
einen Speer gegen König Olaf senden, falls es sich treffen sollte,
daß sie im Kampf zusammenstießen."

Kalf· schenkte den Einflüsterungen König Knuts Gehör, denn
die Aussicht auf die neue Würde nahm ihn ganz gefangen. So
wurde diese Abmachung zwischen König Knut und Kalf ge=
troffen, und Kalf rüstete sich nun zu seiner Heimfahrt. Beim
Abschied aber gab ihm König Knut sehr ehrenvolle Geschenke.
Davon spricht der Skalde Bjarni:

Dän'marks Herren[2] dankst du,
Denk' ich, viel Geschenke.
Säumig in seinem Dienst nie
Sah er dich, kühner Jarlssproß[3].
Der Fürst Londons Land dir
Lieh, eh du zogst westher[4].
Hohe Würd' dir wurde
Wohl — doch dauern nicht sollt' das[5].

Darauf fuhr Kalf nach Norwegen zurück und kam heim auf
sein Gehöft.

184. Jarl Hakons Tod

In diesem Sommer fuhr Jarl Hakon außer Landes und
kam nach England. Und als er dort hinkam, bot ihm Kö=
nig Knut ein freundliches Willkommen. Der Jarl hatte eine

---

[1] Also auch bei deinem Preise, Kalf, nicht. [2] Knut. [3] Kalf, der Enkel des
Jarls Armod. [4] Von England nach Norwegen. [5] Vgl. S. 399.

Verlobte in England, und er kam, um seine Braut zu holen. Er
wollte seine Hochzeit in Norwegen machen, doch in England
sich solche Sachen kaufen, die, wie er vermeinte, schwer in Nor=
wegen zu bekommen waren. Der Jarl rüstete sich nun im Herbst
zur Heimreise und wurde ziemlich spät fertig. Als er aber segel=
fertig war, stach er in See. Von dieser seiner Fahrt aber ging
das Gerücht, das Schiff sei verloren gegangen und kein Mann
sei auf ihm gerettet worden. Einige Leute erzählten, man habe
das Schiff eines Abends Caithneß gegenüber in großem Sturm
gesehen, der Wind aber habe nach dem Pentlandfirth hin ge=
weht. Die diesem Bericht glauben, meinen, das Schiff müsse
in den Stromwirbel dort hineingetrieben sein. Auf jeden Fall
hielt man es für ausgemacht, daß der Jarl Schiffbruch litt und
keiner, der an Bord des Schiffes war, nach Norwegen kam. Im
selben Herbst erzählten Kaufleute, daß dieses Gerücht in Eng=
land umlief, daß der Jarl als verloren anzusehen sei. Aber dies
erfuhr das ganze Volk, daß er diesen Herbst nicht nach Nor=
wegen zurückgekehrt war. Und nun war das Land dort ohne
Herren.

185. Der Marschall Björn

Der Marschall Björn saß zu Hause, seitdem er König
Olaf verlassen hatte[1]. Björn war ein Mann von Ruf,
und bald erzählte man weit und breit, daß er daheim in Ruhe
saß. Jarl Hakon und andere Herren im Lande hörten dies auch.
Da sandten sie Männer mit Botschaft zu Björn, und als diese an
das Ziel ihrer Fahrt kamen, bot ihnen Björn ein freundliches
Willkommen.
Darauf berief Björn die Boten zu einer Unterredung und frug
sie nach dem Zweck ihrer Sendung. Ihr Führer aber nahm das
Wort und überbrachte Björn Grüße von König Knut und Jarl
Hakon und noch anderen Herren, „und weiter," fuhr er fort,
„habe ich dir zu sagen: König Knut hörte viel von dir, auch,
daß du lange in König Olafs Gefolge warst und ein großer
Feind König Knuts bist. Das behagt ihm nicht, denn er möchte
gern mit dir befreundet sein wie mit allen andern tüchtigen

---

[1] Vgl. S. 324.

Männern, sobald du aufhören willſt, ſein Feind zu ſein. Das einzige, was du jetzt vernünftigerweiſe tun kannſt, iſt, dich dorthin um Schutz und Freundſchaft zu wenden, wo du großen Reichtum zu erwarten haſt, und wo alle Männer in dem nördlichen Teile der Welt jetzt ihre höchſte Verehrung zollen. Ihr, die ihr zum Gefolge König Olafs gehörtet, könnt jetzt ſehen, wie er ſich von euch getrennt hat. Euch allen iſt nichts geblieben, worauf ihr euch König Knut und ſeinen Mannen gegenüber ſtützen könntet. In anbetracht deſſen, daß ihr im letzten Sommer ſeine Lande verheertet und ſeine Leute erſchlugt, müßt ihr es wohl mit Dank aufnehmen, daß der König euch ſeine Freundſchaft anbietet. Mehr in der Ordnung wäre es ja, daß du darum bäteſt oder daß du Sühnegeld anböteſt.“

Als jener aber ſeine Anſprache geſchloſſen hatte, antwortete Björn: „Mein Wunſch iſt, ruhig daheim auf meinem Hof zu bleiben und nicht Herren mehr zu dienen.“

Der Bote erwiderte: „Solche Leute wie du ſind Männer für Könige, und ich kann dir nur folgendes ſagen: für dich gibt es nur zwei Möglichkeiten. Eine, als Verbannter von deinem Beſitz zu gehen, wie dies jetzt dein Freund Olaf tat. Die andere wird man wohl für viel verlockender halten dürfen, nämlich, daß du die Freundſchaft König Knuts und Jarl Hakons annimmſt und ihr Mann wirſt, daß du ihnen zu dem Ende Treue ſchwörſt und bei ihnen deinen Lohn in Empfang nimmſt.“ Damit ſchüttete er engliſches Silber aus einem großen Beutel.

Björn war ein geldgieriger Mann. So wurde er ziemlich nachdenklich und ſchwieg, als er das Silber ſah. Er überlegte hin und her, wofür er ſich entſcheiden ſollte. Er hielt es für ein ſchlimm Ding, all ſein Beſitztum zu verlieren, und er meinte, es ſei ſehr zweifelhaft, ob König Olaf jemals wieder in Norwegen ſein Haupt würde aufrichten können. Als aber der Bote merkte, daß Björns Geſinnung beim Anblick des Geldes ſich zu wandeln begann, zog er zwei dicke goldene Ringe hervor und ſagte: „Nimm das Gold, Björn, und ſchwöre den Treueid. Ich verſichere dir, dieſer Reichtum hier iſt nur geringwertig gegen den, den du erhalten wirſt, wenn du König Knut ſelbſt aufſuchſt.“

Durch die Menge des Geldes nun und durch die schönen Versprechungen von reichen Geschenken ließ er sich in seinem Geiz verlocken und nahm das Geld an. Dann leistete er König Knut und Jarl Hakon Treueide und schwor beiden Gehorsam. Und danach reisten die Boten ab.

186. Die Reise Björns des Marschalls

Der Marschall Björn hörte nun die Gerüchte, die über den Untergang Jarl Hakons umliefen. Da änderte er seinen Sinn, und ihn befiel schwere Reue, daß er König Olaf die Treue gebrochen hatte. Er meinte, jetzt sei er frei von den Treugelübden, die er Jarl Hakon geleistet habe. Denn Björn dachte jetzt, es bestünde wieder Aussicht, die Herrschaft König Olafs erneut aufzurichten; wenn jener nach Norwegen zurückkäme, so würde das Land herrenlos vor ihm daliegen. So machte sich Björn schleunigst zu ihm auf die Reise, und er zog Tag und Nacht mit einigen Gefährten vorwärts, wo er konnte, zu Pferde, wo es nicht anders ging, zu Schiffe. Er reiste ohne Aufenthalt, bis er im Winter, zur Julzeit, nach Rußland und zu König Olaf kam. Der König war sehr froh, als ihn Björn traf, und er frug ihn nach mancherlei Neuigkeiten aus dem Norden, von Norwegen. Björn sagte, der Jarl sei tot und das Land ohne Herrscher. Bei dieser Nachricht wurden die Männer sehr froh, die König Olaf aus Norwegen gefolgt waren und dort Landbesitz und Verwandte und Freunde gehabt und infolgedessen großes Heimweh nach Hause hatten. Manche anderen Nachrichten noch brachte Björn dem König aus Norwegen, solche, die jener besonders zu wissen begierig war. Dann frug der König nach seinen Freunden, wie sie ihm die Treue gehalten hätten, und Björn sagte, das wäre ganz verschieden gewesen. Dann aber stand Björn auf, fiel dem König zu Füßen, umschlang seine Kniee und rief: „In Gottes Macht und deiner steht alles, o König. Ich habe Geld von Knuts Männern genommen und ihnen für den König Treueide geschworen. Jetzt aber will ich dir folgen und mich nimmer wieder von dir trennen, solange wir beide noch am Leben sind."

Der König sprach: „Schnell steh' auf, Björn. Du sollst in
Frieden bei mir sein. Büße das Gott. Ich will gern glauben,
daß nur noch wenige Männer in Norwegen sind, die mir ihre
Treue halten, wenn solche Männer wie du sich von mir ab=
wandten. Und es ist ja wahr, daß die Männer dort in einer
schlimmen Lage sind, da ich so weit fort bin und sie dem
Unfrieden meiner Feinde preisgegeben sind."

Björn erzählte nun dem König, welche Männer sich hauptsäch=
lich verbunden hätten, um Feindschaft wider den König und
seine Leute zu schüren. Er machte dabei namhaft die Söhne
Erlings von Jädern und andere Verwandte von diesen, Einar
Bogenschüttler, Kalf Arnissohn, Thorir Hund und Harek von
Tjöttö.

187. Von König Olaf.

Seit König Olaf in Rußland war, stellte er tiefe Erwägungen
an und sann oft darüber nach, was für einen Entschluß er
am besten fasse. König Jaroslav und Königin Ingigerd baten
König Olaf, bei ihnen zu bleiben und die Herrschaft über das
Land, das Bulgarien[1] heißt, zu übernehmen: das ist ein Teil des
Russenreiches, und in diesem Lande war das Volk noch heid=
nisch. König Olaf überlegte sich dies Angebot. Als er es aber
seinen Mannen vortrug, wollten alle ungern dort sich ansiedeln,
und sie setzten dem Könige zu, wieder nach Norwegen zu gehen,
um sein Reich zurück zu gewinnen. Der König dachte ferner
auch daran, seine Königswürde abzulegen und hinaus in die
Welt nach Jerusalem zu fahren oder. an irgend eine andere
heilige Stätte und dort sich in den Klosterzwang zu be=
geben.

Immerhin kehrten seine Gedanken doch meist dahin zurück, ob
er nicht Mittel und Wege finden könnte, sein Königreich in
Norwegen wieder zu erlangen.

Wenn er aber dies in seinem Innern erwog, dann kam ihm
immer in Erinnerung, wie in den ersten zehn Jahren seiner
Königsherrschaft alles ihm gut und glücklich vonstatten ging,
wie er aber später alle seine Pläne schwer ins Werk setzen

[1] Großbulgarien an der Wolga.

konnte, und wie alle glücklich angelegten Unternehmungen ihm fehlschlugen. Aus diesem Grunde hatte er Bedenken, ob es ein ratsamer Entschluß wäre, sein Glück so zu versuchen, daß er mit nur kleiner Macht gegen seine Feinde zöge, da doch die Masse des Volkes im Lande sich zum Widerstande gegen ihn zusammengeschart hätte. Solche Betrachtungen stellte er oft an, und er trug Gott seine Sache vor und bat diesen, ihn doch das richtig herausfinden zu lassen, worin er seinen größten Vorteil erkennen möchte. Unablässig erwog er die Angelegenheit in seinem Geiste und wußte doch nicht recht, was er beginnen sollte. Denn so oft er die Sache auch mit sich durchging, immer stieß er dabei leicht auf schwere Bedenken.

188. König Olafs Traum

In einer Nacht, als König Olaf in seinem Bette lag, wachte er lange, indem er über seine Pläne nachsann und sein Geist sich mit großen Entwürfen trug. Aber als seine Seele davon endlich übermüdet war, sank Schlummer auf ihn herab, doch so leicht, daß er noch zu wachen glaubte und alles, was im Hause vorging, zu sehen schien. Er sah einen Mann an seinem Bette stehen, gewaltig, ehrfurchtgebietend und in herrlicher Gewandung. Und dem König kam es in seinen Gedanken ganz so vor, als ob König Olaf Tryggvissohn[1] ihm erschienen sei. Dieser Mann sprach zu ihm: „Quält sich deine Seele mit Entwürfen ab, was du unternehmen sollst? Mir scheint es wunderbar, daß du diese so in deinem Geiste hin und her überlegst, besonders aber, daß du daran denkst, dein Königtum niederzulegen, das dir Gott doch gegeben hat. Ferner, daß du überhaupt auf den Gedanken kommst, hier wohnen zu bleiben und eine Herrschaft zu übernehmen von Auslandkönigen, die dir ganz unbekannt sind. Fahre du lieber in dein Reich zurück, das du durch Erbschaft überkommen hast und das du lange beherrschtest mit der Macht, die Gott dir lieh, und laß dich nicht durch deine Untertanen erschrecken. Eines Königs Ruhm ist, über seine Feinde zu obsiegen, und ein ehrenvoller Tod ist es, in der Schlacht mit seinen Kriegern zu fallen. Oder

[1] Vgl. Olafs Jugendtraum S. 39.

zweifelst du daran, daß du das volle Recht auf deiner Seite
hast in diesem deinem Streit? Du solltest doch die Wahrheit
nicht vor dir selbst verschleiern. Darum fahre du getrost wieder
zu dem Lande, von dem Gott Zeugnis ablegen wird, daß es
dir zu eigen gehört!"

Und als der König erwachte, da glaubte er noch die Erschei=
scheinung des Mannes zu sehen, wie er davonging. Sofort nun
wurde er hart in seinem Sinn, und er faßte den festen Ent=
schluß, nach Norwegen zurückzukehren, woran er auch schon
vorher eifrigst gedacht hatte, und er sah, daß alle seine Mannen
dies am liebsten von ihm wollten. Er sagte sich nun in seinem
Innern, daß man das Land leicht würde wiedergewinnen
können, da er doch gehört hatte, daß es herrenlos war. Und er
dachte sich, jetzt, wenn er selbst dorthin käme, würden viele
wieder geneigt sein, ihm zu helfen. Und als der König nun
den Mannen seinen Entschluß offenbarte, da nahmen sie alle
das dankbar auf.

189. König Olafs Heilkunst

Es heißt, daß, als König Olaf in Rußland weilte, dort ein=
mal der Sohn einer vornehmen Witwe ein Geschwür in der
Kehle hatte, das so groß wurde, daß der Knabe keine Speise
hinunterschlingen konnte und man ihn für dem Tode nahe hielt.
Die Mutter des Knaben ging zur Königin Ingigerd, denn diese
war ihr bekannt, und wies ihr den Knaben vor. Die Königin
sagte, sie habe kein Heilmittel dafür: „Geh," fügte sie hinzu,
„zu König Olaf. Der ist hier der beste Arzt. Bitte ihn, er
möge über die Geschwulst des Knaben mit seiner Hand fah=
ren, und sage ihm, daß ich dies sagte, wenn er es sonst nicht
tun will."

Sie tat nach der Anweisung der Königin. Und als sie den
König fand, erzählte sie ihm, daß ihr Sohn infolge der Kehl=
geschwulst dem Tode nahe sei, und sie bat ihn, seine Hand
auf das Geschwür zu legen. Der König aber sagte, er sei kein
Arzt, und hieß sie dorthin gehen, wo sie einen Arzt fände.
Sie sprach: „Die Königin wies mich zu dir, und sie bat mich,
dir ihre Bestellung zu machen, du möchtest alle deine Heilkraft

dafür verwenden. Und sie erklärte auch, du seiest der beste Arzt
hier in der Stadt."

Da machte sich der König daran, und er fuhr mit seinen Hän-
den über des Knaben Kehle, und er strich lange über das Geschwür hin, bis der Knabe den Mund wieder bewegen konnte.
Dann nahm der König Brot, brach es und legte es im Zeichen
des Kreuzes in seine hohle Hand, und dann steckte er es dem
Knaben in den Mund. Der aber schluckte es herunter. Und
von diesem Augenblicke an schwand aller Schmerz in seinem
Schlunde, und der Knabe war in wenigen Tagen ganz gesund.
Dessen Mutter aber und die Verwandten und Bekannten des
Knaben waren von Herzen erfreut darüber. Und damals begann zuerst der Glaube im Volke, daß der König so heilkräftige
Hände habe, wie sie den Männern nachgerühmt wurden, die in
der Kunst wohl bewandert waren, heilkräftig durch Handauf-
legung zu wirken[1]. Später aber, als seine Wunderwirkung
allem Volke bekannt wurde, hielt man dies für ein richtiges
Wunder.

190. Der König verbrennt die Späne

Eines Sonntags saß der König auf seinem Hochsitz bei
Tisch, und er war so tief in Gedanken versunken, daß er
nicht auf die Zeit achtete. Er hatte ein Messer in der einen
Hand, in der andern ein Stück Föhrenholz, wovon er kleine
Späne abschnitzelte. Ein Dienstbursche stand vor ihm, der ihm
die Tafelschüssel hielt. Er sah, was der König tat, er wußte
aber, daß jener in Gedanken über ganz anderen Dingen war. Da
sagte jener: „Morgen ist Montag, Herr." Der König sah auf
ihn, als er dies hörte, und es kam ihm zum Bewußtsein, was
er getan hatte. Der König ließ sich nun eine angezündete Kerze
bringen, und er sammelte in seiner Hand alle Späne, die er ab-
geschnitzelt hatte, dann brachte er das Licht daran und ließ die
Späne in seiner hohlen Hand verbrennen. Daraus sieht man,
daß er selbst genau alle Gesetze und Anordnungen befolgte
und sich über nichts hinwegzusetzen gesonnen war, was er für
Rechtens hielt.

[1] Vgl. S. 290. 302.

191. Von König Olaf

Als nun König Olaf den Entschluß zur Heimkehr gefaßt hatte, trug er die Sache König Jaroslav und der Königin Ingigerd vor. Sie suchten ihn von der Reise abzuhalten, und sie erklärten, er solle in ihrem Reiche über eine solche Herrschaft verfügen, wie sie ihm angemessen erscheine. Sie baten ihn, sich nicht mit einer so kleinen Schar, wie er beisammen hätte, in die Gewalt seiner Feinde zu begeben. Da erzählte König Olaf seinen Traum und fügte hinzu, seiner Ansicht nach sei das Gottes Wille. Als sie nun sahen, daß der König fest entschlossen war, nach Norwegen zurückzukehren, boten sie ihm jedwede Unterstützung für seine Fahrt an, die er von ihnen wünsche. Der König dankte ihnen mit freundlichen Worten für ihren guten Willen. Er sagte, daß er gern alles von ihnen annähme, was er auf seiner Fahrt notwendig brauche.

192. König Olafs Abfahrt aus Rußland

Sofort nach dem Julfest beschäftigte sich König Olaf mit der Zurüstung für die Abfahrt. Er hatte ungefähr zweihundertvierzig Mann in seiner Schar, und König Jaroslav versah sie alle mit Zugtieren und Kriegsgerät, soviel sie brauchten. Als der König dann fertig war, fuhr er ab, und König Jaroslav und die Königin Ingigerd erwiesen ihm beim Abschied die höchsten Ehren. Aber seinen Sohn Magnus ließ er beim Könige zurück.

Nun zog König Olaf aus dem Osten fort, zuerst über das Eis bis ans hohe Meer. Und als das Frühjahr kam und das Eis schmolz, rüsteten sie ihre Schiffe. Und als sie segelfertig waren und ein günstiger Wind wehte, hißten sie die Segel, und ihre Fahrt ging gut vonstatten. König Olaf ankerte mit seinen Schiffen in Gotland, wo er Nachrichten erhielt aus Schweden und Dänemark und weiterhin auch aus Norwegen. In dieser Zeit nahm man als sicher im Volke an, daß Jarl Hakon tot sei und daß Norwegen nun keinen Herrn mehr habe[1]. Beiden, dem König wie seinen Mannen, dünkte jetzt ihre Fahrt aus-

---

[1] Vgl. S. 331.

fichtsreich. Als nun der Wind günstig einsetzte, fuhren sie
dort ab und kamen nach Schweden. Der König segelte mit
seinem Heer in den Mälar und steuerte dann weiter zum Land
nach der Mündung der Fyrisä. Dann sandte er Boten zum
Schwedenkönig Onund und bestellte ihn zu einer Zusammen=
kunft. König Onund lieh seiner Botschaft willig Gehör, und er
fuhr ab, um seinen Schwager, König Olaf, zu treffen, der
Botschaft entsprechend, die jener ihm sandte. Auch Königin
Astrid mit den Leuten ihres Gefolges kam wieder zu König
Olaf, und zwischen ihnen allen fand eine fröhliche Zusam=
menkunft statt. Der Schwedenkönig bot seinem Schwager Olaf
bei der Begegnung ein äußerst herzliches Willkommen.

193. Von den Lehnsleuten in Norwegen

Jetzt soll nun erzählt werden, wie es um die Leute in Nor=
wegen in dieser Zeit stand. Thorir Hund hatte zwei Win=
ter hindurch die Fahrt nach Finnmarken in seinen Händen ge=
habt. Er war in beiden Wintern dort lange im Gebirge ge=
wesen und hatte unermeßlichen Gewinn eingestrichen. Er hatte
mannigfachen Handel mit den Lappen getrieben. Er hatte sich
zwölf Wämser aus Renntierfell herstellen lassen von solcher
Zauberkraft, daß keine Waffe sie durchdrang, noch weniger
als eine Ringbrünne.
Aber in dem Frühjahr darauf rüstete Thorir eines seiner Lang=
schiffe aus und bemannte es mit seinen Knechten. Er zog
Bauern zusammen und machte ein Aufgebot in allen den nörd=
lichsten Thingbezirken. Große Massen Volkes sammelte er so
um sich und brach mit dem gesamten Heere im Frühjahr von
Norden auf.
Harek von Tjöttö hatte ebenfalls eine Musterung abgehalten
und sammelte reiche Gefolgschaft, und dieser Fahrt schlossen sich
auch noch manche andere edle Männer an, wenn auch die ge=
nannten die berühmtesten unter ihnen waren. Dann gaben sie
bekannt, daß diese Streitmacht gegen König Olaf ziehen sollte,
und sie sollten das Land gegen ihn verteidigen, falls er aus
dem Osten käme.

194. Einar Bogenschüttler

Einar Bogenschüttler hatte am meisten in der Herrschaft über Außer-Drontheim zu sagen, seit man von dem Tode Jarl Hakons gehört hatte. Er glaubte nämlich mit seinem Sohne Eindridi den meisten Anspruch auf das Land und den Besitz zu haben, der dem Jarl gehört hatte. Und jetzt entsann sich Einar der Versprechungen und der freundlichen Zusicherungen, die ihm König Knut bei ihrem Scheiden gegeben hatte[1]. Da ließ Einar ein gutes Schiff von sich ausrüsten und ging mit einer großen Schar an Bord. Aber als er segelfertig war, fuhr er an der Küste entlang nach Süden und dann über die See nach Westen. Er hielt in seiner Fahrt nicht inne, bis er nach England kam, und begab sich sofort zu König Knut. Der König empfing ihn freundlich. Darauf brachte Einar sein Anliegen beim König vor und erklärte, er sei wegen der Einlösung der Versprechungen gekommen, die der König ihm gemacht habe, daß er, Einar, nämlich einen hohen Titel in Norwegen erhalten solle, wenn von Jarl Hakon nicht mehr die Rede wäre. König Knut aber sagte ihm, die Sache wäre jetzt ganz anders geworden. „Denn jetzt," sprach er, „sandte ich Männer mit meinen Wahrzeichen als Boten zu meinem Sohn Svend in Dänemark, die melden sollten, daß ich ihm die Herrschaft in Norwegen zugedacht habe. Doch ich will Freundschaft mit dir halten und will dir eine Würde geben, wie sie deiner edlen Abkunft gebührt. Du sollst ein Lehnsmann sein und große Lehen erhalten, und du sollst in dem Maße über den andern Lehnsleuten stehen, als du größere Taten vollbracht hast denn die übrigen Lehnsleute."

Einar sah nun, welchen Erfolg er mit seinem Anliegen beim König haben würde, und er rüstete sich gleich zur Heimfahrt. Da er aber den Vorschlag des Königs durchschaute und außerdem einsah, daß, falls König Olaf aus dem Osten käme, es nicht nach Frieden im Lande aussehen würde, überlegte sich Einar, er würde nichts dabei gewinnen, falls er seine Heimfahrt über das geringste Maß, was noch anständig war, hinaus beschleu-

---

[1] Vgl. S. 307.

nigte — wenn sie wider König Olaf zu fechten haben, aber doch keine größere Förderung in ihrer Herrschaft als früher erhalten sollten. So segelte Einar aufs hohe Meer, als er reisefertig war, und er kam erst nach Norwegen, als die wichtigen Ereignisse, die in diesem Sommer in Norwegen eintraten, schon vorbei waren[1].

195. Die norwegischen Anführer

Die norwegischen Befehlshaber sandten nun Späher aus durch Schweden und nach Dänemark, ob König Olaf nicht etwa aus Rußland zurückkehre. Und sie hörten nun, soweit diese Männer das in der Eile feststellen konnten, daß König Olaf nach Schweden gekommen wäre. Und als diese Nachricht sich bestätigte, da erging ein Aufgebot durchs ganze Land, und alle Leute wurden zur Musterung aufgefordert, so daß ein großes Heer zusammenkam. Die Lehnsleute aber in Agde, Stavanger und Hardanger teilten sich nach zwei Seiten hin, die einen wandten sich nordwärts, die andern nach Osten, da sie meinten, nach beiden Richtungen sei ein Heer nötig. Die Söhne Erlings von Jädern wandten sich ostwärts mit dem ganzen Heer, das im Osten von ihnen stand, und sie wurden die Befehlshaber dieses Ostheeres. Aber nach Norden wandten sich Aslak von Finney und Erlend von Gerde und alle Lehnsleute, die im Norden von ihnen standen. Alle die jetzt genannten Männer hatten sich König Knut eidlich verpflichtet, König Olaf das Leben zu nehmen, wenn sie Gelegenheit dazu fänden.

196. Die Fahrt Harald Sigurdssohns

Als man aber in Norwegen hörte, daß König Olaf von Osten nach Schweden gekommen sei, da sammelten sich die von seinen Freunden, die gesonnen waren, ihm zu helfen. Der vornehmste Mann in dieser Schar war Harald Sigurdssohn, der Bruder König Olafs[2]. Er war damals fünfzehn Jahre alt, von stattlichem Wuchs und mannhaft anzuschauen. Es waren aber noch manche andere edle Männer dabei. Sie hatten insge=

---

[1] Vgl. S. 390. [2] Vgl. S. 113f.

samt siebenhundertzwanzig Mann beieinander, als sie aus dem Oberland aufbrachen, und mit dieser Schar zogen sie durch den Eidawald nach Vermland. Dann zogen sie immer weiter durch die Waldlandschaft nach Schweden, und dort erkundigten sie sich nach den Fahrten König Olafs.

197. König Olafs Fahrt von Schweden

König Olaf war den Frühling hindurch in Schweden und ließ von dort seine Späher nordwärts nach Norwegen gehen. Er hörte aber von dort nur immer das Gleiche: es würde sehr gefährlich sein, dorthin zu ziehen. Und die Männer, die von Norden kamen, redeten ihm sehr ab, dorthin ins Land zu ziehen. Der König aber hatte nach wie vor allein seinen Sinn darauf gerichtet, dorthin zu gehen.

König Olaf frug in einer Unterredung mit König Onund, was für eine Hilfe ihm dieser zur Wiedergewinnung seines Reiches leihen wolle. König Onund meinte in seiner Antwort, es sei nicht gerade sehr nach dem Willen der Schweden, einen Kriegszug nach Norwegen zu unternehmen. „Wir wissen," sagte er, „daß die Norweger schlimme Feinde sind und große Kriegsleute, und es ist gefährlich, sie mit Krieg heimzusuchen. Ich will nun nicht säumen, dir zu sagen, was ich dir zur Verfügung stellen will. Ich will dir vierhundertachtzig Mann mitgeben. Du aber wähle dir aus meiner Leibwache tüchtige und kampfgerüstete Krieger aus. Dazu gebe ich dir die Erlaubnis, durch mein Land zu ziehen, und nimm dir alle Leute mit, die du dort anwerben kannst und die gewillt sind, dir zu folgen." König Olaf nahm dies Anerbieten an und bereitete nun den Heereszug vor. Aber die Königin Astrid und die Königstochter Ulfhild blieben in Schweden zurück.

198. König Olafs Fahrt nach Jarnbera-Land

Als König Olaf seine Fahrt begann, da stieß zu ihm das Heer, das der Schwedenkönig ihm gegeben hatte, nämlich vierhundertachtzig Mann. Der König zog solche Straßen, die die Schweden ihm genau bezeichnen konnten. Sie zogen ihres Weges landeinwärts nach der Grenze zu und kamen an eine Gegend, die Jarnbera=Land[1] heißt. Dort traf der König das Heer, das aus Norwegen ausgezogen war, um sich mit ihm zu vereinigen, wie vorher erzählt wurde[2]. Hier traf er seinen Bruder Harald und manche andere Verwandte von sich. Und es war eine höchst freudige Zusammenkunft. Und jetzt hatten sie im ganzen zusammen vierzehnhundertvierzig Mann.

199. Dag Hringssohn

Ein Mann hieß Dag. Von dem heißt es, er sei ein Sohn gewesen von dem König Hring, der vor König Olaf aus seinem Lande geflohen war[3]. Man sagte aber, dieser Hring wäre der Sohn Dag Hringssohns, der Enkel Harald Schön= haars. Dag war ein Verwandter König Olafs, und Vater und Sohn, Hring und Dag, hatten ihren Wohnsitz in Schweden aufgeschlagen und dort eine Herrschaft erhalten.

In dem Frühjahr, als König Olaf aus Schweden zurückkehrte, sandte er Botschaft an seinen Verwandten Dag, dieser solle sich ihm auf seinem Zuge anschließen mit einer so großen Streit= macht, als er aufbringen könne. Wenn sie aber Norwegen sich wieder zu eigen gemacht hätten, dann sollte Dag dort wieder eine Herrschaft bekommen, nicht geringer, als sie seine Vor= fahren gehabt hätten. Als aber diese Botschaft zu Dag kam, gefiel sie ihm wohl, denn ihn verlangte sehr nach Norwegen zu ziehen und dort das Reich wieder zu bekommen, das seine Ahnen vordem hatten. Er gab einen schnellen Bescheid in dieser Sache und versprach mitzuziehen. Dag war ein Mann, voreilig in Wort und Tat, außerordentlich rührig und von großer Kühnheit, aber nicht sehr klug. Darauf zog er eine Schar zu= sammen, und es wurden gegen vierzehnhundertvierzig Mann. Und mit diesem Heere zog er aus, um sich mit König Olaf zu vereinigen.

200. König Olafs Fahrt

König Olaf aber sandte nun Botschaft in die bewohnten Gegenden und entbot den Männern, zu ihm zu kommen

---

[1] Ein Teil Dalekarliens in Schweden. [2] S. 342. [3] S. 111.

und ihm Folgſchaft zu leiſten, die in der Plünderung einen Er=
werb ſahen und gern das eingezogene Gut beſitzen mochten,
über das die Feinde des Königs verfügten.

König Olaf zog nun weiter mit ſeinem Heere, und er kam
bald durch Waldland, bald durch öde Strecken und oft über
große Seen. Sie ließen ihre Boote hinter ſich herziehen oder
tragen zwiſchen den Waſſern. Eine Menge Leute aus der
Grenzmark und manche Wegelagerer ſtießen zum König. Und
manche Plätze dort nannte man ſpäter Olafsbuden, wo er da=
mals nachts ſein Quartier aufſchlug. Er zog unabläſſig vor=
wärts, bis er nach Jämtland kam, von wo er dann nordwärts
zum Kjölengebirge zog. Sein Heer teilte ſich in den bewohnten
Gegenden und ging in geſonderten Trupps, ſo lange ſie vor
ſich nichts von Feinden ſahen. Immer aber, wenn ſie getrennt
gingen, folgten König Olaf die Norweger, Dag aber ging
einen anderen Weg mit ſeiner Schar, und die Schweden wie=
derum mit ihrer Abteilung einen dritten.

201. Die Wegelagerer

Es waren da zwei Männer. Der eine hieß Gauch=Tho=
rir, der andere Afrafaſti. Sie waren Wegelagerer und
gewaltige Räuber, und ſie hatten dreißig Leute ihrer Art um
ſich. Dieſe Brüder waren größer und ſtärker als andere Män=
ner, und es fehlte ihnen nicht an Mut und Herzhaftigkeit.
Sie hörten von dem Heere, das da über Land fuhr, und ſie
beſprachen ſich untereinander, es ſei doch wohl ein guter Griff,
wenn ſie zum Könige gingen und ihm in ſein Reich folgten,
wenn ſie dann mit ihm zur Schlacht zögen und dort ſich aus=
zeichneten. Bisher nämlich hatten ſie nie an einer regelrechten
Feldſchlacht teilgenommen, und ſie waren überaus neugierig,
des Königs Schlachtordnung kennen zu lernen. Dieſer Beſchluß
gefiel deren Spießgeſellen gut, und ſo machten ſie ſich auf, um
den König zu treffen.

Als ſie nun dorthin kamen, gingen ſie, die ganze Bande, zum
König, und alle dieſe Spießgeſellen waren in voller Waffen=
rüſtung. Sie begrüßten den König, und er frug, wer ſie wären.
Sie nannten ihre Namen und ſagten, ſie wären Leute des

Landes. Und zugleich brachten sie ihr Anliegen vor und baten den König, daß sie mit ihm ziehen dürften.

Der König meinte, solche Männer wären für ihn eine gute Heeresgefolgschaft. „Deshalb," fügte er hinzu, „nehme ich gern solche Männer. Doch seid ihr Christen?"

Da antwortete Gauchthorir, er wäre weder Christ noch Heide. „Wir Gesellen hier haben keinen andern Glauben, als daß wir auf unsere eigene Macht und Kraft uns verlassen und unser gutes Siegesglück. Das ist für uns genug." Der König erwiderte: „Sehr schlimm ist es, daß Männer von solcher Tüchtigkeit nicht an ihren Schöpfer Christus glauben." „Gibt es einen Christen in deiner Schar," erwiderte Thorir, „der mehr an einem Tage sich hervorgetan hat als wir Brüder?" Der König verlangte, sie sollten Christen werden und den rechten Glauben annehmen, „dann folgt mir, und ich werde euch zu hochgeachteten Männern machen. Wollt ihr dies aber nicht, dann kehrt zurück zu euerm Geschäft." Afrafasti erklärte, er wolle nicht Christ werden, und somit zogen sie ab. Da sprach Gauch-Thorir: „Es ist eine große Schande für uns, daß dieser König uns von seinem Heere fortjagt. Denn niemals vorher geschah mir das, daß man mich nicht als ebenbürtigen Bundesgenossen ansah. Ich werde nicht umkehren, wie die Dinge stehen."

So schlugen sie sich zu den andern Leuten aus dem Waldgebiet und folgten dem Heere. König Olaf aber nahm jetzt seinen Weg nach Westen zum Kjölengebirge.

202. König Olafs Gesicht

Als nun König Olaf von Osten über das Kjölengebirge zog und an die Westseite der Berge kam, wo das Land gegen die See abfiel, da schaute er von dort auf das Land hernieder. Viel Volks ging vor dem Könige und gar manche hinter ihm. Er ritt, wo er Platz fand, und er war schweigsam und redete nicht zu den Männern. In solcher Art ritt er einen großen Teil des Tages fürbaß, ohne sich umzusehen. Da ritt der Bischof zu ihm und sprach ihn an. Er frug den König, was er sänne, da er ihn so schweigsam sah. Denn der König war sonst stets aufgeräumt und sprach viel auf der Fahrt mit seinen Leuten, und alle wurden sonst guter Stimmung in seiner Nähe. Da antwortete der König mit großem Ernst: „Gar seltsame Dinge sah ich jetzt eine Weile voraus. Ich schaute über Norwegen hin, als ich über den Abhang der Berge nach Westen hinab= blickte, und ich rief mir ins Gedächtnis zurück, wie ich so man= chen Tag in diesem Lande froh gewesen war. Da hatte ich ein Gesicht, daß ich über ganz Drontheim und weiter über ganz Norwegen schaute. Und je länger diese Erscheinung vor meinem Auge war, um so weiter konnte ich schauen, bis ich schließlich über die ganze Welt, über Land und Meer, sah. Ich erkannte deutlich die Stätten, wo ich vorher gewesen war und die ich damals sah, ebenso deutlich aber sah ich auch Stätten, die ich nie vorher gesehen hatte und von denen mir nur erzählt wor= den war. Schließlich aber auch solche, von denen ich nie hatte früher erzählen hören, bebautes und unbebautes Land, so weit wie die Welt geht." Der Bischof sagte, das sei ein Gesicht höchst heiliger Art gewesen und von der allergrößten Bedeu= tung.

203. Ein Wunderzeichen auf dem Acker

Als nun der König vom Gebirge herniederstieg, da lag auf seinem Wege eine Siedelung mit Namen Sula, in dem oberen Teile von Verdalen. Als sie nun durch die Siedelung hinabstiegen, da lagen Acker zur Seite des Weges, und der König hieß seine Leute friedlich ziehen und den Bauern ihr Eigentum nicht wegzunehmen. Die Leute taten das auch, wenn der König in der Nähe war. Aber die Scharen, die hinter ihm kamen, gaben nicht acht auf das Gebot, und so stampften sie über ein Ackerfeld, daß alles darauf dem Erdboden gleich ge= macht wurde. Der Bauer, der dort wohnte, hieß Thorgeir Flekk. Er hatte zwei schon fast mannbare Söhne. Thorgeir bot dem Könige und seinen Leuten einen sehr freundlichen Emp= fang. Er ließ sie mit allem, was er zur Hand hatte, bewirten. Der König nahm dies gnädig auf und frug Thorir nach Neuigkeiten, wie es im Lande aussähe und ob ein Heeresauf= gebot gegen ihn dort veranstaltet wäre. Thorgeir erwiderte,

346

man habe dort in Drontheim ein großes Heeresaufgebot zusammengezogen, und zu ihm wären Lehnsleute gestoßen aus dem Süden des Landes und aus dem Norden, von Helgeland. „Aber ich weiß nicht," fügte er hinzu, „ob sie vorhaben mit diesem Heere dich anzugreifen oder jemand andern." Hierauf beschwerte er sich beim König über den ihm zugefügten Schaden und über die Zügellosigkeit der Königsmannen, die ihm all sein Ackerland zertreten und zertrampelt hätten.

Der König sagte, das hätte nicht sein sollen, daß er solchen Schaden erlitte. Darauf ritt der König dorthin, wo das Korn gestanden hatte, und er sah, daß alles dem Erdboden gleich gemacht war. Er ritt rund um das Land und sagte: „Ich sehe voraus, Bauer, daß Gott dir den Verlust ersetzen wird. Dies Feld wird in einer Woche wieder in Ordnung sein." Und genau, wie der König gesagt hatte, kam der Acker wieder ganz in Ordnung. Der König weilte dort eine Nacht und rüstete am nächsten Morgen zum Aufbruch. Er sagte, Bauer Thorgeir solle mit ihm ziehen, aber Thorgeir bot seine beiden Söhne für die Mitfahrt an. Der König aber sagte, sie sollten nicht mitziehen. Aber die Burschen wollten mit, obwohl sie der König daheim bleiben hieß. Da sie sich aber nicht zurückhalten lassen wollten, wollten sie des Königs Hofleute binden. Als der König dies sah, sagte er: „Laßt sie denn mitziehen: sie werden wieder nach Hause kommen." Und es geschah mit den Knaben so, wie der König gesagt hatte.

204. Die Waldleute werden Christen

Hierauf führten sie ihr Heer weiter nach Staf, und als der König an das Moorland von Staf kam, machte er halt. Und dort bekam er nun sichere Nachricht, daß die Bauern mit einem Heere wider ihn zögen und daß es in kurzer Zeit zur Schlacht kommen würde. Da nahm König Olaf eine Musterung seines Heeres vor, und die Zahl der Männer wurde genau festgestellt. Er hatte mehr als dreitausendsechshundert Mann. Auch fand es sich, daß in dem Heere eintausendundachtzig Heiden waren. Als der König dies erfuhr, forderte er jene auf, sich taufen zu lassen. Er erklärte, er wolle in seiner Schlacht-

ordnung keine Heiden haben. „Wir wollen nicht," sagte er, „auf
die Massen vertrauen. Wir bauen auf Gott, denn durch seine
Macht und Gnade werden wir den Sieg erringen. Ich will
aber kein Heidenvolk unter meine Mannen gemischt sehen."
Als nun die Heiden dies hörten, gingen sie miteinander zu
Rate, und schließlich wurden vierhundertachtzig Christen, aber
sechshundert lehnten den Christenglauben ab, und dieser Teil
des Heeres ging in die Heimat zurück. Da traten vor die Brüder
Gauch-Thorir und Afrafasti mit ihrer Bande und boten dem
König noch einmal ihre Hilfe an. Er frug, ob sie schon Christen
geworden wären, Gauch-Thorir aber sagte: „nein". Der König
forderte sie auf, das Christentum und den rechten Glauben anzunehmen oder andernfalls ihres Weges zu ziehen. Sie gingen nun weg und hatten eine Unterredung miteinander. Sie
beratschlagten, wozu sie sich entschließen sollten. Da sprach
Afrafasti: „Ich muß sagen, daß ich fest entschlossen bin, nicht
umzukehren. Ich will in die Schlacht und der einen oder anderen Partei helfen. Mir gilt es aber ganz gleich, auf wessen
Seite ich stehe." Da sagte Gauch-Thorir: „Wenn ich in die
Schlacht ziehe, dann will ich dem König helfen, denn er hat
die Hilfe am allernötigsten. Soll ich aber doch an diesen oder
jenen Gott glauben, dann weiß ich nicht, warum es schlimmer
sein sollte, an den „Weißen Christ" zu glauben, als an irgend
einen andern Gott. Mein Rat ist, daß wir uns taufen lassen,
wenn der König das für eine so gar wichtige Sache hält. Dann
wollen wir ihm in die Schlacht folgen." Dem stimmten alle
bei, und sie gingen zum König, um ihm zu sagen, daß sie
Christen werden wollten. So wurden sie denn von den Geistlichen getauft und bekamen dann die christliche Unterweisung,
und der König nahm sie in seine Leibwache auf und erklärte,
sie sollten in der Schlacht unter seinem Banner stehen.

205. König Olafs Ansprache

König Olaf wurde es nun zur Gewißheit, daß es in ganz
kurzer Zeit für ihn zur Schlacht mit den Bauern kommen würde. Als er nun seine Musterung über das Heer abgehalten hatte und die Zahl der Truppen festgestellt war, da

sah er, daß er mehr als dreitausendsechshundert Mann hatte,
was damals für ein Schlachtfeld als eine große Heeresmacht
galt.

Dann hielt der König eine Ansprache an das Heer, in der er
ausführte: „Wir haben ein großes Heer und eine stattliche
Schar beisammen. Jetzt werde ich euch Männern sagen, wie ich
die Schlachtordnung in unserm Heere haben will. Ich will mein
Banner in der Mitte des Heeres vorgehen lassen. Ihm sollen
folgen meine Leibwache und die Gäste[1] in dieser, dann die
Schar, die aus dem Oberland zu uns gestoßen ist, und schließlich der Teil, der hier in Drontheim sich uns anschloß. Zur
rechten Hand von meinem Banner aber soll Dag Hringsfohn
stehen mit der ganzen Schar, die er uns zur Hilfe brachte,
und er soll das zweite Banner führen. Den linken Flügel meiner Schlachtordnung aber soll die Abteilung bilden, die uns
der Schwedenkönig mitgab, und alle die Truppen, die sich
uns in Schweden anschlossen. Sie sollen unter dem dritten
Banner stehen. Mein Wunsch ist, daß sich die Männer in
engeren Verbänden zusammentun, so daß immer Verwandte
und Bekannte sich aneinanderscharen; denn so wird jeder auf den
andern am besten acht geben, da jeder den andern kennt. Wir
wollen unser ganzes Heer durch ein Merkmal kenntlich machen,
durch ein Wahrzeichen auf unsern Helmen und Schilden, und
darauf wollen wir in Weiß das heilige Kreuz setzen. Wenn
wir aber in die Schlacht ziehen, dann wollen wir das alle mit
ein- und demselben Kriegsruf tun: „Vorwärts, vorwärts,
Christusmannen, Kreuzmannen, Königsmannen." Wir werden die Reihen dünner aufstellen, wo wir weniger Leute haben,
denn ich will nicht, daß jene uns mit ihrem Heere umzingeln.
Nun ordnet euch in engeren Verbänden, und dann sollen diese
in die Schlachttreffen eingereiht werden. Jeder Mann soll dann
wissen, wo er zu stehen hat und darauf achtgeben, auf welcher
Seite des Banners er steht, zu dem er geschart ist. Diese
Schlachtordnung wollen wir dann beibehalten, und alle Mannen
sollen dann Tag und Nacht unter Waffen sein, bis wir genau
wissen, wo wir mit den Bauern zusammengeraten werden."

[1] S. 78.

Als der König diese Ansprache gehalten hatte, ordnete man die Schlachtreihen und richtete alles gemäß den Befehlen des Königs ein.

Hierauf hatte der König eine Zusammenkunft mit den Führern der einzelnen Verbände. Da kamen aber auch die Männer zurück, die der König in die Umgegend ausgesandt hatte, um Hilfe von den Bauern zu holen. Sie hatten aus den bevölkerteren Gegenden, in denen sie umhergezogen waren, zu melden, daß weit und breit alles von kampffähigen Leuten leer war und daß alles Volk sich zu dem feindlichen Bauernaufgebot begeben hatte. Wo sie aber auf Männer stießen, wollten ihnen nur wenige folgen. Die meisten antworteten, sie wollten lieber zu Hause bleiben, um auf keiner Seite mitkämpfen zu müssen. Sie hatten weder Lust gegen den König zu kämpfen noch gegen ihre eignen Verwandten. So hatten sie nur eine kleine Schar dort zusammengebracht. Nun frug der König seine Leute um Rat, was man jetzt wohl am zweckmäßigsten mache.

Finn Arnissohn antwortete auf des Königs Rede und sagte: „Ich will dir aussprechen, was geschehen sollte, hätte ich die Entscheidung darüber: wir sollten die ganzen besiedelten Landesteile mit Krieg überziehen, alle Habe dort wegnehmen und die Wohnungen der Bauern dort so gründlich niederbrennen, daß keine Kate mehr stehen bleibt, um so die Bauern für den Verrat an ihrem Herrn zu strafen. Ich meine, dann würde sich mancher aus dem feindlichen Heer wegstehlen, wenn er sähe, wie daheim in seinem Hause Rauch und Flammen aufsteigen, und nicht sicher wäre, was für Schicksale dort wohl Kinder und Frauen und die alten Leute, Väter und Mütter und andere Verwandte betroffen hätten. Das glaube ich aber bestimmt," fügte er hinzu, „daß, wenn einige von ihnen erst den Entschluß fassen, sich von dem Heeresbann zu trennen, die Reihen dort bald dünn sein werden. Überdies ist es ja Bauernart, daß sie die neueste Lage immer für die beste halten."

Als Finn seine Rede geschlossen hatte, stimmten ihm die Männer freudig bei. Denn gar mancher ging gern auf Plünderung, um Beute zu machen, aus, und alle hielten die Bauern dieser Schädigung für wert. Auch glaubten sie, was Finn gesagt habe, würde höchstwahrscheinlich eintreffen: viele von den Bauern würden sich aus dem Heerbann davonmachen. Da dichtete Thormod der Schwarzbrauenskalde diese Weise:

> Drauf! Brennt dort in Hverbjörg
> Drinnen, was wir finden.
> Mit der Kling' vorm König
> Kriegsmannen[1] ihr Land wehr'n.
> Laßt zu kalter Kohle
> Kat' der Thrönd'ner braten[2].
> Hell da brenn' im Holze,
> Ha, der Eiben-Schaden![3]

Als der König Olaf den Ungestüm seiner Mannen wahrnahm, da gebot er Stillschweigen und sagte: „Gewiß sind die Bauern es wert, daß man sie strafe, wie ihr dies tun wollt. Sie wissen auch sehr gut, daß ich sie oft in ihren Wohnungen habe verbrennen lassen und daß ich sie auch sonst mit den schwersten Strafen belegte. Ich tat dies, daß ich sie in ihren Häusern verbrannte, weil sie vom rechten Glauben abgingen und sich heidnischen Opfern zuwandten und auf mein Gebot nicht hören wollten. Aber damals hatten wir Gottes Recht zu wahren. Dieser Verrat an ihrem Herrn hier ist lange nicht so schlimm, wenn sie mir auch ihr Wort brachen. Es ist ja wahr, daß sich dies nicht für Männer, die für mannhaft gelten wollen, schickte. Doch habe ich hier größere Freiheit ihnen zu vergeben, wenn sie mir Unrecht tun, als damals, wo sie gehässig wider Gott waren. Deshalb ist mein Wille, daß man friedlich gegen sie vorgeht und keine Kriegstaten dort verübt. Ich will zunächst die Bauern treffen, und wenn wir uns in Frieden einigen können, ist es gut. Liefern sie uns aber eine Schlacht, dann haben wir zwei Möglichkeiten. Fallen wir im Streit, dann wird es wohlgetan sein, nicht nach solcher Plünderung ins Jenseits zu fahren. Gewinnen wir aber den Sieg, dann seid ihr die Erben derer, die jetzt wider uns streiten. Einige von ihnen nämlich werden in der Schlacht fallen, andere fliehen, und beide werden in gleicher Art ihr Hab und Gut

---

[1] Die Drontheimer Bauern. [2] Laßt die Drontheimer Häuser niederbrennen, bis sie ganz verkohlt sind. [3] Das Feuer.

verwirkt haben. Dann ist es doch wünschenswert, daß ihr in
einen großen Haushalt und in stattliche Wohnsitze kommt, für
keinen aber wird dann das mehr von Nutzen sein, was jetzt nie=
dergebrannt wird. Ebenso wird bei Plünderungen vieles ver=
nichtet werden, weit mehr, als irgendwie vorteilhaft ist. So
wollen wir uns denn in die Siedelungen zerstreuen und alle
kampffähigen Leute, die wir finden, mitnehmen. Auch sollen
die Männer Vieh schlachten und andere Lebensmittel nehmen,
soweit sie zu unserer Beköstigung nötig sind. Aber andere Ge=
walttaten wollen wir vermeiden. Gut aber, meine ich, ist es,
die Späher der Bauern zu töten, wenn wir sie fassen. Dag
mit seiner Schar ziehe an der Nordseite das Tal hinab. Ich
aber werde der Hauptstraße folgen. Nachts wollen wir uns
dann treffen und alle das gleiche Quartier beziehen."

206. König Olafs Skalden

Es heißt, daß, als König Olaf sein Heer in Schlachtord=
nung aufstellte, er Männer für eine Schildburg auslas.
Die sollten ihn selbst in der Schlacht schützen, und dazu er=
sah er die stärksten und kühnsten Männer. Dann berief der Kö=
nig seine Skalden zu sich und hieß sie in die Schildburg gehen.
Er sagte: „Ihr sollt hier dabei sein und alles, was hier vor
sich geht, mit euren Augen sehen. Dann werden euch nicht erst
andere davon zu erzählen brauchen. Denn ihr werdet ja die
Künder dieser Vorgänge sein und später darüber dichten."
Es waren dort Thormod, der Schwarzbrauen=Skalde[1], und
Gizur Goldbraue, der Ziehvater von Tempelhof=Ref[2]. Und
der dritte war Thorfinn Mund. Da sagte Thormod zu Gizur[3]:
„Stellen wir uns nicht so gedrängt, Genossen, daß ja Sig=
vat seinen Platz finden kann, wenn er kommt. Er wird gern vor
dem Könige stehen wollen. Anders mag es auch dem König
nicht wohlgefallen."
Der König hörte dies und sagte: „Es tut nicht not, über Sig=

[1] Der Beiname, weil er auf die schöne Thorbjörg Schwarzbraue Liebeslieder
dichtete (Thule 13, S. 197ff). Über diesen Skalden vgl. die Geschichte von
den Schwurbrüdern (Thule 13, S. 163ff.) und unten S. 381ff. [2] Vgl.
S. 373. [3] Zum folgenden vgl. S. 355f. und die Geschichte von den Schwur=
brüdern (Thule 13) S. 251.

vat zu spotten, weil er nicht da ist. Er hat mir oft gut beige=
standen. Jetzt wird er beten für uns, und wir werden das
noch recht sehr nötig haben."

Thormod sagte: „Es mag sein, König, daß du jetzt vor allem
Fürbitter nötig hast. Doch dünn wäre die Schar um deine Ban=
nerstange, wenn alle deine Hofleute jetzt auf der Romfahrt
wären. Und in der Tat, wahr ist es, was wir aussprechen
wollten, daß niemand je bei dir vor Sigvat seinen Platz be=
haupten konnte, wenn er mit dir reden wollte."

Dann sprachen die Skalden untereinander, indem sie sagten, es
wäre jetzt wohl am Platze, einige Aufmunterungsweisen zu
dichten über die Vorgänge, die sie nun bald erleben dürf=
ten. Da dichtete Gizur:

> Mutlos nie die Maid mich
> Mag schau'n hier des Bauern:
> Drangsal schier bald, schwere,
> Schildthing[1] soll mir bringen.
> Kluge Siegbäum'[2] sagen,
> Säh'[3] die Braut bald Hedins[4].
> In Alis[5] Sturm Olaf
> All' Treu laßt uns halten.

Dann dichtete Thorfinn Mund folgende Weise:

> Schild=Zaun's Wetter[6] ziehen
> Zornig auf da vorne.
> Mit Land's Hüter[7] hadert
> Heermacht dort aus Verdal.
> Laßt uns Schatz=Bieter[8] schützen,
> Schönlabend die Raben,
> Im Thundsturm[9] die Thrönd'ner[10]
> Töten. Schwer man uns nötigt.

Endlich dichtete Thormod:

> Andringt, Skalden, endlos
> Ali=Sturm[11], gewalt'ger.

---

[1] Kampf. [2] Männer. [3] D. h. ich sähe. [4] Hild (d. h. Kampf). [5] Ali: ein See=
könig; dessen Sturm der Kampf. [6] D. h. Schildeswetter (Kämpfe). [7] König
Olaf. [8] Der (freigebige) König. [9] Der Sturm Thunds (d. h. Odins) ist der
Kampf. [10] Die Drontheimer. [11] Kampf (Ali ein Seekönig).

Schwertzeit![1] Umher stürzet
Schreckvoll nicht, ihr Recken!
Harr'[2] des Angriffs: heerkühn
Hass' der Mann Kampf=Laßheit.
Wir eilen mit Olaf
Ehrlich hin zum Gerthing[3]!
Diese drei Lieder prägten sich die Männer überall ein.

207. König Olafs Gabe für die Seelen=messen der Gefallenen

König Olaf rüstete nun zum Aufbruch und zog das Tal hinunter. Er nahm Nachtquartier, und da war das ganze Heer beisammen. Sie lagen nachts unter ihren Schilden. Sobald aber der Tag graute, stellte der König sein Heer auf. Er führte das Heer weiter das Tal hinab, als es schlagfertig war. Da kamen zum Könige sehr viele Bauern, und der größte Teil trat in sein Heer. Und diese alle konnten ihm immer nur erzählen, daß die Lehnsleute im Lande ein kaum besiegbares Heer zusammengebracht hätten und gesonnen wären, dem König eine Schlacht zu liefern. Da holte der König viele Mark Silbers hervor. Er händigte sie einem der Bauern ein und sagte dabei: „Dies Geld sollst du aufbewahren und nachher verteilen. Ein Teil soll für die Kirche sein, ein anderer für die Geistlichen, ein dritter für die Armen; gib dann aber auch etwas für die Seelenmessen der Leute, die als Gegner in der Schlacht wider uns fallen."

Der Bauer erwiderte: „Soll dieses Geld auch für die Seelenmessen deiner Männer verwandt werden, König?"

Der König versetzte: „Dieses Geld ist zu verwenden für die Seelen der Männer, die mit den Bauern in der Schlacht stehen und die von den Waffen unserer Leute getötet werden. Die mir aber in die Schlacht folgen und dort fallen — sie und ich, wir werden ohnehin alle selig sein!"

---

[1] D. h. der Kampf wird erbittert. [2] D. h. ich harre. [3] Kampfe.

208. Thormod Schwarzbrauenskalde

In der Nacht, da König Olaf in seinem Heere lag, wie vorher erzählt wurde, wachte er lange und flehte zu Gott für sich und sein Heer, und er schlief nur wenig. Bei Morgengrauen aber überfiel ihn der Schlummer, und als er erwachte, war es Tag. Der König meinte, es sei noch etwas früh, das Heer zu wecken. Da frug er, wo der Skalde Thormod wäre. Er war in der Nähe, meldete sich und frug, was der König von ihm wolle. Der König sprach: „Trag uns ein Lied vor."[1] Thormod setzte sich aufrecht und sprach mit lauter Stimme, so daß man es im ganzen Heere hörte. Er trug das alte Bjarki- lied[2] vor, dessen Anfang also lautete:

> Tag stieg empor,
> Es tönt der Hahnenschrei;
> Mühsal müssen
> Die Mannen gewinnen.
> Wachet nun, wachet,
> Wackre Freunde,
> Adils des Edlen
> All ihr Gesellen.

> Har, du Hartgemuter,
> Hrolf, du Streitkühner,
> Tapfre Gefährten,
> Die Flucht nicht kennen,
> Ich weck' euch nicht zum Weine
> Noch zum Weiberkosen,
> Ich weck' euch zu Hildes
> Hartem Spiele[3].

Da erwachte das Heer. Und als das Lied zu Ende aufgesagt war, da dankten ihm die Mannen dafür, und sie hielten es sehr hoch. Sie meinten, er habe eine gute Wahl getroffen, und nannten das Lied „Mannenaufruf".

Der König dankte ihm für seine Kurzweil, und dann nahm er einen goldenen Ring, der eine halbe Mark wog, und gab ihn

---

[1] Vgl. zum folgenden: Geschichte der Schwurbrüder (Thule 13) S. 250.
[2] Über dieses vgl. Heusler zu Edda (Thule 1) S. 178 f. [3] Die beiden Strophen nach Genzmers Übersetzung (Thule 1, 179 f.).

an Thormod. Thormod dankte dem König für diese Gabe und
sagte: „Wir haben einen guten König, aber es ist ein schwer
Ding, vorauszusehen, wie lange der König leben mag. Meine
Bitte ist nun, König, laß uns niemals auseinander kommen,
lebend oder tot." Der König erwiderte: „Wir werden alle
zusammenbleiben, soweit ich darüber zu bestimmen habe, wenn
ihr nicht danach verlangt, euch von mir zu trennen."

Da erwiderte Thormod: „Immer werde ich darauf bedacht
sein, mag mehr oder weniger Friede sein, daß ich nahe dir zur
Seite stehe, solange es mir möglich ist, was wir auch von Sigvat hören mögen und wo dieser auch jetzt weilen mag mit seinem
Schwerte Goldheft[1]. Dann dichtete Thormod diese Weise:

> Treu zu dir stets tret' ich,
> Thingherr, bis rückkehren
> Andre Skalden endlich:
> Ankommen, sag', wann sie?[2]
> Leben[3] — ob tote Leiber
> Labsal sind den Raben[4] —
> Oder wir, Fjordroß=Förd'rer[5],
> Fall'n — bestimmt ist alles.

209. König Olaf kommt nach Stiklestad

König Olaf führte das Heer das Tal hernieder. Und Dag
zog mit seiner Schar einen anderen Weg. Der König
hielt sich nicht auf, bis er nach Stiklestad hinabkam. Da sah
er das Bauernheer, und so viel Volks ging dort zerstreut, und
eine solche Menge war da, daß auf jedem Wege Männer sich
noch häuften, und weit umher kamen die Massen zusammen.
Da sahen sie, wie ein Männertrupp von Verdalen herabkam,
die dort gekundschaftet hatten und die ganz in der Nähe des
Königsheeres kamen. Sie bemerkten es nicht, bis nur noch ein
so kurzer Zwischenraum zwischen ihnen war, daß jeder den andern erkennen konnte. Und das war Hrut von Viggen mit
dreißig Mann. Da hieß der König seine Gäste gegen Hrut
ziehen und ihm das Leben nehmen, und die Männer waren sehr

---

[1] König Olafs Geschenk vgl. S. 298. [2] Das Ganze ironisch auf den in Rom
abwesenden Sigvat gemünzt. [3] D. h. wir leben. [4] Nämlich durch uns.
[5] Fjordrosses (Schiffes) Förderer, d. h. Seefahrer, ist der König.

bereitwillig zu dieser Tat. Dann sprach der König zu den Is=
ländern: „Mir ist erzählt, daß es auf Island Brauch sei, daß
die Bauern im Herbst ihren Hausgenossen ein Widder=Schlach=
ten veranstalten müssen. Hier werde ich euch einen Widder zu
schlachten geben."[1]
Die Isländer waren leicht zu dieser Tat aufzureizen, und sie
zogen sofort wider Hrut, „den Widder", mit, anderen Leuten,
und man erschlug ihn und die ganze Schar, die bei ihm war.
Der König stand nun still und ließ sein Heer Halt machen, als
er nach Stiklestad kam. Und der König hieß die Männer von
ihren Rossen steigen und sich dort zum Kampf fertig machen,
und die Männer taten, wie der König befahl. Dann wurde das
Heer in Schlachtordnung aufgestellt und die Banner wurden
aufgepflanzt. Dag war da noch nicht mit seiner Schar ge=
kommen, so daß dieser Flügel der Schlachtreihe noch fehlte.
Da sagte der König, die Leute aus dem Oberlande sollten vor=
gehen und ihre Banner aufpflanzen. „Doch halte ich es für rich=
tig, daß mein Bruder Harald nicht an der Schlacht teilnimmt,
denn er ist noch ein Kind an Jahren."
Harald erwiderte: „Ich werde ganz sicher an der Schlacht teil=
nehmen. Bin ich aber noch zu schwach, um das Schwert zu
führen, dann weiß ich guten Rat dafür: meine Hand soll
an den Schwertgriff gebunden werden. Kein Mann hat feste=
ren Willen als ich, diesen Bauern hier unbequem zu werden.
Und ich werde meinem Verbande folgen." Es heißt, daß Ha=
rald damals diese Weise dichtete:

> Dort schier, wo geschart ich,
> Steh' ich, Feinde wehrend.
> Mutig woll'n die Mädchen
> Mich: wild röt' ich Schilde![2]
> Wo's Schwert im Kampfe schwirret,
> Speere flieh'n nie werd' ich
> Da, der junge Dichter[3].
> Derb geht's zu im Heerbann!

Harald bekam seinen Willen und nahm an der Schlacht teil.

---

[1] Ironie: Hrut bedeutet „Widder". [2] Mit Blut. [3] Der spätere König Harald
Sigurdssohn dichtete auch sonst Skaldenlieder, vgl. Band III, Einleitung, S. 5.

210. Thorgils Halmassohn

Ein Mann hieß Thorgils. Er war der Sohn Halmas. Das war der Bauer, der damals auf Stikleſtad wohnte, und er war der Vater Grims des Guten. Thorgils bot dem König ſeine Hilfe an: er wollte ihm in der Schlacht beiſtehen. Der König dankte ihm für das Anerbieten. „Doch ich will nicht, Bauer," meinte er, „daß du an der Schlacht teilnimmſt. Hilf uns lieber in anderer Weiſe, indem du nach der Schlacht die von unſeren Männern in Sicherheit bringſt, die verwundet ſind, und indem du die Leichen derer, die im Kampf fallen, beſtatteſt. Möglicherweiſe werde auch ich in dieſer Schlacht fallen, Bauer: dann verſieh ſorgſam den Totendienſt an meiner Leiche, wenn man dich nicht daran hindert." Und Thorgils verſprach dem Könige, ſeinen Wunſch zu erfüllen.

211. König Olafs Anſprache

Als König Olaf nun ſein Heer in Schlachtordnung aufgeſtellt hatte, hielt er eine Anſprache an dieſes. Er ſagte, ſeine Männer ſollten ihren Mut ſtählen und ſollten kühn vorrücken, „wenn es zur Schlacht kommt." Er ſagte ferner: „Wir haben ein tüchtiges und ſtarkes Heer. Obwohl nun die Bauern uns einigermaßen überlegen ſind, ſo wird doch das Schickſal den Sieg entſcheiden. Ich habe euch nun bekannt zu machen, daß ich der Schlacht nicht ausweichen werde. Entweder werde ich die Bauern überwinden oder ich werde hier in der Schlacht fallen. Und drum flehe ich Gott an, daß mir das Los zuteil wird, was er für mich für das vorteilhafteſte hält. Wir wollen darauf bauen, daß wir eine gerechtere Sache zu verteidigen haben denn die Bauern. Weiter, daß Gott nach dieſer Schlacht unſer Eigen frei machen wird und daß er uns wohl noch einen weit größeren Lohn gibt für die Verluſte, die wir hier erleiden werden, als wir ſelbſt von ihm erflehen können. Wird mir aber das Schickſal zuteil, nach der Schlacht etwas beſtimmen zu können, dann werde ich jeden einzelnen von euch nach dem Verdienſt ſeiner Taten belohnen und je nach der Art, wie ihr

in der Schlacht vorwärts gegangen seid. Denn, wenn wir den
Sieg gewinnen, dann wird genug da sein, um es unter euch
zu verteilen, Landbesitz und lose Habe, die jetzt noch in den
Händen unserer Feinde sind. Laßt uns jetzt nun zuerst so scharf
wie möglich angreifen. Denn schnell wird dann die Entscheidung fallen, haben jene auch die Übermacht. Wir haben auf
den Sieg zu hoffen bei jähem Ansturm. Schwer aber wird es
für uns sein, haben wir unter Ermattung zu kämpfen, so daß
die Leute kampfuntüchtig werden. Wir haben nämlich viel weniger frische Truppen als jene, die zum Ersatz vorgehen können,
wenn einige sich schonen und ausruhen. Machen wir aber den
Angriff so stürmisch, daß die Vordersten unter ihnen gleich
geworfen werden. Dann wird dort rückwärts einer auf den
andern stoßen, und dann wird ihr Mißerfolg um so größer
sein, je mehr Truppen sie beisammen haben."
Als der König seine Ansprache beendet hatte, da riefen seine
Leute ihm lauten Beifall, und jeder feuerte den andern an.

212. Thord Folisfohn

Thord Folisfohn trug das Banner König Olafs. So sagt
der Skalde Sigvat in dem Gedächtnisliede, das er auf
König Olafs Tod dichtete und das er mit Kehrversen nach der
Schöpfungsgeschichte versah[1]:

> Gar tüchtig zum Gerkampf
> Ging da Thord mit Aleif.
> Hart ward's, starke Herzen,
> Ha, war'n dort beisammen!
> Schöngüldene Stange[2]
> Schwangst du, Ogmunds Bruder,[3]
> Nah dem Herrscher Norwegs:
> Nie sah man dich fliehen.

---

[1] Das Gedicht wurde erst um 1045, kurze Zeit vor Sigvats Tode, fünfzehn
Jahre nach König Olafs Tode, vollendet. Es sollte ursprünglich Kehrverse,
deren Stoff der Sage von Sigurd Safnistöter entnommen war, enthalten
(vgl. Kormaks Lied Band I, S. 150), der König aber, heißt es, wies Sigvat
in einem Traumgesicht an, diese Kehrverse der Schöpfungsgeschichte der
Bibel (Genesis) zu entnehmen. [2] Bannerstange. [3] Thord Folisfohn.

213. König Olafs Ausrüstung

König Olaf war so gerüstet: auf dem Haupte trug er einen ganz vergoldeten Helm, am Arm aber einen weißen Schild, an dem das Heilige Kreuz in Gold war. In einer Hand hatte er den Speer, der jetzt neben dem Altar der Christus= Kirche steht. Er war mit dem Schwerte umgürtet, das Hneitir genannt wird, dem schneidigsten aller Schwerter. Dessen Griff war rings mit Gold umsponnen. Er hatte eine Ringbrünne an. Davon spricht der Skalde Sigvat:

> Da fällt' Olaf der Dicke —
> Dauernd siegt' er — Kriegsvolk.
> Kommen man sah zum Kampf ihn
> Kühn in schmucker Brünne.
> Von Ost Schweden schritten
> Schnell durch Blutstroms Wellen
> Dem Milden[1] nach. Meld' es[2]:
> Machtvoll nahm die Schlacht zu.

214. König Olafs Traum

Als König Olaf aber sein Heer in Schlachtordnung auf= gestellt hatte, da waren die Bauern noch nicht ganz nahe. Da befahl der König, das ganze Heer solle niedersitzen und sich ausruhen. König Olaf selbst ließ sich nieder und mit ihm das ganze Heer, und sie saßen gemächlich da. Der König lehnte sich zurück und legte sein Haupt in den Schoß Finn Arnissohns. Da überkam ihn der Schlummer für eine Weile.

Da sahen sie den Bauernhaufen, wie sie mit ihrem Heere zum Angriff auf sie vorgingen und ihre Banner aufgepflanzt hatten. Das war eine gewaltige Männerschar. Da weckte Finn den König und sagte ihm, die Bauern wären im Anzug wider sie. Als der König aber erwachte, sagte er: „Warum wecktest du mich, Finn, und ließest mich meinen Traum nicht zu Ende träumen?" Finn erwiderte: „Du konntest doch kaum einen sol= chen Traum haben, daß es für dich nicht notwendiger wäre zu wachen und dich bereit zu halten wider das Heer, das gegen

---

[1] Dem freigebigen König Olaf. [2] D. h. ich melde es.

uns vorrückt. Siehst du etwa nicht, wie weit der Bauernhaufe schon gekommen ist?" Der König antwortete: „Sie sind noch nicht so nahe, daß es nicht besser gewesen wäre, ich hätte weiter geträumt." Da sagte Finn: „Was war das für ein Traum, König, dessen Verlust du so hoch anschlägst, daß man dich lieber nicht hätte wecken sollen?" Da erzählte der König seinen Traum. Er glaubte eine hohe Leiter zu sehen, und es war ihm, als stiege er hinauf, so hoch, daß er den Himmel offen zu sehen glaubte, und eben bis dorthin reichte die Leiter. „Ich war gerade auf der obersten Sprosse, als du mich wecktest." Finn antwortete: „Mir scheint dein Traum nicht so gut, als du meinst. Denn ich fürchte, er kündet dir den Tod, wenn das, was dir da er= schien, mehr war als ein nichtiges Traumbild."

215. Arnljot Gellini wird Christ

Es geschah wieder einmal, seit König Olaf nach Stikle= stad kam, daß ihn ein Mann aufsuchte. Das war nicht sonderbar, denn es kamen viele Männer dort aus der Um= gegend zu ihm. Doch hielt man dies für ein ungewöhnliches Ereignis, denn dieser Mann war sehr ungleich den anderen, die zu jener Zeit zum Könige gekommen waren. Es war ein so hochgewachsener Mann, daß keiner von den andern ihm weiter als bis zur Schulter reichte. Er war stattlich anzu= sehen und hatte prächtiges Haar. Er war wohlbewaffnet, und hatte einen sehr schönen Helm, eine Ringbrünne und einen roten Schild. Umgürtet war er mit einem schön verzierten Schwert. In der Hand trug er einen großen Speer, der mit Gold eingelegt war. Dessen Schaft war so dick wie eine Faust. Dieser Mann trat vor den König, grüßte ihn und frug, ob er seine Hilfe haben wolle. Der König frug nach seinem Namen und nach seinem Geschlecht, auch, aus welchem Lande er komme.

Er antwortete: „Mein Geschlecht wohnt in Jämtland und Helsingland. Ich heiße Arnljot Gellini, und ich kann dir vor allem erzählen, daß ich deinen Männern meine Hilfe lieh, die du nach Jämtland ausgesandt hattest, um dort Abgaben einzu= treiben. Ich händigte ihnen damals eine silberne Schüssel ein, die ich dir als Wahrzeichen dafür schickte, daß ich willens war, dein Freund zu werden."[1]

Da frug der König Arnljot, ob er ein Christ sei oder nicht. Aber der sagte nur so viel von seinem Glauben, daß er auf seine eigene Macht und Kraft baue — „und dieser Glaube hat mir bislang sehr gute Dienste geleistet. Jetzt aber bin ich noch geneigter, an dich zu glauben, König." Der König erwiderte: „Wenn du an mich glauben willst, dann sollst du auch glauben an das, was ich dich lehre. Daran sollst du glauben, daß Jesus Christus Himmel und Erde geschaffen hat und alle Menschen, und daß zu ihm nach dem Tode kommen sollen alle, die gut sind und die den rechten Glauben haben." Arnljot versetzte: „Ich habe wohl vom weißen Christ erzählen hören, doch hat man mich noch nicht unterwiesen in seinen Taten noch gelehrt, wo er herrscht. So will ich nun alles glauben, was du mir zu künden hast, und ich gebe mein Schicksal ganz in deine Hand."

So wurde Arnljot Christ, und der König unterwies ihn so weit im Christenglauben, als er für nötig erachtete. Er stellte ihn vorn in die Schlachtreihe und vor sein eigenes Banner. Dort standen auch Gauch-Thorir und Afrafasti mit ihren Genossen.

216. Die Heeressammlung in Norwegen

Nun muß die Erzählung wieder aufgenommen werden, wo wir sie fallen ließen, als die Edlen im Lande und die Bauern ein schier unbesiegbares Heer zusammenzogen, sobald sie hörten, daß der König aus Rußland aufgebrochen und nach Schweden gekommen wäre[2]. Als sie nun vernommen hatten, daß er von Osten nach Jämtland gekommen wäre und dabei sei, über das Kjölengebirge nach Verdalen hinabzuziehen, brachten sie ihr Heer nach Drontheim, und dort scharte sich zu ihnen alles Volk, Freie und Knechte, und sie zogen nach Verdalen hinauf. Sie hatten einen so großen Heerbann beieinander, daß kein Mann dort jemals eine so große Männerschar in Norwegen auf einem Flecke zusammen gesehen hatte.

---

[1] vgl. S. 266. [2] vgl. S. 341.

Es war aber auch da, wie es immer bei einem so großen Heere zu geschehen pflegt: die Bestandteile waren sehr verschiedener Art. Eine große Menge Lehnsleute waren da und eine reiche Zahl mächtiger Bauern, aber auch kleine Besitzer und Handwerker in großer Anzahl, und diese bildeten die Hauptmacht des Heeres, das in Drontheim zusammengekommen war. Diese Leute aber waren besonders erbitterte Feinde des Königs.

217. Bischof Sigurd

König Knut der Mächtige hatte sich ganz Norwegen unterworfen, wie vorher geschrieben wurde, und dann hatte er Jarl Hakon als Herrscher dort eingesetzt[1]. Er hatte dem Jarl einen Hofbischof gegeben, namens Sigurd, einen Dänen von Geburt, der lange Zeit bei König Knut gewesen war. Dieser Bischof war ein sehr hochmütiger Mann und sehr hochtrabend in Worten. Er ließ König Knut durch seine Reden jede Unterstützung, die er konnte, und er war der größte Feind König Olafs. Eben dieser Bischof war nun bei dem genannten Heere. Er sprach oft zu der Bauernschar und schürte mächtig den Aufruhr gegen König Olaf.

218. Bischof Sigurds Rede

Bischof Sigurd sprach nun auf einem reichbesetzten Hausthing. Und so hub er seine Rede an: „Eine große Volksmenge ist jetzt hier zusammengekommen, so daß man in diesem armen Lande bei keiner Gelegenheit jemals eine so große Schar Inländer zusammen sah. Diese Volksmacht wird euch wohl zustatten kommen, denn sie ist jetzt sehr notwendig, wenn dieser Olaf noch immer gesonnen ist, den Heereszug hier gegen euch nicht einzustellen. Er war noch ein ganz junger Mann, da pflegte er schon zu plündern und Männer zu erschlagen, und dazu fuhr er über weite Lande. Zuletzt aber kam er hierher in diese Gegend und begann seine Tätigkeit damit, sich mit den besten und mächtigsten Männern im Lande aufs äußerste zu verfeinden, so auch mit König Knut, dem doch alle verpflichtet sind, aus besten Kräften zu dienen, und er ließ sich dann nieder in

[1] Vgl. S. 307.

dessen Lehnsland. In gleicher Weise fing er auch Streit an
mit dem Schwedenkönig Olaf. Die Jarle Svein und Hakon
aber vertrieb er aus ihren angestammten Ländern. Und auch
seine eigenen Verwandten behandelte er auf das Grausamste,
da er alle Könige aus dem Oberland verjagte. Doch dies war
in gewisser Weise ganz gut, denn sie hatten schon dem König
Knut Gehorsam und Treueid gebrochen und diesen Olaf in
allen seinen ungehörigen Unternehmungen unterstützt. Jetzt natürlich war es mit ihrer Freundschaft vorbei. Er ließ sie verstümmeln und eignete sich ihre Herrschaft an, und so beraubte er
das Land aller Männer von Rang. Dann aber wißt ihr ja nur
zu gut, wie er die Häuptlinge im Lande behandelte. Die berühmtesten von ihnen liegen erschlagen, und viele haben ihr
Land durch ihn verloren. Auch ist er mit Räuberscharen weithin
durch dieses Land gezogen, hat die Bezirke verbrannt und das
Volk erschlagen und ausgeplündert. Denn wo gibt es hier einen
mächtigen Mann, der nicht schwere Untaten an ihm zu rächen
hat? Nun kommt er jetzt mit einem Auslandsheere, dessen
Hauptbestandteil Leute aus dem Waldland und Wegelagerer
oder auch anderes Räubervolk bilden. Glaubt ihr, daß er sanft
mit euch umgehen wird, jetzt, wo er mit dieser Schar von
Übeltätern kommt, wo er doch selbst räuberische Taten verübte,
als alle, die ihm gefolgt waren, ihn verlassen hatten! Ich meine,
eure Sache ist es jetzt, euch der Worte König Knuts zu erinnern. Dieser riet euch ja, wenn Olaf wieder seinen Weg in
dieses Land nehmen würde, daß ihr dann eure Freiheit, wie sie
König Knut euch verhieß, verteidigen solltet. Er hieß euch
Widerstand zu leisten und euch dieses gesetzwidrige Pack vom
Leibe zu halten. Das ist jetzt zu tun: ihr müßt ihnen entgegenziehen, müßt sie angreifen und die böse Gesellschaft dem Adler
und dem Wolf vorwerfen. Jeder soll dort liegen bleiben, wo
man ihn erschlug, falls ihr nicht lieber ihre Leichname in
Wald und Busch schleppen wollt. Keiner aber erdreiste sich, sie
auf Kirchhöfe zu bringen, denn all diese Leute sind nur Seeräuber und Übeltäter." Als er seine Ansprache geschlossen hatte,
erhoben die Männer lauten Beifall, und sie alle versprachen zu
tun, was jener sagte.

364

219. Die Lehnsleute

Die Lehnsleute, die dort zusammengekommen waren, hatten nun eine Besprechung: Da kam es zu einer Aussprache zwischen ihnen, und sie bestimmten die Schlachtordnung und, wer der Führer dieses Heeres sein solle. Da sagte Kalf Arnissohn, daß man am besten Harek von Tjöttö zum Führer dieser Schar mache, „denn er stammt aus dem Geschlechte Harald Schönhaars, und der König hat wider ihn einen sehr tiefen Groll wegen der Erschlagung Grankels. Ihm würde es ganz besonders schlecht gehen, wenn König Olaf wieder einmal zur Macht käme. Außerdem ist Harek ein in Schlachten wohlerprobter Mann und in hohem Grade ruhmbegierig."

Harek erwiderte, daß als Führer hierbei besser Leute geeignet wären, die in der Blüte ihrer Jahre ständen, „ich aber bin jetzt," fügte er hinzu, „ein alter Mann und schon etwas wacklig geworden und so nicht mehr zur Schlacht geeignet. Außerdem besteht Verwandtschaft zwischen mir und König Olaf. Und wenn er diese mir gegenüber auch nicht besonders hoch anschlägt, so schickt es sich doch nicht für mich, mich in diesem Kriege gegen ihn mehr vorzudrängen als andre Männer in unserm Heere. Aber du, Thorir, wärest wohl passend der Anführer in der Kriegsführung mit König Olaf, und du hast genug Grund, dich gegen ihn zu beschweren. Du hast an ihm den Verlust deiner Verwandten zu rächen und überdies, daß er dich ächtete und dir als Verbanntem alle deine Güter nahm, und du hast König Knut wie deinen Verwandten versprochen, du wolltest Asbjörn rächen[1]. Oder glaubst du, daß du eine bessere Gelegenheit finden wirst Olaf gegenüber als jetzt, um dich für all' diese gewaltige Schmach zu rächen?"

Thorir antwortete auf seine Rede: „Ich wage nicht, das Banner wider König Olaf zu erheben oder Führer dieses Heeres zu werden. Die Drontheimer stellen hier den größten Teil unsres Heeres. Ich kenne aber ihren Stolz. Sie werden weder mir gehorchen wollen noch einem andern Mann aus Helgeland. Es ist aber durchaus nicht nötig, mich an das Leid zu erinnern, das ich an Olaf zu rächen habe. Ich denke wohl an den Ver-

---

[1] Wie vorher schon an Karli (S. 237).

luſt von Männern zurück, da Olaf mir vier von ihnen tötete, alle von ihnen edel an Stand und Geburt: Asbjörn, meines Bruders Sohn, Thorir und Grjotgard, meiner Schweſter Söhne, und deren Vater Olvir, und meine Pflicht iſt es, jeden von dieſen zu rächen. Von mir kann ich nur berichten, daß ich mir elf aus meinen Hausgenoſſen auserleſen habe, die am mutigſten ſind, und ich denke wohl, wir brauchen mit andern Männern nicht darum zu feilſchen, wer König Olaf Schläge austeilen ſoll, wenn ſich uns eine Gelegenheit dazu bietet."

220. Die Rede Kalf Arnisſohns

Da nahm Kalf Arnisſohn folgendermaßen das Wort: „Wir dürfen bei dem Werk, das wir begonnen haben, es nicht dahin kommen laſſen, daß es auf ein müßiges Geſchwätz hinausläuft, wo dieſes Heer jetzt beiſammen iſt. Wir haben anderes nötig, wenn wir König Olaf eine Schlacht liefern wollen, als daß jeder von uns verſucht, ſich der Mühe‐ leiſtung zu entziehen. Wir müſſen uns feſt gegenwärtig halten: wenn auch König Olaf kein großes Heer hat im Ver‐ hältnis zu dem, über das wir verfügen, ſo iſt doch dort ein un‐ erſchrockener Führer, und ſein ganzes Heer wird zuverläſſig für ihn kämpfen und ihm Folge leiſten. Wenn wir jetzt aber in allem ſchwanken, die wir doch hauptſächlich die Führer un‐ ſeres Heeres ſein ſollen, und wenn wir dem Heere nicht Mut einflößen, es zum Kampfe reizen und es zum Angriff füh‐ ren, dann wird ſich ſofort bei vielen von ihnen Mangel an Beherztheit einſtellen, und dann wird jeder nur für ſich ſor‐ gen. Obwohl hier ein großes Heer zuſammengekommen iſt, ſo werden wir denn doch bald in ſo große Bedrängnis kom‐ men, wenn wir auf König Olaf mit ſeiner Schar ſtoßen, daß die Niederlage für uns gewiß iſt, — es ſei denn, daß wir, die Führer ſelbſt, herzhaft vorgehen und der ganze Haufe mit einem Male angreift. Kommt es aber dazu nicht, dann wäre es beſſer für uns, die Schlacht erſt gar nicht zu wagen. Und dann iſt es nicht ſchwer zu ſehen, in welche Lage wir kommen. Wir müſſen uns dann Olaf auf Gnade und Ungnade er‐ geben, wenn er ſich ſchon damals ſo hart geſinnt zeigte, als viel geringere Schuld wider uns vorlag, denn er uns jetzt beimessen wird. Ich weiß außerdem, daß er solche Männer in seiner Schlachtordnung stehen hat, daß ich mein Leben aufs Spiel setze, wenn ich sie angreife. Wenn ihr nun wollt, wie ich will, dann sollst du, mein Schwager Thorir, und du, Harek, unter dem Banner gehen, das wir allesamt aufpflanzen und dem wir folgen wollen. Halten wir alle herzhaft und mutig an dem Entschlusse fest, den wir gefaßt haben, und führen wir die Bauernschar in der Weise an, daß sie kein Zittern und Zagen bei uns gewahr werden! Das wird das ganze Volk vorwärts treiben, wenn wir mit frohem Mut an die Aufstellung des Heeres und an seine Anfeuerung zum Kampf gehen."

Als Kalf seine Meinung zu Ende gesagt hatte, fügten sie sich alle einstimmig seinem Rate. Sie erklärten, sie würden alles so ausführen, wie es Kalf für sie am besten hielte. Sie wollten nun alle, Kalf sollte den Oberbefehl über das Heer übernehmen. Er sollte jedem nach seinem Belieben seine Stellung in der Schlacht anweisen.

221. Die Bannerträger der Lehnsleute

Kalf pflanzte nun sein Banner auf, und unter dieses scharte er seine Hausgenossen und außerdem Harek von Tjöttö und dessen Leute. Thorir Hund mit seinem Gefolge stand ganz vorn in der Front der Aufstellung noch vor den Bannern. Und dort, zu beiden Seiten von Thorir, stand eine erlesene Bauernschar, die kühnsten und bestbewaffneten von allen. Diese Aufstellung war lang und dicht zugleich, und in ihr standen Drontheimer und Helgeländer. Zur rechten Hand dieser Aufstellung aber war ein gleiches Treffen gestellt, und links von dem Haupttreffen standen die Schlachtreihen der Leute von Stavanger und Hardanger sowie die aus Sogn und dem Fjordgau, und die standen unter dem dritten Banner.

222. Thorstein Schiffsbauer

Es war ein Mann namens Thorstein Schiffsbauer. Der war ein Handelsmann und ein gewaltiger Handwerker. Er war groß und kräftig, außerordentlich ungestüm in allen Dingen und ein großer Totschläger. Er hatte sich die Feindschaft des Königs zugezogen, und dieser hatte ihm ein neues und großes Handelsschiff weggenommen, das Thorstein gebaut hatte. Das war geschehen wegen Thorsteins Jänkereien und wegen des Wergeldes für einen Landvogt, auf das der König Anspruch hatte. Thorstein war da im Heere, und er ging vor in die Schlachtlinie dorthin, wo Thorir Hund stand, und sprach dies: „Ich will hier in deiner Abteilung bei dir stehen, Thorir. Denn ich glaube, wenn wir beide, Olaf und ich, zusammentreffen, werde ich ihn hier am ersten angreifen können, wenn ich ihm so nahe stehe. Dann werde ich ihm die Wegnahme des Schiffes heimzahlen. Hat er mich doch des allerbesten Schiffes beraubt, das auf Handelsfahrten gebraucht wurde." So nahmen Thorir und seine Schar den Thorstein auf, und er ging in ihren Verband.

223. Die Aufstellung der Bauern

Als nun die Schlachtordnung der Bauern aufgestellt war, da machten die Lehnsleute bekannt, daß die Leute acht geben sollten auf ihre Plätze, wo jeder einzelne von ihnen eingereiht war und unter welchem Banner jeder zu stehen hatte, und wie nah und auf welcher Seite des Banners sein Stand war. Sie hießen die Mannen achtsam und schnell sich in die Schlachtlinie einreihen, wenn die Hörner bliesen und das Kampfsignal gegeben würde, und dann in die Schlacht vorrücken. Sie hatten nämlich das Heer noch eine ziemlich lange Strecke vorwärts zu führen, und es war vorauszusehen, daß sich die Linien auf dem Marsch leicht lockern würden. Dann feuerten sie das Heer an. Kalf sagte, alle die Männer, die einen Kummer oder ein Herzeleid an König Olaf zu rächen hätten, sollten unter den Bannern vorgehen, die gegen das Banner König Olafs rückten, und dann sollten sie der Gewalttaten gedenken, die sie durch ihn erlitten hätten. Und er sagte, sie würden nie eine bessere Gelegenheit finden, ihren Kummer zu rächen und sich von der Sklaverei und Knechtschaft zu befreien, in die er sie gebracht hätte. „Der ist jetzt ein Feigling," so schloß Kalf, „der nicht aufs kühnste ficht, denn keineswegs schuldlos sind die, wider die ihr streitet, und sie werden euch nicht schonen, wenn sie die Möglichkeit dazu haben." Dieser Ansprache wurde gewaltiger Beifall gezollt. Und darauf erhob sich ein mächtiges Kampfgeschrei, und überall feuerte man sich im ganzen Heere gegenseitig an.

224. Die beiden Heere

Da führten die Bauern ihr Heer nach Stikleſtad vor, wo König Olaf ihnen mit seinem Heere gegenüberstand. An der Spitze des Heeres zogen Kalf und Harek mit dem Banner. Aber als sie auf Olafs Heer stießen, begann der Angriff nicht sehr schnell, denn bei den Bauern zog sich der Ansturm hin, da nicht alle ihre Scharen einigermaßen gleichmäßig näherkamen. So warteten sie, bis die Leute, die hinten langsam gingen, herangewären. Thorir Hund mit seiner Schar hütete die Nachhut. Er sollte darüber wachen, daß das Heer hinten nicht zurückweiche, wenn der Kriegsruf ertönte und die Feinde sichtbar würden. So wartete Kalf mit den Seinen auf Thorir. Die Bauern hatten dieses Losungswort, um ihre Schar zur Schlacht anzufeuern: „Vorwärts, vorwärts, Bauersleute."

König Olaf machte keinen Angriff, denn er wartete auf Dag und die Leute, die diesem folgten. Jetzt sahen aber der König und die Seinen Dags Schar herankommen. Es heißt, daß im Bauernheere nicht weniger denn hundertmalhundert[1] Mann waren. Aber so dichtete Sigvat:

Von Oſt — ſehr d'rum ſorg' ich —
So wen'ge führt' Olaf.
Es umſpannt goldumſponn'nen
Schwertgriff zwar der hehre:
Dennoch Drontheims Bonde[2],
Doppelt ſo ſtark, obſiegt'.
König's Not war's: keinem
Komm' nah drum mein Tadel[3].

---

[1] Nach Großhunderten (eines = 120), alſo 14400 Mann. [2] Die Drontheimer Bauern. [3] Der Dichter erzählt, aber kritiſiert nicht: alles iſt Gottes Fügung.

225. König und Bauern treffen zusammen

Als nun beide Heere sich gegenüberstanden und jeder den andern erkannte, da rief der König: „Wie kommt es, daß du dort bist, Kalf, da wir doch als Freunde aus Möre schieden? Es schickt sich schlecht für dich, wider uns zu streiten oder Todesgeschosse in unser Heer zu senden; denn hier sind deine vier Brüder!"

Kalf erwiderte: „Es verläuft ja vieles anders, König, als es von rechtswegen hätte sollen. In solcher Weise trenntest du dich von uns, daß man sich gut stellen mußte mit denen, die zurück blieben. Und jetzt hat jeder dort zu stehen, wohin er gestellt ist. Aber wir zwei sollten noch Frieden miteinander machen, wenn ich zu bestimmen hätte." Da sagte Finn: „Das ist Kalfs Art: er redet freundlich, wenn er Arges im Schilde führt." Der König sagte: „Mag sein, Kalf, daß du jetzt Frieden haben willst. Aber mir scheint, das sieht wenig nach Frieden aus, was ihr Bauern jetzt tut." Da antwortete Thorgeir von Kvistad: „Ihr werdet jetzt den Frieden haben, den viele Leute durch Euch früher hatten. Jetzt sollt Ihr dafür zahlen." Da sprach der König: „Du solltest nicht so eifrig sein mit uns zu kämpfen — denn dir ist heute nicht der Sieg über uns bestimmt —, wo ich dich doch von einem kleinen Manne zur Macht erhoben habe."

226. Beginn der Schlacht von Stiklestad

Darauf kam Thorir Hund mit seiner Schar. Er ging vor dem Banner und schrie laut: „Vorwärts, vorwärts, Bauersleute!" Und die Bauern stießen den Kriegsruf aus und schossen Speere und Pfeile. Da erhoben auch des Königs Mannen den Kriegsruf. Und als das vorbei war, da feuerte einer den andern an, wie man sie vorher zu tun geheißen hatte, und sie riefen: „Vorwärts, vorwärts, Christusmannen, Kreuzmannen, Königsmannen!" Und als die Bauern das hörten, die draußen auf dem Flügel standen, da stießen sie den gleichen Ruf aus, den sie schreien hörten. Und als die andern Leute des Bauernheeres das vernahmen, dachten sie, daß diese letzteren

Königsmannen wären, und wandten ihre Waffen wider sie, so daß sie sich gegenseitig bekämpften und viele Leute fielen, bevor sie merkten, wie die Sache stand.

Das Wetter war schön, und am klaren Himmel glänzte die Sonne. Als aber die Schlacht begann, da war der Himmel ganz gerötet, und die Sonne desgleichen. Und noch bevor diese Röte schwand, ward es dunkel wie die Nacht. König Olaf hatte sein Heer an einem Abhang aufgestellt, und seine Leute stürzten hernieder auf die Schlachtreihen der Bauern, und so gewaltig war der Angriff, daß die Linie der Bauern sich vor ihnen zurückbog, so daß die Spitze des Königsheeres dort stand, wo die früher gestanden hatten, die die hintersten im Bauernheere gewesen waren. Da waren viele des Bauernheeres drauf und dran zu fliehen. Doch die Lehnsleute mit ihren Hausgenossen standen fest, und nun gab es eine sehr grimmige Schlacht. So sagt Sigvat:

Viel auf weitem Feld da
Füße schritten, rüst'ge.
Brünnenschmucke Bonden
Brachen in die Schlacht vor.
Fried' schwand, als Pfeils Förd'rer[1]
Früh sich im Helmglanz müh'ten.
Stahlwetter[2] in Stikle-
Stad da tobten sattsam.

Die Lehnsleute feuerten ihre Scharen an und brachen gewaltig zum Angriff vor. Davon sagt Sigvat:

Mitten in Drontheims mut'ger
Mannenschar führt' das Banner.
Jäh stritt man, doch jetzo[3]
Jedem Bauer weh tut's[4].

Da griff die Bauernschar von allen Seiten an. Die zuvorderst standen, hieben mit den Schwertern, die zunächst hinter ihnen stießen mit den Speeren, aber alle die, die noch weiter zurück waren, schleuderten Spieße oder Pfeile oder sie warfen mit

---

[1] Olafs Krieger. [2] Die Schwertwetter sind Kämpfe. [3] Im Jahre 1045, wo Sigvats Gedächtnislied auf König Olaf verfaßt wurde (vgl. S. 359). [4] D. h. die Bauern bereuen jetzt, daß sie damals wider Olaf stritten.

Steinen oder Handäxten oder anderen Wurfwaffen. Und so ward es gar bald eine mörderische Schlacht, und viel Volks fiel auf beiden Seiten.

Bei dem ersten Ansturm fiel mit den Seinen Arnljot Gellini, auch Gauch=Thorir und Afrafasti mit ihrer ganzen Schar, aber jeder von ihnen hatte vorher seinen Mann erschlagen oder zwei und andere noch mehr.

Da wurden die Reihen licht vor dem Königsbanner. Der König befahl nun Thord, das Banner vorzutragen, aber er selbst folgte ihm und hinter ihm die Schar, die er sich erlesen hatte, daß sie ihm am nächsten in der Schlacht stünde. Diese Leute waren die allerbeherztesten und die bestgewappneten in seinem Heere. So sagt Sigvat darüber:

Am kühnsten mein König

Kam an, nächst dem Banner:

Vor ihm dies[1] nur führte.

Viel tobt' Hildes Spiel[2] nun.

Als König Olaf aus der Schildburg vorging und zu allervorderst im Treffen stand und die Bauern ihm ins Angesicht sehen mußten, da erfüllte sie Schrecken, und ihre Arme sanken nieder. So dichtete Sigvat darüber:

Mein', schrecklich den Männern

Mocht's sein, wenn sie fochten,

In allkühnen Olafs

Ehern Aug' zu sehen.

Sein Blick wurmgleich[3] beugte

Bondenvolk, dich, Drontheims.

Der Gaufürsten Gönner[4]

Grau'nvoll war zu schauen.

Nun gab es einen sehr harten Kampf, und der König ging selbst vor im dichtesten Handgemenge. So dichtete darüber Sigvat:

Rot von Bauern=Blute

Bald die Schilde all' da

War'n durch schwirr'nde Schwerter:

---

[1] Nämlich das Banner. [2] Der Kampf. [3] Glänzend wie das Auge einer Schlange. [4] Der Freund der Herfen ist König Olaf.

Schwoll der Kampf um Olaf.
Eisenspieles Ase[1],
Ein dein Schwert da, mein' ich,
Hieb in der Thröndner[2] Häupter
Harte Wundenscharten.

227. Der Fall Thorgeirs von Kvistad

Nun focht König Olaf auf das allerkühnste. Er hieb Thorgeir von Kvistad, einen Lehnsmann, den wir früher nannten[3], quer über das Gesicht, und er zerschlug ihm die Nasenkappe des Helmes. So spaltete er ihm das Haupt unterhalb der Augen, daß es fast ganz abflog. Und als er fiel, rief der König: „Nun, ist es wahr, Thorgeir, was ich dir sagte, daß du in unserm Streit nicht den Sieg behaupten würdest?" Bei diesem Ansturm stieß Thord die Bannerstange so fest in den Boden, daß sie aufrecht stehen blieb. Thord hatte da eine tödliche Wunde erhalten, und er fiel unter dem Banner. Da fielen auch Thorfinn Mund und Gizur Goldbrauenskalde. Diesen hatten zwei Männer angegriffen. Einen erschlug er, und den andern verwundete er, ehe er selbst fiel. So sagt darüber der Skalde Tempelhof-Ref[4]:

Da begann einen Gunnsturm[5] —
Glut loht' weithin Odins[6] —
Mit Streit's Eschen[7], stolzen,
Stahlregenbö'ns[8] Walter.
Der Tröpfler-Tau's Freye[9]
Tötet' Schwertes Röter
Einen, doch den andern
Elend wund er fällte.

Nun war es so, wie vorher erzählt wurde. Der Himmel war klar, aber die Sonne war nicht mehr zu sehen, und es ward dunkel. Wie der Skalde Sigvat sagt:

---

[1] Der Gott des Eisenspieles (des Kampfes) ist der König. [2] Crontheimer. [3] S. 370. [4] Gizurs Ziehsohn vgl. S. 352. [5] Kampf. [6] Das Schwert. [7] Kriegern. [8] Stahles (d. h. Schwertes) Regenböe = Kampf. Kampfes Walter ist Gizur Goldbrauenskalde. [9] Der Tröpfler (Draupnir): Odins Ring, von dem in jeder neunten Nacht acht neue Ringe tröpfelten. Draupnirs Tau ist also das Gold. Die Freye (Götter) des Goldes (freigebige Männer) sind hier die beiden Gegner Gizurs.

Die Sonne nicht sandte —
Seltsam Wunder erzählt man —
Warmen Strahl, obwohl sie
Wolkenlos, dem Volke.
Kund da ward des Königs
Kennzeichen[1] den Männern:
Lichter Tag sein Leuchten
Ließ — von Ost[2] so hieß es.

In diesem Augenblick erschien Dag Hringssohn mit dem Heer,
das er geführt hatte, und begann seine Schlachtreihe aufzustellen und das Banner zu hissen. Weil aber so tiefes Dunkel
herrschte, ging ihr Angriff nicht schnell vor sich, denn sie konnten nicht deutlich erkennen, was vor Augen war. Doch wandten
sie sich gegen die Männer aus Stavanger und Hardanger vor
ihnen.

Alle diese Vorgänge aber ereigneten sich ungefähr zu gleicher
Zeit, wenn auch der eine und der andere etwas früher oder
später.

228. König Olafs Tod

Kalf und Olaf hießen zwei Verwandte Kalf Arnissohns,
die auf der einen Seite neben ihm standen, gar große
und gewaltige Männer. Kalf war der Sohn Arnfinn Armodssohns und der Brudersohn Arni Armodssohns. An der
andern Seite Kalf Arnissohns ging vor Thorir Hund. König
Olaf hieb auf Thorir Hund und traf ihn gerade in die Schulter. Das Schwert aber schnitt nicht, und es war, als wenn
Staub aus dem Renntierfell[3] käme. Davon spricht Sigvat:

Wohl der männermilde
Mannenfürst[4] erkannt' es:
Durch Finn'spuk davonkam
Vor dem Tode Thorir.

---

[1] Wunder. [2] Aus Norwegen her. Sigvat war während der Schlacht auf
seiner Romfahrt (vgl. S. 253). Daraus erklärt es sich, daß er die Sonnen-
finsternis, die tatsächlich am 31. August stattfand, auf Olafs Todestag, den
29. Juli, verlegte, eine Umdatierung, die die Geistlichkeit, zur Erhärtung des
Glaubens an Olafs Wundertätigkeit, frühzeitig aufbrachte. Vgl. S. 383.
[3] Vgl. S. 339. [4] König Olaf.

Eitel schier war Schwertes
Schlag auf Hundes[1] Achsel.
Gar nicht wollt' das goldig-
Gleißende ihn beißen.

Da schlug Thorir auf den König, und jeder gab Hiebe und empfing welche. Aber des Königs Schwert biß nicht, da das Renntierfell dies hinderte. Doch ward Thorir wund an der Hand. Wovon wiederum Sigvat spricht:

Töricht ist, wer Thorir
Tapf'res Wesen abspricht!
Wer — von Haus aus weiß ich's —
Wagt' sich mehr zu schlagen?
Konnte einem König[2],
Kühn im Streit sich mühend,
Grimme Hiebe geben
Gunnzaun-Sturmes Thund[3] da.

Der König sagte zu dem Marschall Björn: „Schlag du den Hund, den kein Eisen beißen will." Björn wandte die Axt in seiner Hand und schlug auf Thorir mit deren Rücken ein, und der Schlag traf Thorir an der Achsel, und es war ein gar gewaltiger Schlag, so daß Thorir taumelte. Und in demselben Augenblick wandte sich der König gegen Kalf und seine Gesippen, und er schlug Olaf, Kalfs Verwandtem, eine tödliche Wunde. Aber Thorir Hund stieß einen Speer auf den Marschall Björn und traf ihn in die Mitte des Leibes, und dies war eine Todeswunde. Da rief Thorir: „So birschen wir die Bären[4]."

Thorstein Schiffsbauer schlug auf König Olaf mit einer Axt, und der Schlag traf das linke Bein nahe dem Knie und weiter oben von diesem. Finn Arnissohn streckte Thorstein sofort nieder. Der König aber lehnte sich nach dieser Verwundung an einen Stein und warf das Schwert fort. Er bat Gott, ihm zu helfen. Nun stieß Thorir Hund mit seinem Speere nach ihm. Der Stoß drang ihm unter der Brünne durch und drang

---

[1] Thorir Hunds. [2] wie Olaf. [3] Thund Beiname für Odin; der Sturm des Gunnzaunes (des Walkürenzaunes d. h. des Schildes) ist der Kampf. Der Odin des Kampfes ist hier der kühne Thorir Hund. [4] Anspielung auf Björns Namen, der „Bär" bedeutet.

ihm nach oben in den Bauch. Dann hieb Kalf auf ihn, und
der Hieb traf ihn an der linken Seite des Halses. Doch sind
die Leute nicht einer Meinung darüber, wo Kalf den König
verwundete. Durch diese drei Wunden verlor der König sein
Leben. Aber nach seinem Fall fiel auch fast die ganze Schar,
die mit dem Könige vorgegangen war. Bjarni Goldbrauenskalde dichtete diese Weise auf Kalf Arnissohn:

> Freimachen wollt'st fehde-
> Froh du 's Land von Olaf.
> Mit dem kühnen König
> Kamst du zum Streit: vernahm es.
> Rasch — das Banner rauschte —
> Rückt'st du vor, bis glückte
> Olafs Tod. Von allen
> Erster warst du im Heerkampf.

Und von Marschall Björn sang Sigvat so:

> Schön konnt' Björn, scheint mir,
> Stell'n vor Aug' Marschällen,
> Wie man Herrschern weiht sich:
> Wild ging er zum Schildsturm[1].
> Er fiel bei Gefolges
> Festtreuesten Gästen[2]
> Hin zu Königs Häupten:
> Hehr im Tod man ehrt' ihn.

229. Der Beginn von Dags Angriff

Dag Hringssohn hielt da die Schlacht aufrecht, und er
machte seinen ersten Angriff so stark, daß die Bauern
vor ihm zurückwichen und einige von ihnen zu fliehen begannen. Es fielen da eine Menge aus der Bauernschar, und
dabei auch die Lehnsleute Erlend von Gerde und Aslak von
Finney, und außerdem wurde auch der Bannerträger niedergehauen, mit dem sie vorgegangen waren. Da ward die
Schlacht höchst erbittert, und dies nannte man den „Dagssturm". Da wandten sich gegen Dag folgende: Kalf Arnissohn,
Harek von Tjöttö und Thorir Hund mit der Schlachtreihe, die

Kampf. [2] Vgl. S. 78.

ihnen folgte. Da wurde Dag durch die Übermacht überwältigt.
Er wandte sich zur Flucht mit allen, die noch übrig waren.
Es führte dort aufwärts ein Tal, in das sich die Hauptmasse
der Flüchtigen wandte, und es fiel da viel Volks. Da stoben
denn die Männer nach beiden Seiten auseinander. Manche wur=
den stark verwundet, einige waren auch so ermattet, daß sie
zu nichts mehr nütze waren. Die Bauern verfolgten sie nur
ein kurzes Stück, denn die Führer kehrten bald um, und sie
gingen dann dahin, wo die Gefallenen lagen. Denn viele
mußten da nach ihren Verwandten und Freunden sehen.

230. Wunder König Olafs an Thorir Hund

Thorir Hund ging nun dorthin, wo die Leiche König Olafs
lag, und er leistete dort die Totenhilfe. Er legte die Leiche
nieder, streckte sie aus und breitete ein Tuch darüber. Und als
er das Blut von dem Gesicht des Königs gewischt hatte, da
war das Gesicht des Königs, wie er später oft erzählte, so
schön, daß die Wangen rot aussahen, als ob er schliefe, ja noch
viel glänzender, als sie vorher waren, da er noch lebte. Da
kam das Blut des Königs an Thorirs Hand und rann an ihrer
Greifseite hinab, dort, wo er vorher seine Wunde empfangen
hatte. Und da tat es seitdem nicht mehr not, die Wunde zu ver=
binden, so schnell ging die Heilung vonstatten. Thorir bezeugte
dieses Wunder, das ihm geschehen war, später vor allem Volke,
als die Heiligkeit König Olafs bekannt wurde, und Thorir
Hund war der erste unter den Mächtigen im Land, die im
Heere seiner Feinde gewesen waren, der für die Heiligkeit des
Königs eintrat.

231. Die Brüder Kalf Arnissohns

Kalf Arnissohn suchte nach seinen Brüdern, die dort nie=
dergeschlagen waren. Er stieß auf Thorberg und Finn,
und es wird erzählt, daß Finn einen Dolch auf ihn schleuderte
und ihn töten wollte. Er sprach heftige Worte wider ihn und
nannte ihn einen Friedensstörer und einen Verräter seines Herrn.

Kalf gab nicht acht darauf und ließ Finn vom Schlachtfelde wegschaffen und in gleicher Weise Thorberg. Darauf wurden ihre Wunden untersucht, und diese waren nicht tödlich. Sie waren durch Ermüdung und die Schwere ihrer Waffen zu Boden gesunken. Da eilte sich Kalf, seine Brüder an Bord seines Schiffes zu schaffen und fuhr mit ihnen fort. Sobald er sich aber fortgemacht hatte, brachen auch alle von den Bauern auf, die ihre Heimat dort in der Nähe hatten, ausgenommen die, die dort noch um ihre wunden Freunde oder Gesippen beschäftigt waren oder um die Leichen der Gefallenen. Die Verwundeten schaffte man in ihre Häuser, so daß ein jedes voll von solchen war. Über einige wurden auch im Freien Zelte gespannt. Wie seltsam es nun auch gewesen war, daß sich so mannigfaches Volk so schnell in der Bauernschar zusammengefunden hatte, so war es doch noch weit seltsamer für jedermann, wie schnell diese Ansammlung sich verlief, als es dazu kam. Aber dies wirkte hauptsächlich dazu mit, daß der größte Teil der Menge sich aus den benachbarten Gegenden zusammengefunden hatte, so daß diese jetzt alle Heimweh hatten.

232. Die Leute aus Verdalen

Die Bauern, die in Verdalen wohnten, gingen nun zu den Führern, Harek und Thorir, und sie beklagten sich bei ihnen über die Unruhe, in die sie gekommen wären. Sie sagten folgendes: „Die Flüchtlinge, denen es gelang, von hier fortzukommen, nehmen ihren Weg Verdalen entlang, und sie werden unsern Heimstätten dort gar böse mitspielen. Wir können nicht nach Hause gehen, so lange sie hier im Tale sind. Nun seid so gut und setzt ihnen mit einer Schar nach und laßt keine Katze von ihnen entkommen. Denn dieses Schicksal hatten sie uns zugedacht, wenn sie bei unserm Zusammentreffen gut abgeschnitten hätten. Und das Gleiche werden sie uns noch tun, wenn wir noch einmal in der Weise aneinander geraten, daß die Übermacht wider uns auf ihrer Seite ist. Höchstwahrscheinlich werden sie im Tale bleiben, wenn sie glauben, daß sie dort nichts zu befürchten haben. Und sie werden dann sofort verheerend über unsere Besitzungen herziehen."

Die Bauern sprachen dann noch mit vielen weiteren Worten
auf sie ein und drangen mit großem Eifer in die Führer, sie
sollten sich aufmachen und diese Flüchtlinge erschlagen. Als nun
die Führer miteinander zu Rate gingen, fanden sie, daß vieles
richtig sei in der Rede der Bauern. So beschlossen sie,
Thorir Hund sollte mit siebenhundertzwanzig Mann seiner
eigenen Schar sich aufmachen, um mit denen von Verdalen zu
ziehen. Sie brachen bei Beginn der Nacht auf. Thorir rastete
nicht, bis er zur Nachtzeit nach Sula kam, wo er hörte, daß
Dag Hringssohn und manche andere Scharen Olafsleute dort
am Abend angekommen wären, nur zur Abendmahlzeit ge-
rastet hätten und dann gleich weiter in die Berge gegangen
seien. Da sagte Thorir, über die Berge wolle er sie nicht verfolgen, und so kehrte er wieder um in das Tal und konnte
nur wenige Männer dort erschlagen. Darauf gingen die Bauern
in ihre Gehöfte, aber Thorir und seine Gefährten gingen am
nächsten Tage zu ihren Schiffen. Die Königsmannen, die noch
vorwärts kommen konnten, retteten sich, indem sie sich in Wäldern verbargen, einige wurden auch von den Bewohnern dort
unterstützt.

233. Thormod Schwarzbrauenskalde

Thormod Schwarzbrauenskalde[1] hatte in der Schlacht
unter dem Königsbanner gestanden. Und als der König
gefallen war und der Ansturm am heftigsten tobte, da fiel
in des Königs Schar einer nach dem andern, doch gar manche
von ihnen waren nur verwundet und standen wieder auf.
Thormod war schwer wund, und er tat wie die übrigen, die
sich alle von dort zurückzogen, wo sie meinten, in der größten
Lebensgefahr zu sein. Einige aber flohen auch. Da begann die
Fehde, die man den „Dagssturm" nennt[2]: dort sammelte sich
alles aus des Königs Heer, was noch kampffähig war. Aber
Thormod kam nicht wieder in die Schlacht, denn er war nicht
mehr imstande zu fechten, infolge seiner schweren Wunde und
vor Ermattung. Doch stand er dort bei seinen Gefährten,

---

[1] Vgl. S. 352 ff. 354 f. und Geschichte von den Schwurbrüdern (Thule 13)
S. 252 ff. [2] S. 376 f.

wiewohl er nichts mehr ausrichten konnte. Da traf ihn ein Pfeil in die linke Hüfte. Da brach er den Pfeilschaft aus der Wunde ab und ging aus der Schlacht zu den Häusern hin, und er kam zu einer Scheune, einem gewaltigen Hause. Thormod hatte das bloße Schwert in der Hand. Als er nun hineingehen wollte, kam ein Mann heraus auf ihn zu und sprach: „Hier drinnen benehmen sie sich überaus kläglich, sie jammern und flennen. Es ist eine große Schande, daß so kräftige Männer ihre Wunden nicht besser ertragen können. Vielleicht sind die Königsmannen recht wacker vorgegangen, doch sehr unmannhaft ertragen sie ihre Wunden." Thormod frug: „Wie heißt du?" Er nannte sich Kimbi. Thormod frug weiter: „Warst du in der Schlacht?" „Ich war," erwiderte er, „bei den Bauern, auf der besseren Seite natürlich." „Bist du überhaupt verwundet?" sagte Thormod. „Ein wenig," versetzte Kimbi, „aber warst du in der Schlacht?" Thormod erwiderte: „Ich war dort und stand natürlich auf der besseren Seite." Kimbi sah, daß Thormod einen goldnen Ring an seinem Arme trug, und er sprach: „Du mußt zu den Königsmannen gehören. Gib mir denn den Ring, und ich will dich verbergen. Die Bauern werden dich sonst erschlagen, wenn du ihnen in den Weg kommst." Thormod sagte: „Nimm den Ring, wenn du soweit reichen kannst. Ich habe mehr verloren." Kimbi streckte seine Hand vor, um den Ring in Empfang zu nehmen. Da schwang Thormod sein Schwert und schlug ihm die Hand ab. Und es heißt, daß Kimbi seine Wunde nicht tapfrer ertrug als die andern Männer, die er vorher geschmäht hatte. Und damit ging Kimbi fort.

Aber Thormod ließ sich in der Scheune nieder und saß dort eine Weile. Er hörte auf die Reden der Männer. In der Weise sprachen die Männer untereinander, daß jeder berichtete, was er in der Schlacht gesehen zu haben glaubte, und es war die Rede von den Angriffen der Männer. Manche priesen vor allem König Olafs Tapferkeit, und einige machten in gleicher Weise andre Männer namhaft. Da dichtete Thormod:

In Stiklestad keck vor
Stürmt' Haralds Sohn wahrlich.

Schwerter blutig schnitten.
Schlachtendrang erwachte.
All' im festen Pfeilsturm[1]
Vor hielten den Schild sich
Außer Olaf[2]. Viele
Arg geprüft da waren.

234. Der Tod Thormods des Schwarz=brauen=Skalden

Thormod ging nun weg zu einem einsam gelegenen Hause und dort hinein, und in ihm waren schon manche schwer=verwundete Männer. Ein Weib war dort zur Pflege, und die verband den Männern ihre Wunden. Auf dem Flur des Hauses brannte ein Feuer, und sie wärmte Wasser dort zum Aus=waschen der Wunden. Aber Thormod saß nieder draußen an der Tür. Da gingen Leute heraus und herein, die um die Ver=wundeten bemüht waren. Einer wandte sich auch zu Thor=mod und sprach, indem er ihn anblickte: „Was bist du so bleich? Bist du wund? Warum bittest du nicht, daß man dich heile?" Da sagte Thormod diese Weise auf:

Wähn', man pflegt mich Wunden
Wenig. Rot[3] ich seh' nicht.
Habichtfeldes Hilde[4]
Hat doch roten[5] Gatten.
Senja=Mehles Mindrer,[6]
Mich plagt' schwer der Dagssturm.
Dänenschwerts tiefe Spuren[7]
Ständig fühl' ich brennen.

Nun stand Thormod auf und ging zum Feuer. Dort blieb er eine Weile. Da sprach die Ärztin zu ihm: „Du, Mann, geh hin=aus und hole mir die Holzscheite, die da draußen vor der Tür

---

[1] Im Kampfe. [2] Der König schonte sich nicht; vgl. S. 372. [3] d. h. nicht rotwangig: bleich. [4] Habichtfeld (Habichts Sitz) ist die Hand, deren Hilde (Walküre) die Frau des Mannes, mit dem Thormod spricht. [5] d. h. „rot=bärtigen"; Wortspiel mit „rot" oben. [6] Senja, die eine der mythischen Mägde, die für König Frodi Gold mahlten. Deren Mehl: das Gold; dessen Minderer (d. h. Verschenker): der hier angeredete Mann. [7] Thormods schwere Wunden.

liegen." Er ging hinaus und brachte ihr den Arm voller
Scheite, und dann warf er diese auf den Fußboden. Die Ärztin
sah ihm scharf ins Gesicht und sprach: „Wunderbar bleich
sieht dieser Mann aus. Was fehlt dir?" Da dichtete Thormod:

> Umsonst — bild' nur!.— bin ich
> Bleich nicht, Falkenlands Eiche![1]
> Schau, Wunden verschönen
> Schwer: weilt' ja im Pfeilsturm[2].
> Denk, daß Eisen, dunkles,
> Dort mich jäh durchbohrte.
> Durch fraß es sich, fürcht' ich,
> Dies Erz, an mein Herze.

Da sprach die Ärztin: „Laß mich deine Wunden sehen, damit
ich sie verbinden kann." Da saß Thormod nieder und warf seine
Kleider von sich. Und als die Ärztin seine Wunden sah, da
fühlte sie nach der Wunde in seiner Hüfte, und da fand sie, daß
das Eisen noch drinnen stak, obwohl sie nicht wußte, wohin es
gedrungen war. Sie hatte da in einem Steinkessel ein Ge=
misch von Lauch und andern Kräutern zusammengebraut, und
das gab sie den Verwundeten zu essen, und auf diese Weise
suchte sie herauszubekommen, ob die Verwundeten tödliche Wun=
den hatten. Sie erkannte das durch den Lauch an dem Geruch,
der aus einer Wunde im Körper drinnen hervordrang. Sie
brachte das Gemisch auch Thormod und hieß ihn es essen.
Er antwortete: „Weg damit, ich bin nicht grützekrank." Dann
nahm sie eine Greifzange und wollte das Eisen damit heraus=
ziehen. Doch es saß fest und rührte sich nicht. Es guckte nur
ein wenig hervor, denn die Wunde war geschwollen. Da sagte
Thormod: „Schneide das Eisen heraus soweit, daß es die Zange
fassen kann. Dann gib sie mir und laß es mich herausziehen."
Sie tat nach seinem Wunsche. Da nahm Thormod einen Gold=
ring vom Arm, gab ihn der Ärztin und sagte, sie solle damit
tun, was sie wolle. „Der Geber ist gut," fügte er hinzu, „Kö=
nig Olaf gab mir den Ring heute morgen."[3]

---

[1] Eiche des Falkenlandes (d. h. des Armes, auf dem der Falke sitzt) ist Um=
schreibung für Frau. Hier ist die angeredete Ärztin gemeint. [2] d. h. im
Kampfe. [3] Vgl. S. 355 f.

Dann nahm Thormod die Zange und riß den Pfeil heraus. An dessen Widerhaken aber hingen Herzfasern, teils rot, teils weiß. Und als er dies sah, sagte er: „Noch habe ich Fett an den Herzfasern." Dann sank er zurück und war tot. Und damit ist die Geschichte von Thormod zu Ende.

235. Die Vorgänge nach der Schlacht

König Olaf fiel an einem Mittwoch, dem Kalender nach am 29. Juli[1]. Es war beinahe Mittag, als die Heere sich trafen, und noch vor Mittag begann die Schlacht, aber noch vor drei Uhr nachmittags fiel der König. Die Dunkelheit aber dauerte von Mittag an bis zu dieser Zeit. Der Skalde Sigvat sagt über das Ende der Schlacht:

Alles Volk nach Olaf
Angstvoll jetzt sich banget.[2]
Den Schild man zerspellte.
Schwerwund mußt' er sterben.
Fehd'wilde Schar[3] fällte
Feind der Angeln[4]: Mein' doch,
Eh Dags Schar sich duckte[5],
Drang vor der Herr Norwegs[6].

Und weiter dichtete Sigvat darüber:

Solche Macht seh'n mocht' nie
Man vordem in Norweg
Hier bei Bauern und Hersen —
Haraldssohns Tod war'n die —:
Daß durch sie hinsank da
So ein Fürst wie Olaf;
Viel herrliches Volk auch
Fand den Tod da mannhaft.

Die Bauern plünderten die Gefallenen nicht aus. Und gleich nach Beendigung der Schlacht stand es eher so, daß Furcht viele befiel, die vorher wider den König gewesen waren. Doch hielten sie an ihrer bösen Gesinnung fest und beschlossen untereinander, daß alle die, die auf Seiten des Königs gefallen waren,

[1] Vgl. oben S. 374. [2] Jetzt: 1045. vgl. S. 359. [3] Die andringenden Polen. [4] König Olaf. [5] D. h. fliehn mußte (S. 377). [6] Olaf.

nicht solche Totenhilfe oder ein solches Begräbnis erhalten sollten, wie guten Leuten zukam. Sie nannten jene vielmehr alle Räuber und Ächter. Aber die Männer, die mächtig im Lande waren und Verwandte unter den Gefallenen hatten, kümmerten sich um diesen Beschluß nicht, sondern sie brachten die Leichen ihrer Verwandten auf Kirchhöfe und ließen sie dort bestatten.

236. Wunder an einem blinden Mann

Thorgils Halmassohn und Grim sein Sohn kamen zu den Gefallenen am Abend, als es dunkel geworden war. Sie nahmen die Leiche König Olafs auf und trugen sie fort zu einem Platze, wo eine Hütte stand, klein und verlassen, außerhalb des Ortes. Sie hatten Licht und Wasser bei sich. So zogen sie der Leiche die Kleider vom Leibe, wuschen sie und wickelten sie dann in leinene Gewänder. Darauf legten sie sie in der Hütte nieder und bedeckten sie mit Holz, so daß sie niemand sehen konnte, wenn Männer in die Hütte kämen. Dann machten sie sich fort und gingen heim nach Stiklestad. Manche Bettler waren nun beiden Heeren gefolgt und armes Volk, das sich seinen Unterhalt zusammenschnorrte. Und am Abend nach der Schlacht hatten sich viele von diesen Leuten dort aufgehalten. Als dann die Nacht kam, suchten sie sich eine Unterkunft in all den Häusern, großen und kleinen. Da war auch ein blinder Mann, von dem eine Geschichte erzählt wird. Es war ein armer Kerl, und sein Bursche ging mit ihm herum und führte ihn. Sie gingen aus dem Ort heraus, um sich ein Nachtquartier zu suchen und kamen zu eben jener öden Hütte, und deren Tür war so niedrig, daß man fast durch sie hindurchkriechen mußte. Als nun der blinde Mann im Hause war, tastete er auf dem Fußboden entlang, um zu sehen, wo er sich niederlegen könne. Er hatte einen Hut auf seinem Kopf, und der Hut fiel vorn über sein Gesicht herab, als er sich niederbückte. Er fühlte mit den Händen, daß vor ihm ein nasser Fleck auf dem Fußboden war, und da hob er seine feuchte Hand wieder auf und rückte sich den Hut gerade. Dabei kamen die nassen Finger an seine Augen. Und sofort fühlte er ein solches Brennen an seinen Augenlidern, daß er die feuchten Finger auf seine Augen drückte. Dann machte er sich wieder aus der Hütte fort, indem er sagte, er könne dort nicht liegen, da alles feucht sei. Als er aber draußen vor der Hütte war, sah er sofort, zuerst seine beiden Hände, eine nach der andern, dann alle die Dinge, die ihm so nahe waren, daß er sie trotz des Nachtdunkels sehen konnte. Er ging sofort heim zu dem Orte und trat in das Gastzimmer. Dort erzählte er allen Leuten, daß er sein Gesicht wiedererlangt habe und daß er nun wieder sehen könne. Jedermann aber wußte, daß er lange blind gewesen war, denn er war dort schon früher ge=wesen und immer von Haus zu Haus gewandert. Er sagte, er habe zuerst wieder sehen können, als er aus einer kleinen und ärmlichen Hütte getreten sei. „Alles darin aber war naß," fügte er hinzu, „und ich tastete darin herum mit meinen Händen und rieb meine Augen dann mit den nassen Händen." Er erzählte dann, wo die Hütte stand.

Aber die Männer drinnen wunderten sich, als sie dies wahr=nahmen, gar sehr über dies Vorkommnis, und sie sprachen untereinander darüber, was wohl in jenem Hause drinnen ge=wesen sein könne. Bauer Thorgils aber und sein Sohn Grim glaubten zu wissen, woher dieses Wunder rühre, und sie waren in großer Besorgnis, die Feinde des Königs möchten in die Hütte gehen und sie plündern. So stahlen sie sich davon, gin=gen zur Hütte und nahmen den Leichnam. Sie trugen ihn her=aus und auf die Wiese hin. Dort versteckten sie ihn, und dann kehrten sie nach Stikleſtad zurück und schliefen die Nacht hin=durch.

237. Thorir Hund

Thorir Hund kam am Donnerstag von Verdalen nach Stikleſtad herab, und viele Männer folgten ihm. Er fand da noch viele Leute von dem Bauernheere vor. Man säuberte noch das Schlachtfeld von den Leichen, und die Leute trugen ihre gefallenen Freunde und Verwandten hinweg. Dann half man den Verwundeten, die man heilen könnte, doch waren in=zwischen manche gestorben, seitdem die Schlacht stattgefunden hatte.

Thorir Hund ging zu dem Platze, wo der König gefallen war, und suchte nach dem Leichnam, und da er ihn nicht fand, forschte er danach, ob ihm jemand sagen könne, wo der Leichnam hingekommen sei. Niemand aber konnte darüber etwas sagen. Da frug er auch Bauer Thorgils, ob er etwas von dem Verbleib der Königsleiche wüßte. Thorgils erwiderte: „Ich war nicht in der Schlacht zugegen. Ich kann wenig darüber sagen. Viele Gerüchte laufen um. Ja, man sagt jetzt, daß König Olaf letzte Nacht oben bei Staf angetroffen sei, und eine Schar Männer wäre um ihn gewesen. Ist er aber gefallen, dann werden deine Leute wohl seinen Leichnam in Busch und Wald versteckt haben."

Obwohl nun Thorir als sicher annehmen zu dürfen meinte, daß der König gefallen sei, munkelten doch viele untereinander, der König müsse wohl aus der Schlacht lebend davongekommen sein, und es möchte nicht lange dauern, dann würde er wieder ein Heer zusammen haben und gegen sie ziehen.

Da fuhr Thorir zu seinen Schiffen und dann den Fjord hinab. Dann zerstreute sich die ganze Bauernmenge, und alle Verwundeten, die noch wegschaffbar waren, nahmen sie mit sich fort.

238. Die Fahrt der Königsleiche

Thorgils Halmassohn und Grim, Vater und Sohn, nahmen nun den Leichnam König Olafs in ihre Obhut, und sie waren sehr bedacht darauf, wie sie es verhüten könnten, daß König Olafs Feinde den Leichnam schändeten. Denn sie hörten die Bauern reden, man habe den Beschluß gefaßt, falls die Leiche König Olafs gefunden werden sollte, sie zu verbrennen oder sie hinaus an die See zu bringen und dort in der Tiefe zu versenken.

Vater und Sohn hatten in der Nacht gesehen, wie ein Kerzenlicht brannte über dem Platz, wo die Leiche König Olafs inmitten des gefallenen Heeres lag. Und ebenso später, als sie die Leiche geborgen hatten, sahen sie stets in der Nacht ein Licht dort, wo der König ruhte. Sie fürchteten, des Königs Feinde würden dort nach dem Leichnam suchen, wo es erschien, wenn

386

sie dieses Zeichen sähen. So waren Thorgils und sein Sohn
eifrig dahinter, die Leiche an einen Platz zu schaffen, wo sie
sicher wäre. Sie machten einen Sarg und statteten diesen aufs
beste aus. Dann legten sie des Königs Leichnam hinein. Dann
verfertigten sie einen ganz gleichen Sarg und taten Stroh und
Steine hinein, bis er das Gewicht eines Mannes hatte, und
diesen Sarg schlossen sie sorgfältig.

Als dann die ganze Bauernschar Stikleſtad verlaſſen hatte,
machten sich Thorgils und Grim auf die Reise. Thorgils nahm
sich eine Ruderfähre. Sie waren sieben oder acht zusammen,
alles Verwandte und Freunde von Thorgils. Sie brachten des
Königs Leichnam heimlich an Bord des Schiffes, und den Sarg
bargen sie unterm Deck. Auch den Sarg führten sie mit sich,
in dem die Steine lagen, und den setzten sie an Bord des Schif=
fes, so daß alle ihn sehen konnten. Und dann fuhren sie den
Fjord entlang dem Meere zu, und sie hatten günstigen Fahr=
wind. Sie kamen am Abend, als die Dunkelheit hereinbrach,
nach Nidaros und legten am Ankerplatz des Königs an. Da
sandte Thorgils Männer in die Stadt hinauf, und er ließ Bi=
schof Sigurd[1] melden, daß sie mit dem Leichnam König Olafs
dawären. Und als der Bischof dies vernahm, sandte er sofort
seine Leute hinab zur Brücke. Die nahmen dort ein Ruderboot,
fuhren an Thorgils Schiff heran und forderten diesen auf,
ihnen den Leichnam König Olafs einzuhändigen. Da nahmen
Thorgils und seine Leute den Sarg, der auf Deck stand, und
schafften ihn in das Ruderboot. Darauf ruderten des Bischofs
Mannen mit ihm hinaus auf den Fjord, und dort versenkten
sie den Sarg.

Es war jetzt mittlerweile tiefe Nacht. Da ruderten Thorgils und
seine Leute flußaufwärts, bis die Stadt außer Sicht war. Sie
legten an dem Ufer an bei einer Böschung dort, die Saurhild[2]
heißt und die oberhalb der Stadt lag. Dann trugen sie den
Leichnam da hinauf und weiter in ein alleinstehendes Haus, das
fern von den andern Häusern lag, und dort wachten sie die
Nacht hindurch über dem Leichnam. Thorgils aber ging in die
Stadt hinab und besprach sich dort mit Leuten, die besonders

[1] Vgl. S. 363 f. [2] Etwa: „Schmutzhalde".

treue Freunde König Olafs gewesen waren. Er frug diese, ob sie die Königsleiche in Obhut nehmen wollten. Aber niemand wagte das zu tun. Da brachten Thorgils und Grim den Leichnam noch weiter flußaufwärts und setzten ihn dort in einem Sandhügel bei. Dann brachten sie den Platz wieder in Ordnung, so daß niemand sehen konnte, daß dort eben etwas an ihm gemacht war. Alles dies hatten sie vor Tagesgrauen beendet. Dann gingen sie wieder zu ihrem Schiff und fuhren zusammen aus dem Fluß davon. Darauf fuhren sie ihres Weges weiter, bis sie wieder heim nach Stiklestad kamen.

239. Svend Alfivassohn

Svend, der Sohn König Knuts und der Alfiva, der Tochter des Jarls Alfrin, war in Jomsburg[1] als Herrscher über das Wendenland eingesetzt. Jetzt aber war Botschaft von seinem Vater Knut zu ihm gekommen, er sollte nach Dänemark gehen, und dann sollte er gleich weiter nach Norwegen fahren, und dort sollte er die Herrschaft über Norwegen antreten und zugleich den Titel eines Königs von Norwegen führen. Darauf ging Svend nach Dänemark, und er nahm von dort ein großes Heer mit, und mit ihm zogen Jarl Harald[2] und manche andre mächtigen Männer. Davon dichtet der Skalde Thorir Lobzunge[3] in dem Liede, das Totenstillen-Lied[4] heißt:

Das ist klar,
Wie die Dänen fuhren
Treue Fahrt
Mit tapfrem Herr'n.
Der Jarl[5] war
Da der erste.
Ihm folgten dann
Viele Mannen,
Einer besser
Als der and're.

Darauf fuhr Svend nach Norwegen, und ihn begleitete seine Mutter Alfiva. Und auf allen Gerichtsthingen wählte man ihn

---

[1] Vgl. Band I, S. 236 f. [2] Harald Thorkelssohn vgl. oben S. 329. [3] Vgl. S. 307 f. [4] Der Name deutet auf die ruhige Zeit in Norwegen nach der Schlacht bei Stiklestad, vgl. S. 395 ff. [5] Harald Thorkelssohn.

zum König. Er war in derselben Zeit von Osten nach Vik gekommen, als die Schlacht von Stikleſtad ſtattfand und König
Olaf fiel. Svend unterbrach ſeine Reiſe nicht, bis er im Herbſt
nach Drontheim kam. Dort, wie an andern Stellen, wählte
man ihn zum König.

König Svend brachte in mancher Richtung neue Geſetze in das
Land, die nach dem Muſter des däniſchen Rechtes gemacht
waren, nur noch um vieles härter. Niemand durfte außer Landes fahren ohne die Erlaubnis des Königs. Ging er aber doch
nach außerhalb, waren ſeine Güter dem Könige verfallen. Wer
einen Mann erſchlug, ſollte Land und Habe verlieren. War ein
Mann geächtet und ein Erbe fiel ihm zu, dann trat der König
die Erbſchaft an. Zum Julfeſt mußte jedermann dem Könige
ein Maß Malz als Herdſteuer entrichten und die Keule eines
dreijährigen Ochſen: das nannte man Weidezoll; auch ein
Tönnchen Butter. Und jede Hausfrau mußte unzubereitetes
Hausleinen liefern, das heißt, ſo viel ungeſponnenen Flachs, als
man mit der Hand vom Daumen bis zum Mittelfinger um-
ſpannen konnte. Die Bauern waren verpflichtet, lauter ſolche
Häuſer zu bauen, die der König als Pachtgüter brauchte. Immer ſieben Männer älter als fünf Jahre hatten einen kriegs-
fähigen Mann zu ſtellen und außerdem die Ruderriemen zu
liefern. Jeder, der auf der hohen See fiſchte, mußte dem König
Landesſteuer zahlen, woher er auch ruderte, und zwar fünf
Fiſche. Jedes Schiff, das vom Lande abſegelte, mußte für den
König einen Raum auf dem Schiffe bereit halten. Jeder Mann,
der nach Island fahren wollte, hatte eine Landesabgabe zu
entrichten, ob er In- oder Ausländer war. Auch wurde beſtimmt, daß die Dänen ſo hohes Anſehen in Norwegen haben
ſollten, daß das Zeugnis eines Dänen das von zehn Norwegern
aufwog. Aber als dieſe Geſetze allem Volk bekannt gemacht
wurden, da lehnte ſich ſofort die Stimmung des Volkes wider
ſie auf, und alle murrten untereinander. Und die, die keinen
Anteil an dem Widerſtand gegen König Olaf gehabt hatten,
ſagten jetzt: „Da habt ihr nun, Innendroſtheimer, die Freundſchaft und den Dank von den Knytlingen[1] dafür, daß ihr König

[1] Die Verwandten König Knuts des Mächtigen. Vgl. S. 399.

Olaf befehdetet und ihn aus seinem Lande jagtet. Man versprach euch Frieden und bessere Gesetze, und nun habt ihr Knechtschaft und Sklaverei, und dazu noch Bedrückung und Vergewaltigung." Es war schwer etwas dagegen einzuwenden, denn alle Leute sahen, daß die Lage schlimm geworden war. Doch wagten die Leute keinen Aufstand gegen König Svend, besonders weil sie ihre Söhne oder nahen Verwandten König Knut als Geiseln gegeben hatten. Ferner auch deshalb, weil kein Führer zum Aufstande da war. Bald hatte das Volk viele Klagen vorzubringen gegen König Svend, doch legte man alles, was gegen den Willen des Volkes geschah, vornehmlich Alfiva zur Last. Und damals konnte man von manchem die wahre Ansicht über König Olaf hören.

240. König Olafs Heiligkeit wird bekannt

In diesem Winter erhoben viele Leute in Drontheim ihre Stimmen dafür, daß König Olaf in Wahrheit ein heiliger Mann sei, da viele Wunder seine Heiligkeit bezeugten. Und jetzt begannen die Leute Gelübde zu tun auf König Olafs Namen bei Dingen, deren Ausführung ihnen besonders am Herzen lag. Durch solche Gelübde wurde viel Volks gefördert. Einige wurden gesund, andere hatten Reiseglück oder erreichten anderes, was sie als notwendig für sich erachteten.

241. Einar Bogenschüttler

Einar Bogenschüttler war jetzt von England auf seine Besitzungen zurückgekehrt[1], und er erhielt nun die Lehen, die König Knut ihm verliehen hatte, als sie sich in Drontheim trafen: das alles kam beinahe einer Jarlsherrschaft gleich. Einar Bogenschüttler hatte nicht am Widerstand gegen König Olaf teilgenommen, und er selbst rühmte sich dessen. Einar dachte daran, wie König Knut ihm das Jarltum über Norwegen versprochen hatte, und er sah, daß der König diese Versprechungen nicht hielt. Einar war der erste[2] unter den mächtigen Männern des Landes, der für die Heiligkeit König Olafs eintrat.

---

[1] Vgl. S. 340 f. [2] Neben Thorir Hund. Vgl. S. 377.

242. Die Söhne Arnis

Finn Arnissohn blieb nur kurze Zeit in Egge bei seinem Bruder Kalf, denn er hatte es sich sehr zu Herzen genommen, daß Kalf an der Schlacht wider König Olaf teilgenommen hatte. Deshalb machte er Kalf stets heftige Vorwürfe[1]. Thorberg Arnissohn hatte seine Zunge mehr im Zaume als Finn, doch verlangte er auch weg nach Hause. So gab Kalf seinen Brüdern ein tüchtiges Langschiff mit aller Takelage und sonstigem Gerät, auch eine gute Reisemannschaft, und so fuhren sie beide heim. Arni Arnissohn lag lange Zeit krank an seinen Wunden. Doch heilten sie schließlich, und er wurde nicht zum Krüppel. Und dann ging auch er in diesem Winter heim. Alle die Brüder erhielten Frieden für sich durch König Svend und saßen unbehelligt auf ihren Gütern.

243. Bischof Sigurd flieht außer Landes

Im nächsten Sommer sprach man allgmein von der Heiligkeit König Olafs, und die ganze Beurteilung des Königs erfuhr eine Veränderung. Es gab jetzt viele, die es für ausgemacht hielten, daß der König ein Heiliger wäre, selbst unter denen, die den König vorher glühend haßten und in keiner Weise sich den Glauben an ihn hatten zu eigen machen wollen. Jetzt ging das Volk zu Anklagen über gegen die, die am meisten zum Widerstand gegen den König gehetzt hatten. Und viele von diesen Beschuldigungen erhob man gegen Bischof Sigurd[2]. So erbittert wurde man allgemein gegen ihn, daß er sah, es wäre das Beste, wenn er das Land verließe und nach England zu König Knut ginge. Da sandten die Drontheimer Männer mit Botschaft nach dem Oberland, Bischof Grimkel möchte doch nach Drontheim kommen. König Olaf hatte Bischof Grimkel nach Norwegen zurückgesandt, als er damals nach Rußland ging, und Bischof Grimkel war seitdem im Oberland gewesen. Und als diese Botschaft zum Bischof kam, machte er sich sofort zur Fahrt nach dem Norden auf. Besonders verstand sich der Bischof zu dieser Fahrt, weil er es für

---

[1] Vgl. S. 377. [2] Vgl. S. 363 f.

wahr hielt, was man dort über König Olafs Wundertätigkeit
und seine Heiligkeit erzählte.

244. Die heiligen Reliquien König Olafs

Bischof Grimkel ging nun zu Einar Bogenschüttler, und
Einar bereitete dem Bischof einen herzlichen Empfang.
Sie sprachen über viele Dinge, auch über die bedeutsamen Er=
eignisse, die im Lande stattgefunden hatten. Und in allen ihren
Gesprächen zeigte sich große Einstimmigkeit. Darauf ging der
Bischof nach Nidaros, und dort bot ihm das ganze Volk ein
herzliches Willkommen. Er erkundigte sich genau nach allen
Wundern, die man von König Olaf erzählte, und bekam genaue
Berichte davon. Da sandte der Bischof nach Stiklestad zu Thor=
gils und seinem Sohn Grim, und er bestellte sie in die Stadt
zu einer Zusammenkunft mit sich. Vater und Sohn brachen so=
fort auf und kamen in die Stadt zum Bischof. Sie erzählten
ihm von allen Wundern, über die sie Bescheid wußten, auch,
wo sie den Leichnam des Königs bestattet hatten. Da sandte
der Bischof nach Einar Bogenschüttler, und dieser kam nach
Nidaros. Und er und Einar sprachen mit dem König und
mit Alfiva, und sie baten diese, ihnen Erlaubnis zu geben,
daß sie König Olafs Leichnam aus der Erde grüben. Der König
gestattete es und ließ dem Bischof in dieser Angelegenheit
Freiheit, zu tun, was er wolle. Es war damals eine Menge
Volks in der Stadt. Der Bischof und Einar fuhren nun mit
anderen Leuten dorthin, wo die Leiche des Königs bestattet
war, und sie ließen dort nachgraben. Der Sarg war nun aus
der Erde nahezu ans Licht gebracht. Manche drängten den
Bischof, er sollte den Sarg bei der Klemenskirche wieder be=
erdigen lassen. Als aber zwölf Monate und fünf Tage seit
dem Tode König Olafs vergangen waren, holte man seine
heiligen Überbleibsel wieder herauf, und der Sarg wurde wie=
der aus der Erde gegraben. Da war der Sarg König Olafs
so nagelneu, als wäre er eben erst gehobelt worden.
Dann kam Bischof Grimkel dorthin, wo man den Sarg König
Olafs geöffnet hatte, und da war ein herrlicher Wohlgeruch.
Da enthüllte der Bischof das Gesicht des Königs, und sein

Antlitz hatte sich gar nicht verändert. Seine Wangen waren
so rot, als wäre er eben erst schlafen gegangen. Aber darin
nahmen die eine große Veränderung wahr, die König Olaf
gesehen hatten, als er fiel, daß sein Haar und seine Nägel
seitdem fast ganz frei gewachsen waren, wie dies gewesen
wäre, wenn er noch die ganze Zeit nach seinem Fall hier
auf der Welt gelebt hätte.

Nun traten zu der Leiche König Olafs König Svend und alle
Häuptlinge, die da waren. Alfiva aber sprach: „Seltsam langsam vermodern die Menschen im Sand. Das wäre nicht so gewesen, hätte er in der Erde gelegen."

Da nahm der Bischof eine Schere und schor dem König das Haar,
auch ein Stück seines Bartes. Denn er trug einen langen Bart,
wie es damals bei den Leuten Sitte war. Und der Bischof sprach
zu dem König und zu Alfiva: „Jetzt sind Haar und Bart des
Königs so lang wie damals, als er starb, und um so viel waren
sie seitdem gewachsen, als ihr mich jetzt hier abschneiden sahet."

Da antwortete Alfiva: „Ich halte dies Haar erst dann für
eine heilige Reliquie, wenn es nicht im Feuer verbrennt. Wir
haben oft das Haar noch voll und unversehrt gesehen bei Männern, die länger in der Erde lagen als dieser Mann hier."

Da ließ der Bischof Feuer in ein Rauchfaß tun, und er seg-
nete es und tat Weihrauch hinein, und dann legte er auf
das Feuer das Haar König Olafs. Und als der ganze Weihrauch ausgebrannt war, nahm der Bischof das Haar aus dem
Feuer, und da war das Haar unverbrannt. Und der Bischof
wies es dem König und den anderen Häuptlingen vor. Da
aber ersuchte Alfiva, das Haar in ungeheiligtes Feuer zu legen.
Aber Einar Bogenschüttler antwortete ihr, sie solle stille sein,
und er ließ sie mit manchem harten Wort an. Und so erklärte der
Bischof, und der König stimmte dem bei, und das ganze Volk bestätigte es, — daß König Olaf tatsächlich ein Heiliger sei.

Nun trug man die Leiche König Olafs in die Klemenskirche und
stellte sie aus über dem Hochaltar. Den Sarg hüllte man in
ein Pallium ein und umgab ihn rings mit schön gewebten
Teppichen. Und bald ereigneten sich vielerlei Wunder bei den
heiligen Reliquien König Olafs.

245. Wunder König Olafs

Dort aus dem Sandhügel, wo König Olafs Haupt in
der Erde gelegen hatte, sprang ein schöner Quell empor, und an diesem Wasser fand viel Volks Heilung von seinen
Gebrechen. Der Quell wurde übermauert, und sein Wasser wurde
seitdem immer sorgfältig gehütet. Zuerst baute man dort
eine Kapelle, und den Altar errichtete man dort, wo das Grab
des Königs gewesen war. Jetzt steht aber an der Stelle die
Christus-Kirche. Und Erzbischof Eystein[1] ließ den Hochaltar
an derselben Stelle errichten, wo des Königs Grab gewesen
war, damals, als er das große Münster aufführen ließ, das
sich jetzt dort erhebt. An der gleichen Stelle stand auch der
Altar in der alten Christus-Kirche. Es wird auch erzählt, daß
die Olafskirche dort steht, wo das einsame Häuschen stand,
in dem der Leichnam König Olafs eine Nacht geruht hatte.
Die Stätte oben aber heißt jetzt Olafshalde, wo die heiligen
Überbleibsel des Königs vom Schiffe an Land gebracht wurden,
und diese Höhe liegt jetzt inmitten der Stadt. Der Bischof hütete die heiligen Überreste des Königs, und er schor dem Körper immer Haare und Nägel. Denn beides wuchs immer noch,
als ob er noch ein lebender Mensch in dieser Welt wäre. So
sagt darüber Sigvat der Skalde:

> Wie Lebenden — es loben
>
> Leute Olafs freudvoll
>
> Mein Lied[2] — hier des Herren
>
> Haar noch sproßte. Wahr ist's.
>
> Blieb am hehren Haupte
>
> Haar, durch das aus Gardar
>
> Wladimir sah wieder:
>
> Weg war'n Leibs Gebrechen[3].

Thorarin Lobzunge dichtete auf Spend Alfivassohn das Gedicht, das man das Totenstillen-Lied[4] nennt, und in ihm finden sich folgende Weisen:

---

[1] 1157—1188. Vgl. Band III, Geschichte von König Magnus Erlingssohn,
Kap. 16. [2] Weil ich das Wunder berichte. [3] D. h. jener (unbekannte) Mann
aus Nowgorod, auf den sich das Wunder bezieht, wurde völlig geheilt.
[4] Vgl. S. 388.

Königs Sitz
Sich errichtet
In Drontheim
Der Dänensprosse[1].
Immer will
Er ja haben
Sein Reich dort,
Der Ringe Brecher[2].

Wo Aleif
Eh'dem lebte,
Bis er sich hub
Zum Himmelsreiche,
Und ihm ward,
Wie alle wissen,
Heilig Grab,
Dem Himmelskönig[3].

Es hatte sich
Herrlich erworben
Haralds Sohn
Des Himmels Reich da.
Eh' Goldes
Geber[4] wurde
Mittler zwischen
Menschen und Gotte[5].

Heilig liegt
Mit heilem[6] Leib
Lobreich er,
Landes Herrscher[7].
Wachsen da
Wie im Leben
Haar' dem hoh'n
Herr'n und Nägel.

Da so hell
Hall'n die Glocken
Ganz von selbst
Ob seinem Schrein.
Ihren Klang
Kann man hören
Alle Tag'
Über'm König.

Im Altar
Auf da flammen
Für Christus
Kerzen ständig.
So Aleif
Ohne Sünde
Selig ward
Vor seinem Tode.

Hin da knie'n
Die Heerscharen[8]
Vorm Heil'gen
Zum Heil sich selber.
Beten an
Blind' und Stumme
Volkes Herr'n —
Zieh'n heil von dannen.

Bitte Olaf,
All sein Land er,
Gottes Freund,
Gönne, Svend, dir.
Gut Jahr gibt
Gott und Frieden,
Wenn er fleht,
Allen Menschen.

---

[1] König Svend. [2] Der freigebige Svend. [3] Olaf der Heilige nach seinem Tode. [4] Olaf. [5] Durch den Sühnetod wie Christus. [6] Unverwestem. [7] Olaf der Heilige. [8] Die Scharen Gläubiger und Gebrechlicher.

Sagst du her
Vor Heil'ger Bücher[1]
Deuter'n[2] da
Deine Bitten . . .

Thorarin Lobzunge weilte bei König Svend und hörte solche
Wunderzeichen von König Olafs Heiligkeit, daß die Menschen über seinen heiligen Reliquien Töne hörten, die durch
Himmelsmächte angestimmt wurden. Dabei klangen die Glocken
von selbst, auch die Kerzen entzündeten sich von selbst am Altar durch ein himmlisches Feuer. Auch, wie Thorarin ebenfalls
sagt, kamen zum heiligen Olaf eine Menge Leute, Lahme und
Blinde oder auch mit anderen Krankheiten behaftete, und sie
gingen geheilt von dannen. Doch erzählt er sonst nichts Ge-
naueres und berichtet nur, daß es eine unzählige Menge Menschen gewesen sein müssen, die bei Beginn der Wundertätigkeit des heiligen Olaf Heilung fanden. Aber von den Wundern König Olafs sind nur die bedeutendsten besonders aufgezeichnet und weiter erzählt worden[3], und meist solche, die erst
später als in dieser Zeit stattfanden[4].

246. Von der Regierungszeit König Olafs

Männer, die zuverlässig berichten, sagen, daß Olaf der
Heilige König über Norwegen war fünfzehn Jahre
lang von der Zeit ab, als Jarl Svein das Land verließ. Aber
das Jahr vorher hatte er schon von den Leuten im Oberland den Königstitel erhalten. So sagt der Skalde Sigvat:

Hier im Land der hehre
Haraldssohn fünfzehn Jahre
Voll vor seinem Falle
Vorstand im Glück Norweg.
Nie der Welt Nordend'[5]
Naht' mit solcher Tatkraft
Ein König: der Kühne
Kam so früh[6] zu Tode!

---

[1] Geistlicher, lateinisch geschriebener. [2] Den Priestern. [3] Diese Aufzeichnungen, zunächst lateinisch, um die Hälfte des 12. Jahrhunderts, waren
die ersten schriftlichen Berichte über König Olaf. Vgl. Einleitung S. 5.
[4] Vgl. Band III und unten. [5] Norwegen und den unterworfenen nordischen
Ländern. [6] D. h. früher, als es hätte sein sollen.

König Olaf der Heilige war fünfunddreißig Jahre alt, als er fiel, nach dem Bericht, den der Priester Ari der Kluge davon gibt. Er hatte zwanzig Volksschlachten zu bestehen. So sagt Sigvat der Skalde:

Nicht all' zum Herrn da hielten:
Heiden war'n auch leider.
Schlachten kühn der König
Kämpfte an die zwanzig!
Hin zur rechten Hand sich
Hieß er stehn die Christen.
Mög' der Herr doch Magnus'
Mut'gem Vater[1] gut sein.

Nun ist ein Teil der Geschichte König Olafs erzählt, soweit die Ereignisse in Frage kommen, die sich während seiner Regierungszeit in Norwegen zutrugen, auch die mit seinem Tode verknüpft waren, und endlich der Beginn seiner Heiligsprechung. Doch soll dabei auch nicht übergangen werden, was mit seinen größten Ruhm ausmacht, nämlich die Geschichte seiner Wundertätigkeit, obwohl diese erst später[2] in diesem Buch zur Niederschrift kommt.

247. Die Drontheimer

König Svend Knutssohn herrschte einige Jahre über Norwegen. Er war noch ein Kind an Alter und Verstand. Seine Mutter Alfiva hatte am meisten bei der Regierung des Landes zu sagen, und das Volk im Lande war ihr wenig freundlich gesinnt, damals sowohl wie immer in der Folgezeit. Dänische Männer hatten im Lande große Macht, und die Bevölkerung des Landes war sehr erbittert darüber. Wenn man über diese Verhältnisse sprach, dann warfen immer die übrigen Leute im Lande den Drontheimern vor, daß sie am meisten dahin gewirkt hätten, daß König Olaf der Heilige aus seinem Lande verjagt sei und daß die Norweger unter diese schlimme Herrschaft gekommen wären, wobei das ganze Volk in Sklaverei und Knechtschaft geraten sei, Arme wie Reiche, kurz die

---

[1] König Olaf. [2] Nämlich in den Königsgeschichten des III. Bandes. Vgl. die Einleitung dort.

gesamte Bevölkerung. Und sie hielten den Drontheimern vor, ihre Pflicht und Schuldigkeit sei es, einen Aufruhr in die Wege zu leiten, „zu dem Zwecke, diese Gewaltherrschaft von uns abzuschütteln." Überdies war das Volk im Lande der Meinung, daß die Drontheimer damals in Norwegen die mächtigsten Leute wären, sowohl im Hinblick auf ihre Häuptlinge als auch wegen der Größe der Bevölkerung in ihrem Lande.

Da nun die Drontheimer sahen, daß das Volk im Lande ihnen solche Vorwürfe mache, da gaben sie zu, daß ihre Ausstellungen wahr seien und daß sie sich zu einer großen Torheit hätten hinreißen lassen, als sie König Olaf Land und Leben nahmen, und daß sie ihr törichtes Beginnen mit großem Unheil hätten büßen müssen.

So hielten ihre Führer Versammlungen ab und pflogen Rat miteinander, und Einar Bogenschüttler war der Leiter dieser Beratungen. So war es nun auch mit Kalf Arnissohn so weit gekommen, daß er jetzt einsah, in welche Falle er gegangen war, als er sich durch König Knut aufreizen ließ. Denn der hatte alle Versprechungen, die er Kalf gemacht hatte, nicht gehalten. König Knut hatte nämlich Kalf die Jarlswürde und die Herrschaft über ganz Norwegen verheißen, und Kalf war der Haupt-Rädelsführer gewesen bei dem Kampf wider den König und hatte vor allem veranlaßt, daß man ihm sein Reich im Tode nahm. Kalf aber hatte keinen höheren Titel als damals erhalten. Und er fühlte sich arg betrogen. Daher gingen nun auch Botschaften zwischen den Brüdern Thorberg und Arni, Finn und Kalf, und ihr brüderliches Verhältnis stellte sich wieder her.

248. König Svends Heeresaufgebot

Als Svend drei Jahre in Norwegen gewesen war, da kam Kunde nach Norwegen, daß über See im Westen sich ein Heer zusammenzöge und über dieses als Herr ein Mann namens Tryggvi geböte. Er nannte sich einen Sohn Olaf Tryggvissohns und der Gyda[1]. Als nun König Svend hörte, daß ein ausländisches Heer im Begriffe stehe ins Land einzufallen, ließ er im Norden des Landes ein Heeresaufgebot ergehen, und viele

[1] Vgl. Band I, S. 232 f.

Lehnsleute zogen mit ihm aus Drontheim. Aber Einar Bogenschüttler blieb daheim und wollte König Svend keinen Heeresdienst leisten. Und als die Botschaft König Svends zu Kalf nach Egge kam, daß er mit dem Könige zum Kriege ausrudern sollte, da nahm Kalf sich einen seiner Zwanzigruderer und ging mit seinen Hausgenossen an Bord. Er machte sich in großer Hast fertig zur Fahrt und fuhr dann den Fjord hinab und wartete nicht auf König Svend. Dann ging Kalf nach Möre, und er rastete nicht unterwegs, bis er nach Giskö zu seinem Bruder Thorberg kam. Dann hatten alle Brüder, die Arnissöhne, eine Zusammenkunft und pflogen Rat miteinander. Darauf ging Kalf wieder nach Norden. Als er aber in den Frökösund kam, da lag vor ihm im Sunde Svend mit seinem Heere.

Als nun Kalf von Süden in den Sund ruderte, riefen sie einander an, und die Königsmannen forderten Kalf auf, still zu halten und dem Könige Folgschaft zu leisten zur Verteidigung seines Landes! Kalf erwiderte: „Genug tat ich, wenn nicht übergenug in dem Kampfe wider das Volk unseres eigenen Landes für die Herrschaft der Knytlinge[1]." Und so ruderte Kalf mit den Seinen seines Weges nach Norden, und er fuhr unablässig, bis er heim nach Egge kam. Keiner von den Arnissöhnen ruderte auf dieses Heeresaufgebot hin zum Könige.

König Svend fuhr nun mit seinem Heere in den Süden des Landes. Und als er keine Nachricht bekam, daß Tryggvis Heer von Westen gekommen war, steuerte er zuerst nach Stavanger und immer weiter bis Agde. Denn die Männer meinten, Tryggvi würde zuerst seinen Weg nach Vik nehmen wollen. Dort nämlich hatten seine Vorväter gewohnt und hatten einen großen Rückhalt im Volke gehabt, und dort verfügte er auch über eine große Macht in seinem Geschlechte.

249. Tryggvi Olafssohn fällt

Als König Tryggvi von Westen kam, ankerte er mit seiner Flotte in Hardanger. Dort hörte er, König Svend sei südwärts gesegelt. Da fuhr König Tryggvi südlich nach Sta-

[1] Vgl. oben S. 389.

vanger. Aber als König Svend von der Fahrt König Tryggvis erfuhr, nachdem jener von Westen gekommen war, kehrte er mit seiner Kriegsflotte nach Norden um, und er und Tryggvi trafen sich inwärts von Bukken im Sokkensund, nahe dem Platz, wo Erling Skjalgssohn gefallen war[1]. Da fand eine harte und erbitterte Schlacht statt. Die Männer erzählen davon, daß Tryggvi seine Hakenspeere mit beiden Händen auf einmal warf, indem er sagte: „So lehrte mich die Messe mein Vater." Seine Feinde hatten nämlich gesagt, er wäre der Sohn eines Priesters, aber er rühmte sich dessen, daß er mehr König Olaf Tryggvissohn gliche. Und in der Tat, König Tryggvi war ein äußerst tüchtiger Mann.

In dieser Schlacht fiel König Tryggvi zusammen mit vielen seiner Leute, einige aber flohen und ergaben sich auf Gnade und Ungnade. So heißt es in dem Preisliede auf Tryggvi:

Es trug in sich Tryggvi
Taten: von Nord naht' er.
Zur See kam von Süden
Svend. Streit da gab's endlos.
Sah, wie jäh zusammen
Sie im Kampfe gingen.
Tryggvis Schar sank. Schwerter
Schallten vor dem Skalden[2].

Diese Schlacht wird auch erwähnt in dem Preisgedicht, das auf König Svend gedichtet wurde:

Aus früh Sonntags sah's nicht
So, als ob Al boten
Maide. Schwerter mäh'ten
Mächtig hin die Fechter.
Svend zusammen binden,
Sieh, da hieß die Kiele.
Hugins[3] Schnabel hackend
Heischte rohe Fleischkost!

Nach dieser Schlacht herrschte König Svend ruhig im Lande, und jetzt war guter Friede im Reiche. Im folgenden Winter blieb König Svend noch im Süden des Landes.

---

[1] S. 313 ff. [2] Vor mir (Sigvat). [3] Hugin ist Odins Rabe, hier: Rabe überhaupt.

250. Ralf Arnissohn und Einar Bogen=schüttler beraten sich

In diesem Winter hatten Einar Bogenschüttler und Ralf Arnissohn Zusammenkünfte untereinander, um sich zu beraten, und sie trafen sich in Nidaros. Da kam zu Ralf Arnissohn ein Bote von König Knut und brachte ihm die Botschaft von diesem, er möchte ihm drei Dutzend Äxte senden, und er solle sie sehr sorgfältig anfertigen lassen. Ralf erwiderte: „Ich werde König Knut keine Äxte senden, aber König Svend, seinem Sohn, werde ich welche bringen, so daß dieser nicht meinen wird, daß er zu kurz kommt[1]."

251. Einar Bogenschüttler und Ralf Arnissohn verlassen das Land

Zeitig im Frühjahr rüsteten sich Einar Bogenschüttler und Ralf Arnissohn zur Fahrt. Sie hatten ein großes Gefolge von Männern bei sich, die allerbesten, die es in den Bezirken Drontheims gab. Sie zogen im Frühjahr über das Kjölengebirge nach Jämtland, dann nach Helsingland, und endlich kamen sie nach Schweden. Dort gingen sie an Bord der Schiffe, und im Sommer fuhren sie nach Rußland. Im Herbst waren sie in Altladoga. Dann sandten sie Boten nach Nowgorod zu König Jaroslav. Die sollten ihm melden, sie erböten sich, Magnus, den Sohn König Olafs des Heiligen, bei sich aufzunehmen und ihn nach Norwegen zu bringen, und sie wünschten ihm behilflich zu sein, das Erbe seines Vaters anzutreten. Sie wollten ihn zum Könige über das Land machen.

Als aber die Botschaft zu König Jaroslav kam, da ging er mit der Königin und seinen Häuptlingen zu Rat. Und sie einigten sich dahin, Botschaft zu den Norwegern zu senden und sie zu einer Zusammenkunft einzuladen mit König Jaroslav und Magnus. Für diese Fahrt wurde ihnen freies Geleit gewährt. Als jene aber nach Nowgorod kamen, da wurde unter ihnen abgemacht, daß die dort angekommenen Norweger Kö=

---

[1] Hindeutung auf Svends Vertreibung, Band III, Geschichte von König Magnus dem Guten, Kap. 4.

nig Magnus' Untertanen werden und ihm dienen sollten. Und
das wurde feierlich von Kalf und all den Männern, die in
Stiklestad wider König Olaf gestanden hatten, durch Eide
bestätigt. Magnus aber gab ihnen dann Sicherheit und vollen
Frieden, und er verpflichtete sich durch einen Eid, daß er gegen
sie alle treu und zuverlässig sein wolle, wenn er die Herrschaft und das Königtum über Norwegen anträte. Er sollte
Kalf Arnissohns Ziehsohn werden, und Kalf sollte sich feierlich verpflichten, nur das zu tun, wodurch Magnus hoffte, daß
seine Herrschaft mächtiger und freier in Norwegen werden sollte
denn je zuvor.

Zeittafel

995 Olaf der Heilige geboren.

998 Olaf der Heilige durch Olaf Tryggvissohn getauft.

1007 Beginn von Olafs Wikingfahrten.

1008 Olafs Sieg an der Londoner Brücke.

1014 Olaf Tryggvissohn erscheint Olaf im Traum am Guadalquivir in Spanien. Knut der Mächtige, König von Dänemark und England.

1015 Olafs Sieg über Jarl Hakon im Sauesund. Olaf und die Oberlandskönige. Olaf wird König von Norwegen. Nidaros (Drontheim) Residenz.

1016 Olafs Sieg bei Nesjar über Jarl Svein. Jarl Svein †. Olaf und der Skalde Sigvat Thordssohn.

1017 Tötung Eilifs des Götländers. Jarl Erich Hakonssohn †.

1018 Entthronung der Oberlandskönige. Olaf und Jarl Rögnvald von Götland. Marschall Björn bei König Olaf von Schweden.

1019 Bauer Thorgnyr auf dem Upsalathing in Schweden. Überführung des Oberlandskönigs Hrörek nach Island. Skalde Sigvats politische Mission in Schweden. Dessen Ostfahrtweisen.

1020 Gesetzesmann Emund in Schweden. Olaf der Heilige und der Skalde Ottar der Schwarze. Olafs Hochzeit mit Astrid, der Tochter des Schwedenkönigs Olaf. Onund wird Schwedenkönig.

1021 Olaf der Heilige und Harek von Tjöttö.

1022 Die Orkaden unter norwegischer Oberhoheit. Olvir von Egges Erschlagung. Gudbrand-im-Tal bekehrt sich zum Christentum.

1023 Einar Bogenschüttler bei König Knut von England.

1024 Thorir Seehund von Asbjörn erschlagen. Asbjörn von Olaf begnadigt. Versöhnung Olafs und Erling Skjalgssohns. Sigvat tauft Olafs Sohn Magnus. Islands Unabhängigkeitserklärung auf dem Allthing gegenüber König Olaf. Einar Eyjolfssohn.

1025 König Olaf lehnt die Forderung König Knuts von England zur Unterwerfung ab.

1026 König Olaf und die Isländer Stein Skaptissohn und Thorodd Snorrissohn. Thorir Hunds Abfall. Olaf und die Arnissöhne.

26*

Olafs Bündnis mit König Onund von Schweden. Skalde Sigvat bei Knut. Dessen Westfahrtweisen.

1027 Die Könige Olaf und Onund in Dänemark. Schlacht an der Helgaå gegen Knut von England. Erling in Knuts Diensten. Harek von Tjöttös Abfall. Der Färöer-Häuptling Thrand-auf-Gasse.

1028 Knuts Zug gegen Norwegen. Knut norwegischer König. Der Skalde Thorarin Lobzunge. Kalf Arnissohns Abfall. Sieg Olafs über Erling Skjalgssohn. Erling Skjalgssohn †.

1029 Jarl Hakon †. Olaf bei Jaroslav von Nowgorod. Marschall Björns Abfall und neues Treugelöbnis.

1030 König Olaf † in der Schlacht bei Stiklestad. Thormod der Schwarzbrauenskalde fällt. Skalde Sigvat in Rom. Beginn der Heiligkeit Olafs. Svend Alfivassohn König in Norwegen.

1035 Knut von England †. Magnus König in Norwegen.

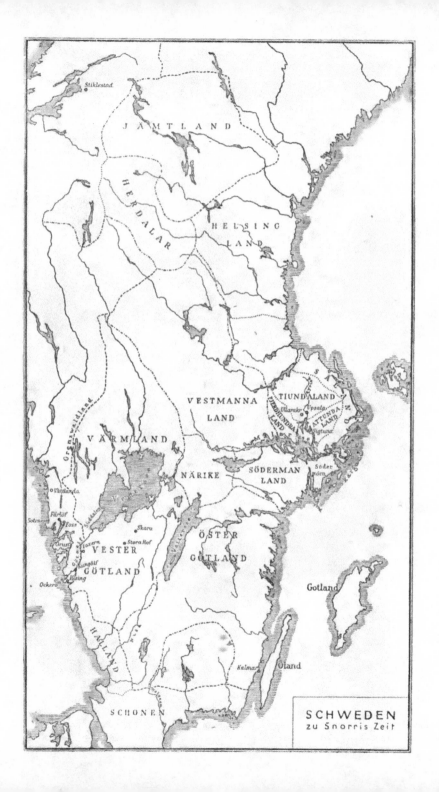

SCHWEDEN
zu Snorris Zeit

Inhalt

Die Geschichte von König Olaf dem Heiligen

409

Kartenbeilage (Schweden zu Snorris Zeit) von Paul Herrmann

Gedruckt bei Dietsch & Brückner, Weimar / 50 Exemplare wurden
auf besseres Papier abgezogen und handschriftlich numeriert

9 783965 067387